Simone Grolmann ist 52, etabliert und angesehen, Professorin für Verhaltensforschung, Mutter einer Tochter, ein analytischer Mensch. Und doch hat sie Angst. Angst vor Schnee. Tief in ihr sitzt sie, versunken wie der Breslauer Wald, durch den ihr Vater, sein behinderter Bruder Emil und Lilly, die Mutter der beiden, in der Nacht vom 19. auf den 20. Januar 1945 stapften, bei minus 21 Grad: drei Menschen mit drei durchweichten schweren Pappkoffern. 17 Jahre vor Simones Geburt war das, und doch ist es ihre eigene Angst. Zunehmend stößt sie auf Spuren der Fluchtvergangenheit ihrer Familie auch in ihrem eigenen Leben. Simone liebt ihren Vater Eustachius – und kommt ihm gleichwohl nicht nah. Eustachius Grolmann, 83, ist ein Kriegskind. Aufgewachsen im Propagandastaat der Nationalsozialisten, 1945 aus Schlesien in den Westen geflohen.

Ulrike Draesner kreuzt die Lebenswege der schlesischen Grolmanns mit dem Schicksal einer aus Ostpolen nach Wrocław vertriebenen Familie. Vier Generationen kommen zu Wort. Virtuos zeichnet der Roman neun Lebenswege, die sich wie in einem Kaleidoskop zu immer neuen Bildern fügen. Sie zeigen, wie durch Zwangsmigration zugefügte Traumata sich auswirken, wie seelische Landschaften sich von einer Generation in die nächste weiterstempeln. Die Geschichten der Grolmanns und der Nienaltowskis werden zum Spiegel von hundert Jahren mitteleuropäischer Geschichte.

Ulrike Draesner, 1962 in München geboren, eine der profiliertesten deutschsprachigen Autorinnen, lebt in Berlin. Ihr Werk umfasst Lyrik, Prosa, Essayistik, Hörspiel. Für ihre Gedichte und Romane wurde Ulrike Draesner mehrfach ausgezeichnet, u. a. mit dem Usedomer Literaturpreis (2015), dem Joachim-Ringelnatz-Preis für Lyrik (2014), dem Roswitha-Preis (2013), dem Solothurner Literaturpreis (2010) und dem Drostepreis (2006). Sie schreibt Romane, Erzählungen und Gedichte, und interessiert sich für Naturwissenschaften ebenso wie für kulturelle Debatten.

www.der-siebte-sprung.de
www.draesner.de

Ulrike Draesner

Sieben Sprünge vom Rand der Welt

Roman

btb

Ich fürchte, die Thiere betrachten den Menschen
als ein Wesen Ihresgleichen, das in höchst gefährlicher Weise
den gesunden Thierverstand verloren hat, –
als das wahnwitzige Thier, als das lachende Thier,
als das weinende Thier, als das unglückselige Thier.

Friedrich Nietzsche

Er kann sich mühelos aufrichten

die Luft flimmert über den groben

grauen Steinen des Hofs, dem spärlichen Gras. Eine Biene taumelt neben ihm, links, rechts, er hält still, mit tiefem Summen zieht sie

davon

Richtung Omas Haus, das am Ende des Hofs gelb in der Sonne steht.

Oma ruft ihn »Schnakala«, Mutti »Springginkerle!«, das Haus ist still, niemand ruft. Er hat geschlafen, ein angebissenes Rosinenbrötchen liegt neben ihm auf dem Teller, die Omsen krabbeln darauf. Der Wind aus dem Backhof riecht nach Teig und kühlt die Brust, nur unter den Haaren ist ihm heiß, als trüge er einen Helm wie Andrzej ihn hat, im Nachbarhof, mit Spitze und Adler, und die Flasche, die er festhält, lange schon, wie er jetzt spürt, ist leer.

Ein Mann und eine Frau waren aus dem Wagen gestiegen, einem aufregend schwarzen Motorwagen mit Adler, sie warfen die Arme in die Höhe, Vati warf den Arm ihnen nach in den Himmel, wie eine Wand stand sein Blau hinter Omas Haus über die Schornsteine hinaus. Er konnte zählen, bis zwölf, hörte ein leises Jammern von hinten, murmelte »pscht«, »still, Emil, still«. Waren sie brav, würde die Großmutter ihnen eine Schüssel von den frischen Stresla geben. Die Sonne stand auf seinem Kopf.

Sorgfältig legte er Vatis blaurote Zinnsoldaten in die Schachtel, deren Inneres leuchtete wie eine Zunge, streckte seine Zunge vor und rannte los. Die Treppe, die Vati und der Besuch hinaufgegangen waren, kam rasch näher, als etwas ihn nach hinten riss, »lass mich!«, rief er, »du Plootsch, du …«, lag im Sand, schnappte nach Luft, »du Id…«, »Idot«, er wusste nicht, was das hieß, er hatte es in der Backstube gehört, die hatten es gesagt.

Als er sich umdrehte, sah er die Hundeleine, die sich über das Podest auf ihn zuschlängelte, sah Emil an den Stamm der Kastanie gelehnt sitzen, Emil, der die Schultern zuckte, die Hände nach ihm ausstreckte, Emil, sein großer Bruder, warm und tälsch und langsam mit dem schlechten Fuß. Er krabbelte die Leine entlang auf ihn zu, Emil tröstete von allen am besten, mit Bonbons, die er aus Muttis Blechdose kramerte, und mit dem Emil-Geräusch. Man hörte es nur, wenn man in Emils Schoß lag, Emil wiegte sich zärtlich und summte, und er, Eustachius, und bisweilen auch die Hofkatze schnurrten eingerollt auf Emils Schoß leise mit.

Irgendwie muss die Leine an seine Hose gekommen sein. Nur Emil ist da. Emil, der mit aufgeregt hoher Stimme lockt: »Stächelchen, kimm zrück zu mer.«

Er rennt fort, zum Rand des Podestes, dreht sich um. Emil sitzt bewegungslos da.

Wenn Vatis Jäger Vati besuchten, wurde Emil in die Küche gebracht, nur er, Eustachius, Stach, das Stächelchen, durfte im Herrenzimmer bleiben. Doch heute war alles falsch, er war angeleint worden wie ein Hund, und es dauerte bereits eine halbe Stunde oder fünf Tage, der Unterschied sah lang aus auf der Uhr in der guten Stube, die Uhr war nicht da. Max, aufgesprungen, legte sich wieder, die seidigen hellbraunen Vorderpfoten nach vorn gestreckt, den langschnauzigen Dackelkopf erhoben. Dass er nicht so sitzen konnte, ärgerte ihn, und während er sich noch ärgerte und versuchte, sich auf den äußersten Rand des Podestes zu schieben, leuchtete ihm Vatis Gesicht von der Treppe entgegen. Die Frau und der Mann hoben die Hände in den Himmel, wie von selbst riss seine eigene Hand sich ebenfalls in die Höhe, und weil er vergessen hatte, was sie dabei immer sagten, rief er »leb ock sisse!«, denn etwas Gutes rufen musste man, und er glaubte, »Süßes« zu rufen sei gut, dann gebe es heute noch mehr davon, Stresla und Teig.

Vati schaute ihn an, schaute ihm, Eustachius, in die Augen, ganz nah kam er ihm dabei, aber pfiff nur nach Max, der davonstürmte, während er, Stach, der schon freudig gelacht hatte, weiterhin angeleint auf seinem Fleck saß, als wäre er festgewachsen, als wäre er weniger wert als der Hund.

Den Hund schlug Vati seltener als ihn. Emil schlug er nie.

Der Motor des Wagens heulte auf, allein der Mann und die Frau hatten darin Platz genommen. Als der Staub sich legte, war der Hof leer. Er weinte nicht, nur aus seinen Augen wurde es nass auf den Wangen, er weinte nicht, wischte sich nur mit dem Unterarm übers Gesicht. Verstohlen sah er sich um. Emil schlief zusammengerollt auf der Seite, die Beine angezogen, der dicke Stiefel mit dem Klumpfuß lag oben, fett glänzte das Leder im Sonnenlicht. Emil träumte, und er, Stächel, weinte nicht, zog nur die Nase hoch, wie hätte er weinen sollen, Jungs weinten nicht, und es gab auch keinen Grund dafür, so musste es sein, Vati wusste gar nicht, dass er hier angeleint war, Vati dachte, er spiele mit Emil, und es sei schön, Vati war lieb.

Er zog die Nase hoch, krabbelte auf die Hundedecke, der Geruch tröstete ihn, er zählte die Omsen, die Omsen krabbelten, Schnakala, er zählte die Stunden oder fünf Minuten, immer bis zwölf. Das Mittagslicht arbeitete kräftig, von oben nach unten löschte

es, was es fand, floss

über Omas Dach, das Dach verschwand, floss auf die Regenrinne, verschwunden auch sie, floss über die honigglänzende Wand lautlos, honigzäh über die schiefe Treppe, Stufe um Stufe hinunter in den Hof, schmolz

das Gras zwischen den Steinen

zu Strichen, schmolz

die Steine, erreichte ihn. Seine Sandalen, rehbraun, begannen zu flimmern, seine gesunden geraden Zehen wurden heller

und heller.

Neugierig sah er zu. Er spürte nichts.

Auf nichts ritt er dahin.

SIMONE 1

Vater hat von glücklichen Räumen gesprochen. Glücklichen Räumen, die er jetzt erzeugt. Ich glaube, er wird weich.

Bist du weich, sagen die Assistenten zueinander und meinen blöd. Vater, glücklicher Raum, schlurft durchs Institut. Hose, Lederjacke, Seminar. Seine alte Gartenjacke. Wie er aussieht, ist ihm egal. Der Rundrücken, die Hosenträger, die Karl-Valentin-Beine. Verrückt war er schon immer, auf seine Weise: exakt, kühl, kalkuliert. Feste Schultern, eine Brille zum Lesen. Sein blauer Adlerblick.

Er rückt Bilderrahmen gerade. Was schief hängt, erträgt er nicht. Wir kommen in ein Café: Vater rückt an den Rahmen, noch bevor er sich setzt, allemal, bevor er bestellt. Manchmal hat er bestellt und steht noch einmal auf, rührt in seiner heißen Schokolade, steht noch einmal auf. Wir kommen in ein Museum: Eustachius rückt an den Rahmen und löst die Alarmanlage aus. Wir kommen in ein Museum, Eustachius denkt an die Alarmanlage und schaut bei allen Bildern nur die Rahmen an. Er könnte als europäischer Rahmenexperte arbeiten. Wir stehen bei Bekannten in der Tür, Menschen, die er seit Jahren nicht gesehen hat, und er sagt: »'tschuldigung, Ihr Spiegel hängt schief.« Die Hand ausgestreckt, lächelt er wie einer, der gleich bewundert werden wird.

Er ist zweiundachtzigdreiviertel. »Dreiviertel« ist ihm wichtig. Eustachius Grolmann lebt allein. Lobt man ihn, kräuselt sich seine

Nase an der Einbuchtung zwischen den Augen. Gemeinhin können das nur Babys, Esther hat es lange gemacht. Und jetzt er, mit den Adleraugen auf 1,85 Meter! Das war immer weit oben, insbesondere, wenn man die Tochter ist.

Er hat 40 Jahre an Primaten geforscht. Bei ihm meinte Primaten: Menschenaffen. Ich forsche seit über 20 Jahren an Primaten: Affen und Menschen. Stach interessierte das Gehirn. Mich interessieren Gehirn und Verhalten. Affen sind Rudelwesen. Wer mit anderen lebt, muss sich in anderen spiegeln. Er muss sie berechnen können. Listig sein. Täuschen, tricksen. Das äffische Wesen liegt nicht in Nachahmung. Darin sind sie nicht einmal besonders gut. Das äffische Wesen ist Betrug.

Johnny schnarchte nicht, sondern zuckte, ihn plagte der Thrombosestrumpf an seinem rechten Bein, weswegen das linke auf meiner Bettseite lag. John Riewert Quedeus, verwurzelt in nordischem Schlick, bekam der deutsche Süden nicht. In Madison, während meiner Zeit am Wisconsin National Primate Research Center, war er zufrieden mit Esther zuhause gesessen, ein moderner Mann, der ein Forschungsstipendium seiner Frau zu schätzen wusste, vorm Fernseher sein Englisch verbesserte und hin und wieder über den Atlantik zu Straßenbaukongressen flog. Jetzt, 15 Jahre später, schmollte er, obwohl sein Arbeitgeber am Ort meiner neuen Professur eine seiner Europazentralen betrieb. In unserem zweiten deutschen Alpensommer fing mein wassergewohnter Mann zu surfen an und brach sich den großen Zeh. Es heilte schlecht, »dein Süden«, schimpfte Johnny, trug nachts seinen Leidensstrumpf und schaute, ganz Riewert Quedeus, quadratschädelig, hellblond, kräftig, ohne dick zu sein, schläfrig auf mich.

Ich, schlaflos, schlich die Wendeltreppe hinauf in mein Kabuff. Wir hatten einen halben fünften Stock und zwei Kammern im

Dach gemietet. Der untere Wohnungsteil bestand, abgesehen von drei Zimmern und dem Bad an der Nordseite, aus einem großen Wohn-Essbereich, der, da er die gesamte Hausbreite einnahm, sowohl von Osten als auch von Westen durch bodentiefe Fensterfronten erhellt, erhitzt und bei geöffneten Fenstern von Verkehrslärm durchdrungen wurde. Vor dem Haus lag eine dichtbefahrene Straße, der handtuchgroße Garten hinten stieß an einen Bahndamm, drei Schienenstränge, nur Güterverkehr. Dank des Krachs war die Miete bezahlbar. Ich mochte das mechanische Rumpeln der Züge, das Fernweh darin.

Im Dachfenster stand ein runder Mond. Er sah künstlich aus oder selbst wie ein Fenster. Ich wollte nicht wissen, wohin. Nachthimmel, egal, an welchem Ort, machte mir wenig Freude. Nachthimmel, den Laserstrahlen zerlegten, machte mir Angst. Ein roter und ein gelber Schuss kreuzten sich zu einem harten, bedeutungslosen X. Esthers Monster-Grüffelo neben meinem Schreibtisch schien sich zu freuen. »Keine Angst, nur erfunden«, hatte meine Tochter gesagt, großes Prinzessinnenlächeln, als sie mir das Buntstift-Ungeheuer überreichte, dessen Schreckensmacht daraus bestand, dass man an sie glaubte. Esther, mit neun: späte Riesenzahnlücke, frühe Liebe für Stach (»wenn ich groß bin, heirate ich Opa«).

Ich schaltete das wie eine Seife geformte Radio an und legte mich auf den Buchara. Gegen Hitzeattacken, die ich nicht hatte, hätten Pillen geholfen, doch Pillen gegen Angst vor Regen oder Schnee, gegen Angst vor Laserstrahlen, gegen ein Leben auf Abruf gab es nicht. Das war keine Frage meiner Hormone, das war ein Dauerzustand. Katastrophen waren nicht nur möglich, Katastrophen waren die Zukunft. Von Wahrscheinlichkeitsrechnungen, Statistiken, Vorsichtsmaßnahmen ließ ich mich nicht einlullen, die in meiner Kindheit alle naslang abgehaltenen Sirenen- und Alarmübungen klangen mir in den Ohren, die Stimmen meiner Großeltern Hannes und Lilly, die »Schnakala«

sagten, »Kindel«, während eine faltige Hand auf meinem Kopf zitterte vom Alter, halbmechanisch, aber die Stimme zitterte vor Erinnerung. Andere schauten YouTube, um sich zu entspannen, ich klickte mich durch Bestelllisten (Sicherheitsdienst, Sicherheitsventil, Sicherheitsmaske, Sicherheitsschuh). Las ich von deutscher »Alarmbereitschaft«, lachte ich auf. Wie? Laut. Lauter als die Angst. In dem Bilderbuch meiner Tochter besiegte eine ordinäre Feldmaus das drachengezähnte, warzighässliche, blutrünstige Ungeheuer namens Grüffelo, weil sie nicht an es glaubte. Obwohl es erschien! Das Buch stand in meinem Regal. Jetzt klickte ich nicht, jetzt versuchte ich, mich zu entspannen. Sicherheitswesten, Sicherheitstaschenlampe und Sicherheitsgürtel hatten wir seit Jahren.

Vier friedliche Radiostimmen, zwei Männer, zwei Frauen, stritten über Wissen und Scharlatanerie, ideal zum Einschlafen, der Arm zu müde, um auszuschalten, ebenso der Kopf, da sagte ein melodiös sprechendes fünftes Wesen etwas in die Dunkelheit hinein, was ich nicht verstand, nur die Stimme hörte ich und ein »fiiehle« und wachte auf. Der Mann lachte: »Kriegskind«, behauptete sofort wieder ernst, die Symptomatik sei schlagend, seelische Landschaften stempelten sich von einer Generation in die nächste hinüber, machte eine Pause: auch wenn wir kaum etwas davon wüssten und gewiss nichts davon verstünden, und murmelte, als wiederhole er sich: »Seelengefiiehlde!«

Da war ich wach. Der Typ im Radio wollte das Altern der Jahrgänge 1927 bis 1940 erforschen. Ihre Anpassungssucht und -kunst, ihren mächtigen Aufbaudrang, ihre Angst, ihre Einsamkeit, ihre innere Verstümmelung.

Für heute 50-Jährige, sagte er, sei die Ideologieblase, in der ihre Eltern einst aufwuchsen, schwer vorstellbar. Eine braun-blutige Eihaut, auf der Innenseite mit Heroen- und Kitschfilmen bespielt, mit Mythen und Blutzollliedern beschmiert, mit Wir-Gefühl tapeziert. Über alle Kinder gestülpt. Ihre einzige Welt.

»Aber es gab die Elternhäuser«, wandte einer der Mitstreiter ein.

Der Mann mit dem weichen Zungenschlag atmete leise aus: »Im Sommer 1938 reist eine bayerische Familie an den Rhein. Die Mutter berichtet ihrer Schwester in einem Brief von unterwegs, wie die zwölfjährige Tochter sich in Köln die Hochwassermarken erklären ließ. Die Schäden und das Elend der Überflutungen. Aufmerksam habe das Kind zugehört, dann strahlend gesagt: ›Und wie hat Adolf Hitler auch das weggemacht?‹«

Weggemacht.

Andere dachten bei »weggemacht« an ihre Teeniezeit, Abtreibungsdiskussionen, § 218. Ich sah die immer halbdämmrige Erdgeschosswohnung meiner Großeltern vor mir, Sessel und Sofa von Blümchencord überzogen, grau und braun. Stets saßen Menschen darin mit schweren Lidern und hängenden Wangen, fleischigen, gefurchten Gesichtern und schwimmenden Augen, die sich siezten, die flüsterten und Lieder sangen, die ich nicht verstand, nicht in Worten, aber in- und auswendig kannte. Gesprochen wurde über Dinge, die außerhalb der Wohnung nicht wahr sein durften oder sollten, den Hunger, die Schläge, die Verluste, die Heimat. Mitunter fiel auch der Name Emil, es war Lilly, die ihn erwähnte, am liebsten tat sie es, wenn wir unter uns waren, sie und ich, dann redete sie zu mir, dem Kind, von diesem, ihrem ältesten Kind, als gäbe es allein dadurch eine Verbindung zwischen dem auf der Flucht gestorbenen Onkel und mir, und so war es, er interessierte mich, weil Vater nie von seinem behinderten Bruder erzählte, während Oma, das spürte ich, diesen Emil liebte, und etwas von dieser Liebe wollte ich für mich.

Vater saß dabei ohne zu singen. Er war 14 gewesen, als eine unsichtbare Hand ihn aus seinem Bett wegmachte, aus seinem Zimmer, seinem Städtchen zwischen Hügeln, Oderwasser und Wald, aus seiner Kindheit, aus seiner Zukunft. Er saß da, sah mich nicht an, nahm mich indes zu diesen Zusammenkünften mit; später sagte er »erinnere dich« – meine Mutter verließ ihn, als ich in die zehnte Klasse kam, Sandra, meine ältere Schwester, zog nach Kanada –, sagte »erinnere dich« und meinte seine Vergangenheit.

Hatte ich Kummer, sagte er: »Wie gut es dir geht.«

Er sagte: »Was ich erlebt habe, wünsch ich dir nicht.«

Ich fühlte: Er wünschte es mir. Dann wünschte er es mir wieder weg. Sonst hätte ich gehabt, was er hatte: das Große-Schlimme, mitten im Leben. Dann wäre ich so stark gewesen wie er.

»Stärke«, sagte mein Vater, »Fühllosigkeit, Erfolg.« Darum gehe es. Allemal im Beruf.

Das Wort »Krupp« verstand ich nicht. Ich schaute im Lexikon nach. »Krüppel«, »Krupp«.

Das Seifenradio glänzte schwarz. »Seelengefielde« sagte die Männerstimme. Sonor? Sonor. Dabei weich, halbgerolltes »r«. Charmant. Auf dem Dach eines der letzten Autos, so Eustachius, war am 19. Januar 1945 eine Stimme durch Oels gefahren: »Frauen jeden Alters sowie männliche Jugendliche unter 16 Jahren und Männer über 60 Jahre haben das Stadtgebiet zu verlassen!«

Zwei Stunden packen, acht Kilo pro Person. Die Stimme sagte: »Verschwindet, sterbt, verreckt.«

Ein großes graues Megaphon, sagte Stach.

ANORDNUNG!

Unterzeichnet: Hanke. Gauleiter, Reichsverteidigungskommissar.

Ich wusste, was der Mann im Radio meinte. Ich wusste es nur zu genau. Es war mir unangenehm und angenehm zugleich, ihm zuzuhören, eine Berührung an einem Ort, den ich wohl kannte, wenn auch seltsam halbtote Gestalten ihn bevölkerten, vergangene Menschen und ihre Schemen, Geschichten von Verlust und Untergang. Vater berichtete wenig aus seinem vorbayrischen Leben, Oma Lilly hatte stets nur Anekdoten aus einem versunkenen Landstrich des 19. Jahrhunderts erzählt, der Schlesien hieß, und ich, ich ahnte, was fehlte, wenn ich anfing, darüber nachzudenken, warum mein Vater war, wie er war.

Eine Antwort hatte ich nicht. Nur Vorstellungen, Annäherungen, Symptome. Und ihn. Als Kind hatte ich gedacht, eine wirkliche Hand habe Eustachius gepackt, eine Hand in einem hellen Lederhandschuh, die, während ich sie mir vorstellte, flacher wurde, als zögen die Finger sich zurück. Der Handschuh eines blutleeren, hungrigen Gespenstes, das Menschen aß, lange schon, eine Hand aus einer Wirklichkeit, versunken wie der Breslauer Wald, durch den mein Vater, sein schwerfälliger Bruder Emil und Lilly in der Nacht vom 19. auf den 20. Januar 1945 stapften, minus 21 Grad, drei Menschen mit drei durchweichten schweren Pappkoffern, so düster, dass nicht einmal der Schnee widerleuchtete unter ihren morschen Holzsohlen, vor ihrem einsinkenden Gehen.

Doch was hatte ich damit am Hut! Man konnte die Gegenwart durch die Vergangenheit nicht erklären, nur versäumen. Johnny hatte Recht: Er wollte davon nichts mehr hören. Er baute Straßen, er liebte Wege, er fuhr sie doppelt: hin und zurück.

Ich hingegen, unruhig, nervös, lag, statt zu schlafen, auf einem alten Buchara unter einem orangesuppigen, von Lasern durchkreuzten Stadthimmel. Der Teppich war ein Vaterstück, das älteste Erbstück bei uns: Stach hatte ihn in den 70ern gekauft. Darüber hinaus besaßen wir drei Silberlöffel mit den Initialen meiner Urgroßeltern. Ich wusste nicht einmal, ob mütterlicher- oder väterlicherseits. Es gab keine Bilder, keine Decken, keine Briefe, keine Fotos, keine Urkunden, keinen überkommenen Weihnachtsschmuck, keine einzige alte Puppe, keinen Topf, kein Taschentuch mit Monogramm, von Möbeln ganz zu schweigen. Nichts Althergebrachtes, kein Erbe, kein Geschenk über Generationen hinweg. Meine Familientradition bestand aus einem gespaltenen Holzlöffel, dessen Ende nach russischer Brotsuppe stank.

Johnny und Vater mochten sich nicht, erst mit Esthers Geburt kamen sie einander näher. Eustachius schenkte uns eine mühevoll ersteigerte Schlesienkarte aus dem Jahr 1849, Johnny bekam rosafarbene friesische Begeisterungswangen, ein einsames »umwerfend« verließ seinen Mund. Angesichts unseres frisch geborenen Kindes hatte er das nicht gesagt. Die Routen der alten, handkolorierten Karte wanden und schlängelten sich auf eine für unsere Augen ungewohnte, ja nahezu gewaltsame Weise. Wege passten sich zufälligen Siedlungen an, alten Rechten, silingischen Pfaden, westslawischen Pfaden, ersten Bahntrassen, uralten Furten; traditionelle Pelz-, Stoff- und Kohlerouten kreuzten sich. Man war der irrationalen Wegewirklichkeit damals auch im Bild viel realistischer gefolgt als heute. Dank der Karte konnten Johnny und Vater sich über Krümmungen, Pläne und Absichten unterhalten, ich saß mit dem Baby dabei und wunderte mich, wie perfekt Eustachius, den gemeinhin nur Affen begeisterten, sich in der dargestellten Landschaft auskannte, er schien sich wirklich mit diesem Erdstrich beschäftigt zu haben, mit Routen und ihrer versteckten Grausamkeit, wie er damals sagte, den allzu unregelmäßigen Falten der Hügel, den unausmessbaren Ufern der Seen.

Der Abspann der Radiosendung lief, ich drückte auf Aus, das Leuchten der Senderkennung, grün wie die Grüffelowarze, erlosch. Da hörte ich es ein drittes Mal, das weiche »Seelengefiiehlde«.

Seele: unbeweisbar, metaphorisch. Wer brauchte das? Mühelos hätte die Naturwissenschaftlerin in mir, Biologin, Zellforscherin, Kennerin der Reaktionen von Natrium und Kalium, unerbittliche Gehirnstromreizerin und Gehirninterpretin, sich mit diesem Wissen durchgesetzt, sicher und geborgen in ihrer erklärbaren Welt, hätte Simone Grolmann, Tochter eines bayrischen Dorfmädchens und eines ehrgeizigen Mannes aus dem schlesischen Mittelstand, nicht seit Wochen ständig an Schnee gedacht, nassen kalten Schnee, der sich türmte, ihr den Weg verstellte, in ihre Stiefel kroch. Ja, es wurde Herbst, doch war das ein Grund? Und, ja, Eustachius sprach noch öfter als früher vom 19. Januar 1945 – starrte mich an und behauptete, dass ich exakt 17 Jahre nach der schlesischen Gespenster- und Rettungswanderung zur Welt gekommen sei.

Was nicht stimmte. Ich war am 20. Januar, mittags, geboren.

Aber er! Auf einem engen Waldweg, den man kaum sah, sei ihm bei schneidender Kälte der Schnee die Waden hinaufgewachsen. Ohne Licht, fast ohne Atem hätten sie von zuhause weggemacht. Unerträglich langsam seien Lilly und Emil vor ihm hergeschwankt, aneinandergelehnt und tuschelnd.

Schwankten und tuschelten noch.

ANMORDUNG, sagte Vater, flüsterten sie, Mutter und Bruder, in seinen Träumen.

Ich sagte, er solle aufhören, mir davon zu erzählen. Die Beinah-Koinzidenz meiner Geburt mit der Nacht seiner Schlesienflucht genügte. Eine Kindheit lang hatte ich das zu jedem 20. Januar gehört. Damals waren die 17 Jahre zwischen dem Kriegsende und meinem Tag eine Ewigkeit. Bis ich selbst 17 wurde. Und 34.

Und nun, wie erbärmlich, fürchtete ich mich vor Schnee. Nun, wie erbärmlich, träumte ich die Alpträume eines anderen. Ein Stück kopiertes Leben im eigenen. Oder andersherum: eigenes Leben, umschlossen von Kopiertem. Dass die Adjektive sich beliebig tauschen ließen, war Teil des Problems. Je älter ich wurde, umso deutlicher begriff ich, dass das nicht aufhören würde. Im Gegenteil. Etwas in mir passte nicht, war schief aneinandergeraten, drückte und rieb. Die bayrische Familie und die schlesische mochten sich nicht. Das Alpenland und der östliche Zungenschlag, der Protestantismus der einen Seite, die katholische Frömmigkeit der anderen, ich in beides hineingeboren, dennoch nirgends einheimisch, weder einfach Teil von Ines' Familie noch Teil des Vertriebenenlebens der Großeltern und Vaters. Da: die kindlichen Streifzüge durch Voralpenwald, die echten Dotterblumen, moosigen Weiher mit Seerosen, Akelei und Binsen, das bayrische Fichtenrauschen und flockig weiße Himmelschleierziehen. Dort: die immer dämmrige Stadtwohnung von Lilly und Hannes, Sandra und ich die einzigen Kinder zwischen Alten, die von untergegangenen Zimmern, Wintergärten und Hausmädchen schwärmten, in herrlich sonnigen, blumigen Oderlandschaften imaginäre Hunde ausführten und schwerblütige ostpreußische Pferde ritten, bis auch wir uns nach dieser Welt sehnten, denn sie verstanden, das Verlorene mit wohlgesetzten, melodiösen Worten herbeizulocken und mit Büchern, die sie uns stets nur zusammen mit einer Packung elegant geschwungener Katzenzungen feierlich überreichten, in unseren Alltag hinein zu verlängern.

Seit Esther, Johnny und ich in München wohnten, hatte meine Wetterangst zugenommen, auch wenn ich versuchte, das vor mir selbst zu verheimlichen. Vater andererseits, zweiundachtzigdreiviertel, hatte im letzten halben Jahr an Lebendigkeit gewonnen. Jünger sah er aus! Weicher trat er auf! Das gesamte Frühjahr hatte er auf Reisen verbracht, um seine Gesundheit zu fördern.

Wie hatte ich nur so blind sein können.

Vater: »Glückliche Räume!«

Dazu sein verschmitztes Gesicht. Die alte Geheimniskrämerei, das große Versteckspiel mit uns und der Welt. Das Laser-X, blau und lila jetzt, hielt still, stand fest. Für Sekunden war mir, als zappele etwas darin, eine dicke Fliege, ein Flugzeug, als hätten die Strahlen es endlich gefasst. Der Himmel leuchtete, ein Stadthimmel, der die Dunkelheit floh; Brummen und Rauschen überall, ich duckte mich.

Die Blätter der Pappel im Nachbargarten spielten Leuchtfolie, drehten sich im Wind. Im Hof wiegten sich dunkelviolette Dahlien, vor der Wand mit den Briefkästen hatte sich eine Pfütze gesammelt. Süßherbe Oktoberluft. Langsam wie ein zurückgebliebener Jungvogel kollerte ein Ahornblatt vor mir über den Weg zum Aufzug, dessen Ruftaster rot leuchtete, als blühe er im Beton.

Freitagnachmittag. Esther besuchte ihren Großvater, unsere Wohnung roch stickig und leer. Ich warf meine Tasche auf das lilafarbene Bänkchen am Eingang, streifte die Schuhe ab, bedauerte zum x-ten Mal, dass kein Hund herbeisprang, um mich zu begrüßen, und bog am Betonpfeiler nicht rechts nach Lungerland ab (Wust aus Sofas, Kissen, Decken, Zeitschriften und Minifernseher), sondern nach links zum Küchenblock. Hinter dem Esstisch glitzerten die doppelt isolierende Glasfront und die Metallgitter des Balkons. Tief darunter lagen die Gleise.

Ich riss alle Fenster auf. Eine Viertelstunde später erholte ich mich bei zweifach zu backendem Mürbteig von einer Woche voller Institutssitzungen, Diplomprüfungen und Sponsoringsorgen. »Die schlaue Hausfrau bereitet mehr Teig, als sie braucht, belegt damit die Zweitform und gefriert den Vorrat ein.« Ich war froh, dass ich *eine* Form besaß; wenn etwas in Zweitform war, dann ich, mit Schürze und verklebten Fingern übernächtigt am Herd, Simone als Familienfigur.

Der Mixer jaulte auf Stufe zwei (Höchstleistung), ich musste das Radio lauter drehen. Als ich Limettensaft auf Quark, Zucker und Zesten träufelte, sagte jemand auf wohlklingende Weise: »Ich reise ständig, berate alle, nur mich selbst nicht, kann man mir jemanden empfehlen?«

Genießerische Gegenfrage: »Hat es deswegen zehn Jahre gedauert, Herr Nienalt, bis Ihr neues Buch erschien?«

Der melodiöse Herr Nienalt wurde im Lachen tiefer: »Auch!«

Er wirkte angenehm selbstironisch. Der Moderator streute ein paar Daten mit den Auftritten »des bekannten Psychologen« ein, der sein neues Buch vorstellen würde, er sprach schnell, es war wohl eines dieser Kurzinterviews.

»Sie müssen ein eigenes Interesse an dem Thema haben! Sind auch Ihre Eltern den Nazis in die Hände gefallen?«

»Das werde ich Ihnen nicht in Ihr Wir-haben-20-Sekunden-Mikro flüstern. Nur so viel: darüber, wer schrecklicher war, Hitler oder Stalin, einigten sie sich nie.«

Ich stellte mir das Gesicht dazu vor. Vorstellungen zu Radiostimmen sind immer falsch. Ich drehte lauter.

Hitlers Kinder, die 1945, anders als die Erwachsenen, die einzige Welt verloren, die sie kannten, seien nicht erzogen, sondern im wörtlichen Sinne verzogen gewesen: an ihrer Psyche habe man gezogen. Ihnen den Rahmen verzogen, die Menschlichkeit.

»Gehobelt«, sagte Nienalt, »eingedrühickt.«

Auf dem Dachkamin gegenüber schimpfte eine Amsel. Die meisten Amseln zogen im Winter nicht mehr fort. Esther beschäftigte sich damit. Vogelmigration. Esther regte sich darüber auf.

Jetzt, im Alter, erlebe auch diese junge Kriegsgeneration, dass die Kindheit zurückkehre. Also der Verlust. Im Ausland spreche man von der Sorgenbereitschaft und Klagelaunigkeit der Deutschen. Selbst die Bundeskanzlerin jammere, sehr deutsch, über das deutsche Jammern, die rasche Angst. Niemand wolle sehen, woher sie stamme. Hitlers Kinder hätten Spuren auch in den Psychen ihrer Söhne, Töchter und Enkel hinterlassen.

Das Gehirn über 70 werde durchlässiger, manches ordne es neu. Es produziere Direktheiten, geniale Rücksichtslosigkeiten. Ein kunstvolles Spinnennetz, zäh, wenngleich fragil, in mehreren Ebenen über- und ineinandergewoben.

»Gefühle«, sagte Nienalt, »sind unsichtbare Menschen, sie gehen in deinem Haus umher.«

Statt den Teig auszurollen, drückte ich ihn, »schlaue Hausfrau«, mit den Händen in die Form. Auf meinem Schreibtisch wartete eine Menge sichtbarer Arbeit, ich drückte langsam. Boris Nienalt suchte alte Menschen für sein nächstes Buch. Ich wusch mir die Hände, trocknete sie ab, dachte an Eustachius, dieses Wesen zwischen Erwachsenem und Kind, mit den unheimlichsten Fähigkeiten beider begabt, und starrte ein paar Klicks später in Boris Nienalts schönes Gesicht auf meinem Handydisplay. Das einzig Hässliche an ihm waren möglicherweise seine Haare, er hatte sie abrasiert. Glatte Haut. Die Ohren standen ab, sie erinnerten an eine Fledermaus. Oder ich wollte an eine Fledermaus denken, damit er mir weniger gefiel. Graubraune Augen, ungefähr mein Alter. Etwas jünger vielleicht. Ein voller Mund.

»Na«, sagte Johnny, »taub?«

Seine Hände legten sich von hinten auf meine Hüften. Ich freute mich, dass er da war, und zuckte zusammen, als habe er mich bei etwas ertappt. Sein Kinn drückte gegen mein Schlüsselbein, ich starrte auf die Klumpen in meinem viel zu lang gerührten Zitronenschaum, dachte halb bewusst »retten«, während meine Lippen flüsterten »wo bist du?, wo?«, obwohl Johnny hinter mir stand und mich umfangen hielt, aber mein Gesicht sah er nicht und nicht das, was ich in Ermangelung (»in Ermangelung« – welch steifer, stolzer Ausdruck) eines anderen Wortes mein Herz nannte, es pochte auf wehmütige Weise aufgeregt, als wolle es sich spalten und freue sich noch darüber, obwohl es schmerzte, und so drehte ich mich zu Johnny und küsste ihn auf den Mund. Noch während ich es tat, spürte ich, wie er erstarrte vor Erstaunen oder gar Schrecken, dabei erschrak ich selbst und murmelte: »Ich habe zu viel Angst.« Ich weiß nicht, ob er mich verstand, denn wie hätte er wissen sollen, dass ich halb mit ihm, halb mit einer verklungenen Radiostimme sprach, also räusperte ich mich und sagte lauter (und wohl um mich zu fangen, wie es so heißt): »Vater wird verrückt, er hat ein Spinnennetz im Kopf!«, woraufhin Johnny lachte, seine Stimme wurde höher dabei, er lachte von unten nach oben: »Das war er doch immer schon.«

Eustachius Grolmann, international bekannter Neurologe und Hirnforscher, Koryphäe, Faktotum, Teil der aufblühenden Bundesrepublik, ängstlich im Geheimen, forsch nach außen, stur überall, ehrgeizig, geheimniskrämerisch, 647 063 Einträge bei Google, für jeden Flugzeugsitz zu lang, Krummrücken, Adlerauge, stand mit brennender Zigarette auf meinem Institutsflur, direkt unter dem Brandmelder und redete auf einen Postdoc ein. Das Timbre seiner Stimme, der melancholische, dann wieder durchdringende Blick. Meine Mitarbeiter hielten seine Ausführungen für versteckt genial und waren danach tagelang für die disziplinierte Arbeit an Maschinen und Tieren nicht mehr zu gebrauchen: Wer wollte Äffchen groomen, wenn er von einem Paper mit Zweitnennung hinter Vater und baldigem Nobelpreis träumte.

Weiß, groß, unscheinbar: mein Affenhaus. Ein Forschungsbau der 70er, zur Straße hin sicher umzäunt, versteckte Kameras, ein vom Wärterhäuschen gesteuertes Tor aus Metall und Holz. Am Empfang im Gebäude selbst saß eine freundliche Frau hinter Kirschbaumimitatwänden und Schiebefenster, der schwarz gekleidete, muskulöse Wachmann blieb unsichtbar. Mein Affenhaus: high security. Im ersten Stock begann die Welt, die ich liebte, sie roch nach Apotheke, Affen und Menschenschweiß, der Flur hinter der Schleuse klang wider von Schimpansenschreien und dem hohen Bellen der Bonobos. Ein Tierpfleger, der das Rauchen nicht lassen konnte, lehnte gegen die Stahltür, an der das Übergangsritual begann, und lächelte mich an.

Unsere Forscherzellen im Straßengebäude waren trocken und niedrig. Holzvertäfelte Wände. Grauer Teppichboden schluckte unsere Schritte ebenso wie jene der Evaluierungskommissionen und regelmäßig erscheinenden Journalisten. Kein Zutritt zu den Tieren! Primaten fingen sich jede denkbare Menschenkrankheit ein – da war sie wieder, die frappierende Ähnlichkeit des

Genoms, die eines auf jeden Fall bedeutete: Schwächen teilten wir. Im Übrigen sahen unsere Fellhominiden nicht anders aus als ihre Artgenossen im Zoo, sie benahmen sich nur besser in kleinen wie großen Gruppen, wir hielten bis zu 30 Tiere unterschiedlichsten Alters und Geschlechts zusammen: Rudel, Rotte, Radau!

Stundenlang saßen Diplomanden, halb hinter Vorsprüngen getarnt, in äffischem Tropenklima auf ökologisch korrekten Schemeln und führten Strichlisten. Wir zählten, wir beschrieben, hatten ein Repertoire von 250 Gesten zwischen Schimpansen entdeckt, Mimik kam hinzu. Waren sie großzügig, waren sie gnädig, kommunizierten sie mit uns. Ich stand vor einem der Käfige, versuchte, ein sich ständig lösendes Pflaster (Sima, Brotschneiderin) besser an meinem Daumen zu befestigen. Amanda, unsere Uraltschimpansin, nur wenig jünger als ich, noch in Freiheit geboren, drückte sich an die Scheibe, zog eine besorgte Schnute, grunzte und sah mich an. Ich zeigte ihr die Wunde, sie betrachtete ihren Daumen und hielt ihn mir entgegen, ich befestigte das Pflaster an meinem, sie machte mir Zeichen, unmissverständliche Zeichen, es abzuziehen, und beruhigte sich erst, als ich ihrer Anweisung Folge leistete. Das neueste Projekt: Konzeptionen des Selbst beim Schimpansen. Wir hatten Erfolg, konnten Rudelverhalten erklären, zuweilen sogar voraussagen. Ein Kulturanthropologe hatte mich auf Wittgensteins Löwensatz hingewiesen: dass wir den Löwen nicht verstehen könnten, selbst wenn er unsere Sprache spräche. Den Unterschied nannte Wittgenstein Lebensform. Wir, so der Kollege, seien zu sehr Mensch. Nur Mensch.

Mensch mit der Menschmaske im Gehirn.

Wohl wahr. Dennoch hatte er mich nicht überzeugt. Affen waren keine Löwen. Sie standen uns näher. Erschreckend nahe. Verwandte ersten Grades (eine winzige Evolutionsstufe entfernt). Sprachen nicht, aber verhielten sich. Ließen sich steuern. Dann wieder überraschten sie uns. Nur damit hatte der Anthropologe

Recht: Es war unabdingbar, ständig von neuem an den Methoden zu zweifeln. Wir zählten, wir beschrieben. Worüber dachten wir nach?

Ich fand den Affen im Menschen bemerkenswerter als den Menschen im Affen. Siehe Vater.

Der zum wiederholten Mal die Nase krauszog, um auf sich aufmerksam zu machen. Um mich daran zu erinnern, dass er Affen mindestens so sehr liebte wie ich: ihren modrigsüßen Wildtiergeruch, das weiche Fell an ihrem Bauch, die polierte Bernsteinfarbe der Irisringe.

Der Postdoc ging – Jeans, kleiner Po, zwei Affenarme, die sich auf seinem Rücken fassten –, und mein Erzeuger sagte, wobei er eine Schwade Zigarettenrauch ausstieß: »Jetzt, wo ich alt werde, gibt es eine neue Freiheit.«

Als wäre er nicht längst alt.

»Eine Freiheit«, sagte mein verjüngter Vater, »größer als je zuvor, nämlich im Kopf – und«, setzte er hinzu, wobei er mich von oben bis unten musterte: »im Körper!«

Nicht nur im Kopf, sondern im Körper.

Ich dachte: Stach, zweiundachtzigdreiviertel, Prostata intakt, vierter Frühling.

Eine osteuropäische Laborantin, die nach dem Erbe schielte?

Ein ekliger Gedanke. Eklig von mir. Ich schämte mich, hielt meine Unterstellung indes nicht für unwahrscheinlich. Vater pfiff seit Wochen geradezu vor Vergnügen. »Glückliche Räume!« Als hätte Glück je in seinem Leben eine Rolle gespielt. Als wäre Glück eine Kategorie gewesen.

Es gab exakt drei mögliche Gründe für seinen Übermut: Frau. Drogen. Exorbitante Forschungsidee.

Er hatte mich beobachtet, fügte da auf dem Institutsteppich, der alle Schritte aufsaugt, alle Erschütterungen, damit unsere Tiere nicht erschrecken, in souveräner Rhetorik und trotz Altersschrumpfung noch immer größer als ich, also durchaus von oben herab ein »exakt, im Körper!« an, setzte sein neues Grinsen auf und tänzelte davon.

Typisch. Stets in Bewegung, der Mann, selbst wenn er saß, und er wollte viel sitzen, weil so die Bewegung gezähmt war, er liebte es, an einem festen Punkt zu verharren, während er sich bewegte, also fuhr er mit dem Auto zu seinen Kongressen, während in der Bahn alles in ihm nur noch stärker in Unruhe geriet, er im Zug auf und ab lief, obwohl sich der Zug ohnehin bewegte, die Mitreisenden bemerkten es natürlich und sahen ihm die mangelnde Sesshaftigkeit an. Wir Kinder hatten das nicht, »wenigstens haben die Kinder das nicht«; man verbot uns das Herumlaufen oder spielte mit uns, so saßen Sandra und ich im Abteil fest, mit den zu kurzen Kinderbeinen, den über dem Boden baumelnden Füßen. Eustachius ließ uns nicht umherlaufen, wie die anderen Kinder umherliefen, antiautoritär war ein Luxus, den man sich nur auf dem Boden einer ausgeprägten Sesshaftigkeit leistete, während wir, Sandra und ich, immer so still saßen und so wenig auffielen, dass sich sogar unsere Großeltern Lilly und Hannes in unserer Stille verstecken konnten. Nur der Zug schlängelte sich, einer aus Eisengliedern zusammengesetzten Leine gleich, durch die grasige und narbige Landschaft, vor 40 Jahren waren die Strecken krummer als heute, und Johnny sagte: »Das Wegenetz der Bahn folgt anderen Gesetzen als das Straßennetz«, und Stach sagte: »Das Wegenetz einer Flucht zieht man ein Leben lang hinter sich her.«

Ich schaute ihm nach. Sein Karl-Valentin-Gestell – spindeldünne Beine, zu langer Oberkörper – war schief, die Schultern indes wirkten breiter als die des jungen Postdoc fünf Minuten zuvor.

Kam ich bei ihm zuhause vorbei, abgehetzt, das Institut, die Einkäufe, und fragte ihn »was hast du gemacht?«, hatte er jedes Mal vorm Fernseher gesessen.

Er trank nicht, er rauchte nicht, arbeitete diszipliniert, extrem protestantisch-preußisch, extrem getrieben, ehrgeizig und inspiriert bis zu seiner Emeritierung 1999. Und nun? Vor sieben Jahren war er überraschend an den Stadtrand gezogen. Komponistenviertel: eingezäunte Villen, die Gärten verfichtet und verulmt. Mitten darin Eustachius im Ruhestand. Ein Häuschen! Als habe er exakt davon ein Leben lang geträumt. Es war klein, ein gelb verputzter Ziegelwürfel mit rubinfarbenem Märchendach aus der Zeit, als deutsches Glück aus der Formel »Zaun, Haustür, Kleinfamilie« bestand.

Es gab einen REWE-Markt und eine Kneipe einen halben Kilometer entfernt. Vater sagte: »Hält mich fit.« Den Rest der Zeit fuhr er ins Institut, telefonierte mit Esther oder legte die Füße auf die Couch. Ein harmloser Alter vorm Heizstrahler. Mindestens 50 Exemplare der *Apothekenrundschau*, die er früher verachtet hatte, stapelten sich in der Küche neben dem Pillenschieber mit Blutdruckmittel, Magnesiumpülverchen und Ginseng. Vor Stach aber, im Wohnzimmer, lag das *Journal of the Sciences* (pdf-Vorabedition, beharrlich druckte er sie jedes Mal aus), und auf dem Tablett, das er sich eigenhändig an die Couch gebaut hatte (man konnte es aus der Lehne klappen, *Safari light*), dampfte ein bonobodunkler Espresso vor sich hin. Die Maschine, 1700 Euro, gurgelte leise nach.

Vater trug ein glänzendes, elegantes Hemd, das fehl am Platz wirkte. Er war gereist in den letzten Monaten, Thermen, Gelenke, hatte sich also reichlich gewaschen, sah jedoch, ich konnte mir nicht helfen, grau aus. Nicht dreckig, eher unabwaschbar staubig, vor allem im Gesicht. Ächzend kam er aus dem Sessel hoch und gab mir die rissige Hand.

»Deine Haustür war offen.«

»Ach so«, sagte er, »ich dachte, du hättest dir heimlich einen Schlüssel besorgt.«

»Wäre praktisch.«

»Von der Gartenarbeit«, sagte er.

Sprünge dieser Art kannte ich, gewöhnt hatte ich mich nicht an sie. Er setzte sich und zog sich die Mütze mit beiden Händen über die Ohren. Eine Kleinkindgeste, seltsam an dem hochgewachsenen Mann, den die Kopfbedeckung, ein beiges Strickgetüm mit umlaufendem Runenband, nicht attraktiver machte. Ich packte aus, was ich eingekauft hatte, Ingwer-Honig-Bonbons, Handcreme für Gärtner, Sonnenblumenbrot. Immerhin wirkte das hutähnliche Ding auf seinem Kopf logischer als die Gartenarbeit: Seine Wohnung war kalt. Er heizte aus Prinzip erst ab November, und die Küche heizte er überhaupt nicht. Aufrecht saß er da und begutachtete, was ich hervorholte. Besser, dachte ich, er hat Rückenschmerzen und versucht sie zu verstecken, als wenn er wieder ins Institut fahren würde, das schließlich mein Institut ist, in seiner alten Lederjacke auf dem Gang herumsteht, noch eine raucht und die Diplomanden aufmischt mit Frauengeschichten (nicht so schlimm) und seinen Fragen (schlimm).

Vor ein paar Tagen hatten sich die Postdocs in der Schlange zur Essensausgabe über ihn unterhalten. So eifrig, dass sie nicht bemerkten, dass ich hinter ihnen stand. »Ambrosiana« hatte er zu einem von ihnen gesagt und dabei schwärmerisch die Augen verdreht! In einer hebräischen Bibel der Ambrosiana in Mailand sei das Ende der Menschheitsgeschichte als Tierwerdung des Menschen dargestellt. Da säßen die Gerechten in paradiesisch lichten Schatten, verzehrten die biblischen Ungeheuer, diese mächtigen Vorräte Gottes, etwa den Fisch Leviathan, zusammengerollt in den Wassern, größer als der Erdmond, ebenso den roten Ochsen Bethemoth, und offenbarten dem Betrachter ihr tierisches Antlitz: den Reißschnabel des Adlers, die widerleuchtenden Augen der Raubkatze, das schnatternd gespitzte Affenmaul.

Unter Vaters Ohrläppchen klebte ein Gipsknöllchen. Als ich es ihm abzupfte, lachte er wie eine Kreuzung aus Otter und Charly Chaplin: »Ich denke über das Inselexperiment nach.«

»Willst du auf eine Gipsinsel auswandern?«

Er zog eine Schimpansenschnute. Die Inselgeschichte wird in unserer Familie Zur-guten-Nacht erzählt: Affenhorde A entdeckt, dass man mit einem von Forschern auffällig ausgelegten Hammer eine Kokosnuss besser öffnen kann als mit Steinen oder bloßen Händen. Obwohl es keinen Kontakt zu Insel B gibt, lernt kurz darauf auch Horde B, den Hammer zu benutzen. Sie begreift es unverzüglich und ohne Anweisung – als wäre das Wissen um den Werkzeugeinsatz, einem Virus gleich, durch die Luft von Insel zu Insel geflogen.

»Virus des Wissens«, sagte Vater mit leichtem Lippenschmatzen, die Tüte Ingwer-Honig-Bonbons in der Hand.

»Doch!«

Er beschäftige sich mit Kanälen, neuen und alten. Mit Tierkooperation etwa. Tierdank! Ob ich gelesen hätte, fragte er aufgeregt, während er an einem Bonbonpapier drehte, wie der von Tiefseetauchern nach Stunden anstrengendster Arbeit unter Lebensgefahr an der australischen Küste aus einem Fischernetz geschnittene Buckelwal, kaum befreit, zu jedem der Taucher geschwommen sei, um ihn mit der Nase anzustupsen.

»Ja«, sagte ich, »ja, Vater.«

Man musste aufpassen, nicht zu unkonzentriert zu klingen, zu herablassend. Da waren alte Menschen, wie ich inzwischen nur allzu gut wusste, empfindlich. Sogar Stach, der sich früher um so etwas nicht im Geringsten geschert hatte. Wie er selbst sagte: »geschert«. Nach fast 70 Jahren in Bayern.

»Hör mal«, er öffnete den Mund, holte Luft, schloss die Lippen, lächelte verlegen: »Fährst du mit zu Maggy Kowalski?«

»Ist das eine neue Inselforscherin?«

»Nein, die Lene!« Er schob sich das endlich aus der Packung gefitzelte Bonbon zwischen die Zähne: »Unscher letzschtes Mädchen zuhausche.«

»Ach so«, sagte ich, als kennte ich die Frau. Als wäre es normal, dass »zuhause« Oels meinte. Wie das Wort »Mädchen« verriet. Normal daran war, dass Vater davon ausging, dass ich kannte, was er kannte. Seit seinem 80. Geburtstag spätestens lagen seine Vorstellungskräfte, was das Innenleben anderer Wesen betraf, unter null. Zumindest, wenn es um Menschen ging.

Als ich ja sagte, lächelte er. Affen tragen Fell; unter den Achseln und an den Genitalien sind sie nackt. Anders als wir. Affen entblößen, wie alle übrigen Tiere des Planeten ihre Zähne, um vor einem Angriff zu warnen. Tieraffen. Menschenaffen zeigen ihre Zähne, um zu warnen und um zu beschwichtigen. Sie lecken einander am Arsch, sie katzbuckeln und schlagen sich auf die Brust.

Bonobos praktizieren sogar den Zungenkuss. Nur die Engländer glauben noch immer, die Franzosen hätten ihn erfunden.

An Nähe und Glück angesichts der Zähne des anderen denken nur wir. Ich pflückte Vater ein weiteres Gipsknöllchen vom Kragen.

»Ähm«, sagte er, »ich spachtle den Keller aus.«

Ich lächelte ebenfalls. Ein interessanter Satz. Allemal angesichts der Tatsache, dass sein Haus keinen Keller hat.

Ich fror an den Füßen, die Anzeige des Weckers sprang von 03:14:37 auf 03:14:38, mein Magen knurrte wie immer, wenn ich mitten in der Nacht aus ängstlichen Träumen emporfuhr. In meinem Alter empfahl sich der Griff zu Kaugummi, kalorienfrei.

Unter der Dachluke summte die Stadt, über den Himmel fingerten die ewig bunten Laserstrahlen vom Königsplatz. Ich litt unter mehreren geheimen Grundgefühlen, die mich leiteten und nicht sonderlich geheim waren. Zum zweiten Mal in meinem Leben kümmerte ich mich um Eustachius. Anders als vor 40 Jahren war er abwechselnd vergesslich und liebenswürdig. Anders als vor 40 Jahren hatte ich eine Tochter, die an ihm hing.

Stärker als sie an ihm hing nur er an ihr.

Seine Weichheit an manchen Stellen überraschte mich.

Seine nun oft feuchten Lippen und wie sie sich weiteten. Ihm etwas Weibisches gaben.

In dem nicht übermäßig faltigen, wenn auch erschlafften Gesicht, das trotz der weißen, grauen und zum Teil noch immer schwarzen Bartstoppeln geschlechtsloser aussah als früher.

Meine Hilfe nahm er mit der Grandezza eines verwöhnten Mädchens entgegen. Während ich mit Forschungsverwaltung, Lehrverpflichtungen, Geldbeschaffungsprogrammen kämpfte und bestenfalls einmal im Monat einen echten Primaten zu sehen bekam, probierte er an unseren Bonobos seine allerneueste Affenmamasprache aus: gab bestimmte Schnalzhechelgeräusche von sich, zog ein äffisches Spielgesicht und lief dem Transportwagen oder dem Mitarbeiter, der den Affen trug, über den Flur hinterher.

Der Güterzug von 03:10 Uhr, 12 Minuten zu spät. Ich schob den Kaugummi von der linken Backentasche in die rechte. Was ich nicht verstand, war meine Nähe zu ihm. Jahrelang war ich gereist, hatte geforscht, mit Johnny und Esther gelebt, während Vater ebenfalls reiste, forschte, mit sich lebte und seinen Affen, den ewigen Affen. Abgehoben wie immer, erfolgreich beschäftigt. Fröhlich! Ab und an rief er an, fragte kurz, wie es gehe, sprach lange mit Esther. Erst seit neuestem bewegten auch wir uns nochmals aufeinander zu. Ich fand ihn zugänglicher als früher, witziger, ja charmant.

Manchmal spürte ich seine Einsamkeit.

Kelche, Schalen, Vasen, Gläser – ein flimmernder, herrischer See. Sonnenstrahlen fallen durch die hohen Fenster in die Halle, fangen sich in dem übereinandergestapelten Kristall, das die Luft in blendenden Dunst verwandelt. Draußen dämmert es, Amseln zwitschern. Ein Junge hat einen Flügel der hohen Holztür geöffnet, steht erstarrt auf der Schwelle. Die Kappen seiner Schuhe fehlen, rechts schaut ein grober grauschwarzer Strumpf heraus; die Haut über den Schäften ist nackt und bläulich vor Kälte. Auf das Verbindungsstück zwischen den Hosenträgern seiner Lederhose ist eine eingerissene Edelweißblüte genäht. Ich kenne ihn so gut, dass ich von dem hinter der Blüte verborgenen Täschchen weiß, in dem er drei Reichsmark und einen kleinen selbstgeschnitzten Stempel in Form eines Schweins versteckt.

Es ist die Turnhalle der größten Schule der Stadt. Sprossenwände, Rutschstangen und Ringe, sinnlos unter der Decke festgezurrt. Das Gebäude ist langgestreckt, und es dauert, bis er begreift, was er sieht: Bis in die hintersten Ecken hat man es mit Tischen gefüllt, kleinen, großen, hohen, niedrigeren, Tischen aus reich beschnitztem Kirschholz, mit polierten Eichenplatten, manche nackt und roh, andere mit Leintüchern bedeckt. Kristallschalen, Karaffen, Sektkelche, Vasen jeder Art, facettierte Löwenköpfe, sogar ein Paar erhobener Bärenpranken stehen darauf – der gefrorene Reichtum der Stadt, hart und schön.

Zögernd streckt der Junge den linken Arm nach einem der Glaskelche. Das Knarren der Tür in seinem Rücken erschreckt auch mich. Es war der Wind. Die hereingedrückte Luft riecht nach Schnee.

Er ist vierzehn und ein paar Monate. Er sieht älter aus. Er hat Hunger. Ein Schwan treibt über ausgewaschenes Leinen, Glashunde geben Pfötchen, eine dunkelrote Bache schnüffelt neben weißroten Frischlingen, fünf blaue mundgeblasene Engel schlafen an eine überirdische Christbaumspitze gelehnt, kunstvoll geschliffen, böhmisch, mährisch, unwiederbringlich, alt.

Bot man den erwarteten Russen an, was man besaß, als nütze das Opfer: »Nehmt, dafür lasst uns in Ruhe?« Oder hieß die Geste: »Uns erschlagt ihr sowieso, lasst wenigstens das hier heil.«

Heil.

Er hat Brot gesucht.

Seine Haare stehen stachlig nach oben.

In dicht gebündelten Strahlen schießt das Abendlicht durch die knapp unterm Dach angesetzte Fensterreihe auf das Deck des stillen Schiffes. Alles ist deutlich, voller Zeigekraft: die Lebensgischt zu dicken weißen Krusten und Eisspitzen, zu Seevögeln und Fischen erstarrt.

Vorwärts! Vorwärts!
Schmettern die hellen Fanfaren,
Vorwärts! Vorwärts!
Jugend kennt keine Gefahren.

Vater weint. Seine kamilleblonden Brauen, sein zitternder Mund. Das kindliche, noch unbeflaumte Kinn. Ich sehe ihn vor mir, träume von ihm. Vater, jung und, wie mir scheint, noch unverletzt. Vater mit all der Lebensempfindlichkeit, mit der er zur Welt gekommen war. Noch weich. Nach diesem Menschen sehne ich mich wie nie zuvor in meinem Leben nach etwas oder jemandem. Wie nach etwas Lebensgeliebtem.

Das gibt es nicht?

Doch. Ich strecke die Arme aus.

Unter dem rauen Haarbesatz liegen, kaum umhüllt von Fleisch, die Knochen, lang und leicht, als wären sie hohl, damit ihr Besitzer mühelos an einem Finger schaukeln kann. Haut sieht man nur an den Ohren, den Brustwarzen, am Geschlecht. Die Weibchen sind sozial besonders geschickt, ihre Fickfreude beherrscht und befriedet die Horde. Wir trainieren sie mit Klickern, auf einen Doppelton springen sie uns an die Brust. Den Affen spürt man gleich: Die Füße greifen wie Hände. Schon die Babys stinken nach Wildtier. Hitze lädt sie noch auf in ihrer Dunkelheit, die ihnen auch aus den Pupillen fließt, cremig, unheimlich, sanft. Sie riechen nach Urin und unbändiger Kraft.

Unsere Forschung zielt auf den Unterschied zwischen ihnen

und uns. In den Genen finden wir eine Nähe, die wir nicht verstehen. Dabei fühlen wir, wie fremd sie sind: das Fell, der stark nach vorn gewölbte Oberkiefer, die tierische Hand, Klaue doch fast. Bis sich, mitten im Versuch, ein menschlicher Daumen auf dich zuschiebt. Zwar greift er anders als deiner, doch es ist die vertraute Form. Haarlose warme Haut. Du bist berührt. Spürst die Nähe. Da dreht der Affe den Arm. Du siehst Fingernägel, nicht Krallen. Doch wie grob die Nägel sind, wie schwarz. Solches Schwarz kennst du nicht: glanzlos tief, saugend, satt. Du bist auf einer Achterbahn: Jeder Blick zeigt dir Verwandtschaft und Differenz, und die Frage, wer diese Affen sind, verbindet sich, jetzt, endlich, denn du bist langsam und du hast dich dagegen gewehrt, mit der Frage nach dir selbst.

Meine Arbeit baut auf den Ergebnissen meines Vaters auf.

Er studierte von 1948 bis 1951 Medizin, habilitierte sich in Biologie, blieb in der Stadt, in die er als Flüchtling gekommen war. Hausberufungen waren erlaubt. Gute 30 Jahre später ich: Biologie. Promotion, Habilitation. Dasselbe Gebiet, andere Ausrichtung. Eustachius emeritierte, ich bekam einen Lehrstuhl auf Zeit in Jena. Er reiste, hielt Vorträge, war bekannt. Er nutzte seine Vergangenheit, ich arbeitete an meiner Zukunft. Jetzt, seit fast zwei Jahren, lehre ich an seinem neu definierten Institut. Verhaltensforschung, vergleichende Menschenkunde. Ich sitze nicht auf seinem Lehrstuhl. Es gibt diesen Lehrstuhl nicht mehr. Ich sitze dem Institut vor, das aus Vaters Grundlagenarbeit hervorgegangen ist.

Unser Gehirn verfährt chaotisch und rekursiv. Es antwortet sich selbst, entscheidet dem Bewusstsein voraus. Es ist das eigentliche Tier.

Das Tier, das unser waches »Ich« umfasst.

Das war Stachs Entdeckung.

Bis zu zehn Sekunden, bevor ein Proband den linken oder rechten Knopf drückt, manifestiert sich seine Entscheidung bereits in den Erregungsmustern seiner Zellen. Das Gehirn hat gewählt, die Testperson tappt noch im Dunkeln.

Das gilt für Affen. Und für Menschen.

Eustachius' Fund ging durch die Gazetten. Eustachius ebenso. Er hasste diese Art von Öffentlichkeit, hatte aber das Gefühl, sie aushalten zu müssen. Die Aufregung war beeindruckend. Der freie Wille – eine Illusion? Vater wiegelte ab. Insinuierte freilich, man müsse umdenken. Etwa im Strafrecht. Erneut schrie man auf. Der freie Wille, ein multifunktionales Konstrukt? Vater sagte: eine nützliche Illusion. Eine menschliche Illusion.

»Menschlich« meint bei ihm menschenartig. Ein biologisches Wort. Eustachius Grolmann, aufgewachsen in einem ununterbrochenen Propagandafackelmarsch, manipuliert, eingeseift, auf Vaterland, Opfer, Kampf gedrillt, in eine enge Blut- und Rassewelt gesperrt, entdeckte an Affen und Menschen die chemische Unfreiheit.

Nienalts Buch half mir. Zum ersten Mal stellte ich mir Vater als Dreijährigen vor, als Siebenjährigen, als Pimpf. Tausend Jahre, so der Psychologe, seien eine beruhigende Ewigkeit für ein Kind. Mit der Sammelbüchse fürs Winterhilfswerk, Gemeinnutz vor Eigennutz, Teil des Parteiprogramms, stand Eustachius auf dem Ring in Oels, vor der Erlöserkirche, am Tor der Oelser Schuhfabriken Gustav Klemm. Mit zehn bekam er eine Eins für den Aufsatz »Stukas über Moskau«. Jüngere Mitschüler hießen Adolf, Gernot, Wolf. Deutschland war das einzige gute Land auf der Erde. Er sammelte Flieger, Panzer, Helden. In den Ferien sang er für die Heimat, fuhr Rad für die Heimat, zeltete für die Heimat, erntete für das Reich.

Am 10. November 1938 reiste er mit seinen Eltern nach Breslau. Daran erinnert er sich. Er sagt: Ich erschrak vor den Scherben, den geschlossenen Läden, den Wachen, den Löchern, den Klebestreifen, den Gesichtern, in denen die Löcher und die Leere wiederkehrten, eingeschlagenen Gesichtern, manche bunt: blau, grün, gelb, und selbst die bleichen, porzellanweißen eingeschlagen, wie tot.

Er sagt: »Erinnere mich nicht daran.«

Vater war für ein paar Tage zuhause geblieben, die Aktionen der Tierschützer trieben ihn aus dem Institut, er kam durch diese Art von Widerstand stark aus dem Tritt, sie erschütterte seine Sehnsucht nach einer heilen, ihn fördernden Welt und machte ihn krank. Dennoch spielte er mit mir Mensch-ärgere-Dich-nicht, und ich fragte ihn, vielleicht, weil ich die Frage im Fernsehen gehört hatte und nicht vergessen konnte, vielleicht auch, weil ich sie mir selbst in Bezug auf meine Eltern beantwortet hatte (und die Antwort lautete »nein«): »Wenn ich sterbe, würdest du dann auch sterben wollen?«

Er wurde bleich, und seine Augen begannen, sich über mich zu streiten. Eines mochte mich, das andere hatte Angst vor mir. Die Angst erschreckte mich.

Aus Menschenfurcht hatte Eustachius begonnen, an Affen zu forschen. Primaten, die große friedliche Utopie: ihre Ähnlichkeit mit uns, ihre Karamellaugen, ihr Schmelz.

Einem wie ihm mussten Graugänse lächerlich vorkommen. Wie mir. Endlich, nach Jahren, fand er die schützende Unfreiheit des Affen auch im Menschenkopf. Jedenfalls ihren Abglanz. Nicht der Wille des Subjektes bestimmte, was das Subjekt unternahm – sondern sein Gehirn. Seine Vernetzung und Taktung, seine Neigung, stets die gleichen elektrischen Zustandswolken zu bilden, gewohnte Simultanerregungen anderen Simultanerregungen vorzuziehen. Seine erlernte Gleichschaltung. So rechtfertigte er sich – und andere.

Sein Ergebnis bedeutete: Was du heute entscheidest, folgt stärker, als du annehmen möchtest, aus deiner neurologischen Geschichte. Woraus nicht philosophisch oder psychologisch, sondern physiologisch folgt: Was war, endet nicht.

Menschenfurcht. Und ein mit Reisen gefülltes Frühjahr? Zu italienischen Thermen? Um müde inmitten wabbeliger halbnackter Pseudotiere an müde plätschernden Wässerchen zu liegen? Ich recherchierte seinen letzten Ausflug. Vater war nie sonderlich auf seine Gesundheit bedacht gewesen; seiner Überzeugung nach suchten nur Depressive, Befehlsempfänger und hoffnungslos vergreiste Menschen Ärzte auf.

Alle Hotels und Herbergen Abanos telefonierte ich durch: Er habe seinen Ehering verloren, erinnere sich nicht, wo er übernachtet habe, alt, völlig aufgelöst. Bereitwillig blätterte man elektronische Ordner auf: nichts. Ich rief die Reisezentrale der Universität an. Der alte Charmeur: Er bringt den Damen Eis ins Büro! Sie buchten ihm einen Flug nach Kinshasa, via Paris, elf Stunden. Jeep am Flughafen. Kurzfristig bestellt, 1763 Euro. Sonderangebot, pauschal.

Wir saßen zu dritt in seiner langgezogenen Küche und richteten den Kühlschrank für Kaiserin Katharina her, Stachs maurische Landschildkröte. Unter den vier Fenstern der Außenwand befanden sich die Anrichte und die Spüle, die linke Schmalseite teilten sich Herd und Besenschrank. Gegenüber der Anrichte stand ein kleiner weißer Tisch mit zwei Stühlen und einem Hocker. Die Tür neben ihm führte in den Flur, die Schiebetür an der zweiten Schmalseite ins Wohnzimmer. Der Haselbusch vor dem rechten Außenfenster wedelte mit seinen gelben großen Blättern. Sonntag, früher Nachmittag.

»Familie ist Fernsehen«, sagte Vater.

Esther lehnte an der Anrichte und bediente ihr Handy. Ihre Finger bewegten sich mit Affentempo, wie man sagt, obwohl es nicht stimmt – tippende Jugendliche sind schneller als Affen. Wenn sie sich konzentriert, sieht sie Johnny ähnlich, sie hat seine Locken, seine kurze Nase und zieht bei Anstrengung eine Falte zwischen den Augen, vor der ich sie warne. Was sie ignoriert. Schaue ich sie an, kann ich nicht glauben, selbst einmal auch nur ansatzweise derartig rosig und prall durch mein Leben gelaufen zu sein. Dicke Brüste, rundliche, fast babyhafte Arme. Dazu eine schweigsame Gründlichkeit, die ich nicht verstehe. Keine Frau in keiner unserer Familien war jemals so stumm, selbst Johnnys friesische Mutter ist in dieser Hinsicht das Gegenteil.

Kaiserin Katharina erwartete ihre Winterruhe. Mehrfach hatte sie in lauwarmem Wasser gebadet und ihren Darm entleert. Jeden Herbst setzte Vater sie auf feuchter Gartenerde in den Kühlschrank, schob das Gerät in die Vorratskammer (drei Außenmauern). Der riesige neue Schrank (mehrere Nullgradzonen sowie Gefrierfächer) war zu voll, um Katharina aufzunehmen. Vater behauptete, er sei Vegetarier geworden, Esther habe ihn dazu gebracht. Ich sah Brokkoli, Kohlrabi, Blumenkohl, Möhren, Äpfel, Romanesco, Papayas, Mangos und nahm ein Netz Walnüsse aus dem Fach.

»Familie ist Fernsehen!«, wiederholte Stach und nickte den Nüssen zu. Jeder Einzelne ein Bildschirm, aber alle an denselben Sender oder Server geschlossen. Server wie »Surfer«. Seine englische Aussprache war miserabel, obwohl er seit mehreren Jahrzehnten seine Vorträge auf Englisch hielt, wie jeder im Fach.

»Lenk nicht ab«, sagte Esther. Sie ging ihren jüngsten Tierschutzbogen mit ihm durch. Zwei Blätter, 65 Fragen. Der Tier-Hau (so Johnny) ist in unserer Familie erblich, bei Esther schlimm. Dabei hiberniert Stach Kaiserin Katharina seit fast 40 Jahren, seit Ines ihn verlassen hat. Die mir bis heute am Telefon sagt, dass sie durch eine Schildkröte ersetzt worden sei habe ihr dann auch nichts mehr ausgemacht.

Vater legte die Stirn in Falten und ruckte an seiner Mütze. Die Strickrunen taumelten um seinen Schädel wie ein kollabierender Zaun.

»Kommt, ich zeig euch was.«

Im Wohnzimmer legte er eine selbstgebrannte DVD in den Spieler. Als er sich zu uns drehte, fiel mir auf, wie fest er den Mund zusammenkniff. Meinem Blick wich er aus.

Regenwald, Mittagslicht. Schimpansen, eine große Gruppe von über 50 Tieren, so der Sprecher, richtete sich in den Kronen einiger mittelhoher Bäume für den Verdauungsschlaf ein. Vögel, Mischungen zwischen Krähe, Kuckuck und Elektro-Nachtigall, schrien durchdringend. Ein Jungaffe schöpfte sich mit der Hand Wasser aus dem Trichter einer Astbromelie in den Mund, spuckte es angewidert aus. Wir lachten über sein entsetztes Gesicht: wie menschlich!

Affen taten mir, wie auch Vater, gut: Sie waren, verbunden mit allem, was sie umgab, im Halbdunkel des Urwalds so selbstverständlich zuhause, von Sonnenstrahlen und warmem Regen gekrault, so sicher und dem Leben gegenüber entspannt. Weibchen, die Kleinsten an den Brüsten, rückten zusammen, ihre Blattnester, es war also Regenzeit, schwebten auf etwa zehn Metern Höhe über dem Boden. Ein hochrangiges Männchen, stark bemuskelt, räkelte sich in einer Baumgabel, Äste voller Blätter hingen ihm ins Maul. Die Gruppenältesten, Männchen wie Weibchen, schoben Wache; die Kamera glitt durch die Krone, folgte einer stark farbigen Echse einen Stamm hinab und fing, offensichtlich zufällig, eine Gruppe von fünf oder sechs Jungmännchen ein, die sich im typischen vierfüßigen Knöchelgang der Menschenaffen, abgestützt auf dem zweiten und dritten Fingerglied, also möglichst lautlos, leicht geduckt, einander Sichtschutz gebend, von der Gruppe entfernte.

»Pan troglodytes schweinfurthii«, sagte Stach.

Ich schaute zu Esther. Kannte sie sich inzwischen mit Affenarten aus? Schweinfurthii lebte im nördlichen Kongo. Stach und sie benutzten das gleiche Handy mit der gleichen Flatrate, den gleichen Apps. Vater simste mehr als ich.

Die leisetretenden Schimpansen glichen in Körper- und Kopfhaltung Menschen auf Kriegszug. Fehlte nur die Bemalung. Entgegen aller äffischen Gewohnheit hechelgrunzten sie nicht, ja, ließen nicht den geringsten Lippenschnalzer hören. Nach einer Weile hielt der Vorderste inne und sicherte, indem er sich ein wenig aufrichtete. Die anderen rannten tief gebückt zu den nächsten Stämmen und kletterten hinauf. Ich schätzte sie zwischen neun und 14 Jahre, in der Pubertät oder gerade darüber hinaus.

Unter lautem Kreischen fielen sie einige Schimpansen an, die zur Nachbargruppe gehörten und einander mittäglich friedlich auf den Ästen eines großblättrigen türkisfarbenen Baumes das Fell pflegten. Nur zahlenmäßig waren Überfallene und Angreifer einander ebenbürtig. Ein Krieg ohne Anlass, ohne Erklärung, ein heimtückischer Überfall. Die geprügelten Weibchen und Jungtiere flohen, eine Schimpansin verhedderte sich, schlagende Äste, Sprünge, panisches Geschrei. Die Äffin entkam, rettete ihr Leben, wie man wusste, wenn man gesehen hatte, was folgte.

Ihr Baby ist im Kampf aus ihrem Fell gefallen, die Halbstarken greifen es, halten es für alle sichtbar hoch über ihren Köpfen sekundenlang in die Luft und beginnen, es zu zerreißen. Fünf, sechs große Stücke. Die Fleischkanten wirken, gerahmt von dem zarten schwarzen Fell, herausfordernd rot. Gemütlich sitzen die Angreifer auf den Ästen des unterseeisch leuchtenden Baumes und verzehren ihren kleinen Verwandten.

Doch sie essen ihn nicht ganz.

Sie ziehen die Lippen hoch, entblößen die mächtigen Eckzähne und beißen vorsichtig von ihm ab.

Insbesondere das große Rippenstück, an dem ein Ärmchen hängt, hat es ihnen angetan. Sie geben es einander weiter, jeder begutachtet es, dreht es ein paar Mal, knabbert daran.

Esther und ich schwiegen. Ich hatte von diesen Kriegszügen gehört, es gezielt vermieden, mir eine Aufnahme anzusehen. Eustachius' Film schien ungeschnitten, einige Male hatte die Kamera gewackelt. Er musste Kontakt zu Wildlife-Forschern haben, obwohl Dschungel- und Zooaffen-Professoren normalerweise nicht zusammenarbeiteten. Zu große Typendifferenz, sprich: schlugen gern aufeinander ein. Zumindest verbal.

Eine Welle Übelkeit stieg aus meinem Magen. Das Ärmchen. Noch immer als Affen-Knackwurst herumgereicht.

Esther war blass, sagte aber nichts.

Wir alle hatten gelernt: Der unterlegene Wolf bietet dem Sieger die Kehle dar, angesichts dieser Geste kann der Stärkere nicht zubeißen. Welch Spiel, welche Souveränität. Höhere Säugetiere brachten ihresgleichen nicht um.

Das hatte lange gegolten. Das gute Tier!

Bis auf dem inzwischen legendären Primatologentreffen 1979 in Bangalore in Südindien der Japaner Yukimaro Sugiyama berichtete, dass Langurenmännchen, die den Harem eines anderen übernahmen, systematisch allen Nachwuchs des Vorgängers töteten. Damals rettete man sich noch einmal: Man erklärte dieses Verhalten für pathologisch und ignorierte Sugiyamas Forschungsdaten jahrelang.

Inzwischen waren Kindsmorde auch bei Gorillas und Schimpansen dokumentiert. Von Menschen ganz zu schweigen. Schimpansinnen hielten sich nach einer Geburt von ihresgleichen fern. Sie wussten, warum.

Doch was der Film gezeigt hatte, war anders. Es ging weit darüber hinaus. Kriegerisch. Rituell.

»Großartig«, murmelte Stach und begann, leise zu lachen. Esther blickte verwirrt zwischen ihm und mir hin und her. Im Sommer hatte sie sich einer Gruppe Naturschützer angeschlossen, seither lebte sie einen Nachmittag in der Woche im Wald.

Vaters Lachen wurde lauter. Belegte der Film eine Gehirnabweichung, eine genetische Mutation, ähnlich jener des Gorillas von Brisbane, der seit Jahren in aufrechtem Menschengang durchs Zoogehege streifte?

Nein. Das war die harmlose Erklärung, die Selbstberuhigung. Die eingefangene Szene schien eine Wurzel unseres Verhaltens zu offenbaren. Dessen sicher war ich mir nicht; nicht jeder Film gab ein getreues Abbild der Wirklichkeit. Sicher war ich mir nur einer Sache: unserer Gewaltblödigkeit, unserer Gewalterbärmlichkeit.

Warum musste Esther das sehen? Mit ihren 17 zwar rigorosen, gleichwohl noch unschuldigen Jahren.

»Menschen in Fell!«, gurgelte Vater. »Jahrhundertelang hatte unsereins Angst vor ihnen, rottete sie fast aus wie den Neandertaler. Und wie richtig: Sie sind so brutal wie wir. Der letzte, entscheidende Unterschied – einfach weg.«

Esther stand auf und ging zu ihm. Als sie ihn erreichte, hörte er schlagartig auf zu lachen, schlang ihr die Arme um den Bauch und verbarg sein Gesicht.

Meine Güte. Wann hatte ich ihn zuletzt weinen gesehen? Bei Mutters Auszug jedenfalls nicht.

»Sie sollen nicht sterben«, murmelte er, »sie nicht.«

Löste sich von seiner Enkelin, streifte mich mit einem Blick, den ich nicht deuten konnte (fragend, geheimnisvoll, traurig) und zog sich die Mütze tiefer ins Gesicht.

Maggy Kowalsky wohnte in einer prächtigen Villa 40 Kilometer außerhalb der Stadt. Magdalena, die Lene, das letzte Hausmädchen meiner Großeltern, heiratete 1948 in die USA, ein halbes Jahrhundert später waren sie, ihr Mann, ein deutschstämmiger Amerikaner, und die drei Söhne zurück. Südfrüchteimport. Man sah dem Haus an, dass seine Besitzer Amerika liebten, Eingangsportikus, Zuckertürmchen, umlaufende Veranda aus Holz. In der Auffahrt standen zwei kiwigrüne Lieferwagen.

Maggy, 94einhalb, eine Batterie leerer Fläschchen am Küchenfenster, eine Batterie voller auf dem Buffet, hatte Muffins gebacken und schenkte einmalig dünnen Löskaffee in Thermosliterbecher.

»Een echte Plärre«, sagte Eustachius.

Sie unterhielten sich über Vorratshaltung. Über Kühlschränke, Kühlschrankfernbedienung. Maggy kicherte: »Plärre, wie lang hab ich das nicht mehr verhört«, und zerrte ihr Handy mit eigens großer Bunttastatur aus der bunten Riesenhandtasche, die neben ihr auf dem Sofa saß. Das Handy schloss auch das Garagentor. Zwischen Plärreschlucken malte sie aus, wie gefährlich elektrische Wärmedecken sind, resümierte mit kicheriger Krächzstimme »lieber 'ne Flasche«, wurde unvermittelt still, seufzte: »Erzähl meer von Zuhause. Von was du dir erinnerst. De Teckelchen, das ihr gerettet habt, in die letzte Sekunde, und vom Kleenen, wie er abhanden ging.« Zu mir gewandt, sagte sie: »Eek meene Emil, deine Unkel!«

Emil. Den warmen Steen.

Den stapsigen Steppel.

»Abhandengekommen, abhandengekommen!«, raunzte Vater, »was für ein Mist! Entschuldige, Lene ..., wir haben dir doch erzählt, wie es war, auch Lilly und Hannes noch. Weißt du nicht mehr, wenn du uns besucht hast, habt ihr geredet, tausend Mal, auch über Emil.«

»Det... Derheeme«, sagte Maggy unbeeindruckt, wedelte kurz mit dem Kaffeebecher, als wolle sie eine Fliege verscheuchen: »Aberr jetze kannst du mir sagen, was du davon denkst. Ist Emil von den SS gefangen gewesen? We are oalt enouff dafür!«

Das war Wasser auf Eustachius' Mühlen.

»Ich bin nicht alt«, sagte er trotzig.

Maggys Augen wirkten wie ausgelaufene Spiegel, Restblau mit unscharfem Irisrand, das Weiß rotgeädert. Faltige Lider. Doch wie der Blick hervorblitzen konnte, mäusisch und hell: »Emilchen eine Lungenentzündung?«

Sie lachte so tief aus dem Bauch, dass das pinkfarbene Tuch, das sie sich um die beachtliche Körpermitte geschlungen hatte, ins Rutschen geriet. »Bei dem seine Körpertemperatur? Ich bin keine Dummkarnickel! Nu zieh kein solche Karpengusche. Das hat Madame Grolmann sich imagined, da fress ich einen Hut drauf!«

Es gelang mir, meinen Schluck Plärre unbemerkt in den Halbliterbecher zurückzuspucken. Karpfenschnute! Und das zu Eustachius. Wunderbar.

Von Emil wusste ich nur, dass er, dessen Behinderung nicht nur den Fuß betroffen hatte, dank eines Privatlehrers schreiben und lesen gelernt hatte. Langsam zwar, dennoch begeistert. Eine Lungenentzündung auf der Flucht, hatte Lilly später wieder und wieder erzählt, »ein rascher Tod«. Vater schwieg gemeinhin dazu.

»Keineswegs«, antwortete er nun mit harter, etwas zu hoher Stimme. Im Gegenteil! Ein Mensch wie Emil habe in besonderem Maß unter der Kälte gelitten. Unter dem Hunger. Dem Warten. Den Transporten auf Ladeflächen. In Viehwaggons. Unter den entwürdigenden, unmenschlichen Umständen. Der ständigen Todesgefahr, gegen die man sich in keiner Weise habe wehren können. »Dem Schlachtviehgefühl«, seufzte er leise, um im gleichen Atemzug mit normaler Stimme und Lautstärke fortzufahren: Was bestätige, was er lange schon sage – die Flucht hätte gefilmt gehört.

Als sei ihm »Schlachtviehgefühl« nur herausgerutscht. Als bedeute es nichts, ein Wort unter anderen.

Eustachius: Hätte man die Flüchtlingstrecks aus Alten, Kindern und Frauen gefilmt, wie man heutzutage Kriegsschauplätze filme, hätte man weltweit ausgestrahlt, wie sowjetische oder amerikanische Bomber sich einer Kette von Pferden und Menschen mit Wägelchen, taumelnd in Schnee und Eis, von hinten näherten und Bomben abwarfen oder aus nächster Nähe MG-Gewehrsalven feuerten, denen die Fliehenden in keiner Weise entgehen konnten, hätte man das Krachen der Treffer, das Schreien der Tiere und Menschen gehört und die Babys gesehen, wie sie im Schnee lagen, kleine weiße Leichen, hätte sich vielleicht etwas an der Kriegsführung verändert.

»Jawohl!«

Das sagte er gern. Das spulte er ab, mit Verve und Wärme in der Stimme. Lange hatte ich an den Treck und die Bomber geglaubt, bis ich Vater vor ein paar Jahren bat, mir die Stationen seiner Flucht aufzuschreiben. Dabei war es herausgekommen: Züge, Lkws, Fußmärsche.

Nie war er im Flüchtlingstreck gegangen.

Was er schilderte, waren bereits Filmbilder. Nachgestellte Aufnahmen, irgendwann irgendwo ausgestrahlt. Phantasien über die Vergangenheit.

Er, der versuchte, seinen Erinnerungen zu entfliehen. Der sich seine Geschichte vom Leib hielt, indem er sie in Zelluloidbilder sperrte. Seine Augen wurden dunkler blau, wenn er von diesen Filmen sprach, seine Nase krümmte sich. Er schien nach innen zu blicken, offen zu berichten. In Wirklichkeit bog er sich von sich selbst fort, mechanisch und kalt.

Maggy wirkte unbeeindruckt. Sie zündete sich eine Zigarette an, drei Schachteln lagen vor ihr auf dem Tisch. Ich sagte dankbar, mir werde übel von Rauch, und ging zur Terrassentür. Vater schaute mir nicht nach, er wusste genau, was ich dachte. Ich sah noch, dass er sich ebenfalls eine Zigarette nahm; Maggy hielt ihm Feuer hin.

Einer der beiden Lieferwagen fehlte. Hundert Meter hinter der Terrasse begann der Wald. Die Vögel, es musste welche geben, saßen stumm und unsichtbar in den Zweigen. Ich stand neben einigen zusammengeklappten, steil gegen die Hauswand gelehnten Stühlen, kontrollierte meine Handynachrichten und stieß die Terrassentür erst auf, als ich zu sehr fror, um auch nur eine Sekunde länger draußen zu bleiben. Vater war im Sessel nach vorn gerutscht, Richtung Maggy, und sagte: »Welche Pistole?«

Er streifte Asche ab. »Es waren ja zwei!«

Ich sah ihn und Maggy von der Seite. Sie bemerkten mich nicht. Alt waren sie seit einiger Zeit, das betonten sie zumindest ständig, aber dass sie schlecht hörten, wollten sie nicht wahrhaben.

»Vaters Mauser«, rief Eustachius. Sein Gesicht hatte sich gerötet und belebt. »Ich glaube, die Luger hatte Emil eingesteckt. Ich fand sie nicht mehr in Vatis Schreibtisch. Er hatte sie doch weiterhin im Schreibtisch, oder?«

»Of course«, sagte sie, »ich war nicht erlaubt, sie anzulangen. Didn't like them anyway.«

»Ich verstaute die Mauser tief unten im Rucksack. Die Luger war ein altes Ding, nicht?«

Sie antwortete nicht.

»Es war verboten, Waffen mitzunehmen auf die Flucht. Weißt du, ob diese Pistolen überhaupt noch schossen? Probierte Vati sie mal aus im letzten Kriegsjahr, erinn…«

Da sah er mich. Ich lächelte verlegen, als hätte er mich bei absichtlichem Lauschen ertappt, was völlig unsinnig war, so dass ich aus Ärger über mich selbst auch noch rot wurde, und zu meinem Erstaunen lächelte nun auch Vater beschämt, fast unterwürfig, während Maggy sich mit einem geächzten »damn bones« aus dem Sofa hievte und zum Buffet wackelte.

»Die Hilflosen beschossen? Die Eben-noch-Nazis!«, schnaubte sie, als hätte sich ihr Gespräch während meiner Abwesenheit keinen Millimeter vom Fleck bewegt, und nahm eine Flasche Asbach Uralt aus der Bar.

Asbach Uralt. Unglaublich. Das Zeug gab es noch? Zum Glück musste ich Auto fahren und konnte ablehnen. Souverän diesmal. Was keiner bemerkte. Vater und Maggy hatten sich einander neuerlich zugewandt; etwas, das mich ausschloss, umfing sie. Ihre Gläser klirrten gegeneinander.

»Ich helf dir mit Gemüse, Dawittl, ehnde noch mehr so trübetimpelig redest.«

Sie kippte ihr Glas auf ex. Er tat es ihr nach. Dawittl. Was für ein Name für ihn. Maggy füllte wieder auf. Dabei schauten sie, als hätten sie soeben im Lotto gewonnen. Alle beide.

Eichen und Fichten, Katzenaugen zu beiden Seiten. Das alte, an die Scheibe geklebte TomTom hatte eine Verkehrsstörung gemeldet und sich den Weg durch den Wald ausgedacht. Vater hing schief im Gurt.

»Gar nicht blöd, die Lene. Wir sollten heiraten.«

»Das ist ja ganz neu!«

Sie hatte uns eine Kiste mit nicht mehr verkaufsfrischem Obst und Gemüse mitgegeben. Sie wollte Eustachius besuchen.

»Öfter mal was Neues«, sagte Vater. Hörbar zufrieden.

Mein Volvo, ein keineswegs neues silberblaues Modell, außen blechern, innen plüschig – Johnny benutzte einen windschnittigen, metallisch grauen Audi, den er, sagte er, seinem straßenbauenden Beruf und seiner Autorität schuldete –, glitt für seine Verhältnisse fast lautlos, also mäßig brummend, über die langen tiefgrünen Schatten des Asphalts. Das Bankett lief neben uns, als ende es nie. In einer erdigen Bucht, an der ein Wirtschaftsweg zwischen die Bäume abzweigte, stellte ich den Motor ab und ließ mein Fenster herunter. Wann war ich zuletzt mit Vater in einem Wald gewesen? Vor 45 Jahren? Vor 50?

Die Kühle und Dichte der Luft benahm mir fast den Atem. So viel Nadel, so viel sich versteckt haltendes Tier. Eustachius wirkte entspannt, nahezu schläfrig.

»Wie war es in Lamoko-Yokokala?«, fragte ich.

Öfter mal was Neues? Jetzt hab ich dich. Flug, staubige Autofahrt, 25 Stunden auf einem kleinen Schiff den Lamoko flussauf?

Er zog die Nase kraus. »Ich blieb in der Nähe von Kinshasa.

Man plant auch dort eine Affenstation. Aufschlussreich war's. Erholsam. Seither höre ich besser, hast du das gemerkt?«

Hatte ich nicht.

»Und die Pistole?«

»Ah«, sagte er verächtlich. Und saß schmal im Wagen. »Ich hätte sie behalten, wenn ich geahnt hätte, wie unfreundlich die Bayern sein würden. Nur kann ich nicht schießen. Wie du weißt.«

Stimmte. Ich erinnerte mich an unsere einzige gemeinsame Reise nach Afrika, ins fellige Herz des Kontinents, den Lebensraum der Bonobos im Riesenbogen des Kongo. 1980, meine letzten großen Ferien. Wir beobachteten die Tiere frei sowie in einer Auswilderungsstation, es war großartig, eine Belohnung dafür, dass ich Eustachius nach Mutters Auszug die Treue gehalten hatte. Er machte mich auf Verhaltensweisen und das Lautrepertoire dieser damals noch kaum erforschten Affen aufmerksam, heiterer, als ich ihn je erlebt hatte; der fremde Himmel und die internationale Gemeinschaft der Forscher und Pfleger taten ihm gut. Bis einer der Tierärzte, der einen jungen Bonobo betäuben sollte, unvermittelt Vater das Gewehr in die Hand drückte. Was folgte, wurde *der* Witz der Station: Papiertiger Grolmann! Vater wehrte sich, sagte, er könne nicht schießen, und als er es, da man ihn nicht entkommen ließ, widerstrebend versuchte, flog die Betäubungspatrone so weit neben den Affen, dass man um die Schlangen in den Urwaldbäumen fürchten musste! Kam Stach danach irgendwo in der Station um eine Ecke, ging man demonstrativ vor ihm in Deckung und lachte sich halb tot. Er lachte mit, doch ich hatte gesehen, wie er, kaum hielt er das Gewehr, begonnen hatte zu zittern, unkontrolliert hatten seine Hände gebebt, während er auf den Spott nicht reagierte, ja, ihn geradezu erleichtert zur Kenntnis nahm.

Ich schaute von der Seite auf sein unbewegtes altes Gesicht, seine wasserblauen Augen. Er starrte zur Windschutzscheibe hinaus. Ich hatte kein Gefühl dafür, ob er es tat, um mir auszuweichen oder weil die Pistole wirklich belanglos war.

Nach einer Pause, in der er schnüffelnd die Nase bewegte, sich an die Mütze griff und sie vorsichtig gerade zog, flüsterte er, er habe die freilebenden Bonobos im Kongo lachen gehört. Ein hechelndes Ein- und Ausatmen.

Der Wald neben uns hielt still. Mein Volvo ebenfalls. Eustachius' Knie stießen von unten gegen das Handschuhfach. Er war zu lang, um bequem in das durchgesessene Polster zu passen.

»Mädchen«, sagte Vater, »sie sprechen fast.«

Ich half ihm, die Gemüsekiste ins Haus zu tragen und auszuräumen, was heißt: Ich stand in der Küche, er ließ sich im Wohnzimmer aufs Sofa fallen. Wo er seufzte. Still wurde. Und ein heiseres, fast piepsiges »Entschuldige bitte« hören ließ.

Mit einem Chinakohl und zwei Bananen in Händen schaute ich nach ihm. Hatte das wirklich mein Vater gesagt? Der Satz lag völlig außerhalb seines Repertoires. Es musste ihm elend gehen.

Aufrecht, mir zugewandt, saß er auf der Sofaseite am Bücherregal und nahm mich mit leichtem Grinsen in Empfang: »Ich habe dir nicht genug Gutenachtgeschichten erzählt.«

Ich ärgerte mich über mich selbst. Was war ich so herbeigelaufen? »Keine einzige, um genau zu sein«, sagte ich.

Manchmal hatte er mir, wenn ich im Bett lag, etwas vorgelesen. Manchmal hatte bereits währenddessen, am frühen Abend, das Telefon geklingelt, ohne dass sich jemand meldete, wenn man abhob. Auch nachts läuteten Tierschützer bei uns an; man beschmierte unseren Zaun, legte angegammeltes Schweinehirn vor unsere Eingangstür. Eine andere Schützergruppe fuhr ans Tor des Instituts, jagte Parolen durch Megaphone und zündete Lagerfeuer an, deren Rauch die Affen in Panik versetzte. In diesen Zeiten sprach Vater noch weniger als sonst und vergaß das Vorlesen; er starrte zum Fenster hinaus. Zupfte ich ihn am Ärmel, sah er mich mit einem Blick an, der durch mich glitt, als wäre ich keine Person, sondern ein verlorener Ort.

Er liebte seine Affen, er liebte sie mehr als seine Familie. Das dachte nicht nur ich, das dachten alle und lachten darüber, es war ein guter, weil echter Witz.

Ich setzte mich auf das andere Ende des Sofas. Bananen und Kohl legte ich auf den Tisch. »Warst du deswegen in Lamoko? Erzählst den Affen Geschichten in einem neuen Sprachversuch?«

Er versuche, ein Buch zu schreiben, ein Buch der Experimente. Seine Wangen röteten sich. Um seine Aufregung zu überspielen (oder war es Müdigkeit? Seit ein paar Jahren wurden seine Backen wie bei vielen Alten auch dann rot, wenn er sich erschöpft fühlte), nahm er eine meiner Bananen und schälte sie bedächtig von der Spitze her. Als er schließlich abgebissen hatte, den Kiefer bewegte und vielleicht etwas sagen wollte, was seine Entschuldigung zu einer wirklichen Entschuldigung gemacht hätte, zu einem Bedauern, das über die Andeutung von Sprachexperimenten in einem Buch hinausreichte, drang aus der Wand hinter dem Regal ein Kratzen, das mich fast aufspringen ließ.

»Still«, sagte er. Völlig überflüssigerweise. Dabei kaute er laut weiter. Scharrte mit dem Fuß. Sagte, kauend: »Die Maus.«

Ich starrte ihn für Sekunden sprachlos an. Sein Mund hing rechts weiter nach unten als links, das musste neu sein, Stress oder ein Altersschub, über Nacht ins Gesicht gefahren. Die glatten, leicht feuchten Lippen murmelten: »Vermutlich eine dieser Doogie-Mäuse!«

Von denen ich ihm erzählt habe. Die dank genetischer Manipulationen lernfähig und intelligent würden und empfindlicher für Schmerz. Das eine scheine nicht ohne das andere zu haben zu sein. Schrecklich empfindlich.

»Nun lenk nicht ab. Dieses Geräusch …«

Mein Kopf arbeitete. Was wollte Stach? Hielt er mich für ein kleines gutgläubiges Mädchen (Maus!)? Versuchte er, einen heimlichen, absurden Triumph in sein Forscherkämmerlein abzuschleppen?

Nein. Die richtige Frage lautete: Was wollte ich? Ich schwieg. Schaute ihn an. Nickte.

Zu meiner Überraschung wurde er rot bis in die Stirn.

»Vater«, sagte ich leise. »Dein Gesicht glüht. Diese Mütze! Damit ist dir doch zu warm?«

Ich übertrieb. Merkwürdig sah er allerdings aus, freakiger als alle Tierschützer der 80er Jahre zusammen. Er tippte sich an die Mütze und schob sie weiter nach oben. Der Runenzaun stand gerade und, als richte ihn das innerlich ebenfalls auf, schoss Stach einen scharfen blauen Blick auf mich ab: »Ich bin alt, meine Zeit ist kostbar.«

Hmm? Bevor ich noch nachdenken konnte, was er damit sagen wollte, kicherte er. Die Bananen koche er ein. Er habe jetzt über 200!

Ich sagte nur: »Ja«. Langsam jetzt, sagte ich mir.

»Bananenchutney. Malaiisches Rezept. Mitunter glaube ich, ich hätte es schon im Kopf.«

»Was, Vater?«

»Das Chutney natürlich.«

Er schaute mich an, als wäre ich blöd. War das jetzt eine Gutenachtgeschichte? Das Leben mit einem hochbegabten oder einst hochbegabten Vater konnte anstrengend sein. Wie aufgewühlt er wirkte. Ich schwankte zwischen Sorgen (hat er Fieber?), Ärger (was für ein Theater), Neugier und Überdruss. Abermals griff er sich an die Mütze, überlegte es sich anders, zog ein schäbiges schwarzes Notizbuch aus der Jackentasche und hielt es mir hin. Kolonnen von Bleistiftzahlen, Striche, kleine Summen: 5,87 DM. 13,49 DM. 0,72 DM. 11,00 DM.

Nicht, dass ich das nicht gekannt hätte. Ich knipste die Stehlampe neben mir an, murmelte »Kaffee« und stand auf. Er nickte stumm, blätterte, das gelbe Licht schmeichelte dem Zimmer und ihm und vermutlich auch mir. Es machte den Moment weicher, und als ich mit dem Espresso zurückkam, setzte ich mich näher zu Vater.

Seine Unterlippe zitterte. Stück um Stück habe er sich sein Leben nach der Ankunft in Bayern zusammengetragen, im Labor gestanden und Blutkörperchen gezählt, draußen gestanden und Pfennige gezählt, Zellen gezählt, Bakterien gezählt, Neuronen, Dendriten und wieder Pfennige.

»Und jetzt«, sagte er. Die Affenfilme. Die Frage nach der Aggression. 1959 habe man Versuche mit Tieraffen gemacht, bei denen der eine nur fressen konnte, wenn er einen Hebel betätigte, der seinem Nachbarn einen kleinen Stromschlag versetzte. Das kenne ich gewiss? Ratten hörten unter diesen Bedingungen auf, Nahrung aufzunehmen. Affen ebenfalls. Einer von ihnen hungerte 12 Tage.

12 Tage. Nur um dem Artgenossen nicht den geringsten Schmerz zuzufügen. Seine Gesichtsfarbe normalisierte sich. Meine auch. Ob er wusste, was ich vermutete? Doch er hatte nichts gesagt, also musste ich nichts wissen.

»Alles könnte falsch gewesen sein«, murmelte Vater. Und sah mich an. Prüfend. Lange.

Ich sah ebenso zurück und hatte den Eindruck, durch sein Hemd und seine Haut unmittelbar in sein Inneres zu blicken, dabei blieb er still und duldsam sitzen, fast wirkte es, als ziehe er mit Absicht einen Vorhang zurück und lasse mich schauen. Sein Inneres war weiß bis auf ein paar nackte Flecken Erde. Weiß wie beschneit, sanft gewellt, aber auch versteckt. Ein Puppenland, nicht ausgeformt, nicht richtig gediehen. Dabei hätte er daraus wachsen sollen, ein Gebirge sich erheben, in Zacken und sanften Flanken, Schatten und Licht, ein vollständiger, in seine Höhen und Tiefen gebildeter Mensch aus Nordwänden und lieblichen Südhängen, voller Erinnerungen, Wünschen, Träumen, Verbindungen. Unsere Forschungen bewiesen, dass Gene an sich fast nichts bedeuteten, sie standen für Möglichkeiten. Entscheidend war, was sie anschaltete, unter welchen Umständen welches Programm über welches andere Programm hinweglief. Gene waren ein Echowald, und wir sahen immer deutlicher, dass der Mensch evolutionär nur wurde, was er heute ist, weil er mit anderen Lebewesen und vor allem seinesgleichen (welch Wort) handelte, handeln musste. Bis heute bestimmten Empathie und Kooperationsbereitschaft jeden Einzelnen, jedes einzelne Leben – ein Miteinander, das spätestens seit der Trennung des menschlichen, mit Bonobos und Schimpansen geteilten Stammastes vom Gorilla im Homo sapiens weiterentwickelt worden sein musste. Menschen lernten nicht auf Ergebnisse, sondern auf ihresgleichen bezogen. Sie lernten durch Nachahmung, auf allen Ebenen zugleich. Nicht nur das Drehen der Hand am Schraubdeckel nahmen sie auf, nicht nur das Ergebnis der Aktion, sondern auch die Gefühle dabei, den sozialen Stellenwert, die Ziele nebenher.

Die Kinder der 30er Jahre hingegen hatte man in einen 1000-Jahre-Horst gesetzt, dann hatte man in ihnen radiert. Sie am Keimen gehindert, ausradiert, was dennoch wuchs. Blutgeber, Züchtungsmaschine, Stahladler im Jugendflaum. Eines Abends fand Lilly ein Jugendfoto von Hannes – im Konfirmationsanzug stand er zwischen zwei Cousinen –, und trug es zu Eustachius. Er lag bereits im Bett, »wer ist das?«, fragte er mit der schläfrigen Stimme eines Achtjährigen, der den halben Tag Rad gefahren war durch Wiesen und Felder, und die andere Hälfte im *Großen Brehm* die Einträge zu Hirschen, Rehen, Kamelen und über das erst vor kurzem entdeckte Okapi gelesen hatte, das, ohne Gehörn, rotbraun gekleidet mit grauem Pferdegesicht und Beinen im Streifenmuster eines Zebras, gewandt und geräuschlos durch die sumpfigen Urwälder des Kongo zu schlüpfen verstand. Seine Mutter lachte: »Es ist der Mann, den du am liebsten hast«, ihr Sohn dachte nach, sie sah, wie er sich anstrengte, erzählte sie später, endlich leuchteten seine Augen auf: »Adolf Hitler.«

Seit Ewigkeiten hatte ich daran nicht mehr gedacht, und jetzt machte die Erinnerung mich weich. Was sollte ich ihn nach dem Geräusch fragen. Ich fragte: »Alles falsch?«

»Wir. Unsere Forschung. Unsere Theorien.«

Dieses Gefühl konnte ich gut verstehen. Welcher Forscher hätte es nicht gekannt. Allmählich dämmerte mir, was die Mütze bedeutete. Was Vater trieb. Das Geräusch war nur ein Teil davon. Der kleinere.

Mit 20 Bananen, die Vater mir aufdrängte, »für Esther und ihre Baumschützer«, ging ich zum Auto. Eines stand nach diesem Nachmittag fest: Er forschte von neuem. Und er wusste, dass ich das jetzt wusste. Er hatte mich zu Maggy mitgenommen, wir waren durch den Wald gefahren. Er trottete neben mir her; als er sich am Wagen zum Abschied bückte, berührte ich halb zufällig, halb absichtlich seinen Kopf. Er ließ es geschehen. Hart und kantig unter der Mütze.

Stotternd sprang der Motor an. Vater, am Gartentürchen, hob den Arm und winkte. Er trug seine Hausjacke und wirkte in dem abendlichen, herbstmilchigen Licht so eigensinnig und gebrechlich, dass es mich am Herzen riss.

Die rundum verglasten Autogebäude auf der linken Straßenseite erinnerten mich an die Matchboxvitrine in meinem einstigen Lieblingsspielzeugladen. Puppen und Plüschtiere dämmerten in gnädigem Halbschlummer vor sich hin, während die Vitrine voller bunt lackierter, glänzender Automodelle neben der Kasse so sehr strahlte, dass sie nachts sogar den Gehweg beleuchtete.

Stop&Go, Berufsverkehr, der Ring fast dicht. Meine Hände und Füße fuhren automatisch. In den Laden war immer nur Ines mit mir gegangen, Stach fuhr forschen oder Affen versorgen. Das vor ein paar Wochen gelesene Buch einer israelischen Autorin fiel mir ein, in dem ich statt der angekündigten Sex-Geschichte eine Tochter gefunden hatte, die ebenfalls ihren Vater suchte, obwohl er neben ihr lebte. Er schien nicht anwesend; nur um eine tote Katze weinte er wie um einen Sohn, und als ich jetzt auf dem Ring vor den Matchboxgebäuden daran dachte, tauchte er wieder auf, jener Tag inmitten meiner Kindheit, an dem Vater das silberne Kaninchen erschlug.

Es war das längste und schmalste des kleinen Wurfs, den unsere beiden Hauskaninchen produziert hatten, obwohl wir sie in getrennten Ställen hielten. Das eine Junge, hellbraun, entwickelte sich, wie es sollte, während das zweite, aus dessen zarter Haut ein graues, von Tag zu Tag stärker silbern schimmerndes Fell wuchs, sich nicht aufrichten wollte. Seine Kniegelenke schienen steif oder gar nicht vorhanden, es saß mit seitlich abgelegten Beinen und vermochte nicht zu hoppeln; wollte es trinken, nahm es all seine Kraft und zog sich mit den Vorderbeinen, die Hinterbeine nachschleifend, voran. Lag es schlafend auf der Seite, war nichts von seiner Behinderung zu bemerken, und die Schönheit seines silbernen Fells, das sich in ruhigen Atemzügen senkte und hob, erstaunte mich immer wieder.

Der Glanz und die Reinheit des Tieres bezauberten uns, wir sahen es wachsen, niemand sagte etwas. Erst als das Häschen vier Wochen alt war, bedeutete man mir, dass es in der Natur längst von einem Habicht oder anderen Raubvogel, von einem Marder oder Iltis gefressen worden wäre. Was sollten wir mit ihm tun? Den Kleinen groß werden lassen zu einem elenden Leben? Mutter sagte, das könne man nicht mitansehen, und sah Vater an.

Vater, der sich in den Familienalltag gemeinhin nicht einmischte, verzog keine Miene, nur ich rannte aus der Küche. Nichts davon, was passieren sollte, wollte ich sehen, doch dann trieben mich Angst und Neugier in den Garten, Neugier auf ihn, Vater, nicht auf den Tod des Tieres, das wir nur »das Häschen« nannten, obwohl Stach jedes Mal sagte, das sei falsch. Vater wollte ich sehen, wie er den Kleinen erschlug, ihm, Vater, schlich ich über die Terrasse mit dem noch nackten winterschmutzigen Holztisch nach. Tulpen und Krokusse blühten, aus der Buchenhecke spitzten frische Triebe, selbst der noch kümmerliche, schneegedrückte Rasen sah grün aus.

Er stand in der hinteren linken Gartenecke. Seine Hände waren leer, nur die zwei Ringe an der linken glänzten, der silberne sein eigener Ehering, der goldene der seines Vaters. Stach lehnte gegen die Steinmauer, mit der er die Längsseite des Gartens ausgestattet hatte (damit niemand hineinblickte, und er nicht hinaus) und erbrach sich. Dann weinte er.

Das Häschen lag einige Meter entfernt flach auf einem Stein. Es wirkte unverletzt; nur, wie übermäßig lang es sich streckte, verriet, dass Vater rasch gehandelt hatte. Das Fell des Tieres glänzte heller und trotziger als jemals zuvor.

Nun, im Auto, erinnerte ich mich daran, dass es mich erleichtert hatte, Vater an der Mauer lehnen und weinen zu sehen. Froh war ich geworden, froher als zuvor, in kräftigen Farben stand die Szene bis heute vor mir, und es schien mir, als wäre damals Vaters Schmerz zum ersten Mal so deutlich hervorgetreten. Zu spüren war er lange gewesen, ein dumpfes, unausgesprochenes Leiden, Vater schloss etwas in sich ein, hatte es fortgekapselt, tief und unerreichbar. Er war keine Person, die sich helfen ließ, und da, als er an der Mauer lehnte und sich selbst nicht helfen konnte, machte sein Schmerz sich sichtbar wie das Strickmuster eines umgedrehten Pullovers, die Fäden über der Brust, wo die Farben wechseln, hingen lose heraus und alle Nähte waren dem Licht der grundlos heiteren Frühlingssonne ausgesetzt.

Stachs Weinen wurde leiser, und in mir wuchs die Hoffnung, in Zukunft einen anderen, weicheren Vater zu haben, zugänglicher und weniger verschlossen, einen fröhlichen Mann, war der Schmerz doch hervorgebrochen und versickerte in der Erde. Ich wartete nicht ab, bis Vater sich erholte, sondern lief vor ihm ins Haus zurück, gespannt darauf, wie er beim Abendessen wäre. Er kam nicht an den Tisch, sagte durch die geschlossene Tür seines Arbeitszimmers, in dem er sich versteckt hielt, er habe keinen Appetit, und an seiner verstopften Stimme hörte ich, dass er noch immer weinte oder sich erkältet hatte. Ich fürchtete, dass er vergessen hatte, das Häschen zu begraben, dass es auf einem Stein lag, schutzlos allen Räubern preisgegeben, und weil ich es selbst nicht wagte, noch einmal in den inzwischen dunklen Garten hinauszugehen, wurde ich wütend auf ihn.

Das Häschen hatte mir gehört, und er hatte es erschlagen, ich hatte geglaubt, dass er das für uns alle tat, und ich hätte stolz sein wollen auf ihn, aber als ich ins Bett kroch, wusste ich mit einem Mal nicht mehr, ob er für oder gegen mich gehandelt hatte, und erst später wurde mir klar, dass es sich für ihn um eine vollkommen andere Art von Kampf gehandelt haben musste, einen Kampf mit etwas oder jemandem, den er vor Sandra, Mutter und mir aufs Sorgsamste verbarg.

Am Morgen schlich ich in die feuchte, etwas modrige Mauerecke. Es gruselte mich, hatte er das Häschen wirklich liegen lassen, hatte ein Marder die kleine Leiche geholt (fraßen Marder Aas?), und weil ich mir das nicht weiter vorstellen wollte, suchte ich nach frischen Begräbnisspuren im Rasen. Auf den Komposthaufen hatte Vater das zarte Silberfell gewiss nicht geworfen, Fleisch lockte Ratten an, und ich wühlte mit der alten Sandkistenschaufel, die ich in meinem Zimmer entdeckt hatte, in der Erde. Sie gab nach, feucht von Frühling und Tau, die richtige Stelle war schwer zu finden, kleine Zweige lagen im Rasen, und von der Hasel waren über Nacht schreckliche Kätzchen abgefallen, sie sahen aus wie abgetrennte Hasenschwänzchen, silbern und weich. Mir war, als wüchsen sie ohne Unterlass in immer größeren Scharen aus dem Boden heraus, als kehre das tote Häschen in ihnen wieder und verhöhne uns. Die Schaufel fiel mir aus der Hand, und ich rannte ins Haus zurück; am Tisch legte mir Mutter, als ich keinen Bissen des Frühstücks hinunterbrachte, ihre eiskalten Finger auf die Stirn. Ines sagte, ich glühte, hoffentlich hätten wir nicht auch noch Sandra angesteckt, die eine wichtige Schulaufgabe zu schreiben habe an diesem Morgen, Vater, sagte Ines, habe die Nacht über gekotzt, und jetzt sehe auch ich seltsam aus.

Sie packte mich ins Bett, wo ich tatsächlich sofort einschlief, und am Nachmittag wachte ich nicht rechtzeitig auf und kotzte es voll. Eustachius war ins Institut gefahren, um mit seinen Affen zu arbeiten wie immer, und ich wusste, dass ich keinen neuen Vater bekommen würde. Als er am Abend an mein Fieberlager kam, sah ich, dass er sein Gesicht erneut verschlossen hatte, auf schlimmere und undurchdringlichere Weise als zuvor. Sandra hatte ihre Lateinschulaufgabe geschrieben (sie bekam später eine Eins darauf), und ich hatte durch das Häschen, das keines war, etwas anderes gefunden (oder es hatte mich gefunden). Es stammte wie das antike Rom aus der Vergangenheit, kam aus ihrer unverständlichen Tiefe auf uns, auch wenn es weniger lange zurücklag. Anders als beim Gallischen Krieg konnte man es nicht erklären, keine Bilder sehen oder in Prüfungen darüber befragt werden, man schrieb in diesem Land Schulaufgaben nur zu sichtbaren Wanderungen, die verborgenen, unheimlichen musste man fühlen, für dieses Fühlen hätte ich eine Eins erhalten, ich, die kleine Idiotin, die Papa-Liebende, so nahe rückte es mir, so sehr nahm ich es auf.

Esther saß mit Pawani in ihrem Zimmer, Johnny war noch unterwegs. Ich machte mir den Rest Bulgur mit Thunfisch warm, aß im Stehen, beruhigte mich nicht und starrte im Bad, statt mir die Zähne zu putzen, auf das Brett zwischen den Waschbecken. Am Morgen, als ich mir nach Stunden der Schlaflosigkeit schließlich doch eine Scheibe Brot hatte holen wollen, war Johnny mir aus dem hell erleuchteten Bad entgegengekommen, die eine Hälfte des Gesichts eingeschäumt, die andere glatt rasiert. Den Frotteemantel offen über der nackten Haut. Mein Mann hielt sich gut, offensichtlich nützte das Surfen, und was sich ebenfalls gut hielt, war sein Schwanz. Auf mittlerer Höhe, mit Schaumkrone. Ich hatte draufgetippt.

»Meinst du, dass er hübscher wird, wenn du ihn rasierst?«

Johnny hatte gelacht. Ich glaube nicht, dass er meine Bemerkung lustig fand. Er lachte, weil es am einfachsten war, und als ich nun daran dachte, wurde ich traurig, denn ich erinnerte mich an sein jungenhaftes Lächeln früher, wenn er, in mich eingedrungen, sich über mir aufgestützt und mich angesehen hatte. Seit Jahren schliefen wir kaum mehr miteinander, und wenn, dann spitzfingrig. Als wollten wir einander eher nicht berühren, als müsse man mit allem vorsichtig sein.

Damals hatte Johnny nach Straße und Wind gerochen, und meine Kommilitonen spotteten über ihn, den »soften Proll«, dessen lange Haare aussahen wie die von Simon bei Simon & Garfunkel. Ausgerechnet dieser »Proll« redete mit mir wie kein anderer. Und wie kein anderer wusste er, wann es Zeit war, mit dem Reden aufzuhören. Es war Johnnys Mischung aus männlicher Sicherheit und Zweifel, einem phantastischen weichen Selbstzweifel, die mich gewann.

Das Handy klingelte, ich drückte es weg, drückte Zahnpasta aus der Tube. Die unsinnige Enttäuschung, dass das Display die neue Bankberaterin statt Johnny anzeigte, Johnny, dem ich wenigstens von Vater erzählen wollte, versuchte ich ebenso wegzudrücken. Als das Ding drei Minuten später erneut summte, hob ich ab, Zahnpastaschaum im Mund. Bankberater wechselten alle paar Wochen, alle paar Monate wechselte der Name der Bank. Arbeitete man dort jetzt bis 18 Uhr? Mein taufrisches Betreuungswesen, das ich zweimal gesehen hatte, war beide Male im Kostüm einhergestöckelt und hatte von Geldtherapien und Wellness gesprochen, von Psychologie. Das Begehren war ihr nun auch am Telefon ein Begriff, die Verbesserung der Gesamtlage ein Ziel, allem voran die

Entlastung des Kunden davon, verstehen zu müssen, was er nicht verstehen könne, damit er der Bank treu bleibe, weil er sich im Nichtverstehen verstanden fühle. Das Ökonomische sei in diesen Zeiten das Intellektuelle, es belebe den Gedanken der Gabe, wie ja auch mein Vater den Gedanken der Gabe lebe, mir sein Haus bereits vor Jahren zur Hälfte überschrieben habe, sicherlich sei das Bankgeheimnis zu bedenken, das Institut halte Privatheit und Verschwiegenheit hoch, ja, über alles, ihr Institut, mein Institut, ein treuer Kunde, ein Großkunde, kurzum: Herr Professor Grolmann habe 430 000 Euro Schulden.

Seit neuestem.

Auf seiner Hälfte des Hauses eine Hypothek. Die überbewertet sei. Die andere Hälfte mitreißen werde. Sie entschuldige sich. Eine Entscheidung des Vorgängers. Die Bank wolle durchaus helfen. Das Haus kaufen. Mit mir verhandeln.

Ich ging in die Küche, musste mich bewegen. Spuckte über dem Spülbecken aus.

»Ja«, sagte sie, »Datenbank.« Die Datenbank habe Herrn Professor Grolmanns Abhebungen analysiert. »Ein kluges Programm«, ich war mir sicher, dass sie lächelte, ihr Kostüm raschelte. Sie wolle es mir nicht vorenthalten, das Muster sei eindeutig: kleine Abhebung, größere Abhebung, Einpendelung der Abhebungssumme zwischen 500 und 2000 Euro, so die ersten drei bis sechs Wochen, es folge eine größere Abhebung, eine zweite Großabhebung, dann gingen die Summen wieder zurück, daran sehe man, dass es sich nicht um Spielschulden handele, Spielsucht sei immer möglich. »Alles Programm«, sagte ich, »Leseprogramm«, sagte sie. Den kleineren Abhebungen, nun freilich im Niveau angehoben, also gesteigert bis zu 4000 Euro, folge nach zwei, drei Monaten in diesem Fall, sagte sie, Februar diesen Jahres, eine größere Summe, vermutlich ein entscheidendes Geschenk, das Eheversprechens-, gar Hochzeitsgeschenk, ja, nun habe sie es verraten: Es liege das Muster alter-Mann/junge-Frau vor, eindeutig, kein Zweifel, im

Frühling diesen Jahres, und im Sommer, sagte sie, bis Juli, sagte sie, da nahm er 13 000 Euro auf, hob 12 723 Euro sofort ab, ein Coup, sagte sie, exzeptionell.

Ich legte auf.

Exzeptionell.

Die Glitzerneubauten in ihren computergenerierten Formen, skulpturengleiche Quader, Pyramiden und Halbkugeln aus Glas und Stahl schossen Lichtstrahlen in meine Augen. Die Dachterrasse, lang, schmal, sieben Euro pro Quadratmeter, war eisig. Ich wickelte den Mantel enger um mich, prostete der Plastikkrähe auf der Brüstung zu. Vor Jahren hatte ich sie gekauft: sich in die Lüfte erheben, entschwinden. Das tiefschwarze Tier hatte im Dunkeln geleuchtet, inzwischen hingen ihm vier Drähte aus dem Bauch, der ewige Dachwind zerrte daran. Ich drückte eine halbvolle Flasche Gin gegen meine Brust:

Frü-hü-er. Früh-hü-er.

Sollte ich Sandra anrufen? Wir hatten selten Kontakt. Das ältere Kind verschwand in unserer Familie ja gern. Das schien ja ein Muster zu sein.

Gut, dass Esther ein Einzelkind war.

Haha. Die Bahnschienen unter mir glänzten, stolz bedacht auf die eigene gerade Form. Die hielten sich für unverletzlich. Da dachte ich nur »Prellbock!« Sagte laut: »Prellbock.« Ende der Strecke, Schluss. Johnny war nach Hause gekommen, als die Bankberaterin sich eben verabschiedete.

»Du hast alles weggegessen!«

»Es hätte dir sowieso nicht gereicht.«

Missmutig begann er, eine Zwiebel zu schneiden, ich setzte an, von Eustachius zu erzählen, da sagte er, eben als ich »Beraterin« sagen wollte, einfach so, und ohne überhaupt hinzuhören,

»Fluchtparasitin«. Zu mir. Das Öl in der Pfanne brutzelte, mein Mann massakrierte die Zwiebel. »Beraterin« sagte ich nicht mehr, auch sonst nichts, umso mehr redete jetzt er: Ich, Simone, benutze ein anderes Leben, um ein wenig echtes Drama in meines zu ziehen. Da sei Eustachius ihm lieber!, rief er, der sei wenigstens echt, aus altem Holz geschnitzt.

Prollblock! Ich hatte nach der Flasche Gin gegriffen, nach meinem Mantel, war aufs Dach gelaufen. Ja, Krähenauge, zuck nur! Wo war jetzt der Gin? Unpraktisch durchsichtig, das Zeug. Eindeutig, das Krähenauge hatte gezuckt. Ich traute meiner Wahrnehmung über den Weg, exakt halb. Bravo, Johnny: Ja, es gefiel mir, das Fluchtdrama geerbt zu haben. Einmal war was los gewesen in meiner Familie. Und schlimm, dass mir das wohltat? Dass es mich wichtig machte? Es hielt auch mein Interesse an mir wach und hatte sich längst bewährt. Ein paar Anekdoten, die mich keine Zeit kosteten. Etwas Migratorisches. Ich war nicht langweilig, nicht einfach bundesrepublikanisch deutsch. Bundesrepublikanisch deutsch war ein Quotenkiller. Selbst auf den Kongresspartys Bananenchips mümmelnder, langhaariger, ein wenig scharf riechender Primatenforscher.

Ich lachte. Neben mir atmete nichts. Über mir krabbelten Wolken. Simone Grolmann, Flucht-Userin. Auch darin glich ich Eustachius. Früher hätte ich mir Johnnys Reaktion auf Vaters Schulden vorstellen können, hätte die Kurven der Straße gekannt, auf der wir gemeinsam fuhren. Jetzt hatte der Asphalt Löcher. Zwei Winter hatten gereicht, keiner bemühte sich um die Reparatur.

Was roch ich die Gleise, den Schotter, so nah!

Ah, stand ja auch unten am Zaun. Tak, tak, sagte der Bahndamm. Ich trank schon so: tak-tak, tak. Zuggeräusche erinnerten mich an die Nachricht. Die die Katastrophe brächte. Das große Unterwegssein. Zu Weihnachten stellte Eustachius eine dicke weiße Kerze auf die Terrasse. Totenlicht, Vertriebenenlicht, Heimatlicht. Die Flammen zuckten in der Kälte wie ich, verschwanden hinein in die Luft. Tak-tak. Tak-tak.

Es summte. Der Boden vibrierte, die Schwingung der Räder übertrug sich über die Schienen auf das Erdreich. Bei ICEs sah man die rohe Kraft nur, wenn sie zerschellten. Bei Güterwaggons schliff Eisen zischend und pfeifend auf Eisen. Die Gräser, die im Sommer gelb oder weißrosa blühten, wogten an den äußersten Spitzen im Voraus hin und her, und das Wasser einer Pfütze neben dem Damm schimmerte im Rhythmus der Schwellenstöße auf wie das Auge eines Eisenbahn-Molchs.

Da. Die Luft rumpelte und krachte. Schub der Lok in den Füßen, im Po. Ich sah den Rost der Waggons, die in der starken Dämmerung fast farblosen Neuwagen, die in zwei Stockwerken dahinfuhren, eng geschlichtet wie Keile. Ich zielte mit der Flasche, warf, die Erde, auf der ich saß, roch krautig und feucht. Lilly hatte mittags, als sie das Haus in Oels ein letztes Mal abschloss, die Erde vor der Treppe gerochen, süß und fast frühlingshaft. Hatte sie immer wieder erzählt, als wäre es wichtig. Während Vater den Dackel wegtrug. Haustiere waren auf der Flucht nicht erlaubt. Hannes' Jagddackel, ein braunseidiges Wesen im besten Mannesalter, anschmiegsam und warm wie kein Dachshund zuvor, ein hervorragender Jäger, der furchtlos einging noch in den bewehrtesten Fuchsbau auf den kurzen, füchsischen Beinen, klug wie kein Mensch, hatte Lilly gesagt, und wild, hatte sie gesagt, wenn er daraus hervorkroch mit erdigem, blutigem Maul.

Mein erster Mord, hatte Lilly gesagt.

Was der zweite war?

Ich saß im Gras. Als wir allein lebten, hatte ich Vater gefragt, ob er den Dackel, Max-den-Vierten, wirklich beim Metzger hatte abstechen lassen. Die Kehle durchschneiden hatte lassen. Durchschneiden lassen hatte müssen.

Ich klopfte mir die Hose ab, ging zur Haustür. Mein Po war feucht. Hier unten spürte ich das Gestrüpp, das finstere Tal, in dem ich schwankte, mich schwindelig drehte. Hier unten roch ich sie aus dunklem Himmel: die kleinen Dinge des Lebens, die fortwährend da sind und zu Auge Ohr Nase Mund hereinwachsen, sich unergründlich in einem ausbreiten wie der Ozean und allmählich beginnen, sich zu Verlusten und Gewinnen zu addieren. Wenn der Dackel noch gelebt hatte, als sie aufbrachen: Waren seine Hundeträume Lilly, Hannes, dem mir unbekannten Emil und Eustachius gefolgt auf ihrer Flucht? Schwirrten sie bis heute durch die Welt? Und welche Träume darüber hinaus, welche Fieberphantasien, welches Feuer, welcher Rauch? Ich wollte an einem Kamin sitzen, hineinstarren in seinen Brand wie Großvater Hannes im Winter vor seinem Tod, stumm und zittrig schon. Wie der Widerschein der Feuer über sein Gesicht geglitten war und er dazu gemurmelt hatte. Leise lachte ich auf, weil ich spürte, wie ich ihn gemocht hatte. Ich drehte mich um und warf auch noch das Glas auf die Gleise. Die Scherben sprangen. Mir war warm. Ein Vogel, eine Amsel wohl, schwärzer als der Himmel, flog aufgeschreckt über meinen Kopf davon.

Die Schreibtischlampe brannte auf die Grüffelonase. Ich hatte kalt geduscht. In der Küche neben Johnny war mir eine Idee gekommen, am Bahngleis hatte sie konkrete Form angenommen, jetzt hatte sie die kalte Dusche überlebt. Ich war eingeschlafen, aufgeschreckt. Ausreichend nüchtern rief ich Vater an. Sein Fernseher lief.

Er reagierte erst nach einer Weile. »Woher weißt du das?« Unsicher, auch ärgerlich.

»Sag einfach, was los ist! Wir finden eine Lösung.«

Er schwieg.

Ich lachte: »Stur wie immer.«

Er schwieg.

Er habe in der Küche ein wenig Milch verschüttet, neben dem Blumenkohl, die putze er erst einmal auf.

Es war 23.40 Uhr.

»Ein Sonderangebot«, sagte er schüchtern.

Ich hätte meine Fingernägel kauen wollen. Ich hörte Wasser laufen, ein Ächzen, nahm an, dass er sich bückte.

So dass ich mir, bei aller Wut, fast Sorgen machte.

»Baust dir wohl einen Luxuskeller.«

»Ja«, sagte er, »das auch.«

Das auch!

»Für 430 000 Euro kriegt man ein Luxushaus. Was sag ich«, sagte ich, »zwei!«

»Stimmt nicht«, trumpfte er auf.

Damit hatte er vermutlich Recht. Allemal, wenn man auch noch in den Kongo flog.

Er kicherte: Ein Haus, ein kleines, könnte ich ihm gönnen. Und eine neue Partnerin auch. Gegebenenfalls. Es sei sein Geld. Damit mache er, was er wolle.

Ich schluckte. Was er vorbrachte, stimmte juristisch. Lebenswahr war es nicht. Ines, Sandra und ich hatten geholfen, dieses Geld zu verdienen. Wir hatten unter Stachs Abwesenheiten gelitten, die Morddrohungen der Tierschützer mitertragen, die Angst, auf dem Schulweg überfallen oder entführt zu werden.

Ich glaubte zu hören, wie Vater mehrfach die Unterlippe über die Zähne zog. Er dachte nach. Menschen kratzen sich dabei am Kopf, Affen bewegen den Mund – als stünden sie kurz davor, das Sprechen zu erfinden. Die Übernahme äffischer Gesten bei Forschern ist ein bekanntes Phänomen. Schnutenziehende Assistenten bei ihrem ersten Vortrag vor der Forschergemeinschaft, brüllendes Gelächter im Publikum. Menschen waren zu empathisch. Sie konnten nicht anders, als sich anzupassen. Affen galten als die großen Nachahmer unter den Tieren. Grundfalsch. Äffisch in diesem Sinn waren wir.

Er mauerte, ich hielt dagegen. Es fiel mir schwer. Am Telefon wurde Vater leicht zum Vater von einst. Stand er vor mir, sah ich sein Alter: Es machte ihn kleiner. Seine Stimme indes wirkte wie früher, eine in die atavistischten Teile meines Gehirns geschliffene Spur, die den Befehl gab: »Hör auf mich!«

Er klaffte, er war auseinandergefallen. Ich nehme an, er bemerkte es ebenfalls. Es war schwierig, damit umzugehen.

Ich schwieg in die sich dehnende Telefonstille, die keine Gebühren mehr kostete, aber deswegen nicht angenehmer war, und zog, nach angemessen unangemessener Pause, meinen Joker: Ich sähe ein, dass er mir zum Verbleib des Geldes nichts sagen wolle. Der Kellerausbau und der Kongoflug allein reichten nicht, um diese Summe zu erklären. Wenn es keine Frau sei, was dann? Glücksspiel, Börsenspekulation, Tierheim?

Meine Stimme klang wütend. Ich war wütend: »Egal, was«, sagte ich, »es reicht.«

Ich dächte nicht daran, tatenlos zuzusehen, wie er sich ruiniere.

»Was willst du schon tun«, sagte er, klang aber unsicher.

Ich sehnte mich danach, mit einem erwachsenen, fürsorgenden Vater zu sprechen. Nicht er sollte klein sein, sondern ich; er sollte mich füttern (mit Rat und Weltwissen) und mir aus der Patsche helfen, aber in Wirklichkeit war es also andersherum, er das Kind, trotzig, und ich sollte ihn leiten und erziehen, wobei er sich zugleich eben dagegen mit der Zähigkeit und dem Instinkt eines alten Mannes wehrte

Ich holte ein paar Mal Luft, wie ich es bei Streitereien mit Esther gelernt hatte.

Klar und kühl schlug ich ihm vor, er solle einer dritten, neutralen Person die Wahrheit erzählen. Einem Psychologen. Den ich ihm nennen werde. Wenn der Mann mir bestätige, dass das Geld nicht vollends unverantwortlich zum Fenster hinausgeworfen werde, wolle ich ihn in Ruhe lassen.

Er stöhnte. Wir verhandelten. Die Drohung, dass ich ihm nicht mehr helfen würde, dass Esther ihn kaum mehr besuchen käme, konnte ich mir sparen. Ab und an war Intelligenz doch ein Vorteil.

»Fünf Stunden«, sagte er. »Du bezahlst.«

Schließlich sei er pleite. Gründlich pleite. Allergründlichst.

Erneut kicherte er.

Alter Schwede! Breitmaulig pflügte mein Volvo durch die nachtleeren Straßen. Unverwüstlich, zuverlässig, unkompliziert. Auf der Rückbank lagen Papiere, Affenklicker, ein alter Terminkalender, eine Handtasche. Das Auto war mein Versteck, Teil meiner eigenen Geheimniskrämerei.

Ich dachte über meine Mail an Nienalt nach, sah Vater mitten in der Nacht in seiner Lederjacke in der Küche stehen vor zerschnittenem Kohl, blumig weiß, den er mit Milch überschüttete. Faltiges Gesicht, darüber die Mütze, kantig, hoch. Er flüsterte: »Glückliche Räume.«

Damit hatte er etwas Bestimmtes gemeint.

Nur was?

Das sollte Nienalt herausfinden. Nienalt, dessen weiche Stimme mich an den Singsang meiner Großeltern erinnerte, sie strahlte etwas Bergendes, Höhlenhaftes aus wie einst ihre stets halbdunkle Wohnung im Hochparterre, mit Rehbockgehörn, Pferdefoto von 1915 und schwerem schwarzem Telefon. Die Nummer wusste ich noch auswendig, gern hätte ich angerufen, um ihren östlich klingenden Stimmen zu lauschen. Es war, als mache das Hochdeutsche mir auch immer etwas Angst, als gehörte es mir nicht zur Gänze, als gehörte ich nicht wirklich dazu.

Überraschend heiter lief die Straße vor mir einen Hügel hinauf und wieder hinab.

BORIS 2

»Hirn im Tank«, sagte ich zu Marek, den ich gelegentlich am Tresen des Caravaggio traf, der Kneipe um die Ecke.

»Hirn im Tank« hieß Hilary Putnams Aufsatz mit der These, alles, was der Einzelne wahrnehme, sei eingebildet; in Wirklichkeit liege ein glückseliges einziges Gehirn in einem Eimer mit Nährlösung, das sei die Welt samt ihren Pflanzen, Tieren und Menschen. Mit Hilfe des berühmten Aufsatzes des berühmten Philosophen hatte man versucht, uns im Studium etwas beizubringen, ich hatte damals gelernt, »alles im Eimer« zu sagen, »alles beim Teufel«.

Wir tranken auf den Tank. Angejazzte Musik. Die Kneipe war nicht gut, sie war nah an der Praxis. Seit 15 Jahren hatte sich nichts verändert; seit neuestem kam ich öfter hierher, jetzt, auf dem Weg zurück ins Junggesellendasein.

Ich fühlte mich hin- und hergerissen zwischen Befreiungseuphorie, Nostalgie und Trauer. Mein eigenes Alter fiel mir auf. War es wirklich 20 Jahre her, dass ich zuletzt Abend um Abend allein etc.? Nein, es war mehr als 20 Jahre her. Ich fragte mich, wie ich Anschluss finden sollte an den jungen Mann, der ich einst gewesen war.

Den Mann ohne Antonia. Etwas von ihm musste doch noch in mir vorhanden sein.

Vielleicht saß ich deswegen hier, war ich deswegen so leicht mit Marek ins Gespräch gekommen. Er hatte das Alter, das ich mir halb wünschte, halb fürchtete, war so allein wie ich (oder schlimmer), wenngleich besser vernetzt (mit Studentinnen), und redete schneller, als er dachte, was leider nicht hieß, dass ich schneller dachte als redete. Das letzte Mal hatte der Schnellredner gleich zur Begrüßung gesagt: »Mann, siehst du Scheiße aus. Noch scheißiger als sonst.«

Die Musik dudelte, der Tresen war frisch poliert. Da saßen wir, Marek, heute eher still, erschöpft von der Arbeit als Graphiker, ich Psychologe, heute eher still, erschöpft von meinem Umzug. Marek sagte, er habe den Tag in der Bibliothek verbracht. Es gäbe jetzt eine App »Ich sitze in der Bibliothek«. Man sehe alle Leute, die da seien, auf dem Bildschirm noch einmal und könne sie beobachten. In Wirklichkeit, indem man den Kopf hebe, und auf dem Bildschirm, indem man den Kopf senke. Auf der App könne man die Personen aber auch anschreiben. Mühelos. Das sei der Vorteil. Man könne beobachten, wie sie einen Apfel essen, und ihnen schreiben, dass sie das täten. Und noch viel mehr.

»Einen Apfel«, sagte ich, »ausgerechnet.«

»So war's eben«, sagte Marek. Offensichtlich hatte er eine Frau angebaggert, indem er ihr schrieb, wie erotisch sie in den Apfel beiße. In der Bibliothek! Und, hatte sie geantwortet?

Er sagte: »Du musst dir echt was einfallen lassen.«

Er meinte, dass Frauen es einfacher hätten als Männer. Sie seien es gewohnt, sich dauernd auszudrücken: Sie täten es vorne, hinten, oben, unten, das Härchen über der Stirn, die Fluse am Pulli, die Schuhe, und erst der Mund. Alles aus dem Mund und der Mund selbst.

Ich lachte und sah, dass ihn das freute. Er war reizend. Offensichtlich wollte er mich aufheitern.

Mit ernster Miene sagte er: »Wir müssen das jetzt auch.«

Dabei wären wir, so Marek, mit weniger Formulierungskunst zufrieden als die Frauen. Etwa mit dem, was wir selbst verfassten, was uns einfiel.

Das dritte Bier. Ich sagte: »Ich habe vor zwei Tagen eine unglaubliche Mail erhalten. Eine Frau schrieb, dass sie meine Stimme schön findet. Das Timbre und die Aussprache und so.«

Die hatte sie nicht so genau beschrieben.

»Und das nur auf eine Radiosendung hin«, sagte ich zu Marek. Die Frau, die das Bier zapfte, hörte es auch.

Er sagte: »Der Klassiker.«

Von so was habe man ihm schon erzählt. Und dann seien die Schreiberinnen enttäuscht, wenn sie einen sähen.

Die Musik stoppte, die Bedienung legte eine neue CD ein. Sie klang nicht viel anders als die vorherige. Wir tranken weiter.

■

Zuhause ließ ich mich auf die Couch fallen, war aber viel zu wach, um schlafen zu gehen. Es wäre angenehm gewesen, jetzt fernzusehen oder in ein Feuer zu starren. Die Umzugskartons stapelten sich deckenhoch, meine Praxis glich dem Lager eines Kistenhändlers, ich benutzte sie zu selten und reiste zu viel, jetzt reiste ich weniger und saß auf einem einsamen Drehstuhl, als hätte ich auch mein Gehirn in eine Kiste verpackt.

»Enttäuscht, wenn sie einen sehen.«

Ich war gar nicht auf die Idee gekommen, die Verfasserin meiner E-Mail zu googeln. »Hirn im Tank«, Rotwein, alles im Eimer. Wie konnte man so aus der Übung sein? Ich nahm den Computer auf den Schoß und fuhr ihn hoch.

Fast hätte ich durch die Zähne gepfiffen. Die Absenderin jener Nachricht, die mir geschmeichelt hatte, eine Catherine Deneuve der Verhaltensforschung? Sie stand inmitten grinsender Jungmänner, die Laborkittel oder weite Jeans und T-Shirts trugen. Einer mit dunklem Bart hielt einen räudigen Schimpansen, ein anderer ein unsinnig orange leuchtendes Orang-Utan-Baby im Arm. Orang-Utans! Als Gehirn im Tank hätte ich mir diese trägen Träume des Regenwaldes auf keinen Fall vorgestellt. Frau Professor Grolmann umso mehr. Halblange blonde Haare, grünbraune Hüfthose. Auf dem eng anliegenden weißen T-Shirt rankte sich ein großflächiges Blumenmuster. Beachtlicher Busen. Kussmund. Ein kaffeebraunes Äffchen schmiegte seinen Kopf an den Hals der Forscherin. Konnte ich nachvollziehen. Grolmann strahlte. Ich druckte es aus. Ich meine das Bild, nicht das Äffchen. Ich meine sie.

Für Marek.

Und mich.

Rotwein machte nicht attraktiver, ich nahm dennoch einen Schluck und lehnte mich zurück. Die Couch gab nach, viel zu weich, durchgelegen, verbraucht. Antonia war davon überzeugt, ich hätte auf diesen Polstern mit wenigstens 100 Frauen geschlafen, nur nicht mit ihr, wovon weder das eine noch das andere stimmte. Leider.

Weil mir nichts Besseres einfiel, stand ich auf und ging Richtung Küche. Die Schöne-Stimme-Mail war absolut zutreffend, natürlich, und rundweg unsinnig. Idiotisch! Ich sollte in fünf Sitzungen herausfinden, wofür der Vater der Absenderin heimlich sein Geld ausgab, und dann davon berichten. Gift für einen Therapeuten: Spionage. Aber nett für jemanden, der nach neuen Aufgaben suchte. Der sich für die psychischen und seelischen Innenlandschaften einer Generation interessierte, die den Zweiten Weltkrieg und Hitlers Zusammenbruch nicht als verantwortliche Erwachsene erlebte. Sondern als wache, empfindliche Jugendliche. Deren Gehirne sich soeben in der »Pubertät« genannten letzten Reifungsphase ihrer Entscheidungs- und sozialen Wertungsinstanzen befanden, gemeinhin als Moral, Ethik und Gewissen bekannt.

Der auf eine hübsche Auftraggeberin stieß.

Dabei hatte ich von Frauen genug.

Antonia: Was bist du träge geworden! Ruhst dich auf deinen

Lorbeeren aus. Reist von Seminar zu Seminar, trinkst, redest, lässt dich bewundern, trinkst.

Antonia: Die Leere in deinem Leben halte ich nicht mehr aus.

Die Leere in ihrem Leben! Das hätte ich verstanden.

Mit Wallick hatte ich die Unterscheidung »Anstoß-« oder »Stoßmensch« in unser Fach eingeführt. Vulgo: Schubser und Geschubster. Antonia dachte, ich sei ein Anstoßmensch. In 90 Prozent der Fälle stimmte das. Auch in diesem: Nach ihrem Kommentar zog ich aus.

Rammte mit dem Umzugswagen einen Poller, raste von Antonia weg. Ihre Worte rasten mit. Richtig: Seit Jahren hatte ich keine Patienten mehr. Richtig: Ich schrieb Bücher, gab Seminare an den Jugend- und Kindheitsorten meiner Hauptklientel. Verlängertes Wochenende, Erinnerung. Das Gutshaus der Moltkes in Kreisau: ideal. Nicht weit von Wrocław und seinem Flughafen entfernt, erreichbar, doch auf dem Land, polnisch und deutsch, hybrid, intensiv.

Es passte zu mir.

Und zu ihnen. Das fanden sie dort heraus.

Stimme: »Nur sich selbst ist er ein Rätsel. Dabei ist es überdeutlich: Er braucht Trost.«

Stimme: »Trost, Rost, Trost, Rost …«

Danke, Rotwein! Ein Glas noch, ich hielt die Flasche gegen das Licht.

Slalom mit Notebook und Glas Richtung Couch. Die Kisten waren Kistentürme. Jeder schief, jeder im oberen Drittel von einer Decke verhüllt.

Glas auf den Boden, Po auf die Polster. Ich spürte meine Eier, meinen Schwanz. Tippte mit zwei Zeigefingern »Eustachius Grolmann« in die Googlemaske, deren Logo sich wieder einmal in kryptische Zeichnungen aufgelöst hatte. Googles neue Feiertage der Welt. Łeb mi pękat. Mein Kopf glimmte, glomm, schwomm. Hirn im Tank. Grolmann Senior, Affenforscher wie die Tochter:

Langschädel, Faltenstirn, Augen wach, hellblau. Tierschützer hatten ihn und sein Institut jahrzehntelang angegriffen. Und er? »Affen bezahlen den Preis dafür, dass die Menschheit mehr über Gehirne erfährt. Das nennt man natürliche Artendominanz.« Sein Archivbild lächelte souverän. Man konnte auch sagen arrogant.

So einer: Großer Planet! Sagte, die Erde gehöre dem Menschen. Lächeln: »Tun Sie nicht gutmenschig. Sehen Sie sich um. Industrielle Tierhaltung, Regenwaldrodung, Ölverklappung etc. Während unsere Rhesusaffen«, so Grolmann in einem Uraltvideo bei YouTube, »nur ausnahmsweise, nur aus Versehen an unseren Versuchen sterben.«

Cholera! Ich suchte bundesrepublikanische Karrieristen der Jahrgänge 1920–1936. Selbstüberzeugt, empathielos. Grolmann: Eine prominente Figur, über deren Vertriebenenbiographie niemand nachgedacht zu haben schien. Am wenigsten der Betroffene selbst. Grolmann: ideal.

Eustachius. Akzent auf dem »a«.

Wikipedia präsentierte einen weißen Hirsch, der vertraulich an der Hand eines Jägers schnüffelte. Tann, dunkler Forst. Eustachius, der südliche und osteuropäische Patron der Jagd.

Eustá … Wie geschmolzene Gummibärchenmasse lag meine Zunge zwischen den Zähnen. Ich schaute an mir hinunter.

Nichts drehte sich.

Nur ich.

Haha: Ich ging ja! Meine Augäpfel ruckten, mein Blick durchflegelte die dichte, wie mit Wasserdampf angereicherte Wohnungsluft. Durchflegelte? Flasche zwei unter dem Sofa, ich davor. Summend. Wozu hatte die Grolmanntochter etwas zum Timbre meiner Stimme geschrieben.

Tochter, Vater, ich. In der Küche warf ich mir drei Salzbrezeln auf einmal in den aufgerissenen Mund. Spülte mein Glas. Es glänzte perfekt, noch während es fiel. Schöne cholera! Dieses Wort verstanden die Deutschen immer.

Falsch.

Ich hockte am Boden. Fast beneidete ich das Glas. So mühelos sprangen die Teilchen von ihm ab. Der Boden schwankte. Ich hielt mich mit den Augen fest am halben Glas. Leerer oder voller als ich? Mein Po fühlte sich riesig an. Mein Schwanz nicht. Dunkle Luft. Das Gehirn als Rotweintank. Und?

Eine einzige böse Einsamkeit. Um mich herum.

In mir drin.

Stimme: Wie viel schwerer macht ihn die Einsamkeit?

Stimme: Doppelt so schwer? Oder nur voll?

Ich brauchte eine Idee. *Beileibe.* Bei Liebe hätte ich verstanden. Belieben, bleiben, blieben. Merkwürdiges Sprach! Ich kam hoch. Bloß, Blöße, Klöße. Diese Sprache machte mich noch verrückt. Ich war hier nicht aufgewachsen, lebte hier bloß. Blöße, Möse. Ach ja? Die Deutschen fragten nach, das taten sie gern, Knobeln in Blutbodenmanier. Extrem korrekt verpackt, versteht sich, racial profiling, igitt, aber: »Sie haben bestimmt deutsche Wurzeln, nicht wahr?«

Beileibe. Sollten die Grolmanns mich therapieren!

Brachten Affenforscher ihr Leben nicht mit der Motivation intelligenter Tiere zu? Ich sah mich in einem Garten unter einem Kirschbaum fläzen. Meine Augen durchflegelten die Luft. Sanft rutschte ich mit vor Staunen geweiteten, herrlichen Kirschpupillen tief und tiefer in den streng riechenden Polsterstuhl, während die schöne Simone mir eine Haube über den Kopf zog, aus der zahlreiche Messkabel hingen, eine Haube, die mich eng umschloss und wärmte. Der prächtige Streuselmund der Forscherin kam näher, schwebte vor mir.

Beileibe.

Boden, Lärm. Borysek, kochanie! Hellblaue Scherben mit weißen Punkten. Neben dir. »Ach!« »Ach« aus meinem Mund.

Ein Stück Himmel. Getüpfelter Himmel. Das war, halt: meine Lieblingstasse. Zunge aus schmelzendem Gummi, Beine aus schmelzendem Gummi. Ach, Krach. Vorsichtig kippte ich mich nach vorn auf die Knie.

Die Wodkaflasche stand auf der Anrichte, das wusste ich genau. Anrichte, Praxisküche, grüngrau. Gekocht hatte ich hier noch nie.

Doch etwas pfiff.

Ganz real. Nicht ich!

Die Wand links beulte sich, die Kistentürme wankten.

Drei große, ein kleiner, ein sehr kleiner Turm. Am Handtuchhalter kam ich hoch, zählte nochmal: zwei große, vier kleine Käfigbeulen unter den Decken. Dazu zwei für Kranke und sonstige Underbirds. Aber alle extrem gesund, alle 23, von denen ich exakt keinen gewollt hatte. Wodka? Wodka! War ja in der Küche. Noch immer stehend. War ja praktisch. Ich, so mit mir. Dass der da stand. Ich meine: auch. Meine: der Wodka. Noch kalt. Der erste Schluck ölig. Ölig wie mein Unglück. Halbbrennend. Halbfeurig. Wie ich. Nach dem lautlosen Tod des Hamsters, um den Jenny sich sowieso nicht gekümmert hatte, schleppte Antonia ein Vogelpärchen an. Unsere Tochter blieb gleichgültig, meine Mutter Halka war begeistert. 23 Kanaris und sechs Käfige erbten wir von ihr.

Die Frauen hatten den Vogelspleen, die Vögel hatte ich.

Ruhig, Boris, ruhig! Da hatte ich die Viecher noch mit meinen eigenen Armen in den Umzugswagen gepackt.

Aus Sentimentalität. Weil Antonia sagte: »Die stell ich vor die Tür. Dein Erbe, deines!«

Und jetzt pfiffen die nutzlosen Körnchenkacker meine Schwäche in die Welt. Boris Nienalt, gefragter Seminarleiter, Berater, Autor, Erinnerungsspezialist, Bühnencharismatiker, ehrgeizig (manchmal), faul (öfter), saß als peinlicher Jasage-Psychologe mit Kriegskindertick, 23 nutzlosen Vögeln, Wodkaflasche in der Hand schon wieder auf dem Boden seiner Miniküche und suchte neben den unerklärlichen (na ja, fast) Scherben seiner Lieblingstasse, hellblau getüpfelt, eine neue Bühne für den nächsten sagenhaften Lebensauftritt.

■

Der Flug nach Berlin war ersatzlos gestrichen; der ICE, überdurchschnittlich voll, erwies sich als durchschnittlich kaputt (die Kaffeemaschine, zwei Türen, die Neigetechnik – so wurde mir wenigstens nicht übel). Ich fand mich eingekeilt zwischen Alkopops- und Altenrudeln, suchte, wir waren hinter Bamberg, die Ruhezone, stieß dort auf drei Kleinkindkonglomerate mit offenbar ertaubten Eltern, tastete mich ans Ende des Wagens, dachte den blöden Deutschhumorsatz »ein Tag ohne Rotwein ist wie ein Tag ohne Bier« und fiel in einen der letzten Sitze vor der Tür.

Der alte Mann, der allein an dem Vierertisch schräg gegenüber saß, rasierte sich. Auch eine unkonventionelle Weise, zuhause Strom zu sparen. Auf den zweiten Blick sah er aus wie Grolmann. Dabei war ich nüchtern! Ich schaute zum Fenster hinaus. Alles normal: braungrün – vorn verwischt, hinten scharf. Menschen zerplatzten nicht bei 50 km/h oder mehr. Es gab keinen Grund, Gespenster zu sehen.

Zum Bild der Tochter hatte Marek gesagt: »Super, Alter. Wirkt echt. Das hast du nicht von einer Matching-Site?«

Mit Online-Dating kannte er sich aus. Er fand, das wäre auch etwas für mich. Dabei hatte ich keinen Frauenbedarf. Es gab auch Affärenseiten.

Na ja, ich hatte es angeschaut. Männern ging es schlecht, das war allenthalben zu lesen: Rollenkrise, Selbstfindungsschwierigkeiten, Abwärtstrend. Arme notorische Sexisten etc.! Auf Plattformen ging es uns hervorragend. Marek glaubte an Zahlen und brachte sie ins Spiel: starker Frauenüberschuss ab 43 Jahren, ausgebildet, finanziell unabhängig, beziehungserfahren. Ideal für einen wie mich.

Gegenüber klingelte das Telefon. Der frisch rasierte Besitzer hob es sich ans Ohr. Knappes: »Ja?«, kein Name.

Sprach von MRT-Schädelaufnahmen und verlangte auf diese angloamerikanische höfliche, dabei entschiedene Weise nach einem Buch: Er oder sie solle es nur mitbringen, wenn der Rucksack nicht bereits zu schwer sei.

Vor der nicht sonderlich sauberen Scheibe glitt die deutsche Lieblichkeit des Saaletales vorbei. Mein Gegenüber trug eine dunkelblaue Mütze mit Ohrenklappen, die Haut unter den Augen wirkte aufgeschwemmt. An jeder Hand glänzte ein Ring, der eine golden, silbern der andere. Alles an Nicht-Grolmann war von Länge bestimmt, Schädel, Faltenstirn, wickblauer Blick. Wick, mit Eisbär, meine Lieblingsbonbons, als ich nach Deutschland kam. Sein Arm erreichte mühelos den Rucksack auf dem Sitz gegenüber.

Ich wandte die Augen ab, hörte Nicht-Grolmann in einen Apfel beißen, tippen, pausenlos, konzentriert, beneidenswert. Ungewöhnlich für jemanden in seinem Alter. Jemand in seinem Alter schlief mittags, aber die Person, die fast einschlief, war ich. Erst nach einem Kaffee gelang es mir, mich auf meine Konferenzunterlagen zu konzentrieren.

Puzzleteilchen um Puzzleteilchen waren wir den Verhaltens- und Verletzungsmustern auf die Spur gekommen, die die Generation der deutschen Kriegskinder begleiteten. Schritt um Schritt hatten wir, ein paar Kollegen und ich, uns beigebracht, wie wir diesen Menschen helfen konnten, indem wir sie anders lasen, als sie selbst es taten. Häufig genügte es, sie mit ihresgleichen in Kontakt zu bringen, um das Schweigen und die erstaunlich hartnäckige, künstliche Unsichtbarkeit zu durchdringen, die diese Generation, die stummen Kinder des Jahres 1945, bis heute umschloss. Eingeschlossen hielt. Ihre Einsamkeit war so groß, so ausschließlich, dass die Betroffenen selbst sie nicht mehr fühlten. Sie lebten mitten unter uns, sie sprachen mit uns, waren Väter, Mütter,

Omas, Opas, Tanten etc. (Freunde waren sie selten), sie funktionierten die meiste Zeit ohne sonderliche Auffälligkeiten. Nur eines war ganz aus der Ordnung: tief in der Tiefe ihrer Herzens, gdzieś w głębi serca, hatten sie vergessen, dass es andere Menschen gab.

Das war höchst unmenschenhaft. Eine Verstümmelung in unseren grundlegendsten Trieben und Bedürfnissen, in unserem ältesten Dasein.

Bei der Ankunft in Kreisau verhielt sich in der Regel mindestens die Hälfte der Teilnehmer auffallend still. Drei oder vier schimpften, manche stellten eine einzige Frage und weinten, manche logen. Bald hingen meine Kriegskinder bleich in den Stühlen, und ich ahnte, dass in ihnen Schmerzen tobten, schlimmer als wütende Orang-Utans. Sprach ich von Zitterschüben, Angstträumen, der Unfähigkeit zu teilen, riefen anfangs immer ein paar: »Geschwätz.« Sie hatten Recht. Nicht ich sollte reden, sie sollten zu sprechen lernen. So vorbehaltlos stimmte ich ihnen zu, dass sie nicht mehr weiterwussten.

Es war der entscheidende Augenblick.

Bisweilen brauchte ich zwei Tage, bisweilen nur eine halbe Stunde in der sala majowa im Herrenhaus der Moltkes oder, im Sommer, auf der großen Wiese des Kreisauer Hofgevierts, bis die Gruppe ihn erreichte.

Der Zug rumpelte, stand, der Alte schulterte routiniert seinen lilafarbenen Rucksack, sprang routiniert zur Tür hinaus. Alles rief, schaute, rannte, die mächtige Leipziger Bahnhofshalle klang wider vom schleifenden Bremsen der Waggons, man blickte sich um, atmete Kaffeeduft, Bratwurstgeruch, bahnte sich einen Weg. Er vornweg, ich hinterher.

Der Zufall lockte mich. Gewiss, Nicht-Grolmann würde nicht Grolmann sein. Ich hatte Zeit, kannte die Stadt kaum. Warum nicht etwas tun, was ich sonst niemals tat? Jetzt, da ich den Boris von vor 20 Jahren suchte. Und wäre es nicht spannungsfördernd, mein Buch mit der heimlichen Verfolgung eines später für das Projekt wichtigen Kriegskindes zu beginnen? Dafür reichte es, dem Kerl ein Stück weit nachzugehen, egal, wer er war.

Shared Memory lautete mein Arbeitstitel, geteiltes Gedächtnis. Ich meinte: aufgeteilt, unterteilt. Zugängliches und Weggestecktes. Selbstkartierung, Selbstbild.

Auf Augenblicke kam es an. Ungeschützte Stellen.

Zehn Minuten später saß ich in einem Waggon der Straßenbahn 12. Es nieselte; an gelb und rot geblähten Herbstbäumen vorbei bogen die Gleise bald hinter dem Bahnhof scharf nach Norden. Nicht-Grolmann saß auf einem Einzelsitz. Er sah zäh aus, ein Entscheider-Typ. Asketisch, altes Gestein. Anders als ich, der rundköpfige Redemann. Etwas Melancholisches, gemischt mit etwas Hochmütigem, ging von ihm aus.

Die grünblaue Bahn bremste. »Zoo.« Ich hatte den Halteknopf gedrückt, niemand stieg aus. Natürlich nicht. Nicht-Grolmann saß weiterhin bewegungslos zwei Reihen vor mir auf einem Polster, das er weit überragte.

Rechts säumten Backsteingebäude die Straße, links zog sich eine scheinbar endlose hellrote Mauer entlang, alle 50 Meter unterbrochen von einem eisernen Tor. Nächste Station. Der Alte schaute kurz zu mir herüber, schien mich nicht als Nachbarn aus dem Zug zu erkennen und sprang, erneut mit erstaunlicher Leichtfüßigkeit, aus dem Wagen. Dessen Türen bereits wieder zuglitten. Während ich dasaß wie festgenagelt. Hier, am Ende des Zoos. Sozusagen bereits hinter dem Zoo.

Ein junger braungelockter Mann begrüßte den Besucher mit Handschlag und ließ ihn ein. Das sah ich noch. Die Straßenbahn ruckelte an, ein schweres Eisentor glitt hinter dem Jungen und Doch-Grolmann ins Schloss.

Nur gut, dass niemand mich beobachtete. Ich glaube, ich staunte ihm mit offenem Mund hinterher.

Affen jeder Größe, jeder Farbe, laufend, sitzend, hockend, hangelnd, Affen aus Plüsch. Man konnte den Zoo nicht betreten, ohne ihre runde, halbdämmrige Verkaufshöhle zu durchqueren. Ich erstand drei Dosen Cola light, weil ich – soeben – beschlossen hatte abzunehmen (dieser blödsinnig gut erhaltene Affenforscher, 30 Jahre älter als ich), und überließ mich dem Slogan: »Entdecken Sie unsere herausfordernde Primatenanlage!«

Leere Käfige im Gefängnisformat der 50er Jahre säumten den Weg, alle Kioske waren geschlossen. Blass wie der Mond hing eine zögerliche Mittagssonne zwischen graugrünen Wipfeln, zwei Männer schlenderten eng umschlungen weit vor mir den Kies hinab. Als sie abbogen, war ich allein.

Unter dem groben Holzschild *Pongoland*, das an quietschenden Ketten knapp über meinem Kopf in der Luft schaukelte, löste der Weg sich auf. Schwingende, nur mit Seilen verbundene Planken führten in langgezogenen Kurven über Wassergräben und wintertrübes Gras. Neben und zwischen einander folgenden Klettergestängen zeigten fast zur Gänze entblätterte Bäume schwarz in den Himmel. Ein Flüsschen, an seinem Ende eine Pagode: wie man darin säße und Tee tränke zu einer anderen Jahreszeit. Ich fror. Das Gehege irritierte mich: kein Zaun, nicht einmal ein Zaunstängelchen. Allerdings auch keinerlei Leben. Nur ich.

Zwischen steil aufragenden, betongrauen Felswänden versteckte sich eine Glastür. Als ich mich umdrehte, staunte ich, wie nah der Leipziger Gasometer und die Hochhausversammlung am Bahnhof diesem künstlichen, eiskalten Afrika lagen.

Die Tür schwang auf: Tropenhitze, Gezwitscher, Gebrüll.

Vorn die Schimpansen. Die lautesten. Männerherrschaft, das wusste ich noch aus der Schule, wie bei den Gorillas. Da bestimmte allerdings nur einer, der saß als Koloss an der Scheibe, ruhig, ganz Fell, Stille, Blick. Während die Schimpansen ihre Wichtigkeit in die Welt hinausgrölten. Unmittelbare Menschenvorfahren, danke bestens. Riesenhoden schaukelten, Eckzähne glänzten. Dann zogen sie Schnuten: zärtlich, wild.

Was wollte ich hier? Grolmann besichtigen? Wohl kaum. Ich sah Affen! Mitreden? Nachdenken? Mich wunderte, dass die Tiere, ließ man sie nach draußen, nicht flohen.

Heimatlose eigener Art.

Gesperrt unter einen künstlichen Himmel, zwischen Felsen und Nischen, Büschen und Wipfeln, gesperrt in eine lichte, höllische Höhle: eine Kuppel aus Glas, 40 Meter hoch. Heiß, feucht, zerbrüllt, ein Affendom.

Die Affen schrien, wirkten lebendig, sausten umher.

Ostafrikanische Graubülbüls, Weißscheitelrötel und Starweber schossen quer durch die Luft.

Wussten wir, wie unglückliche Tiere aussahen?

Ich zog meine Jacke aus. Der Hominidenstammbaum an der Wand neben mir tat Jahreszahlen und Biodaten zu unserer Verwandtschaft mit den Affen kund. Aus dem gemeinsamen Ast Schimpanse/Bonobo/Mensch spaltete der Mensch sich ab. Später erst trennten die beiden anderen sich.

Vor den Schimpansen in den Felshabitaten hampelten zwei Kinder, ein Junge und ein Mädchen, das die Bewegungen des Jungen perfekt (auf äffische Weise?) nachahmte. Links ein paar Orang-Utan-Haarhaufen. Dann Bonobos, in der Waschmaschine geschrumpfte Schimpansen aus Lakritz.

Grolmann. Ich war mir sicher, er saß nur eine Wand von mir entfernt. Gern hätte ich gehört, worüber er sprach. Das Max-Planck-Institut, das mit den Leipziger Affen forschte, hatte hier hinten zwei Versuchsräume eingerichtet, Hörstationen und Kästchen mit Früchten und Samen in den Gang gestellt. Ein Schild nannte die Uhrzeiten, zu denen man bei Experimenten zusehen konnte. Jetzt waren die Rollos herabgelassen.

Rollos, Holzläden, zugenagelte Fenster machten mir Angst.

Scheinwerferlichter glitten über die Wände meiner Erdgeschosspraxis, da ich nicht einmal Vorhänge ertrug. Halka hatte im Sommer 1945 für Wochen im ersten Stock eines Breslauer Hauses hinter vernagelten Fenstern gelebt, zwischen Bränden, Leichen, Minen, Soldaten, Flüchtlingen jeder Art, Repatriierten und Deutschen. Mit einer Pistole unterm Kissen. Die mir ebenfalls Angst machte. Sie lag in meinem Schreibtisch.

Ich schwitzte, wollte raus, kam auf dem Rückweg erneut an den Gorillas vorbei. In der Tiefe ihrer hellen Felsengruft schaukelte ein Weibchen, alle viere von sich gestreckt, auf einer zwischen Stangen gespannten Decke. Welch tierische Weise dazuliegen. Selbstvergessen. Der Herrscher der Gruppe saß links am Sichtglas auf einem Felsvorsprung, bewegungslos, ein Gigant mit silbernem Rücken, das Gesicht seinen Frauen zugewandt.

Wie schmal mein Spiegelbild in der Trennscheibe stand. 48 Jahre war ich alt. Muskulös, wenn ich etwas dafür tat. Ich zog den Bauch ein. Manchmal fühlte ich mich wie 19: als liege alles noch vor mir, noch neu. Manchmal sehnte ich mich nach diesem Gefühl, manchmal belastete es mich. Ich träumte von Dingen, die vorüber waren (ich hier mit Jenny, sie wäre erst vier), wusste nicht weiter, verhielt mich wie meine besten Patienten. Viele führten erfolgreiche Partnerschaften, oft über 20, manchmal 30 Jahre, die sie dann aus scheinbar heiterem Himmel beendeten. Sie »reisten ab«. Ihre Sehnsucht nach einem weiteren Bruch in ihrem Leben, nach einer erschütternden zweiten Veränderung war so stark, dass sie sie nicht mehr unterdrücken konnten.

Dann saßen sie bei mir.

Gorillas, sagte ein Schild, drücken mit der Hand mühelos hundert Kilopond. An dem Hebel über dem Schild konnte man ausprobieren, wie weit man kam.

Meine Brille beschlug. Was musste ich mich auch mit einem Affen messen!

Ein Gorillaweibchen kam zur Scheibe und blieb mit dem Gesicht zu mir gewandt sitzen. Unmittelbar vor mir. Ob sie gesehen hatte, wie ich mich mit dem Hebel plagte?

Fast war es mir peinlich. Das versteht sie gar nicht, musste ich mir vorsagen.

Was an ihren Augen lag. Die Äffin schaute mich nicht einfach an, nein, sie schätzte mich ab, langsam glitt ihr Blick über meinen Körper. Von unten nach oben.

Etwas prickelte mir den Rücken hinunter. Die schwarzen Pupillen umschloss eine einheitlich gelbbraune Iris. Sie schwamm in einem dunkelbraunen, ledrig aussehenden Gallert.

Ich tippte eine Mail an s.grolmann@…de in mein Handy: »Nehme den Auftrag an.«

Ein paar Tage später rief der Vater an. Nach wenigen Sätzen sagte er: »Sie sind Pole?«

Ich sah ihn vor mir. Beinahe hätte ich ihn gefragt, ob er sich nebenher rasierte. Ich fing mich. Wie man im Deutschen so sagt.

Er verstehe mein Interesse an seiner Lebensauffassung, ein Treffen mit mir interessiere auch ihn, von Zwang könne keine Rede sein, keine von Therapie. Er wisse dank meiner Website, dass ich im Kindesalter Vertriebene mit intaktem Gedächtnis suche. *Shared memory* gefalle ihm. Er könne sich eine Zusammenarbeit vorstellen. Zudem könnten wir gemeinsam seine Tochter beruhigen. Sozusagen als Nebeneffekt. Als Nebeneffekt sei das wichtig. Seine Tochter bilde sich ja mich ein.

Er sagte: »Sie wollte Sie und keinen sonst.«

Das klang angenehm.

Als Grolmann klar und bestimmt anfügte, ihm sei ein idealer Ort für ein erstes Gespräch eingefallen und eine Adresse am Stadtrand nannte, als er sagte, von diesem Ort aus lasse sich seine Lebensgeschichte rückwärts, also mühelos, entrollen, wirkte er so gründlich in Illusionen verstrickt, dass mein letzter Vorbehalt schmolz. Man konnte es natürlich auch anders sehen. Marek sah es anders: »Dich hat's erwischt.«

Wir saßen im Caravaggio. Er trank einen Schluck: »Er oder sie?« Grinste und sagte: »Oder Familiensehnsucht?«

Er hätte als Psychologe arbeiten sollen.

»So ein Schmarrn«, sagte ich. Manches bayrische Wort war extrem nützlich. Marek verzog das Gesicht. Die Musik klang besser als beim letzten Mal.

Der Grolmannmorgen war verdammt hell. Die Sonne strahlte herunter, als sei sie der Erde näher gerückt, leuchtete tief in alles hinein, die Einheimischen nannten das Föhn, blauer Himmel, Schneegeruch, kein Wunder, dass es manchen den Schädel zerriss. Nach längerem Fußmarsch von einer Bushaltestelle erreichte ich ein heruntergekommenes hellblaues Haus, umgeben von einer mächtigen Buchshecke. Stadtrand, der Licht spuckende Himmel von weit aufgeschossenen Nadelbäumen angeritzt. Holzig, aufrecht, Reste der deutschen Waldessehnsucht. In meinem ersten Zuhauseland wären die Stämme gar nicht erst so gerade gewachsen.

Das Namensschildchen neben dem Tor war unlesbar, ich läutete, bestens präpariert: aufgesägte Affenschädel, fiese Elektrodenimplantate, Todesfälle im »Forschungsmaterial«. Grolmanns Abstürze. Grolmanns Wiederauferstehungen. Grolmanns Hartnäckigkeit. Grolmanns Genie.

Das war vielleicht übertrieben. Aber wer wäre nicht dankbar für Aufmerksamkeit und ein wenig Schmeichelei. Allemal im Alter, wenn einem die Angst vor der Überlegenheit der Jüngeren im Nacken saß. Als sich nichts regte, drückte ich das Tor auf, das quietschend nachgab. Im gleichen Augenblick rief jemand meinen Namen, ein habichtgesichtiger, nicht unvertrauter Kopf schob sich hinter der linken Hausecke hervor, zog sich zurück, eine langgliedrige Hand winkte mich heran, versteckte sich. Wie im Kindertheater. Kasperle und Krokodil.

»Praktisch, dass Sie da sind«, flüsterte der Mann aus dem Zug, als ich ihn erreichte. Da stand Prof. Dr. hc. hc. Grolmann, eng an die Seitenwand gedrückt, aufrecht wie ein Nadelbaum, hager. Von der Straße konnte man ihn, auch dank der Hecke, nicht sehen.

»Habe ich Sie erschreckt, Herr Nienalt?«

Ich sagte ja. Das würde ihm ebenfalls gefallen. Zudem stimmte es. Der Beobachter in mir machte Notizen, das Sozialwesen Boris ergänzte: »Dass Sie unkonventionell sind, hätte ich mir denken können«, woraufhin der alte Forscher lächelte und etwas lauter sagte: »Kommen Sie!«

Er trug eine schwarze hutartige Mütze, die ihn noch größer machte, eine grünbraune Lederjacke mit abgewetzten Ellenbogen, Typ immerwährendes Lieblingsstück. Unnachahmlich »heimlich«, ein wenig geduckt, schlich er an der Hauswand entlang, wobei er der Hexe aus Hänsel und Gretel glich, nur dass er größer und gewiss schlauer war. Ich konnte mir denken, dass seine Tochter es nicht leicht hatte mit ihm; erst später wurde mir klar, woran sein Gang mich erinnerte: äffisch trottete der Affenforscher dahin, den Oberkörper ein wenig gebeugt, den Kopf nach vorn geschoben. Die langen Arme schwangen locker mit.

Alte Menschen geben sich gern geheimnisvoll, um attraktiver zu erscheinen. Wie Kinder im Vorschulalter, nur verfügen sie über raffiniertere Mittel. Auf der Rückseite des Hauses drehte Grolmann sich zu mir und sagte mit normaler Stimme, dass er sich anregende Begegnungen verspreche. Dabei blickte er auf mich herab. Angesichts seiner Größe kein Wunder, obgleich er es auch zu genießen schien.

Er sehe es als ideal an, dass Sima seine Stunden mit mir bezahle und habe beschlossen, mich in das Wichtigste einzuweihen, um die Beschäftigung mit der Frage seiner Tochter abzukürzen. Ich wisse schon: das Geld. Seine Schulden. Er könne mir zeigen, wo die Hunderttausende steckten. Sofort!

»Liebesverhältnis«, schnaubte er durch die Nase. Wenn es auch, da treffe seine Tochter ins Schwarze, ohne zu wissen, wovon sie rede, um Liebe gehe. Liebe freilich anderer Art.

Mit einer Handbewegung, die aussah, als müsse ein Tusch sie begleiten, klappte er den Teleskoparm aus und dirigierte meinen Blick in den Garten.

Eine breite, gewiss vierzig Meter tiefe Rasenfläche, gerahmt von hohen, schmalen Nadelbäumen. Hinten rechts ein Teich, in dem bis zum Rand tiefgrünes Wasser stand. Der Rest ein kubistisches Gemälde: Glaskuppeln erhoben sich rundum aus dem kurz geschorenen Gras, gewiss 30 an der Zahl, unterschiedlich hoch und weit. Manche waren teilweise mit Rasenplatten bedeckt, andere, zarte durchsichtige Eihäute, beulten sich auf, als warteten sie auf Erleuchtung von innen – oder auf Besucher wie mich, die sie als *land art* bewunderten. Grolmann grinste und blinzelte gegen das Licht. Der Garten gleißte. Gloss? Keine Ahnung. Schief lehnte Grolmann da, auf einen imaginären Spaten gestützt. Daran, wie er den Kopf hielt, sah ich, wie stolz er sich fühlte. Ich blinzelte ebenfalls. Die Kuppeln bildeten ein chaotisches Muster, schienen auf den Rasen gestreut; auf den zweiten Blick indes strahlte die Anordnung eine Harmonie aus, die ich mir nicht erklären konnte.

»Baumwipfel«, sagte der Eigentümer. »Kein Kikelkakel!«

Und kicherte.

Und schaute mich triumphierend, zugleich verschmitzt an. Grolmanncharme. Des Effektes war er sich sicher. Er täuschte sich nicht. Der Garten war eine Überraschung. Und wunderschön.

Das Muster habe er von einer selbst gemachten Luftaufnahme des ostafrikanischen Regenwaldes freimütig in den Bauplan übertragen. Um die Lichtverhältnisse, die durch die unterschiedlich weiten und hohen Baumkronen in den darunterliegenden mittleren Blattetagen des Urwaldes entstünden, möglichst getreu zu reproduzieren. Für den unter den Lichtkuppeln liegenden, nein, wartenden Keller. Oder das, was er Keller nenne. Obwohl es viel mehr als ein Keller sei.

Prüfend blickte er mich an, ich beeilte mich zu nicken. Mein Gehirn kam mit dem Kombinieren kaum nach (Baumwipfel, Keller, Kikelkakel?), allemal, da der Psychologe in mir sich Notizen machte (Schutzneurose? Fliegerkellererinnerungen? Heimatbau? Massiv ausgelebt, Verschuldung deswegen?).

»Forschungsschimpansen«, sagte er. Erneut triumphierend. Wenn auch leise. Mit Wärme in der Stimme.

Ein Affenhospital solle es werden. Ein Zentrum für traumatisierte Primaten.

Er baue es auf eigene Kosten, unter eigener Regie. Mit seinem Polen, der nicht wisse, worum es gehe.

Er führte mich zu einer der Kuppeln. »Die festen Rasenteile repräsentieren die lichtundurchlässigen Baumkronen der Urwaldriesen, die freien Stellen die Sonnenlücken des Blätterdaches.« Steuerte mich zur nächsten, indem er mich mit dem Finger am Ellbogen antippte, eine freundschaftliche, sachlich-bestimmte Aufforderung. So hatte er wohl auch seine Mitarbeiter dirigiert. Die Berührung kräftig. Er war fast 83, roch nicht nach altem Mann.

Vertraulich beugte er sich mit mir über den größten der Lichtdome.

Teile meines Gehirns staunten noch immer, geblendet wie meine Augen von dem Glasgarten, der Lichtvermehrung durch die Kuppeln, dem Grün und dem verborgenen Rhythmus des Urwaldes, der, wie mir schien, nach mir greifen wollte, obwohl oder weil ich nie im Leben in einem Urwald gewesen war. Grolmanns bizarres Bauwerk hatte Musik, etwas Ephemeres, obschon Wirkliches. Rhythmus für Augen und Blut.

Was war bislang mit Affen geschehen, die die Forschung nicht mehr brauchen konnte, weil die Forschung sie krank gemacht hatte? Vermutlich »entsorgt«. Dagegen setzte der alte Mann ein Affenzuhause. Die Idee rührte mich.

»Warum die Heimlichtuerei?«

»Blöde Frage«, brummte er. Ich solle nicht fragen, sondern schauen. In die von ihm entworfene Tiefe.

Er habe das Grundstück, auf dem wir stünden, vor einigen Jahren seinen Nachbarn abgekauft. »Ich brauchte etwas Eigenes, ich hatte Lust auf ein kleines Geheimnis.«

»Klein?«, sagte ich.

Und verordnete mir im gleichen Augenblick: stopp. Ich sollte ihn nicht behandeln, nur die Finanzfrage klären.

Er blickte prüfend auf mich herab. Die wickblauen Augen wirkten klar, dann hart, es wechselte rasch. Wickbonbons schnitten die Zunge auf, ich erinnerte mich. Er lachte: Klein sei es nicht. Und schob mich sanft, dabei bestimmt nach vorn.

Fünf Meter senkrechte Tiefe. Unten brauner oder grüner hügeliger Boden, zum Teil mit Matten und aufgeschnittenen Jutesäcken belegt. Getrocknete Zweige, Blätter, Decken. Ein Stück hellgrüne, anthroposophisch gerundete Wand. Holz-Kinderstühle, ein Spielcomputer, ein gelber Plastiktraktor mit Pedalen, Essensreste. Grolmanns unterirdische Rettungswelt.

»Reichlich benutzt«, sagte ich und richtete mich auf.

Er sah mir ins Gesicht. Seine Mundwinkel zogen sich nach oben, seine Augen leuchteten veilchenblau: »Herr Boris«, flüsterte er, »das Paradies!«

»Think big«, sagte er. Für die Affen nur das Beste. Jetzt.

»Jetzt, da es nichts mehr zu verlieren gibt?«

Wir saßen im Würger. Seiner Stammkneipe. Eine halbe Stunde Fußmarsch von seinem Haus entfernt. Damit er fit blieb.

»Jetzt, da alles zu gewinnen ist«, sagte er.

Ich glaube, es stimmte. Er träumte, er hatte eine Vision. Pragmatisch war er zudem. Die Kombination gefiel mir. Starr, stur, schlau.

Grolmann hatte seinem Bankberater erlaubt, mir Auskunft darüber zu geben, ob von einem seiner Konten regelmäßig Geld an dubiose private oder geschäftliche Adressen floss. Ein Luxusbordell? Eine Heiratsvermittlung? Und wenn? Die Bank war nur befugt, mir Passivauskünfte zu erteilen; ich durfte fragen: »Gab es eine Überweisung auf Konto X«, man sagte ja oder nein. Natürlich fand ich nichts, die Suche war eine Farce, sowohl Grolmann als auch ich wussten das.

Er habe mir klarmachen wollen, dass er mir vertraue. Nach unglaublichen Konten hätte ich fragen können!

»Von Zoos zum Beispiel«, sagte er und lachte.

Ob er Affen kaufte? Illegal? Bei diesem Gedanken lachte ich: absurd.

Das Essen im Würger war, wie der Name versprach. Ich trank Tee, der Affenflüsterer Bier. Kam er zur Tür herein, begrüßte man ihn mit einer unnachahmlichen Mischung aus Ironie und echter Achtung, die er mit seiner unnachahmlichen Mischung aus Körpergröße, Selbstsicherheit und Komik mühelos konterte. Jedes Mal trug er die speckige Lederjacke, ein Kleidungsstück, das nach beneidenswerter Lebenskontinuität aussah, rückte, während er sich mir näherte, alle Bilder über den Holzbänken gerade, Alpenpanoramen und brünftige Hirsche, setzte sich und grinste mich an.

»Gemütlich.«

Anfangs hatte ich genickt, inzwischen verdrehte ich die Augen. Das gefiel meinem alten Mann. Unsere heimliche Rollenverteilung schwankte. Interviewer? Freund? Dank des Altersunterschiedes mischte sich das Muster Vater-Sohn kräftig ein. Das verstand auch Grolmann, das hatte er, wie mir bewusst war, dank der Hierarchien deutscher Universitäten mit Diplomanden und Assistenten oft genug durchgespielt, wenn nicht durchexerziert.

Ich starrte auf die Reproduktion eines röhrenden Ölhirsches, die nun in ihrem billigen Rahmen perfekt gerade über Grolmanns

Mützenschädel hing. Anlässlich meines zehnten Geburtstages hatte meine Mutter sich meiner deutschen Abstammung entsonnen, mir dieselbe mitgeteilt, sprich wie einen Eimer über den Kopf gestülpt, und mich in den Deutschunterricht geschickt. Dort erklärte man mir, unsere westlichen Nachbarn liebten Autos und Geh-Müdlichkeit. Ihr Land sei zu groß, sagte auch Halka. Man hatte es gespalten und musste trotzdem noch immer lange gehen, um es zu durchqueren, gehen bis zur restlosen Geh-Müdlichkeit, über die man daher überall sprach.

70er Jahre. Darüber, ob die Deutschen ihr Deutsch-Land bald erneut durchquert hätten und, keineswegs gehmüde, zum x-ten Mal in Polen ankämen, dachte man in Warschau und Wrocław durchaus nach.

Ich bot meinem Gegenüber an, den Bericht an die Tochter bereits jetzt zu verfassen: Die Summe finde sich im Haus angelegt, es bestehe keinerlei Wiederholungsgefahr.

Ich glaubte ihm, dass er das Geld für die Dschungelanlage ausgegeben hatte.

»Dschungel*paradies*«, sagte er professoral.

Und verlangte seine fünf Stunden.

Danach erst solle ich den Bericht abliefern. Vielleicht sei er raffinierter, als er erscheine?

Vielleicht habe Simone Recht mit ihrem Verdacht. Oder einem anderen! Fünf Stunden mit mir könne sie ruhig bezahlen. So viel dürfe er ihr wert sein.

Hanebüchen, wenn ich denke, dass einer wie er – mit seinem Lebenslauf, mit seiner Selbstrettung in die Forschung zum freien Willen, gegen den Amerikaner Benjamin Libet und seine lächerlichen Versuche, den Willen zu einer Vetomacht zu erklären, die bestenfalls tätig werde, um aufkommende Handlungsimpulse zu unterdrücken, was freilich nur möglich wäre, wenn man glaube, dass das Gehirn und das Ich sich unterschieden, was er, Eustachius, nicht glaube, hanebüchen also, wenn ich, Boris, davon ausgehe, dass einer wie er, Grolmann, Doktor Doktor h. c., das Experimentieren je aufgäbe.

Wobei er mir zuzwinkerte. So dass ich dachte oder denken konnte, er mache einen Scherz. Wozu er noch sagte: Ich solle ihn mir ruhig ansehen.

Wobei ich glaubte, er meine sein Alter.

Das meinte er, wenngleich nur unter anderem.

Was er sagte, war die reine stolpernde Wahrheit! Verborgen in seinen Behauptungen sprang sie an mir vorbei, ein langschwänziges, unscheinbares Ringeläffchen. Später konnte ich mich selbst fragen, wie oft mein Nichtpatient mir Offerten dieser Art gemacht hatte, Zeichen, bei denen ich nur hätte weiterfragen müssen. Stattdessen fütterte ich ihn mit Worten wie »Stuka« und »Jungschar« in der Hoffnung, er wäre ein Fisch und bisse in meine unbeholfenen Köder.

Was er selbstverständlich nicht tat. Gleichmütig trank er sein Bier. Ich bestellte ebenfalls eines.

Mein Vorpreschen ärgerte mich. War ich kontaktbedürftiger, als ich mir selbst eingestehen wollte?

Der Würger spendete Funzellicht, den Geruch von kaltem Rauch. »Schluss mit Kikelkakel«, sagte ich.

Grolmann zuckte zusammen. Sah mich an, schien nachzudenken. Nickte da vor mir unter dem perfekt waagrecht hängenden Hirschbild und fragte mit seiner heiseren beherrschten Stimme: »Warum hat meine Tochter sich unbedingt Sie eingebildet? Kennen Sie sich?«

■

Wir sahen uns nur alle zwei Wochen, insgesamt nicht öfter als zwanzig Mal, verteilt über etwas mehr als ein halbes Jahr, wenn man die Fahrt nach Leipzig dazuzählt, und doch veränderten die Begegnungen mich. Dass der alte Mann machte, was er wollte, beeindruckte mich. Wenn er sich öffnete, berührte er mich. Er erzählte von seinen Eltern, von Lene, dem letzten »Mädchen« zuhause. Verschloss sich wieder, schwieg.

Zuhause.

Mit seiner Tochter mailte ich. Den Bericht über ihren Vater stellte ich ihr in Aussicht. Ich fragte sie nach ihrer Forschung, nach ihren eigenen Erinnerungen. Ich hatte beschlossen, mir Zeit zu lassen. Marek zuckte die Schultern. Wir saßen seltener im Caravaggio. Ich sagte mir, es bringt dir mehr, wenn du allein bist, dich sortierst.

Kurz vor Weihnachten lud mein Nichtpatient mich ein, mit ihm zu Lene zu fahren, die inzwischen Maggy hieß. Dort holte er Gemüse für die Affen. Die zukünftigen Affen. Ich sollte ihm tragen helfen. Selbstverständlich sagte ich zu, Ende der Kneipentour!

»Der Vorhölle, oder wie?« Amüsiert stieß er den Rauch seiner Zigarette auf seiner Seite zum Auto hinaus. Dichte Waldschatten lagen auf dem Asphalt, die Begrenzungsstreifen leuchteten.

In Augenblicken wie diesem schien er mich vollkommen zu verstehen.

Ich wartete auf die Hölle, seine Hölle. Dafür war ich da. Boris Nienalt, Höllenführer.

Solange mir nicht allzu übel wurde. Grolmanns Golf, silbern verschrammt, war 19 Jahre alt. Die Polster nicht. Die waren 100! 100 Jahre lang durchgesessen, mein Sessel nicht richtig verschraubt, alles schepperte und wackelte. Dazu der ranzige Geruch!

»Bankett«, sagte mein Forscher, der stark gekrümmt über dem Lenkrad saß, und zeigte auf den Straßenrand.

Als hielten die Deutschen dort an, um zu essen, als hätten sie nur das, den Weg, als ihren Tisch.

Das gefiel ihm. Er steckte sich die nächste Zigarette an. Der lila Rucksack lag auf dem Rücksitz, sein blaues Hemd war perfekt gebügelt. Ich kämpfte gegen die Übelkeit.

Stimme: »Irgendwann möchte Boris Eustachius überrumpeln.«

Stimme: »Das nennt er Psychodrama.«

Stimme: »Das nennt man déformation professionelle.«

Stimme: »Er kann kein Französisch.«

Stimme: »Das macht ihm Spaß.«

Winternebel hing über den Feldern zwischen den Waldstücken, in den Nebellücken standen die Beine grasender Pferde vom Huf bis zum Knie. Einmal hing ein Stück Pferdebauch als brauner, stark gebogener Halbmond über dem Gras.

Grolmann sagte: »Maggy stammt auch aus Oels. Wir sollten heiraten.«

»Haben Sie aber nicht.«

Er: »Sie ist zu alt. 94einhalb.«

»War sie mit auf der Flucht?«

Grolmann: »Nein, sie nicht. Dafür Emil.«

»Wer ist Emil?«, fragte ich.

Er drückte die Zigarette aus und kurbelte das Fenster hoch. Die Tierbox im Kofferraum rumpelte.

Er sagte: »Selbst schuld.« Sagte: »Na gut.« Leise, zu sich.

Zehn Jahre älter sei Emil gewesen. Ein ferner Bruder, behindert, versteckt. Stets dagesessen wie ein besonnter Stein. Die Katze habe auf dem geschlafen. Und als Kleiner wohl auch er, Eustachius. Auf der Flucht sei Emil gestorben. Er erinnere sich nicht genau daran.

Er starrte geradeaus. Die Haare, die unter der Mütze hervorschauten, waren dunkelbraun, das Auge, das ich sah, eisblau. Später, zuhause am Schreibtisch, erinnerte ich mich nicht mehr daran, ob ich ihn, bevor der Name Emil fiel, gefragt hatte, wen von früher er am meisten vermisste oder am inbrünstigsten hasste.

Ob ich das von mir wisse, hatte er abzulenken versucht.

(Ja. Das sagte ich ihm nicht.)

»Aff'«, murmelte Grolmann. So habe man Emil gerufen. Er klang verlegen. Was mich beruhigte. So dass ich unaufmerksam wurde.

Dabei seien die Tiere anders, sagte er mit Nachdruck.

Die Tiere. Auf die es ankomme. Wie man erst jetzt allmählich begreife. In ihrer Eigenheit. Ihrer maßlosen Eigenheit. Wie wir in der unseren.

»Schauen Sie nicht so grün!«

Man könne sich den Menschen nicht mit Tieren erklären. Das sei wie in der Erzählung von den zwei Toren des Paradieses. Ob ich die kenne? Er fahre jetzt sanfter. Dass der Mensch, aus dem Paradies vertrieben, nur abermals hineinzugelangen vermöge, wenn er es einmal umkreist habe, sozusagen hinter der Bühne entlanggeschlichen sei durch Dreck, Kälte und Schnee, durch Mittagshelle und über Leichen, zwischen toten Kindern, zu Bündeln verschnürt, massenhaft am Straßenrand? Er versuche, sagte er und fuhr tatsächlich langsamer in die Kurven, die Tiere von innen zu verstehen, radikal, also körperlich.

Als Psychologe war ich darauf trainiert, Ablenkungsmanöver meines Gegenübers wahrzunehmen.

Ich nickte, grün.

Alle Experimente wiesen darauf hin, dass der Mensch überempathisch sei. Man habe diese menschliche Eigenart bislang als Defizit der Affen interpretiert. Eustachius hob die Hand vom Steuer: »Stellen sich *nicht* vor, was der andere denkt, empfinden seinen Schmerz *nicht* mit.« Diese Sichtweise müsse man umdrehen. Nicht den Affen, sondern den Menschen an seine Grenzen treiben.

Affen seien normal. Der Mensch habe einen Überschuss, der vermutlich ein verstecktes Defizit sei. Das zu so seltsamen Ausblühungen wie Kultur, sozialen Institutionen und Psychologie führe. Empathie und Liebe seien Fehlentwicklungen. Das höre sich nicht politisch korrekt an. Das wisse er selbst. So sei es aber. Nicht korrekt, dafür richtig. Biologisch und evolutionär.

Das Bankett hörte auf, die Straße wurde schmal, nur mehr ein Weg.

»Emil«, sagte ich.

»Emil«, sagte er. Dieser verdammte Segen. Dieser Segen in sehr gewisser, also eingeschränkter Weise. Der die Eltern milder gestimmt habe, glaube er. Emil, dieses Elend. Der die Eltern ängstlicher, unsicherer gemacht habe. Lebensunsicherer! Seine, Eustachius' Eltern. Dieser Klumpfuß an ihrer aller Bein, was sage er: an ihrer Existenz. Der den Eltern diese Existenz zur Hölle habe werden lassen. Und ihm ebenfalls: die Hänseleien in der Schule, die Fragen, Blicke. Die man geworfen habe. Auf Emil, dann ihn. Und bald nur mehr auf ihn, denn Emil habe ja nichts bemerkt. An dem sei alles abgeprallt. Dem habe er Teufel, Pest und Cholera an den Hals gewünscht. Dem habe er die Operation gegönnt. Ja, die Operation. Ich solle nicht so schauen. Die Unfruchtbarkeitsmachung. Die Operation in dem Programm Unwertes Leben. Die die Eltern gewiss zu verhindern gesucht hätten. Jahrelang tatsächlich verhindert hätten. Jahrelang habe es nichts anderes gegeben als das: Emil zu retten. Das sei ja das Motto der Familie gewesen. Das einzige Motiv. Und er darunter aufgewachsen, klein, erdrückt davon. Weil er ja nicht Emil gewesen sei.

Gott sei Dank, das müsse er zugeben. Er hätte nicht tauschen wollen. Zumindest heute nicht. Auch damals nicht. Aber zuweilen schon. Da habe er sich gewünscht, Emil zu sein. Immer werde auf den Behinderten geschaut und nie auf das Kind neben dem Behinderten. Immer werde der Behinderte geschützt, als ob das Kind neben dem Behinderten keinen Schutz brauche. Dessen es mitunter dringender bedürfe als der Behinderte selbst. Emil habe niemand schützen können. Das komme noch. Das gesamte Leben sei unter dem Zeichen gestanden, Emil zu retten. Auch er sei dafür hergenommen worden. Sollte einen perfekten HJ-Jungen abgeben. Und wurde dafür bestraft, dass er es tat: Rasch seien Gespräche verstummt, wenn er ins Zimmer kam. Scheffelweise Geld habe man ausgegeben für Emil, dessen sei er sicher. Wenn er auch nicht wisse, wofür genau. Die Eltern seien später völlig verstummt darüber, verstockt. Und verhärmt. Mit Emil hätten die Verluste angefangen. Mit dieser Emilschande. Womit er nicht die Behinderung meine. Er sehe mir an, dass ich ihn so verstanden habe. Als breche endlich das braune Gedankengut aus ihm heraus. Das er gar nicht mit sich herumtrage. Das sei eine Unterstellung meinerseits. Eine Projektion. Damit er als Älterer angeschmiert dastehe. Er sei ja nicht blöd. Die Behinderung Emils meine er nicht, jedenfalls weder den Klumpfuß noch Emils Schweigen, die sichtbaren Defizite.

Grolmann bog scharf in eine Auffahrt. Die Spitzen einiger Fichten kratzten erdiges Grün an den Himmel, die Sonne stand blassgelb im Zenit, ganz Winterstern. Vor der Haustür der beigen Villa wartete ein Mann mit dickem schwarzem Backenbart, vier Obst- und Gemüsekisten zu Füßen.

Ein Meister der Empathie sei Emil gewesen. Und somit der Tarnung. Des Betruges! Der behinderte, zähe Emil. Emil, der scheinbar Unschuldige. Der Fleck auf der gescheckten Familienweste. Braun?

»Nichts da«, sagte Eustachius. »Tiefschwarz.«

■

Für den Rückweg wählte der Affenretter eine andere Route. Wir fuhren nach Nordwesten, bogen nach einer Weile südlich ab. Obwohl ich mich nicht auskannte, begriff ich, dass wir eine Riesenkurve machten.

Grolmanns Augen, scharf, aufmerksam, fixierten die linke Spur. Autobahn.

Dann mich.

Zusammengestoppelt habe man sich die Strecke. Meist habe man irgendwo gesessen und gewartet. Die Flucht habe aus jeder Menge Warten bestanden. Die Flucht sei ja kein Rennen, sondern ein Gestocke gewesen.

An uns flogen die Bäume vorbei.

Mal zehn Kilometer dort, mal zwanzig da. Man sei auf dem Koffer, ständig nur auf dem Koffer gesessen, am Rand des Trottoirs, vor der Rinne, in der Gosse, auf dem Bankett. Mit knurrendem Magen. Man habe versucht, etwas zu hören. Das Richtige. Sonst nichts. Nichts zu sehen.

Der Tacho zeigte 150. Alles schepperte.

Wie es weitergehe. Wo man etwas zu essen finde. Wo der Russe stehe. Man sei ununterbrochen gesessen und ununterbrochen gelaufen, wenn auch nur im Kopf. Zunächst. Dann tageweise auch in der Wirklichkeit: im Kreis, im Kreis.

Es habe kein Benzin mehr gegeben. Man habe sich ständig Sorgen um Treibstoff gemacht. Besorgt, von Sorgen behängt, sei man am Boden gekauert. Auf einem Sack. Wie ein Inder am Straßenrand. Das habe er damals nicht gedacht.

Grolmann blinkte, überholte. Ich hatte den Eindruck, dass er wusste, was er tat.

Das denke er heute. In Müll. Neben Kot. Leichenteile habe man im Schnee verbuddeln können. Das sei ein Unterschied zu Indien gewesen: der Schnee. Es habe aber niemand etwas begraben. Dafür habe keiner Kraft übriggehabt.

Er und die Mutter seien abwechselnd durch die fremden Orte gelaufen, der jeweils andere habe die Koffer bewacht. Emil sei neben dem Gepäck gesessen und habe nichts bewacht. Nicht mehr gesprochen. Neben der Habe. Dem Hab und Gut.

»Das waren bei uns die Koffer«, sagte er leise, »und Emil. Das Hab und Schlecht.«

Und bog ab. Fuhr schweigend durch die mir von meinem Gartenbesuch vertrauten Villenstraßen vor ein kleines, sauber gelb verputztes Haus gleich neben dem Kuppelparadies.

Wir stiegen aus.

Schwarz! Schwarz sei Emil geworden. Auf der Flucht. Auf der Sitz- und Warteflucht. Ausgebombt seien sie auf der Straße gesessen, in Sondershausen in Thüringen. Von Asche beregnet. Deren

Schwarz meine er allerdings nicht! Emil habe sich davongemacht. Klumpfuß hin oder her. Davongeschlichen. Er, Eustachius, habe ihn gleichwohl eingeholt. Den zur Gänze schwarz gekleideten Bruder. Den Bruder in einer SS-Uniform. Die er weiß Gott wo aufgetrieben hatte. Emil mit dem grinsenden Totenkopf auf der schwarzen Kappe. Da vor ihm. Mit einer Pistole in der Hand.

»Emil, dieser Idiot«, sagte Grolmann noch im Aussteigen und warf die Fahrertür so heftig ins Schloss, dass ich fürchtete, das Autochen würde auseinanderfallen.

Zuhause notierte ich mir ein paar Zeilen (Idiot, Emil, Vertrauen, offenbar gekoppelt mit Wut), dachte an den ersten Versuch, meinen Bericht über ihn abzusenden, und ärgerte mich erneut.

Idiot?

Kontaktbedürftiger als gedacht?

Ich bezahlte per Kreditkarte, bekam ein Passwort, erstellte mir eine Identität. Und gleich noch einmal. Text und Foto variierte ich; ich betonte, dass ich eine erwachsene Tochter hatte oder wie flexibel ich räumlich war. Kontaktbedürftig! Das war doch gelacht.

Eineinhalb Stunden später tauchte ich als Mitglied von sechs Partneragenturen aus der Parallelwelt der digitalen Liebe wieder auf. Gefühlte tausend Frauen waren an mir vorbeigezogen, Marek hatte Recht: was für eine Weite, was für eine Auswahl. Attraktiv! Dazu der herrliche Eindruck, eine jede warte exakt auf mich. Sie boten sich dar, nahezu kostenlos. Im Nu hatte ich 18 Nachrichten, Begrüßungsmails und von Agenturcomputern ausgesuchte Match-Vorschläge.

Ich kannte die Statistiken: Pendlerpaare, Liebe in Zeiten der Einsamkeit. In Deutschland, das Antonia, Jenny und ich seit 2006 lustvoll Schland nannten, gern auch Polschland, wenn es um unsere Mischungsverhältnisse ging, in diesem Schland herrschte, wie ich wusste und nun genussvoll erfuhr, ein wundersamer Überschuss an gebildeten, partnerschaftstauglichen Frauen in ihren Vierzigern. Nach einer ersten Ehe. Nach dem Aufbau der Karriere. Nach der Reproduktion. Finanziell unabhängig, freiheitsliebend, erfahren. Ich konnte mich glücklich schätzen.

Ich schätzte mich glücklich und fühlte mich besser als nach der Gemüsefahrt. Geradezu beflügelt. Weil es so rund lief, gab ich eine weitere Annonce auf: 23 Vögel zu vergeben. Kostenlos, mit Käfigen. Auch einzeln. Was bis Weihnachten nicht weg sei, werde zum Fest der Liebe von mir in deutsche Kohlblätter gewickelt und gebraten. Ich stellte die Anzeige auf diverse Kanarienseiten und unterschrieb als »Schluss mit Trill«.

Kanari in Kohl! Die Idee verdankte ich Mutter und ihrer gleich starken Liebe zu gołąbki (in Kohl gewickelter Reis, »Täubchen« auf Polnisch) und mir. Leider verbanden sich einem speziellen, polnischen Genprogramm folgend, beide Lieben unmittelbar nach meiner Geburt zu einer unüberwindlichen dritten: Immer, wenn Mutter mich sah, tischte sie mir eine warme Mahlzeit auf. In unserem Fall, der im Wesentlichen ihr Fall war: »Täubchen«. Nicht, dass ich es nicht mochte. Nur dass sie mich, während ich aß, ständig beäugte. Mit ruckendem Auge! Wie ihre sieben oder elf Kanarienvögel, alle zu fett, die den Kopf zierlich schräg legten, um meinen Essfortschritt zu prüfen.

Pfeifend setzte ich mich mit den Scherben meiner Lieblingstasse und dem endlich gekauften Sekundenkleber an meinen Schreibtisch. Ein paar Kanaris antworteten, obwohl sie alle zugedeckt waren. Scherben festdrücken, dabei die Fingerspitzen vor dem Zusammenkleben retten. Unterstützt von einigen winzigen Schlucken Rotwein befahl ich meinem faulen Hirn, ehrlich zu sein. Scherbe fünf näherte sich dem Klebeverbund eins bis vier.

Ich hatte die Frauen auf den Partnerbörsenseiten mit Simone

Grolmann verglichen. Jede einzelne. Jedes Mal war es ungünstig ausgegangen. Nicht für Grolmann.

Scherben sechs, sieben und acht ohne Kleber aneinanderhalten. Sah interessant aus. Fast antik.

Natürlich konnte ich mir mein Verhalten erklären, wozu war ich Psychologe: Die Frau passte optimal »zu meinem Skript«, ihre Herkunftsgeschichte zog mich an, auch in ihrem Leben fehlte ein Vater, auch sie war das Kind eines Flüchtlingskindes, sie rührte an frühe Fixierungen, es handelte sich um eine verdrehte pseudoödipale Bindung, ich übertrug, wurde Opfer einer Gegenübertragung, erkannte zu mir passende Neurosen und bot mich als Ort einfacher Reiz-Reaktions-Abläufe an, allemal bei hübschen Blondinen.

Nicht mein einziges Beuteschema, *beileibe* nicht. Haha! Der Rotwein machte schön warm. Stand da wirklich 17,5 % auf dem Etikett?

Wozu war ich Psychologe? Genau: damit meine Erklärungen einander widersprachen. Das war schön wirklich. Grolmanns Mails gefielen mir. Ich fragte, wie sie ihren Vater wahrnehme (sie besuchte ihn jeden Mittwoch). Ihre Antworten zeigten sie als scharfe Beobachterin, sie erwähnte Kleinigkeiten – seine eingerissenen Nägel, den gestiegenen Kaffeekonsum, seine Neigung, sich selbst etwas zuzuflüstern. Sie fragte mich, wie seine Sparmanie (Heizen erst ab November, große Vorräte gebrauchter Plastiktüten sowie leerer Shampoo- und Duschgel-Flaschen) mit der Ausgabe der beträchtlichen, ihr von der Bank genannten Geldsummen zu vereinbaren sei. So begann unser Gespräch. Bei der Frage nach Widersprüchen und Lebenskohärenz.

Scherbe fünf saß schief zwischen Scherbe eins und drei. Ich konnte meine Gefühle unterdrücken, mich neurolinguistisch umprogrammieren lassen, versuchen, jeden Rest von Mutterbindung in mir zu vernichten, bewusstseinsverengende Drogen nehmen, eine weitere Lehranalyse anschließen, mich einem Coaching unterwerfen, mich auslachen, auswandern oder nachgeben. Der Alleskleber brachte die Porzellanmoleküle der Scherben fünf und sechs sowie meine Hautmoleküle an der Spitze des linken Zeigefingers dazu, miteinander zu verschmelzen. Ich riss mich los. Der Computer meldete Post.

Stimme: »Er braucht einen Fick.«

Stimme: »Viele.«

Stimme: »Nicht nur.«

Stimme: »Wo ist da der Widerspruch, glaubt hier irgendein Idiot, das wäre ein Widerspruch?«

Drei Mails. Zwei Damen hatte erneut der Rechner ausgewählt, ich schaute sie mir aufmerksam an. Unsere Profile stimmten überein, unsere Partnerschaftsvorstellungen. Was schrieb ich da?

»Denke an eine andere, bei der ich mich nicht traue. Also kommst du dran.«

»Bin Psychologe und kann mir nicht helfen!«

Oder ein kleines Märchen: »Mein biologischer Vater flog in Mutters einundzwanzigjähriges Leben, nutzte seine Krallen und seine Schönheit, um sich darin niederzulassen, ein Rabe (klug), eine Krähe (gemein), ein Albatros (ungeschickt), ein Geier (Halka, betrunken), ein Milan (Halka, schwärmerisch), blond, deutsch, ein Heinrich-ohne-Land, um nach ein paar Wochen, ganz Kralle, Schönheit und Neugier, wieder hinauszufliegen. Er hinterließ ein weißrot kariertes Halstuch, eine angekaute Pfeife und eine Pistole, mit der Mutter sich und das ungeborene Leben beschützen sollte, das noch lange nicht in ihr wuchs, denn von mir konnte 1945 keine Rede sein. Pistole ja, Sperma nein – sie hatten Pech oder Glück oder überhaupt keinen Sex, Boris der Erste fiel aus, ebenso Borissa. Im Herbst '45 verschwand mein Vater Richtung Westen, um lebensvolle 20 Jahre später aus dem Nichts, besser: dem westlichen Alles, himmeläugig ein zweites Mal zu erscheinen.«

Dank meiner Ausbildung schmerzte mich die schwer freudianische Kombination »Pistole – Sperma« besonders. Dank meiner Ausbildung konnte ich mir mühelos ausbuchstabieren, dass ich meinen Lehranalytiker, meinen Abschlussprofessor und nun Grolmann Senior als späten Vaterersatz, als temporären Wunsch- und Wahlverwandten installierte. Das wusste das letzte Minimalpsychologelchen, da durften die postmodern implementierten Verschiebungen allemal Recht behalten, jedes für alles, Lacan, Deleuze, Guattari, dahinter-darunter das Echtlebensfigürchen Eustachius, Eustachius als differente Spur meines leiblichen Deutschvaters *und* polnischen Stiefvaters, der mit meiner deutsch-polnischen Mutter dereinst, dereinst, das Vogelleben genoss, ein international brauchbares, kommunistisch überzeugtes »Boris« hauchte, als ich erschien, während mein deutscher Erzeuger nachnamenslos zum zweiten Mal Richtung Westen entfloh, niemand wusste, wohin. Dabei blieb es, denn ich vermied es, ihn zu suchen, zum einen aus Rücksicht auf Tomasz, meinen Stiefvater, zum anderen, wie ich mir während meines Studiums eingestand, sehr viel mehr noch aus Angst davor, wen ich finden könnte, falls ich suchte.

Scherbe acht. Tasse schief, Zeigefinger wund. Sollten die Schönheiten der Verschiebung Platz greifen. Ein Leben mit Ersatz war besser als eines ohne. Sagte ich meinen Kreisauer Seminarteilnehmern: »Ihr Leben mit Ersatzhüfte macht mehr Spaß als das davor«, lachten sie. So weit wollte ich ebenfalls sein! Wie man an der Biographie meiner Mutter sehen konnte, waren wir Meister der Wiederholung, Meister des Länderwechsels, der Vaterträume.

Dong. Partnervorschlag Nummer vier. Nach kurzer Betrachtung des Fotos fragte ich die Kandidatin, ob sie einen Kanarienvogel übernehmen wolle.

Gern auch zwei. Als Paar!

Ja: Das war gemein. Ich stand auf, warf die Tasse in den Treteimer und gestand es mir ein: Ich war *verliebt* in Simone Grolmann.

Cholera. Die ich nur über Fotos kannte. Nun ja, auch über eine Aufzeichnung ihrer Stimme, ein paar Mails und drei Affenvideos bei YouTube.

Ich hatte mich in ein Phantom verliebt.

Das war leicht.

Es war üblich.

Nun konnte ich sehen, was ich damit machte.

Sie gefiel mir. Nichts sprach dagegen. Dummerweise suchte ich keine Frau.

Nicht wirklich.

Ich wollte keiner dieser Männer sein, die sich nach einer Trennung gleich wiederversorgen.

Weder vor anderen noch mir selbst wollte ich so einer sein.

Im Übrigen, an dieser Stelle: Ende der Vernunft. Ich kannte Simone Grolmann über ihren Vater. Womit ich mir ein sublimes Feld der Projektion und Megaprojektionen geschaffen hatte, das ich strukturell-abstrakt durchschaute und konkret – genoss. Im Übrigen: Sie gefiel mir, gefiel mir, gefiel mir. Ich hatte in den YouTube-Forschungsfilmchen gesehen, wie sie sich bewegte. Mein Körper hatte gekribbelt und gewusst, was er wollte. Ihre Arme, ihre Schultern, ihr Hals. Die zarten Verstrebungen ihrer Schlüsselbeine, wenn das T-Shirt etwas zur Seite rutschte. Verdammt. Verdammt nochmal. Verdammt schöne Frau.

Eine Brünette, um die 17 oder 18 Jahre alt, öffnete mir die Tür. Etwas jung, trotzdem passend.

Nicht für mich. Für ihn.

In der Küche verrichtete ein Rührgerät seine Arbeit derartig ohrenbetäubend, dass nur der Professor höchstpersönlich, altersbedingt etwas taub, auf den Schalter drücken konnte. Spät dran, der Gute, mit der Zubereitung des Kuchens, zu dessen Verzehr er mich in sein Haus geladen hatte.

Zum allerersten Mal.

An einem Sonntagnachmittag im ansonsten unwirtlichen Februar. Nicht einmal die Schneeglöckchen blühten, es lag allerdings auch kein Schnee.

Klein, würfelförmig, quittengelb stand Grolmanns Haus schräg vor den Glaswundern des Affenparadieses, die ich, allen Verrenkungskünsten zum Trotz, von der Haustür aus nicht sehen konnte. Das braunlockige Wesen ließ mich ein. Stupsige Nase, dunkelblaue Augen. Die Schürze wies die Trägerin unmissverständlich als Teil des Clans aus: auf dem rotweiß gewürfelten Stoff prangte die Applikation eines breitbeinig dasitzenden, grinsenden Schimpansen, der die Arme ausbreitete, um zu liebkosen oder zu erdrücken, wen auch immer er erwischte.

Links führte eine Holztreppe in den ersten Stock, rechts und geradeaus gingen Türen von dem dunklen Flur ab. Eine kleine schmale saß in der Wand unter der Stiege; statt des vermuteten Abganges in den Keller verbarg sich, wie ich später herausfand, eine Toilette dahinter. Es roch nach Fußschweiß und Bohnerwachs, das kein Mensch mehr benutzte. Grolmann grinste: In Schlappen, roter Mütze, stand er vor mir. Handschlag. Der riesige, aus Stoffflecken zusammengesetzte Schimpanse auf seiner Schürze bleckte die Zähne.

Sie führten mich in die Küche, dirigierten mich auf einen Stuhl an einem kleinen weißen Tisch. Resopalplatte mit Schraffur. Kratzern. Original 60er Jahre, wie ich. Simones Tochter gab pürierte Bananen in den Teig, den der Gastgeber rührte. Die Küche bildete ein langes, schmales Rechteck, Grolmann und seine Enkelin standen mir gegenüber an der Anrichte vor der Fensterfront. Ein kahler Busch rechts, eine Tanne links am Weg zum Tor, Baumwipfel weiter entfernt jenseits der Straße. Ab und an drehte sich einer der beiden zu mir um. Esther wirkte rosig, eine leicht fettige Frische, typisch Spätpubertät, verbarg ihre Kraft. Die Knochen kantig und fest. Wie seine. Die beiden strahlten aus, dass sie zusammengehörten, stimmten wortlos überein.

»Affenkuchen?«, sagte ich.

Erst am Vortag war ich aus Kreisau zurückgekehrt. Ein anstrengendes Seminar mit nur 14 Teilnehmern. Zäh, die Reglosigkeit groß, obwohl zwei der Gäste von einem ihrer erwachsenen Kinder begleitet worden waren. Es galt inzwischen als Regelfall, dass Kinder das elterliche Kriegskind, diese Kindverstümmelung, anmeldeten. Sie durchschauten dessen Ängste, aber wussten nicht weiter: warfen bei jedem Besuch bei ihren Erzeugern schimmliges Brot weg, fluchten über glattgestrichene Alufolien im Küchenschrank, neben Gefriertüten, Bergen von Gummis, Zwecken, Taschen, Gürteln und Schachteln. Alte Fahrradschläuche wurden ebenfalls gehortet, Unterhosen. Sie regten sich auf und riefen: »Der Krieg ist vorbei«, ihr greiser Mensch indes schaute sie mit runden unverständigen Augen an und hütete seinen über die eigene Lebensspanne weit hinausreichenden Lebensvorrat aus Schrott und Not.

»Wenn Sie brav sind, bekommen Sie was ab«, sagte Esther. Ihre braunen Locken hüpften unverschämt heiter.

Während meine Augen noch auf den ungeschickt ausgestrichenen Falten eines akkurat rechteckigen Stückes Alufolie lagen, dem obersten eines Stapels, der in einer Tupperwarebox auf dem Küchentisch bereitstand.

Ich fühlte mich angeraut, aufgekratzt. Das innere Quarantäne- und Immunsystem – gegen Erinnerungen, gegen Übertragung von Schmerzen – von Kreisau geschwächt.

Grolmann schaltete den Mixer ab, drehte sich ebenfalls zu mir und wollte wissen, was los sei. Ob das Haus merkwürdig rieche? Wie Esther unablässig behaupte!

»Nicht im Geringsten. Sie schütten nur ranzige Milch in ihre ältesten Turnschuhe, um Einbrecher fernzuhalten.«

Statt zu lachen wischte sich das Mädchen die Hände an der Schürze ab. Was mir einen Stich gab. Diese uralte Frauengeste! Aus einem fiesen Hinterhalt spürte ich, was ich in meinem Leben vermisste. Esther verschwand durch die zweite Küchentür; mit einem zarten Glasflakon kam sie zurück, zog den Stöpsel, riet mir davon ab, an der Öffnung zu schnüffeln und hielt mir, echt Grolmannsch, im gleichen Moment das Fläschchen unter die Nase.

Höllische Fäule!

»Affenessenz«, riefen die beiden hörbar amüsiert im Chor. Ich nahm an, dass ich gerade wieder grün wurde. Ich japste.

»Nichts für ungut«, sagte Esther und schob mir wie einem zu tröstenden Kleinkind ein Schälchen gemantschter Banane hin.

Ich machte offensichtlich einen hervorragenden Eindruck.

Ich sagte, ich wolle den Affenkeller sehen, Esther sagte: »Banane ja, Keller nein.« Unsere Unterhaltung verlief wirklich so, der uralte Mixer, den Grolmann erneut angeworfen hatte, ließ mehr nicht zu. Der Keller sei »unbesichtigbar geheim«, sagte Esther, »vor allem vor Mama.«

»Sima«, ergänzte Eustachius, als wisse ich nicht einmal das.

»Warum, Esther?«, fragte ich, meine Nasenschleimhäute hatten sich so weit erholt, dass mein Gehirn wieder funktionierte. Vielleicht konnte ich von dem Mädchen zum Thema Affen etwas anderes hören als von Grolmann.

Sie senkte die Stimme: »Sima verbonobot!«

»Was?«

»Sie verafft.«

Ihre Mutter rede nur mehr über Affengefühle. Sie habe einen Film gedreht, der exakt einen Tag auf der Institutsseite gelaufen sei. Einen schrecklichen Tag zu lang. Sima habe sich damit zum Gespött aller Affenforscher gemacht. Mit Affen über den Boden gerollt und gelacht!

Gelacht wie die Affen!

Ich staunte. Grolmann sagte, sie lachten nicht wie wir. Sie öffneten den Mund und entblößten die untere Zahnreihe. Gern schlügen sie zusätzlich an die Wand. Gorillas und Orang-Utans hechelten dazu. Während junge Bonobos oder Schimpansen wundersame Hahaha-Silben ausstießen.

Esther stieß den Kuchen in den Ofen, ihr Großvater führte mich ins Wohnzimmer. Seine Idee sei etwas vollkommen anderes als das Getue ihrer Mutter, rief sie uns nach, Eustachius' ureigene, lebensversöhnende Vision!

Der alte Forscher hatschte, anders konnte man diese müde, schiefe Weise, sich zu bewegen, nicht nennen, zu einem Rolltisch, auf dem eine silbern glänzende, eckige, original italienische Kaffeemaschine stand. Kaum erreichte er sie, schien die Müdigkeit wie weggepustet, geschickt reinigte er das Mahlwerk mit einer bereitliegenden Bürste, pinselte, wischte nach, rückte die Tassen gerade, ließ es dampfen, schäumen. In der Zimmerecke gegenüber der Maschine stand ein Uraltcomputer auf dem Boden, Kabel hingen heraus. Daneben ein riesiges rotes Designersofa, dessen elegante Form zwei an den Seitenlehnen befestigte Essbrettchen konterkarierten. Grolmann, ohne Schürze jetzt, in schwarzen Jeans, schwarzem T-Shirt und roter Mütze, stellte drei Espressos auf den niedrigen Couchtisch, wies mich auf den einzigen Sessel und ließ sich selbst auf das Sofa fallen.

»Die Interviews mit Ihnen regen Opa auf«, sagte Esther, die sich neben ihn setzte. Wir tranken affenaugenfarbenen Kaffee, ohne Kuchen.

»Zu sehr«, sagte sie. »Er hört jetzt auf damit.«

Der Angesprochene lächelte, sah mich an, nickte. Er war bereits bei seiner zweiten Tasse. Der silberne Automat neben dem Fenster funkelte wie ein medizinischer Apparat.

Eine Sache wolle er noch erzählen. Heute Nachmittag.

»Warum«, flüsterte die Enkelin so laut, dass ich es hörte. »Willst du ihn beeindrucken?«

Die beiden saßen eng beieinander. Den Rest des roten Polstermeers nahmen Zeitschriften, Ausdrucke und lose Blätter mit handschriftlichen Notizen ein.

»Nein«, sagte Eustachius, »nein, ich glaube nicht. Er will mich beeindrucken, aber ich bin zu alt dafür.«

Diesmal lachte sie. Schräges Dämmerlicht fiel durch die Fenster, deren silberne Griffe leuchteten. Davor standen ein Nadelbaum und ein halbhoher Busch. Es war unklar, ob Grolmann zu alt dafür war, beeindrucken zu wollen oder sich beeindrucken zu lassen.

Ich glaube, ich wurde rot. Ich mochte ihn und fühlte mich ertappt.

»Ferien«, sagte mein Gegenüber leiser als sonst, in sich versunken. Vom Klo kommend sei er allein über den Gutshof gegangen, um sich seinem Fähnlein wieder anzuschließen. Beim Ernteeinsatz. Fröhlich, glaube er. Sehe sich da noch gehen. Mit seinen 13 Jahren. In den kurzen groben Hosen. Fühle, wie sich zwischen zwei vollbeladenen Heuwagen von hinten ein Arm um seinen Hals lege. Sich schließe. Er sei nach hinten gekippt, rückwärts zwischen die Wagen geschleift, hochgerissen und umgedreht worden, gegen die Garben gepresst. Vor ihm ein langgewachsener Mann, rote Stoppeln auf dem Kopf und im Gesicht. Eingefallene Wangen. Bis heute rieche er den Schweiß. Auch wenn es vielleicht der eigene gewesen sei. Der erste eigene stinkende Schweiß. Der Mann habe die Hand gehoben. Die Zwangsarbeiterhand. Mit der einen habe er seinen, Eustachius', Jungenarm umklammert. Mit der anderen, die er waagrecht ausstreckte, sei er ihm über die Kehle gefahren. Flach und sehr langsam. Obwohl die Bewegung in Wirklichkeit gewiss blitzartig ausgeführt worden sei. Eine riskante Aktion, trotz des Sichtschutzes durch die beladenen Heuwagen. Die Hand wie ein Messer. Ununterbrochen habe der Mensch ihn dabei angeblickt.

»Nächste – du tot«, habe er, die Bewegung unterstreichend, gesagt.

Ein Pole. Vielleicht auch ein Weißrusse. Ein Ukrainer.

Esther lauschte mit gesenktem Kopf. Sagte, ohne den Kopf zu bewegen: »Das hast du noch nie erzählt.«

»Bedank dich bei Boris. Diesem braunäugigen Borysek hier. Er spricht wenig, tut noch weniger – er wirkt. Manchmal! Ich kann mich genauer erinnern. An die guten Sachen!« Grolmann zog ein schelmisches Gesicht.

Esther wirkte fast erschrocken, ich war erstaunt. Die Küchenuhr klingelte, der Kuchen schien endlich fertig zu sein.

»Doch, doch«, sagte das Kriegskind. »Das ist eine gute Erinnerung!«

Er habe niemandem davon erzählt, damals, und auch seither nicht. Er habe sich zwischen den Heuwagen umflossen gefühlt von Stärke. Der Stärke der Situation. Leuchtender Stärke.

Ich nahm, um nachzudenken, meine Tasse wenigstens in die Hand. Sie war leer. Grolmann fragte nicht, ob ich mehr wollte. Er bemerkte es gar nicht. Esther kam mit dem dampfenden Kuchen. Den esse man ohne Besteck.

So waren wir beschäftigt. Aufs Beste. Dass Eustachius die Erinnerung an den Übergriff des Zwangsarbeiters angenehm fand, glaubte ich sofort. Er hatte sich, aus welchen Gründen auch immer, aus heutiger Sicht richtig verhalten und den Mann nicht verraten.

Den Rest hatte er vergessen.

Als ich aus der Toilette unter der Treppe trat, löste die Enkelin sich in dem dunklen Flur aus dem Schatten: »Ich gebe Ihnen Geld, wenn Sie ihn in Ruhe lassen. Sie wühlen ihn viel zu sehr auf. Merken Sie das nicht?«

Sie stand nahe vor mir: »Dabei«, flüsterte sie, »glauben Sie ihm nicht einmal.«

Ihr Blick erschreckte mich, und so sagte ich spöttischer, als ich wollte: »Woher willst du das Geld denn nehmen?« Ich erinnerte mich an die Heftigkeit von Jennys Emotionen, als sie in Esthers Alter war; dennoch fühlte ich mich angegriffen und provozierte das Mädchen.

»Ach«, sagte Esther. »Das geht Sie nichts an.«

Hochmütig, ganz Grolmann-Clan.

»Schauen Sie«, sagte ich. »Ich glaube, das tun schon Sie. Ich meine: ihm glauben. Vielleicht ist gerade das Gegenteil wichtig für ihn?«

»Dafür haben wir Mama«, antwortete sie lauter und nun ihrerseits spöttisch. Dann senkte sie die Stimme: »Selbstverständlich glaube ich ihm! Er ist mein Opa«, ging zum Lichtschalter, legte ihn um. Ihre Augen glänzten: »Sie haben wohl nie einen gehabt!«

Treffer, versenkt.

Grolmann musste uns gehört haben, er rief aus dem Wohnzimmer, was uns einfalle, ihn so lange allein zu lassen, wie ein Affe auf dem Schleifstein sitze er da!

Er habe nachgedacht. Er wolle uns noch etwas sagen. Etwas Klitzekleines. Dabei sollten wir den Kuchen aufessen. Er könne nicht mehr. Fünf Stück! Er müsse reden.

Da das Mädchen sich widerspruchslos neben ihn setzte, setzte auch ich mich in meinen Sessel. Ich war schläfrig, Kreisau, Esther auf dem Flur und meine Erinnerungen an Jenny und damit auch an Antonia, deren Gestalt in Räumen auftauchte, die sie im wirklichen Leben nie betreten hatte, nur in meinen Gedanken – vor meinen Augen löste sie sich aus den Schatten dieser fremden Wände und sah mich für Sekunden prüfend, auch traurig an. Ich kaute, fühlte ein Haar im Mund, zog es heraus und wollte es ansehen, als Grolmann »Glocke« sagte, es ging wieder um den Krieg, und davon wollte ich nichts mehr hören, doch dann ergänzte er »Himmel und Glück«, und dass man eine Glocke nicht bemerke, wenn man unter ihr lebe – wie unter dem eigenen Himmel, dachte ich und hörte zu. Mein Nichtpatient redete von denken und nicht zu Ende denken, und ich sah mir an, wie er da saß, den Rumpf aufgerichtet, das Gesicht konzentriert, dabei offen, fast strahlend. Er hatte die alte Selbstsicherheit zurückgewonnen, dennoch drückte seine Haltung etwas anderes aus als sonst, eine

Zugewandtheit, die ich nicht von ihm kannte, und er sprach auch anders: Eine solche Lebensglocke sei ein Paradox, man lebe darunter, bemerke es allerdings nicht, gerade wie ein Äffchen im Dunkelexperiment, dem, weil es nichts anderes kenne, entgehe, dass es dunkel sei. So höre man nicht, dass Stimmen nur mehr dröhnten, spüre nicht, wie kalt es werde, wie abscheulich der Kakao schmecke, die Schokolade, wie graubraun die Landschaft verschwimme. Selbst die nächsten Hügel, etwa polnische Hügel, verwische Nebel oder wirbelnder Schnee, kein Sonnenstrahl dringe mehr durch, sagte Grolmann, im Gegenteil, nur Fackelschein und Musik, Beschallung und Enthirnung, eine Tarnkappe, allen übergestülpt, was er als Kind naturgemäß nicht begriffen habe, erst später, nachdem er ein paar Mal mit dem Flugzeug gereist war –

ich unterbrach ihn und fragte nach einem Schnaps, da mir von dem Bananenkuchen allmählich der Mund zuklebte, und Grolmann stand mühelos wie ein Junger auf und schenkte mir, ohne seinen Redefluss zu unterbrechen, aus der Flasche neben der Kaffeemaschine ein Glas ein, und eines für sich,

– erst nach dieser Reise habe er verstanden, dass über jedem Nebel unwandelbar und wirklich ein blauer Himmel schwebe mit treibenden Wolken, zu Stufen gestaffelt, Wolkentreppen und -fluchten in strahlendem Weiß, kräftigem Magenta, ein Himmel voller Auf- und Abgänge, eine zwar eisige, in sich indes harmonische, sich selbst organisierende Welt, wo alles kommen und gehen dürfe in freier Bewegung, im ununterbrochenen Spiel der Formen und Farben, sich auflösend und vereinigend, getrennt, geweht und gebildet, nie verloren, siehe Energieerhaltungssatz, stets auf Reisen, feurig beleuchtet, während da unten bei ihnen

»die Hasenherzen«, sagte er, mich überraschend, »die Hasenherzen pochten.«

Und hielt den Kopf gereckt. Wie das Glas. Trank, mir zuprostend. Und hob erneut den Kopf. Als wolle er ihn noch weiter aus sich herausdrücken. Aus sich herausarbeiten.

Der Geist brannte und kroch schon beim Schlucken aus der Speiseröhre hinaus in die feinen Adern im Hals und der oberen Brust. Der Disput im Flur hatte eine leichte Röte auf Esthers Jochbögen gelegt, die ihr stand, und nun, nach dem Wort »Hasenherzen«, grinste sie und warf mir einen Blick zu, der sagte »wie Sie«, und ich, vom Schnaps belebt und von Grolmanns Worten seltsam beruhigt, lächelte halb resigniert, halb anerkennend zurück.

Esthers Großvater zog den Kopf ein, krümmte den Rücken und sagte Richtung Teller, dass er froh sei, dass wir da säßen. Bei ihm. Das habe er uns sagen wollen. Daran habe er gedacht, während wir im Flur tuschelten

»Ich bin entronnen, ich habe so viel Glück gehabt.«

Hätte ich nicht den letzten Bananenkuchenbissen zu kauen gehabt, ich glaube, ich hätte vergessen, den Mund zuzuklappen. Eustachius Grolmann, Dr. Dr. h. c., Prof. mult. und weiß der Teufel was, hatte einen langen Anlauf genommen, um am Ende von Hasenherzen zu sprechen und ein Liebesbekenntnis abzulegen. Also das, was bei ihm einem Liebesbekenntnis gleichkam. Von sich aus. Freiwillig. Tatsächlich liebevoll.

Wir verabschiedeten uns im Flur. Ich dankte, der Kuchen sei ein raj w gębie gewesen, ein Paradies im Mäulchen. Das aus meinem ersten Stück gezogene Haar hatte mich nicht gestört; nur Esther war es peinlich gewesen, sie hatte es sofort von meinem Tellerrand geschnappt. Kleiner Punkt für mich. »Mamas Rezept«, sagte sie kühl. Sie hatte Grolmanns lange Arme, die sie wie er aus den Schultern leicht nach vorn hängen ließ, und hielt sich dicht neben ihm.

Und er? Blühte auf. Sogar auf einem Bein könne er noch stehen, rief er mir zu, stützte sich bei Esther ab, »schau, Borysek«, und stand hager und schief als grotesker schwarzer Flamingo mit roter Kappe in seinem ranzig riechenden, nun immerhin beleuchteten Flur, das Gesicht scharfkantig trotz der faltigen Wangen, schattig und licht, komisch und vogelhaft, stand auf einem Bein neben seiner offensichtlich erstaunten, wenn nicht peinlich berührten Enkelin und sagte den grotesken Satz: »Als alter Mann werde ich glücklich sein!«

Abschied, kurzes Winken. Der braunmatschige Weg zum Tor. »Als alter Mann werde ich glücklich sein!«

Meine Erschöpfung löste sich in Luft auf, kaum war ich zum Garten hinaus. Ein scharfes Gefühl ersetzte sie, Neid. Heiß wie der Schnaps wanderte er den umgekehrten Weg: von der Brust den Hals hinauf.

Glücklich?

Cholera! Dass ich nicht lachte. Das war der Kerl doch schon. Hatte einen Menschen um sich, der ihn vorbehaltlos liebte.

■

»Meine Damen und Herren, gute Nacht.

Ich möchte Ihnen hier im Dunkel des Hörsaals etwas Dunkles zeigen. Ich habe Sie eingeladen, mit mir über Grundlagen der Primatenforschung nachzudenken. Hell strahlt, heißt es, das Licht der Vernunft. Der Mensch, die Krone der Schöpfung, steht ihm am nächsten, nur das Auge Gottes, des vernünftigen Wesens schlechthin, dessen Ebenbild der Mensch ist, so Thomas von Aquin, Augustinus, Leibniz und viele andere, schwebt über ihm. Es nährt sein Gehirn. Wir sind, sagen wir, helle im Kopf. Wir brauchen Licht, um zu leben, ebenso brauchen wir Dunkelheit. Dunkel ist unser Körperinneres. Dunkel das tierische Leben. Dunkel sind auch unsere Ursprünge. Dorthin möchte ich heute mit Ihnen blicken. Nicht genetisch, nicht sexuell, nicht biologisch, nicht theologisch, nicht human, nicht metaphysisch, nicht nur vernünftig, sondern grundsätzlich: von der Familie her. Von den Menschenaffen her.«

Der Hörsaal aus fensterlosem Sichtbeton fiel wie ein Amphitheater nach unten ab. Links und rechts der langen Sitzreihen führten Betonstufen in die Tiefe zum Rednerpult, hinter dem kleiner als mein Professor Simone Grolmann stand. Ihre Mutter musste einen beträchtlichen Anteil an ihr haben. Ich war dieser mir unbekannten Frau dankbar.

»Denken Sie an das Ende der 90er Jahre. Abbildungen von Gehirnen zierten Tageszeitungen, ATGC umspannte die Welt. Die Auszählung des Genoms war vollendet, diese Mondlandung der Biologie: Ein kleiner Schritt für das Gen, ein großer für die Menschheit.«

Ein paar Leute lachten.

»Wenig Zeit ist seit 2003, dem offiziellen Abschluss des Human-Genome-Projects, vergangen. Im Lebensalter nicht einmal eine Generation. Dessen ungeachtet blicken wir heute auf Saurierspuren der Forschung. Womit ich nicht die mit der Sequenzierung verknüpften Menschheitshoffnungen meine, auch nicht die berechtigten Ängste, sondern die wissenschaftlichen Vorstellungen von diesem Genom und der Macht der Gene.«

15.25 Uhr. Etwa dreihundert Studenten, in den ersten Reihen ältere Männer und Frauen. Ich hatte einen Platz im hinteren Drittel ergattert, über mir hing an einer dünnen Stange ein Beamer von der Decke. Erstaunlicher Andrang. Sie war die Chefin. Eine Koryphäe. Auf dem besten Weg, sich lächerlich zu machen, wie ihre charmante Tochter und ihr Vater behaupteten. Ich war gespannt.

»Das Genom des Bonobos ist mit unserem nahezu identisch. Sie kennen die Zahlen.«

Grolmann klickte den Computer an. Auf der immensen Wand über ihrem Kopf erschienen zwei Porträtfotos, beide in den gleichen grünen Rahmen gestellt. Ein Menschengesicht (die Vortragende selbst, mit 20?) und ein Affe.

»Das sind July, eine fünfjährige Bonobodame, und ich. Sehen Sie die Ähnlichkeit?«

Die Studenten neben mir grinsten. Die Forscherin ließ das Bild verschwinden, die Leinwand über ihr strahlte nun tiefblau, alles andere um uns war dunkel, ein paar Lämpchen glühten ein grünes »Exit« auf den Beton.

»Als ich zur Schule ging, glaubte man, der Unterschied zwischen dem Menschen und seinem nächsten Verwandten sei Sprache. Heute sagt man: Menschenaffen bilden keine kulturellen Systeme. Man führt dies zurück auf ihre mangelhafte Vorstellungskraft in Bezug auf das Denk- und Gefühlsleben ihres Gegenübers. Sie sind empathiefähig, wenn auch in geringerem Maß als wir. Oder« – Grolmann hob den Kopf: »anders empathiefähig.

Einige Forscher der älteren Generation halten Empathie für die wahre Folge des Sündenfalls. Adam und Eva essen vom Apfel und entdecken die Scham. Scham bedeutet, dass wir uns gegenseitig wahrnehmen als uns Wahrnehmende. Ich stelle mir, während du mich ansiehst, das Bild vor, das du dir von mir machst. Und andersherum. Der Sündenfall des Menschen: unser Denken in Spiegelungen. Man könnte auch sagen: Die Entstehung unserer Obsession, miteinander verbunden zu sein. Empathie, ein gehirnlicher Käfig, eine neurologische Zwangsjacke.«

Die Professorin stand nun seitlich vom Rednerpult, sie sprach frei.

»Als Kind besuchte ich regelmäßig die Forschungsaffen meines Vaters, fast jedes Wochenende trieb ich mich in seinem Institut herum. Man muss wohl sagen, dass die Pfleger und Affen mich bald besser kannten als er. Ich litt mit, wenn eines der Rhesusäffchen operiert wurde. Wenn es apathisch dasaß. Wenn eines starb. An meinem 19. Geburtstag brach ich in die Schimpansen- und Bonoboreservate des Kongo auf. Urwald. Blutegel im Schuh, unter der Hose, überall. Ununterbrochenes Zwitschern, Zirpen, Surren, Krauchen, Schreien. Fürchterlich.«

Man sah Grolmann mehr als Schatten denn als Person. Ihre Stimme war überall, die Melodie ihres Hochdeutschs schwang in weichen Wellen auf und ab.

»Magie? Zauber? Weit gefehlt. Nur ich veränderte mich. Nach

meiner Rückkehr erkannte ich in den Augen unserer Forschungsaffen Gefühle: Angst, Spiellaune, Zärtlichkeit, Schabernack. Aber auch Trauer. Ich ging in die Falle der Empathie. Eine Gehirnfalle. Ich stellte mir die Affen als Menschen vor. Das liegt nahe. Mehr noch: Es ist verlockend. Denken Sie an Ihre eigenen tierschützerischen Impulse. Einerseits. Und an Ihre Spaghetti Bolognese in der Cafeteria. Andererseits.«

»Das einzig vernünftige Essen hier«, zischte die Studentin neben mir.

»Warum ist das so? Bei der Erklärung denke ich als empathiegebundenes Wesen nicht vorrangig an mich, sondern an Sie. Kennen Sie Elisabeth Costello? Costello ist eine alternde Schriftstellerin, erfunden von dem alternden südafrikanischen Schriftsteller Coetzee, die sich den Tierschutz auf die Fahnen geschrieben hat. Vorträge haltend tourt sie durch die akademische Welt, radikale Vegetarierin und auch sonst nicht zimperlich. Erfindungsreich beutet sie die philosophische Tradition des Nachdenkens über Tier und Mensch für ihre Zwecke aus, schimpft herrlich über Rousseau, versteigt sich zu einem Vergleich von Morden an Tieren mit dem Holocaust. Ihr rhetorisches Meisterstück gelingt ihr, als sie zum Menschenaffen kommt. Costello wechselt die Perspektive, wie es das Privileg der Literatur ist, sie gibt ihr nach, der pathetic fallacy der Nähe, dem empathischen Drang des Menschengehirns.

Costellos Affe sitzt am Gitter und fragt sich: Warum stellt der Zweibeinaffe das Fressen draußen ab und lässt mich allein? Warum versteckt er sich, obwohl er da ist (ich kann ihn riechen). Was habe ich getan? Was hat ihm der Tisch getan? Wie kann er glauben, ich bemerkte die Glasscheiben nicht, den künstlichen Himmel? Die Trauer der Vögel, die so gefangen sind wie wir? Warum denkt er, dass es für mich leicht ist, den Wagen hereinzuziehen, wenn Sallyaffe bei mir sitzt? Warum glaubt er, dass ich sein will wie er?«

Die Professorin kehrte zu der schmalen Leselampe zurück, die am Rednerpult glühte. Ich dachte an Esthers »sie verbonobot«, und fragte mich, was nun käme. Ich fand die Frau unkonventionell und erfrischend klar.

»Ich hoffe, Sie sind überzeugt oder wenigstens berührt«, sagte Grolmann. »Sonst wäre es schlimm bestellt um Ihre Emotionsfähigkeit. Was Costello ausführt ist falsch, soweit es die Affen betrifft – wir wissen, dass sie *so* nicht denken, nicht denken können. Eines hingegen stimmt: Unsere Tiere erleben die Versuche und verarbeiten sie auf ihre Weise. Fressbelohnungen motivieren sie, gewiss, ebenso unsere Zuwendung, die Interaktion, die Abwechslung. Der vertraute Zweibeinaffe erscheint! Wir wissen das und haben begonnen, darauf einzugehen.

Costellos Rede ist dort richtig, wo sie uns Menschen angeht. Wir forschen mit Affen, um etwas über sie herauszufinden? Welch fromme Lüge. Wir forschen mit Menschenaffen auf der Suche nach uns selbst.«

Die Tür links hinter der Rednerin öffnete sich. Sie drehte kurz den Kopf und sagte, als ihr Mund sich wieder vorm Mikrophon befand: »Die gute Nachricht zuerst: Mein Vater trifft soeben ein.«

Diesmal lachten alle, auch ich. Eustachius nahm in der ersten Reihe Platz, seine Tochter klickte ein paar Mal, die Bildfolge blieb auf einem äffischen Augenpaar stehen.

»Human bias heißt das Phänomen. Menschliche Schräglage. Unser Neigungswinkel. Als Forscher wehren wir uns gegen ihn, erdenken Strategien, um den humanen Faktor im Experiment auszuschalten, machen die große Geistesdehnübung ›hinüber‹ zum anderen. In seiner Affenheit.«

In rascher Folge flackerten höchst unterschiedliche Tieraugen über die Beamerwand. Ich glaubte, einen Wolf zu erkennen, eine Krähe, etwas wie eine Kröte, einen Löwen, ein Kuhauge. Rot, blau, rosa(?), grün, geschlitzt, rund, milchig, braun und schwarz, baumrindig, kackfarben, leuchtend oder stechend gelb.

»Als uns die bewährten Unterschiede zwischen Menschenaffen

und Homo sapiens im Lauf der letzten Jahrzehnte abhandenkamen, entwickelte sich über den Grundbegriff der Empathiefähigkeit ein neues Forschungsfeld zum Thema ›Kooperation‹. Menschenaffen, so die Lehrmeinung heute, sind kaum dazu in der Lage.«

Grolmann klickte ein Foto auf, es zeigte einen Rolltisch, auf dem geschnittenes Gemüse bereitlag. Ein Schimpanse musste an einem Seil ziehen, um den Tisch so vor seinen Käfig zu holen, dass er mühelos zugreifen konnte.

»Mühelos«, sagte die Rednerin.

»Bringen wir einen zweiten Affen ins Spiel. Nun die schlechte Nachricht: Was tut der erste? Er erstarrt. Ein Schimpanse, der sich und ohne zusätzlichen Aufwand auch einem anderen Futter besorgen kann, besorgt nichts.

Damit schien bewiesen: Affen arbeiten nicht zusammen. Einige Forscher setzten kognitiv an: Menschenaffen, sagten sie, begreifen nicht, worum es geht. Können sie zwischen Tischen mit einer oder zwei Futterportionen wählen, wählen sie, wie Experimente mehrfach bestätigten, den mit einer Portion. Zu dumm, hieß es, für Kooperation. Too stupid to share.

Dann kam Rondello, 2007. Sein minimaler Umbau des Experimentes machte diese Interpretation zunichte. Wieder konnte der Affe entscheiden, ob er einen Tisch mit weniger oder mehr Essen zu sich heranziehen wollte.«

Neue Fotos.

»War der Käfig gegenüber leer und der Zugang zu diesem Käfig für den Affen im Experiment offen, nahm er ohne zu zögern den Tisch mit der größeren Fressportion. Befand sich ein anderer Affe im Raum, der ebenfalls hätte zugreifen können, rührte er sich nicht.

Ein dritter Umbau brachte den Durchbruch. Wir betrachteten uns selbst in der Anlage des Experimentes. Was setzten wir voraus, als Menschen? Was hatten wir übersehen, weil es für uns keine Rolle spielte? Wir gingen alle Parameter durch, einen nach dem anderen. In dem ursprünglichen Versuch lag das Futter, egal, ob für einen Affen oder zwei, als Haufen auf dem Tisch. Ergebnis, ich wiederhole: keine Kooperation.

Das änderte sich«, sagte Eustachius' Tochter leise, »als wir das Futter in zwei sauber getrennten, gleich großen Gemüsemengen anboten.

Unsere Affen kooperierten im Nu und selbstverständlich. Egal, ob sie zu zweit in einem Käfig saßen oder einander gegenüber. Der Affe, der Zugang hatte, zog den Tisch herbei, jeder setzte sich an eine Portion.«

Die Professorin zeigte den bekannten Rolltisch. An jedem seiner Enden prunkte ein fein geschnittenes Hügelchen Grünzeug, vor jedem kaute ein zufriedener Schimpanse.

»Sie hatten alles begriffen. Von Anfang an. Und mehr als das.

Der Versuchsaffe hatte nicht kooperiert. Er antizipierte vor seinem Zugang zum Tisch den nachfolgenden Kampf um das Futter. Die Menschenaffen im Experiment waren also nicht zu dumm für Zusammenarbeit, sondern klüger als die Forscher: Sie dachten an die Zukunft. Unser Fehler: Wir hatten die Affenwelt vergessen. Vergessen, dass Affen, anders als beispielsweise Kleinkinder, die Teilung von Futter nicht verbal aushandeln können. Dass sie würden kämpfen müssen. Dass das Futter den Kampf nicht wert schien. Dass sie Hunger abwogen gegen Verletzungsgefahr. Dass ein Gefühl, nicht ihr Trieb, ihr Verhalten bestimmte: Angst vor dem anderen. Dass sie entscheiden konnten. Ein Stück Freiheit genossen. Dass sie auf Grund ihres auf sich und den anderen bezogenen Gefühls Gedanken entwickelten.

Die Frage ›Was suchen wir?‹ können wir nun präzisieren. Wir können sie ersetzen durch die klügere Frage: ›Was können wir finden?‹ Costello sucht den Menschen im Affen. Geht dem Zauber des anthropozentrischen Weltbildes auf den Leim. Wir wollen scharfsinniger verfahren: Suchen wir den Affen im Menschen?«

Ich blickte auf Grolmann-Vater. Da saß er, aufrecht, reglos. Leider sah ich ihn nur von hinten. Auf seiner Mütze konnte ich im Licht des Beamers Elche erkennen. Geschmackssicher war er nicht.

»Diese Fragestellung wird unsere Experimente verändern. Wo sind auch wir nur Reiz-Reaktions-Schema? Wie wirken unsere Automatismen? Unsere Triebe? Wo endet die Vernunft, wo beginnt die Dunkelheit?«

Grolmann klickte erneut. Aufmerksam blickte eine Äffin aus der Beamerwand auf uns herab. Der Fotograf (Simone selbst?) hatte das Licht so arrangiert, dass man alle Bestandteile ihrer Augen klar unterscheiden konnte. Die äffische stecknadelgroße Pupille, umgeben von dem mir bereits bekannten, einheitlich gelbbraunen Irisring, schwamm in einem dunkelbraunen, ledrig aussehenden Gallert.

Die Forscherin ließ das Foto wirken.

»Nach der Reise in den Kongo wusste ich, was mich an Affen wirklich fasziniert. Sie sind intelligent, ohne menschlich zu sein. Wie sieht sie aus, nichtmenschliche Intelligenz? Werden wir sie brauchen? Könnte sie uns in Zukunft helfen? Ja, sie sind uns fremd. Sehr fremd. Und drei Sekunden später tun sie etwas, wobei wir denken: ›wie wir!‹

Wie wir«, sagte Grolmann, »ist das Zauberwort. Es verstört uns. Mehr noch: Es zieht uns an, weil wir nicht wissen, wer wir sind.«

Der vollständige Kopf der Äffin erschien, dann der Oberkörper mit schlauchartigen, hängenden Brüsten, ein langgezogener schwarzer, fast eckiger Bauch, die Füße, geriffelt und schwarz. Das Bild strahlte auf die Vortragende herab, sein Licht fing sich in ihrem Haar.

Sie schrieb Aufsätze darüber, wie unser Gehirn, interessiert an Nutzenvereinfachung und Routinemaximierung, Bilder zu Dingen synthetisierte, die nicht da waren, während es Dinge, die da waren, ausblendete. Ich saß hier, ich hörte, synthetisierte Augen- und Ohrwahrnehmungen. Und was kam heraus?

Eine Frau, die sagte: »Sehen Sie sich Julys Körper an.«

Während ich versuchte, mir ihren Körper vorzustellen. Ihren Geruch. Ihren Geschmack.

»Nach allem, was wir wissen«, sagte Simone Grolmann, »sahen unsere Augen einmal aus wie Julys. Vermutlich wurde die Lederhaut weiß, als wir begannen, einander etwas zu zeigen. Vor weißem Hintergrund bemerkt man besser, wohin das Gegenüber blickt.«

Pause.

»Sehen Sie sich Julys Körper an. Sie legen Ihre Hand auf Julys und bemerken, dass Ihr Daumen länger ist. Sie fassen einen jungen Bonobo um den Oberarm und haben nie im Leben so harte Muskeln gespürt. Sie ziehen an seiner Unterlippe und staunen, wie viel mehr Lippe er hat als sie. Sie schauen ihm in die Augen und stoßen auf einen Blick, so forschend wie der Ihre.«

Die Forscherin schob den Computer zur Seite, die Beamerfläche wurde blau, keine Figuren, keine Schatten, nur die Höhle, die Zuhörer, wir.

»Ohne diesen Spiegel hätten wir keine Möglichkeit zu verstehen, was es heißt, ›ein nackter Affe‹ zu sein. Menschenaffen ähneln uns nicht nur in den kodierenden Gensequenzen. Was das angeht, sind wir auch extrem nahe mit Fliegen verwandt. Entscheidend ist die Orchestrierung der Bausteine. ›Dark matter‹ nennt man, was dafür zuständig ist, dark matter bestimmt, wie aus dem immer gleichen Material Fliegen oder Menschen zusammengefügt werden, oder Schimpansen.

Ein Mysterium. Wir haben keine Ahnung, was geschieht.

Nur eines wissen wir: Ohne Bonobos oder Schimpansen wären wir sehr viel einsamer auf dieser Welt. Wir entstanden, bevor ihre Stammlinien sich trennten. Das heißt: Die beiden sozialen, hoch unterschiedlichen Lebensformen, die wir bei ihnen beobachten, sind in uns gleichermaßen angelegt. Zum einen die vorwiegend auf Macht und Wettbewerb gegründete Ordnung der Schimpansen, zum anderen eine auf Befriedung und Kooperation gegründete Gesellschaft wie bei den Bonobos. Zu Recht fragen wir uns: Wer können wir sein?«

Sie sah auf die Uhr und sagte, sie komme zu ihrem letzten Punkt. Mit einem Ausblick wolle sie uns gehen lassen. Um mich herum wurden Skripte, iPads und Telefone in Taschen gesteckt, Mützen aus Taschen gezogen.

Grolmann klickte, das Opernhaus der Stadt erschien. Eine Menge, wirklich eine Menge nackter Menschen stand davor. Manche von oben bis unten mit roter Farbe eingestrichen, die übrigen hautfarben.

Es wurde schlagartig wieder still.

Nach all den Affen wirkten die Menschen auf dem Foto auf fast groteske Weise schutzlos, zu weiß und zu hautig, dabei extrem verletzlich, erkennbar »wie man selbst«, die eigene Spezies, fragwürdig, nah. Ich wollte lachen, lächelte längst. Angezogen hatte mich eine Stimme-Mail-Grolmann. Verliebt hatte ich mich in eine Frau, die mir mailte und erzählte. Es mochte ein Strohfeuer sein, Strohfeuer waren nicht zu verachten, wärmten vielleicht nicht sonderlich, aber knisterten und peppten den Alltag auf. Eine Stunde lang hatte ich die Frau nun erlebt, sympathisch, klug, doch auch abgehoben: den Affen zugewandt. Nun zeigte sie das Bild, und etwas Ungeschütztes von ihr zeigte sich mit. Dass sie davon wusste, wie schlau wir redeten, wie kompliziert wir nachdachten, und darunter doch nur diese stummen weißen Körper waren, stumm und ratlos wie die Menschen auf dem Opernbild. Dieses ständige Atmen, Essen, Hungern, sich Sehnen, die Falten, der schon etwas müde Po, dieses innere Klettern und ständige Fallen, den Tod vor Augen, die Sehnsucht, ihm zu entkommen, die Träume von Nähe, Liebe, Vertrautheit ein Teil davon, die Weichheit der Muskeln, der Flüssigkeiten, des weißen Blickes, die eigene Vergänglichkeit, die brutale, zarte Schönheit darin.

Die Menschen auf dem Foto schauten ernst. Welches Gesicht setzte man auf?

Mit warmer, etwas heiserer Stimme sagte Grolmann in die Stille des Saals, in unsere Stille: »Die Frage, um die es in Zukunft gehen wird, weit über die Primatenforschung hinaus, die Frage, die wir brauchen, um uns in Zukunft verantwortlich und sinnvoll auf diesem Planeten zu bewegen, um Konzepte von Zukunft überhaupt zu entwickeln, die Frage, bei deren Beantwortung uns die Affen helfen, diese Frage, meine Damen und Herren, lautet: Wo – wo sind wir zuhause?«

Gekreuzte Holzspeere, ein wagenradgroßer Teller mit Fladen zum Selberrollen. Ich war stolz darauf, gleich zu Anfang festgelegt zu haben, dass ich einlud. Sie sagte »nice of you«, als wäre sie noch im Institut, und bestellte einen Aperol.

Ich hatte ihr nach dem Vortrag geschrieben, eine kleine Ewigkeit an den paar Zeilen gefeilt, nicht zu nah, zu aufdringlich, zu distanziert, wie machte ich ihr deutlich, dass es mir um sie ging, nicht um ihren Vater und nicht um die Affenforschung, nein, dass sie, Simone, es war, die mich lockte, die mir gefiel. Am Ende schrieb ich das so direkt und sagte in dem Versuch, selbstironisch zu sein, als Pole dürfe ich, nein, müsse ich mit der Tür ins Haus fallen, Schwerenöter, Handkuss, mindestens.

Sie antwortete sofort. Empört! Dass ich ihr meine Nationalität verschwiegen hätte (sie hatte nicht gefragt). Dass sie mir, hätte sie es gewusst, den Auftrag nicht erteilt hätte (eben). Dass ich es ihrem Vater hätte sagen müssen (der hatte es nach drei Minuten erraten). Als ich das tippte, war klar, dass sie sich nun entweder nie mehr meldete oder dass ich eine Chance bekäme.

Der Betreff ihrer nächsten Mail lautete »Affenbesichtigung«. Sollte ich, als Affe, besichtigt werden? Ich beschloss, das Wort als Zeichen von Humor zu nehmen. Sie lud mich in ihr Institut ein, ich sagte zu.

Als ich eine Woche später (täglich Sport, weder Wein noch Bier) zum vereinbarten Termin dort erschien, hieß es, die Forscherin befinde sich in einer Konferenz. Die Empfangsdame rief eine Studentin an, die mich durch uninteressante, holzgetäfelte Büroflure führte, um mir am Ende zwei ebenso uninteressante Affenspielräume zu zeigen. Ich sagte, ich müsse mindestens 20 Minuten bleiben um herauszufinden, ob meine Tierhaarallergie ausbreche. Wir warteten eine halbe Stunde, ich hoffte, meine Gastgeberin käme noch, sie kam nicht.

Am Abend desselben Tages schickte sie eine entschuldigende SMS. Wir mailten weiter (ich: Warum lassen Sie Affen in Gefangenschaft leben? Sie: Weil ihre Habitate zunehmend von uns Menschen zerstört werden, weil in ihrer Heimat Bürgerkrieg herrscht. Ich: Aber nicht nur), verabredeten uns, stritten (Sie: Stimmt. Sie werden auch gegessen. Ich: Lenken Sie nicht ab. Sie halten sie in Gefangenschaft, weil Sie forschen wollen. Sie: Weil die Menschenartigen den Planeten beherrschen. Zufrieden jetzt? Ich: Ja. Aber müssen Sie mitmachen? Sie: Wollen Sie die Tiere einfach auswildern?),

sie: »Sie Romantiker!«

Sie, entspannt vor mir. In all ihrer Schönheit und Brillanz. Eng geschnittene, blaue Jacke, blaue dreiviertellange Stoffhosen, schwarze Stiefel.

Wir hockten mit unbequem angewinkelten Beinen auf Bastmatten. Grolmann war drei oder vier Zentimeter größer als ich. Wenigstens das fiel im Sitzen nicht auf.

»Ich bin so blöd«, sagte die Forscherin. Das Grün ihrer Iris schien aus dem Auge hinaus als zarter Strich auf Unter- und Oberlid gewandert zu sein. Kein Lidschatten, kein Kajal, sichtbar nur bei bestimmtem Lichteinfall, jetzt.

Sie biss in ein Stück Fladen und schob kauend nach: »Sie, mein Lieber, aber auch.«

Mein Lieber!

Gut, ich wusste, wie es gemeint war. Das wusste jeder Idiot. Dennoch: Sie hätte es nicht sagen müssen. Ich brachte ein vergleichsweise ruhiges »Warum?« heraus, schaute sie an, sprich: starrte ihr in die moosgrünen Augen, und sagte: »Ihres Vaters wegen natürlich. Ich schreibe Ihnen einen harmlosen Abschlussbericht, befreunde mich mit ihm, gehe ihm auf den Leim, durchschaue ihn nicht im Geringsten.«

»Das scheint Sie nicht zu stören?«

Es war Mitte März, kalt und regnerisch. Umso heißer kam mir die Luft in diesem afrikanischen Restaurant vor. Am Nachbartisch wurde gegart, Erlebniskochen, oder wie das hieß; rundum roch es nach exotischen Gewürzen und Fleisch; im Hintergrund lief Cosmopop.

»Im Gegenteil«, sagte ich und nippte an meiner Apfelschorle. Sah wenigstens farblich aus wie Wein. Bei gutem Willen. Viel gutem Willen.

»Es zieht mich an. Wie Sie!«

Ich wusste nicht, ob sie wusste, dass »wie du« oder »wie Sie« nicht nur über Arten hinweg, sondern auch zwischen Menschen als Zauberformeln wirkten. Nun ja, das musste sie wissen.

Sie holte eine kleine silberne Brille aus ihrer Handtasche, um das Menü zu lesen. Der schlaksige Kellner, vermutlich der Sohn der Familie, der sich hier sein Taschengeld aufbesserte, hatte uns nur eine Karte gebracht. Wir beugten uns darüber.

Während wir auf das Essen warteten, fragte ich nach Bonobos. Sicheres Terrain! Es handelte von Affen. Dachte ich.

Und sie? Erzählte von Männerhoden. Die seien im Vergleich zu Schimpansenhoden relativ klein, was darauf hinweise, dass stabile heterosexuelle Beziehungen die Menschengesellschaft seit Jahrtausenden dominierten. Zunächst wusste ich nicht, was ich mit dieser Information anfangen sollte. Wollte sie sich über mich lustig machen oder auf seltsame Weise Rollenmodelle diskutieren? Nach einer Weile begriff ich, dass Anthro-Biologen von Körpern ausgingen und über Körper nachdachten, und dass Simone davon sprach, weil es sie beschäftigte.

Sie sagte, die Homo-sapiens-Frauen hätten Treue gegen Schutz und männliches Engagement getauscht, bei Biologen heiße das »kooperative Brutpflege«. Als ich fragte, ob sie glaube, dass in absehbarer Zeit die Hoden menschlicher Männer größer würden, lachte sie. Als ich ihr sagte, dass ich ihren Gedanken, unsere Anatomie erzähle eine Geschichte von Liebe und Bindung, wunderbar finde, denn ich fand ihn wunderbar und bemerkenswert, lächelte sie, und der Junge in Hängejeans und T-Shirt trug die Hauptspeisenfladen auf, groß wie Wagenräder.

Masken zierten die Wände, einfache Masken aus Holz, mit ein paar Farbstrichen versehen. Kifwebe, schwarz und weiß. Die Fladen ragten über den Teller, auf dem sie lagen, hinaus. Zur Vorspeise hatten wir nur Gemüse eingerollt, jetzt Gemüse- und Hühnchenstücke.

Grolmann zog die Brauen zusammen: »Ich habe immer darauf gesetzt, dass Sie nicht blöd sind. Obwohl Sie ... Sie anders sind, als ich dachte.«

Um ihren Halsansatz lief eine dünne Falte, fast wie eine Kette. Zum Fladenrollen waren wir beide an das Tischchen herangerückt, saßen uns auf engem Raum gegenüber. Die Intelligenz in ihren grünschattigen Augen. Als sie nach dem Gemüse griff, blitzte ihr Ehering auf.

Wer begehrt und zugleich begehrenswert sein will, ist arm dran, er zerreißt sich und macht sich zum Idioten mit stammelnden Lippen. Welch Gemeinplatz, welche Heftchen-Psychologie. Total zutreffend! Zu meiner Überraschung hörte ich mich von fingerdicken Regenwurmfischen in Korea reden. Der Verzehr gelte als Mutprobe für männliche Gäste. Man verschlinge das lange, zappelig lebendige Tier am Stück. Jedes Jahr erstickten dabei kräftige Männer, von deren Schluck-, Lungen- und sonstigen Apparaten man ein derartiges Versagen niemals erwartet hätte.

Simones rosafarben geschminkte Lippen lächelten. »Und wie männlich sind Sie?«

Es war schlimmer als in der Pubertät, viel schlimmer. In meiner Pubertät hätte ich gesagt: »Probier's aus!«

Jetzt fiel mir nichts ein. Der Junge musste beim Servieren des Wagenradtellers an unser Tischlämpchen gestoßen sein, neben mir tanzte der Schatten von Simones Hand über die Wand, drehte sich, wurde schmaler, wieder breit.

Ich solle ehrlich sein. Ihr Vater brüte, darauf nehme sie Gift, eine Affenidee aus! Während ihres Vortrages habe er ein Gesicht gezogen, als sitze er ohne Betäubung beim Zahnarzt. Entweder finde er, wie er behaupte, durch und durch abstrus, was sie versuche. Oder es treffe sich mit seinen neuen Gedanken. Gedanken, die er für große Geheimnisse halte.

»Sind sie das?«

Rascher Blick: Es gehe um das Zusammenleben von Affen und Menschen, irgendwas dieser Art, auf die Zukunft gerichtet. Die für ihn Esther heiße. Die ihn Esthers wegen interessiere.

Er habe gesagt, als alter Mann werde er glücklich sein.

Sie seufzte und nickte und schüttelte den Kopf. Den Satz kenne sie schon lange. Genau genommen schon immer. Ich brauche nicht enttäuscht zu sein. Den habe ihr Vater nicht für mich erfunden, sondern sich angeblich bereits auf der Flucht vorgesagt.

Mein rechtes, gegen den Tisch gequetschtes Bein war taub. Ich versuchte, mein Gewicht zu verlagern. Die neuen Fladen schmeckten erstaunlich würzig, und wer weiß, woran es lag, die afrikanischen Kräuter, die Musik, die Nähe der außergewöhnlichen Frau mir gegenüber, die mir vertraut und fremd in einem schien: Mehr und mehr hatte ich das Gefühl, wir säßen doppelt da, als äußere und innere Figuren. Von außen sahen unsere Leben gefestigt aus, für mich stimmte nichts davon. Alles hatte sich im Verlauf der letzten 12 Monate neu und wieder in Frage gestellt (willst du wirklich 40 Jahre so weitermachen, du Idiot?), jetzt, gerade jetzt (oder lass es 30 sein oder nur 20, die letzten 20!), mit einem hämischen »mehr als die Hälfte des Lebens ist vorbei« (kapiert?). Ich suchte in Grolmanns Augen danach, ob sie dieses Gefühl kannte; sie schlug den Blick nieder, verwirrt, nahm einen Karottenstick und schaute mich erneut an.

»Warum kann er nicht einfach ein normaler alter Mann sein, der ein normales Altenleben führt?« Mit wärmerer Stimme.

»Sie hängen so an ihm«, sagte ich, als wäre es eine Antwort.

Sie biss in ihren elegant gerollten Fladen, während aus meinem Krautfäden hingen. »Manchmal träume ich seine Bilder. Finden Sie das komisch?«

Sie schluckte: »Und ich habe Angst vor Schnee.«

Meine Mutter, sagte ich, habe in ihrem ersten Jahr in Wrocław mit einer Pistole unterm Kissen geschlafen, bei verrammelten Türen und zugenagelten Fenstern. Später habe sie Vorhänge und Jalousien in ihren Wohnungen nicht mehr ertragen, ja, die Fenster sogar im Winter aufgerissen. Wie ich. Der ich ihre Angst, ihre Abneigung übernommen hätte, um sie ihr leichter zu machen. Eine Kindertat. Ganz Kindeskind.

»Ausgerechnet Wrocław. Dass ich dich aussuchte, war wohl ein Volltreffer.«

»Unbedingt«, sagte ich mit meinem charmantesten Lächeln. Einem Lächeln, das sich dank ihres »du« von selbst auf mein Gesicht legte. Das mir die Lippen auseinanderzog.

Es konnte ihr nicht entgehen.

Aus den Lautsprechern tropfte Ethnopop, unser Fladenteller war leer. Braune Schlangenlinien liefen über das weiße Porzellan wie mit dem Finger gemalte Wege, schlammige Flussverläufe, geheime afrikanische Pfade, und ich dachte, dass so auch die Verbindungen zwischen Menschen aussahen, gewunden und improvisiert, obwohl Simone und ich uns nicht auf sonderlich verschlungene Weise kennengelernt hatten. Jeder kenne jeden anderen Bürger der Erde über sieben Ecken, hatte es früher geheißen, in der Zeit von Web 2.0 brauchte man vermutlich nur mehr vier oder fünf Schritte. Sie hob die Augenbrauen, als ich ihr erzählte, dass ich ihrem Vater im Zug begegnet war und sagte, man dürfe immer nur unter-, nicht übertreiben. Verschlungen waren die Wege eben doch, wenn nicht beim Kennenlernen, dann gleich danach, und ich freute mich, es so stark zu fühlen, lange Zeit hatte ich das nur mehr aus Lehrbüchern gewusst, aber jetzt pochte mein Herz.

Ich sagte, ich hätte ihr etwas mitgebracht, und holte mein Notizbuch und ein paar Ausdrucke aus meiner Tasche. Stichpunkte dazu, in welch luft-, genauer erdleerem Raum sich die ersten, einer Vertreibung nachfolgenden Generationen befanden, welchen Ängsten, Verletzungen, Einschränkungen sie sich ausgesetzt sahen. Welcher Einsamkeit. Ich erzählte Simone von den amerikanischen Forschungen zu »postmemory« und »co-witnessing«, zur Übernahme von Erinnerung und Gefühlen für jene, die nicht mehr fühlen konnten, führte Eva Hoffmans Begriff der »broken refrains« an, der sehr genau den zerscherbten Sirenengesang der emotionalen Wiederkehr traumatisierender Erlebnisse bei Töchtern, Söhnen und Enkeln fasse. Die Betroffenen selbst könnten bestenfalls beiläufig, mit kühler unbeteiligter Stimme davon sprechen, was Lisa Appignanesi, geboren als Elżbieta Borensztejn 1946 in Łódź, dazu veranlasst habe, angesichts dieser Prozesse von »transgenerational haunting« zu sprechen, von »memories cascading through lives«.

Simone sah mich skeptisch an: wie das physiologisch begründbar sein solle? Ihr als Naturwissenschaftlerin erscheine »cascading« reichlich metaphorisch-suggestiv.

Ich widersprach: Die Metapher liege ebenso auf ihrer Seite. Die von Reizkaskaden spreche, wo sich elektrische Einzelimpulse fänden.

Eine Weile schwiegen wir. Simones Gesicht verriet nicht, was in ihr vorging; dann, unvermittelt, holte sie erneut die Brille aus ihrer Tasche und kam auf meine Seite des Tisches. Ich war vorbereitet, das immerhin schien ihr zu gefallen. Zu »containing« und »holding« wollte sie mehr wissen, diesen beiden, den Kindern zugemuteten Aufgaben: den erlebten Schrecken der Eltern zu bewahren und die Eltern zu stützen.

Ich erzählte Beispiele aus meiner Arbeit, wir tranken Wasser, das zweite, das dritte Glas. Simone hatte Parfum aufgelegt, aber nicht so viel, dass es ihren Eigengeruch ganz verdeckt hätte, und ich spürte die von ihrem Körper ausgehende Wärme.

Einmal berührten sich unsere Oberarme. Nicht lange danach ein zweites Mal. Obwohl es unabsichtlich geschah, geschah es nicht zufällig. Eine besondere Nähe umfing uns, die Nähe zwischen Fremden, die sich etwas Intimes aus ihren Leben erzählen. Ein rasches, weites Land, das man später so leicht nicht mehr betritt.

Oder doch mehr? Wie hatte sie zu Beginn des Abends gesagt: Unser Menschenaffenerbe ist stark! Wenn uns die Emotionen hochgehen, sehnen wir uns nach Kontakt.

Eindeutig: Ich mochte mein Menschenaffenerbe. Ich sehnte mich nach mehr.

Ein Ton, ein Zucken, alle Zeit der Welt vorbei: Simones Handy klingelte. Sie suchte den Apparat, schien so verwirrt wie ich; das Klingeln kam aus ihrer Jacke auf ihrem alten Platz.

Allmählich kehrte ich in die äußere Wirklichkeit zurück. Das Restaurant hatte sich geleert, der Junge und seine Eltern räumten bereits auf. Die Musik war rhythmisch, fremd.

»Ja«, »nein«, »in einer halben Stunde«. Sie steckte das Gerät weg.

Ihr Mann. Esther habe ein Problem mit der Mathehausaufgabe. Normalerweise frage die Tochter Eustachius, aber der habe heute keine Zeit gehabt. Wie in den letzten Wochen häufig. Auffällig häufig.

Sie lächelte schmerzlich, den Mund verzogen, schien halb froh, gebraucht zu werden, halb resigniert.

Als sie von der Toilette zurückkehrte, hatte ich bezahlt. Es war fast Mitternacht.

Ich hielt Simone die Jacke hin, spürte ihre Wärme noch einmal für Sekundenbruchteile, als sie in das Kleidungsstück in meiner Hand schlüpfte. Dann musste ich loslassen – ihr Körper dort, da der meine, wie zwei steil aufragende Berge kamen wir mir vor, felsige Gipfel mit einer unzugänglichen Seite, mit Liebesschrammen, Narben und Ticks. Die wussten, wie hoch sie reichten, wie schmerzlich jeder Absturz werden musste, die gelernt hatten, dass sie in ihrem Gipfelbereich besser allein blieben, weil sie diesen Raum um sich brauchten, seine weite und freie Luft. Aber unten, im Baumbereich, und erst recht in der Erde fanden diese Berge sich verbunden, in den tiefen Gesteinsschichten, in altem Grund, und das war mein Gefühl für Simone am Ende dieses Abends, heiter und zittrig, beides zugleich.

Ihr Taxi stand mit laufendem Motor vor der Tür, die Scheinwerfer schnitten Regenkegel aus der Dunkelheit. Es war nicht kalt, nur unangenehm nass, ich hielt einen im Restaurant geliehenen Schirm über uns und hätte da auf der Straße, verliebt bis auf die Knochen, nichts weiter zustande gebracht, da sagte sie: »Nun umarm mich wenigstens zum Abschied, du polnischer Schwerenöter, wenn du dich schon nicht mehr traust.«

Flüsterte: »Ich nämlich auch nicht.« Und gab mir einen flüchtigen Kuss auf die Wange, der meine Lippen streifte.

■

Ein paar Tage später rief ich ihn an. Ich brauchte jemanden, mit dem ich über Simone sprechen konnte.

Er sagte, er habe keine Zeit. Er müsse sich erholen, die Muskeln entspannen, also ständig anspannen und lösen, er arbeite schwer an seinem neuen Buch (ja, auch er!), da habe er Muße nur für Sport, täglich Sport, ins Schwimmbad könne ich mit.

Ich verabscheute Schwimmbäder. Zwei Stunden später rutschte ich auf eines zu, rutschte über einen schmalen Weg zwischen eisüberkrusteten Frühlingsbäumen in ein eckiges, zweistöckiges Betongebäude, dessen Vorderfront aus immensen Glasflächen bestand. Umwelttechnisch unverantwortlich. Ein wunderbar rationales Argument, um meinen alten Unmut zu rechtfertigen. Nur, was half es! Ich hatte mich überrumpeln lassen und ja gesagt.

Ich hatte mich überwunden.

Hinter den Scheiben wippten die Schatten hemmungsloser Enthusiasten von Sprungbrettern. Es musste zwei oder mehr Türme geben. Erstaunlich, wie gern die Leute sich fallen ließen!

3,80 Euro. Happy Hour an einem Happy-Tag. Während ich auf mein Umkleideschränkchen zuging, dämmerte mir der Grund für den Rabatt: Es war Dienstag. Dienstagnacht wurde, wie ein Aushang kleingeschrieben kundtat – ich las alles, um Zeit zu schinden –, das Becken ausgelassen und mit Frischwasser befüllt. Dienstag war der letzte Tag mit der alten Füllung. Ich kannte die Zahlen (vor meinem Aufbruch im Netz nachgelesen): Mehr als die Hälfte aller Besucher pisste ins Becken. Aller Erwachsenen wohlgemerkt. Bei Besuchern unter 15 Jahren pissten 74%. Ich beschloss, auf keinen Fall ins Wasser zu gehen.

Schränkchen statt Kabinen. Quasi im Gang musste man sich umziehen. Das blaue Flechtbändchen mit der Nummer an den Arm fitzeln. Ein älterer Herr in Unterhose grüßte mich mit vollem Namen! Seminarteilnehmer? Mein Gehirn, gelähmt von den heranwabernden Chlordüften, antwortete nicht. Kein Name, keine Erinnerung, keine Badehose. In meiner Boxershorts würde ich ans Wasser gehen. Ich trug sie bereits. Ans Wasser, nicht ins.

Schnellstmöglich, wenn auch watschelnd (die bloßen Füße, der feuchte Boden) tappte ich in den hautfarben gekachelten Gang mit den Schildern: *Spa. Sauna. Dampfbad.*

Tapfer weiter, an all diesen Verlockungen vorbei zur Fußdesinfektionswanne. Wo ich an zwei weiblichen Beinen nach oben sah. Weit, weit nach oben.

Sie überragte mich um einen Kopf. Genauer: um die halbe Länge meines Oberschenkels. Und zwar am Oberschenkel! Wenn man das so sagen kann. Mein ganzer Schenkel war ein halber Schenkel bei ihr. Ihr halber Schenkel mein ganzer. Was die Länge betraf. Was das Gewicht betraf, schätzte ich beide Schenkel gleich ein.

Alles andere an der Bademeisterin war Silikon.

Das Bad vollkommen eckig, sie vollkommen rund. An den richtigen Stellen weit ausladend rund, im Übrigen sanft rund sowie an einigen ausgesuchten Körperpartien sehnig gespannt. Der Nasenrücken ausnehmend gerade, wie mit dem Lineal gezogen.

Sie musterte mich, so wie ich sie, von unten bis oben, nur mit, dessen war ich mir sicher, anderem Interesse. Offensichtlich fand sie nichts auszusetzen, zumindest schwieg sie, bis ihr Blick von oben herab bei meinen Zehen eintraf.

»Oh«, sagte sie, »wie niedlich.«

Da spürte ich wieder, wie sehr ich Schwimmbäder hasste. In diesen Anstalten war ich nicht klein, sondern kleiner, als ich war. Menschen wie Grolmann hingegen, die regelmäßig schwimmen gingen, waren hier so groß, wie sie waren. Und größer.

»Beide Füßchen unter den Sprüher«, zirpte die Meisterin.

Füßchen. Dann war ich durch.

Die Rundum-Glasfenster zwangen das Sonnenlicht aufs Wasser, von wo es gegen die Wände, an die Decke und in die Augen der Besucher sprang. Geblendet hielt ich inne. Weit und breit kein Grolmann. Eine Altengruppe bewegte sich am Beckenrand, als übe sie eine Ballettnummer ein, auf dem Einmeterbrett wippte und wippte der Grußgreis, ließ sich unvermittelt fallen, Modus »Herzinfarkt«, platschte auf.

Ich setzte mich auf eine der zahlreichen, in Reih und Glied bereitstehenden Liegen, und starrte auf die trügerisch sauber wirkende Wasserfläche, deren Blau von keinerlei Trennlinie zwischen den Schwimmbahnen unterbrochen wurde. Fast wehmütig dachte ich an den sozialistisch hüpfenden, auf Schnüre gespannten Kork im Wrocławer Stadtbad zurück, als der Erwartete mit natürlicher Nonchalance auf mich zukam. Selbstsicherer Gang, nur leicht nach vorn gekrümmt. Die Arme sehnig und erstaunlich muskulös, die Schultern nicht minder.

Ich sprang auf. Hatte seine Brust vor Augen. Rasiert!

»Wie alt ist sie eigentlich?«, schrie ich in Richtung seines wohlgeformten Ohrs. Ich meinte die Anlage.

Er wiegte den Kopf. »Sie haben sich auseinandergelebt.«

Ich riss den Mund auf.

»Ihr Mann und sie«, schob er nach in mein offensichtlich verständnisloses Gesicht. »Und Sie haben sie besucht.«

Er kicherte: er wisse alles! Auf seinem Kopf wippten Rosen. Rosen-Rüschen aus Plastik. Die Kappe, ein antikes Stück aus den Siebzigern, musste seiner Exfrau gehört haben. Unübertrefflich unübertroffen. Sie war grün, über und über besät von den roten Blüten. Ich konnte mir das Lachen nicht verkneifen.

Er sagte trotzig: »Kappen sind Vorschrift!«

Ruckend schaute er nach links, nach rechts. Keine Kappe weit und breit. Ein paar Jungs trauten sich was, weißliche Bauchringe über knielangen Spiderman-Badeshorts wirbelten von dem uns nächsten Sprungturm. Kappenlos, versteht sich. Extrem eckig ragten die Bretter über das Becken, Strahlerlicht von allen Seiten zerriss die Schatten der Springer so sehr, dass man sie auf der Wasserfläche gar nicht mehr sah.

Grolmann hatte offensichtlich Unrecht, nickte mir indes zufrieden zu und setzte sich raschen Schrittes Richtung Ende der Liegenreihe in Bewegung. Also parallel zum Wasser. Ich hinterher.

»Nein«, rief ich.

Ich hatte seine Tochter nicht besucht, wir hatten zusammen zu Abend gegessen.

»Doch, doch«, sagte er und setzte sich am Fußende der letzten Liege auf sein überdimensioniertes rotes Handtuch. Das er zuvor sorgfältig Kante auf Kante einmal gefaltet hatte. Während mein Handtuch kurz und unvorteilhaft gelb war. Kam man diesem Stoff nahe, sah man krank aus. Antonia hatte es mir in die Umzugskiste gepackt.

»Sie waren im Institut. Das weiß ich genau! Dort bleibt mir nichts verborgen!«

Wie Vögel hockten wir nebeneinander, jeder auf seinem Liegenende. Ich rückte ein wenig ab.

Er grinste. »Das Institut ist enttäuschend, nicht wahr?«

»Affenspielräume, Concierge und eine Studentin.«

Der Ex-Forscher räusperte sich. Die Luft war feucht und stickig, Schweiß rann mir den Rücken hinab, ihm konnte es nicht anders ergehen.

»Simone war von klein an schwierig«, sagte er, hob den Kopf und schaute mich ärgerlich an: »Was wollten Sie bei ihr?«

Seine Stimme änderte sich: Den Bericht über ihn habe ich doch längst abgegeben?

Vermutlich hätte er gern einen Gehirnscan bei mir gemacht, um sofort und mit Sicherheit zu wissen, was ich dachte. Nun musste er fragen oder raten.

Johlend kletterte die Jungsgruppe erneut den Turm hinauf. Grolmanns Gletscheraugen wurden einen Schatten dunkler.

»Sie wollen etwas *von* ihr?«, flüsterte er.

Rückte mit dem Po auf dem roten Handtuch hin und her. Wackelte mit den Zehen. Senkte den Blick. Hob ihn mit treuherzigem Aufschlag: »Boris! Ich rate Ihnen ab!«

Ein reizender Vater.

Durch die Tür der Frauenumkleide drängte sich eine Kugel Lärm, 20 wuselnde Wesen, die kaum laufen konnten, aber schwimmen wollten, keines mit Pampers, begleitet von zwei weiblichen Walzen und einer Bohnenstange. Der Schwimmenthusiast neben mir murmelte etwas wie »coffee, my dear«, warf mir aus dem Nichts einen misstrauischen Blick zu, wackelte mit den Zehen, die Rosen auf seinem Kopf wackelten im Takt mit, und stellte fest: »Sie hat Sie von neuem losgeschickt, um mich auszuhorchen?«

Ich lachte auf. Das war zu grotesk. Wenngleich »in character«. Dieser Narziss.

Oh ja, rief ich, wir hätten das erwogen. Ich stünde mit Simone in ständigem Austausch. Auch und gerade über ihn. Das habe er sich gewiss gedacht.

Er nickte, und sein Gesicht verriet, dass er meine Ironie nicht verstanden hatte. Er war überrascht.

»Sie indessen«, sagte ich in der Hoffnung, ihn aus der Reserve zu locken, »verraten mir nichts. Und wenn Sie mir etwas sagen, lügen Sie mich an.«

Er sackte in sich zusammen, als hätte ich einen völlig unwahrscheinlichen Treffer gelandet.

»Ich habe Ihnen viele geheime Dinge aus der Vergangenheit erzählt«, sagte er in Richtung seiner Riesenfüße. Es klang aufrichtig zerknirscht. »Und Ihnen Affenessenz gezeigt.«

Das musste ich zugeben.

»Aber nicht die Wahrheit«, sagte ich.

Er fixierte mich, seine Augen schienen näher zusammenzurücken. Auf einmal lächelte er, stand schwungvoll auf, selbstverständlich ohne sich auch nur für eine Sekunde abzustützen, selbstverständlich für einen Grolmann, und verkündete mit bedeutender Miene aus seiner vollen Höhe auf mich herab: »Ich gehe jetzt schwimmen. Dabei überlege ich mir etwas zu uns. Wie wir weiterkommen.«

Und weg war er.

Vom Beckenrand gepfeilt, als wäre das nichts.

Regelmäßig wie ein Uhrwerk schwamm er auf und ab, eine weiße schmale Unruhe, Rosenbeet auf dem Kopf. Ich überlegte, ob ich nach Hause gehen sollte, war jedoch zu neugierig darauf, mit welcher Idee mein bockiger Auskunftsgeber zurückkäme. Es war seltsam, mit ihm hier zu sein, so bloß. Fast ohne Kleidung. Gewiss, in der Psychologie gab es zahlreiche Untersuchungen dazu, wie Männer einander begegneten. Was ich mittlerweile darüber dachte, stammte aus meiner eigenen Erfahrung: Zwischen uns lenkten körperliche Gegebenheiten die kleinen heimlichen Rollenverteilungen. Wie sehnig oder muskulös einer war, wie er die Hand ausstreckte und zudrückte, wie dicknackig, fest und in sich ruhend er dasaß oder ob sein Körper eher die schmale, dafür ungemein zähe Energie eines Gummiseils ausstrahlte. Was Stärke, Muskeln, Physis, all die gröberen Zeichen anging – bei Frauen regierten wohl feinere, die man mitunter gar nicht wahrnehmen konnte –, waren Simones Vater und ich denkbar verschieden.

Das hatten wir gewusst. Jetzt trat es in aller Deutlichkeit hervor.

Ich war kleiner, runder, behaarter. Ich wusste abzuwarten und vorzustoßen, verstand, rhetorisch zu glänzen, wuchs durch die Aufmerksamkeit anderer. Auf der Bühne fühlte ich mich wohl. Während Eustachius wie eine Klinge wirkte: lang, schmal, hell. Trotz des Alters erstaunlich glatt, als reiche die Haut nur eben, um die Knochen zu umschließen. Er strahlte Schärfe aus, etwas Entschiedenes, im Radius indessen Begrenztes oder eher nach innen Gerichtetes. Anders als ich fand er zu sich, wenn er alleine war.

Die kleine heimliche Rollenverteilung zwischen uns sagte: Vater und Sohn. Er, der Vater, war da, um entmachtet zu werden. Weil das immer so war. Noch folgte ich ihm und hätte mich entspannen können, die Zeit spielte auf meiner Seite, obgleich ich einen schweren Nachteil hatte, ich begehrte seine Tochter und wünschte mir seine Anerkennung. Wenn nicht mehr.

Ich gehorchte, verbarg mich, wartete ab.

Als ich die Augen öffnete, stand er in sein rotes Handtuch gewickelt vor mir. Ob ich überhaupt schwimmen könne? Auch länger? Wozu habe es schließlich den wunderbaren See gegeben mitten in Breslau, die Badeanstalt! Mit Sprungtürmen!

»Morskie Oko«, murmelte ich, »Meeresauge.« Er lachte und rief überlaut: »Nein, Leerbeutel! Das war der Leerbeutelsee. Und jetzt los!«

Anscheinend duzten auch wir uns nun.

Er tropfte auf mich herunter, ich zog die Beine an.

Er: »Wir machen es fertig.« Im Schuljungenton. Fehlte noch, dass er mich in den Arm knuffte.

Seine Wangen hatten sich gerötet. Als misslungener Krake stand er vor mir, vier schlenkernde Gliedmaßen, neun versteckte Gehirne. Und öffnete erneut den Mund. Und blickte mich lächelnd an. Lächelnd diesmal, nicht grinsend. Wenn ein Schwimmwettbewerb mit mir unmöglich sei, einen Luftanhaltekampf würden wir ja wohl hinbekommen!

Er breitete die Arme aus, als wolle er mich umarmen (wollte er, nur ahnte ich nicht, wie): kein Schwimmbadbesuch ohne Wettkampf. Kein Sport ohne ein Messen der Kräfte. Das sei seine déformation Nazi, sagte er. Darauf warte ich doch.

Die zeige er mir nun.

Ich müsse beim Luftanhalten nicht schwimmen. Ich könne und solle stehen!

Das habe sich jahraus, jahrein mit Emil bewährt. Ins Schwimmbad gehen. Geschwommen sei Emil wie ein Stein. Also gar nicht. Oder nur nach unten statt nach vorn. Ein Wettkampf sei nie möglich gewesen.

Eindringlich sah Eustachius mich an, bittend geradezu.

Ein Gazellengrüppchen zog an uns vorbei: langbeinig, wippende Oberkörper, wippende Haarschwänze. Stumm trabten wir der stark gestylten Mutter und ihren ebenso gestylten Töchtern hinterher. Das Sprudelbecken lag im Nichtschwimmerbereich. Auch hier fanden sich bodentiefe Fenster, vor ihnen ein paar frisch gepflanzte, blattlose Baumgebilde in hellbraun leuchtenden Holzkäfigen.

Das Wasser fühlte sich angenehmer an als erwartet, gefügig schloss es sich um meine Haut. Im Nichtschwimmerbecken tobte die Zwergengruppe, die Erzieherinnen ruhten wie bewährte Walrosse auf dem Kachelrand. Ein Vater hob sein vielleicht dreijähriges Mädchen aus dem Planschbassin und ließ es schreiend hinter sich herrennen, während er eilenden Schrittes davonging. Es gab so viele Möglichkeiten, Fehler zu machen.

Grolmann reichte das Wasser eine Handbreit über den Nabel, mir bis zur Brust.

»Also«, sagte er, »du weißt, wie das geht?«

Die Falten machten sein Gesicht milder; ich wiegte mich in Sicherheit. War ich an der Oder aufgewachsen oder nicht? Zwar konnte man in dem Fluss vor Dreck meist nicht baden, aber es hatte Schwimmhallen gegeben, andere Jungen, Wettbewerbe. Ich war ein leidenschaftlicher Springer gewesen, wagemutig aus Dummheit, weil ich sonst nichts konnte und weil ich gern gespürt hatte, wie mich das Wasser beim Eintauchen zusammendrückte.

Der hochgewachsene, zähe Mann vor mir pumpte Luft in seinen Brustkasten. Ich setzte ein ängstliches Gesicht auf, um ihn in die Irre zu führen. Er rauchte, er war alt, er würde verlieren. Stumm standen wir einander gegenüber, Grolmann zählte mit den Fingern von zehn rückwärts, damit wir uns synchronisierten. Ich würde mich hüten, beim letzten Atemzug meine Lungen übermäßig zu füllen; das taten nur Anfänger.

Wie Kampfhähne standen wir voreinander.

Und es tat gut.

Erstaunlich gut.

Das Kriegskind rief etwas wie »geschärft«, ich verstand es nicht genau. Ungünstig, seine Luft so zu verschwenden.

Schon trieben wir allein zu zweit in der grünblauen gurgelnden Unterwasserwelt. Wir hielten uns an der Leiter fest, jeder auf einer Seite. Grolmanns Rosen wackelten im Gesprudel.

Ich zählte. Bei zwei Minuten zwanzig dachte ich: maximal noch eine Minute, atmete ein bisschen ab, stoppte, genoss die Bewegungen des Wassers an meinem Gesicht. Ich schloss die Augen, spürte ein paar Sekunden später eine Berührung am Scheitel, wurde nach unten gedrückt, riss die Lider auf, sah etwas Helles unmittelbar vor mir, Grolmanns Bauch. Eine seiner Riesenhände umklammerte meine Schulter, die andere presste mich in die Tiefe. Wenn du dich wehrst, verlierst du, dachte ich noch, meine Luft schwand dahin, ich war wütend, entsetzt, stieß um mich, er konnte mich hier nicht vor aller Augen …, in einem öffentlichen Schwimmbad, das war ja ein Witz, ein Teil von mir lachte, eine Stimme höhnte, meine Ohren rauschten, das Wasser flimmerte, der Atemreflex wurde zu stark, ich schnappte nach Luft, sog Wasser in die Lungen, wollte nach oben, nur oben, etwas – ich? – strudelte, drehte, zwei Minuten Überlebenskampf, Krämpfe, Ende, keine Richtungen mehr, nur schwarz und fand – mich – wieder, hustend, an der Luft.

Schnappte, keuchte. Krümmte mich. Verwundert, dass ich nicht sofort von neuem unter Wasser kam.

Sondern drei vier fünf Atemzüge tun konnte. In aller Ruhe. Zitternd auf beiden Beinen stehend. Schwankend. Ganz für mich.

Den Schrecken in den Knochen.

Im Übrigen blind.

Es dauerte, bis mein Kopf aufhörte, sich zu drehen, das Rauschen in den Ohren nachließ. Der Wahnsinnige stand gute zwei Meter vor mir und beobachtete mich aufmerksam wie ein Adler, der lebende Beute ins Nest geschleppt hat.

Als Erstes hörte ich, was ich als Letztes halb gehört hatte: »Verschärfte Form!«

Er prustete fast so stark wie ich: »Ein Spaß.«

Sei das doch immer gewesen. Ob ich es nicht kenne? Wer meine zu gewinnen, drücke den anderen nach unten, um ihm das klarzumachen.

»Um ihn zu ertränken«, quetschte ich hervor.

Der Affenmann zeigte seine Zähne. »Um den Willen des Partners zu testen, seinen Mut«, sagte er mit mitleidigem Blick auf mich.

Grolmann aus seiner Höhe.

»Es beschleunigt den Kampf«, sagte er milder. Auch der Drücker verbrauche nun weit mehr Energie. Auch er bleibe unter Wasser! Wie der andere. Er habe nicht ahnen können, dass ich das nicht kenne.

Wobei er mich mit geradezu schamloser Inbrunst, mit herzerweichender Hilflosigkeit ansah: »Wir sind gleichzeitig aufgetaucht, Boris!«

Kleine Jungs machten solche Scherze. Vielleicht. Wir waren erwachsene Männer. Worum ging es? Sollte ich seine Tochter in Ruhe lassen? Ihn?

Mir war heiß und schwindelig, ich setzte mich an den Beckenrand.

»Haben wir um etwas gewettet?« Meine Stimme klang heiser.

»Nein«, antwortete er leise.

Ich sagte nichts und erwiderte auch seine Blicke nicht, die ich sehr wohl fühlte. Nach einer Weile schlich er zu den Umkleiden davon. Ein »Entschuldigung« hatte er nicht über sich gebracht.

Eine Viertelstunde später sah ich ihn unter den Weglaternen Richtung U-Bahn gehen. Er trug die Elchmütze und stützte sich auf einen Regenschirm. Von hinten wirkte er zart, nahezu fragil. Wenn man ihn so beobachtete, konnte man kaum glauben, was sich soeben abgespielt hatte.

Wie starrsinnig er war. Bewundernswert. Solange man nicht gerade selbst dabei unterging.

Ich saß auf einer der Liegen, in mein gelbes Handtuch gewickelt. Mit einem Automaten-Kaffee in der Hand. Eustachius war ein Mensch, der keine Möglichkeit fand, seine Gefühle auf erwachsene Weise auszudrücken.

In seinem Gefängnis schlich er dahin.

Es hatte begonnen, leicht zu schneien.

Ich ließ frische Luft in mein Arbeitszimmer. Keine Kanaris, kein Alkohol, kein Affengestank, keine afrikanischen Räucherstäbchen, nichts! Mein Kopf glühte, łeb mi pęka, schöne cholera. Chlor in der Nase, im Mund, vermutlich auch im Gehirn.

Lieblingstasse zwei, neu gekauft, identisch mit Nummer eins, stand neben mir, ich trank chlorlöschenden Orangensaft, ging aufs Klo. Beim Händewaschen schaute ich in den Spiegel und erkannte mich kaum: Ich sah angestrengt, aber jünger aus, und Mutters Gesicht schien durch meine Züge. Obwohl ich nicht so hätte erschrecken dürfen, schließlich hatte ich genug über meine weiblichen Anteile gelesen und in Analysen erfahren, erschrak ich, und, als reiche das nicht, schickte mein Körper gleich eine zweite seltsame Reaktion hinterher, ein stechendes, absolut verlangendes Hungergefühl, Hunger auf Kuchen mit sehr viel Zucker, Kuchen wie Madame Waleńczak und Madame Kuriata jeden Mittwoch in der Bibliothek gegessen hatten. Da saßen sie, bohrten ihre Gabeln in die bunte Zuckerkruste, kauten und sagten: »Kto drogi skraca, ten do domu nie wraca«, wer seine Wege abkürzt, kommt nie zuhause an, holten sich ein zweites Stück, um in die Zuckergusslinien zu stechen, als wären sie Wege, steckten sie sich in den Mund, kauten und schluckten und nahmen zu.

Da wusste ich, was ich tun wollte.

■

»Dein Vater hat soeben versucht, mich zu ertränken.«

Sie lachte darüber, dass ich mit Eustachius im Bad gewesen war. Er schwimme gern. Sie auch.

»Ich bin nicht schuld daran, dass du Wasser schluckst«, sagte sie.

»Hör zu, Täubchen. Ich habe einen Beschluss gefasst, der dich und mich betrifft. Davon muss ich dir erzählen. Sofort! Du hast doch Zeit?«

Sie sagte: »Nein.« Ich hatte sie auf dem Handy angerufen.

Es war laut bei ihr. Sie sagte: »In fünf Minuten ruf ich dich zurück.«

Vor meinen Fenstern folgten die Autos dicht aufeinander, wer sich auskannte, wich im Berufsverkehr auf meine Straße aus. Es regnete, was meine Stimmung aufhellte. Ich mochte das Triefen der Bäume, das Schlagen der Tropfen gegen die Scheiben. Die Wohnung wurde zur Höhle, an der sich zu Höhlen mit Leuchten mutierte Wägen leise summend vorbeischoben. Der Himmel hing tief, 27 Minuten vergingen, das Telefon läutete, ein zweiter Himmel stieg aus dem Himmel hervor, sank tiefer herab.

Sie trinke Tee. Zum Glück schneie es nicht mehr.

»Wir sollten hier wegziehen«, antwortete ich. Fing das Gespräch deutlich anders an als gedacht. Mitten im Thema.

»In eine Wüste?«

Ich lehnte mich im Fenster nach vorn, um den Platz am Ende der Straße zu sehen. Eine weißblaue Tram überquerte ihn. »Lieber die schneefreien Tropen«, sagte ich. Links vor mir schlugen die noch kahlen, glänzenden Äste einer Platane gegeneinander. Wenn das Gespräch mit Simone misslang, würde ich mich auch ohne Umzug fühlen wie in einer Wüste.

»Stell dir vor, du stehst auf einem Meridian. Ein schmaler Eisenstrang im Boden, quer durch den Raum. Es ist kein echter Meridian, man hat sich vor 400 Jahren vermessen, was soll's. Über dir die Reste eines barocken Observatoriums. Um dich herum geschwungene, einst sonnengelbe, reich mit Porträts und Wappen geschmückte Wände. An der Decke wölkt ein dramatisches Engelsgemälde, sein Blau ist mit den Jahren so wässrig geworden wie der Regenhimmel über dir. Die vorsintflutliche Heizung knattert, wenn sie überhaupt läuft. Hattest du Glück, hast du in dieser Universitätsbibliothek, die als Cafeteria dient, tatsächlich ein Stück Kuchen ergattert. Meine Eltern arbeiteten nachmittags in der Praxis, sprich, in unserem Wohnzimmer, unter der Hand, du verstehst, und ich saß auf einer Bank neben dem Meridian, um zu sehen, wie der Putz auf die Erdlinie rieselte. Im Übrigen lernte ich Deutsch. Am Ecktisch unter dem Spiegel, dessen Rahmengold immerhin noch zu erahnen war, saß Madame Waleńczak ergänzt von Madame Kuriata. Abwechselnd beäugten sie den abblätternden Stuck und mich. Die Hüte der Damen, lila und gelb, warfen große Schatten in ihre abblätternden Gesichter, während die Münder sich zischelnd bewegten. Sie lernten keine Sprache, sondern pflegten eine alte, sangen die Vokabeln einer untergegangenen Welt mit ostpolnischem Akzent, noch weicher als der meiner Mutter, so sehnten sie sich nach Lwów, der Heimat, dem polnischen Herzen, umgeben von der Wildnis ukrainischer Forste, unendlich nach Osten gestreckt, nach Norden in hellen Himmel gedehnt, von Eichen und Gedichten umstanden, Lwów, Herzschlag und Wagemut, Treue und Tapferkeit der urpolnischen Welt.«

Ob es inzwischen eine Wrocław-Bibliotheks-App gab? Auf der ich mir ansehen könnte, was sich in diesem Augenblick dort zutrug? Gegenwärtige Räume fanden überall statt, über den gesamten Globus gestreckt. Angesichts dessen war Vergangenes heute vermutlich viel vergangener als früher.

»Doch was für Lumpennachrichten drangen an ihre Ohren. Wie verwüsteten die einstigen ruthenischen Dienstboten die in Beschlag genommenen Wohnungen. Wie sank alles dahin. Madame Waleńczak, ergänzt von Madame Kuriata, gruselte sich schrecklich, ich gruselte mich wohlig. Die beiden Frauen saßen, lilafarben und gelb, im prachtvollsten Wrocławer Frühling unter Neonlicht und träumten von einer Stadt phantastischer Kälte, in der man unter einem Pelzmützchen versteckt mit dem Schlitten nach Hause zurückkehrte, sprich, an den vorgeheizten Ofen, unter der Herrlichkeit einer immer sternklaren Nacht. Auf imaginären Kufen sausten sie im Jahreszeitenkarussell durch alles Begehrenswerte auf einmal, es trug einen Namen, Lwów! Lwów mit seinen Hügeln und Senken, Gärten und Straßen, durch die die Liebe wehte. Während es in der Krankheit Wrocław Menschen wie mich gab, die in niveaulosen Anoraks in bröckelnden Bibliotheken saßen.«

Simone schlürfte ihren Tee. Das würde sie sich bitte abgewöhnen. Zumindest am Frühstückstisch.

»Ich war mal in Moskau«, sagte sie. »Frühe 80er. Schreckliche Anoraks. Im Lift der Jugendherberge versuchten die Jungs, die sie trugen, einem die Jeans abzukaufen. Die Jeans, die man anhatte!«

»Aber Menschen, die nur mehr Ex-Menschen waren, konntest du bei dir zuhause begegnen«, sagte ich. »Ex-Direktoren, Ex-Offiziere, Ex-Jäger, Ex-Klavierlehrer, Ex-Gutsbesitzer, Ex-Finanziers, Ex-Bibliothekare, Ex-Salondamen, Ex-Einflussgrößen.«

Sie lachte. Ich kannte dieses Lachen von mir, von Freunden. Spöttisch, kraftvoll, fast zynisch. Ein im Torbogen eines großzügig angelegten, verrotteten Hauses heulender Unterteufel, der mit den Zähnen klappert.

Sie sagte, ich übertreibe. Schon wieder. Vermutlich habituell. So schlimm sei ihr Lachen nicht gewesen. Im Übrigen finde sie die Ex-Menschen von früher besser als die heutigen. »Ja, zugestanden, geschenkt«, Ex-Direktoren etc. in ihrer Kindheit, »nicht zu knapp«. Sichtbare Aus-Menschen. Genau! Während inzwischen alles so voll sei mit Ex-Beratern, Ex-Bankern, Ex-Liebenden, dass man das Ex gar nicht mehr erkenne.

»Und Ex-Liebhabern?«, sagte ich rasch.

»Und Ex-Liebhaberinnen?«, gab sie rascher zurück. Ich hörte, dass sie sich amüsierte. Gut. Nicht gut: Aus meinem Rachen stieg noch immer Chlorgeschmack auf. Es regnete Bindfäden, die Autos vor meinem Fenster krochen voran. Ich schaltete die Schreibtischlampe aus, um besser hinauszusehen.

»Wenn ich im Ruhrgebiet, in Schleswig oder Bayern Deutschen zuhörte, die von ihrer Vertreibung erzählten, hörte ich die beiden alten Polinnen unter ihren verblichenen Hüten sprechen: Die einzigen echten Streusel, die einzigen echten Mohnkuchen, die einzigen echten Brücken, die einzigen echten Flusswassergerüche, die einzigen echten Wohnungen, die einzigen echten Bindungen, die einzigen echten Rosenblätter, die einzigen echten Gefühle etc. – fort, verloren, anderswo. Dabei wussten die meisten untergründig, dass daran etwas nicht stimmte, sie hüteten sich, die verklärte Heimat zu besuchen. Kresy heißt sie bei uns, Grenzgebiet, Wiege und Kreis, Rand und Traum.

Erst in der Bundesrepublik begriff ich, wie sehr die Vertreibungen sich glichen: Jede einzelne löschte die Verbindung des Betroffenen zu seiner Gegenwart. Sie rückte die Erinnerung an die Stelle der Gegenwart. Dabei löschte sie den Menschen, der sich erinnerte. Die Erwachsenen schrumpften zurück in kindliche Bewohner eines unwirklichen Eldorados. An uns, ihre Kinder und Kindeskinder, gaben sie das Gefühl weiter, dass das Eigentliche – die wirkliche Liebe, das Abenteuer und die Schönheit – in dem Leben fehlte, das sie führten. Das zu führen sie gezwungen waren! Und wir, wir waren Teil dieses Lebens. Also ebenfalls nicht gut genug. Nicht die richtigen Kinder.«

Es war lange her, dass ich so ausführlich an das alte Wrocław gedacht und noch länger, dass ich jemandem davon erzählt hatte. Ich überraschte mich selbst damit, wie farbig sie abgespeichert war, die zerbrechliche innere Welt der Vertriebenen, eine Puppenhausstube, die im Versteckten existiert und mit zäher, unheimlicher Kraft über Jahre und Jahrzehnte gegen die einströmende Außenwelt gedrückt hatte.

»Ausgeblichen«, sagte Simone. »Es muss ›ausgeblichene Hüte‹ heißen.«

»Von mir aus. Egal. Aber du hörst genau zu.«

Ich solle ihr nicht mit diesen Vertreibungsschäden kommen. Habe ich dafür angerufen? Sie wolle weder Therapie noch Beratung. Nicht von mir.

»Was dann?«, fragte ich rasch.

Woraufhin sie in aller Seelenruhe sagte: »In meiner Jugend gab es Musik, Mode, Jungs.«

Meine Liebe, dachte ich. Da beiß ich nicht an. Ein Lieferwagen parkte in der Nähe der Platane rückwärts ein. Die Warnanlage begann zu blinken, der Fahrer rannte, sich eine Zeitung über den Kopf haltend, in die Einfahrt meines Nachbarhauses. Ich musste an meinen Ziehvater Tomasz denken, der Regenschirme gehasst hatte und einmal mit einer unserer Tischdecken überm Kopf zur Arbeit gegangen war. Aus eigenem Antrieb und politischer Überzeugung lebte er in Wrocław, ihm galt nichts an der Stadt als unecht, keine ihrer deutschen Inschriften, die man abschlug und übertünchte, nur um nach ein paar Jahren die Umrisse der Buchstaben aus der miserablen Farbe tauchen zu sehen, keine ihrer Brandlücken, ihrer Ruinen, keines ihrer sozialistischen Bauscheusale, keiner ihrer halb niedergebombten Vergnügungsorte, keines ihrer neuen Geschäfte. Während meine Oma, die Mutter meiner Mutter, jeden Morgen an einem Parfumflakon aus Lemberg schnüffelte. Ein aus dem Glas getriebener Schwan schwamm auf seiner Vorderseite, nun gut, aber man roch nichts mehr. Ich sah, wie mein Vater die Augen verdrehte; sah, wie der Flakon Mutter eines Tages beim Abstauben aus den Händen glitt. Der Kopf des Schwans sprang ab; seither saß Oma mit beiden Stücken, Flakon und Schwanenkopf, im Lehnstuhl und lächelte die Scherben an.

»Verwirrt standen wir dabei. Niemand erklärte etwas«, sagte ich. »Der Schmerz unserer Großeltern war schlimm, dafür deutlich, die Schäden unserer Kriegskinder-Eltern schien keiner zu bemerken. Man hielt es für normal, dass sie sich über nichts beklagten und nichts mitempfanden. Das frühere Leben eines unserer Elternteile lag für uns beide unter dem Schutt einer zerstörten Stadt verborgen, da liegt es noch; kein Wunder, dass das Land, in dem wir aufwuchsen, uns oft geisterhaft anmutete.«

»Wie hieß das Parfum?«

Ich lachte auf. Eine echte Frauenfrage. Irina? Oder eher etwas Französisches, L'Ambre de…? Keine Ahnung.

»Ich erinnere mich an amerikanische Namen«, sagte Simone. »Filme, Fernseher, Kühlschränke, Staubsauger, Autos, an immer buntere Kleider, Hippies, Rockmusik.«

»Genau! Ich will auch nicht behaupten, alles sei gleich gewesen. Uns vertrieb man in eine Stadt, deren Bewohner neu und fremd zusammenkamen, während bei euch die meisten, auch deine Familie, in Dörfern landeten, zwischen Bauern, die die Flüchtlinge nicht haben wollten. Oder sie nur als Sündenböcke brauchten. Eben diejenigen, die es zu Recht erwischt hatte, da, im Unrechtsosten.«

»Davon«, sagte sie, »habe ich nichts gespürt.«

»Glaub ich nicht, Simone. Was bist du denn so widerborstig?«

Der Lieferwagen blinkte, die Platane vorm Fenster streckte ihre großen nackten Äste in den Wind.

»Du redest so viel, und ich weiß nicht, warum. Und jetzt willst du mir weismachen, dass ihr in Polen mit der Vertreibung gemüt- und gefühlvoller umgingt als wir! Huhu: polnische Melancholie, die inmitten des sozialistischen Verfalls, geparkt auf einem falschen Meridian, tapfer in Kuchen beißt, der zwischen den Zähnen knirscht!«

»An deinem Vater ist mir vorhin klar geworden, dass dir diese plötzlichen Abwesenheiten der Erwachsenen so vertraut sein müssen wie mir. Dass du das Gefühl kennst, in einer gespaltenen Welt zu leben, selbst falsch zu sein, vielleicht sogar schuld an allem. Dass du weißt, wie sehr das lähmt. Und manchmal wünschst du dir einen Fremdenausweis, nicht für andere, für dich, damit du dich selbst besser verstündest. Und dann schämst du dich, denn du kennst auch das: Dein Vater tut dir leid, immer neue Entschuldigungen hältst du für ihn bereit, vor dir selbst.«

Ich hörte sie atmen.

»Dein Vater wird aus dem Nichts wütend. In deiner Kindheit ahntest du so wenig wie er, woher es kam, aber er ließ es an dir aus. In deinem Zuhause fühltest du dich fehl am Platz, auch dafür wusstest du keinen Grund. Gründe gab es, gewiss: Misserfolge in der Schule, Pubertätsärger, aber keinen Grund für das unter allem liegende Gefühl, nicht dazuzugehören. Deine Mutter konnte dir nicht helfen, sie verstand nicht einmal, wovon du sprachst, während dein Vater diese innere Spaltung nur zu gut kannte. Er leugnete sie. Kaum wurdest du erwachsen, gingst du fort. Du wusstest, warum, hättest es aber nie zugegeben. Wenn, dann machtest du dich lustig darüber. Bis ein Lehrstuhl in deiner Nichtheimat-Heimatstadt ausgeschrieben wurde. Du bewarbst dich, bekamst den Job, zogst hin, fühltest dich kalt. Das, Simone, teilen wir.«

»Okay, okay«, sagte sie.

»Auch mir, meine Liebe, gefiel die Stadt, in der ich aufwuchs! Der erste Sprung im Frühjahr in die Oder, das Läuten der Glocken aus den zahlreichen Kirchtürmen, die Inseln, der feine weiße Sand. Es war meine Welt, wie hätte ich sie nicht lieben sollen. Bis mich erneut einer der versunkenen Blicke meiner Großmutter traf. Sie schimpfte auf den sozialistischen Dreck, der alles vergällte, starrte ihn ständig an: Was für wundersame, graue, gelbe, braune Wolken zogen über den Himmel, Wolken, in denen sie Lemberg sehen konnte. Jeden Tag malte ihr der Sozialismus ihr himmlisches Jerusalem an die Decke! Flüsternd bat sie mich, sie nach ihrem Tod nicht zu vergessen und ihre Erinnerungen zu bewahren. Ich war stolz, dass sie mich auswählte, mich, nicht Mutter Halka, ich fühlte mich verantwortlich für unsere Familiengeschichte und zugleich war ich jung, ich wollte leben, etwas Eigenes sein. Das zerriss mich fast. Es teilte mich in ihre Gefühle und die Suche nach meinen eigenen, ich schlug Wurzeln und trieb nur Luftwurzeln aus. Während Mutter, die alle Jalousien aus unserer Wohnung entfernt hatte, jede Woche Fenster putzte und zu allen Festtagen Kerzen in sie stellte, damit sie uns in die verlorene Ferne leuchteten.«

»Weiße Kerzen?«, fragte Simone.

»Was sie bekam! Irgendwann hatte sie eine Palette orangefarbener Stumpen ergattert, wirklich hässlich, wenn sie brannten.«

»Eustachius stellt bis heute an Heiligabend eine dicke weiße Kerze für die Heimat und ihre Toten auf die Terrasse. Schlesischer Karpfen, dann das. Ich ließ es mir nie entgehen, ihn zum Entzünden nach draußen zu begleiten, wir sprachen kein Wort und er tat, als bemerke er mich nicht. Das Wachslicht hatte etwas Magisches und Unheimliches. Als schwebten die Toten in dieser Nacht in der Luft, als locke der Feuerschein sie an.«

Ich versuchte, mir das Kind Simone an einem Weihnachtsabend Ende der 60er Jahre in Westdeutschland vorzustellen. Lange blonde Zöpfe, Rock, kratzige Strumpfhose. Im Glas der offen stehenden Terrassentür die Spiegelung eines Kerzenbaumes, an dessen Zweigen reichlich Lametta weht.

»Da war noch etwas Unheimliches«, sagte sie. An keinem anderen Tag des Jahres, in keinem Moment habe Stach ausgesehen wie in den Nachtminuten, in denen diese Kerze zu brennen anfing. Es sei gewesen, als wohne sie, Simone, der Erfüllung eines geheimen Vertrages bei, einer verborgenen Abmachung zwischen ihrem Vater und seiner Vergangenheit.

Sie räusperte sich. »Als … als trete sein verborgener Schmerz da im Dunkel des Gartens in dem leblosen weißen Wachsstumpen zutage. Als verkörpere er sich darin und verlange, entzündet und abgebrannt zu werden. Es schien die Bedingung des Schmerzes dafür zu sein, sich für das nächste Jahr abermals einsperren zu lassen. Ich wollte das nicht sehen, zugleich zog es mich unwiderstehlich an.«

Wir schwiegen.

Ich sagte: »Ich setze mich ins Auto und komme zu dir!«

»Was bist du für ein Träumer«, rief sie.

Ich war froh, dass wir nicht skypten. Hätte sie mich gesehen, hätte ich mich nicht so weit vorgewagt.

»Komm nicht«, sagte sie. »Ich bin nicht allein hier. Ich sitze in meinem Kabuff und Regen schlägt gegen die Scheiben und deine Stimme ist hier. Das ist gut so.«

Es war nun so dunkel, dass die Lichter der Scheinwerfer deutlich über die Wand neben mir liefen. Mit einem Mal kam mir die Praxis als Wohnung ungeeignet vor, die Küche viel zu klein.

»Ich habe von uns geträumt, Simone. Wir sind zwei Berge, jeder hat sein Leben, seine Erinnerungen, reichlich viel davon, mächtiges Geschiebe, wenn du willst, mächtige Illusionen, jedenfalls Gepäck. Die Gipfel sind getrennt, jeder steht unter seinem Stück Himmel, aber im Gestein, in der Erde, tief unten, gehören wir zusammen.«

Das Prasseln ließ nach, hie und da fielen einzelne Tropfen.

»Wann heiratest du mich?«

Sie sagte nichts.

Nicht einmal ein »Oh« entkam ihren Lippen. Ich nahm all meinen Mut zusammen und schwieg ebenfalls. Hielt es aus. Über den Platz im Osten schlich eine Straßenbahn.

Die schweren Regenwolken türmten sich nicht, sie jagten sich.

»Wenn ich nein sage, kommst du vorbei, und wenn ich ja sage, auch?«

Stimme: Juhu, sie widerspricht nicht!

Stimme: Sie hält dich für total übergeschnappt!

»Du hast es ziemlich genau verstanden«, presste ich hervor. Denn das hatte sie.

»Versuchst du, irgendetwas in deinem Leben zu heilen, mit mir?«, sagte sie.

Bestimmt, sagte der Psychologe – der Spinnennetze auf mühsam glattgestrichenen Alufolien sah, der Puppenhauswelten, die er als Menschenwelten nie gekannt hatte, mit sich als inneres Mobiliar spazieren trug, das, wie er wohl wusste und fühlte, nur unter dem Druck übermächtiger Schmerzen und Verletzungen entstanden war und in unregelmäßigen Abständen etwas von diesem Schmerz in ihm freisetzte.

Nein, sagte Boris – der sich erinnerte an ein Mädchen mit Simones blondem Pagenschnitt und spitzem Kinn, das sich beim Tanzen gegen seine Brust gedrückt hatte, während die Arme des

Mädchens ihn immer fester umschlangen, er die Augen schloss und glaubte, den Bewegungen des anderen Körpers nur lange genug folgen zu müssen, bis in das Gefühl hinein, vielleicht doch nicht sterblich zu sein.

»Ich mag, wie du sagst, dass du zu mir fährst. Dabei nehme ich dir übel, dass du dich nicht um meine Beziehung zu Johnny scherst. Zugleich mag ich auch das. Aber du täuschst dich. Ich bin kein Berg, keine Polin, kein Täubchen.«

»Was dann?«

Sie zögerte. »Eine Hirschkuh.«

Groß, fest, überraschend.

»Boris. Ich möchte das nicht erzählen.«

»Pscht, moja dziewczynko. Eine Hirschkuh! Ich finde das wunderschön.«

In der Krone der Platane arbeitete der Wind, ein neuer Regenschauer peitschte gegen mein Fenster.

»Simone«, sagte ich leise.

»Ich rufe dich morgen wieder an. Dann mal ich dir aus, wohin wir gehen, was wir tun, wie wir wohnen. Du hast mir erzählt, wie sehr wir unser Affenerbe unterschätzen. Wie unsere Körper leben wollen. Ich habe gesehen, wie du mit deinen Tieren herumtollst. Wie du lachst. Dziewczynko … – du bist zu schön, um allein zu sein. Zu schön für mich.«

»Dschefdschenko«, sagte sie. »Was heißt das?«

»Mädchen.« An der Weichheit ihrer Aussprache würden wir üben.

Nach ein paar Sekunden meinte sie: »Wolltest du nicht etwas Zweites erzählen?«

Stimmte. Obwohl ich unser Gespräch nicht mit diesem Zweiten hatte beenden wollen. Meine Güte. Ich hatte sie gefragt, ob sie mich heiraten wollte. War ich verrückt? »Boris!« »Borysek!« Halka hätte den Kopf geschüttelt, Tomasz gelacht, liebevoll und ein wenig gemein, hätte die grauen Augen zusammengekniffen und gesagt: »Nun schau dir das an! Das ist das Deutsche an ihm, das verrückte Deutsche!«

Ich bat sie, daran zu denken, dass ich für sie da sei, wenn sie mich brauchte. Was auch immer sie daraus mache, was ich ihr nun berichte. An einem Sonntagnachmittag vor ein paar Wochen habe ich ihren Vater besucht; er und Esther hätten Bananenkuchen gebacken. »In einem meiner Stücke fand ich ein Haar. Zunächst dachte ich mir nichts, nur dass deine Tochter es mir auffallend hastig vom Tellerrand schnappte. Dann besuchte ich dein Institut. Seither bin ich mir sicher, woher es kam. Es war fest und glänzte tiefschwarz.«

EUSTACHIUS 3

»Cccchu-hhu! Hju…«

Gequetschte Laute, verbunden mit einem fürchterlichen Schnappen des Kehlkopfes, in den sie unwillkürlich zurückzurutschen schienen, das »u« ein Gebirge, das »tsch« ein Wasserstrahl. Mein Name? Eine Unverschämtheit, ein »Hu-hju« aus den Tiefen alter Wälder, hervorgestoßen, gezwitschert, gesungen von einer Affenkehle, schlimmer als aus dem Nirgendwo. Das Echo: »Justitsch« »Justitsch« tröstete fast, »useless Justitsch«, der völlig nutzlose Reim eines bekannten englischen Kinderbuches, das traute sich keiner vor mir, »traute!«, ein Wort aus dem Süden wie »Klump« oder »Trumm«, wie Ines aus dem Süden, verdammte, traute Ines, lang schon verloren, lang schon … hin.

Ich ruckte hoch, blinzelte: die Wand, mein Wohnzimmer, alles gut, mein Nachmittagsschlaf. Die Sonne tief, das Fenster offen, ich ging die Routinen durch, *routines* wie einst im Labor: Ginseng genommen, Blutdruckmittel genommen, Wasser getrunken, Übungen gemacht, Turnen, Urnen, haha.

Mein Hirn hatte die Wort-Dreh-Altenmacke, ich nicht, turnen war *turn*, ich sprach viel Englisch, Affensprache englisch, Forschersprache englisch, Klump, Justitsch, Trumm. Come on: sit up! Gleich täten die Hüften weh, die Prostata war's nicht, Prostata hatte ich hinter mir, wozu war ich Mediziner, alles gut, bist auf der Hut:

Mütze ✓

Ginseng ✓
Blutdruck ✓
Turnübungen ✓
danke Hirn, das hatten wir bereits.

Monty kauerte am Boden und spielte mit einer Holzlok, Frühlingsluft stürzte zum Fenster herein, die Scheibe glitzerte, in die Ferne, old chap, siehst du scharf wie ’n Adler, etwas in meinem Kopf wurde lauter: »Ferne! Fenster!«, was?

Bis allein mein Rücken sich von der Sesselkrümmung löste.

Ich schnalzte. Monty, 22 Monate alt, ein überagiles, weichgliedriges Kleinkind, hing unter dem Fensterbrett. In ihrem wackelnden Köpfchen feuerten die Zellareale »Furcht« und »Neugier«, große, durch das gesamte Gehirn gespannte Neuronennetze, aufs Heftigste gegeneinander. Ich konnte es am Ausdruck der Augen sehen, als sie ihr Gesicht kurz zu mir drehte.

Augen, so ausdrucksvoll wie einst bei dem Rhesusbaby des Kollegen Harlow, dieses auf amerikanische Weise überkorrekten, steifen Mannes, der noch weniger zu empfinden schien als ich. Er hatte dem Äffchen ein Metallgitter als Mutter vorgesetzt, mit Milchzitzen; wie erstaunt war er, als das Kind bei einem Doppelversuch ein Gitter mit Fell und Gesichtsmaske ohne Zitzen der metallischen Milchmutter vorzog, ja, sich den gesamten Tag an die ebenso künstliche, gleichwohl etwas bessere Fellmama klammerte, das Affenbaby mit dem entsetzten Lebensblick. Die gesamte Erbärmlichkeit unserer frühen Tierversuche, da trat sie hervor, unerträglich anzusehen. Ich trug – by contrast – ein Affenfell auf der Brust und schnalzte wie eine Affenmutter, lange geübt, ich war warm und zugewandt, Lebendiges braucht Leben um sich, Monty zog sich am Brett hoch, schnüffelte am Rahmen – roch, was ich erst allmählich begriff: »Das Fenster steht AUF!«

Vlek war draußen, Vlek!

Vlek, auf und davon.

Die Märzsonne hatte an den Winterknospen der Bäume gesaugt, frisches Grün lappte aus wie Krepppapier. Mein verbliebenes Fellkind, das ich an einem Bein erwischte, krallte sich mit einem Hechelgrunzer in meinen Arm. Ich schnaufte, trug Monty die Treppe hinunter, die hinter meinem Schlafzimmer ins Paradies führte, »du kennst ihn«, »er wird nicht weit sein«, »will deine Kräfte testen«, »deinen Geisterboden«.

Tropische Vogellaute tropften von der Decke. Manchmal dachte ich laut, laut korrigierte ich mich: »Geistesboden!«

Manchmal dachte ich, nicht ich trage meine Tiere, sondern sie hielten mich – fest, aufrecht, wach.

Die Arme meines Affenmädchens reichten locker um mich, einer ihrer schlanken Füße griff über meinen Hüftknochen. Lief ich auf allen vieren, machten sie es nach, selbst Waldgorillas fassten Vertrauen zu Menschen, wenn die haarlosen Äffchen das Gleiche taten wie sie oder wenigstens auf ihre Weise aßen. Ich hatte Vlek und Monty aus Belgien übernommen, versuchte mein Bestes, lachte und sprang für sie. Was wir taten, taten wir gemeinsam, da waren wir glücklich genug. Mein Gehirn sagte: »Beeil dich!«, ich sagte: »Nicht überhudeln jetzt!«, wir, Gehirn und ich, waren 83einviertel, ein wenig alt, ein wenig langsam durfte ich nach dem Schlafen sein, nur dass mein Herz pochte wie wild.

Mit dem Alter schien meine Brust dünner zu werden, wöchentlich, das Herz überstürzte sich.

»Coffee later, old chap«, sagte ich mir, setzte Monty vorsichtig ab. Besser riskieren, dass Vlek gesehen wurde, der höchstwahrscheinlich überrascht vom eigenen Wegemut und der geballten Seltsamkeit März-Nadelbäume-Europa hinterm Haus saß, als die Kleine zu rasch allein zu lassen. Bonobos stammen aus dichtem, dunklem Wald, wenn sie schreien, ist es wirklich laut.

Ich strich über ihre zarten Rippen, *fragile*, drückte ihr eine Affenpuppe in die Hand. »Paradies« war etwas optimistisch, immerhin eine helle warme Welt, Holzwände, Trapeze, Kletterbalken, Seile, Nahrung, herausfordernd versteckt. Zwei großzügige

Hordenräume, ein Krankenzimmer, Labor, Nischen, Vorsprünge, Höhlen. Zum Glück waren meine Nachbarn, er 93, Autofahrer, sie 91, Autofahrerin, rechtzeitig vor Simas Berufung an meinen alten Lehrstuhl in einem Seniorenheim sichergestellt worden. Nur einmal hatte meine Tochter gestutzt: »Der Garten nebenan sieht aus, als hätte er Pocken«, und ich hatte gesagt: »Ökofreaks!«

Montys Affenatem in meinem Gesicht. Ich tätschelte sie. Das Paradies.

Mein Geistesboden, *fragile*, mein Träumeland.

Ich zog eine Banane aus meiner Umhängetasche, The Princeton Congress of Primatology 2007, streckte den Arm und trug sie wie eine Taschenlampe vor mir her.

Halblaut rief ich seinen Namen, auch ein Hund hätte so heißen können, welch Vorteil. In den Gärten rundum herrschten Tanne und Kiefer, der Boden darunter, moosig wie buckliger Karpfen, zog meinen Liebling gewiss nicht an. Ich war fast am Schuppen, kühler Wind, das Affenfell und meine Lederjacke wärmten mich, die Mütze hatte ich nicht eigens aufsetzen müssen, Tag und Nacht bedeckte sie meinen Scheitel

Hut, auf der Hut

sonst sah noch jemand – ich musste lachen, lachte mehr als früher, auch das war das Alter, eine Horde amerikanischer Soldaten fuhr

Geistesboden, Geistermoden

die Straße hinauf mit einer Tüte bunter Marshmallows, die blitzend polierten Amerikaner mit einer blitzenden Tüte, aus der sie abwechselnd aßen und warfen, marsch

Marshmall…

ich rannte in die Küche zurück, griff

in die Belohnungsbox, Vlek liebte Mäusespeck, zwei rosa, einer weiß, eine Mandarine für mich.

Draußen schienen Dunkelstoffe in kleinsten Partikeln in der Luft zu schweben. Die Kuppeln des Paradieses saßen in der Grasnarbe wie illuminierte Mützen, seit Vleks Flucht waren mindestens 30 sinnlose Minuten vergangen, meine Finger bohrten sich in die Mandarinenschale in meiner Jackentasche, hielten sich fest. Betont lässig schlenderte ich durch den leuchtenden Garten, dessen Glas-Iglus immer heller zwischen Gräsern und Büschen hervorschimmerten. Wie hatte Nienalt so fraglos an das Affenhospital glauben können. »Affenhospital« wäre eine typische Simaidee. Mich interessierten weder hinfällige Alte noch alte Affen, meine Bonobos waren frisch.

Und illegal.

Und im Programm.

Gehirnuntersuchungen, Sprachtraining, Kohabitation. Ich hatte mehrere Projekte, welcher Forscher setzte auf nur eine Spur, ich wusste, was mich interessierte, *side effects* nahm ich mit. Unser Zusammenleben überraschte mich, seit Wochen dachte ich darüber nach, welche Schlussfolgerungen sich daraus ableiten ließen.

Die Mandarine schmeckte faserig-süß. Dabei sollten Mandarinen von Winter zu Winter besser schmecken. Auch im Primatenfeld versuchte man, ständig etwas zu steigern: die Radikalität der Brainscans, das Sprachentraining, sich selbst. Ich war entschlossen, nicht nur mitzuhalten, sondern noch einmal allen zuvorzukommen. Wenn ich forschte, dann richtig, mit voller Kraft, jeder Idee, allem Komfort. Für die Affen und mich. Best practice, best results.

Sentimentaler Boris! Tierschutz, korrektes Gewissen, aber beim Fleischeinkauf über die Preise klagen. Simas Generation, geburtenstarke Jahrgänge. Als Alte würden sie alles überschwemmen, eine unversorgbare Masse dementer Mensch. Gut, dass wir das nicht mehr erleben, hörte ich Leute, jünger als ich, im Fernseher sagen. Diese Heuchler! Diese Tapfertuer! In Japan saß man seit einiger Zeit über der Entwicklung von Pflegerobotern. Nicht dumm. Nur dass meine Idee tausend Mal pfiffiger war. Meine besten Ideen hatte ich jetzt, jetzt den größten Lebensmut, die Lebenswut! Eine gänzlich neue Freiheit. Nicht nur im Kopf, sondern auch im Körper. Mit dem Körper.

Ich hatte mich selbst als Untersuchungsobjekt entdeckt.

Wir mussten umdenken Richtung Interaktion, systemisch denken, das sprach sich endlich auch in der Affenforschung herum. Ich würde schneller sein, radikaler. An beiden Wurzeln ansetzen, Affe und Mensch. Wenn man sehen wollte, wie der *human factor* sich im Experiment auswirkte, wenn man die alte Erkenntnis umsetzen wollte, wirklich umsetzen, dass der Mensch sich aus keinem seiner Versuche, den er je mit der sogenannten Natur unternahm, herausrechnen ließ, weil exakt dort, in dieser Natur, sein blinder Fleck lag, dann musste man den Menschen, in diesem Fall mich, eben hineinrechnen.

Ich musste mich ableiten; die Affen und ich durften die Rollen tauschen, wieder und wieder.

Es war nicht ungefährlich.

Vlek wurde allmählich zu alt dafür. Zu stark. Der heutige Ausflug zeigte es.

»Vlek, puttputt!«

Verdammte Tarnfarbe Tier, baumbraun, dämmerungsschwarz.

Nun spielten wir. Er wusste, dass er mich, ging es um Beweglichkeit, mühelos übertrumpfte. Aber er war noch ein Kind. Er wusste, dass er mich brauchte.

Ich hatte Angst um ihn. Von unten bis oben hätte ich mich mit Marshmallows bekleben sollen, riechen wie eine Bonobofrau oder wenigstens wie ein Menschenweibchen. Kind Vlek war vermutlich in der Pubertät. Wer wusste schließlich wirklich, wann sie bei Bonobos begann. Bereits die Kleinsten wurden von den Erwachsenen mit sexuellen Streicheleinheiten beruhigt.

Ich lehnte mich an die Wand des Nachbarhauses und holte Luft. Es war damit zu rechnen, dass mein Fellengel wegstürzte, wenn er mich sah. Gemeinhin stärkte das Erscheinen des Alphamännchens äffischen Wegemut.

»Danke, Gehirn«, dachte ich, »es heißt Wagemut.« Und mein Gehirn? Antwortete: »Dellen.« Come on, old chap! Blöde, wissenschaftlich trainierte Neigung, kontraproduktive Sätze zu produzieren. Fast hätte ich mir an die Mütze gegriffen. »Dellen.« Damit kannte der Kobold da oben sich aus.

Ich nahm mich zusammen. Und schlich.

Es wurde rasch dunkler jetzt. 30 springende Kilo hinterließen Dellen in Autodächern, gewiss. Mein unverbesserlicher Mittelscheitelträger konnte allerdings auch auf die Idee kommen, Hunde zu jagen, sich zu einem Baby in den Wagen zu werfen, nach jemandem zu schnappen, der ihn streicheln wollte – Menschenfinger ab. Ich sah die Schlagzeilen. Man würde nachforschen, woher das ungewöhnliche Kätzchen stammte, herausfinden, dass ich viel Geld für es bezahlt und das ein oder andere gefälschte Papier eingesetzt hatte. Aussterbende Tierart, Privathaltung verboten. Man würde Monty finden und mir Monty ebenfalls wegnehmen. Vier Jahre Arbeit wären zerstört.

Es gefiel mir aber auch: Eustachius auf der Jagd. Mich tarnen, bewegen, orientieren.

Er und ich.

Zeitweilig sah ich den ganzen Tag niemanden außer den Affen. Sie hoben mein Alter auf, indem sie es nicht wahrnahmen, zumindest nicht so, dass ich es bemerkt hätte. Das gab es sonst für mich nur mit Sima, sekundenweise: Wir sprachen miteinander, sahen uns, wie wir heute waren, und zugleich stand ein im Körper aufgehobener Körper, mein Ich im Alter von 40 Jahren, vor meiner Tochter, mit acht.

Meinen Eltern gegenüber war es mir einst ähnlich ergangen. Da unterhielten sie sich auf ihrem braungrauen Sofa, beide in ihren Siebzigern, beide dick geworden in den Wirtschaftswunderjahren, Vater mit Kugelbauch, Lilly mit Kropf, und schienen zufrieden, doch mich sahen sie, als habe der Anblick sich in mir festgefressen, aus ihren Fluchtgesichtern an. Ausgezehrt, von den Ereignissen gezeichnet an Körper und Seele, ohne Augenglanz.

Emil war tot.

Wir sprachen wenig. Überlebten nur.

Im Grenzbusch der Nachbarn schaukelten Plastikeier, fast hatte ich den Komposthaufen erreicht. Ich sah die Dämmerungsreste von Farben, einen gekrümmten Schatten. Da also hockte er, gemütlich. Und kaute, die Beine dicht an den Körper gezogen, an etwas matschig Langem. Während die freie Hand spitzfingrig in einem Haufen halbverrotteter Schätze wühlte.

»Pscht, Stach«, sagte ich mir. Die wirkliche Herausforderung stand mir noch bevor: einfangen!

»Hast alles dabei, nachher einen Kaffee!« Die Maschine, 1700 Euro, war ihr Geld wert, ja, ich verlor den Faden, nicht, dass ich das nicht gemerkt hätte, nicht, dass ich das nicht gekannt hätte: Forschung, Alter, Gehirn, nicht, dass ich mich nicht ärgerte. Als es anfing, hatte ich mir ernsthafte Sorgen gemacht. Inzwischen genoss ich die Umwege mitunter sogar, eine Pause, eine kostenlose Gehirn-Achterbahn. Der Haustürschlüssel klimperte beruhigend in meiner Hosentasche, der Hundekäfig aus dem Schuppen schepperte leise.

»Den setzen wir jetzt mal ab!«

Ich fror, ich pfiff. Pfeifen half gegen Eigendreinreden. »Stach«, sagte ich mir, »du wurdest von der schwedischen Akademie zu einer Nobel Conference nach Stockholm eingeladen.« Das stimmte, lag nur Jahre zurück. »Denk an dein Alter, deine Würde, vermassele es nicht.«

Ich legte ein Marshmallow in den Käfig.

Mein Äffchen schaute nicht einmal auf. Wahrgenommen hatte es mich längst, ein waches wildes Tier, das so charmant war, sich ab und an von mir trainieren zu lassen. Als ich auf etwa drei Schritte bei ihm war, sprang Vlek aus dem Sitzen zwei Meter in die Luft und turnte, ich sah das freche Glitzern in seinen Augen, in den nächsten Baum, eine Kastanie, wo er in mittlerer Höhe urwaldisch weiterfraß. Nämlich in aller Ruhe.

Ich lockte, Marshmallow zwei auf der Hand. Zu meiner Überraschung kletterte mein halbstarker Freund nach einigen Minuten tatsächlich, laut schnaubend, den Stamm herunter. Auf drei Beinarmen, die Hand mit dem Beuterest in die Luft gestreckt, nahm er in Affengeschwindigkeit Anlauf, hechtete herbei, schnellte knapp vor mir in die Luft, als wolle er mir in die Arme springen – und setzte unmittelbar neben mir über den Zaun.

■

Jagd ist Krieg.

So Aristoteles. So Hannes. Ich zuzelte an dem letzten Stück Mandarine. Mein Lieblingsspruch zum Verhältnis Mensch-Tier stammte von Mark Twain: Gott schuf den Menschen, weil er vom Affen enttäuscht war. Seither verzichtet er auf weitere Experimente.

Nahezu gemütlich hüpfte mein Liebling in luftiger Höhe von Wipfel zu Wipfel. Und sah sich von dort oben nach mir um. Die Leute züchteten Tannenalleen an ihren Grundstücksrändern, jeder übernahm eine Seite des Zauns.

»Vlek!«

Sechs Jahre hatte ich Affen selbst operiert, kleine Kopfsäge, Halter, Skalpell, die Mater lösen, Zugänge setzen, Rahmen an den Knochen schrauben, Makakenschädel waren erstaunlich dünn, das Silberkästchen aufsetzen, Titan, das die Elektrodenzugänge sicherte, der Patient selbstverständlich perfekt narkotisiert, die Operationsrisiken durchschnittlich, ab und an verwirklichten sie sich, das war unvermeidlich. Abends schlich ich zu den Tieren, öffnete die Hochsicherheitstür und atmete ihren Duft. Alles schien friedlich, schläfrig warm, bis eine Protestgruppe eines Nachts Fackeln und Brandsätze Richtung Affenhaus schleuderte. Was für Tierschutz sollte das sein? Die Feuerwehr war unterwegs, doch als ich da im Trakt stand, der Einzige, den leergesprühten Feuerlöscher in der Hand, mich nicht an die Codes der Käfigtüren erinnerte, die Affen minutenlang nur schreien hörte, panisch, verzweifelt, war ich verzweifelt wie sie. Die Flammen züngelten in meinem Gehirn, der Rauch, das Knallen, die Nähe der Wände, wir lagen in Sondershausen auf der Straße, das Haus, in dem wir untergekommen waren, rauchte und glühte neben uns nach, ein riesiger Haufen Schutt. In Fackeln verwandelt auch die Nebengebäude. Der Geruch von verbranntem Fleisch, schreiende Menschen, Steine, berstendes Holz. Über den Boden zuckten Lichter und Schatten in unregelmäßigen Stößen, für Bruchteile von Sekunden traten dunkle Flecken hervor, die unmäßige Hitze trieb das letzte Quäntchen Flüssigkeit aus Dingen und Menschen, Blut, Lymphe, Knochenmark. Daneben Dunkelheit und dunklere Dunkelheit, Bündel, Haufen, heißer nächtlicher Wind, Menschenschreie, darin hin und her gewirbelter, zerfetzter Schall. Nahezu waagrecht schossen Regalbretter, Stühle und Sessel durch Straßenfluchten, auch Balken, Ziegel, Metallstangen zischten heulend herbei, darüber wuchs ein Himmel voller Flammen. Feuer stiegen in ihn hinauf, stürzten auf uns zurück.

Vlek hangelte sich an seinen auf immer wieder verblüffende Weise frei miteinander zu kombinierenden Gliedmaßen von einem Ast zum nächsten, sprang über einen Zaun, ich stieg langsam hinterher. Nachdem wir auf diese mehrdimensionale Art einige Gärten durchquert hatten, ließ mein Freund sich einen Stamm hinunter und ging nahezu aufrecht, wenn auch in Baumbewohnerart schlingernd, auf eine einstöckige, mit weißem Holz verkleidete Villa zu. Die Schulterblätter schoben sich durch den Rücken nach oben, als sollten sie herausspringen oder als stürze er beim Gehen immer ein wenig in die Höhe.

Was er sich wohl dachte? Ein Männerausflug? Er, als Jungkerl, voraus, und ich, der Altmann, als Rückendeckung hinterher?

Lange Lichtstreifen fielen aus den Fenstern auf die ersten Märzenbecher. Ein Hund bellte. Ich duckte mich, so gut ich konnte. Verdammte Affenliebe! Ein Gefühl wie nach Sandras Geburt: Ihr würmchenweißer Körper hatte mich so stark an die Welt gebunden, dass ich meine Abhängigkeit davon, dass es Milch, Wärme und Menschen gab, die auf mein Mädchen aufpassten, kaum ertrug und Jahre brauchte bis zum nächsten Kind.

Fünf Minuten später erreichte ich den Gehweg vor dem Villenzaun, während Vlek hinter dem Zaun in einem Busch hockte. Affen verabscheuen Brandgeruch, dennoch steckte ich mir eine Zigarette an. Ich rauchte seit 60 Jahren, Geisterboden. Vlek schien müde, er saß. Wie beruhigend. Beunruhigend: Wenn ich ihn sah, konnten auch andere ihn sehen. Die Unvernunft in Person stand ich, der alte Rationalist, die Finger lockend gekrümmt, bei Vleks Forsythienverhau über den Gehweg gebeugt und war froh, dass mich niemand beobachtete. Sima hätte sich totgelacht. Ich drückte die Zigarette aus und murmelte leise auf meinen Bonobo ein.

Ein bellendes Grunzen antwortete, tief aus der Urwaldbrust. Es klang aufgeregt, unsicher und zufrieden!

Das halbe Marshmallow klebte wie ein flachgetretener Kaugummi in meiner Hand.

»Grüß Gott, Herr Professor Grolmann.«

Oh je, der, der…, aus meiner Straße. Hatte nicht Vlek entdeckt, sondern mich.

»Was machen Sie denn mit diesem Riesenkäfig?«

»Die Katze vom Tierarzt abholen, äh, den Hund.«

»Ach«, sagte der Mann, »Sie haben jetzt einen Hund?«

Ich versuchte mich so zu drehen, dass ich die Forsythie und ihren außergewöhnlichen Unterwohner verdeckte.

»Es ist nur der Hund meiner Tochter, in Pflege.«

Rascheln. Mein Gegenüber kreiselte mit mir.

»Und gleich so krank, dass er« – abschätzender Blick auf den Käfig – »operiert wird?«

Ich nickte betrübt. Etwa fünf Meter von dem Mann entfernt, der inzwischen seitlich zum Zaun stand, saß Vlek mitten auf der Straße – als großer scharfer Schatten im gelben Lampenlicht, ein Affenschatten wie aus dem Bilderbuch.

Augenscheinlich war er auf einen Baum geklettert. Nah. Bei mir. Aus dem überlegenen Astversteck beäugte er den Fremden. Und mich.

»Was haben Sie denn«, murmelte der rotgesichtige Mann, »ist Ihnen übel?«

»Vors Auto gelaufen«, murmelte ich, »vors Auto, ausgerechnet.«

»Was? Dafür sehen Sie gut aus.«

»Nein, der Hund.«

Vleks Schattenhand bewegte sich zu Vleks Schattenkopf. Er schien in der Nase zu bohren.

»Ich habe nicht richtig aufgepasst«, sagte ich, griff in meine Jackentasche, stieß auf Mandarinenschalen, zog ein Taschentuch hervor, das nach Mandarine roch, schnäuzte mich, um Zeit zu gewinnen.

Neubauer, genau, Neubauer blickte mich mitleidig an. Mir war klar, wie jung und wendig sich der 60-jährige Bluthochdruckler mir gegenüber fühlte.

Endlich ging er; ich zog in die entgegengesetzte Richtung weiter. Mein Tier folgte mir in den Baumkronen, sein Schatten wanderte auf der Straße neben mir her. Ein Auto schlich heran, 30 km/h, die Leute, starr vor Staunen, sahen ein Affenbild vor sich auf dem Asphalt, na prima, passend dazu stand ich mit Käfig am Straßenrand. Ich gab auf.

Der Wagen bremste. Das Beifahrerfenster wurde heruntergelassen.

Ein Zigarettenstummel fiel auf den Straßenbelag.

Das Fenster ging hoch, der Wagen fuhr weiter, fuhr über den Bonoboschatten, als wäre der nichts. Oft genug hatte ich Studenten erzählt, dass unser Gehirn die Welt für uns so erzeugt, wie es sie kennt. Was nicht passt, wird in 99% der Fälle weggedrückt. Interessant war das Prozent, das übrig blieb. Aber nicht heute, heute nicht.

Ich summte, ich pfiff, ich hatte Glück.

Und eine neue Idee.

■

Alle hundert Meter brannte eine funzelige Lampe, die Bäume, alt und voller Knospen, ragten steil gegen den schwarzgrauen Himmel. Mein Kalkül ging auf: Der Park lag um diese Zeit menschenleer. Treu von Garten zu Garten springend, war Vlek mir gefolgt, um mich, kaum erreichten wir die dicht stehenden Stämme, wie ein überdimensioniertes, gedoptes Eichhörnchen zu überholen. Irgendetwas musste ihm mächtig in die Nase gestiegen sein.

»Sehr intelligent, Stach«, sagte das Stachgehirn.

Als wäre ich jemand anderes als es.

Dummes Ding!

Ich kroch voran, Kies knirschte, mein Magen knurrte, ständig roch ich die Mandarine. Mein Riechvermögen schwankte wie meine Hörfähigkeit, ich hatte wohl nicht mehr ausreichend Kraft, meine Sinneswahrnehmungen auf einem Niveau zu halten. Es war nun fast dunkel, die Luft rauschte in den Bäumen, auf dem nächsten Stück Weg lag etwas verharschter Schnee, ich stieg darauf, es war ein Fehler – oder was ich gesucht hatte: Eine Mandarine schwebte vor mir, duftender, orangefarbener Schatz auf Emils lockender Hand.

Der Himmel hellrot und violett, voller Nachtschwärze und Rauch. Fassaden stürzten ein, Flammenwolken schossen auf. Die Haut schmerzte vor Hitze, die Luft verbrannte die Lungen. Emil stand vor mir, ich hatte ihn eingeholt, Mutti schlief etwa 100 Meter hinter uns bei den Koffern, vor zehn Stunden waren die Bomben gefallen, Tagbeschuss, allmählich ließen die Brände nach.

Das Haus der Dombrowskis lag neben den Koffern, die Dombrowski-Eltern wühlten mit Stöcken dort, wo es lag. Ihr altes Leben glühte zu stark, um angefasst zu werden. Ich war über Steine gestiegen, um Emil einzuholen, auf Asphalt klebte man fest, es gab zu viele Flüssigkeiten, auch Pfützen klebten, ich hatte gelernt, zu springen, nichts zu berühren, rechtzeitig wegzusehen.

Als er seinen Namen hörte, drehte er sich um und wartete auf mich. Etwas schien still werden zu wollen, wir standen voreinander. Rauchschwaden, dann wieder klarere Luft. Feuerprasseln, von fern. Emil, hochgewachsener als noch vor einer Stunde, den Rücken durchgedrückt.

Auch ich richtete mich auf.

Häuserbomben, gefolgt von englischem Phosphor. 1300 Grad. Wir hatten die Hölle gerochen, Geräusche aus menschlichen Mündern gehört, die es schon nicht mehr gab, sie waren in der Hitze zerschmolzen, während ihr letzter Schrei noch auf dem Feuersturm ritt.

Zwei Männer, in Decken geschlagen, die Nasen tief in Kapuzen verborgen, rannten an uns vorbei. Und Emil, 23 Jahre alt, in einer SS-Uniform, ausgerechnet er, der Krüppel, der verdrehte Mensch, stand größer und aufrechter vor mir denn je und lächelte mich an.

Auf mich herab.

Seine Zähne leuchteten. Stärker leuchtete nur die Mandarine. Emil, schwarz wie die SS, hielt die Sonne auf der für mich geöffneten Hand.

Unter Hunderten dieser eine: mein Bruder mit dem schaukelnden, fast äffischen Gang. Überragt mich bis heute, überragt mich in der Erinnerung, ist seiner Sache unverschämt sicher und grinst. Statt uns zu bewachen wie verabredet, schlich er davon. Machte sich aus dem Staub.

»Stächel«, sagte er, »ich schließe mich an. Jetzt nehmen sie mich.« Seine Stimme klang tief, fast männlich. Sonst plapperte er wie ein Papagei.

Die Mandarine schaukelte auf seiner Hand. Ich fragte nicht, woher sie kam. Die Uniform hatte er sich ja auch organisiert.

»Du bist krank.«

Er lachte. »Ihr sagt das, von jeher. Jetzt, Brüderlein, nicht.«

Wenn er aufgeregt war, verschluckte er Silben. Er war nicht aufgeregt, oder es war vorbei mit den alten Ticks.

Ich wollte nicht, dass er ging. Ich hatte Vati versprochen, auf ihn aufzupassen. Außerdem war er nachts nützlich. Wenn er das Gepäck bewachte, konnten Mutti und ich schlafen.

»Und Mutti?«

Er streckte die freie Hand aus und legte mir einen Finger auf den Mund. Die Geste war so überraschend zärtlich, dass sie etwas in mir kaputt machte: Kraft und Widerstand. Ich löste mich auf in Staunen, totale 14-jährige Hilflosigkeit.

Dann war er weg. Ich hielt die Mandarine in der Hand, ohne zu wissen, wie sie dorthin gelangt war.

■

Man hatte gesägt, Stummelarme ragten in die Luft. Der Weg links führte auf einen Spielplatz: Totempfahl, Wippe, Rutsche. Vlek war nie im Park gewesen, er folgte seiner Nase, während ich mich erinnern musste; die Gehirnentwicklung des Menschen auf Kosten der Sinne war nicht immer praktisch. Langsam drehte ich mich um die eigene Achse, wie man es uns gelehrt hatte: Motor-HJ, 1. Fähnlein 1. Rotte 1. Horde. Dämlich: über Hänge kugeln, während der Rest der Familie in der Bäckerei Kuchen aß. Großartig:

auf einem Motorrad sitzen. Einmal hatte ich tatsächlich eine Runde gedreht.

Ich entschied mich für den mittleren, eine Steigung hinaufführenden Weg. Von Dämmerung konnte keine Rede mehr sein; »Idiot«, »Delle«, haltlose Schlaferei am Nachmittag. Schief ragten die Bäume den Hügel hinan, verbanden sich mit seiner Dunkelheit, unscharf wie Erinnerungen. Immerhin: Hinter der nächsten Kurve fand sich, geschmiegt in eine Kuhle zwischen hohen Buchen, der gesuchte größere Kinderplatz mit einem Toilettenhäuschen. Ich weiß nicht, was man in Belgien mit meinem im Zoo geborenen, von seiner Mutter nicht angenommenen Bottle-Bonobo gemacht hatte: Er stürmte jedes Klo, um mit Klopapier zu spielen. Die Bedienfelder der Edeltoilette waren auf Rollstuhl- und Affenhöhe angebracht, das rote Besetztlicht leuchtete.

Man kam nicht hinein, ohne Geld einzuwerfen, und ich wusste nicht, wie Vlek das geschafft haben sollte. Doch wo sonst konnte mein großzahniges Haustier sich vergnügen? Diese Luxuskabuffs verriegelten vermutlich automatisch; wenn dem so war, entriegelten sie irgendwann auch. Zumindest, wenn man bezahlte. Man brauchte 1,20 Euro in Münzen, ich hatte 96 Cent, was auch egal war, der Toilettenautomat nahm Geldstücke erst ab 10 Cent, so kam ich nur auf 70.

Vlek, spiel mit Klopapier!

Ich hörte ihn.

Als Zeichen meines Vertrauens und meiner Zuversicht setzte ich den Käfig neben der Tür ab. Beschwingtes Gefühl – ich hatte das Äffchen –, dazu ein unerwarteter, elender Krafteinbruch, den ich empfand, als ich noch glauben wollte, ihn mir nur vorzumachen. Nicht als Alter lehnte ich am Häuschen, sondern als Greis. Früher war ich nachts unmerklich gewachsen! Mein Schrumpfen indes nahm ich wahr, tags wie nachts. Muskeln, Sehnen und Knochen schwächelten, das Gehirn waberte, ein ausleierndes Gumminetz. Das also war der Fortschritt: Man hatte so viel gelebt, dass einem zugemutet wurde, die Veränderungen zum Ende hin, die Veränderung ins Nichts zu spüren?

Ich setzte mich auf den Käfig.

»Kimm zrück zu mer!«

Hatte Emil das gesagt? Oder ich? Lilly lag bei den Koffern wie ich sie verlassen hatte, ich verkroch mich unter eine Decke, kaute Emils Geschenk. Saftig und süß.

Als ich die letzte Spalte schluckte, war es eine Kindheit später.

Ich hatte die Mandarine nicht mit Mutter geteilt. Ich hatte Emil gegenüber versagt. Im Rinnstein standen Wasser, Öl und Blut, im Rinnstein brannte die Stadt. Ich war vollkommen allein.

Es musste nach Mitternacht sein, der 9. April. Emil hatte seinen Koffer bei uns gelassen. Glaubte er, er würde versorgt werden? Ich schwitzte und fror. Meine Gedanken klebten aneinander wie die Spalten der Frucht, die in mir verschwunden waren und verdaut wurden, nur die Gedanken ließen sich nicht verdauen.

Sollte ich Mutter sagen: »Er hat mich mit einer Mandarine bestochen, da ließ ich ihn gehen?« Sollte ich ihr die Wahrheit sagen: »Es ist mir recht, wenn er stirbt.« Ich zog mir die Mütze tiefer über die Ohren.

Laut stiegen die Feuer durch Tausende transparenter Kamine in den Himmel hinauf, Augenangst und Spektakel, eine Riesensäge, ein Engelsschwert, schrecklichschön. Lilly gegenüber würde ich es gutmachen, Obst auftreiben, Zucker, Schokolade, Brot. Und Emil? Er hatte gelächelt, als ich die Mandarine nahm, als habe er gesiegt.

Das wusste ich nun doch.

Ich zog meinen Rucksack heran, öffnete ihn. Kurz darauf schob ich die Koffer näher an Mutti, das Feuerprasseln überdeckte jedes Geräusch, und verließ den Platz ein zweites Mal in dieser Nacht.

■

Vlek kratzte auf seiner Seite der Tür. Konnte ich Boris anrufen und um Hilfe bitten? Wir hatten unter Wasser Atem angehalten, und ich hatte gedrückt. Wie immer, damals, in Oels. Er hatte entsetzt geschaut. Es hatte mir leidgetan, das tat es noch. Ich hatte alles erklärt, mich freundlich verabschiedet. Sehr freundlich.

Er hatte nicht geantwortet.

Meine Enkelin ging nicht an ihr Handy, antwortete auf keine SMS. Und Sima? Stand vielleicht in diesen Augenblicken vor meiner Haustür, es war Mittwoch, ihr Besuchstag bei mir.

Ich versteckte den Käfig in der Nähe im Gebüsch. Beide Arme taten mir weh, der Rücken. Als ich zurückkam, wimmerte Vlek, ich hechelschnalzte, er wimmerte lauter. *Bitte passend zahlen.*

»Nur ruhig«, flüsterte ich für meinen einsamen Mitbewohner und ein wenig für mich und setzte mich vor der Tür in den Sand.

Um mich zu beruhigen, begann ich erneut zu pfeifen.

Es half. Zunehmend sah ich den Park als klares geometrisches Muster, er glich den Bildkarten, die wir zum Testen äffischen Abstraktionsvermögens einsetzten: kahle Äste, klare Schatten, der rote Balken der Wippe. Stücke einer Kinderwelt, eine Pfütze im Sand.

Darüber, schwebend, das durchsichtige Lächeln der Erinnerung.

■

Mutti schlief, als ich das zweite Mal von Emil zurückkam. Ich setzte mich zu ihr und rechnete leise. Tag 79 der Flucht. Ich zählte und zitterte, drückte die Pistole in den Rucksack zurück, zitterte und zählte, eins und zwei, eins und zwei, zwei Söhne, und eins.

Warten, Zug fahren, hungern, zu Fuß gehen, warten, frieren. Seit Wochen saßen wir in Sondershausen, Thüringen, fest. Niemand konnte ununterbrochen angreifen, nicht einmal ein Menschensystem, ein Riesenheer aus dem Osten. Und niemand konnte ununterbrochen auf der Flucht sein, man saß herum, fast fühlte es sich an wie Herumsitzen früher, wenngleich es eine neue Art war, ein nichtsitzendes Sitzen, man saß und ruhte sich aus, die Flucht aber lag darunter, lag überall, man hielt nur gerade einmal für fünf Minuten sitzen das Maul und sammelte Luft.

Oels war geschrumpft, Lilly sagte, »in 14 Tagen sind wir zurück«, »in vier Monaten«, »in einem Jahr«, Oels war ein Name auf einer Landkarte, die Spitze eines Zirkels steckte darin, er kreiste und kreiste. In dem pausenlos vergrößerten Rund, das er zog, suchten wir ein Ziel, retteten von Bahnhof zu Bahnhof Emil hinter uns her, den warmen Stein. Oels glitt immer weiter an den Rand der Welt, der Zirkel war kein Zirkel, jede Wahl Illusion, der Weg eine schmale, sich irrwitzig krümmende, eisige, vom Zufall vor unsere Füße gespuckte Gespensterbahn.

Es ging nicht darum, sich vor Gespenstern zu gruseln. Es ging um die Frage, ob man selbst zu einem wurde oder nicht.

Für meinen Bruder hatte ich aus Holzresten ein Brett zusammengenagelt, auf dem er stehen konnte. Die Räder geklaut. Wie viele Kilometer zog ich ihn. Er hielt das Gepäck fest, schlug alle Stunden stumm die Arme um sich.

Vom Wohnzimmerfenster der Dombrowskis hatte ich die Engländer kommen sehen, »die werfen« gebrüllt. Es gab keinen Alarm mehr. Der erste Haupttreffer ging auf die Kreuzung, die Welt schlug, schepperte, knallte, Frau Dombrowski sang im Keller: »Davon geht die Welt nicht unter.«

Ich fand es nicht lustig. Es war auch nicht lustig gemeint.

Als wir in die Wohnung wollten, hörten wir das zweite Knallen, erdig, dumpf.

Das Haus über uns schmolz. Feuerlicht vor unseren Luftluken. Himmel anstelle der Häuser gegenüber.

Später hatte der Himmel keinen Boden mehr. Nur Flammen und dahinjagenden Staub.

Gegen Morgen wurden wir in eine Schule gebracht, es gab Brühe. Lilly fieberte und schlief. Ich suchte nach Brot, fand in der Stadthalle Kristall an Kristall: Schalen, Vasen, Gläser, Christbaumschmuck. Am fünften Tag wachte Lilly auf und sagte: »Er ist an einer Lungenentzündung gestorben.« Sagte: »Gestern haben sie ihn beerdigt.«

Am sechsten Tag waren wir von neuem unterwegs.

Dombrowskis verabschiedeten sich. Jeder befand sich auf einer anderen Flucht. Ich ging durch ein Wolkendickicht, das mich in sich trug. Die Gastgeber hatten die Wohnung verloren, wir Emil. Die Wohnung, nicht den Boden unter den Füßen wie Lilly. Mutti sagte alle fünf Minuten einen Satz: »Die Bombennacht hat ihn umgebracht.« »Die Engländer haben ihn umgebracht.« »Die Nazis haben ihn umgebracht.« »Die SS hat ihn um den Verstand gebracht.« »Die Flucht hat ihn umgebracht.« »Seine Schwäche hat ihn umgebracht.« Sagte: »Ich habe ihn nicht hinreichend beschützt.«

Ich tauschte das Wägelchen gegen Lebensmittel, stolz auf meinen Handel saß ich am Rinnstein und lutschte einen Kanten Brot. Anfangs hatte der Hunger sich mit dem Trick, jeden Bissen lange einzuspeicheln, unterdrücken lassen, inzwischen spürte ich keinen Hunger mehr, nicht so, wie ich es gekannt hatte. Nichts kam und ging wieder weg. Der Hunger saß jetzt überall, in den Fingerspitzen, in den Muskeln, im Kopf, malte im Träumen wie Wachen Wurstbrote, Schokolade, Milch von innen an meine Stirn. War ich wach, malte er sie zudem in die Luft. Die von Asche überpuderten Krokusstummel neben mir schmeckten schon ohne Asche widerlich. Rauch zog durch die Straßen, in den breiten, frisch geschlagenen Steinschneisen jagten sich der Wind und die aufgescheuchten Vögel. Ich hörte Katzen schreien, oder waren es Kinder; lautlos schlich ein Rudel Hunde vorbei.

Emils Kleider tauschten wir ebenfalls gegen Essbares. Hätte Mutti gedacht, Emil lebte, hätte sie seine Hosen und Hemden verschenkt, um Götter zu besänftigen, an die sie nicht glaubte, die es aber vielleicht gab. Sie glaubte an die Lungenentzündung, die sie selbst gehabt hatte, sie tauschte. Butter, Schinken, drei schrumpelige Winteräpfel. Was sollte ich tun?

Dass Mutti immer nur die Emilsätze sagte, machte mir Angst. Ich verhielt mich vor ihr wie einer der Rudelhunde, stumm, und machte mich dünn. Meine Mutter wurde an dieser Stelle ihres Lebens verrückt. Wenn ich sie ließ, wurde sie es vielleicht nicht auch an anderen Stellen.

Ich schlang die Arme um die Knie und legte meinen Kopf darauf. Augen zu, bloß nicht in den Rinnstein schauen. Saß da. Wie der Junge Eustachius, der im Sommer kurze Hosen getragen hatte, zuhause, in Oels. Acht Monate war das her.

Ich spürte die Ewigkeit.

■

Ein japsendes Kläffen direkt vor meinem Gesicht schreckte mich auf. Der Leinenwolf war klein und zitterte so sehr, dass auch die hellblaue Leine zitterte, an der er hing. Gewiss roch er den Affen. Wieder einmal war ich froh, dass Tiere nicht sprechen können.

Die Halterin des Hundes, hellblaue Strickmütze, weißlila Löckchen, war 85 Jahre und acht Monate alt. »Aufrecht!«, sagte sie mit gestrengem Blick herunter auf mich, der ich noch immer neben der Toilettentür saß. Statt mich hochzurappeln, machte ich ihr ein Kompliment zu ihrem Aussehen, woraufhin sie mir anbot: »Soll ich für Sie klopfen, da schließen auch Mütter auf!«

Ich sagte, mir fehle das Erleichterungsgeld.

Noch ein Blick.

»Was haben Sie da nur an?«, sagte die Dame.

Verwirrt blickte ich an mir hinab.

»Unter Ihrer Jacke.«

Erst als ich hingriff, erinnerte ich mich daran, dass ich den Reißverschluss aufgezogen hatte.

»Mein Affenfell. Ähm … Affenfell ist besser als Katzenfell. Gegen Rheuma! Ich trage das jetzt immer.«

Um meine altersfeuchten Lippen spielte ein dämliches Grinsen. Vor ein paar Wochen hatte einer der Postdocs in Simas Institut zu mir gesagt, wie freundlich es sei, dass ich allem zustimme. Himmelherrgott. Ich zog den Mund breit, um mein Gesicht zu entspannen, dann hörte ich besser. Bald bestand ich nur mehr aus Altersmarotten.

»Ist ja eklig«, sagte sie.

Ich meinte, sie meine den Affen, und nickte.

Ihre Löckchen hüpften: »Dass man Rheuma jetzt auch auf der Brust kriegen kann.«

Stille. Keine Autos, kein Gerede, kein Vogelgezwitscher, nur ein langgezogener, blubbernder Bonobofurz.

»Oh«, sagte ich.

»Oh«, sagte die Dame und schaute zur Seite. »Das ist ja heute ein Verkehr auf der Welt!«

Die 50 Cent schenkte sie mir.

■

An der magischen Leine einer weiß strahlenden Klopapierrolle führte ich Vlek nach Hause, glücklich, mich nach den demütigenden Niederlagen der Verfolgung als überlegener Oberaffe erweisen zu können. Den Käfig ließ ich im Gebüsch, dem Jüngling an meiner Seite streifte ich meinen Pullover über. Vlek sah nun exakt aus wie liebe Affen in Filmen aussehen. Oder wie ein Kind in einem zu langen Mantel, das ein wenig verkrümmt in der Dunkelheit hinter Opa herläuft und eine starke Fixierung auf Toilettenartikel durchlebt.

»Dawai, dawai.« Helle Vokale verstehen Menschenaffen wie

Hunde besonders leicht. Auch ich verstand »dawai«. Meine Stimme war heiser.

Wie leicht alles ging. Hochgemut marschierten wir unter den Bäumen Richtung Straße. Der Affe, eine Spottschöpfung des Teufels? Welch idiotische Idee. Und wie hatte dieser lächerliche Descartes je glauben können, Tiere seien biologische Automaten. Vlek ging an der Hand wie ein Sohn. Die Mittelknochen eines Menschenaffen werden mehr als doppelt so lang wie beim Menschen, daher wirkt der Daumen aus unserer Sicht stets unnatürlich tief angesetzt. Doch ich wusste, wie zärtlich Vleks Finger ein Blatt zu halten vermochten, und hielt Vleks Finger zärtlich in meiner Hand. Bonobohaut, von Falten und Runzeln durchzogen, tiefschwarz, scheinbar locker über die Knochen gespannt, fühlt sich rau an. Vleks Hand war warm und vertraute mir. Er schnaubte und grunzte, verzog die Schnute. Ich glaube, er war so froh wie ich darüber, dass wir wieder zusammengefunden hatten.

Mein Menschentier.

■

Die Bonobos stellten sich mit den Pos seitlich aneinander, strichen umeinander, hechelten sich an. Frontalbegrüßung mit Zähnefletschen war Menschenart. Mich hatte an der Haustür ein Zettel angefletscht: »Warum nimmst du dein Handy nicht ab? Alles dunkel. Ist dein Fernseher kaputt?«

Phantastische Idee. Ich sei unterwegs gewesen, um einen Elektriker zu holen.

»War dein Telefon auch kaputt«, fragte sie, als ich anrief, »oder warum hast du den Mann nicht kommen lassen?«

Lust auf Luft.

»Bei dem Wetter. Du erkältest dich nur!«

»Ja«, sagte ich krächzend und tat mir selbst leid.

Sima hatte Recht. Viel zu oft Recht. Furchtbar rechthaberisch war sie geworden, sie kam nach mir. Was für eine schreckliche Kombination von Alter und Starrsinn du bist, hatte sie erst neulich gesagt. Ihre Augenbrauen waren hochgeschnellt auf diese unnachahmliche, von ihrer unnachahmlichen Mutter Ines übernommene Weise. Immerhin sah sie am Telefon nicht, dass ich rauchte, immerhin gelang es mir, sie abzulenken von dem Thema »warum gibst du mir keinen Schlüssel zu deinem Haus? Dann stünde ich nicht im Kalten vor der Tür! Wie soll ich reinkommen, wenn dir etwas passiert?«, indem ich sagte, ich hätte Fieber. Ich fühlte mich undankbar.

Ihr Vortrag hatte mich erschreckt und mir behagt. Brauchst nicht mehr lange, sagte ich mir, nur noch die drei Versuchsreihen, nur noch etwas Zeit. Ich wollte sie mit meinen Ergebnissen überraschen, ich wollte, dass ihr gefiel, was ich fand. Vielleicht ließ sich mit einer der Nebenideen zudem Geld verdienen. Schulden wollte ich meinen Töchtern auf keinen Fall hinterlassen, sie sollten etwas Wertvolles von mir erben. Zu lebhaft erinnerte ich mich daran, wie es Hannes gequält hatte, mir nichts Nennenswertes übergeben zu können. Als Vater hatte ich manches versäumt; wenigstens darin, zum Ende, wollte ich ein besserer, ein hervorragender Vater sein.

Meine auf gesunde Weise von Körperbedürfnissen gesteuerten Bonobos lagen in ihren Schlafnestern aus Decken und Papier, Monty neben dem Sofa, Vlek am Tisch, und warteten auf ihre Gutenachtgeschichte. Vlek balancierte eine Kinder-Polizeikappe auf dem linken, hochgestreckten Fuß. Seit ich meine Mütze nicht mehr abnahm, setzten auch meine Jungbrunnen ständig etwas auf den Kopf – Töpfe, Teller, Zeitungen standen hoch im Kurs. Vor ein paar Tagen hatte ich in einem Spielzeugladen Feuerwehrhelme für sie besorgt.

Die Geschichten wirkten Wunder. Ich präsentierte Bildkarten und sprach dazu, bewegte eifrig Hände, Augen, Brauen und Stirn. Aufmerksam ruckten die Stecknadelpupillen meiner Fellkinder von links nach rechts, folgten der Karte »Heimat«, einem Dschungelbild, an dessen Rand ein rotes Herz schwebte. »Herz« kannten die Affen, die Verknüpfung zwischen dem Bild, dem fühlbaren Organ, erfahrener Zuwendung in Form von Kraulen und damit auch mit mir, hatte sich leicht herstellen lassen. Semanto-emotionales Bonding, perfekt. Jetzt allerdings krächzte meine Stimme, und ich zog die Karten für »trinken« plus »jetzt«.

Sie bekamen Wasser, ich legte mich mit einem Weißbier, stark erhitzt, veredelt mit Wodka und Zitronensaft, durchgerührt und noch einmal aufgekocht, aufs Sofa und deckte mich zu. Speed and heat, in Reimen erholt sich das Gehirn. Monty, unter einer Decke verschwunden, schnarchte leicht; von Vlek, der auf der Seite lag, sah ich ein Bein und die hell gefleckte Schnute, die sich bewegte, als murmele er.

Da hatte ich ihnen ein Paradies gebaut. Und was taten sie: schliefen bei mir.

Natürlich rührte mich das.

Auf Umwegen hatte ich meine neue Methode entwickelt. Ich hatte an die Affen gedacht. Ihre Nähe, ihre Fremdheit. Menschen allerdings schienen mir oft noch fremder. Bis heute war mir rätselhaft, dass diese anderen, Körper voller unberechenbarer Möglichkeiten, ein Innenleben haben mussten wie ich: Ständig dachten sie etwas, schmiedeten Pläne, beobachteten sich und erfanden neue Rollen; ständig hofften, träumten, liebten sie.

Eine riesige Welt umgab jeden von uns, unsichtbar.

Jeden Augenblick. Dazu kam noch die Vergangenheit.

Das Innenleben der Affen schien mir vergleichsweise klar und liebenswert. Sie handelten immer mit dem ganzen Körper, impulsiv, ohne Schamgefühl, waren andererseits ausreichend hoch entwickelt für wirkliche Interaktion und verfügten sogar über eine Art Ichbewusstsein.

Es zog mich an, dass sie sich ständig berühren wollten und mindestens zu zweit leben mussten. Ich kraulte sie, war ihnen dankbar. Sie brachten mich auf Ideen. Was mit mir oder anderen vor sich ging, bemerkte ich in der Regel nur indirekt, in Träumen oder Vorstellungen.

Die Affen erlösten mich aus einer Einsamkeit, in der ich nicht einmal selbst vorhanden war.

»Gruseliger Satz, mein Schatz!«

Danke, Gehirn. Richtig: gruselig blöd, der Satz. Wo keiner war, konnte auch keiner einsam sein. Aber der Affenmann Eustachius wusste exakt, wovon er sprach.

Trank den Rest des Weißbiers und drehte sich zur Seite, um einzuschlafen. Nach fünf Minuten hörte er sie. Monty schälte sich aus ihrem Nest, wie jeden Abend, wenn sie meinte, er sei nicht mehr wach, krabbelte auf sein Bett, suchte unter der Decke nach einem Bein und schmiegte sich an, haarig, süß und heiß.

Er rüttelte an meinem Arm und hielt mir die Bildkarte unter die Nase, auf der sich ein Mann schnäuzt. Eine hervorragende Leistung. Mühsam kam ich vom Sofa hoch. Es war neun Uhr morgens, ich tappte in die Küche, gab Vlek ein Marshmallow extra und stürzte ohne Frühstück, dafür mit zwei Packungen Taschentüchern, an die Apparate. Radiosender, Internet, das Online-Vermischte der Stadtzeitung. Keine Affenmeldung ploppte hoch, kein verräterisches Bild, obwohl das Klohäuschen ein Bild wert gewesen wäre: Mein Haustier hatte alle Papiertücher aus dem Spender gezogen, Flüssigseife über Kacheln und Boden verschmiert, reichlich blaues Toilettenwasser darübergespritzt – und getrunken? – sowie mindestens zwei Klopapierrollen verbraucht, selbstverständlich nicht, um etwas aufzuwischen. Toilette, Waschbecken und Behindertenbügel waren übersät mit erdigen Affenfuß- und Affenhandabdrücken, eine moderne Kunstinstallation, immens geschickt innerhalb von fünf Minuten zwanzigfingrig hergestellt.

Mein Lieblingstier war mir, nachdem die Tür endlich nachgegeben hatte, enthusiastisch an die Brust gesprungen. Nun aß ich Toast und steckte mir ein paar jener Ginsengkörnchen in den Mund, die mir einmal im Monat die Hand der grazilen Löwen-Apothekerin überreichte.

Langsam würde mein Blutdruck sinken.

Gestern vor dem Toilettenhäuschen hatte ich geweint. Jahrzehnte hindurch hatte ich keine einzige Träne vergossen, bis mir letzten Herbst nach dem Schimpansenfilm die Augen übergegangen waren. Peinlicherweise. Gestern war etwas Ähnliches passiert, Erschöpfung und Schwäche hatten mich überwältigt. Gedemütigt von der Situation wie meinen Tränen hatte ich vor der Begegnung mit der alten Dame gegen die Toilettentür gelehnt, als Vlek begann, auf der anderen Seite zärtliche, suchende Grunzlaute von sich zu geben. Mit einem Mal erinnerte ich mich, wie vor vielleicht fünfzig Jahren ein Schimpanse namens Jog uns regelmäßig verärgert hatte, indem er sich versteckte, und sich, wenn man ihn rief, nur immer tiefer in das weitläufige afrikanische Außengehege zurückzog. Doch weinte man oder gab vor zu weinen, schloss man die Augen und schluchzte, beendete er sein Spiel und kam aufgeregt, ja aufgelöst, selbst aus dem weitest entfernten Winkel herbeigelaufen, sogar seinen Lieblingsplatz auf dem Dach einer der Schutzhütten gab er auf, von wo man ihn durch Rufen und Betteln niemals hätte herbeilocken können. Auch ich hatte mich eines Nachmittags »weinend« an den Futterplatz gestellt. Tatsächlich sprang er sofort herbei, umrundete mich mehrmals hastig, als suche er nach dem Missetäter, schaute mir ins Gesicht, nahm behutsam mein Kinn in die Hand. Da hätte ich fast wirklich geweint, und der Atem stockte mir, nicht aus Angst vor Jog, sondern aus Angst um mich: wie diese Nähe aushalten, dieses Mitgefühl, diese so starke und unvermittelte – Liebe zu mir.

Wie hatte ich das vergessen können. Ich hätte auf dem Weg in den Park nur zu weinen brauchen, und Vlek wäre mir in die Arme gesprungen. Stattdessen war ich wie ein Affenanfänger, nein, wie ein Lebensanfänger einer Stärke hinterhergelaufen, die ich nicht besaß.

Ich pflegte vier Körper: das Haus, die Affen und mich. Am Samstagmorgen, es ging mir besser, ich dehnte und streckte mich, Sonnengruß, Entgiftung, kugelte Monty über den Boden auf mich zu, Sonnengruß, Affenkuss. Ab ins Bad, Zähneputzen. Vlek und ich konnten es schon, machten mit.

Die Wände des Hauses groomte ich, indem ich gerade rückte, was sich gerade rücken ließ: den Stapel Vorratspapier, die eckige Designertasse auf dem Safaribrett, die Bilderrahmen an der Wand. Ständig hingen sie schief, ständig war jemand darüber hinweggeturnt. Gegen die schiefen Fenster kam ich nicht an, schief liefen die Decken- und Bodenkanten aufeinander zu, wodurch alles ungerade aussah und noch einmal schief im Verhältnis zum anders schiefen Türstock, neben dem Fotos von Sima, Esther und Johnny hingen, zehn Jahre jünger, glücklich vereint in der Vergangenheit. Auch sie schob ich mir gerade, so gut es ging.

Mittags fiel ich erschöpft ins Bett. Emil strengte mich an, Emil hörte nicht auf. Alte Gehirne seien langsam, hatte Boris gesagt, weil sie voller Verbindungen steckten, ein Spinnengespinst, ein Altweibersommer bei blendend tiefem Sonnenschein. Er neigte zu poetischen Ausdrücken! Offensichtlich hatte er nie begriffen, dass physiologisch bedingt im Gehirn alle Wege gleich lang sind, alle Kontakte gleich schnell. Ich hingegen spürte es. Die Mandarinen-Erinnerung hatte Zellareale meines Gehirns aufgeweckt, die sich in seligem Dornröschenschlaf befunden hatten, nun ballerten sie zurück. Alle gleichzeitig. Kaum rollte ich mich unter dem Federbett zusammen, schmeckte mein Mund Rosinenbrötchen mit Milch, und die Katzenköpfe eines fernen, verlorenen

Backhofs glänzten mild. Knatternd pflügte ein Benzinauto zum Tor hinaus Richtung Stadtmauer, in ihren Steinkellern lagerte das Sommereis, ich raste mit dem Fahrrad hinterher, um zu sehen, wie man es in großen Blöcken auf Omas Pferdewagen lud. Die Bäckerei kühlte die Eier damit, Oma kaufte am Höhepunkt der Legesaison billig ein, kam günstig bis Weihnachten, die Eisblöcke blinkten von innen blau, Licht lief in ihnen vor und zurück wie eine Maus in einem Labyrinth. Im Januar wurde das Eis auf den überfluteten Schlosswiesen geschlagen; schmolz der Oelsbach, wanderte ich an Vatis Hand in den Wald, alle grüßten, Vati grüßte zurück, »ein stattlicher Mann«. Ich warf die blonden Stirnhaare zur Seite wie er, wir standen unter dem Ahorn, in dem ein Kleiberpaar brütete, ich wusste nicht, warum Hannes dieses Nest jeden Mai so wichtig nahm; er sagte, das wolle er mir erzählen, wenn ich groß sei. Als ich groß war, war der Baum ein untergegangener Baum, ein Erinnerungsbaum, ebenso das Nest, ich fragte Hannes gleichwohl, mein klein gewordener Vater sagte, das erzähle ich dir, wenn wieder eine Zeit für Geschichten ist, wenn du mir wieder glauben kannst, und dann vergaßen wir es oder die Zeit kam nicht.

Den Juni hatte ich am meisten geliebt, fahlgrün, gelbgrüngrün, eben erst fing der Sommer an, alles lag noch vor einem, anders als im August, wenn gegen Ende des Monats die ersten trockenen Blätter in den Bäumen hingen, und das Licht mit einem Ruck gelber und merklich kurzstrahliger wurde. Im Juni standen die Sommerferien vor der Tür, welch glorioses Gefühl. Das war Zuhausesein: Die letzten Schulwochen hindurch brach ich morgens früher, als ich musste, mit dem Fahrrad auf, sauste vorbei an den Vorgärten der Kronprinzen- oder Beethovenstraße mit ihren Jasminsträuchern und Rosenbüschen, vermied jeden Seitenblick auf die Evangelische Knabenschule und rauschte unter der Eisenbahnbrücke hindurch in die Freiheit. Felder säumten den Weg, eine Wiese mit kleinen Teichen, die selbst im Sommer nicht austrockneten, als flössen der Oder selbst hier, viele Kilometer von ihrem Bett entfernt, unterirdische Rinnsale speisend zu. Weiden warfen ihre Schatten auf die zahlreichen Holzstege über den Bächen, schwangen ihre biegsamen Äste wie Frauenhaar in der milden Luft. Ich fuhr den Hügel hinauf, das letzte Stück ging ich zu Fuß, auf der Kuppe kreuzten sich die Spuren von Rehen, Füchsen und Hasen. Die Steine lagen warm im Boden, ich spürte sie durch die dünnen, allzeit abgewetzten Sohlen meiner Sandalen, und die Erde war erdig, erst im Juli verwandelte sie sich in Staub. Von der Kuppe schweifte der Blick über Felder und auf die ersten Häuser von Leuchten, oft zog ein Habicht seine Frühstücksrunde über mir, die Bauern beschwerten sich, dass er ihnen, Meter nur von ihnen entfernt, ein Huhn schlug. Auch ich hörte die Hennen gackern auf meinem Aussichtspunkt und konnte den Habicht verstehen. Pferdefuhrwerke klapperten über Steinpflaster, ab und an bellte ein Hund. Fast bis zum Ende des Krieges gab es auch einen Schmied, dessen Hämmern weit durch die Luft klang, er arbeitete im Sommer stets um diese frühe Zeit, wohl um vor der Mittagshitze fertig zu sein. Die Kornfelder wogten, ich sah den Wind in mächtigen grüngelbbraunen Wellen durch sie hindurchgehen, das Getreide wuchs höher als heute, vernehmlich raschelten die Halme, als wollten sie alle Kraft eines biegsamen Lebens vorführen. Ihr Geräusch machte die Umgebung auf eine Weise still, die mich mehr beruhigte als jede tatsächliche Geräuschlosigkeit.

Esther hatte mir vor kurzem vorgelesen, dass das chinesische Wort für »unendlich«, mangmang, vom Wogen der Ähren im Wind stammt; als unendlich werde bei den Chinesen nicht die Salzsee empfunden, sondern das Wachstumsmeer, das goldgrüne Rascheln der Materie.

Die Kornfelder bei Leuchten waren meine Ewigkeit.

Auf dem Rückweg hielt ich an der Wiese mit den Teichen. Hatte ich Glück oder stocherte ich lange genug im Schilf, stieg ein Molch an die Oberfläche wie ein schlanker, von vier kurzen Beinen ausbalancierter Ballon, durchstieß mit der Schnauze das Wasser, schnappte nach Luft und fiel erneut in die Tiefe. Dabei ließ er, war er ein Männchen, war es Frühjahr, seine leuchtend orangefarbene Unterseite sehen, und der durchsichtige gezackte Kamm, der ihm vom Schwanz über den Rücken wuchs wie einem Märchendrachen, tat die Erregungen seines Körpers als aufgeregtes, weiches Wedeln kund. Jetzt, im Juni, spielten die Molche nur und fraßen den eigenen Laich. Bisweilen ließen sie sich aus freiem Willen nach oben treiben, einer folgte dem anderen, aufwärts fallende Flocken, die Luft schnappten und zurücksanken in ihr Schweben. Ihre schwarzen, von einem feinen, hellen Pigmentkranz geränderten Echsenaugen waren klein und stark, lebendiger Kristall.

Als ich an einem dieser Junimorgen am Teich den Kopf hob, stand schräg vor mir ein Wolf. Das Fell um seinen Kopf wölbte sich wie ein Kragen, grau, braun und weiß; geschmeidig wirkte er, fast füchsisch. Die Schnauze länger als bei einem Hund, die Brust schmaler, der Rist hoch, fellig, ein Grat. Er sah mir unmittelbar in die Augen und hielt mühelos meinem Blick stand. Seine Hornhaut war bernsteinfarben, die schwarze Pupille tierhaft undurchdringlich. Gewiss spürte er meinen Schrecken, ich war ein Menschenjunges, das nichts hörte, nichts roch, die Schwingungen des Bodens nicht fühlte, sich tölpelhaft überraschen ließ.

Er betrachtete mich. Das graue Haarkleid schimmerte auf der Brust rötlich. Nach ein paar Minuten drehte er elegant um, kühl mir gegenüber, nicht feindlich, mit der Überlegenheit eines Wesens, das seinen Weg kennt.

Lange sah ich, wie sein Rücken das Grün der Gräser zerteilte. Es muss der Sommer 1940 oder 1941 gewesen sein. Mein Vater kam aus Frankreich zurück. Den Polenfeldzug hatte er bereits hinter sich. Als hätte es die Angst um ihn nicht gegeben, leuchten die Nazijahre für mich. Sie waren meine Kindheit.

Boris sagte: Das Feuer am Rand meiner Welt.

Das stimmte, war indes nicht die vollständige Wahrheit. Das Feuer brannte im Kern meiner Welt, einem Kern, den ich niemandem zeigte. Niemals.

■

»Opa!

Opa, du hörst gar nicht zu!«

Esther machte ihre Mathehausaufgaben bei mir. Mein Schnupfen war besser, nun hatte ich rote Flecken im Gesicht. Nur das Kind ließ ich herein. Ich wollte nachdenken, fühlte mich aufgewühlt, hatte mich an Hannes' Schreibtisch stehen sehen, den Holzgriff der Luger in der Hand gespürt, die eingeschnittene Neun. Im Flur rumurberte Mutter, der Kuckuck aus Vaters Lieblingsuhr schlug ein Uhr mittags, wir mussten gehen.

»Dreh den Raum.« Euklidische Geometrie, Punkte, Ebenen, Geraden. Ob Esther es inzwischen als Förderprogramm für mich betrachtete, wenn ich ihr half? Sie schien zufrieden, stand auf, zog sich den Rock glatt.

»Opsi«, sagte sie. »Schau dich mal an. Verschwunden, erkältet, Dauermütze. Du kannst dich darauf verlassen, dass man über all das nachdenkt.«

»Man.« Das musste Sima sein.

Ich suchte in meiner Hosentasche nach meinen Zigaretten. Noch in Sondershausen hatte ich angefangen zu rauchen. Nach Emils Verschwinden. Glut an der Lippe, an den Fingern. Bis ins Innerste meines Körpers hinein hielt ich mich fest.

Seit neuestem produzierte mein Gehirn offensichtlich auch Slogans. Ich forderte es nicht dazu auf, aber dieser war gut: »Affen für Alte!« Auf die Spur hatten mich meine Bonobos gebracht. Think big. Heime für alte oder kranke Forschungstiere? Billiger Konsens heutzutage. Ich würde weiter gehen. Alte Menschen sollten Menschenaffen bei sich zuhause aufnehmen. Zusammenleben, hätscheln, versorgen, spielen. Eine intensive, persönliche Form der Patenschaft. Mit etwas Training fiel das nicht schwer. Affen eigneten sich bestens als Haustiere. Ein besonderer Gewinn für den alternden Menschen. Bonobokinder, der Jungbrunnen schlechthin.

Ich wusste es von mir selbst: sich regen bringt Segen. Darüber hinaus hatte ich mich auch kundig gemacht. Gegen Altern half ein einziges Mittel, eine junge Umgebung. Nur Alte, die nicht als alt behandelt wurden, blieben jung. Kleinkinder waren zu derartigem Radikalverhalten ideal befähigt, doch fatalerweise nahmen sie schon mit 14 Monaten ansatzweise Anteil an den Absichten ihres Erwachsenen, ja, unterstützten ihn sogar dann, wenn sie keine Belohnung dafür erhielten. Bei meinen Töchtern musste diese Phase ausgefallen sein. Studien allerdings beharrten darauf: Kleinkinder wurden allzu bald menschlich.

Dass Tiere darüber hinaus bei fast jedem Menschen zu Glück und Zufriedenheit beitrugen, war unumstritten. 79% der zukünftigen Alten würden keine Enkel haben. Dank des Affen würden auch diese Menschen sich gebraucht fühlen. Eine Herzensfreude wären die Fellwesen zudem, ein Menschenaffe eröffnete vollkommen andere Glücks- und Unterhaltungstiefen als das herkömmliche Tier. Verwandte wirkten nachhaltiger! Wie Menschen, die Bonobos, dachte ich manchmal, ohne Menschenschaden.

Weich und unersättlich zärtlich: auf dem Rücken liegen, mit den Gliedmaßen rudern, Schnutenlaute von sich geben. Stets bereit zu Interaktion, emotional, anhänglich. Schimpfte man ein Bonobokind – ihre Wildtiermütter hielten sie an einem Bein kopfüber in die Höhe, verweigerten die Brust –, wollten die Getadelten geschwind alles wiedergutmachen. Sie klagten, wimmerten, winselten, sprangen einem auf den Schoß, legten beide Arme um das Elterntier und drückten den letzten Atemrest aus ihm heraus. Streichelte ich Monty in solchen Situationen, folgte ein deutlich hörbarer Erleichterungsseufzer. Für den Notfall beherrschten die Kleinen auch Erpressungstaktiken, ihre Mütter bedrängten sie mit Schmollmund, Wimmern oder Wutanfällen, auf dem Höhepunkt des Schreiens kotzten sie ihrer Erzeugerin gern vor die Füße. In der Wildbahn war das eine Katastrophe: Ressourcenverschwendung. Wie souverän indes konnte der gefütterte Europäer reagieren.

Deutlich sah ich vor mir, wie der alte Mensch seinen sprachlosen Verwandten knuddelte, fütterte, bespielte, wusch. Selbstverständlich dürfte er seinen Mitbewohner zur Erledigung kleinerer Aufgaben heranziehen: Taschen tragen, Schraubdeckel öffnen, Äpfel ernten, Bierflaschen mit den Zähnen aufknacken. Weitere Vorteile: Affen teilten mühelos den Fernsehgeschmack ihres Haarlosen und reagierten nicht auf übertriebene Lautstärken. Langfristig müsste man die Tiere genetisch auf mehr Milde trimmen. Dies würde ich Kollegen überlassen. Obwohl Bonobos im Vergleich zu den muskelbepackten Rabauken namens Schimpansen als Ideale der Sanftmut gelten konnten.

»Affen für Alte!« Gewiss, das mochte zunächst absonderlich klingen. Zahlreiche Ideen, die Menschenleben schöner und besser gemacht hatten, waren anfangs absurd erschienen. Wenn man die Menschentiere besänftigte, sorgfältig vorbereitete, half man vielen alten Menschen sowie den Affen, deren natürliche Habitate durch unsere Schuld täglich kleiner wurden.

»Opsi!«

Ich schreckte hoch.

»Du wirkst, als hättest du Fieber.«

»Nein.«

Sie knöpfte sich die Jacke zu, drehte sich in der Tür noch einmal um: »Leg dich hin!«

»Bitte!« Mit Affenschnute, Blick von unten.

Nun konnte ich nicht mehr aus. Luftkuss, Winken, die Tür donnerte ins Schloss.

Esther!

■

Sogar den Erkältungstee, den sie mir mitgebracht hatte, trank ich. Drei Löffel Zucker. Weil Sonntagabend alle fernsahen, schaltete ich ebenfalls den Fernseher an; bald hörte ich nicht mehr zu.

In meinem Kopf war Sommer. Unter einer hohen weißen Wolke sah ich uns dahinwandern, ein steckerldürrer Junge und eine kurzbeinige Frau in einem von Motten angefressenen Pelz. Mutter und ich als Comicfiguren. Seit Emil fehlte, kamen wir auch zu Fuß voran, dabei musste es Juli geworden sein. Spechte klopften, die Krähen, kleiner als zuhause, stolzierten über und über in Schwarz einher, Mutters Wangen glänzten rot von all der durchlebten Brandhitze und Winterkälte, von nicht enden wollenden Zugfahrten, nicht endender Angst. Glühende Luft, bayrische Felder. Wir waren fast am Ziel. Oder doch eher am Ende.

Ich sah uns von außen und innen zugleich. Dachte an Züge, Märsche, Grenzen, Blockaden, Kontrollen. Ständige Angst vor den Russen. In starken Stunden Wut auf die Russen. In klaren Stunden Wut auf die Nazis. In ehrlichen Stunden Wut auf uns. Weiter im Westen neue Angst: vor den Engländern, den Amerikanern. Wobei die Angst vor den Russen nicht verschwand.

Dachte ich mit Blick auf diese Figürchen, die Teilchen von früher, in meinem Kopf.

Zwei Teilchen: Lilly und ich. Kamen eben dort an, wo es nicht weiterging. Abgerissen und verschwitzt. Am Grund zwischen den Felsen gurgelte ein fremder Fluss.

In Wilfing führte man eine Liste, schon über 100 Namen standen darauf, schon seit dem Zehnten waren die Vertriebenen den Bauern zu viel. Man trug auch uns darauf ein, in Rot.

Onkel Julius hatte verhandelt, vielleicht auch bestochen. Das Häuschen, das man uns zuwies, befand sich außerhalb des Dorfes. Herd, Spüle, zwei Stühle. Im ersten Sommer besaßen wir zwei Betten, im zweiten war das eine verheizt, ich schlief auf dem Tisch. Lilly bestickte Decken mit Kreuzen, Blättern und Schleifen, bastelte Engel und Nikoläuse. Lange Stiche machte sie für langes Atmen, kurze für Bewegungen im Kreis, während ich tags auf dem Bau arbeitete und abends rechnete. Für die Acht setzte ich zwei Kreise aufeinander, zwei aufgerissene Münder. Da pfiff der Wind hindurch. Lilly nahm Rosa, Weiß und Rot, die Daheimgebliebenen legten sich neue Leinen auf. Das Garn besorgte ich auf dem Schwarzmarkt, Weihnachtssachen waren im August billig zu haben, »vorauslaufende Produktion«, gemeinsam ausgedacht.

Nachts wurden alle Organe über alle Dimensionen groß. Am schlimmsten stand es um das Ohr, die gesamte Körperseite wurde dazu. Was außerhalb der Decke lag, fror, und die Körperohrseite unter der Decke fror und hörte, wie der letzte Zug fuhr, zehn Kilometer entfernt, wie jemand »Alarm« rief im Dorf, obwohl niemand rief, wie die Glocken läuteten, obwohl sie eingeschmolzen waren, wie jemand an der Tür unserer Hütte kratzte, rüttelte, wieder ging.

Die Mauern des Häuschens sollten uns schützen, aber kaum wurde es dunkel, verrieten sie uns – sie zerflossen. Sorgen, Nachrichten, alles drang ein, erreichte uns, setzte sich fest. Hannes galt als verschollen. Im Januar '46 kam eine Postkarte, ein Wunder. Russische Kriegsgefangenschaft. Lilly zitterte, als sie die Zeilen las. Wir lagen nachts wach, schliefen mittags draußen vor der Tür. Leerer, unbekannter Raum umgab uns, eine Sonne, die immer zu hoch stand, die Abstand hielt. Ich wollte müde sein, einen schnellen Schlaf, die Augäpfel unter den Lidern bewegt. Der Himmel blendete, unsere Sonnenbrillen waren verloren oder vergessen, zuhause gelassen, zuhaus. Es war wohl das Licht, der scharfe Geruch von Gras, die mir das Wasser in die Augen trieben.

Ich lernte Englisch: noon.

Ich lernte Gefühle: dexterous. Strenuous. Docile. Innocent.

Daten: young. Never again.

Berufe, Essens- und Tageszeiten. Ich stand da und lachte. Noon, rückwärts: noon. No, on, on, no. Weiter ging es nicht. An dieser

Stelle in meinem Inneren, die ich jetzt Leben nannte, hatte ich noch nie gelacht.

Monty, Vlek und ich saßen im Paradies, ich vor, sie hinter der Scheibe – oder andersherum. Ich hatte mich mit Stoppuhr, Papier und Stift auf einem Klapphocker niedergelassen, um zu beobachten, wie oft einer der Bonobos sich nach dem anderen umblickte, bevor oder nachdem er etwas getan hatte, wie sehr jeder meiner urtümlichen Cousins sich also des Umstandes bewusst war, dass der Artgenosse ihn beobachtete, so dass er seinerseits versuchte, dieses Beobachten zu beobachten, was wiederum zurückbeobachtet wurde.

Vlek beherrschte diese anspruchsvolle Kunst des Wechselspiels meisterlich; Monty fing gerade an, sie zu erlernen. Ich saß hier, um aus ihren Fehlern Schlüsse zu ziehen und um meine beiden zart befellten Freunde mehr und mehr an das Paradies zu gewöhnen. Es war höchste Zeit.

Der Film über das Schimpansenverhalten im kongolesischen Urwald hatte mich erschüttert.

Ich hatte geweint, mich verzweifelt gefühlt.

Doch das war nicht alles.

In the heart of my hearts, wie die Engländer so unübertroffen sagten, zogen die Bilder mich auch an.

Menschenaffen, die aus für uns unerklärlichen Gründen aggressiv wurden.

Ihre Attacke war überschüssig, unfair, direkt.

Ich wusste, dass ich auf der Hut sein musste. Abhängigkeit beförderte Aggression. Vielleicht sollte ich Kameras in meiner Wohnung installieren, Lichtschranken, Alarmklingeln. Erst vor zwei Wochen waren meine Bonobos, als ich mitten in der Nacht unvermittelt aus dem Schlaf fuhr, neben meinem Bett gestanden. Vlek sehr nahe vor mir, Monty halb hinter ihm. Überfälle auf Schlafende kamen in Affengruppen nicht selten vor. Sie bissen zu, rissen sich Gliedmaßen aus, verletzten sich schwer an den Hoden.

Bald musste ich zumindest Vlek ins Paradies verbannen.

Wir bewegten uns auf einem schmalen Pfad.

Zuweilen kam mein gesamtes Leben mir so vor: einen engen, nur einen Mensch breiten Weg war ich gegangen. Die heimliche Melodie meines Blutes, der Puls jedes Muskels, jedes Nervs: »Nimm dich in acht!«

Vor Emil, der mir an der Tür auflauerte und mich nicht mehr losließ, vor Lehrern und Vater, die schlugen, vor Soldaten, die marschierten, vor Feinden, die unsere Wohnung wegnahmen, die Mutti bedrohten, auf Vati zielten, vor Volksgenossen, die mich diesem Feind in die Schusslinie stellen wollten, vor Jungen, die mir den Brotkanten stahlen, den ich zuvor selbst gestohlen hatte, vor Mädchen wie jenem, das mit zerrissenem Kleid und dreckigen Beinen im Lager Moschendorf saß. Im Gras. Zärtlich hielt es ein noch federloses Vogelbaby in der Hand. Das blanke schwarze Auge des Kükens schimmerte übergroß, sein fast durchsichtiger Körper pulste. Das Mädchen, es war kaum jünger als ich, drehte bedächtig die Hand, hob sich das Vögelchen bewundernd ans Gesicht und roch an seinem nackten Hals. Mit einer geübten Bewegung riss es dem Tier einen Flügel aus und drückte den Mund in die wunde Stelle.

Saugte daran.

Das Mädchen war geschickt, kein Tropfen fiel in seinen Schoß.

Es biss zu, aß alles auf.

Den Schnabel spie es am Ende mit einer kleinen, fast eleganten Bewegung des Mundes aus.

All die Zeit über blickte es mich unverwandt an. Und ich schaute ebenso unverwandt zurück.

Die Stoppuhr piepte. Seit meinem letzten Eintrag waren vier Minuten, elf Sekunden vergangen. Statt mir mein letztes Projekt durch Erinnerungsschübe zu vermasseln, »come on, old chap!«, ja, alt und einer, der Bilder sah, die er längst vergessen haben wollte – statt mir selbst leidzutun, danke Gehirn!, oder dubiosen Mystifizierungen nachzuhängen – wer mochte das Mädchen gewesen sein –, sollte ich hochgehen, mir einen Kaffee machen und bei klarem Verstand weiterarbeiten.

Oder, endlich, Simone anrufen. Endlich den Mund aufkriegen, heute und jetzt. Ich hatte mich bei ihr dafür entschuldigt, zu wenige Gutenachtgeschichten erzählt zu haben. Lächerlich! Was war ich für ein Holzstock.

Bedanken hatte ich mich wollen. Und die Worte nicht über die Lippen gebracht. Wir hatten Maggy besucht, saßen im Wohnzimmer auf dem Sofa an einander entgegengesetzten Enden, und meine Tochter wirkte, zu Recht, enttäuscht. Ich hatte gehofft, sie würde auch ohne Worte etwas von meiner Dankbarkeit für ihre Sorge um mich begreifen, von meiner Angewiesenheit auf Esther und sie, und, wie ich befürchtete und zugleich ebenfalls hoffte, von den mich hie und da anwandelnden Schwächen.

Nichts da. Ihr festes, noch immer schönes, gleichwohl verschlossenes Frauengesicht.

Und – ein völlig überraschendes, schürfendes Kratzen an, nein, in der Wand rechts von uns. Dort, wo das Regal stand und den zweiten Abgang, meinen Notausgang ins Paradies verbarg.

Ich schaute Simone an, nun musste sie es erraten, ich wappnete mich und wurde ein wenig rot vor Aufregung. Aber sie sagte nichts, und ich weiß nicht, was sie dachte oder nicht glauben wollte oder für wen sie mich hielt.

In diesem Augenblick hätte ich mir beinahe die Mütze vom Kopf gerissen.

Bei Affen montierten wir auf der geöffneten Schädelplatte einen Haltebolzen, der mit Spinnenbeinen verankert wurde. Sein optimaler Ort ließ sich vorab mit Hilfe eines Schädelmodells bestimmen, das Laser aus einem Kunststoffblock schnitten wie im

Karosseriebau. Dann führte man die Elektroden ein, heutzutage saßen sie in Grids, feinen Plastikfolien, die man millimeterweise unter die harte Hirnhaut schob. Es klang schlimmer als es war, das konnte ich mit Bestimmtheit sagen. Der Göttinger Neurologe Alois Kornmüller hatte es schon in den 30er Jahren gewagt.

Ich hätte den Kopf vor meiner Tochter gebeugt wie der Clown am Ende der Vorstellung, hätte alles gestanden, hätten wir nur eine halbe Minute länger dagesessen, hätte sie mich angeschaut oder gesagt: »Nun spuck es aus.«

Nichts dergleichen geschah.

In ihrem alten, schwankenden Volvo fuhr Simone kurz darauf nach Hause, ich stand am Gartentor und winkte ihr nach.

Besorgt rief ich sie eine Stunde später an. Ob sie gut zuhause sei?

Es war mir peinlich vor mir selbst. Stärker als früher setzte mir der Alltag zu; alles schien weicher, verschieblicher, fragiler.

Als erreiche der Blick des Vogelmädchens mich durch die Zeit hindurch erst jetzt, als fasse er nach mir. Es war mir gelungen, mich vor Nienalt zu verbergen, aber seine Weise zuzuhören hatte etwas in Gang gesetzt. Seine Blicke wirkten, wie ich inzwischen wusste, schlimmer als Fragen, weil sie das Fragen mir überließen. Es gelang mir schlechter als einst, mich vor mir zu verstecken.

Die Stoppuhr lief erneut. Monty und Vlek schoben Heuhaufen über den hellgrauen Estrich, jagten sich, schwarz, wendig und schmal, und ich dachte an Emil, als gehörte er zu ihnen, wenn vielleicht auch als ihr Gegenbild: die immer blasse, gestauchte Gestalt, humpelnd und langsam, die am Ende in der Nacht, die mein Gedächtnis nicht preisgeben wollte, zumindest nicht zur Gänze, so schwarz und groß, die Zähne gebleckt, vor mir gestanden war. Auch ich, nicht nur Hannes und Lilly, hatten ihn verloren, und das Alter, die Affenweichheit und Nienalt brachten die Trauer darum nochmals hervor, mitsamt der Not des Jungen, der im Juli 1945 in Bayern eingetroffen war mit sichtbaren Löchern im Hemd, unsichtbaren in der Brust und einer Pistole in der Tiefe des Rucksacks, mühsam, wenn auch, wie der Junge glaubte, erfolgreich nicht nur vor den Amerikanern, sondern auch vor der Mutter verborgen. 20 Jahre später war aus ihm Justitsch geworden, the ape man from Germany, the German ape. Man spottete über mich, bald hielt man den Mund und starrte auf meine Ergebnisse, meinen Output, meine Ideen. Mein Ehrgeiz war gnadenlos, eine Schutzschicht und immer noch eine gegen die Erinnerung an Lillys Blick nach der Lungenentzündung, gegen Emils Mandarine, gegen den Herzschlag des Dackels an meiner Brust, und so saß ich da, frisch rasiert, den so weißen, trotz Altersschrumpfung noch einigermaßen kräftigen Brustkasten verborgen unter einem eleganten, frisch gebügelten Hemd, saß schwitzend in der Tropenfeuchte meines Paradieses, meines letzten Traums, in dessen Zentrum die Herzen Montys und Vleks kräftig pochten, denn sie rissen am Heu, hechelten und schnatterten, indem sie sich gegenseitig zu berauben suchten, und dachte an früher und jetzt.

■

»Justitsch! Useless Justitsch!«

08:01:46 Uhr. In Wecker-Altengroßschrift. In dem dämmrigen Fenster standen klein und überscharf die Föhnsilhouetten der Berge, wurzelförmige Wolken trieben darüber hinweg. An der Haustür klingelte es Sturm.

»Jetzt machen wir uns erst einmal einen Kaffee!«

Donnerstagmorgen, über eine Woche nach der Jagd. Ich war gesund, die Affen schauten so verschlafen aus ihren Nestern wie ich.

Der Abgang in ihren Dschungel stand offen, es wäre ein Leichtes gewesen, sie hinunterzuschicken. Stattdessen nahm ich sie an der Hand. Warm, schmal, beruhigend. Monty griff sich im Gehen die Zipfelmütze, Vlek eine Polizeikappe. Ihre Sprachkisten lehnten an der Wand, später waren sie auf Zeitungsbildern zu sehen. Zu dritt schlurften wir durch den dunklen vertrauten Flur, zu dritt öffneten wir die Haustür. Die beiden Beamten streckten uns ihre Marken und den Durchsuchungsbefehl entgegen, der bereits überflüssig war. Bevor ich etwas sagen konnte, blitzte am Zaun eine Kamera. Dann sagte ich: »Guten Morgen.«

Vlek stand stramm, Monty duckte sich.

»Begrüßen Sie bitte die Affen, sonst sind sie beleidigt.«

Die Polizisten waren so verdattert, dass sie tatsächlich »Guten Morgen« sagten. Sie hatten den Auftrag, etwas böswillig, wider das Gesetz Verstecktes zu suchen. Nun stand das Versteckte in Fell, Mütze und Jacke an der Tür, wollte begrüßt werden und grüßte zurück.

Erneutes Blitzen. Die Nachbarn von gegenüber. Auch Passanten blieben stehen. Derbleckt, so hieß das hier. Ich spürte weder Wut noch Enttäuschung, nur Ruhe, eine fast unheimliche Ruhe, und dann Erleichterung. Es war vorbei. Meine Affen befanden sich in hervorragendem Zustand. Weit über Durchschnitt trainiert. Zuvorkommend! Intelligent! Als ich daran dachte, dass meine Familie von Anfang an ein besonderes Verhältnis zur bayerischen Polizei hatte, lachte ich unwillkürlich auf. Dieses Foto war später auf der Seite der Tierschützer zu sehen: mein entspanntes faltiges Gesicht, ein staunend zu mir aufschauendes Affenkind, daneben ein größerer, äußerst dunkler Affe mit geflecktem Mund, der höflich die Mütze zieht und ebenfalls in die Kameras blickt.

Es gab nur mehr eine offene Frage: Woher kam die Polizei? Noch während ich in die Lichter blinzelte, wurde mir klar, dass nicht der Ausflug an unserer Entdeckung Schuld trug. Jemand musste uns verraten haben.

Die Wahrheit war bitter. Ich wusste, wer.

LILLY 4

Schlagseite vom Segen Koffer-Nummer-zwei, die grauen Schuhe ausgetreten, hinter einem Jungen in kurzen Hosen und aufgerolltem, viel zu großem Hemd, der einen Rucksack überm Bauch, einen auf dem Rücken trug, Koffer-Nummer-eins in der Hand. Die Vögel brüllten, spitz und kämpferisch ragten die Nadelbäume der Klamm in die steile, von der Nähe der Berge bläuliche Luft. Ständig schnitt hier Wasser durch Stein, trug Substanz ab, seit Tausenden von Jahren. Wir trugen ein Haus.

Abwechselnd legten wir die Hände um Eustachius' speckige Feldflasche, »Vieleck groß, Vieleck klein, am Kopf da muss ein Haken sein«. 25 Millionen Mal im Leben beugt der Mensch die Finger, Bein- und Fußknochen öfter, Talus, Calcaneus, Os naviculare, gequetscht, verschoben, verzogen bei Emil, Abductor hallucis, Flexor hallucis brevis, Adductor

hallucis

meine »Direktorinnenstimme«

mit der Hannes mich regelmäßig aufzog, mein Vater war Leiter des Mädchenlyzeums von Oels gewesen, meine Direktorinnenstimme rauer denn je, zu viel geschrien um Essen, um Platz, zu viel gesehen, zu viel geschluckt, zu viel gefroren, zu viel gehungert, zu viel um Emil geweint

Emil, dessen langsame Nähe mir

fehlte, 23 Jahre

war er bei mir gegangen, mir

nahe gegangen

wie vermisste ich ihn

wie sahen die Bäume in ihren frischen Rinden so viel stärker aus als wir, die Rotbuchen, eine Pappel, die sich über das Flüsschen neigte, Lärchen, Eiben, Hainbuchen, Farne und Moose zwischen Teppichen von Leberblümchen, tief in der Erde verwurzelt, wie ich

so scharf die Flora und Fauna vor

mir betrachtete, das Waldmeer, wiedererkennbar, wenngleich in der Art, wie die Pflanzen beisammenstanden, in den Nuancen der Farben fremd

geschichtet

merkte ich, dass ich noch immer zuhause war

während meine Füße seit Wochen selbst

im Schlaf liefen, während meine Haut noch klebte vom Desinfektionsspray der Amerikaner, Übergangslager Moschendorf, ich

erinnerte mich nicht

an den Tag vor der Flucht

zuhause

dabei musste es ihn gegeben haben

den Tag vor Hankes Befehl, 18. Januar 1945

12.17 Uhr, 12.30 Uhr untergegangen, aus

meinem Gehirn

gelöscht, 24 Stunden noch, »Frauen, Kinder und Männer unter …, Männer über …«, man rannte, ich glaube, wir machten es nur

den Nachbarn nach, dass alles bei den Nazis so geschmiert funktioniert habe, so wohlgeordnet gewesen sei bis zum Schluss ist

nichts als Gemähre, der Tag, der dem Befehl vorausging

vergessen, der Tag der Flucht

halbvergessen, war doch noch ein Automobil mit Megaphon

auf dem Dach durch unsere Straße gekrochen: »Frauen jeden Alters sowie männliche Jugendliche unter 16 Jahren und Männer über 60 Jahre haben das Stadtgebiet von Oels zu verlassen«, wie das Automobil

rutschte

auf dem Schnee, rutscht

durch meinen Kopf, in den eisigen Rillen, die die Wagenräder der Fliehenden in unsere Straßen gefressen hatten, wie ich mich vor ihnen fürchtete, Menschen aus Ostpreußen, seit Wochen

passierten sie

durch Oels, die mageren Pferde, die dick vermummten Frauen, deren Blicken ich auswich, als wäre es ansteckend, sie wahrzunehmen, den Kopf tief

in meine Tücher verborgen, tief in den Hals zurückgezogen wie ein schlafender Spatz

versuchte ich, allem zu entwischen, in unsere Wohnung versteckt

neben Emil, der auf seinem eigens erhöhten Stuhl, einer Art Stehstuhl, am Fenster saß

und hinaussah, schmal und stumm, die Stirn an die Scheibe gepresst, ein heller halber Mond

nur die dicken Schuhe an den Füßen zerstörten das Bild

der letzte Tag vor der Flucht, der letzte Tag zuhause vollkommen

vergessen

nichts aufgehoben, nichts in Erinnerung behalten, Lilly, kein Vorgefühl

so stumpf

das graue Mittagslicht, Januar, kahle Äste, langsam, langsam das Wiedererwachen der Sonne, mühsam schob sie sich den Himmel hinauf, aufgeregt machte Emil mir Zeichen von seinem Posten am Fenster, die Stirn rot vom Druck

gegen das Glas

in dem schwarzen Wagen saßen zwei Männer in den Wintermänteln der SS, einen erkannte ich, Stanislaus Labude, der sich seit einiger Zeit Stefan Staffel nannte, Journalist der Lokalzeitung, vor zwei Jahren in die SS eingetreten, Hannes hatte Stanislaus gesagt, Betonung hinten. Emil rief seinen Namen und winkte, SS-Männer bewunderte er, das Schwarz, die Schnittigkeit, das Glänzen der Macht, das verstand er, das sah er, das spiegelte sich in seinen braunen tiefen Augen. Labude war ins Protektorat Böhmen und Mähren beordert worden, nun fuhr er den Befehl des Gauleiters durch die Stadt: eine Stunde packen, acht Kilo pro Person. Was am Tag zuvor unter Todesstrafe verboten war, Oels zu verlassen, war jetzt, überall

die Anschläge, die Plakate, schwarz und rot, Geschrei in Buchstaben

Befehl

als wären auch wir, die Frauen und Mädchen, Kranken, Alten und Knaben, beim Heer

Heer

das Stunden später auf eisigen Straßen kroch im zur Farblosigkeit ausgedünnten Licht dieses Januar, bitterkalt, die Augen tropften, die Nase, gerissene Haut, blutende Lippen, tote Säuglinge auf dem Bankett. Wenn es nicht schneite, war der Himmel so blau, dass ich glaubte, die Russen

heranwehen zu sehen, ein Himmelsheer, Kälte, Gewehre und Granaten, Russen

statt Schneeflocken, es schneite Russen

die Dächer waren dick von Eiskristallen bedeckt

ich reckte den Kopf, mein Hals schmerzte

12.17 Uhr am 18. Januar, durchgerutscht, vergessen der letzte Tag zuhause

never

neverever again, sagten

die Amerikaner, sagten wir

nomore

nevermore

tag

this, sagten die Amis im Lager, gehört das Ihnen?, what is your name?, wir lernten zu lügen, es war nicht immer ratsam, etwas zu verstehen, nur den Vornamen, sie gaben uns offene Schuhe, die Winterschuhe waren im Winter zerrieben

die Erinnerung

sagt: Eustachius muss

in der Schule gewesen sein, 18. Januar

zuhause, ich erinnere mich nicht, mittags kam er zurück, wir aßen, was ich hatte auftreiben können, Lene hatte aus einem Stück Backbutter und Zuckerresten Karamellbonbons gemacht und sich verabschiedet, zu dritt saßen wir am Küchentisch, Hannes war seit drei Tagen wieder im Krieg, letztes Aufgebot, um 11.30 Uhr hatte ich gekocht, es roch nach Kohl, auch wenn ich keinen Kohl bekommen hatte, in der Nichterinnerung riecht es nach Kohl, wir bewohnten das Haus

allein

trat man auf den Verandavorbau, knackte das alte Holz nicht, so kalt war es und durchgefroren, man roch nichts bis

auf etwas Erde dort, wo der Hund gegraben hatte, sein Fell schimmerte karamellbraun im Licht, auf der Wühlschnauze lag Schnee, Lilly

hatte gekocht, Lilly, die ich vor mir sehe, Lilly-Ich, halb vertraut, doch unerreichbar, ich erinnere mich

sehe Lilly stehen

sie hatte eingekauft, sie hatte nicht geglaubt, alles werde sich zum Guten wenden, sie hatte nicht

geglaubt, alles werde sich nicht zum Guten wenden, Lilly-Ich, die auf der Flucht

verloren ging, davonschlich, durch die Ritzen einer Lkw-Ladefläche sickerte, in den Straßennächten mit Emil davonflog, dünn wie ein Fädchen

Fädchen-Mädchen, getilgt und nur

mit dieser Tilgung

erinnerbar: Lilly, der Max-der-Vierte auf Schritt und Tritt folgte, Max, fünf Jahre alt, sehr seidig, ein verständiges Tier, schloss sich, wenn Hannes fehlte, Lilly an

das Hundel

und als Nächstem Emil, dem großen Kind mit dem bösen Fuß, das 23 Jahre alt war, zu lesen

wusste

und ein wenig zu rechnen, aber nicht sprach, seit ein paar Jahren so gut wie nicht mehr sprach, obwohl es hätte sprechen können

Lehrer waren ins Haus gekommen, auch zu schreiben hatte Emil gelernt, beherrschte sogar die Orthografie, langsam, er brauchte

Zeit, je mehr Zeit

die Nachbarn hatten zu vergessen, dass es ihn gab, umso besser, früher hatte Lilly ihn zum Einkaufen mitgenommen, er stand an, hielt die Lebensmittelkarten, Lillys Schwester aus München, Feli, sagte, »ihr in eurem Nestchen lebt im Frieden«, sie hätte sagen müssen »in der Illusion«

Feli, die weder in den Süden noch den Norden fuhr, weder in den Westen noch in den Osten, in deren Körper nirgendwo etwas zerriss, nichts nachts über ihre Stimmbänder schmirgelte, Lillys Familie lebte, hatte Feli gesagt, im Luxuskrieg

ohne Fliegeralarm, im Luftschutzkeller

des Reiches, das Städtchen unbedeutend, Balkone aus Holz, das Schnitzwerk ostmitteleuropäisch, das Schloss preußisch aufrecht, der Kirchendekor habsburgisch-barock, alt und verschlafen, kaum Industrie, ein wenig Holzverarbeitung und Hannes' Familienbäckerei

offiziell arbeitete Emil dort, ein nützliches

Glied des deutschen Volkskörpers, Emil rührte

seine Suppe, ich kochte Apfelkompott, es war 24 Stunden später das Letzte, was wir zuhause aßen, sagt die Erinnerung, »Apfelkompott«, irgendjemand musste es gekocht haben, also ich am Tag zuvor, dem 18. Januar, daran erinnere ich mich nicht, von der Kirche schlug es zwölf, schon zwölf, dachte ich, wischte mir die Hände an der Schürze ab, Max schlief in seinem Korb. Seit zwei Jahren fehlte die größere der Glocken, Hannes war in der Bäckerei seiner Mutter angestellt, Eisernes Kreuz, Offizier, Ende '44 aus Altersgründen endlich aus der Wehrmacht entlassen, dann der schreckliche Brief, Volkssturm Aufgebot 1, ein Tag Abschied, Abfahrt Richtung Groß-Göhren, nur 30 Kilometer von zuhause entfernt, sein Krieg so nah wie nie, Hannes so unerreichbar, unbeschützbar wie eh, es zerriss mich noch, es war das elfte Mal seit 1939, dass sie ihn

zogen.

Das Fehlen

der Glocke schmerzte mich ebenso, wie mich das Schneeblümchen neben den drei Stufen zur Haustür schmerzte, indem es mich an Dinge erinnerte, die noch nicht

geschehen waren, nur eine Meise saß, als wäre alles wie immer, auf dem Gartenzaun, blaugelb, scharfe Konturen, es hatte seit Dezember regelmäßig geschneit, bald sollte das Wetter

alles sein, was uns verband, ein sich in Wolken- und Sturmfetzen nach Westen schiebendes, eiskaltes Winterwetter, nur in Pootschen

und Wollkleid stand ich in der Tür und blickte die vertraute Straße hinab, das Haus lag still, allein Mäxel war mir hinterhergetrottet, und ich wünschte mir, oben am Himmel entlangzufliegen und zu sehen, wo Hannes lag und

wo die Russen

standen am 18. Januar, diesem unerinnerbaren

unschuldigen Tag, »falsch«, denke ich, »sie denkt das alte

Zeug«, denke ich, nicht unschuldig, sondern unverständlich, unverständlich dieses »Davor«, diese unzweifelhafte Wirklichkeit, an einem Ort zuhause zu sein, bis man begraben würde, zugehörig

noch dann, in einer Erde, die man kannte, auf vertrauten Gebeinen, die einem, als sie selbst noch warme Haut umschlossen hatte, die Kinderhand liebkosten

im Schaufenster des Fotoladens gegenüber

weggerutscht

in dem von Dächern und Giebeln tropfenden

Januarlicht mausgrau eine Gefallenenliste, »Für Führer und Vaterland«, das Papier grob, die Schrift groß

schwarz, Stach

hatten sie nicht holen dürfen, er war erst 14, Emil kam nicht

in Frage, was hatte sein Klumpfuß mir all die Jahre hindurch graue Haare gemacht, wie viel halb oder gar nicht verborgenen Spott mir eingetragen, wie viele mitleidige Sprüche, während in den Augen der Redenden die Freude flackerte, nicht selbst von solch einem Kind

getroffen worden zu sein, wie oft hatte ich sie gesehen, diese »dich, nicht mich«-Frohgedanken, dieses »euch, nicht uns«, wie viel Angst hatte er uns eingejagt, dieser Krüppel-, Hohn- und Versagensfuß an Emil, wie rettete er

uns nun. Einen Dupek wie ihn wollten sie nicht einmal in diesen Tagen brauchen, ich sah

das einzelne Schneeglöckchen an, ein wenig gebeugt von der Schwere der zarten Blüte, sagte es mitten im Frost: und ich spitze gleichwohl aus der Dunkelheit hervor

als ich die Haustür abschloss und sie nach kurzem

Nachdenken wieder aufschloss, und, weil ich nicht glauben wollte, was ich tat, den Blick abwandte: Ich ließ alles offen stehen

für Hannes

doch Hannes hatte einen Hausschlüssel

Hannes hatte die Russen

auf den Fersen, sie und die fliehenden Menschen tiefer

aus dem Osten, Meldungen

über erste Trecks waren im Herbst im Radio zu hören gewesen, die Blätter im Schlosspark hatten rotgelb geblüht, frei

und entschlossen waren die Wildgänse nachts über unsere Köpfe

dahingezogen, »Lilcia« hatte Hannes im Bett geflüstert, »halt uns fest«

und strenger als zuvor hatten wir seither Emil im Haus gehalten, Männer mit Holzbeinen, vernarbten Händen, schwarzen Samtmasken vorm Gesicht irrten

durch die Straßen, ich zog den Kopf ein, Spatz Lilly, bügelte

Hannes' dickste Hemden und Hosen, höhere Tochter, im Lyzeum Mathematik, Buchführung, Französisch, Tanzen, Klavier, Englisch zuhause, Vater verehrte Queen Victoria und ihren deutschen Gemahl, Mutter hatte Viktoria als Namen für mich abgelehnt, Vater statt Elisabeth dann ausschließlich Lilly gesagt, englisch

weich

flüsterte ein zehnjähriges blondes Zopfmädchen in der Wochenschau: »Mama sagt, man muss fünf Minuten hängen«

es hatte rote Striemen am Hals

seit November

fielen Flüchtlinge von den Hügeln in die Stadt, als wären die Hügel Bäume und alle Ostpreußen

Obst

die Wochenschau zeigte sich an Dachbalken drehende Kinderleichen neben ihren die Zungen weit herausstreckenden

Mutterleichen, Selbstmorddorf Wildenhagen, richtige Deutsche brachten lieber

ihre Söhne und Töchter

um und starben dann selbst, als ohne Nazis zu leben

strickend saß ich im Mütterkreis, die Tochter der Drechslers, drei Straßen weiter, Holzhandel en gros und en détail, die Krankenschwester geworden war, beschaffte mir Bücher zur Wundheilkunde und Beruhigungspillen für Emil, den neuen, verschrieben von Dr. Winsch, war nicht zu trauen, ich lernte

die Namen schmerzstillender Medikamente

ausschließlich weibliche Namen, die Namen von Männern und Knaben wurden durch die Straßen gerufen

gemurmelt, zwischen zusammengepressten Lippen in Taschentücher gedrückt, hin und wieder kam Feldpost noch nach der Nachricht, Grüße von Toten, die Namen

der Beruhigungsgötter waren allesamt weiblich

verborgen, man

sprach nicht darüber, man schluckte Pillen, froh, wenn man welche bekam, wusste, dass es zu Ende

ging an der Front

unser lieber Obergefreiter, MG-Garbe in die linke Brustseite, an Ort und Stelle gestorben, Einsatzort 17. Januar 1945, mit sofortiger Wirkung Endsieg, vorbildlicher Einsatz vor dem Feinde, unser lieber Hauptmann, für die Freiheit unserer Heimat, den Bestand unseres Vaterlandes und die Zukunft unseres großen deutschen Reiches, HIN

gegeben, manchmal glaubte ich, den Geschützdonner zu hören, Endsieg

mit sofortiger Wirkung, es waren die Donner aber nur Wolken, nur Gehirngeräusch, einmal eine Explosion aus dem Lager der Mühle unten am Bach

während ich

im Garten stand, die Atemfahne

vorm Mund, als atmete ich nur aus, nie mehr ein, es roch nach Schnee an der Mauer, hier war das letzte Foto von Hannes und mir gemacht worden, halt, nicht so denken: das jüngste

Foto, hier bei den Tonnen

zur Silbernen Hochzeit im April, Lilly, 50 Jahre alt, wenn sie atmete, roch sie den Hund, den sie nicht gewollt hatte, Max hatte im Kompost gewühlt, und sie roch die Erde, roch, was Angst macht und tröstet

und holte tief Luft

von selbst, wie von Geisterhand

Geisterhirn

zurückgeblasen

in einen Tunnel voller Erinnerungen und Nichterinnerung, Lilly von früher unter der Oelser Mittagssonne

wie von Geisterhand

über alle Lücken, Ungereimtheiten, wirklichen Stunden oder Minuten hinweg

war der Befehl »… zu verlassen« an allen Plätzen der Stadt gehangen, in allen Köpfen: rot und schwarz

Hankes Anschlag

letzter Reichsführer SS, in der Festung Breslau den Fieseler Storch fortwährend bereit, Hanke, der Verbrecher, während Hannes Barrikaden baute, hungerte, beschossen wurde, fast verbrannte, Nazibonzen sich davonmachten, Kinder Gräben aushoben und das große Sterben durch die Flüstertüten

röhrte

zerrte Lilly-Ich, Lilly-Ich

zerrte Emil in die Stube, bändelte ihm die Straßenschuhe zu, es wurde rasch kühler in der Wohnung, das Feuer erloschen, der Ofen aus, der Ofen …, sie fühlte sich abgelöst, als wären die Wände des Hauses und sie verwachsen gewesen, dann wieder schwitzte sie wie eine Bohne im Kochtopf, eben hineingeworfen, die Schale sprang auf, da lag sie, nackt und weiß und sollte DIE HEIMAT VERLASSEN

sie wollte eine Meise sein

die lieben Gräber von Mutter und Vater

die vier Röcke übereinander

der Mantel die Mütze die Handschuhe verbargen ihre Blöße nicht

als sie gingen, und ihr Blick vermochte

nicht alles aufzusaugen und festzuhalten, wie sie sich vorgenommen hatte, 13.01 Uhr, 19. Januar 1945, die zischende Mittagssonne

über dem Dachfirst, den hohen Tannen, die sie so oft rauschen

gehört hatte, diese Sonne nun, als ströme sie

aus. All die Jahre

war das Leben über den 19. Januar hinweggelaufen, man ahnte nichts, nun schlug ihr Herz nicht mehr oder war in die Hauswand gefahren, sie atmete nur, weil sie musste, weil sie das Kind hütete, nur das eine, ältere, das allein nicht weiterkam, der andere Sohn noch einmal unterwegs

mit ihrem letzten

dicken Schuh kratzte sie im Schnee, sah das Schableder, den Schlupfriemen, acht Jahre alt, zehn, Schuster Althoff hatte

»Überstemme« gesagt

kaputt, die Zunge

zerschlissen, jede Naht

hatte er gesagt, BEDÜRFTIG

wie alles in- und übereinanderlag

auch im Körper, hatte sie erst vor Tagen gelernt, wie Membranen sich rieben und entfalteten, sie hatte nicht gewusst, dass der Mensch zwischen den starren Knochen so viel fühlende Haut enthielt, dass er aus sich aneinanderschmiegenden Schichten bestand, weich wie ein Schuh, Hannes

sollte um die Ecke

kommen, BEDÜRFTIG, sie war auf so eine Flucht nicht vorbereitet, niemand hatte sie für etwas Derartiges erzogen, und nun war es so

weit und ihr Kopf eine

Wand.

Sie versteckte den Schlüssel am üblichen, von keinem Sonnenstrahl je gestreiften Platz, 19. Januar 1945, 13.05 Uhr, dachte, wenn ich das tue, kehrt Hannes gewiss heim, hierher, heim, findet die eingemachten Gänsekeulen auf dem Tisch, findet meine Botschaft: das Weckglas mit den Gänsekeulen von der Silberhochzeit, vom letzten Vorrat

keiner versteht es, nur er

braun und schwarz die Koffer aus Pappe, die letzten Decken, Pullover, ein Paar Ersatzschuhe für jeden, das Familienbuch, Silberbesteck, was konnten sie schleppen, Bettwäsche, ihretwegen wurde Lilly später

gehänselt, Lilly dachte

nicht nach, Lilly raffte, packte, als wäre es eine Urlaubsfahrt, allerdings rasend schnell, rasante Ferien, wollte

nur schlafen, schlafen schon

auf der ersten Strecke kannte Lilly-Ich niemanden, nur wusste sie das noch nicht, da in der Tür, als sie abschloss

und wieder aufschloss, glaubte an Verwandte, Bekannte

Wolkenschatten flogen wie Sicheln über den harten, grauen, schmutzigen Boden

als gleißend verzogener Hammer

stand die Mittagssonne am Himmel, der

hell aufleuchtete, sie gingen, drei Koffer, drei Menschen, kein Tier.

Alles rief, lief, schrie? Nein, alles saß zuhause, warf gehetzt sein Mittag in die zitternde Gosche, das hatte man nicht lernen müssen, Brüder, Männer und Väter auf Urlaub berichteten, wie sie, die Soldaten, wenn sie versuchten, sich hinter die Linien zu retten, alles abwarfen, das Gewehr, andere Waffen, den Patronengürtel, niemals das Essgeschirr, ohne Essgeschirr

war man nichts, Eustachius

stand mit dem Dackel beim Metzger, sie brachte

es nicht fertig, dem Tier die Kehle durchzuschneiden, sie

nicht, aber sie wollte

auch nicht, dass es litt, gequält wurde, verhungerte, erfror, aus dem Haus getrieben, im Schnee mit den kurzen Beinen, hustend, krank, elend verreckte. Max-der-Vierte war zu treu, dabei bissig, er würde sich niemandem anschließen, für ihn waren

Menschen

nicht austauschbar. Es war verboten, ihn mitzunehmen

nicht austauschbar

und womit ihn füttern. Eustachius hielt ihn, sie musste das

nicht können, Eustachius, seit einem halben Jahr größer als sie, lang, dünn, muskulös, mit den ersten Haaren am Kinn, sie

wurden nicht fortgeschickt, sie wurden verbracht

sie meinte: verbraucht

regelmäßig hoben sich die Rippen des Dackels, seine Lungen, sein gesundes Zwerchfell, sie packte die Koffer, »Haustiere werden zurückgelassen«, Stach trug Max zum Metzger, sie wollte nicht, dass die Russen ihn …, sie wiederholte sich, dass er …

große Schneekristalle

fielen

auf die kaum ausgetretenen Stufen, sie hatte die Wohnung hochgeheizt, hatte eine Entscheidung getroffen, eine Eisenentscheidung, mit dem Geschmack von Eisen im Mund sah sie Eustachius nach, die erste unwiedergutbare Entscheidung, im Wald

noch in derselben Nacht dieses Wort, »unwiedergutbar«, die Kinder gingen im Schnee, rutschten in den kriegsschlechten Schuhen

durch die Finsterkeit

unter dem Schnee lagen gefrorene Fahrspuren, darin gingen die Füße, als griffen von unten fremde Hände hinein, wer konnte das Gepäck erschleppen, unheimliche Erde, Heimaterde, sie

blieb hinter Emil und Eustachius zurück

um zu pullen, noch einmal mit dem heimatlichen Boden verbunden zu sein, schlug die Röcke hoch in dem eisigen Wind, spürte, wie die Wärme aus ihr floss

unwiedergutbar, die alten Wörter reichten nicht hin, »hin« hatte ich leise gesagt

das Hundel

und zu Stach geschaut, der die Leine nahm

Eisengeschmack im Mund, bei kümmerlich schlagendem Herzen, kaum mehr tastbarem Puls, blickte ich ihm nach, zwei Minuten, fünf, wie er fortging, den Dackel unter den Arm geklemmt, wie um ihn zu wärmen oder ein letztes Mal gewärmt zu sein

von ihm.

Feli hatte uns zur Ankunft fünf weiße Kerzen bereitgelegt, einen Zettel: der Ofen, das Holz, das Sparen. Mitte Oktober, eine Kerze war übrig, von der Bank am Haus konnte ich in der späten Nachmittagssonne Schnee auf den Bergen funkeln sehen. Magere Wolkenbänder zogen über den milchblauen Himmel, geräuschlos zeichnete ein Adler seine Hungerkreise über das nächste Feld; der tarngrüne Traktor, den Bauer Schmiedinger mit Panzerfarbe gestrichen hatte, für den Dritten Krieg, holperte einen Feldweg entlang.

Ich war müde, halb in Trance, alles, was ich sah, erinnerte mich an Essen, wer hungerte, schlief wenig, fuhr nachts aus Brotträumen auf oder schlich mit Eustachius und anderen Flüchtlingen den Erntern noch einmal nach über die gelesenen Felder, Teil einer Gespensterkolonne magerer Esser, soeben eingetroffen, schon wieder unterwegs. Kaum war es dunkel, kletterten unsere Kinder in fremde Gärten, und wir fingen auf, was sie über die Grenzen warfen, standen Schmiere, wir, die alten, bis vor kurzem arisch aufrechten, volksdeutschen Frauen. Noch auf dem letzten Kilometer der Flucht hatte Stach den langen, schmalen Arm durch einen Zaun gezwängt und Tomaten von einem Strauch gerissen, erziehst du dazu dein Kind, machst sogar mit, kneifst innerlich die Augen zu, sperrst die äußeren auf, beißt mit vor Gier zitterndem Kinn in Diebesgut. Die Heimat lag unterm Horizont, wurde noch und noch untergemäht, der Süden gab mir das ein: die Heimat, die »Mahd«, herausgemäht sein. Quer über die Wiese stürzte der Schatten eines Habichts, eine Maus erspäht, einen Hasen. Ich saß trotz der Kälte barfuß auf der Bank, einem wackligen Brett auf Ziegelfüßen, und bewachte unseren Schatz, zwei feiste, vor mir pickende Hühner. Nachts nahmen wir sie zu uns ins Haus, damit keiner sie stahl, wir hatten sie gegen unseren gesamten Silberschmuck getauscht.

Pünktlich zum Herbst war uns ein Behelfsheim außerhalb des Dorfes zugewiesen worden: umgeworfene Flak-Stühle, ein Ofen, ein Tisch. Beim Reparieren der Decke fand Stach in Styropor hinter den Sparren verborgen eine Pistole. Ich war mir nicht sicher, ob er sie fand oder hineinschob, mitunter sah er aus, als lüge er, und hatte gleichwohl die Wahrheit gesagt, ich hatte die Fähigkeit verloren, in seinem Gesicht zu lesen, das Kind

war verschlossen, kein Kind mehr

die Pistole

die er mir zeigte, kam mir von Hannes vertraut vor, doch es musste viele dieses Typs gegeben haben, sagte ich mir

und wie sollte Stach sie hierhergebracht haben, an den Amis vorbei, die Waffe

scharf, mit ein paar Handgriffen drehte mein Sohn die Munition heraus, wir mochten den Pulvergeruch, er erinnerte uns an Hannes, rau, waldig, ein wenig süß, und ich

weinte. Seine letzte Nachricht stammte vom 6. April, Festung Breslau, sie hatte uns in Sondershausen erreicht, wir wussten nichts, ich fühlte

nicht mehr, wie lange schon.

Unsere Daumenabdrücke lagen

auf dem dünnen grauen Papier der Amerikaner

in unseren Taschen bereit, Wohnraum, zwei Pritschen, Bleiberecht, schloss ich

die Augen, krümmten

meine Finger sich um einen Koffergriff, mein Mund kaute, ich saß abermals in einem Zug, das Heute

steckte kopfüber im Gestern wie die Fliege im Bernstein steckt und dort stirbt, ich floh rückwärts

in jedem Traum. Drechslers hatten uns ein Stück mit ihrem Holzvergaser mitgenommen, drei Kilo Holz ersetzten einen Liter Benzin, statt zu fallen, schienen

die Flocken auf der Stelle zu schweben, so gleichförmig, dass der Wagen ins Endlose rollte

dann torkelten sie zur Erde, Motorschaden, die letzten fünf sechs Kilometer waren wir gelaufen, die dicken, verschneiten Bäume, der

Puusch, minus 20 Grad, wer konnte das

erschleppen

hohe Tannen und Buchen, Untergehölz, Emil humpelte schrecklich trotz des Maßstiefels aus Prag, Sonderanfertigung aus der Zeit vor dem Krieg, ein maßgefertigter, weibisch hoher Schuh glich den Unterschied der Beinlängen aus

der Aufbruch war Emil, dem armen

Krawitschl, in die Schenkel gefahren, er konnte sie kaum mehr koordinieren, schalteten wir

die Taschenlampe an, strahlten ringsum die Waldesstämme auf, unheimlich

nah und geduldig

ragten die Bäume nach oben, halbschlafend

unter ihrem Schnee. In mir ging das Haus, langsam verglühte in seinen Zimmern die Wärme, langsam verglühten dort wir, ich dachte, wie am kommenden Morgen Eisblumen über das Küchenfenster zögen wie immer, sie würden über die Scheiben wachsen, das also bliebe, unser Haus ein Garten

aus Eis.

Weit nach Mitternacht hatten wir den Breslauer Hauptbahnhof erreicht, Türmchen und Zinnen, die einst märchenhaft zuckrige, nun tröstliche Burg. Ich kannte jede Ecke, hätte mich im Dunkeln zurechtgefunden; es war dunkel, statt des Bahnhofs fand ich ein schorfiges Gelände aus Gepäck und Mensch. Dicht an dicht zusammengeschoben, ineinander verkeilt: Koffer, Rucksäcke, Hand- und Kinderwagen, Radbehren, Säcke, Bündel und Decken. Daran gelehnt oder daran geschnallt Frauen, Kinder, Greise, Lahme und Kranke, beängstigend

still. SS

und Polizei patrouillierten. Die hohen Stadthäuser, Fassaden voller Erker und Gesimse, lagen ebenfalls dunkel, keine Laterne brannte, die Stadt versuchte, sich zu verstecken, nicht da zu sein, heimlich von ihrem Erdboden zu kriechen, viele Wohnungen standen wohl bereits leer, in the dead

of the night, hörte ich später, ein Leben später, just tell us

how did you leave?

how did it break your heart?

die Amis waren simple and straightforward, »tell us«, die Amis wussten Bescheid und waren ahnungslos, Mai einsneunvierfünf.

Lilly, das Kind, hatte den strahlend weißen Zuckerbahnhof geliebt, eine mittelalterliche Wunderburg, Fialen, Flaggen, Fenster, der Eingang von zwei orientalisch anmutenden Uhrtürmen bewacht. Glitzernd und immens öffnete sich hinter den Eichenportalen die Prunkhalle, goldenes Laub berankte ihre Wände, die Luft, die man atmete, schmeckte nach

Dampf, Schmieröl und Welt

nach Blumen aus den Kiosken und Zuckerwatte. Schlanke, aus den Mauern lehnende Frauengestalten trugen Kerzenlampen, Lüster schwangen von den Decken, durch das teure Opakglas im Dach der zweischiffigen Wandelhalle schienen Sonne, Mond und

unwandelbare Sterne

auf den Express Breslau-Berlin, Breslau-Lemberg, Breslau-Moskau, Zeitungsverkäufer schrien Schlagzeilen aus allen Kontinenten, hinter ihnen ragten die Gleise aus dem Bahnhof, den man allein schon in seiner Höhe und Weite nicht begreifen konnte, in die versprochene, unausdenkliche Ferne.

Das alles war vernichtet.

In der kalten Halle stand zu Tausenden das neue Wesen Gepäck+Mensch. Die elektrische Notbeleuchtung an den Wänden brannte, wiederholt kreisten Taschenlampenstrahlen über uns, ein Gesicht leuchtete unter einer Mütze auf, fragend, ängstlich, stumpf, ein Mädchen

mit roter Mütze, ein Junge, kaum jünger als Eustachius, der schrie, eine hudernde Mutter, jedes

Bild ging so rasch unter, wie es erschien, wir waren nun

zur Gänze

Teile des Endes, wie Rinder, die Köpfe gesenkt

verharrten wir in unseren Atemnebeln, willfährig

noch immer führbar

grauschwarz. Der Kriegsbahnhof war untergegangen, verschwunden der Bahnhof der Messerminuten: Hannes fuhr an die Front, der Herzensminuten: Hannes kam zurück, die SS

hatte das gesamte Abfahrts- und Ankunftsareal linkerhand sowie das linke Seitenschiff gesperrt, vor uns lag

der AUFBRUCH

das riesige, steinerne, zugige AUFBRUCHSTHEATER

seine Bühne der Bahnsteig

leer, abgesperrt, die Herde Gepäck+Mensch reglos davor, als Requisite ein Zug, lang, dunkel, ersehnt

ungewiss.

Wir schafften es nicht in den ersten, zu plotschig, zu unerfahren, man durfte nicht denken: »Den einen Zug treffen Bomben, den anderen nicht«, so oder so säße man gefangen im Waggon, schon im Bahnhof lagen wir wie Fische in der Dose, es war unsinnig, Angst oder Gedanken zu haben, Spatzen hockten auf den Eisenträgern unter dem Glasdach und putzten ihr Gefieder, wie dumm sie waren, nun sah ich es, sie steckten den Kopf unter die Federn und glaubten, dann geschehe nichts. Wir hatten stillgehalten, noch die Federn geplustert, um größer zu wirken, Volk, Führer, Vaterland, alles ging gut, besser als erwartet, und als es anfing, schlechter zu gehen, schlossen wir die Türen, versteckten die Köpfe, schalteten es aus, das Gehirn, fuhren ihn runter, den Herzschlag, fürchteten uns möglichst so, dass wir es nicht merkten, Emil

klammerte sich an mich, flüsternd

besprach Lilly sich mit Eustachius, ich sehe uns da am Boden sitzen, das dämmrige Licht selbst tags, die Versuche, sich zu wärmen, mittags gab es Kaffee, eine echte Plärre, immerhin heiß, wärmte die Hände, ich schlürfte, kauerte mich zusammen, die SS

marschierte auf und ab, unsere

eigenen Männer und Söhne bewachten uns, sie waren bereit, uns zu schlagen, schlugen längst, wenn einer nicht gehorchte, seltsam, dachte ich, dieser

Krieg wächst

und wächst, alle Schatten

an den Wänden zucken auf, ich

wickelte mir das eine Ende meines Schals ums Handgelenk, knotete das andere um Emils Hals, zog ihn eng an mich heran, sehr eng, er schrie und gurgelte, Eustachius' Idee, wir hatten Emil nicht eingeweiht, man schreckte zurück vor dem jungen, offensichtlich fassungslosen Mann, es schuf uns nicht viel Platz, doch half, und Eustachius, hochgewachsen, brutal, Eustachius, die Klinge, drängte für uns voran.

Koffer Säcke Taschen Deckenbündel Menschen wurden

gehievt, SS

schrie prügelte pfiff

schob den Riegel vor, der Waggon dämmrig, stickig, alle Sitze herausgerissen, die Fenster vernagelt, es fehlte das Glas, durch die Sicht- und Atemschlitze pfiff der Wind, endlich, wir fuhren, standen prompt wieder, Tür auf, Gepäck+Mensch kam nach, man quetschte, prügelte, verriegelte, wir hörten den Pfiff der Lok, spürten die Bewegungen Eisen

auf Eisen, fuhren, es war dunkel, draußen und zwischen uns, zwischen uns kroch die Dunkelheit umher, suchte die Finger, die Koffer, die Knochen, die Gedanken, das Ich, schloss

sich darum, einer Horde Affen gleich, stumm und geduckt

saßen wir im Käfig und lasen uns, kaum fiel etwas Licht durch Ritzen und Luken, die Läuse ab, sie übertrugen Flecktyphus, tödlich, die Sonne stand weit über dem Horizont, über unseren Horizont ging sie längst, der Zug ruckelte, bremste, hielt an.

Türen auf, Luft und Licht strömten wie Schläge auf uns ein, Patrouille SS: »Was tut

der große Junge da?« Sie

wollten Eustachius mitnehmen, obwohl er zu jung war, sogar Emil kontrollierten sie, er musste seinen Schuh ausziehen, mit vor Hoffnung glänzenden Augen blickte er zu den Schwarzuniformierten auf, als

sie fort waren, zitterte hinter ihnen die Luft, ich fand kein bekanntes Gesicht mehr unter

den Schals, wir waren alle

verändert, kannten uns nicht mehr, glichen einander nur stärker als zuvor

hatten ein Stück unserer Geschichte aus den Gesichtern verloren, als machten die Gesichter

sich leer, schlauer als wir, leer für die Geschichte

die nun begann, die große Flächen brauchte, viel vom Menschen, von uns, verbrauchte – für sich.

Emil neben mir, das Jingla, kroch in sich zurück. Die SS hatte ihn verschmäht, er schwieg tagelang.

Schweidnitz Görlitz Bautzen Döbeln Leipzig Sondershausen

irgendwann ein anderer Zug, Polster und Fenster nun, das war schlimmer, man sah

beim Fahren HIN

aus, die Landschaft hing in der Weite nicht mehr zusammen, Wälder gerodet, Städte

gerodet, Feuerschein am Horizont, es musste Dresden sein, in einem Kleinbahnhof, wir standen bei verschlossenen Türen, wankte über den Perron gegenüber eine endlose Reihe gespenstermagerer Männer, die ich anstarrte, als hätte ich das nie gesehen

ich hatte es nie gesehen, hatte

nur flüstern gehört, Lücken gesehen, Verschwinden gehört, leere Wohnungen gesehen, Kriegsgefangene gesehen, hatte die Augen geschlossen, die Ohren bedeckt, Lilica, Spätzchen, Heimchen, für

den Rest der Fahrt

das Zugfenster verflimmert von diesem Bild, zerbrüllt und durchworfen lagen die Felder

brach

die schmerzenden

Glieder, der platzende Kopf, das Jucken unter den Augen, den Achseln, in jeder Falte der Haut das und

die Angst

die Flöhe, Läuse, das Gefurze, die notwendige Abstumpfung, die Fühllosigkeit, und wieder

wieder die Angst. Kein Durchkommen

zu den Toiletten, in einer Ecke der Eimer, über dem man sich erleichterte, übergeschwappt, eklig, irgendwann egal, verloren, sonst zerriss ich noch oder

besudelte mich selbst, immer weiter

so, durch die innen und außen wachsende – die

Finsterlichkeit.

Sitzen warten lauschen harren, nicht weinen, keine Flüssigkeit verschwenden, zu wenig Wasser, unter den Mantel kriechen, versuchen zu schlafen, zu versinken, beruhigend das Rütteln der Schwellen, nur fort, fürchterlich das Rütteln der Schwellen, immer nur weiter fort von Zuhause, ich fiel, entglitt mir, schreckte hoch, neben mir lagen die Kinder, Emil, den kranken Fuß so unter sich versteckt, dass er sich das Blut abschnürte, die Hände an den Ohren, Eustachius wie ein Fötus zusammengerollt, vor Zärtlichkeit und Trauer krampfte mein Magen sich zusammen, mein Blut, Emil schreckte auf, als er mich würgen hörte, wenn jemand sich traurig oder elend fühlte, war er zur Stelle, Emil, lange

sahen wir uns an.

In Sondershausen fielen wir

mehr aus dem Waggon als dass wir stiegen, Schnee trieb in alle Richtungen zugleich, ich hatte eine Adresse um »unterzuschlüpfen«, allein das Wort erzeugte den Parasitengeschmack

im Mund, oder das, was ich später so nannte. Ich dachte an unsere Wohnung, sah Max

am Morgen in der Küche aus

dem Korb kriechen, das Hinterteil in die Höhe schieben und sich mit jaulendem

Gähnen strecken, um schlafwarm zu mir zu tappen, sich streicheln zu lassen, zurückzuwandern und leise grunzend in seine Decken zu sinken, wo er zu einer sicheren Dackelwurst gerollt

weiterschlief.

Eustachius und ich blieben zehn Wochen in Sondershausen.

Emil starb.

Als Mädchen hatte ich Geschichten über Soldaten gehört, die gesund aus dem Krieg gegen Frankreich zu ihren Ehefrauen zurückkehrten. Die Frauen teilten alles mit ihnen, »alles« wurde gesagt, bis ich begann, mir darunter Großartiges vorzustellen. Enttäuschenderweise gingen die Geschichten weiter mit Geld, Geschirr und Schmuck. Mit Geld, Geschirr und Schmuck verschwand der heimgekehrte Ehemann. Bald, sagte man, hörte die Betrogene ebendiese Geschichte aus einem Dorf zwei Tagesreisen weiter. Es war ein und derselbe Kerl, weitsichtig hatte er die Männer seiner Schwadron ausspioniert. Nun kannte er ihre Geheimnisse: Koseworte, Vorlieben, alte Streitpunkte. Selbst aus welchem Holz das Ehebett gezimmert war, hätte er anzugeben gewusst.

Ich hatte gelacht. Wie sollte es sein, dass die Frauen den Fremden so gar nicht enttarnten, wie sollte der eine so vielen verschiedenen, dicken dünnen behaarten kahlen Männern gleichen?

»Hannes« – die Laute fielen mir warm und klar aus dem Mund. Sie erinnerten mich stärker an früher als der Mann, der in unserer Hütte schlief, in meinem Bett.

Er hatte sein Gesicht verloren.

Seine Stimme hatte er mitgebracht. Klapprig dünn lagen wir auf den Strohsäcken, jeden Morgen wachte ich vor dem Heimkehrer, meinem Heimkehrer, auf. Eustachius war noch vor Sonnenaufgang fort, er arbeitete auf dem Bau, abends lernte er fürs Abitur.

Auch in Hannes' Stimme saß etwas Fremdes. Ich nannte es »was er gesehen hat«. Krieg sehen machte so voll, dass das Gesehene nicht allein in den Augen blieb und nicht allein im Gehirn. Es breitete sich in andere Organe aus, sonst platzte der Kopf. Wer, was er beobachtet hatte, nicht in die Organe abdrücken konnte, wurde verrückt. Hannes war nicht verrückt, seine Stimme war verrückt, der Hals dünn, faltig, krumm, dabei angespannt, wie verzogen und dann gedreht. Wenn wir uns aneinanderlegten im Behelfshäuschen, ein Schlafzimmer, ein Raum mit Esstisch und

Herd, das Klo am Feldrand, konnte nicht nur er mit beiden Händen um meinen Hals greifen, sondern auch ich um seinen, und als wir es taten, einfach so, weil es uns einfiel, da, nachts auf unseren Strohsäcken, weil wir nicht anders konnten, weil wir wieder Angst hatten und so steif waren wie in einem Zug und in einem Graben, legten wir also die Hände um unsere Hälse, und Hannes sagte, »zwei auf einen Streich«.

Wir waren beide kleiner

geworden, kleinere Menschen, ein »nicht mehr« hing uns an, eine Kugel aus dicht gepresster Erde, aus Eisen. Ans Fußgelenk gebunden schleppten wir sie hinter uns her; nur jene, die ebenso hinkten, Vertriebene wie wir, sahen es. Das Halsdrücken verband uns zum ersten Mal seit Hannes' Rückkehr, für einen Moment. Danach sagten wir lange kein Wort.

Der Hunger hatte mich aus dem Bett getrieben, das Licht streckte seine Morgenfinger auf die Hügelkuppen und das dicke bayrische Kloster, das für mich nicht rosa wie die Jesuswangen, sondern rosa wie Ferkelbraten auf der höchsten saß. Hannes' Taschenuhr zeigte kurz nach fünf, sie war in dem zweiten Koffer versteckt gewesen, den wir gerettet hatten, Vögel warfen ihren Gesang in die leuchtend grüne Luft, sausten ihm hinterher, saßen auf einem Ast und ließen das Geflöte der anderen auf sich prallen. Unermüdlich ahmten sie das Fallen der Bomben nach: Warnsirene. Stille. Pfeifen. Perfekt.

Hannes kam neben mich, er roch aus dem Mund, war seit drei Wochen da, nahm kein Gramm zu. Heute sah er wach aus, wie ein Toter schlief er nur. Das wollte ich nicht denken, mit solchen Ausdrücken war es vorbei. Er lag aber so auf dem Sack. Ich schämte mich, ihn nun so oft heimlich im Schlaf zu betrachten, »not fair«. Sagte ein Besatzungssoldat »not fair«, war die Fütterung vorbei, oder man jammerte, und er erbarmte sich: »not fair to let you starve.« Man bekam zu essen, bis es hieß: »Fair enough.« Ich weinte fast, als ich begriff, dass »enough« in der fremden Sprache nicht nur »genug« hieß, sondern auch mit »gerecht« verbunden war; unser eigenes »genug« war ein Traum, unser »gerecht« verloren.

Es war nicht unfair, Hannes in seinem Schlaf forschend anzublicken, obwohl er sich nicht wehren konnte; er war mir nur so fremd geworden, dass ich es als Übergriff empfand. Im alten Leben hatte ich ihn oft beim Träumen betrachtet, jeden Morgen zuhause, bevor ich aufstand, um die Küche einzuheizen. Gern hätte ich das angequetschte Nachtmäulchen eines Max fünf oder sechs liebkost, schief und traumbehindert, so sagten die Leute hier, »traamhappad«, stattdessen lag nachts ein Mann neben mir, der mit dem rechten Arm in die Höhe schlug, aufstöhnte und nicht mehr atmete; der etwas sagte, das russisch klang; der schrie und sich das Kissen, einen alten Hirsesack, mit beiden Armen an den Bauch drückte, als wäre er ein Kind.

So saßen wir auf der Bank in aller Herrgottsfrühe, wie das hier hieß, und Hannes wollte wissen, wo Emil war.

Nicht abgeholt worden im Januar 1945, nicht fortgesperrt in eine Nazianstalt, nicht zum Volkssturm gepresst, noch der Dümmste sah, dass er nicht laufen konnte. Ich schwor Hannes, dass wir ihn mitgenommen hatten aus Oels; Emils Kleidung hatte ich in Sondershausen verkauft, die Stiefel zerschnitten, hungrig das Leder auf dem Schwarzmarkt getauscht. Es war ein Fehler, nichts von unserem Ältesten für Hannes übrig gelassen zu haben, das sah ich nun, bedauerte es, Hannes fragte nach Emil, Tag um Tag.

»Nehmen wir an«, sagte er da in Hemd und Hose, beide Stücke geschenkt, beide zu groß, barfuß neben mir auf der Bank, »nehmen wir an«, sagte Hannes mit der veränderten Stimme, »er überstand den Marsch und die Fahrt mit dem Zug, nehmen wir an, er war wirklich bei euch bis Sondershausen, nehmen wir an«, sagte er und sah zu mir mit dem Glimmen in den Augen, das sich jetzt manchmal einstellte, wenn er Anlauf nahm, wenn er in die Zerlegungssprache, in die Aufzählung fiel, »nehmen wir an, ihr hattet das alles geschafft« – hatten wir –, »es war euch nichts wirklich Schlimmes zugestoßen« – stimmte nicht –, »nicht das Schlimmste« – stimmte –, was er, sagte Hannes, bereits bezweifle, »angenommen, also«, sagte er, »Emil war mit euch unterwegs: Wo ist er jetzt?«

Ich hatte es ihm viele Male erzählt. Da saß er, schaute mich an – herausfordernd und zugleich so bittend, ja, flehentlich, dass mir die Knie weich werden wollten.

»Frag Eustachius, Hannes.«

»Habe ich getan.«

»Und?«

»›Ich habe deine Pistole aus dem Schreibtisch genommen‹, hat er gesagt. ›Und Emil die andere.‹«

»Und?«

»Was und? Mehr war nicht aus ihm herauszubekommen.«

Ich verstand Hannes nicht. Drei Tage hatte Emil mit der Lungenentzündung gekämpft. Ich erinnerte mich genau. Zwei Tage schlief ich danach, sagte Stach. Daran erinnerte ich mich nicht. Das gab ich zu.

»Deckst du ihn?«, fragte Hannes.

»Wen?«

»Eustachius.«

»Was heißt hier decken?«

»Was es stets heißt, Elisabeth! Tarnen, schützen, verschweigen, lügen.«

»Ich lüge nicht!«, sagte ich.

Hannes stand so ruckartig auf, als habe jemand es ihm befohlen, und verschwand in die Hütte. Ich hörte Rascheln. Mit einem eingerissenen, vorn und hinten dicht bekritzelten Blatt Papier kam er zurück. Verschmierte Bleistiftschrift, unten fehlte ein Stück. Ich konnte nur in Ausschnitten lesen, das Bild schwamm mir schrecklich vor Augen:

Lieber Vati!

… sie steigt. Son… hat kein Haus …

… schön zu Haus, sag ich mir, ich

gehe schnittig

…

… alle hinken!

… eine --- Dämmerung über das Da…

… mir das selbstv… auf dich zu… die Luft

ist voll hauchdünner …

… … … *eiserner Asse* … in

allerkürzester Zeit, Vati

werden wir uns … wiedersehen… Eltern

zaubern den Kindern ihre Wünsche

vor … auf silbernen Sohlen …

… wegs zu dir

und haben … das Glück

…

…

… SOHNEM… …l, der dich leise liebt

Hannes sagte, »er ist abgeholt worden, nicht wahr, noch in Oels, er hat geglaubt, sie brauchen ihn für die Front?«, und ich schüttelte den Kopf.

»Lilly?«, sagte Hannes.

»Wir wohnten Lohstraße, Ecke Bebrastraße, Sondershausen«, sagte ich.

Ich wiederholte es für ihn. Silbe um Silbe.

Man konnte das auch lesen, in dem Brief. Gleich in der ersten Zeile: Sonne oder Sondershausen.

Ich sagte es, so genau ich vermochte: sechs Etagen, 37 Personen im Keller. Eingezogene Balken sollten die Decke verstärken, ein kleiner Kanonenofen spendete Wärme. Es war Tag gewesen, jetzt herrschte Dunkelheit. Am Ende des Ganges ein Doppelbett, auf dem die Kleinsten abgelegt waren. Im Treppenhaus auf jeder Etage mit Wasser gefüllte Eimer, Feuerpatschen, in Holzkisten Löschsand und Schaufeln. Herr Kriebel, Luftschutzwart, Veteran aus dem Ersten Krieg, setzte sich jede halbe Stunde den Stahlhelm mit dem Emblem des HLB auf und bat, einer der Anwesenden möge ihn zur Brandbombenkontrolle begleiten. Nicht so an diesem Tag.

Das Haus habe bereits gebrannt.

Nach der Nacht auf der Straße sei Emil mit einer Lungenentzündung in ein Kranken- und Siechenheim aufgenommen worden.

Ich sagte es, wie Lilly es immer sagte. Lilly sagte es.

Erst fort, dann tot. Emil, unser Jingla.

Doch ich erinnerte mich an den Satz: »Nicht einmal seine Sachen hat er mitgenommen.«

Ich erinnerte mich daran, diesen Satz bereits in Sondershausen seltsam gefunden zu haben. Hatte Lilly ihn gedacht? Sich im Fieber vorgesprochen? Mit rasselndem, knappem Atem?

Meine Wirbelsäule wurde weich, ich rutschte in mich zusammen. Die Bilder passten nicht zusammen. Das wusste ich noch: Lilly hatte auf der dünnen Matratze in der Aula einer Sondershausener Schule gesessen, das verschwitzte Laken halb überm Schoß. Kranke links, Kranke rechts. Eustachius, vor ihr hockend, sah ihr ins Gesicht, die Lippen trotzig aufgeworfen, die Augen ängstlich. Fünf Tage Fieber, sie erinnerte sich an nichts, Emil fort, verschwunden, sein Körper weg, seine Sachen noch da, das hieß, dass er gestorben war. Eine neue Hitze hatte nach ihrem Kopf gegriffen, war in und über ihre Brust geflossen, durch den Hals, sie fiel in das Fieber zurück, drei Tage. Später, gleich oder viel

später: führte

Eustachius sie an der Hand, zeigte er ihr da nicht Emils Grab, wenigstens den Ort, einen Haufen Erde, frisch, sie hatte das gesehen, nur wo, oder war es

geträumt? Sie blickte auf

die Schrift in Hannes' Hand und zitterte, Lilly, das Gesicht vor Hannes in die Hände geschlagen, weinte lautlos, die Wirbelsäule

weich wie Brei, über der empfindungslosen

Bank. Ihr letztes Bild

von zuhause war nicht, was sie sich hätte merken, was mitnehmen wollen, durch alle letzten

Bilder ragte der Balken, der sie ausstrich, bei Emil war es am schlimmsten, hier gab es nichts als Balken, hier wurde alles dunkel, eben das sah sie nun überklar, und das Schwarz, tief und gefräßig, überstrich immer von neuem jeden Zug seines ihr zulächelnden, seines

sie rufenden Gesichts. Die Vögel zwitscherten

eine ihr unvertraute Stimme fragte Hannes nach der Ortsangabe auf dem Brief, die Worte stockten

und die Vögel schrien

es gab keinen Ort

Emil hatte ihn vergessen, offensichtlich in großer Eile geschrieben

»weil ihn jemand drängte«, sagte Hannes, »oder was meinte er mit diesem ›...wegs zu dir‹? Als Soldat, als Volkssturmmann?«

»Vielleicht wollte er nicht, dass ich sehe, wie er diesen Brief schreibt«, flüsterte die ihr fremde Stimme, »er war nach dem Angriff bei uns. Die SS kam und fing an aufzuräumen, irgendwann am späten Nachmittag.« Das fiel ihr jetzt wieder ein. »Sie nahmen ihn nicht mit!«

Sie konnte darauf schwören. Wie die Männer versuchten, die Straßen von leichtem Schutt zu räumen. Wie noch Stunden nach dem Bombardement die Stadt brannte, wie sie

lernte, was alles brennen

konnte, schwören, dass Emil

bei Eustachius und ihr blieb, sie hatten die Nachtwachen aufgeteilt, erst sie, ab 22.00 Uhr Emil, dann Eustachius, jeder vier Stunden. Hannes sagte nur: »Elisabeth, war das vor oder nach der

Bombardierung, in Sondershausen oder früher auf dem Weg?«, und sie spürte seine harte Hand an ihrer Schulter. Die Frau, die ohne Wirbelsäule auf der Bank saß, flüsterte nur: »Und der Umschlag, stand da auch nichts?«, und Hannes sagte: »nichts« und ließ die Hand sinken und schwieg den Rest des Tages.

Am Abend war es zwischen Hannes und ihr dunkel bis in die Körper hinein, der letzte Koffer stand auf dem Boden vor ihrem Bett, es regnete in Schnürln, es regnete Regenwürmer, braungrau und lang, Hannes und Lilly hielten sich die Hände vor die Lippen, vor die Augen und schauten aneinander vorbei, Hannes und Lilly legten einander die Hände an den Hals und sagten nichts.

Ich zog vom Bett auf die ausgehängte Tür. Gab einen Sack Stroh darauf, der mich stach, legte zum Schlafen den Kopf auf den Arm. Zwei Ehen, die ersten 25 Jahre mit dem einen Mann, die zweiten 25 Jahre mit dem anderen. Kam Hannes nachts jemals zu mir, schien mir der Unterschied am geringsten, vielleicht erinnerte ich mich auch falsch nach der langen Pause, und alles Weitere war viel anderer, sagte mein Kopf, viel anderer falsch, unwiedergutbar anderer, wir waren bis auf die Knochen durchnässt, im Trockenen noch, an jeder Stelle des Körpers standen die Knochen hervor.

Stach hatte gesagt, im Dunkeln verwandele sich die Hütte, alle Organe vergrößere sie nach außen, insbesondere die Ohren, gern auch Leber und Niere, das ängstliche Herz, und ich wusste, was er meinte. Tags brachte unser Sohn zuweilen Extrabrot oder ein Stück Fleisch, tags schmerzten die Gedanken an Emil, die Blicke auf Hannes. Nachts ging auch Stach verloren, er lebte, ging aber schlimmer verloren als Emil, er hatte zu viel getan und gesehen, war hart und verletzt in die Höhe geschossen, immer weiter fort von mir. Im Vergleich schien mir meine Beziehung zu Emil einfacher, süßer auch.

Zwischen Wachen und Schlaf dachte ich an ihn ohne die Flucht, ein warmer Wind trug mich als Beobachterin meiner selbst in mein Leben zurück, der in der mittäglichen Wintersonne leuchtende Vorgarten, die ersten Schneeglöckchen, ein begeistert in der Erde grabender Dackel, Eustachius als Baby im Wagen, Emil, der ihn schaukelt, mich ansieht und lacht.

Manchmal zitterten

die Finger, weil ich daran dachte, manchmal, damit ich daran dachte, die runde Welt, in der Lilly gelebt hatte

die runde Person, die in dieser Welt gelebt hatte

ohne Frage

zuhause, auch damals zeitweise erschöpft, ängstlich, geplagt, gewiss

jetzt indes schienen mir diese Zustände klein und leicht, und ich sah, wie HEIL alles gewesen war

im Vergleich

selbst das Wort HEIL war zerstört, dieses glaubenswichtige hergebrachte Wort

verwandelt

in das »hell« der Amerikaner und Engländer, »you« flüsterten sie voller Trauer und Hass: »you turned our world to hell.«

Das Rosa der Kirche, das Glöcklein, das munter sang, der knapp über die Berge gekrümmte Himmel griffen nach uns. Dass ich die von Eustachius in den Koffer gepackten Silberbecher noch zuhause wieder ausgepackt hatte, war ausnehmend blöd gewesen. Wie blöd ich gewesen war, verstand ich selbst nicht mehr. Nur jetzt, am späten Nachmittag des 13. September 1946, war ich blöder dran.

Die gelbgrünen Wiesen knisterten vor Trockenheit, der Biergarten am Kloster grölte, ganz Kastanie, Seidel und Kies. Wilfings Polizist, Dorfgendarm Moser, von den Amis kommissarisch in sein altes Amt gesetzt, hatte mich zu sich bestellt. Verbotene Tierhaltung! Er meinte unsere drei bis vier Hühner, unsere zwei

Gänse, gut: die, sagen wir, inzwischen erfolgreich auf zehn vermehrten Hühner, sechs Gänse, 20 Kaninchen, was sollte daran verboten sein? Ich verkaufte sie nicht, wir aßen sie selbst.

Die Dorffrauen hatten mir beigebracht, das Huhn gegen den Busen zu pressen, ihm die Kehle durchzuschneiden, den Rumpf zum Ausbluten über den Eimer zwischen den Beinen zu halten. Einige Male schon hatte jemand nachts die Bretter über der Jauchegrube des Nachbarn zur Seite geschoben. Rutschte ein Huhn hinein, war es nur ertrunken, essen konnte man das noch, es kostete ein vermindertes Silberbesteck, eine Gabel und ein kleiner Löffel taten es, ein Jauchehuhn. Ich hatte Glück, die Frauen mochten meine Kließla mit Tunke, ich musste sie nur Knödel nennen. Kochte ich zur Erntezeit für die Bäuerinnen, die auf dem Feld arbeiteten, weil die Männer fehlten, durfte ich am Abend ein paar Kartoffeln und zwei Knödel mitnehmen. Auf dem Weg ins Flakheim wurden wieder Kließla daraus.

Die Amtsstube lag im Erdgeschoss des Gendarmenhauses unmittelbar neben der stark verkleinerten Dienstwohnung, denn alle oberen Stockwerke hatte man Pankraz Moser, dem hübschen Gendarm, mit Preußen vollquartiert. »Hatte man ihm.« Mit solchen wie uns. Sein Sohn war 1942 in Russland gefallen, die Frau vor dem Krieg gestorben. Obwohl es sich jedes Mal um unseren Aufenthalt handelte, Arbeitserlaubnis, Meldegebühr, ging ich nicht ungern zu Moser. Er sprach niemals grob mit mir, sah mich eher besorgt als abweisend aus den dunklen, schräg geschnittenen Augen an.

Diesmal schloss er, ich war kaum über die Schwelle getreten, die Amtsstube ab und führte mich in den rückwärtigen Raum. Ein halber Laib Brot lag auf dem Tisch, dazu Butter und ein Stück Schinken. Der schöne Gendarm, das Haar blond wie ein junger Mann, die Stirn hoch, drängte mich gegen die Holzkante, bog mir, als ich mit dem Po anstieß, das Rückgrat nach hinten, bis ich auf der Platte zappelte, die Beine halb in der Luft. Er vergrub das Gesicht zwischen meinen Brüsten, während seine Hände mich in das harte Holz drückten.

Für Augenblicke rissen mein Kopf und mein Körper auseinander, dann wehrte ich mich, wand mich wie ein Fisch auf dem Stein, wäre gern glitschiger gewesen. Moser kniete über mir, eine seiner Hände arbeitete sich unter meinen Rock, mit bloßer Armkraft presste der Gendarm mir den Schenkel so stark nach außen, dass ich vor Überraschung und Schmerz aufschrie, woraufhin er mich lachend auf dem Tisch weiter nach oben schob zu den Lebensmitteln und sich stöhnend und mit vollem Gewicht auf mich fallen ließ. Ich schloss die Augen, um ihn nicht sehen zu müssen, aber so fühlte ich mehr, roch seinen Atem und den entsetzlichen Schinken und riss die Augen auf. Der Gendarm hielt mich mit seinem gesamten Körper fest, da es noch warm war und wir auch sonst sparten, hatte ich nichts unter dem Rock getragen und spürte Moser, hart nun und ebenfalls nackt, an meinem Bauch. Er half nach, suchte auch mit der Hand, es roch nach Schinken und Mann, ich riss den Mund auf, um nicht zu ersticken, der Gendarm drückte mir den Kiefer zurück

»halt's Maul!«

eine Hand lag über meinem Mund und fixierte meinen Kopf, und weil wir kämpften, weil es so fleischig roch, weil ich jählings verstand, dass er das öfter mit Frauen gemacht hatte, riss ich blitzschnell die Lippen auf und klappte die Zähne mit aller Kraft wieder zu.

Er schrie. Ich verstand nicht, ob er auch etwas sagte, zu sehr war ich selbst davon überrascht, wie der Biss durch den Knochen gegangen war. Moser glitt aus mir, schob den Oberkörper nach vorn und schlug mir mit der unverletzten Linken ins Gesicht, dass mir der Schädel zur Seite flog. Ich spuckte aus, was ich auf der Zunge hatte, es fiel neben mir auf den Tisch, blankgelutscht mit rotem Ende, ein Stück Finger, samt Nagel.

Da war Moser ruhig.

Er stieg ab, ohne mich anzusehen, hielt die blutende Hand hoch, griff mit der anderen nach dem Stück seiner selbst, setzte sich auf einen Stuhl.

»Saug an der Wunde«, sagte ich von oben, vom Tisch.

Ich hatte genug Heilkunde gelernt. Zu mir sagte ich: »Lilly, komm.« Sagte: »Mit der Lilly von früher machst du das, du Schwein. Mit der Lilly von heute nicht.«

Ich strich mir den Rock glatt, die Haare. Über dem Waschbecken an der Wand spülte ich mir den Mund aus. Es war sein rechter Ringfinger, das oberste Glied. Der Stummel lag in Mosers Schoß. Er sah unnatürlich aus.

»Verbinden?«

Zu schöner Pankraz. Dass er stumm blieb, war ein günstiges Zeichen. So weit kannte ich die Leute hier inzwischen. Ich begriff, dass er sich entschieden hatte. Auch ich schwieg. Hieß: Wir beide würden in alle Zukunft schweigen.

In der Amtsstube fand ich einen Notfallkasten: Desinfektionsmittel, Binden, Klebeband. Auf dem Deckel das Hakenkreuz.

»Was machen wir mit dem … Rest?«, fragte ich Moser, dessen Gesicht allmählich wieder die ortsübliche Rötung zeigte.

Er zuckte die Schultern.

Ich wickelte die Kuppe in ein Stück Watte, knotete Mull darum. Es tat gut, das Fingerding nicht mehr zu sehen. Wie ein Tier, das Ding, ein menschfarbener Wurm. Moser und ich wechselten einen Blick. Das weiße Päckchen flog in den Müll.

Schöner Pankraz. Etwas weniger schön.

Ich ging. Auf den schaukelnden Zehen. Den Flüchtlingszehen. Zwei erfroren, eine dritte blau.

Als ich die Dorfstraße erreichte, spürte ich, dass meine Beine zitterten, und sah mich, wie Moser mich weggehen sehen musste, eine blau gekleidete Frau, verschwitzt, die »Steckerlwaden« in schäbigen Schuhen, eine Fremde auf dem Weg durchs Dorf. »Engerling und Flüchtling sind Bayerns Schädling«, schrien die Bauernkinder mir nach, erneut fühlte ich mich das weiße Päckchen mit kleiner Bewegung in den Mülleimer werfen, hörte, wie es aufkam, das sollte ich noch oft hören, blutig, winzig, im Müll, sollte noch oft sehen, wie ich davonging, »Engerling und Flüchtling«, und ihn mitnahm, Mosers Finger, einen kleinen Stumpen, rot und warm in der Dunkelheit meines Körpers, der Erinnerung.

SIMONE 5

Außer Atem schleppte ich mich zwischen zwei Berggipfeln auf einem lächerlich breiten Kiesweg aufwärts. Esther, dickliches Küken in gelber Sturmweste, wanderte mir mühelos voraus.

Vor einer Woche waren Vaters Affen entdeckt worden. Ich nahm an, dass er inzwischen wusste, wer der Polizei den Hinweis gegeben hatte. Keller, Luxuskeller, Kikelkakel! Affengeruch im Haus, schwarzes Haar im Bananenkuchen. Ob er meiner Tochter weitergesagt hatte, dass vermutlich ich es war, oder, gewissermaßen doppelt erzieherisch, die Meinung pflegte, es sei an ihr, es herauszufinden, bzw. an mir, ihr die Wahrheit zu gestehen? Sie war, als die Beamten nicht zufällig bei ihm klingelten, mit ihrem Spanischkurs in Madrid (ebenfalls kein Zufall), am Donnerstag kam sie zurück, tags darauf fuhr ich unzufällig nach Polen, Sonntagabend wich Esther mir aus, den Montag und Dienstag hatte ich am Institut zugebracht, wir verabredeten per Mail, heute, am ersten Mittwoch im April, in die Berge zu gehen. Auf der Fahrt hatte sie geschlafen, nun stürmte sie in einer sonnendurchfluteten Postkarte vor mir her. Die Berge glichen auf so lächerlich übertriebene Weise den Abbildern ihrer selbst, die noch am Parkplatzkiosk feilgeboten worden waren, dass ich fast erwartete, Esthers energischer Tritt werde die Hochglanzflächen zerschrammen. Meine Tochter war wütend oder musste mir ihre Überlegenheit beweisen.

Eine Wiese, mit frischem Grün beflaumt, zog neben uns den Schattenhang hinauf. Die Luft roch nach Kiefern, Restschnee und

Ferne. Man konnte glauben, alles erreicht zu haben; hob man jedoch den Blick, starrte man auf die nächste Felswand. Rundum erschien die Welt als steinernes Haifischgebiss. Heimat? 150 Meter über uns protzte auf einem breiten Vorsprung die obligatorische »Almhütte«, ein immenses Gasthaus aus grob behauenen Felsquadern. Im obersten Drittel hatte man die Wände gekalkt. Das Gebäude sollte echt aussehen, nach der imaginierten Unbeholfenheit der Menschen vor 300 Jahren, da die heutige Unbeholfenheit selbstverständlich nicht zu ertragen war.

Esther hielt inne und nuckelte an ihrer alten grüngeblümten Siggflasche. Alles erinnerte an Familie, an uns. Halb Kind, halb Frau stand meine Tochter rotwangig über mir und beobachtete mich aus den Augenwinkeln. Angesichts der Umstände durfte ich froh sein, dass sie mitgefahren war – und das ließ sie mich auch fühlen; ich war mir allerdings sicher, dass sie ebenfalls etwas von mir wollte: es trug ein äffisches Gesicht, genauer zwei, war noch recht klein und durch Vater völlig überkonditioniert, zumindest für den Forschungsalltag in meinem Institut. Eustachius hatte, wie Johnny erzählte, diesmal die Tiernähe weiter getrieben denn je und die Affen mit allen Mitteln an sich gebunden. Kurz nach dem Zwischenspiel mit der Polizei hatte das aufgeflogene Genie Johnny besucht, mit den Affen, und ihn um Geld »angehauen«. Ein paar Tausender. Und Johnny, Johnny, diese Dorfhupe, hatte sie ihm gegeben.

In den Wäldern um die Stadt Gubbio, sagte ich leise, lebte ein großer, schrecklicher Wolf. Er riss, was er fassen konnte, fasste mehr, als man glauben wollte. Kaum ein Mensch wagte sich, seit er sich einige Male gezeigt hatte, über die Mauern der Stadt hinaus, ihr Bild verschwamm den Bewohnern vorm Gesicht, so eingeschlossen fanden sie sich, denn nie mehr konnten sie auf sich zurückschauen, nie sich von sich entfernen. Und wenn sie die zunehmend stumpfen Augen einmal öffneten, sahen sie erneut nichts als den Wolf, wie er, im Mittagslicht nur er selbst, schattenlos und groß die Gräben vor den Mauern umschlich.

Eine einzige Gutenachtgeschichte hatte Vater je erzählt. Diese. Keine Ahnung, woher sie stammte. Auch Esther war in ihren Genuss gekommen, und es schien, dem Wolf und Franziskus sei Dank, zu funktionieren: Meine Tochter ging nahe genug vor mir, um mich zu hören, und kein Einspruch, kein pubertierend hämisches Lachen unterbrach mich.

Franziskus beschloss, in den Wald aufzubrechen und den Wolf zu suchen. Die Bürger von Gubbio rieten ihm dringend ab, es habe keinen Sinn, sich gegen die Natur, selbst wenn sie irrlaufe, zu stemmen. Franziskus hörte, wie es heißt, aus Mitleid mit den Gubbionern nicht auf diese Worte, möglicherweise bewegte ihn stärker sein Mitleid für den Wolf. Als er in den Wald des Grauens zog, so Eustachius an dieser Stelle stets mit Genuss, schlichen zahlreiche Bürger der Stadt hinter ihm her; sie glaubten, dass das gierige Tier, wenn es einen Mann verspeist hätte, nämlich den vorwitzigen Franziskus, vorerst satt wäre. Ohne Gefahr also konnte man zusehen.

So verließen sie zwar nicht sich selbst, aber ihre Stadtmauern, bereits damit hätte Franziskus, auch ohne Erscheinen des Wolfes, etwas bewirkt.

Das Tier indes wusste das nicht und stellte sich brav mit weit aufgerissenem Maul vor Franziskus in den Weg. Dass dieser dabei nicht nur die gebogene Schärfe der Zähne sah, sondern auch, wie alt und löchrig das Gebiss im Kiefer hing, konnte dem Wolf nicht bewusst sein. Franziskus lud ihn ein, näher heranzutreten, und nannte ihn Bruder. Das einsame Rudelwesen legte, als der Prediger ihm versprach, dass ihm kein Leid geschehen solle, seinerseits als Friedenszeichen dem Mann, der die Tiersprache verstand, die Pfote in die Hand. Hand und Pfote passten bedingungslos ineinander, sie waren gleich groß und konnten gleichermaßen kräftig anpacken, nur, was die Milde anging, obsiegte der Wolf. Mit den Haaren zwischen den Pfotenballen erriet er jedes Gefühl, das sein Gegenüber je durchströmt hatte. Er folgte Franziskus in die Stadt, wurde wirklich den Rest seines Lebens von den Bewohnern gefüttert, und selbst die Hunde bellten, wie ihm versprochen worden war, niemals nach ihm.

Nach uns, immerhin, krähte augenblicklich kein Hahn. Zeit, Wolken, Himmelblau. Davor Esthers lockiger, auf und ab wippender Pferdeschwanz. Wir trugen Bergschuhe derselben Marke, meine grau, ihre grün, zwei Nummern größer, Steine rollten unter uns davon.

»Ende vorletzter Woche rief ich Maggy Kowalsky an«, sagte ich.

Halbierte Kohlköpfe, spiralige Karotten. Sehr gesund, in großen Mengen. Viel zu viel für einen Einzelnen, selbst wenn er in einem unterirdischen Affeneldorado, einem weißen oberlichtigen 250 000-Euro-Heimurwald drei Extratiefkühlschränke belud. Noch während Maggy sprach, war mir endgültig alles klar geworden. Ich meine alles: Stachs ewiges Fernsehen, seine Gesundheitsreisen, die Mützenkrankheit.

Im Institut rieche ich es, wenn eines der Äffchen auch nur durch den Gang gerollt wurde. Und bei ihm? Monatelang war ich davor davongelaufen, etwas bemerken zu müssen. Affenlaiin, Harmlosmutti, Töchterchen.

»Und?«

Ihre Stimme klang, als habe sie zwölf Stunden geredet, dabei hatte sie kein Wort gesagt, war im Wagen flink unter ihren Kopfhörern verschwunden, im toten Winkel auf dem Rücksitz hinter mir.

»Du hast es gewusst, Esther. Ich nehme es dir nicht übel.«

Das war eine Lüge. Ich nahm es ihr übel, verstand sie aber.

»Ich strenge mich jedenfalls an«, sagte ich.

Steinig ragten die Gipfel über uns auf. Auf den niedrigeren führte ein schorfiger Weg; die Wand unter ihm wirkte extrem unruhig, wie aus überdimensionierten grauen Ziegeln gefügt. Schroff sprangen sie aus dem Nichts nach vorn, manche schmal wie Bretter, Sprungbretter über dem Steinemeer. Aus mir uneinsichtigen Gründen ging die Wand in eine Geröllhalde über, die im Vergleich nahezu glatt und kleingenoppt wirkte, eine lange, weit nach vorn gestreckte Bergzunge, so steil, dass offensichtlich niemand sie zu betreten wagte. Blitzte die Sonne zwischen wie aus dem Nichts aufziehenden Wolken hindurch, verwandelte sich das Bild, Kanten und Vorsprünge der Wand traten aufs Schärfste zu einem unnatürlich rechteckigen Muster zusammen, ein gigantischer, senkrecht gestellter, bizarrer Chip, von einer irren Macht für Experimente erdacht, die den menschlichen Verstand überstiegen. Esther hielt die Karte, an der nächsten Kehre mussten wir uns zwischen den Wegen entscheiden.

»Weißt du, was für Versuche er machte?«, fragte ich zwischen zwei Schlucken aus meiner Siggflasche.

»Weißt du«, sagte sie und marschierte los, ihr Rucksack musste extrem leicht sein, ich trug fast alles, Brote, Wasser, Schokolade, eine Jacke für mich, eine für sie.

»Weißt du noch, wie diese Affen das Baby auseinanderrissen, die blutigen Rippen! Wie einer dem anderen das Bruststück reichte, und der knabberte daran? Wie du«, sagte sie leise.

Ich schluckte. Ich hatte nicht ihn zerrissen, nur eine Lüge, ein Gespinst, eine Idiotie, bei der er weiter ging, als ich zunächst hatte wahrhaben wollen.

»Du hast leicht reden«, rief ich gegen ihren Rücken. »Ein Leben lang hat er diktiert. Und jetzt ruiniert er uns mit seinen Schulden! Mit seinem Ehrgeiz, seiner Rücksichtslosigkeit.«

»430 000 Euro!«, rief ich ihr hinterher. Ein Harmlos-Wanderpaar, ausgestattet mit wollenen Bergstrümpfen, Gamsbarthut und Kopftuch, gab ein verwirrtes »Grüß Gott« von sich. Esther reagierte nicht. In ihrem jugendlichen Wahn war ihr vermutlich weder klar, wie viel 430 000 Euro waren, wenn man sie verdienen musste, noch, wer haftete, falls Eustachius krank wurde. Sie war wie er – sie stürmte voran.

Auf dem schwierigeren Weg. Blieb ich zurück, konnte ich sie irgendwann anrufen, der Empfang wäre miserabel. Wollte ich meine Position behaupten, musste ich hinterher. Sie machte eine Probe auf meine Ernsthaftigkeit und wer weiß was noch.

Am Einstieg in die Route holte ich Esther ein. Geröll und ein Drahtseil, man ging auf Abstand. Eine Dohle, glänzendschwarz, zierlicher als eine Krähe, beäugte mich stumm von ihrem Stein, riss den sonnengelben Schnabel auf für ein helles »zirrrrrr«, wobei sie das »r« auf bayrische Art rollte, und flog davon.

Wie sicher Affen von Baum zu Baum schwangen, was für eine freie Existenz zwischen Erdboden und Luft. Mit Mühe stieß ich meinen Rumpf über meinen ungünstig geraden Beinen aufwärts. Der Steig, ungefährlicher als erwartet, entpuppte sich als anstrengender als gedacht. Das Hängen und Greifen indes klärte auch den Kopf: Man musste sich auf jeden Schritt konzentrieren.

Ich hörte mich atmen, Steine kollerten unter mir weg.

Esther wartete oben.

Ich lächelte sie an – mir unterlief diese Mutterblödigkeit.

Über ein grobes Steinfeld ging es weiter. Immerhin nebeneinander jetzt.

»Ich will dich nicht aushorchen, Esther, dir auch nichts erzählen, was du schon weißt. Vielleicht hat Opa mit dir gesprochen, dir gegenüber seine Geheimniskrämerei wirklich aufgegeben.«

Sie schwieg, und ich war mir nicht sicher.

Nach 20 Jahren Affen- und Menschenforschung stellte ich mir bisweilen vor, dass Menschen anders als ihre nächsten Verwandten innen aus Gel bestanden. Tiere waren verankert, eingebettet in ein sicheres Wissen davon, was man tat und was nicht. Im Homo sapiens hingegen saß an der Stelle des Instinktes etwas Weich-Zähes. Es ließ sich verformen. Als Wissenschaftlerin hätte ich gesagt: Das Gehirn ist ein distributives, der mesoskopischen Welt angepasstes, sich selbst organisierendes System nichtlinearer Dynamik. Sein Optionenraum ist nur endlich, endlich unmessbar, also menschlich unendlich. Das Innere, Mensch-Wabbelige konnte man gelegentlich hören: stöhnte es »arrhh« oder »grhhh«, wurde man krank; machte es Musik, war man verliebt.

»Er hat sich operieren lassen, Esther.«

Nach dem Telefonat mit Maggy war auch dieser Groschen gefallen. Mützen selbst in der Wohnung! Wochenlange Erkältungen ohne Symptome, frieren am nackten Kopf. Im Sommer!

»430 000 Euro. Der Kellerausbau kostete vielleicht 250 000, samt Grundstück. Ungefähr 100 000 Euro nahm Vater in die Hand, um an die beiden Bonobos zu kommen und sie illegal einzuführen. Der Rest …« Diesmal flüsterte ich. Esther hatte sich den Pulli um die Hüfte gebunden. Noch 30 Höhenmeter zum Gipfel, man sah den überquellenden Mülleimer neben dem Kreuz.

»Er hat sich den Schädel öffnen und eine Elektrodenstation implantieren lassen. Dein Opa trägt ein Riesenloch im Kopf, eine Anschlussstelle, größer als bei den Figuren in den Matrixfilmen. Sechs mal zwei Zentimeter, schätze ich.«

Ich hatte keine Ahnung, wer es ihm gemacht hatte, konnte mir dafür umso besser vorstellen, wo die OP stattgefunden hatte. In meinem Institut! Was für wertvolle Affen gut war, reichte selbstredend auch für Menschen. Ein geschickter Operateur und nach 30 Minuten war alles passiert.

Esther schaute mich an, als verstehe sie ihre Muttersprache nicht mehr.

»Knochensäge«, sagte ich. »Bei vollem Bewusstsein.«

Auf dem geöffneten Kopf wurde mit Hilfe von Spinnenbeinen ein Haltebolzen befestigt. Man rieb ihn vorab mit Calciumphosphat ein, um die Knochenbildung anzuregen. War das Titan ausreichend eingewachsen, kam ein Zylinder im Durchmesser von einem Zentimeter hinzu, bei einem Menschen größer. Man legte die harte Gehirnhaut unter dem Schädelknochen frei, schob Plastikfolien voller Elektroden ein und deckelte den Zylinder. Kein sonderlich riskanter Eingriff, solange keine Infektion auftrat. Auch

Vater hatte sich das Loch gewiss abschließen lassen, sich vielleicht sogar für ein dauerhaftes Implantat entschieden. Die Elektrodenzugänge wurden sodann über der Trepanationsstelle mit einer Steckdose versehen, die man in ein Schutzhäuschen bettete, ein eckiges Kästchen auf dem Kopf. Eustachius konnte sich in seine Versuchsanordnung setzen, gleich nach den Affen, sich die Mütze abnehmen und sich selbst über seine Steckdose einpluggen, um zu beobachten, was sein Gehirn tat, während er Affenaufgaben löste. Wenn er lernte, sich zu lesen, konnte er innen und außen wissen, was er dachte, er war in der Lage, zuzusehen, wie seine Gedanken entstanden *und* sie zu denken, konnte beobachten, wie sein Gehirn seinem Bewusstsein vorauslief, und warten, bis es bei ihm eintraf: Es war die vollkommene Selbstbeobachtung.

Die hatte er sich eingerichtet. So übertrieben, dass sie nur göttlich sein oder in den Wahnsinn führen konnte. Ich ging von Letzterem aus.

Esthers Augen glommen: »Wow.«

Ein leises, fast zärtliches Wow.

»Die Polizei war die einzige Weise, ihn zu stoppen.«

»Das darfst du doch gar nicht. Jemanden so stoppen!«

»Wirklich nicht, Esther?«

Sie blieb stehen. Als sie klein war, ging ich nie mehr als ein paar Schritte vor ihr her. Sie musste mir nicht nachlaufen.

Wir schauten uns in die Augen.

»Es war nicht die einzige Weise«, sagte sie. »Du hättest mich zu ihm schicken können.«

Nach der langen vegetationslosen Steigung wurde der Berg wieder belebter, Latschen und Gräser wiegten sich im Wind. Mit fast jeder Kurve des Steinpfades boten sich neue Felsabbrüche und Geröllhänge dem Blick dar; mal flossen sie, milder gestimmt, ineinander, dann zackten einzelne Formen dramatisch hervor. Das Licht des Himmels schien nun, mittags, zu groß zu werden, um noch blau zu sein, die Farbe löste sich auf, als ziehe sie sich in eine höhere Schicht zurück, wovon der Himmel durchsichtig wurde, wie lasiert, ein sich bewegendes Milchsuppenweiß, das sich im Osten zu Clustern graurandiger Wolken verdichtete. Die Wolken umschlossen Lichtringe ungleicher Dichte, so dass das Bild den Aktivierungsmustern der menschlichen Sehareale V1, V2, V3 ähnelte. Auch dass die Landschaft, trotz der Erschließung der Alpen, an vielen Stellen ungenutzt dalag, erinnerte mich an unseren Kopf, wir dachten mit nicht einmal der Hälfte unserer Kapazität. Und es war nicht so, dass man Menschen und ihren Taten das nicht angemerkt hätte! »Wow!« Ich fand Vaters Aktion das Gegenteil von großartig. Sie war nicht nur unnötig, sie war lebensgefährlich in seinem Alter.

Der Gipfel quoll über von Wanderern und Seilbahnfahrern. Nie würde ich verstehen, warum man versuchte, sich in Bergen zu erholen, die von mittäglichen »Guten-Morgen«-Schreiern wimmelten, verschandelt von Schneisen, Skiliften und Restkühen unter kerosingeladenen Wolken. Die Besucher der nun unter uns prunkenden Profit-Alm lehnten auf Nostalgoholzbänken gegen die Shabby-Style-Holzwand.

Ich dachte an Eustachius. Er, ich und die Alm existierten in mir als vierdimensionale, getaktete Objekte aus Stromverbindungen, so weit über verschiedenste Neuronenareale gespannt, als habe ein Maler alter Schule versucht, einen Körper nach exzentrischen Regeln auf eine Fläche zu spreizen. Eustachius hatte mir noch aus dem Polizeirevier über seinen Anwalt seinen Hausschlüssel zustellen lassen. Ein Zettel lag bei, ohne Anrede, ein mit Bleistift gekritzeltes: »Aha!«

Mich beschlich das Gefühl, er habe darauf gewartet, dass ich ihm endlich auf die Spur kam. War das nicht perfekt: Ich vertrieb ihn aus seinem Paradies. Ich wurde die Katastrophe, der Riss.

Eben sie hatte er heimlich ersehnt, und ich hatte seine Sehnsucht erfüllt. Anfangs schien mir der Gedanke absurd, dann ließ er sich nicht mehr verscheuchen. Eine untergründige Intuition und die Bücher, die Boris mir in dem afrikanischen Restaurant empfohlen hatte, fütterten ihn. Es machte mich bald wahnsinnig: Ich wollte keine Marionette sein, die ein Leben lang an Vaters Fäden zappelte.

Egal, was ich tat: nach Marionette sah es aus. Ich sagte zu Esther: »Komm, essen wir was auf der Alm.« Das wenigstens wirkte selbstbestimmt.

Eustachius hatte mich gebeten, seinen Dschungel sowohl wissenschaftlich als auch affenhalterisch zu beurteilen bzw. andere Affenforscher und am besten auch einen Tierschützer einzubinden. Er hatte eine Liste mit Namen angehängt, als wüsste ich nicht selbst Bescheid.

Wir stiegen ab, ich wischte mir den Schweiß von der Stirn. Die Wolken waren nach Osten getrieben, die Sonne brannte.

Noch am Nachmittag des Tages, an dem die Polizei bei Vater geklingelt hatte, war ich in Eustachius' Paradies gestanden. An seinem kleinsten Computer im Schlafzimmer hingen vier Tastatursets, jedes bediente 56 Lexikogramme der Affensprache Yerkish. Vater hatte eine Reihe der aus Strichen, Kreisen, Kreuzen und Farben auf schwarzem Grund aufgebauten Bildzeichen verändert. Sie stellten kein abbildendes Symbolsystem dar. Den eigenen Namen etwa und die Namen der Affen übersetzte jeder Trainer in selbst erfundene, auf den dunklen Wassern der Fragwürdigkeit treibende Strich-, Kreis- und Wellenkombinationen. Die sehr nach Mensch aussahen, wie ich fand. Einige Linguisten waren unsinnigerweise der Meinung, es handele sich bei Yerkish nicht um eine Sprache, dabei bildete diese Erfindung des Konstruktivisten und Verhaltensforschers Ernst von Glasersfeld in einer Pidginversion die Grammatik des Englischen mit Präpositionen, Wunschformen, Adverbien und Bitten nach, unter willkürlicher Verwendung europäischer Satzzeichen: »?Monty have ball.« Als ich eine durchkreuzte, mit zwei Mittelstrichen versehene Raute auf rotem Grund anklickte, sagte eine knappe Männerstimme »come«, das blaue Feld mit weißer Zickzacklinie und weißem Mittelstrich brachte ein ebenfalls männliches »chase«, das weiße Dreieck auf Grün ein einfaches »look«, während das vielversprechende gelbe Dreieck auf Schwarz, geschnitten von einer gelben Kreislinie, zu »lemonade« führte, was mich unangenehm an eine Szene aus dem Studium erinnerte. Auf der Suche nach einem Kommilitonen hatte ich in einem mir unbekannten Trakt des Instituts eine Tür geöffnet und mich einem Schimpansen gegenübergesehen, der affenseelenallein in der Ecke des Versuchsraumes saß. Er schaute mich an, öffnete den Mund, und ich hörte ein klares und deutliches: »Glass lemonade please.«

Gut, dass ich das Gewünschte nicht zufällig in der Hand trug, ich hätte es fallen lassen. Nach dem ersten Schrecken entdeckte ich, dass die Äffin vor einem Tastenfeld saß; der Eindruck, das Tier habe mit eigener Stimme gesprochen, blieb dessen ungeachtet haften. Das menschliche Gehirn neigt dazu, gleichzeitig Auftretendes kausal miteinander zu verbinden!

Ist die Verbindung erst einmal geschaffen, lässt sie sich in vielen Fällen nie mehr lösen.

Unser Gehirn ist verbindungssüchtig. Der Rest des Menschen ebenfalls.

Im Haus meines Vaters fand ich Plüschtiere (Löwe, Giraffe, Elefant, Pferd), zwei Tretautos, eine Affen-Handpuppe, einen Kasperle und eine hölzerne, aufziehbare Eisenbahn mit Schienen, die man nach Belieben zusammensetzen konnte. An einer Magnettafel neben dem nichtgemachten Bett flatterten Anweisungen zur Herstellung von Affenpita; Eustachius hatte sich Futterfindeaufgaben ausgedacht, die seine Mitbewohner unterhielten und forderten. Diverse Klicker lagen herum, als trainierten die Affen damit sich selbst.

Vielleicht trainierten sie ihn.

Auf der Küchentafel in Form eines bayrischen Dackels stand in dicker weißer Kreide ein einziges Wort: »Funke«. Man hätte meinen können, im Labor eines Pyromanen zu stehen.

In seinem Alter forschte man nicht mehr, wenn einen nicht wirklich etwas umtrieb.

»Funke«. Lange schaute ich auf das Wort.

Etwas in Vater weigerte sich aufzugeben. Diese unnatürliche Lebenskraft und Beharrensstärke, dieser irrsinnige Ehrgeiz, die romantische Weltrettungssehnsucht in einem Mann, der Rationalist war und alles durchschaute, nur das nicht, seinen letzten (faustischen?) Traum, dessen Inhalt ich bestenfalls ahnte (perfekte Selbstbeobachtung, Überwindung gehirnlicher Schranken?) und den er wachen Geistes strikt von sich gewiesen hätte, denn er war als Forscher zwar nie bescheiden gewesen, im Gegenteil, extrem leistungsorientiert, man konnte Angst haben vor seinen Ideen und der Konsequenz, mit der er sie umsetzte, vor seiner halbherzig verborgenen Gewalttätigkeit, doch eine Grenze hatte er gekannt: Machbarkeit.

Bis vor kurzem.

Und nun, wie entbunden, freigesetzt aus den Rollen und der Person, die er 50 Jahre lang gewesen war. Oder 69? So lange lag »die Flucht« zurück. Ich konnte mir Vater vor diesem Datum nicht vorstellen, selbst in meinen Träumen kam ich nicht an den Jungen in Oels heran, der, so Lilly, schüchtern und tierliebend gewesen war, still, die Glieder zart, der Blick verträumt.

Eustachius' paradiesische Verpflegungs- und Hygienefacilities erfüllten unsere Standards der Affenversorgung, ja, übertrafen sie. Mit Erfahrung merkte man Versuchen bald an, ob ihr Aufbau human (Anfänger), äffisch (Könner) oder gegenäffisch (Meister) gedacht war. Nur mit Letzterem konnte man dem Nicht-Sapiens-Menschen auf die Schliche kommen, der alten Frage etwa, deren Beantwortung so viele Forscher in die Irre geführt hatte: Ob Primaten, wie der Anschein suggerierte, Regeln begriffen oder ob sie bei der gestellten Aufgabe nur statistisch verfuhren, ohne Verstand, gelenkt von Zufall und Emotion.

Statt des üblichen für Versuche abgetrennten Zimmers fand ich zwei solcher Räume. In dem größeren stand ein Apparat, der auf Knopfdruck Stromstöße unterschiedlicher Stärke aussandte. Wollte Vater das allbekannte Milgramexperiment, bei dem ein Mensch einem anderen Menschen zunehmend schmerzlichere Stöße verpasste, nur weil ein Dritter ihn dazu anhielt, mit Affen durchführen? Wollte er sehen, ob sie seinen Befehlen folgten?

An einem wissenschaftlichen Institut war solch ein Versuch heutzutage auch mit Tieren aus ethischen Gründen völlig undenkbar.

Der Funke.

Undenkbar. Außer man benutzte sich selbst als Material.

Wir lehnten an dem warmen Rückenholz einer der Almbänke und Esther spielte, wie schon als kleines Kind, mit ihren Füßen, um sich zu beruhigen. Ihren Kaiserschmarrn verdrückte sie, schlagartig körperstill, in Nullkommanichts und sah im Nu besser gelaunt aus.

»Angst spürt er ja nicht«, sagte sie.

Ein Familien-Gag.

Und im gleichen Ton: »Du dafür umso mehr.«

Hoppla.

»Und du?«, fragte ich ablenkend.

»Ich«, sagte sie nonchalant, »bin normal.« Sie schob den Teller von sich, hob sich den Rucksack auf die Knie und zog ein Strickzeug hervor.

Stricken? Mein Kind strickte? Heute jagte offensichtlich eine Überraschung die nächste.

»Weißt du, wofür Opsi das Geld von Johnny brauchte?«

Ich hatte keine Ahnung. War mir dafür umso sicherer, dass Vater Aggressionsexperimente durchführte. Funke! Der alte Geheimniskrämer hatte sich unwissentlich verraten. Allein schon, als er auf meinen Vortrag nicht mit Widerspruch reagierte, mit keinem »mach nur, du bist ja erwachsen«, mit keiner anderen seiner »Routinen«. Woraus haarscharf zu folgern war, dass er in eine ähnliche Richtung dachte: Primaten, Gemeinschaft, Gefühle. Dazu seine Besorgnis über den Affenfilm. Ich zählte eins und eins zusammen, kam zu Experimenten über Wut und Angriffslust. Es wäre unverantwortlich gewesen, die Tiere gegeneinander zu hetzen. Erst vor kurzem hatte mir ein Kollege erzählt, dass einer seiner Schimpansen einem anderen den Finger ausgerissen hatte. Nicht abgebissen, sondern dank der bloßen Zugkraft des eigenen Armes mitsamt den Sehnen ausgerissen.

So blieb auch Vater nur eines: sich selbst musste er bei Schmerz und beim Wütendwerden beobachten. Das Zusammenleben mit den Affen sorgte zweifellos für genug echte Anlässe.

Bei sich leitete er dabei Gehirnkurven ab, die Affen beobachtete er nur.

Sich, den Menschen, vermaß er, im Zusammenspiel mit dem Menschentier.

Eine glänzende Idee.

Nicht im Geringsten verrückt, nur konsequent. Chapeau! Ich hatte ihm das Handwerk gelegt. Dennoch: Chapeau. Ich konnte ihn verstehen, fühlte mich ihm sogar nahe, ausgerechnet jetzt.

Darüber allerdings, wofür er bereits wieder Geld brauchte, hatte ich nicht nachgedacht.

»Damit kannst du aufhören«, sagte mein Kind.

Quietschgelbe Wolle. Sollte das eine Warnweste für einen ihrer Baummitbewohner werden?

Esther trennte die Maschen auf, schaute mich an und stieß ein seltsam raunendes »Bullen!« hervor. Die ich Opa auf den Hals gehetzt hätte. Nichts Böses ahnend, habe Eustachius die Beamten eingelassen. Bereitwillig habe er alles gezeigt. Einen Kaffee angeboten. Schließlich sei es höllisch früh gewesen. Stach habe gedacht, indem er die Affen an der Haustür präsentierte, habe er alles Verbrecherische zugegeben.

»Verbrecherisch«, sagte Esther. Sie schien das Wort zu genießen. In Wirklichkeit handelte es sich nur um Ordnungswidrigkeiten. Davon allerdings eine Reihe: illegaler Erwerb, illegaler Import, illegale Haltung.

»Exakt«, sagte mein Kind und schaute mich triumphierend an: es komme noch dicker. Opa habe ihr alles aufs Genaueste berichtet. Die von mir ohne Nachdenken herbeigerufene Staatsgewalt (Staatsgewalt!) habe darauf bestanden, den Keller zu besichtigen. Ob die Tiere wirklich artgerecht gehalten würden? Stolz habe Opa auch dort alles gezeigt. »Artgerecht gehalten« sei kein Ausdruck. Die Polizei habe das aber nicht beurteilen können. Sie habe daher einen Affenexperten für die fachkundige Evaluierung der Räume verlangt. Für sich habe die Polizei bei dieser Gelegenheit die Baugenehmigung verlangt. Die Opa nicht vorweisen konnte. Eine Baugenehmigung für ein Paradies!

Dass die niemand besitze, ja, nicht besitzen könne, habe die Polizei nicht beeindruckt.

»An eine Baugenehmigung hatte Opsi nicht im Geringsten gedacht«, sagte sie.

Ich ebenfalls nicht.

Eilends seien die Räume versiegelt worden. Eine nicht vorhandene Genehmigung bedeute Einsturzgefahr! Die Beamten hätten nicht mit sich reden lassen. Hätten gesagt, in Deutschland sei das so. Worauf Opa geantwortet habe, dann pfeife er auf das Land. Er sei allerdings am Ende nur deswegen noch am Vormittag mit den Affen ins Revier und nachmittags mit den Affen zu seinem Rechtsanwalt gefahren. Wo hätte er sie lassen sollen? Sie, Esther, sei ja in Madrid gesessen. Glücklicherweise habe Stach mit Hilfe des Anwaltes einen Statiker gefunden, der bereit war, eine Expressprüfung durchzuführen.

»Der Mann traf um 12 Uhr ein, maß, horchte die Wände ab, rechnete den Rest des Tages«, sagte Esther. Sie wickelte die aufgetrennte Wolle auf.

So dass die Sicherheit des Paradieses am Abend bestätigt wurde. Wie zu erwarten. Opsi sei ja nicht bekloppt. Alles fachgerecht ausgeführt. Der ungefährliche Garten Eden sei umstandslos wieder entsiegelt worden. So der Statiker: »Garten Eden«. Der Mann sei bester Laune gewesen, angesichts des Statiker-Expresshonorares kein Wunder. So Eustachius, seinerseits amüsiert. Zumindest am nächsten Tag.

Ich stöhnte.

Genau. Das Geld dafür habe Johnny Opa gegeben. Weil ich ja schuld daran war.

Das Stöhnen blieb mir im Hals stecken. Ich – schuld. Wo lebte ich denn? Umgeben von Verrückten? Leichtgläubigen, großherzigen Naivlingen? Fieslingen?

Esther begann, Anfangsmaschen auf die Nadel zu knüpfen, schaute mich erneut an und lächelte zum ersten Mal an diesem Tag: »Wird jetzt 'ne Mütze für Opa.«

Kurze Pause. »Iss' ja wohl klar.«

War ja wohl klar.

Holzwand, heimelig-lächerliches Nadelklappern, jungstraffes Kind. Wo lebte ich denn? Noch einmal fragte ich, scheinbar nebenher: »Und hast du Angst vor mir?«

Sie strickte weiter, schaute kurz prüfend in die Luft. Als Kind habe sie sich mitunter vor mir erschreckt, daran erinnere sie sich. Angst hingegen? Nein. Ich war erleichtert, unsinnig erleichtert – wenigstens das schien gelungen. Doch dann dachte ich, dass ihre

Angstlosigkeit vielleicht nicht zutraf; möglicherweise hatte sie Angst und verbarg sie vor sich selbst, bis mir einfiel, dass ich hier diejenige war, die versuchte, eigene Gedanken vor sich zu verbergen, Gedanken wie jenen, den Mann, der uns grüßend an der Außenkante des Steinfeldes entgegengekommen war, kräftig zu schubsen. Mein Gehirn hatte sich seinen Sturz ausgemalt. Dabei kannte ich den Menschen nicht einmal.

Also – aus Neugier? Oder nur, weil es möglich war?

Ich schaute auf meine Tochter. Staubige Schuhe, blickdichte grüne Leggins, die Beine ausgestreckt. Sie rollte Wolle ab, sah in sich versunken und verletzlich aus. Ich spürte meine Angst um sie und meine Angst vor ihr gleichermaßen, sie war der Mensch, der mich am empfindlichsten verletzen konnte, sie liebte ich am tiefsten. Meine Gedanken begannen sich zu drehen, Esther würde ich jede Tat verzeihen, um ihretwillen würde es mir gelingen, von mir abzusehen, und als ich das dachte, merkte ich, dass die Angst sich löste. Ein ungeahnt luftiges Gefühl griff nach mir und verband sich mit dem Nadelgeräusch und der Wärme der Sonne. Leise lachte ich auf.

Da forschte ich seit Jahren, ja, Jahrzehnten an Bonobos, hatte Tausende Male beobachtet, wie die Affen einander mit Streicheleinheiten und dienenden Gesten beruhigten, und verdankte einem Bergausflug, der Höhenluft und meinem Kind, dass ich endlich die Bedeutung dieses Verhaltens für mich begriff.

Fressfeinde? Marginal. Sporadische Elemente der Welt. Die Welt selbst: die Familie, das Rudel. Durch die anderen Affen zogen Aggressionen und Wutanfälle wie durch einen selbst, wie man selbst hatten sie Gedanken, sahen Möglichkeiten, wie man selbst konnten sie hinterlistig sein, fasziniert von Aufstiegschancen und Macht. Jede Geste vor ihnen war eine Bewegung aus der Innenseite der Angst.

Ich musste mich dieser Angst nicht schämen, sie gehörte zu uns, schlug im Herzen des dunklen Kontinentes »Mensch«.

Zufrieden mit diesem leicht kitschigen Satz (idealer Titel für den nächsten Forschungsantrag: »Herz – Kontinent – Mensch«) knuffte ich Esther in den Arm: »Lass uns gehen.«

Für den Abstieg ins Tal nahmen wir die kletterfreie Route. Mein Nacken brannte, ich hätte mich mit Sonnenschutz eincremen sollen. Immerhin knirschten meine Knie nicht übermäßig. Ich konnte beschleunigen, bremsen, federn – und mich daran machen, Esther die zweite, schwierigere Sache zu erzählen. Eine lächerliche Sache. Ich war lächerlich dabei.

»Da in Polen«, sagte ich. Ich brauchte Anlauf.

Ich hätte, zum einen, Emils Grab in Sondershausen gesucht.

Sie war alt genug. Ich wollte, dass sie Eustachius stärker mit meinen Augen sah. Sie die Welt mit meinen Augen sehen lassen, war, was man Erziehung nannte. Ich hatte es versucht, die Welt war zu Esther hinübergewandert und in ihren Augen erstanden Formen und Farben, die ich nur mit Mühe wiedererkannte. Das war, was man Erziehungsergebnis nannte.

Das Grab ließ sich nicht finden, was nichts heißen musste. Vater hatte es Mitte der 80er Jahre besucht, mit Ines. Ines, die ich aus Sondershausen anrief, sagte, sie sei damals nicht auf den Kirchhof mitgegangen, es sei ein gräulicher Nachmittag gewesen, den sie in ihrem gräulichen Hotel verschlafen habe, auf einem absolut grauen Betonkommunismusbett.

Alle Friedhöfe klapperte ich ab; im Vorfeld hatte ich ergebnislos mit der Stadt und Friedhofsverwaltungen korrespondiert. Das zwischen Höhenzüge gebettete Sondershausen zeigte sich windig und kalt. Vermutlich war die Erklärung simpel: Seit Lillys Tod hatte niemand mehr für die Grabstelle bezahlt. Vater kümmerte sich nicht, er wollte auch nie von Emil erzählen.

Am frühen Nachmittag versuchte ich, meine Körpertemperatur unter der Decke meines breiten Nichtmehrkommunismusbetts zurück auf normal zu bringen. Das Standbylicht des Fernsehers leuchtete, die Hotellüftung brummte. Die Fenster ließen sich nicht öffnen, dafür wedelten ein paar knospenbesetzte Äste vor der Scheibe. Die Sonne führte einen milchigen, stark strahlenden Wolkenhof.

Ich schlürfte einen Cappuccino, tunkte den mitservierten Keks hinein, ein Herz mit Schlitz zum Aufstecken am Tassenrand, und war dem mir unbekannten Onkel Emil dankbar, schließlich hatte er mir den Vorwand zu dieser Reise beschert.

Nicht Vaters und seiner vermutlichen Lebenslügen wegen war ich hier.

Ich wollte nachdenken. Ohne Johnny, ohne Esther, ohne Alltag, ohne Institut, ohne Arbeit, ohne Computer, ohne Papier.

Ich ging einkaufen. Duschte mit heißem Wasser, bis ich fast nicht mehr atmen konnte, cremte mich ein, föhnte meine Haare, schaltete mein Handy an, googelte einen Weg. Die Distanzen waren mir, auch 25 Jahre nach den Umbrüchen im europäischen Osten, unvertraut. Beim Eintippen des Zielnamens sah ich auf meine Finger und dachte an Lilly. Solange ich sie kannte, hatte sie sich hinter faltigen Wangen und unter ihrer Frisur versteckt, feinem, einst blondem Haar, über das sie ein keineswegs spinnendünnes Netz zog. Nicht den kleinsten Hinweis auf ihre frühere Schönheit pflegte sie, sie ließ diese Schönheit versunken und untergegangen sein, und als ich sie einmal danach fragte, ich mochte damals etwas jünger gewesen sein als Esther jetzt, lachte sie und sagte, ihr erstes Gesicht sei in Schlesien geblieben, und die ersten Hände ebenfalls. Hände für Handschuhe aus dem Kaufhaus der Gebr. • Barrasch, mit Drehtür und gläsernem Globus auf dem Dach, die edelsten Lederhandschuhe der Welt, Ziegenleder, Kälbchenleder, Nappaleder, Schlangenleder, Känguru- und Krokodilleder, ausgelegt auf großen schrägen Schautischen gleich im Erdgeschoss, dargeboten nach Farben und Größen, Paar um Paar für die glatten schmalen Hände der elegantesten Frauen der Stadt. Und hatte mir ihre Finger entgegengestreckt. Zeige- und Mittelfinger bogen sich zum Ringfinger, an der rechten nach rechts und an der linken nach links, als müssten die Knochen sich anlehnen, als suchten sie Zuflucht beieinander, und Lilly sagte, auf der Flucht habe das angefangen, 50 Jahre lang habe sie perfekt gerade Finger gehabt, und kaum lebten sie in Wilfing, sei das passiert, und drehte die Finger so, dass sie selbst sie besser sah, als könne sie an die Form noch immer nicht glauben. Ich glaubte meiner Großmutter halb, denn bei mir hatte das Krummwachsen begonnen, als ich 13 oder 14 wurde, mein Mittel- und Zeigefinger fingen ohne Flucht an, sich wie bei Lilly zum Ringfinger zu neigen, und waren heute so gebogen wie einst bei ihr.

Am nächsten Morgen fuhr ich nach einem kargen Frühstück geradeaus weiter, nach Osten.

»Zu Boris«, sagte Esther.

Ich musste schlucken: »Woher weißt du das?«

»Steht im Netz.«

»Verarsch mich nicht.«

»Sei nicht humorlos. Außerdem sagt man das nicht.«

Man müsse ja nur zwei und zwei, besser eins und eins zusammenzählen. Ständig habe ich von Boris geredet in den letzten Wochen. Eins und eins, das habe sie auch Johnny vorgezählt.

»Prima«, sagte ich, »danke schön.«

491 Kilometer, fünf Stunden. Ich konnte zum Mittagessen in Kreisau sein.

Schon während des afrikanischen Essens hatte Nienalt mich auf Gedanken gebracht, und Gefühle, auf die Nachtigall, fast den Schmetterling. Mir gefielen nicht nur seine Stimme, sondern auch seine Versuche, mich zu necken, seine spürbare Aufgeregtheit. Dazu sein schüchternes Grinsen, dieser Widerspruch in sich.

Ich hatte seinen Geruch gemocht, als ich neben ihm auf den Matten saß.

Seine Art und Weise, mit mir über die Innenwelten von Menschen zu sprechen.

Seinen Ernst dabei.

Das Braun seiner Iris glänzte fast so dunkel wie die Pupille: neugierig, amüsiert, nachdenklich. Er stellte Fragen, die mir noch niemand gestellt hatte, und ich erzählte ihm Dinge, die ich ohne ihn nicht gewusst hätte. Erst als mein Handy klingelte, tauchten wir wieder auf in der Realität des Restaurants, in dem bereits geputzt wurde. Ich erschrak, stand fünf Minuten später zum Abschied grundlos fröhlich vor einem ratlos wirkenden Fluchtpsychologen auf der Straße im Regen und hatte – eine Vision.

Zweifellos unsinnig. Es ist aber, was ich sah, nicht anders zu nennen: eine Vision. Ausgerechnet mir, einer ausgewiesen rationalen, in analytischem Denken geschulten Frau. Ich blickte in das Gesicht des Mannes, mit dem ich die letzten Stunden verbracht hatte, und sah, wie er in 20 Jahren aussehen würde. Überdeutlich zeigte sich mir dieses ältere Ich – wenig verändert, rundköpfiger vielleicht, Falten auf der Stirn, hellgrau silbrige Haare, länger als heute, zwinkerte dieser Boris mir aus seiner unerfindlichen Zukunft zu, grinste statt schüchtern so liebevoll, dass mir warm wurde, und verschwand. Verwirrt küsste ich Nienalt halb aus Versehen, halb, weil es gar nicht anders ging, auf den Mund und verschwand möglichst rasch ins Taxi. Wo ich darüber nachdachte, wie die Erscheinung zu erklären sein sollte: kleine Samen im afrikanischen Essen? Partieller Zusammenbruch meiner Gehirnarchitektur, Synapsensprung, Fehlsteuerung, Datenpakete, taumelnd im Corpus callosum, abgestürzt? Oder einfach nur die feine Kombination von Hormon- und Seelenaufruhr als physiologischer Grubber mächtig in meinem Körper unterwegs?

Die folgenden Tage über hatte ich versucht, nicht zu viel an die Begegnung zu denken, ich wollte mich nicht einlullen lassen, doch kaum saß ich irgendwo und hatte eine Minute Zeit, spitzten Gedanken an Boris hervor, ernsthaft und neugierig. Ich sah mir Fotos von ihm im Netz an, ohne dass ich fand, was ich suchte (was suchte ich?), es war nur besser als nichts zu tun. Nachts träumte ich von ihm; morgens wusste ich nichts Einzelnes, war aufgewühlt und aufgeregt.

Was ich fühlte, wollte ich mir nicht zugestehen. Zugleich sehnte ich mich danach.

Dann rief er an. Er übertrieb (Vater habe ihn so gut wie ertränkt) und fragte ganz ohne Übertreibung, wann ich ihn heirate. »Ob« wollte er erst gar nicht wissen.

Seither hatten wir nur gemailt. Der Ball lag in meinem Feld.

Zu kompliziert, was soll daraus werden, bleib bei dem, was du hast, sagte die Vernunft. Ich konnte ihn nicht anrufen.

Ebenso wenig konnte ich ihn nicht nicht anrufen.

So hatte ich mich bis Sondershausen vorgetastet. Mit Hilfe Emils, der der Vernunft half.

Sehr vernünftig hatte ich eine Nacht in Sondershausen verbracht. Beim Frühstück noch einmal die Landkarte angestaunt: dass Kreisau so nahe bei Breslau lag, war mir ebenfalls neu.

Lag Breslau nicht hinter dem Rand der Welt?

Dann war ich losgefahren. Spontan! Und meine Tochter rechnete sich meine Aktion zuhause aus.

Das Brummen meines Volvos beruhigte mich, zuverlässig, rechtschaffen, nahezu selbstlos fuhr er dahin, ein aus der Zeit gefallenes Straßenschiff. Die schlesischen Wege hoben und senkten sich, ich schaltete in den fünften Gang und legte eine CD in ein tragbares Gerät, das seinen Strom aus dem Zigarettenanzünder zog.

Mit Nebelflecken und Nässe hatte ich gerechnet, nicht mit den milden Wölbungen einer Landschaft wechselnder Horizonte aus dunkelgrünen Wäldern und Hügeln, nicht mit dieser deutlich empfindbaren Erdmusik. Gebüsche von Wacholder und Brombeeren begrenzten die Straßen. Die Birken, in einen ersten grünen Schimmer gehüllt, der das Weiß der Stämme zum Leuchten brachte, schienen im Frühlingswind zu klingeln; ihr Narrentum kam mir wie mein eigenes vor, unwahrscheinliche 52 Jahre war ich alt und auf noch viel unwahrscheinlicheren Liebesfüßen unterwegs, Liebesrädern.

Kleiner wurden die Dörfer, tief geduckt zwischen die Mulden der Felder und Wiesen. Der Navigator zeigte 21 Kreisaus an, ich musste im Tagungsbüro der *Begegnungsstätte Krzyżowa* anrufen, um das richtige zu finden, glücklicherweise war die Rezeption auch samstags besetzt.

An zwei taubenblauen, aus Latten zusammengezimmerten Postkästen bog ich vor einem windschiefen Strommast scharf nach links.

500 Meter weiter glänzte das Kreisauer Anwesen inmitten seiner Felder und orangefarbenen Frühlingspfade. Vor einer langen, weiß gekalkten Wand, über die die Gauben frisch gedeckter, roter Dächer ragten, fand ich einen Parkplatz.

Mehrere Fußballfelder hätten mühelos in das Rechteck gepasst, das ich betrat. Auf den langgestreckten, flachen, frisch renovierten Gebäuden, die das Geviert bildeten, stand ›Tagungssaal‹, ›Restaurant‹, ›Gästezimmer‹. Es handelte sich, wie ich später erfuhr, um die ehemaligen Stallungen, Küchen und Dienstgebäude des Gutes. Das viergeschossige Herrenhaus erhob sich etwas abseits an dem offenen südöstlichen Ende der Anlage; eine sich verjüngende, mit Laternen geschmückte Treppe führte zu seiner hochgelegenen Tür, eine bemerkenswert aufrechte, elegante Akazie, um deren Stamm sich Efeu rankte, beschirmte den Eingang.

Ich zögerte. Der Hof lag so friedlich da, so fremd. Und wenn ich rasch, rasch wieder fuhr?

Die Grenze, vor der ich mich befand, war schmal. Unsichtbar für alle Welt. Ich dachte an Johnnys pragmatische Pfiffigkeit und wie er in seinen Grenzen zufrieden war, was eine Voraussetzung für Glück zu sein schien. Neidete ich sie ihm? Da bewegten sich meine Füße, als gäbe es nichts zu entscheiden. Ich streckte mich und betrat das Tagungsbüro, sagte auf Englisch hallo und hoffte, dass man meiner Stimme nicht anhörte, wie zittrig mir zumute war.

Gewappnet und bereit?

Nette Illusion.

Der schmale Mann hinter dem Tresen schickte mich in einen der kleineren Seminarräume im Herrenhaus der Moltkes. Auf Deutsch.

Zwischen Schlachtengemälden stieg ich eine breite Holztreppe in den ersten Stock hinauf. Sie zeigten, wie häufig die aus der Familie Moltke stammenden Feldmarschalle und Oberstleutnants Preußens wie Deutschlands Geschick bestimmt hatten. Nur der Widerstand gegen Hitler war so unselig gescheitert.

Das kalte Haus trug verschiedene, mit dem Krieg verbundene Gesichter.

Boris stand genau der Tür gegenüber, die ich leise aufgedrückt hatte, an einem niedrigen Pult. Ich huschte auf einen Stuhl in der letzten Reihe; die meisten der Seminarteilnehmer bemerkten mein Eintreffen gar nicht.

Die sala majowa erinnerte an ein Klassenzimmer. Stühle, Tische, Tafel. Die Wände salonblau gestrichen, nach Westen und Süden in dichter Folge von quadratischen Fensterchen durchbrochen, in denen, einer Fotoserie gleich, das aufsprießende hügelige Grün dieses Frühlings stand.

Er ließ sich nichts anmerken. Routiniert, konzentriert – ein anderer Mann als jüngst am Telefon. Anders auch als damals im Radio. Intimer, bestimmter.

In seinem Schreibtisch zuhause liege eine deutsche Pistole, die ein deutschpolnischer Mann seiner ostpolnischen Mutter im Sommer 1945 in die Hand gedrückt habe, damit sie sich und ihre Familie vor Deutschen, Räubern jedweder Nationalität und russischen Soldaten schützen könne. Seine Mutter hatte sich die Pistole unters Kopfkissen geschoben und darauf geschlafen. Einmal habe sie auf Plünderer auf der Straße geschossen. Er sagte, dass Gut und Böse, Recht und Unrecht manchmal deutlich zuweisbar und manchmal ununterscheidbar seien. Dass sie, seine Zuhörer, dies wüssten. Dass er die Pistole sein Pieronstwo nenne. Dass er wisse, dass die meisten hier im Raum dieses ursprünglich polnische, ins Schlesische übernommene Wort verstünden: Kram, Durcheinander, Zeug. Dass man ihnen, die damals Kinder gewesen seien, eingeredet habe, sie sollten froh sein, überlebt zu haben, und nichts sagen oder denken. Dass ihre Erfahrungen und Verluste nur als Kram gegolten hätten, als Zeug. Während sie in Wirklichkeit Zeugnis gäben. Dass sie, er wisse es, tüchtig geworden seien, die Aufbaugeneration. Dass sie sich nicht zu schämen brauchten, wenn nun im Alter in ihren Köpfen und in ihren Gemütern seine Kraft entfalte, was sie damals erlebt und gesehen hätten. Dass sie alle nicht nur in der Nazizeit gelebt hätten, sondern auch im Krieg. Dass dies selbstverständlich nicht zu trennen sei, allerdings zwei zu trennende Aspekte des Geschehens beleuchte. Dass man sich mit dem ersten lange auseinandergesetzt habe, auch mit jener Unfähigkeit zu trauern, die sie vielleicht selbst schmerzlich empfunden hätten und noch empfänden. Dass diese Unfähigkeit, davon sei er überzeugt, nicht nur die Nazigeschichte betroffen habe, sondern auch ihre Erfahrungen als Kinder im Krieg. All das, was sie gesehen hatten. Und gehört.

Er sprach langsamer jetzt: Und gerochen. Und gefühlt.

Einige Jüngere, meine und Boris' Generation, nahmen ebenfalls an dem Seminar teil. Kinder der Vertriebenen, wenn auch, wie ich später erfuhr, keines dieser Kinder zu einem der anwesenden alten Menschen gehörte. Beide Seiten wollten allein sein mit dem, womit sie nicht zurechtkamen.

Das kannte ich.

Boris sagte: »Was habe ich: düstere Räume, persönliches Interesse, komplizierte Lügendetektoren? Nein. Ich habe Augen, Ohren, ein kurzes Gedächtnis, menschliche Bedürfnisse, Erfahrungen, die den Ihren nicht gleichen. Denn Ihre Erfahrungen gleichen den Erfahrungen von niemandem, auch wenn man Ihnen das eingeredet hat, wenn man sagte, das brauchst du nicht zu erzählen, das haben alle erlebt. Niemand hat erlebt, was Sie erlebt haben.«

Er schaute in die Runde. »Sie sind 32 an der Zahl. Ich möchte, bevor wir in die Mittagspause gehen, mit Ihnen prüfen, wie viele Menschen hier sitzen, die wir nicht sehen. Menschen, die Sie im Krieg verloren haben: Gefallene Ihrer Familie, stark Versehrte, Männer und Frauen, die nach 1945 nicht mehr bei sich waren, Ihnen verbundene Menschen, die sich umbrachten oder versuchten sich umzubringen. Tote, die Sie auf der Straße liegen sahen, zählen nicht. Menschen, deren Sterben Sie nicht vergessen können, zählen.«

Zeit solle man sich lassen zum Nachdenken. Boris bat jeden, sein Ergebnis auf einen Zettel zu schreiben, und ich versuchte, mir Vaters Antwort vorzustellen. Ein toter Bruder, ein Vater, der versucht hatte, sich selbst zu töten, fünf Gefallene, junge Männer aus der Familie seiner Mutter, das wusste ich. Hatte er jemanden sterben sehen, so dass das Bild ihn bis heute nicht losließ?

Das Licht Kreisaus spielte über ein paar graue breite Scheitel, versteckte sich hinter einer Wolke, ließ das Holz des Bodens und der Stühle grob und zerschrammt hervortreten. Mancher Kopf blieb gesenkt. Unterdessen wanderten die kleinen weißen Briefe von einer alten Hand durch die nächste zu Boris. Er zählte. Er kam auf 173.

173 kriegstote Menschen befanden sich mit uns im Raum. Im Jahr 2014. Mehr als fünf pro Kopf.

Das war der Kern. Die böse, flache Bedeutung von »Krieg«. Wir fühlten sie und schwiegen.

Nach dem Abendvortrag des Leiters saßen die Seminarteilnehmer in den breiten, braun gestreiften Sesseln des Clubraums, tranken Bier, kauten Salzbrezeln und diskutierten. Ich sah viele falsche Gebisse, einen Herrn, der mit offenem Mund in seinem Sessel schlief, nur Boris, mit dem ich für halb elf verabredet war, sah ich nicht.

Für Sekunden waren wir mittags in der sala schweigend voreinander gestanden, ich zerrissen von Verlegenheit und Freude, während Doktor Nienalt erstaunlich gefasst wirkte. Langsam entfernten sich die Schrittgeräusche der Teilnehmer Richtung Flur, formell schüttelten wir einander die Hände. Boris packte seine Tasche und wich meinem Blick aus; erst als es endlich still war, schaute er mir in die Augen, atmete tief durch und umarmte mich.

Genauer: drückte mich an sich. Nicht lange, nicht wirklich nahe. Eher, als müsse er überprüfen, ob ich nicht doch eine Erscheinung sei.

In seminartauglichem Abstand gingen wir quer über den Hof. Er sollte Arbeitsgruppen betreuen, Gespräche moderieren und nach dem Abendessen einen Vortrag halten, der den Teilnehmern die Möglichkeit bot, geschützt durch Beispiele aus seinem Referat Fragen zu sich selbst zu stellen.

Damit, dass er beschäftigt wäre, hatte ich gerechnet. Ich konnte ihn beobachten, wie er mich bei meinem Vortrag beobachtet hatte. Ich konnte mir Kreisau ansehen. Ein Stück Polen. Vor dem Speisesaal trennten wir uns. »Geh spazieren«, flüsterte er, »dschefdschenko«.

Umgeben von dichtem grünem Rasen und weißen Stühlen saß ich im Hof vor der Cafeteria, eine Kellnerin stellte duftende Eierkuchen vor mich hin. Der Himmel spannte sich zum Eulengebirge, Richtung Grenze, und vielleicht, weil ich mich an Erzählungen meiner Großeltern erinnerte, dachte ich an Sperber und Falken, die hier ihre Kreise ziehen mussten, aber nur eine Taube mit gelb umrandeten, aufmerksam ruckenden Augen landete neben der steinernen Schale und senkte den Schnabel ins Wasser. Wie dehnte sie beim Trinken die gewölbte, erstaunlich rot befiederte Brust.

Die Saaluhr zeigte 22.40 Uhr. Muffige Luft. Oder war nur mir so heiß? Schließlich entdeckte ich den Seminarleiter, versteckt hinter einem Ficus am Ende des Raums vor der sogenannten Bar: einige halb oder kaum gefüllte, in dubiosen Farben schimmernde Flaschen, ein schwarz gekleideter Kellner mit perfekt konservierter kommunistischer Überdrussmiene, ein krokodilgrüner Drink, den Nienalt wegschob, als ich auf ihn zuging. Er verdrehte die Augen: »Ich liebe die Dienstleistungsgesellschaft«, tippte mich am Ellenbogen an und schob mich vor sich quer durch den Raum auf die Tür zu, wobei er Deckung hinter mir suchte. Der verächtliche Blick des Kellners und 31 deutsche Augenpaare folgten uns.

Boris dirigierte mich und den Volvo Richtung Gar-kein-Licht: Hügel, Motorbrummen, Wald.

»Riecht nicht nach Affe«, hatte mein Lieblingspsychologe beim Einsteigen festgestellt, jetzt kurbelte er das Fenster einen Spalt weit auf, schaute hinaus, schaute mich an, hatte vom Besuch der Polizei bei Stach gehört, nickte, als ich sagte, dass ich darüber nicht sprechen wollte, und wiederholte wie einer, der halb träumt: »Du bist wirklich da.«

»Komm ich dir fremd vor?«, fragte ich.

Er kam mir fremd vor. Es fiel mir schwer, mich auf die Straße zu konzentrieren. Die Situation fühlte sich so anders an als zuletzt am Telefon. So körperlich.

Ich hätte anhalten wollen und Boris küssen. Bei manchen Männern half – ein praktisches Experiment. Mein Beifahrer indessen lehnte gegen seine Tür, blickte immer wieder hinaus, weg von mir, und als ich versuchte herauszufinden, was los sei, antwortete er eine Weile nichts und fragte dann nur, ob ich Polen das erste Mal besuche.

Irritiert sagte ich: »Ja.«

Stach hatte einmal mit Ines, Sandra und mir nach Breslau fahren wollen. Die Reise war ausgefallen, und aus eigenem Antrieb hatte ich das Nachbarland nie besucht. Als wäre die Zeit bei Lilly und Hannes stehengeblieben, als hätte das giftige 20. Jahrhundert aus Polen eine Art Märchen oder Sage gemacht, Territorium der Schrecken und der Scham hinter den sieben Bergen.

Das Wesen im Beifahrersitz nickte nur.

Wir sollten so tun, schlug ich vor, als sei ich eine Tramperin, die er aufgegabelt habe, eine dumme Deutsche.

»Dann sähe ich dich so, wie du bist?«

»Du wüsstest nicht, wer ich bin. Du würdest mir nur ins Gesicht schauen.«

Weil sich lächerlich anhörte, was ich sagte (meine ganze Sehnsucht steckte darin, wie ich mit Schrecken fühlte), wurde ich rot. In der Dunkelheit des Wagens bemerkte Boris es nicht oder tat zumindest so.

Eine Weile fuhren wir schweigend dahin. Ich glaube, wir wussten beide nicht, wie wir ausdrücken sollten, was wir voneinander erhofften.

Ohne uns dabei zu sehr zu entblößen.

Man entblößte sich aber. Mit jedem Wort, und ich spürte, dass ich eben das ersehnte und zugleich fürchtete, und mein Herz pochte.

Die Straße wurde eng, Büsche und Sträucher wanderten näher an uns heran. Wald umschloss uns, die Scheinwerferkegel sprengten seine Bäume und Schatten nach allen Seiten zu einem Wirrwarr auseinander. Fast auf Gipfelhöhe erreichten wir einen Stausee, der Mond schien nicht, das Wasser glänzte gleichwohl, und als ich auf Nienalts Geheiß den Wagen in einer kleinen Straßenbucht geparkt hatte, hörte ich das Rauschen der Äste. Schräg vor uns stand ein schummrig beleuchtetes hölzernes Haus.

Boris sah mich forschend an: »Willst du lieber zurückfahren?«

Ich sah ebenso forschend zurück.

»Ich möchte dir etwas zeigen«, sagte er, »etwas Unschönes. Ich möchte«, er räusperte sich, »dass du mich kennenlernst.«

Verlockend klang das nicht. Er hatte sich weit vorgewagt am Telefon, und nun zweifelte er oder bereute es? Etwas in mir rief beleidigt: »Lassen wir's!«, rollte sich zu meiner Überraschung aber zu einem wirbelnden Ring zusammen, der kleiner und kleiner wurde und verschwand.

»Wissenschaftler«, sagte ich, »sind immer neugierig«, und stieg aus.

Holzboden, Holzdecke, mitten im Raum ein rotes, mit untertellergroßen weißen Punkten übersätes Sofa. Menschen stehend, sitzend, redend. Zigaretten wurden an Zigaretten angesteckt, vor den Wänden hingen Heilige aus Pappmaché, polnische Popmusik dröhnte aus den Lautsprechern. Die Kellner trugen bodenlange schwarze Schürzen und ließen Kaugummiblasen zerplatzen, als sie uns sagten, dass es nichts mehr zu essen gäbe.

Mein Begleiter übersetzte. Die Frauen rundum hatten sich hübsch gemacht, hohe Schuhe, stark geschminkte Gesichter. Samstagabend in der Provinz. Man wies uns ein wackliges Tischchen zu, das ich sogleich mochte, es stand an der Fensterreihe hinaus auf den See.

Boris hängte seine Jacke über die Stuhllehne. Sein dunkelblaues Hemd betonte das Grau seiner kurzen Haare. Er hatte sich frisch rasiert. Im Auto hatte ich sein After Shave gerochen. Er strich sich über die Stirn und fragte: »Machst du einen Test mit mir?«

So leise, dass ich ihn erst beim zweiten Mal verstand. »Schaust dir das Land an, ziehst deine Schlüsse und überträgst sie auf mich?«

Der Kellner brachte zwei Flaschen Wasser sowie zwei Flaschen Apfelsaft und sah uns zweifelnd an, als wir größere Gläser verlangten.

In Polen galten für Autofahrer Nullpromille. Ich glaubte, dass Boris aus Solidarität mit mir keinen Alkohol trank.

»Als ich dich heute Mittag in den Seminarraum kommen sah, war ich absolut überrascht.«

»Absolut«, wiederholte er. »Du hast Probleme zuhause, einen vollen Terminplan und kommst zu mir. Ich freute mich so sehr, dass ich innerlich nur noch auf Zehenspitzen gehen wollte. Kennst du das? Fast wie als Kind, zu Weihnachten oder so!«

Er trank einen Schluck. »Nach dem Abendessen hatte ich eine Viertelstunde Zeit. Statt zu dir zu gehen, legte ich mich aufs Bett. Wütend! Wütend auf meine Angst, mein Land könnte dir missfallen. Und meine noch größere Angst davor, wie du mich hier wahrnehmen wirst.«

Er räusperte sich: »Ich beschloss, den Stier bei den Hörnern zu packen und mit dir in dieses Gasthaus zu fahren, diesen …, diesen Ort im Nichts. Er zeigt dir, wie sagt man: klipp und klar, wer ich bin.«

Leiser: »Wurzellos. Zwischen allen Stühlen. Ein Kosmopole!«

Wider Willen musste ich lachen. Ein so schlechtes Wortspiel hatte ich lange nicht gehört. Wie komisch und wahr.

»Du scheinst den Stier gern bei den Hörnern zu packen.«

»Furchtbar«, murmelte er. »Meist fühle ich mich furchtbar dabei«, und senkte den Kopf.

»Meist, nicht immer«, setzte ich nach. Sofort hob er den Kopf wieder, doch bevor er dazu kam zu antworten, wurden nebenan unter großem Hallo fünf gegrillte Fische auf einer Platte serviert, die so lang war, dass die Kellner sie nur zu zweit tragen konnten. Nichts mehr zu essen? Mit aufgesperrten Mäulern glubschten die Tiere in das Nichts, in dem wir saßen.

»Schau dir das an!«, sagte mein Gegenüber fast triumphierend,

»sie lügen dich an, du musst sie bestechen oder kennen, sonst lungern sie nur herum und sind frech, exakt so, wie die Deutschen sich das in ihrer Völkerweisheit denken.« Er schüttelte den Kopf, verstummte, blickte mich an, als wären alle Polen und alle Deutschen seine Feinde, und griff nach meiner auf dem Tisch liegenden Hand, was mich überraschte und überwältigte, denn es war scharf und süß. Er war ein Mann der Gegensätze, nicht so glatt zusammengesetzt wie Johnny, bei dem man wusste, woran man war und wie die Welt sich drehte. Bei Boris musste sie vielfacher in sich gestückelt sein, er glich mir darin viel stärker als Johnny, und wenn zutraf, dass Gegensätze sich anzogen, dann hatte das für Johnny und mich gegolten, nur stimmte auch, dass Gleiches und Gleiches sich mindestens ebenso anzog, auf andere, kantigere, böser sich verhakende Weise, nach der man süchtig werden konnte, weil nichts einfach war mit solch einem Gegenüber, nur intensiv.

Rauchige Luft, laute Musik. Der Wind trieb die Wellen des dunklen, an wenigen Stellen glitzernden Sees auf uns zu und drang durch den Fensterritz.

Boris sagte, er habe angefangen, zu viel zu trinken. Hier in Kreisau. Auch vorhin an der Bar. Aus Trotz! Weil er es immer mache, hier. Weil er sich vor mir nicht verstecken werde.

Er habe das Trinken mit nach Hause genommen, Rotwein, Bier und Wodka, und von zuhause wieder zu seinen Vorträgen und Seminaren, habe immer weniger geschrieben, über Jahre hinweg. Seit der Trennung von seiner Frau werde es besser.

Er strenge sich an. Sogar zum Sport gehe er nun. Apfelsaft, Apfelsaft, Apfelsaft. Dabei denke er an mich. Rotwein trinke er auch. Ab und an stürze er ab.

»Erschreckt dich das?«

Die Frage überraschte mich. Nie hatte ein Mann mir so freiwillig so viel von sich gezeigt. Ich spürte Boris' Zwiespalt, seine Kosmopolen-Scham, aber auch seinen Stolz, und sagte »ja«, als erschrecke seine Offenheit mich wirklich, sagte »ja«, bis er kapierte, wie ich es meinte, sagte »ja?« so leise, dass er sich über die Holzplatte zu mir beugte.

Wir verstummten, die Köpfe aneinandergelehnt.

Der Kellner, der die Fische am Nachbartisch filetierte, starrte neugierig herüber. Keine Minute später kam der andere an unseren Platz.

Als Junge war Boris mehrfach mit seiner Mutter hier gewesen; Fischer verkauften Fang unter der Hand. Er halte unten das Seminar ab, in dem er den Teilnehmern als Pole gelte, der viel über Deutschland wisse und Deutsch spreche, eine nützliche Figur, die vermittelte und half, obschon sie niemals dazugehörte, und abends sitze er hier im Gebirge, verstehe jedes um ihn herum gesprochene Wort, mache indessen Fehler beim Selbstsprechen, spüre, auch wenn er den Mund halte, das Deutsche an sich, in seinen Gesten, seiner Mimik, der Kleidung, und fühle sich gründlich und dauerhaft elend.

Wir hatten uns voneinander gelöst. Mit mitleidigem Lächeln servierte uns der Kellner die zweite Runde ohne Alkohol.

»Und jetzt willst du wissen, warum ich trotzdem immer wieder hierherfahre? Was für ein hoffnungsloser Masochist ich bin?«

Seine Augen blitzten; etwas daran, was er mir sagen wollte, schien ihn auch zu freuen.

»Kommt dir das vertraut vor: Zwei Leute treffen sich zum ersten Mal. Zufällig stoßen sie auf ein Stück Familiengeschichte, stellen fest, dass jeweils wenigstens einer ihrer Elternteile vertrieben wurde, und fragen einander sofort, woher Mutter oder Vater stammte. Bizarr! Meist kennen sie den Ort gar nicht. Aber es hat für sie eine Bedeutung, dass ihre Eltern oder Großeltern sich gekannt haben könnten. Es hat eine Bedeutung, aus welcher Landschaft man kommt, welche Erfahrungen die Familie dort machte. Mit dem Wetter, der Erde, den Menschen, dem Schlag.«

Er grinste: »Dem Menschenschlag. Wie ihr das so nennt.«

Ihr.

Ich nickte. Die geschilderte Situation kam mir vertraut vor.

»Dabei wissen wir nicht, wie Orte und Menschen zusammenhängen.«

Mein kosmopolischer Welterklärer rutschte auf seinem Stuhl nach vorn und öffnete das Fenster einen Spalt. »Hier spüre ich es. Das ist die gute, sinnvolle Antwort. Die andere ist ebenso wahr: Hier, verdammt nochmal, spüre ich es. Der Ort zerlegt mich, bis ich nicht mehr weiß, wie ich meine erste und zweite Lebenshälfte aneinanderhängen soll, wie mir meine schiefe Geschichte erzählen. Ich fühle mich klein, nahezu zermahlen, trinke mir einen an, fahre mit dem geliehenen Auto halsbrecherisch ins Gut zurück, lege mich in mein schwankendes, von Deutschen finanziertes, in Polen gebautes Bett, und beneide Janus, der hatte nur zwei Gesichter, aber ich habe vier, schlesisch, polnisch, ukrainisch, deutsch, und ich sage dir: Sie lieben sich schrecklich!«

Prüfend und schmerzlich sah er mich an. Etwas in mir streckte sich (Fühler, die ich sonst nicht hatte oder nicht spürte?), ich dachte nicht nach, nicht im üblichen Sinn, eher schien mein Gehirn etwas zu scannen, nichts Sicht- oder Greifbares, nichts, was man gemeinhin »wirklich« nennt, eine Art Spannung oder Atmosphäre in dem Raum zwischen Boris und mir. Ich rührte mit dem Strohhalm in meinem Saft, die Tischnachbarn aßen, redeten, zeigten ihre Zähne, und vielleicht war es seltsam, dass mir ausgerechnet jetzt aufging, wer der Mann mir gegenüber war, wenn er nicht unterhalten wollte, nicht nachdachte, nicht brillierte. Einsam, weich, und noch immer kämpferisch.

Als Boris die Innenflächen seiner Hände unter meinen nach oben drehte, spürte ich, wie sich unter der glatten warmen Haut seine Muskeln und sein Geist bewegten; ich ahnte die Festigkeit seines Armes, den Anstieg der Knochen und Sehnen zum Hals. Unsere Nachbarn sangen und warfen Scheine und Münzen auf dem Tisch zusammen, um zu bezahlen; die trübe Luft roch würzig, ebenso die Nacht vom See. Die Deckenstrahler über uns durchdrangen die Dunkelheit nicht, die linke Gesichtsseite meines Begleiters lag im Schatten, ebenso seine linke Hand, während ein Lichtkreis auf seiner rechten Schulter schwamm und ein Stück den Arm hinablief. Für einen Augenblick sah ich mich mit diesem überraschenden, mein Leben durcheinanderwirbelnden Mann am Tisch sitzen, als schaute ich mit dem Wind zum Fenster herein. Die äußeren Erscheinungen von Menschen kamen mir oft irreführend vor, hinter ihnen erst, versteckt in Dunkelheit und Tiefe, weitete unsereins sich, doch Boris und ich schienen in diesem seltsamen Gebirgsgasthaus durch unsere Körper an die Oberfläche zu kriechen und uns einander zu zeigen, und während ich das noch dachte, strich Boris mir über Zeige- und Mittelfinger und folgte den Krümmungen meiner Hand.

Vorsichtig schaukelte ich den Volvo die enge Straße hinab auf Kreisau zu. Die Wipfel wollten davonfliegen; selbst nach dem schweren Wagen griff der Wind. Das Gebirge heiße nicht nach Eulen, sagte mein Lieblings-Nichttherapeut, sondern nach dem Erz, das man hier geschürft habe. Ein Ort der Hoffnung, Arbeit und Täuschung! Als er mein Gesicht sah, lachte er, wie er im Radio gelacht hatte, und sagte, ich solle nicht traurig sein, Eulen gäbe es auch.

Zwischen den Nadeln und Ästen vor den Fenstern kreisten Sehnsüchte und Träume, auf Luftwellen reitende Möglichkeiten, schattenhafte zärtliche Umrisse, die sich, vielleicht, in Zukunft deutlicher abzeichnen würden.

Wir berührten uns nicht. Es war ein anderes Nicht als auf der Fahrt in die Berge hinein.

Wir warteten. Und genossen dieses Warten.

Ich parkte hinter dem großen Festsaal neben einem Spielplatz. Die Ohren rauschten mir von der stürmischen Bergluft, der zunächst verlorenen, dann veränderten Nähe zu dem eigensinnigen Menschen neben mir.

Die Luft hier unten roch nach Kartoffeln, Pudding und Frühling.

Diffus erinnerte ich mich an die Eigenopiate, die das Gehirn in derartigen Situationen ausschüttet, Wunschdrogen und Erfüllungsgespinste gleichermaßen, eine magisch-chemische Zellarchitektur, die man Glück nennt und die einem die Beine wegzieht. Er kam um den Wagen herum zu mir und wir küssten uns, zwei mittelalte Menschen, verletzt und vernarbt, die es nicht einfach miteinander haben würden, die den Anfang fast verloren hätten, ihn wiederfanden, ohne dass sie wussten, wie (mehr, als sie erhoffte, anders, als er erwartete), die eine Idee zueinander trieb und die den Mut dafür suchten, dieser Idee zu folgen.

32 Augenpaare konnten uns aus ihren Schlafecken zusehen. Dann gingen wir jeder in sein Zimmer. Weißes Leinen, fest und steif, eine Federdecke, das Bett schmal wie in einer Jugendherberge.

Ich nahm meinen Rucksack und schloss die Tür ab.

Von außen.

Hunderte von Ausflugswagen krochen über die Landstraße nach München zurück, überdeutlich standen die Alpenkämme im Rückspiegel. Ich durchlebte offensichtlich eine Bergphase. Am Straßenrand wechselten Traktorenschilder mit Warnungen vor querenden Rehen, an den Seiten leuchteten die Katzenaugen auf.

»Du durchlebst eine Midlifecrisis«, sagte meine Tochter überraschend.

Das Wort »Midlifecrisis« hatte ich lange nicht mehr gehört. Ob Esther es in einem ihrer zahllosen Schulprojekte aufgeschnappt hatte?

Sie saß im Beifahrersitz neben mir, Denkfalte zwischen den Augen, kritzelte etwas auf einen rosa Zettel, tippte in ihr Smartphone und redete mit mir. Alles simultan. Dafür abgehackt, in Schüben:

»Du warst in Polen, um Opsi besser zu verstehen.«

Pause.

»Da war nichts zu sehen. Wundert mich nicht! Es gibt keine Verbindung zwischen diesem Oels und dem Affenparadies. Das Paradies ist jetzt.«

Pause.

»Da fiel dir Boris ein und du bist zu ihm gefahren. Weil du in ihn verliebt bist.«

Sie tippte, tippte.

»Peinlich, oder?«, sagte ich.

Was mir einen abschätzenden Blick eintrug. »Nee. Schon jenseits!«

Wir hatten die zumindest von mir herbeigesehnte Autobahn fast erreicht, die Wagen vor uns fädelten sich die Auffahrt hinauf, als Esther ein laut gehauchtes »todesgeil« hören ließ.

Neue Kommentare zu den Fotos von Opsi im Netz. Er mit Monty auf dem Arm, er und Vlek im Paradies.

»Siehst du mal«, sagte sie, »wozu das führt.«

Das sah ich. Wer die Fotos ins Netz stellte, über wessen Freundesaccount das lief, sah ich auch. Dennoch fragte ich: »Wozu?«

Sie grinste: »Du wirst staunen! Wie die durch die Shows gehen werden.« Befriedigtes Schnalzen: »Nach dem Erfolg am Wochenende.«

»Was?«

»Alle drei. Hast du nicht mitbekommen, nicht wahr?«

Hatte ich nicht. Da in Polen.

Sie rollte die Augen in der Das-ist-meine-Mutter-ich-fall-gleich-in-Ohnmacht-Manier. Also einmal herum.

»Es gab ein irres Interview mit ihm am Samstagabend zur Primetime. Ich schaute es mir bei Pawani an. Ein paar Freunde waren auch da. Vorschlafen.«

Das kannte ich. Die via Facebook verabredete Horde schlief zusammen auf heimischen Sofas und Teppichen, weit über Mitternacht hinaus, dann zog sie los und feierte, bis irgendwo die Sonne erschien. Irgendwo!

»Der Dschungel kam geil rüber«, sagte sie, »ein feuchtes, in gelbgrünem Licht schwimmendes Luxus-Kletterparadies mit echten Tropenlauten, versiegelt und wieder eröffnet. Opas Affen waren am besten bei Opa aufgehoben, das behaupteten die Showleute nun auch! Ohne ihn hatten sie randaliert«, sagte Esther hörbar beeindruckt, »allein wenn sie ihn sahen, ja, ihn nur hörten, beruhigten sie sich, so dass am Ende die Vernunft siegte«, referierte meine 17-jährige Tochter, »und man Opa samt seiner Affen ließ, wo sie waren, eben im Paradies. Noch in der Show begann man, mit Zoos zu telefonieren, ob sich ein Platz finde für die beiden Bonobos, ein guter Platz«, sagte mein Töchterchen fröhlich, Monty und Vlek seien nun ja Medienaffen, also berühmt, und hätten bereits mehr Googlehits als der Zootiger, der jüngst seinen Pfleger totbiss.

»Also wirklich erfolgreich«, sagte ich.

»Sodann befragten sie den Wissenschaftler«, sagte sie, als halte sie ein Schulreferat. Ironieresistent war sie auf jeden Fall. Um Opas Forschungen zur Willensfreiheit sei es gegangen. Ob er sich im Hinblick auf die Affen hätte anders entscheiden können.

»Darauf« – triumphierende Stimme – »ließ er sich gar nicht erst ein!«

Monty und Vlek habe er selbstverständlich dabeigehabt, sie wisse nicht, ob er oder der Sender diese Bedingung stellte, wahrscheinlich waren am Ende beide sehr glücklich darüber, es war nämlich auch das wahnsinnig erfolgreich.

Während sie sprach, hielt sie mir ihr Handy unter die Nase: 169 Glückwünsche und Wow-was-für-ein-Großvater-Nachrichten sowie fünf, sagte sie, fünf Anfragen von Freunden und Freunden von Freunden, ob sie ein Praktikum machen könnten bei ihrem Opa!

Kategorien der Sozialordnung wie »Schuld« oder »Verantwortung« könne eine Gesellschaft selbstverständlich nicht einiger Strommessungen wegen aufgeben, habe Stach dem Moderator wie nebenbei hingeworfen. Das wäre gehirngläubig, nachgerade gehirndumm! Das Problem liege auf der Hand: Das Gehirn sei nicht dazu in der Lage, sich selbst zu beobachten. Keiner könne an sich dank Introspektion erkennen, wie er dazu komme, den Moderator als vom Sessel getrennte Einheit wahrzunehmen. Entschuldigung: als Mann.

Das Publikum habe gelacht, Stach ehrlich verdattert geschaut, woraufhin erneut gelacht worden sei.

Mochte sein, dass er, Prof. em. Dr. Eustachius Grolmann, sich nicht anders habe entscheiden können, habe Eustachius daraufhin gerufen. Gerufen! Aktiv habe er gewirkt, extrem wach. Ein herrliches Beispiel des Alters! Er habe sich an die Mütze getippt und sich Richtung Monty und Vlek verbeugt: Die Philosophie denke falsch. Allemal dieser Idiot Descartes, der Tiere für Bioautomaten hielt. Bei den beiden Affen habe er, Grolmann, viel mehr gelernt als je in der Universität.

Woraufhin er tosenden Szenenapplaus bekam. »Und erst im Netz …«, setzte Esther erneut an, und ich sagte, »hör auf, hör auf …«, ich konnte es mir lebhaft vorstellen.

Ihren mitleidigen Blick registrierte ich wohl. »Das wird Opsis These vom Affenjungbrunnen wahnsinnigen Auftrieb geben. ›Affen für Alte‹ hieß die Show. Das ist seine Idee!«

»Was?«, sagte ich. Das sagte ich neuerdings ziemlich oft. Ich hörte auch, dass es diesmal leicht hysterisch klang.

Wäre die Idee nicht von ihm selbst, habe unser Opa im Fernsehen gesagt, würde er sie großartig nennen. Unkonventionell, einfach und extrem nützlich sei sie jedenfalls. Menschen ein erfülltes Alter schaffen. Ebenso den Affen, die die Forschung verbraucht habe. Unverständlich, dass man die möglichen Synergien nicht früher bedacht habe. Junge Affen als Unterhalter alter Menschen;

ältere Menschen als ehrenamtliche Pfleger armer, von Menschen missbrauchter oder aus ihrem Lebensraum vertriebener Affen. Da hätten, sagte Esther, die ersten erneut gelacht. Die seien dann zum Schweigen gebracht worden, sagte sie. Durch Stach! Er werde einen entscheidenden Beitrag zu unser aller Wohl leisten, sei er seelenruhig fortgefahren. Zum Wohl der Menschen und Affen. Babyaffen könnten fabelhaft von gesunden Menschen in ihren 70ern oder frühen 80ern betreut werden. Ebenso Kleinkindmenschenaffen. Es mache Freude und fordere heraus. Liebe und Wärme bekomme man zurück, zugleich hielten die Tiere einen auf Trab. Da ihre natürlichen Habitate bedroht seien, sei dies für Mensch wie Tier eine exzellente Möglichkeit, anständiger zu leben und zu überleben. Gemeinsam! Wenn man ihn nur lasse, habe er souverän und zugleich sympathisch angefügt. Währenddessen habe Monty vertrauensvoll in die Kamera gelächelt und dann, zu aller Überraschung, mit dem Auge geblinzelt. Es habe hinreißend ausgesehen.

Stach habe daraufhin von einem Herzensanliegen gesprochen. Das habe voll gepunktet. Damit habe er genau den Ton getroffen.

»Hmm«, sagte ich. Unerfahrene Alte, die lebhafte, niemals ungefährliche Affen betreuten. Das klang nach einem rechten Schmarrn. Wie man hierzulande so sagte.

»Es ist so schön, dass die Affen mit ihm auftreten«, seufzte Esther, »so viel besser, als dass man Creme aus ihnen macht.«

»Man macht nicht Creme aus ihnen, Esther, das weißt du genau!«

»Man setzt sie in der Kosmetikindustrie ein, um Enthaarungsmittel zu testen.«

»Nicht wahr«, sagte ich.

Das Testen von Kosmetik und ihren Inhaltsstoffen an Tieren war seit März 2013 verboten.

»In Europa«, sagte Esther, »und wie sieht es in anderen Teilen der Welt aus? Selbst wenn man es »nur« an Ratten und Mäusen macht: Was meinst du, wie sich das anfühlt? Falls es so harmlos ist, könnte man es ja mal an dir probieren!«

Sie kicherte für den Rest des Rückwegs über diesen wirklich extrem gelungenen Witz und tippte eine SMS nach der anderen. Den Inhalt konnte ich mir vorstellen.

Noch im Flur rief ich ein »Hallo« für Johnny, Esther sandte ein »raben« hinterher. Wir hörten eine Tür, er kam die Treppe herab.

Und sah augenblicklich, dass wir anders, als wir auf den Berg hinaufgegangen waren, von ihm nach Hause gefahren waren.

»Was hast du mit dem Kind gemacht, gebrainwashed?«

Ein echtes Johnnywort. Er plapperte nach, was andere mies erfanden, und ich lachte böse.

»Na, komm, etwas Humor«, sagte er, »hat dein Institut eine Glückspille entwickelt? Gib mir bitte was ab.«

Auch er sah verändert aus im Vergleich zum Morgen. Dass er Ärger im Büro hatte, sagte er seit Wochen. Jetzt hatte er ein Veilchen am linken Auge.

»Esther ist ohne Pille in einem glücklichen Raum«, sagte ich, »gönnen wir es ihr.«

Unsere Tochter stand bei uns und wartete ab. Im Alter von drei Jahren hatte sie angefangen, ihre gesammelten Tiere von Schleich in ihrem Zimmer in einer Reihe auszurichten, auf Stachs altem Kartentisch. Da harrten sie wie frisch von Noahs Arche entlassen am Weltrand aus, Elefanten, Löwen, Ziegen, Schafe mit Lämmern, eine schwarzweiße, zu groß geratene Kuh, fünf in der gleichen Pose erstarrte Tigerbabys, und blickten sehnsüchtig in die Weite und Tiefe des Weltbildes. Wie jeder Ordnungsfetischist, ich wusste das von mir, sehnte Esther sich nach Aufregung, und auch jetzt hatte ich den Verdacht, dass ihr die Aussicht auf eine Auseinandersetzung zwischen Johnny und mir hervorragend gefiel. Mit 17 befand ihr Gehirn sich in den finalen Loops des pubertären Totalumbaus der Gehirnregionen »Emotionskontrolle« und »Wertesetzung«, und ich hörte mich zu Johnny sagen, als würde auch bei mir etwas umgebaut, also bevor ich auch nur eine halbe Sekunde nachgedacht hatte, dafür mit idiotisch froher Stimme: »Du hast dich für eine Frau geprügelt.«

Ein paar Monate, nachdem wir uns kennenlernten, hatte er schon einmal ein Veilchen gehabt. Damals war ihm beim Baupraktikum das Ende eines Rohrs ins Gesicht geschnellt, und wir hatten uns den Spaß gemacht, meinen Kommilitonen zu erzählen, der prollige Straßenbauer Johnny habe sich für mich geprügelt.

»Ja«, sagte er schlicht und ging an uns vorbei Richtung Küche. Seine Stimme klang warm; vertraut wie lange nicht mehr.

Er stützte die Arme auf die Anrichte, drehte sich halb weg von uns und teilte der Luft mit: »Diese Frau bist vielleicht noch immer du!«

Ich zog mir die bergstaubigen Schuhe von den Füßen, erst links, dann rechts. Esther saß einen Meter vor mir auf dem Boden und rieb sich die Fersen.

Als niemand etwas sagte und dann noch immer niemand etwas sagte, sagte Johnny: »Du bist es nicht mehr.« Danach bot er im gleichen Atemzug, mit unveränderter Stimme an, Tee zu kochen, für alle.

Sein Oberkörper verschwand hinter der Tür eines Hängeschrankes, etwas raschelte, Johnnys Kopf erschien, die Tür klappte zu, die nächste auf, Johnnys Kopf verschwand, ruckartig wie ein höhnisches Widerbild dessen, wie meine Gedanken sich bewegten.

Im Schrank fand er nichts. Obwohl es auch sein Schrank war. Männer, so Gehirnuntersuchungen an Hominiden, verfügten über ein engeres Gesichtsfeld als Frauen. An Affen ließ sich das nicht verifizieren. Ich war mir nicht sicher, was Johnny sah. Oder empfand. Oder verheimlichte. Oder wusste.

Vermutlich ging es ihm mit mir nicht viel besser.

Ich setzte mich an den Esstisch. Fingerspuren, Krümel vom Frühstück. Mein Gesicht war trocken, die Haut spannte. Es fühlte sich an, als wolle etwas in mir platzen, größer als Tränen, peinlicher, seltsamer. Obwohl auch ich mich in einen anderen verliebt hatte, tat Johnnys lapidares »du bist es nicht mehr« verdammt weh.

Die Rechnung ging eben nicht: einer dazu, einer weg.

Man rechnete nicht.

Man war unersättlich.

Ich versuchte mich zu beruhigen, indem ich mir sagte, der Tränenandrang hinter meinen Augen sei der Bergsonne geschuldet, und zu Esther blickte. Auch sie musste doch Spuren unserer Wanderung im Gesicht tragen?

An manchen Tagen strahlte sie etwas von der Kälte ihres Großvaters aus, vielleicht war es auch ihr Alter: Ich hatte das Gefühl, sie beobachte uns wie eine Art lebend animiertes Spielmaterial. Jetzt indes, als ich es am wenigsten brauchen konnte, entdeckte ich Sorge in ihren Augen. Sie lehnte schräg hinter mir an der Balkontür und sah mich an wie ein kleines Mädchen, dem das Eis auf den Rock gefallen ist. Unaufhaltsam wächst der Fleck. Ihr Gesicht wirkte vor Spannung beinahe überglatt, die Wangen waren blass. Wie Eustachius zog sie die Schultern ein wenig nach vorn.

Als das Teewasser kochte, als Johnny, als habe man ihm den Stecker gezogen, einfach am Küchenblock stehen blieb, als der Kocher sich ausschaltete und Dampf aufstieg wie aus einer in die Ecke geschobenen, nicht beachteten Friedenspfeife, sagte sie leise: »Bei uns scheint fortwährend etwas verloren zu gehen. Erst Opa.

Und jetzt das.«

Erneut antwortete niemand.

Ich zog meine Strümpfe aus, stellte die Füße auf die Sitzkante des Stuhls und umarmte meine Knie. Johnny setzte sich ans Kopfende des Tisches. Weit weg. Draußen war es noch hell, die Amsel, die jeden Sommer abends auf der aus dem Nachbarkamin ragenden Metallstange saß, hatte ihre Singposition eingenommen. Sie schien üben zu wollen.

Esther sagte: »Für wen haltet ihr euch eigentlich?«, goss den Tee auf, stellte uns, als führe sie ein Selbstgespräch, die Tassen hin, uns beschädigten, taumelnden Erwachsenen, setzte sich, rührte langsam in ihrem künstlich pinkfarbenen Himbeersud, sagte »fehlt was?«, wobei sie sowohl geschäftsmäßig wie verletzt klang, trank einen Schluck, spuckte ihn zurück – zu heiß, und kramte den Zettel aus der Hosentasche, den sie im Auto beschrieben hatte.

Für Augenblicke sah ich uns am Tisch sitzen wie auf einer Bühne, komisch, grotesk, überdeutlich. Ich sah, dass wir dabei waren, voneinander als Familie Abschied zu nehmen. Es hatte eben erst angefangen, mit meiner Reise und Johnnys simplem Satz »du bist es nicht«, auf den es am Ende hinauslaufen würde, »du bist es nicht«. Seit einiger Zeit drifteten wir auseinander, nun, nachdem es ausgesprochen war, würde es schneller gehen, und ich ahnte, was mich erwartete, Tränen, Diskussionen, Schmerz und Kummer allein im Bett, in Träumen, in unbewachten Augenblicken in einer Konferenz. Das Gesicht wahren vor dem anderen, nach Johnnys Traurigkeit suchen (wäre sie zu finden?), darin ein gutes (wenn auch zu spätes) Zeichen sehen und etwas Trost spüren, den armen, schalen Trost inmitten eines unumkehrbaren Verlustes.

»Du rufst Opa an und entschuldigst dich, du reparierst wenigstens diesen Teil für mich«, sagte Esther.

Sie schaute mich an, bis ich nickte, sagte »und«, warf mir einen Blick so voller Unschuld und Mädchenhaftigkeit, ja Kindlichkeit zu, dass sich mein Magen zusammenkrampfte: »Und – du kümmerst dich um die Affen.«

Sie trank einen Schluck, vorsichtig diesmal, einen zweiten, blickte zwischen Johnny und mir hin und her, als lasse sie sich etwas bereits Beschlossenes noch einmal durch den Kopf gehen, nickte ihrem Vater zu, drehte den Kopf zu mir und strahlte mich an: »Um die Affen. Und um mich.«

Spontan klang das nicht. Hatten die beiden sich in den letzten Tagen über meinen Kopf hinweg abgesprochen? Johnny und eine Neue. Und Esther wusste schon lange Bescheid?

Etwas in mir stöhnte. »Was haben wir zu trinken da?«, fragte ich die Luft vor mir.

Die Luft antwortete mit Johnnys Stimme: »Drei Flaschen Whisky.«

»Super«, sagte Esther, »für jeden eine.«

Ich sagte: »Du suchst aus.« Das war als Witz gemeint; sie nahm es wörtlich, sprang auf und verschwand mit der Beute in ihr Zimmer. Weder Johnny noch ich sagten etwas.

Johnny sah erleichtert aus. Er sei unglücklich vom Fahrrad gestürzt. Daher das Veilchen. Das Knie habe er sich ebenfalls aufgeschürft, die Hand. Die zeigte er mir, obwohl ich sie gar nicht sehen wollte.

Ob er eine Freundin habe? Er zögerte, hob die Augen zu mir, und ich sah seinen Kampf darin. Das eine Auge hatte noch zärtliche Gefühle für mich, das andere verachtete oder hasste mich.

Doch, ja.

Und ich?

»Ach, egal«, sagte er. Esther habe ihm etwas erzählt, von Polen oder so. Er habe versucht, es nur halb zu hören.

Er spüre es auch so. »Du bist aufgebrochen«, sagte er. Warum, wisse er nicht, und auch nicht genau, wann es angefangen habe.

Johnny wirkte nicht anklagend, eher wie ein trauriger Berichterstatter in eigener Sache. Samstagnacht sei er, nach dem Fahrradsturz, allein hier in der Wohnung gesessen und habe nachgedacht.

Da habe völlig überraschend Eustachius bei ihm geklingelt. Ausgelassener Stimmung, geradezu euphorisch, habe er ihn, Johnny, auf eine Spritztour eingeladen. Es sei ihm recht gewesen. Er habe nichts Besseres zu tun gehabt. Ein Affe habe hinten im Kindersitz gesessen; den anderen, kleinen, habe er, Johnny, auf den Schoß nehmen müssen. Die Fahrt sei großartig gewesen, wenig Verkehr, klarer Himmel, Mitternacht. Das warme, unfasslich weichgliedrige Tier auf den Beinen, am Bauch. Eustachius habe sich in der Stadt hervorragend ausgekannt und zu orientieren gewusst und ihm einige verborgene Ecken gezeigt. Am Ende hätten sie an einer großen, menschenleeren Kreuzung vor einem Bankautomaten gehalten, wo er, Johnny, sich vorgekommen sei wie eine Figur in einem Nachtbild von Edward Hopper: Dunkelheit, ein großes Stück sauber gepflasterten Gehweges, eine klares Licht um sich streuende Straßenlaterne, darunter ein mittelalter und ein alter Mann.

In dem silbrigen Wagen, keine drei Meter entfernt, habe sich Vleks Kopf gegen das hintere Fenster gedrückt. Sei ein anderes Auto vorbeigefahren, habe das Kopffell im Licht der Scheinwerfer wie eine Krone geleuchtet. Eustachius habe übervernünftig glücklich ausgesehen. Er habe behauptet, der Tierschädel werde es sein, der Schädel des Affen, den das Licht am Ende donnernd und jubelnd umfließe.

Wie die Show gezeigt habe. Seine Show!

Er habe »armer Irrer« gedacht und seinem Schwiegervater die paar Tausend geliehen. Für den Statiker. Sowie neue Visitenkarten, den Aufbau einer Website und irgendwelches Affenmaterial. Gleich da aus dem Bankautomaten gezogen. Von unserem gemeinsamen Konto. Seine Hälfte solle ich ihm bitte zurückzahlen.

Etwas in mir stöhnte.

Als die Flasche fast leer war, verabschiedeten wir uns voneinander. Auf dem Weg vom Bad in mein Kabuff kam ich an Johnnys Zimmer vorbei und setzte mich, vielleicht, weil ich ihn wach und ohne Buch da liegen sah, im Nachthemd zu ihm, bei kleinem Licht. Es war, als betrachteten wir, noch ohne zu begreifen, wenngleich noch immer nebeneinander, die Straße, auf der wir bis hierher gelaufen waren. Sie war zu Ende. Nur unsere Körper ragten über das Nichtverstehen und die Stockung der letzten Jahre ein kleines Stück hinaus. Wir küssten uns, küssten uns rückwärts, wie es einem einfällt, wenn etwas vorbei ist, im Kopf und fast auch im Gefühl, nur noch nicht zur Gänze wahr, weil es den Wirklichkeitsgrund der Träume noch nicht erreicht hat. Wir schliefen miteinander, ich wusste, es war unser letztes Mal. Neben der Spur. Nie ging etwas mit Johnny geradeaus, das hatte mich angezogen, und nun hatte es mich erschöpft, outworn.

Danach blieben wir nebeneinander und getrennt auf dem Rücken liegen, und ich dachte, wie der Tag mir zwei Dinge eingebracht hatte, eine große Blase an der rechten Ferse und dass ich meinen Mann noch einmal im Arm gehalten hatte, wobei die Blase sich langsamer auflösen würde als das Beisammensein mit Johnny, was mich so traurig machte, dass ich an das alte Wort »Habseligkeit« dachte, das ich als Kind lange mit »hab dich selig« verwechselt hatte, und ich fragte mich, ob die junge Sima, die sich in diesen Mann verliebt hatte, noch irgendwo in mir aufgehoben war. Es musste so sein; ich wusste nicht, ob ich sie fand, wenn ich an sie dachte. Ich dachte an sie, stellte sie mir vor, hatte keine Möglichkeit, die Vorstellung tatsächlich mit mir von damals abzugleichen. Einmal hatte jemand von einer Frau erzählt, die sich auf dem Bahnsteig eine Zeitung kaufte und, um zu kontrollieren, ob richtig war, was in der Zeitung stand, flink ein zweites Exemplar ebendieser Zeitung erwarb und beide aneinander prüfte. So war es mit meiner Erinnerung von heute an das Ich von früher, eine neuere und eine etwas ältere Zeitung. Über die Wirklichkeit sagte das wenig. Es gab keine Vorgeschichte, die etwas erklärt hätte; die Bürger von Gubbio mussten sich ähnlich gefühlt haben, auch bei ihnen wurde nie erzählt, woher der Wolf so unvermutet gekommen war, was er getan hatte, bevor er sichtbar wurde, und woher sein großer unstillbarer Hunger stammte.

All das dachte ich neben Johnny, der die Augen geschlossen hielt, obwohl er nicht schlief, was ich so deutlich spürte, als könnte ich in ihn blicken, und mein Haben war selig und arm zugleich, ein langsam gesprochenes »noch«.

HANNES 6

Vom Lastenausgleich kauften wir zwei Wohnzimmersessel, den Rest schenkte ich Eustachius.

Dass mein Sohn Tierforscher wurde, wäre zuhause nicht passiert, er schien damit zufrieden, und mir, dem diese Berufswahl Sorgen bereitet hatte, schien es in Ordnung, seitdem er so viel verdiente, dass zwei seiner Monatsgehälter der Summe entsprachen, die ich ihm zu Lebzeiten überreichte, als Erbe.

Es schmerzte mich, ihm nicht mehr geben zu können, auch wenn ich selbst nichts geerbt hatte von zuhause. Beschämt legte ich ihm das Wenige bar in die Hand, zusammen mit einer Liste, getippt an meinem Schreibtisch in der Arminiusstraße, auf grauem Papier.

Akribisch hatte ich die Inventare der Oelser Wohnungen (Mutter am Ring, wir ein paar Straßen weiter) und der Bäckerei erstellt.

Der Verwaltungsbeamte, der mein Antragsformular aufnahm, wollte nicht glauben, dass wir noch 1942 einen hochautomatisierten Tunnelofen aus den USA importiert hatten. Ein kontinuierlich betriebenes Netzband schob die Teiglinge je nach Backbedarf zügig oder gemächlich durch die 18 Meter Röhre. Neueste, transatlantische Technologie. Nach einem halben Jahr bekam ich Recht: die texanische Herstellerfirma war verkauft worden, doch ihre geschäftstüchtigen Nachfolger fanden unsere Bestellung in den Büchern und schickten den Beleg.

Als ich den Rechnungsdurchschlag aus dem amerikanischen Luftpostumschlag löste, in der Tür der uns zugewiesenen, stets halbdunklen Wohnung in der Arminiusstraße, aus der wir nicht auszogen, obwohl der Mietmarkt längst freigegeben war, als ich die vertraute Oelser Adresse sah, die stattliche Summe, weinte Hannes, der Erinnerer.

Und da kommt ihr und flüstert, ich solle etwas von unserem Leben erzählen; zischelt und dringt in mich, weil ich mich freiwillig nicht zu Wort melde, die Zähne nicht auseinanderkriege, schon im Leben nicht reden konnte oder wollte, mit Lilly Schweigekämpfe führte, ich, Hannes, der Krieger, der Mann der Steine und Kirschen, blutig, erstarrt, der Mann mit dem pflaumenweichen Schlund, den dicken Knochen und den Splittern im Schädel, die Wurzel allen Übels, Hannes, der Stattliche, der Frauenmann, sentimental geworden, wie ihr seht, Hannes, das Wrack.

Ob ich Eustachius gut vorbereitet hatte auf das Leben, das er führte? Nach Forschungsjahren, die Lilly und mir endlos schienen, kam er aus den USA zurück. Ich wollte, dass seine Mädchen vor mir einen Knicks machten, die Jüngere wusste nicht einmal, was das ist. Sie und Sandra trugen Nietenhosen, niemand hörte auf mich, ich war ein Fossil, das beim Mühlespielen gegen eine Sechsjährige unterging. Mit 77 stieg ich aufrecht aus dem Bus, aber am Stock. Ja, das war ein Witz. Ein Fossil war ich bereits mit 64, mit 55. Auf der Litfaßsäule Ecke Habsburger bogen sich vorwitzige neue Körper, um für Seidenstrümpfe zu werben. In der Wohnung sah ich mir Lillys Anatomiebuch an, das hatte sie in den Fluchtkoffer gepackt, nach 14 Tagen wollte sie wieder zuhause sein. Lilly, die so verlockend nach Veilchen und Unbedarftheit roch, als ich sie kennenlernte, die nicht Rad fahren konnte, nicht schwimmen wollte, nie würde Autofahren lernen. Höhere Tochter, französisch, Klavier. Zu Weihnachten 43, Fronturlaub für zehn luxuriöse Tage, hatte sie Kuchen gebacken, Klara, meine Mutter, die die Bäckerei rettete und rettete, hatte den Mohn dafür gebracht, das Fett. Es gab Getreidekaffee und zwei Lillys. Lilly zwei roch nach Geheimhaltung und Schläue. Diese Lilly wusste: Nichts, was auf schlesischem Boden noch auf uns zukam, wäre nach 14 Tagen erledigt. Erledigt wären wir.

Ich soll von Eustachius erzählen und erzähle von mir? Ja, was glaubt ihr, wer ich bin?

Ich bin der Vater.

Ich versuche es sachlich anzugehen.

Ja, ich höre euch. 1916 schlug mir eine Kugel durch die rechte Hand in die Brust. Ein Loch, ein zweites. Streifte den Knochen, blieb stecken, die Hand hatte abgelenkt, zum Herzen fehlte nicht viel.

Kein Wunder, dass ich von euch weiß.

Loch eins zwei drei, da zieht's mächtig, da pfeif ich draus: Deutschland, Deutschland unter alles.

Wenn man bei jemandem hereinschneit wie ihr, man ihm einen Wein mitbringt (gebt mir lieber einen Cognac) und bei ihm auf dem Sofa sitzt, soll er gemeinhin etwas erzählen, was das Sofa nicht stört. Das mache ich gern.

Gebt mir eine dicke kurze Zigarre.

Ich gebe euch einen betörenden Satz. Lasst ihn euch im Hirn zergehen, bedenkt ihn in seinen Konsequenzen, fühlt seine Freude, er ist schön, er beflügelt, er lässt eure Ehre wachsen, das ist diese taube Stelle, die ihr gelegentlich spürt und für die euch der Name fehlt. Das Prächtigste an ihm: er ist wahr. Es ist der Satz, mit dem ich aufwuchs, der mich formte, unter dessen Ägide ich glaubte, mein Leben führen zu können: »Deutschland hat den Krieg gewonnen.«

Ein täuschend echter Kuckuck springt aus Mutters Erbuhr auf mich zu, schnellt krachend in sie zurück.

Julius und ich stehen vor der Uhr und reißen mächtig die Münder auf. Wir fassen uns an den Händen.

Die Welt ist wunderbar.

Sie ist voller Tiere und Holz.

So wird es bleiben: Bei Tieren und Holz werde ich glücklich sein.

Vater zeigte mir elf große weißgekleidete Soldaten. Mit weißen Tropenhelmen und mächtig ausschwingenden Kaiser-Schnurrbärten liefen sie über einen Feldweg, der, sagte Vater, in China lag. »Germans to-te-front«. Deutsche Männer, lächelnd, unschuldig, kühl, zogen gegen chinesische Boxer zu Felde.

Zu Felde.

Boxen musste eine mir bislang unbekannte Kriegsart sein. Ich war zwölf Jahre alt. Die Postkarte, die ich mir vorstelle, mag jener ähneln, die ich damals sah. Auch was ich erzähle, wird ähnlich sein. Ich gebe mein Bestes, ihr versteht. Ab und an schweife ich ab. Die Zeit, aufgerollt wie ein rückwärtswachsender Farn, umschließt jedes Mal ein anderes Wort, einen anderen Anfang. Diesmal zischt sie mir »Cinxi, Cinxi!« ins Ohr.

Unaussprechbare chinesische Kaiserin. Des deutschen Kaisers offene Kutsche war wie von Geisterhand aus sich selbst bewegt durch Breslau gerollt. Die Generäle des Reichs tänzelten auf gestriegelten Pferden vorbei, unsere Lehrer schwärmten von der Hunnenrede des Regenten. In riesigen Stulpenstiefeln, mit ungeheuer beschweiftem Helm war der Imperator, ganz Rex, durch die Schweidnitzer geschwebt. Die Karosse ohne Pferd verlieh ihm einen überirdischen Glanz.

Julius zappelte, wenn ich ihn mit Wasserfarben rot und blau anmalte wie die alten preußischen Infanteriesoldaten. Er war fünf. Ließ er sich von mir verkleiden, durfte er mitspielen. Ich besaß preußische Jäger, Paradehusaren in nachtblauen Uniformen mit silbernem oder goldenem Helm, englische, braunschweigische und bayrische Kürassiere samt Pferden, Degen, Säbeln, Piken, Bajonetten, Musketen, Karabinern und Gewehren aus feinstem Zinn.

»Deutschland hat den Krieg gewonnen.« Vatis Satz. Schon er war damit aufgewachsen. Von meinem ersten eigenen Geld kaufte ich mir die Riechle-Schlachten-Packung, zu meinem zehnten Geburtstag schlug Mutter leuchtend roten chinesischen Samt in eine große, schwarz lackierte Schatulle. Darin bettete ich meinen soldatischen Schatz: »Cinxi!«, »Cinxi!«

Während der Woche trug ich den einfachen, sonntags den guten Matrosenanzug: blauweiß gestreifter Kragen, schwarzer Seidenschlips. Auf das Namensband der Mütze war »S. M. Breslau« gestickt. Deutschlands Zukunft lag auf dem Wasser, hatte bereits der alte Kaiser gesagt. Am Tauentzien in Breslau stand ein Polizist, der mit den Armen winkte, damit Kutschen und Automobile nicht ineinanderfuhren. Mutters Lieblingskaufhaus, länger als die drei Höfe der Oelser Bäckerei, trug einen Globus aus Glas auf dem Dach. Deutschlands Zukunft lag in der Welt. Wir saßen in ihrem sich drehenden Schatten und schleckten echtes italienisches Eis, Cassata; Mutters Strohhut, groß wie ein Kutschenrad, wippte, ihr schwarzer Rock kehrte das Trottoir. Julius und ich zerlegten Eisschirmchen. An einem klaren Tag schwebte, stand man auf der Liebichshöhe, die dunstige Silhouette des Riesengebirges über dem Horizont. Den nahen Zobten wagten wir nur sekundenweise anzusehen: Auf seinem Gipfel, in seinen Schluchten spukten die Geister der Stadt.

In einer Kapelle am Zobten heiratete mein Bruder zwanzig Jahre später die einzige Schwester meiner Frau. Vater war tot, Mutter elegant wie immer auch unter dem schwarz beschleierten Hut. Es wirkte, als trete Julius in meine Fußstapfen, dabei war er nicht im Großen Krieg.

Auch um den anderen, den zweiten, kam er herum. Dass er sich drückte, dass er schlauer war als ich, gehört nicht in diese Geschichte. Ich war stolz und hütete meine Ehre. Sie war mein Kern; selbst Julius, nur sieben Jahre jünger als ich, verstand das nicht mehr.

Noch einmal wartet er mit mir vor dem Kuckuck.

Noch einmal sind wir zuhause.

Die Uhr schlug jedes Viertel, nur zur vollen Stunde schnappte der Vogel hervor, die Krönung der Kunst. So geschwind, wie er ausgefahren kam, klappte er zurück, ein himmlischer Engel, der federte, halb stürzte, sich fing, ein schwarzbrauner Teufel, der tiefsten Tiefe entfahren, der Zeit. Täuschend, bezaubernd und laut. Nachts, wenn alles träumte, schlich ich vor die Uhr, um meinen Mut zu proben. Einmal muss Mutter mich vor ihr gefunden haben, ich wachte auf, als sie mich die Stiege hinauftrug. Wie sie ein wenig stöhnte unter meinem Gewicht, wie sie duftete. Durch das Bullaugenfenster auf halber Höhe des Treppenhauses schien das Licht der Gaslaterne auf meinen Bauch und ihre Brust, der Kuckuck schrie sein Lied. Es war wunderbar, wie Mutter mich hielt, ich blieb still, wir waren allein zu zweit und für Augenblicke, die sich dehnten über den Kuckuck hinaus, nein, durch ihn hindurch, trug sie mich durch den Schwarzwald, licht die Wipfel der Bäume, voller Laub und Wind, durch die Linien von Dünaburg.

Ich greife vor, die Zeit hat sich aufgerollt wie ein Farnwedel, ich weiß nicht, ob sie schrumpft oder wächst: Da steht Eustachius und ist noch nicht gezeugt, ich bin 24 und verrecke auf einem granatenzerwühlten kurischen Stück Erde voller Splitter und Blut. Leichte Infanterie, das Gewehr unter dem rechten Arm, den Lauf in Jägerweise auf den Feind gerichtet, als Schützenschleier dem Sturm voran über die Eiserde des neuen deutschen Landes Ober-Ost. »Sprungauf«, hatte der neue Leutnant gebrüllt, auf, und ab in den Dreck.

»Sprungauf!« Als meine Schlafschicht um acht morgens nur

noch eine Stunde entfernt war, als ich, statt im Angriff zu laufen, träumen und die Grabennacht wie einen Stein in mir hätte versinken lassen wollen. Stundenlang waren am Stolleneingang unsere Schatten im Flackern der Mündungsfeuer in Deckung gegangen, wieder aufgestanden, hatte das Warten auf den Kampf wie ein schartiges Messer über mein Rückenmark geschabt. Das allerdings ging fast jede Nacht so, ist Kulisse, erlebte Kulisse, verschoben, gewiss, in meiner Feldflasche schwappt Tee mit Rum, das schmecke ich noch: »Sprungauf!«

Eustachius' Leben, ihr versteht, begann in Ober-Ost, wo ich Glück hatte, eingegraben hinter einen kleinen Wall, an die Erde geschmiegt, ganz Tier. Schmerzen sprossen um die Einschussstelle in der Brust wie Äste aus einem Stamm. Ich nahm die Restbewegungen des Körpers wahr, den sie durchkrochen, am Hals hörte er auf. Ich gerann, ich schwebte neben mir über dem erdigen, splittrigen Sand.

Heimatschuss! Streng dich an.

Mutter trug mich die Treppe hinauf. Ihr Rosengeruch, ihre Wärme. Ich spürte ihren Atem, ich atmete mit ihr, fühlte mich gehalten, versank.

Breslau war modern, klar, stolz. Eine frei hängende Stahlbrücke sollte sich über die Oder spannen. Im strahlenden Inneren von Wertheim fuhr ich auf der ersten Rolltreppe Deutschlands in luftige Höhen. Ein Männerchor sang, der Grundstein der Brücke war gelegt, die Kirmes begann. An einer ihrer Buden durfte ich zum ersten Mal schießen. Beim Anlegen spürte ich die richtige Stellung des Laufs als eine Art Luftrücken, vom Gewehr eigenständig durchgeführt, was mich so erstaunte, dass ich den Schuss verriss.

Die nachfolgenden saßen, man überreichte mir eine Papierrose, die Vati trug, weil ich nicht zugriff, völlig verquärgelt davon, wie die Waffe von selbst in die richtige Lage geglitten war, als verbinde eine in die Luft gebaute unsichtbare Röhre ihren Lauf mit dem Ziel. Später ließ dieses Schussgefühl nach oder wurde abstrakter, blieb aber wahr: In dem Augenblick, in dem ich anlegte, entstand eine Verbindung, ich konzentrierte mich, der Magnetismus griff, an einer allen Augen verborgenen magischen Schnur flog die Kugel meinem Blick hinterher.

Ich traf. Und traf.

Wer um dieses Geheimnis wusste, verriet es nicht. Wer darum wusste, sah es anderen an. Mein anderer war Stanislaus Labude. Er beherrschte es auch. Oder es beherrschte ihn.

Ich kannte ihn aus dem großen, fast waldigen Schlosspark. Dort, zwischen hohen Linden und Buchen, lagen wir am Oelsbach und fischten. Den Fang mussten wir abgeben, alles hier gehörte dem Kronprinzen. Wir klingelten am Dienstbotenaufgang; hatten wir Glück, erschien die dünne, freundliche Köchin oder die Zofe der Kronprinzessin, beide schenkten uns, was im Eimer zappelte, und gaben etwas dazu, niemals ein Keks, immer ein *biscuit*. Breite Urlen säumten die Auffahrt des wuchtigen Hauptgebäudes, dessen schiere Höhe, unterstrichen von Giebeln im mehrstöckigen Dachstuhl mich ebenso beeindruckte wie die preußischen Adlerkrallen, doppelt so groß wie Vaters Hände, die die Wappen zu beiden Seiten des Portals umschlossen.

Ewald beobachtete die Angelruten, Häher schossen durchs Gebüsch. Die Zwillinge Richard und Franz, die ihrem Vater morgens im Metzgerladen helfen mussten, schliefen, ich lag am Ufer und träumte von Winnetou, als es hinter mir knackte.

Stanislaus schlich herbei. Kaum hatte er gesehen, dass wir ihn sahen, schlenderte er, als begegneten wir uns auf dem Ring, dabei wusste er ebenso gut, dass wir ihn hier nicht haben wollten, wie wir wussten, dass er uns gesucht hatte. Unausgesetzt spürte er uns, die Jüngeren, auf.

Er war 17, albinoblond und schmal, die Hose abgewetzt. Mit

zum Pfeifen gespitztem Mund sah er dreist aus, das Gesicht ein Dreieck mit vorstehender Tülle. Schwieg er, wirkte er argwöhnisch. Von seinem Onkel, dem Bahnhofsvorsteher, hatte Stanislaus, der verlangte, dass wir ihn Stan nannten, eine Pfeife geschenkt bekommen, die man nicht hörte. Er lockte damit Hunde an, packte sie um den Bauch und blies ihnen ins Ohr, bis sie winselten vor Schmerz.

»Was treibt ihr denn hier?«

Als gehöre der Bach ihm.

»Picknick«, sagte Ewald.

»Das machen nur Franzosen.«

Stets verlangte er, dass wir etwas bewiesen. Diesmal sollten wir lachen. Wir sollten verstanden haben, mit welchem Unterton er »Franzosen« gesagt hatte.

Er sagte: »Die machen's sich gegenseitig in den Arsch.«

Ich glaube, wir waren zu dämlich dafür. Keiner antwortete, ich betrachtete meine Schuhe. Stanislaus setzte sich ins Gras, ein paar Meter von mir entfernt. Nach einer Weile zeigte er über sich in einen der Ahornbäume.

»Seht ihr den Kleiber? Den hol ich euch!«

Er stand auf und zog eine Schleuder aus der Tasche. Der Vogel saß auf einem mittleren Ast und putzte sich, sanft glitt der schwarze lange Augenstrich unter den Flügel und wieder hervor. Ich sah, wie Stanislaus anlegte und, scheinbar ohne zu zielen, den Gummi schnalzen ließ.

Der Kleiber fiel auf den weichen Nadel- und Blattboden, als hätte der Stein ihn in einen Stein verwandelt. Stanislaus' Hand schloss sich um den benommenen Körper. Kleiber tragen eine grauschwarze Jacke, ein wenig geöffnet über der hellroten Brust. Die Kehle ist weiß. Nur der zarte Kopf mit dem Augenstrich und dem grauen Schnabel ragte aus der Faust. Jedes Tier hier gehörte dem Kronprinzen, und gleich danach Gott.

Stanislaus hatte den Kleiber und uns.

Er holte eine Blechschachtel aus der anderen Hosentasche, nahm eine Schere heraus – alles einhändig –, drehte sorgsam das Tier so, dass sein Kopf mit der Seite nach oben lag, und wartete, bis wir im Kreis um ihn hockten. Der Schnabel des Kleibers stand offen, als atme das Tier nun durch ihn. Das Auge glänzte.

Mit einer raschen Bewegung der Schere schlitzte Stanislaus die Pupille senkrecht von oben nach unten auf. Der Kleiber gab keinen Laut von sich. Ich schluckte eine Welle von Übelkeit zurück.

Stanislaus wuchs allein bei seiner Mutter auf. »Wie der Führer«, sagte er später. »Das macht Männer hart.« Dazu lachte er, dass man wusste, was er meinte. »Männer wie Lutschbonbons, innen süß, außen ha-ha-ha.«

Er drehte die Hand und schnitt dem Kleiber mit dem gleichen lautlosen Gleiten der Schere von oben nach unten auch das andere Auge entzwei.

Jetzt ließ er das Tier los.

Und musterte uns.

Sein dreieckiges Gesicht wirkte runder, seine Nasenflügel bewegten sich, als wittere er. Dann putzte er, ohne uns aus dem Blick zu lassen, die Schere an seiner kurzen Hose ab und schob sie sorgfältig in die Blechschachtel zurück. Eine Pinzette und eine Feile lagen darin. Er hatte Spinnenfinger, lang und schmal mit peinlich sauberen Nägeln.

Der Kleiber war aufgeflogen. Die erste Minute taumelte er zwischen den Stämmen, stieß an Äste und gegen den Ahorn, von dem Stanislaus ihn heruntergeholt hatte. Er schraubte sich höher und höher. Es war ein Weibchen, helle rostrote Flanken. Sie musste Schmerzen haben, dachte ich damals, später wusste ich, dass man nach lebensbedrohlichen Verletzungen fürs Erste nichts fühlt. Das blinde Tier fand den Ast, auf dem es gesessen hatte, bevor der Stein es traf. Es tastete sich seitwärts Richtung Stamm, entdeckte seine oder eine Höhle und verkroch sich darin.

Ich bat Ewald, mir eine Leiter zu machen.

Die Rinde des Ahorns war rau, der Stamm breit und hoch. In Sicherheit, Sicherheit, dachte ich.

Ich trug ein Messer in der Tasche. Die Zwillinge riefen etwas zu mir hinauf, ihre Gesichter waren bleich, mit großen Mündern. Sie hörten jede Woche Schweine in Todesangst quieken. Was hier geschah, gehörte in eine andere Kategorie. Jeder von uns empfand es, jeder wusste es. Allen voran Stanislaus.

Ich beeilte mich, weil ich fürchtete, er würde mich verfolgen. Der Baum schien, während ich kletterte, zu wachsen, keckernd lachte Stanislaus von unten. Ich wollte den Vogel töten, um ihn von seinen Qualen zu erlösen. Das verlangte der Anstand. Die Menschenehre. Die Achtung vor dem Geschöpf.

Kurz bevor ich die Höhle erreichte, hörte ich ein leises, klagendes »wuih wuih«. Ich schlug durch die Äste, fiel wie der nächste Stein.

Ewald und Franz begleiteten mich zum Schloss. Die Küchenmagd rannte fort; statt der Zofe erschien die Kronprinzessin selbst, eine junge, lebendige Frau. Sie trug ein kleingeblümtes Kleid mit gepufften Ärmeln und führte uns in einen Salon. Die Erinnerung an ihr Kleid ist vermutlich falsch. Wie der Vorhangstoff auf einem Bild Adolph Menzels, sagt die Erinnerung. Das Bild ist älter, sein Maler wurde immerhin in Breslau geboren, die Zeit rollt um sich selbst. Stanislaus kam mit, obwohl er keine Aufgabe hatte, und in dem Salon, in dem man mich auf einen Sessel legte und einen Hocker für die zerschrammten Beine heranschob, setzte er sich, ohne zu fragen, auf den anderen Sessel. Kronprinzessin Cecilie flößte mir Cognac ein, den ersten meines Lebens. Statt in den Magen zu rinnen, schoss er durch den Arm in meine Hand, bis sie rot war und pochte. Auch mein Gesicht pochte, vor Freude und Scham. Ich sah meine Füße mit den Schuhen auf dem Polster, wollte sie herunternehmen, die Kronprinzessin versuchte mich zu beschwichtigen, indem sie mich an der Schulter berührte, was so schmerzte, dass ich leise aufstöhnte. Zum Glück hörte sie es nicht, Stanislaus beschäftigte sie: »Du bist der Älteste? Dann kannst du bleiben, wenn du dich ruhig verhältst. Hingesetzt hast du dich ja schon.«

Sie selbst saß auf einem Stuhl neben mir. Die Laus, trotzig oder verlegen, warf die Lippen auf, fast hätte ich gelacht. Mit gierigen, abschätzenden Augen voller Bewunderung und Schüchternheit sah er sich alles an. Dann vergaß ich den Vogel und meine Niederlage. Die Frau des Kronprinzen lächelte mir zu.

Für einen Augenblick war ich glücklich über den Kleiber. Ohne ihn, ohne Stanislaus, wäre ich nicht hier gesessen. Wie verknotet alles schien: Hätte ich einen Wunsch frei gehabt, ich hätte gewünscht, dass Stanislaus den Kleiber verfehlte. Dass man sich jetzt im Schloss meiner annahm, wollte ich indessen behalten. Ich lächelte schwindelig, betrunken, mein erster Rausch, die Kronprinzessin so nah, so unfasslich schön. Mein Oberarm pochte, die Welt roch nach Veilchen, Zimt und noch etwas, auf neue, aufregende Weise wühlte es sich mir durch die Brust.

Sie half mir, mein Hemd auszuziehen. Die Zofe hatte längst nach dem Arzt telefoniert, der, als er mich untersuchte, bestätigte, dass mein rechter Oberarm gebrochen war. Bedauerlicherweise nicht schlimm genug, musste man später sagen; bis auf ein Ziehen der Nerven bei Wetterumschwüngen blieb nichts zurück.

Ihre Haut glich hauchdünnem, mattem Glas.

1940 in Paris, in einem Damengeschäft voller Spitzen und Seide, dachte ich an sie.

An das Kleiberweibchen dachte ich öfter. Manchmal im Park glaubte ich, sein wehes, weiches »wuih wuih« zu hören. Jahr um Jahr ging ich mit Eustachius zu ihrem Ahornbaum.

Dass fast immer ein Kleiberpärchen in der Höhle brütete, tröstete mich nicht.

Ein Sprung Rehe, eine Rotte Wildschweine, ein Rudel Hirsche. Ich wusste, in welchem Alter und zu welcher Jahreszeit man den Bock schießt, warum das austretende Blut Schweiß heißt, wie die Fähe aufmerkt, wie früh sie die Hunde hört. Die Männer, die ich beobachtete, trugen Hosen und Jacken in der Farbe der Bäume, Moosgeruch hing ihnen im Haar. Ich lag am Rand einer Lichtung, besser versteckt als das Wild, und sah, wie stark und empfindlich sich das Leben in allem Gejagten zu retten sucht. Zum großen Herbsthalali Wilhelms von Preußen gab man mir eine orangefarbene Strickweste, damit keiner aus Versehen auf mich schoss. Die Treiber schrien und schlugen gegen die Stämme der Buchen, feuchte Hundenasen, einen Millimeter über dem Waldboden, folgten dem Schweiß.

Herr Priebke, der Förster, schenkte mir ein Stück Hasenrücken und sagte: »Wenn du Zeit hast, schau vorbei, kleiner Fuchs.«

Ich hatte braunes, etwas rötliches Haar. Klein war ich nicht: 14 Jahre alt, 175 Zentimeter. Ich schwamm viel, meine Schultern wuchsen, die Stimme brach.

Priebke bot mir an, bei ihm in die Lehre zu gehen. Mit den Worten, die er mir beibrachte, konnte man sehen: Querco-Fagetea, Fagetalia sylvaticae. Rotbuchen warfen stärkere Schatten, Eicheln rollten unter den Schuhen. Quercus robur, Quercus petraea. Grausilbern brach die Borke der Weißtanne, Urlensamen drehten im Wind. Der Förster lachte über den Kampf meiner Zunge mit dem Latein und zeigte auf die letztjährige Kraft: In Form von Nadeln und Blättern lag sie am Boden, als farbiges Moos wuchs sie daraus hervor. Der Eichen-Hainbuchenwald. Die Stille roch nach Käfern und Pilz. Knabenkraut blühte blaulila auf langstieligen Ständen, die Große Sternmiere trieb weiße Blüten in Rispen aus einem weit gebreiteten Rhizom.

»Alles, was man sieht«, sagte Herr Priebke, »hat ein Gegengewicht in der Erde.«

Ich nickte halb abwesend, kletterte hinter ihm in den Hochsitz, hielt still, roch den Wald, das Leder der Förstertasche, das Metall des Gewehrs. Es wirkte in zwei Richtungen, so stark schlug es zurück. Auch das könne ich mir merken, sagte Priebke. Nie im Leben gäbe es einen Schlag ohne Gegenschlag.

Manche Füchse waren magisch geschützt. Wider alles Wissen und Verstehen glitten die Kugeln an ihnen ab.

In diesen Fällen, sagte der Förster, gibt man auf.

Einmal sah ich es: Er lachte, gab auf.

Wir legten die Strecke, rochen den Schweiß. Nicht hoch flüchtig, geradezu gemächlich kamen die Wildtiere auf ihren gewohnten Wechseln auf uns zu, ließen uns Zeit, sie anzusprechen. Wir hüteten den Bestand, achteten auf Nachwuchs, schossen so, dass das Raubwild möglichst im Feuer stürzte.

Eckig zog meine Schrift aufs Papier, aufrecht malte ich Zahlen, sie logen nicht, sie liefen nur irr. Ich arbeitete in einer Bank; zuweilen enthielten Zahlen die Unendlichkeit, dann glichen sie dem Wald.

Morgens, vor Dienstantritt, durchstreifte ich ihn, allein.

Der Kronprinz residierte weiterhin in seinem Schloss, ging auf die Pirsch, privater Hausherr wie wir. Kronprinzessin Cecilie erinnerte sich an meinen Sturz, regelmäßig wurde ich zu Soireen geladen. Schlesien lag weit entfernt von Berlin, Oels umrundete als waldiger, wässriger Kreis nur sich selbst. Netsche, Süßwinkel, Kunersdorf. Vater war tot, doch die Familien meiner Eltern lebten seit 400 Jahren hier, Bauern und Bäcker, unsere Tschelotka.

Hier waren wir verwachsen, hier schmiegte mein Gewehr sich der Wange an, meinem Arm.

Das Pferd für die Jagd lieh man mir im Schloss. Ging ich das Fell mit der Kardätsche durch, dachte ich an Jupiter. Sammelte

Staub ab bei jedem vierten Strich über den Striegel. Jupiter war 1915 gefallen. Jeden Abend hatte ich dem Dunkelfuchs nach dem Bürsten mit einem weichen wollenen Wischlappen den letzten Schmutz aus dem Haar gerieben, zum Putzen des empfindlichen Kopfes das Halfter entfernt, auch hier mit einem Wischlappen sauber durchgerieben, mit einem feuchten Schwamm Augen, Nüstern und After gereinigt, das Langhaar frisiert (Schopf, Mähne und Schweif), es an den Wurzeln mit der Langhaarbürste leicht angefeuchtet. Zum Schluss hatte ich die Hufe meines Kriegspferdes sauber ausgekratzt und außen wie innen sorgfältig eingefettet, insbesondere am Strahl. Das Huffett hatte ich am liebsten selbst gemischt; wo immer ich konnte, hatte ich zusätzliches Lorbeeröl besorgt.

Ich schloss die Augen, an einen Baumstamm gelehnt, hörte Schüsse, die nicht fielen, nicht hier, nicht jetzt. Hielt ich die Hände vors Gesicht, und war es ein guter Morgen, roch ich Lorbeer, spürte die Wärme des Pferdes, schnaubend graste es neben mir, blickte mich aus einem seiner großen, graubraunen, langbewimperten Augen an.

Schädelrunde Berge erhoben sich um uns, die Bäume trugen bläuliche Nadeln mit einem Spritzer Meerfarbe darin. Von allen Seiten rollte Stein. Ewald, Franz, Richard und ich wuchsen noch, Schlesien wuchs, Deutschland, da zogen wir mit. Abends färbte der Himmel sich pastisgrün, die Pferde schäumten, am Morgen hing Jupiter voller Reif. Sechs Wochen hatte man dem Krieg eingeräumt, sechs Wochen waren zwei Mal vorbei, wir stolperten durch ein Stück Wald zu unserer Stellung zurück. Rehverbiss, Wildschweinspuren, fast fielen wir über den Mann. Franzose, Blut am Hinterkopf. Vögel zwitscherten, wir drehten ihn um. Lilafarbenes Gesicht. Darunter die aufgerissene, nach auslaufender Bonbonmasse riechende Brust, schwer und zum Würgen süß.

Abends, bei Jupiter im Stall, nahm ich mir Stiefel, Gewehr und Tornister vor. M1895: Holzrahmen, bezogen mit schilfgrünem

Baumwollstoff, innen leinweiß, seit Woche 4 braungrau. Hakte ab: unten Wäsche, Ersatzstiefel, Verpflegung, im Deckel die Patronenpäckchen, außen schnallte man mit Packriemen den grauen Militärmantel (M1887), die Zeltbahn und das schwarz gestrichene eiserne Kochgeschirr an (M1910), für die eiserne Ration.

»M« stand für Modell.

Hakte ab: Meine Augen wanderten außerhalb von mir umher, während ich innen bei mir blieb.

Hakte Tage ab: lebte nach Nebel und Zahlen.

Zählte: erste Verwundung, zweite.

Lernte, lebendiger Kadaver sein. Gehorsam, rachsüchtig, buckeln nach oben, treten nach vorn.

Zählte: Wie viele nicht geklebte Seiten hat das Gebetbuch noch (Dr. Johann Habermanns Morgen- und Abendgebete, Cottbus 1879).

Zählte: erstes Pferd. Zweites.

Kein Pferd mehr.

Zählte: Was kostet die Rettung deines Lebens (was verschenkst du zum Dank – Vaters goldene Armbanduhr?).

Lernte: Wenn die Gulaschkanone nach vorn kommt, wird es schlimm.

Zählte: MG 08/15, transportabel, 14 Kilo, zweibeingestützt, Lader, Batterie, wassergekühlt.

Zählte: Winter zwei. Wir wurden nach Osten verlegt.

Hörte: »Was haben wir Glück, wir bleiben zusammen.«

Hörte jede Nacht im Traum: »Versteck dich, Grabentier.«

Hörte Jupiters Schnauben unmittelbar neben mir. Sein langer weißer Mund stupste mich an. Groß auch er selbst. Ich hatte gerade so auf ihn gepasst. Im Herrenzimmer stand ein Foto von uns. Ich erinnerte mich lückenhaft.

Schmal und zusammengerollt lag ich in dem Wald, der hinter dem Oelser Schloss begann. Ich musste geschrumpft sein im Großen Krieg.

Ich erschrak, sprang auf, hängte mich an einen Ast. Bis meine Arme fast rissen, meine Achseln, meine Brust. Mit einem Schrei ließ ich mich fallen.

Es half. Der Morgenwald, das Zuhause, fingen mich auf.

An seinem Rand schlang das Licht Figuren zwischen die Bäume: einen Fuß, einen Hals, ein Dekolleté. Waldesscheu, Waldeslust, nachgiebiges Moos. Dünnnadelige Fichten rauschten auf, Kopfweiden säumten die Ufer der Feldbäche. In Wolken, Ästen und Wasserwellen arbeitete der Wind. Ein Stieglitz hüpfte ungeschickt vor mir über den Boden, seine gelben Flügelflecken wippten wie Blümchenköpfe auf und nieder. »Szczygiet, szcygiet« – sprachen die Polen das hastig, klang es wie sein Erregungsruf.

Das Tier erhob sich und flog mit wellenförmigen Bewegungen ein paar Meter seitlich von mir dahin, der elfenbeinfarbene Schnabel glänzte. Zuhause saß Emil und konnte nicht fliegen, nicht gehen, ein kleiner Mensch mit elfenbeinfarbenem Gesicht, immer heiß, bewegungslos wie ein Stein.

Er hätte Eustachius heißen sollen. Als wir ihn nach der Geburt sahen, nannten wir ihn Emil.

Sein rechter Fuß wuchs, einer verirrten Wurzel gleich, zum Unterschenkel zurück. Das Bein war dick, während das Fußgewölbe keine Kraft entwickelte, sich nach vorn zu strecken. Von den Ärzten wurde der Stummel Pes equestris genannt, Pferdefuß.

Welch Hohn.

Die Hebamme, die mir das Baby brachte, warnte mich, als ich darauf bestand, es aus den Tüchern zu schlagen. So, gleich nach der Geburt, sah das Füßlein nicht schlimm aus, alles am Kind war weich, weißblau, zart. Einer dünnen Ranke ähnlich wand die Missbildung sich zur Wade, fast glaubte ich, das Knöchelchen nur nehmen und zurechtbiegen zu müssen. Die Ärzte sagten, etwas in

Lilly habe sich während der Schwangerschaft zu stark zusammengezogen und die Leibesfrucht gequetscht.

Das erste Jahr über bekam ich den Klumpfuß nicht mehr zu Gesicht. Geschickt versteckten die Frauen ihn. Bald schien das Kind mir wie jedes andere, und weil sein Äußeres mich nicht immer von neuem erschreckte, gewöhnte ich mich an es.

Emil blieb weich, man merkte seinem Gesichtsausdruck nichts an, nur die Ärzte warnten uns. Sie hatten nicht Recht, er entwickelte sich prächtig, innerlich jubelten wir: nur der Fuß, der Fuß, nicht der Kopf. Dann, im Alter von vier, wurde deutlich, dass er zu wenig sprach. Erst mit fast acht kam er in die Schule; man hänselte ihn, das Tempo, das die Lehrer vorgaben, setzte ihm zu. Die Ärzte zuckten die Schultern. Emil wurde vermessen, Füße, Kopf. Lilly und ich schämten uns. Warum unser Kind? Warum wir?

Es hieß, die Entwicklung sei ungewiss. Gewiss war nur die Verkrüppelung des Fußes. Man legte dem Kleinen Binden, sogar Schienen an. Sie besserten nichts. Er konnte laufen, auf seine langsame, humpelnde Weise. Im Wald hätte er nicht überlebt.

Ab Sommer sollten Lehrer für ihn ins Haus kommen. Er begriff, was man ihm erklärte, wenn man ihm Zeit ließ. Er spielte mit Murmeln, Buchstaben, Soldaten. Julius lebte als Versicherungsvertreter in Bayern, er hatte zwei gesunde Mädchen, er, der während des Großen Krieges schrecklich gehumpelt war, ging aufrecht und träumte niemals vom Felde. Mein briefliebender Sohn schrieb den Cousinen. Dabei gab er sich Mühe, war ehrgeizig und zäh.

Leopold Menck und ich bereiteten die Gründung eines eigenen Institutes für Darlehen in Oels vor, spezialisiert auf Anschaffungskredite mittelständischer Betriebe. Maschinen sollten gekauft werden, an Autos für jedermann war gedacht, 100 km/h, Fließbandproduktion, Gewinnmusik. Der Staat bot Sparpakete in Fünfer-Einheiten, wir hatten bessere Modelle erdacht, ich erinnere mich genau und weiß zugleich, dass etwas hier nicht stimmt, dass von Autokrediten, Volkswagen, erst später die Rede war.

Die neue Bank, Geld für Emil, der Wald.

Eustachius kam im Dezember 1930 zur Welt. An einem noch winterlichen Morgen neun Monate zuvor war unvermittelt ein Altfuchs ohne Deckung am Bach gestanden und hatte mich angeschaut, als habe er mich gesucht. Reif glitzerte, über dem Wasser zerriss der Nebel in Schwaden. Der Balg des Fuchses leuchtete hellrot, die prächtige Lunte schwang dunkler mit schneeweißer Blume. Das Gehöre drehte sich ununterbrochen nach dem Rauschen der Bäume, den Kopf indes hielt er so still, als böte er mir Paroli. Seine Augen taxierten mich mit der Schätzkraft des erfahrenen Raubtieres, gejagt und über all die Jahre entwischt. Es war, als wolle er mir etwas sagen, und er sagte es. Es war fremd und gewitzt.

In aller Ruhe, stolz, drehte er auf der Stelle, warf mir einen letzten Blick zu und schnürte Richtung Wald.

Im April 1920 hatten wir geheiratet. Etwas Vornehmes ging von Lilly aus: das hellblonde dünne Haar, das in der Nase kitzelte wie nichts sonst auf der Welt, die fast durchsichtige Haut. Mit ihrer leicht schnarrenden Stimme zog ich sie auf. Runde Brüste, das hatte ich noch vor der Verlobung durchs Kleid gesehen. An meiner Brust hing das Eiserne Kreuz Erster Klasse, die Tapferkeit. Niemand schalt mich mehr, selbst Mutter gehorchte. Eisern wie das Essgeschirr. Ich musste die Augen schließen, als ich vorm Altar »ja« sagte, »ja«.

Woran ich nicht mehr glaubte, ging keinen etwas an.

Nicht einmal mich selbst.

Am Abend des Waldtages fast zehn Jahre später trug Lilly Fuchslichter in den Augen. Wir waren vorsichtig, wir hüteten uns, wir hatten Angst vor einem zweiten Kind, wir vergaßen es.

Mutter schenkte Lilly zu Eustachius' Geburt ein Kettchen mit einem goldenen Kaninchen daran, das die Frauen unverbesserlich »Hase« nannten. Zu Emils Geburt hatten wir nichts bekommen. Lilly trug die Kette zu einem nussbraunen weichen Kleid mit langen Ärmeln, sie roch nach Kräutern, nach krautigem Glück. Unsere Angst hatte in uns gesteckt wie ein Pinienzapfen im Odereis, nun trieb sie davon.

Eustachius war gesund. Lange Zeit fürchtete ich mich davor, ihn ohne Kleidung zu sehen, als entdecke ich dann eine Behinderung auch an ihm. Emil humpelte hinter dem kleinen Bruder her.

Für ihn, den Kranken, gab es einen neuen Arzt in Breslau, Dr. Winsch. Er sagte, Emils linke Gehirnhälfte sei defizitär, der Klumpfuß müsse als Symptom einer größeren Schwäche des Erbgutes gelten. Diese Schwäche greife in Emil um sich. Die Behinderung werde zunehmen, Jahr um Jahr, was sage er, Monat um Monat: bis das Kind nicht einmal mehr humpeln können werde, nicht mehr artikulieren, nur sabbern, einkoten, schreien. Dr. Winsch hatte leise gesprochen, mit sachlichem Blick auf Emil. Unvermittelt wurde seine Stimme forscher, nein, froher: Man müsse untersuchen, wie das geschehe! Was als lebenswert gelte, was nicht. Ob wir ein weiteres Kind wollten? Dringend rate er ab, ja, meiner Frau empfehle er eine Sterilisation.

Ich sagte, wir hätten einen zweiten Sohn, blauäugig, blond, gesund, da sagte er: »Sehen Sie!«, als hätte er Recht gehabt.

Eine Zeit lebten wir sorglos. Emil, der sich immer warm anfühlte, Emil, unser kleiner Ofen, saß auf dem Teppich, die Katze auf dem Schoß. Auch sie mochte, was er ausstrahlte. Weniger als je zuvor wussten wir, wie ihm helfen, wir unternahmen nichts mehr, hielten ihn im Haus, hatten, wie sich später offenbarte, mehr Glück als Verstand. Mein Ältester spielte vor meinem Schreibtisch, ich saß und beantwortete Briefe. Blickte ich auf, ließ er Zinnsoldaten in einen Eimer fallen, betrachtete ein Tierbuch und versuchte, danach zu zeichnen. Emil. Sein Name erinnerte an »lieb«. Da saß der Liebe auf dem Teppich, hielt den Klumpfuß schief von sich gestreckt und lächelte still und geheimnisvoll wie ein Junges im Wald.

Ich spürte, dass ich ebenso zurücklächelte. Dabei konnten Erwachsene das gar nicht. Nur Emil hatte die Kraft, diesen Ausdruck in meinem Gesicht hervorzulocken. Bei einer Hirschkuh hatte ich einmal beobachtet, wie selbstvergessen ein Tier sein Junges anzusehen vermag. Ich fühlte mich berührt und in den Augenblick gelöst. Auch Max-der-Dritte schien um Emils besondere Fähigkeiten zu wissen, er folgte ihm überallhin, gegen Dackelart. Mit seinen krummen Beinen passte er zu unserem Kind, nebeneinander hertrippelnd legten beide auf gleiche Weise den Kopf schräg, als lachten sie beim Blick aufeinander über einen nur ihnen bekannten metaphysischen Witz.

Kinder wie ihn, sagte meine Mutter Klara, hatte es immer gegeben. Und schlimmere. Emil sei anhänglich, bemüht, still, wir sollten zufrieden sein. Und wirklich, er zeigte keinerlei Launen. Schrieb er einen Brief, klemmte er vor Konzentration die Zungenspitze zwischen die Zähne, runzelte die zarte Stirn mit Lillys fast durchsichtiger Haut. Schreiben liebte er, wenn es ihm auch schwerfiel; er notierte einzelne Sätze über Tiere und später über die SS. Die für mich bestimmten Briefe musste ich ihm vorlesen, das Blatt dann zurückgeben. Es berührte mich, wie das Kind kämpfte und dabei an mir hing.

Emil weckte eine weiche Seite meiner Männlichkeit, einen nachgiebigen Stolz. Männer wissen nicht, was Liebe ist, bis sie eine Tochter haben, behauptete Julius. Andere nickten, ich schwieg. Männer liebten nicht, bis sie ein besonders zu beschützendes Kind bekamen. Sein Geschlecht war unerheblich.

Für Eustachius galten andere Pläne. Er war der Stammhalter, lang und zäh schon als Neugeborener. Wir fragten uns, woher er das hatte. Perfekte Gelenke, die Glieder äußerst gerade. Und wie er die tiefblauen Augen aufschlug.

Hübsch. Und von weit her.

Vielleicht, weil Emil mich besetzt hielt, vielleicht, weil ich so stark wollte, dass aus Eustachius, dem Gesunden, etwas werde, weil ich mich bei ihm für ein gelingendes äußeres Leben verantwortlich fühlte, wurde ich streng.

Auch dabei dachten wir noch an Emil. Eustachius sollte ihn versorgen können, wenn Lilly und ich einmal nicht mehr waren.

Das bürdeten wir unserem Jüngsten auf.

Wir versuchten, ihn darauf vorzubereiten: Dein Bruder, er ist dein Bruder.

1935 oder 1936 kehrte die Angst zurück. Dr. Winsch, inzwischen Oberarzt am Krankenhaus Breslau-Nord, wollten wir nie mehr sehen – wir wurden einbestellt. Mutter kannte die Sprechstundenhilfe, griff zum Telefon. Das Wort »lebenswert« hörten wir nun regelmäßig, ein offizielles, hochwichtiges Wort. Emil trug Maßschuhe aus Prag, außen klobige Stiefel, innen perfekt angepasst. Er konnte sich selbst die Schleife über der langen Zunge binden, manchmal lachte er dazu, manchmal sah er traurig auf die Beine seines Bruders, rief ein »Stächel« oder »Stach«, flüsterte »kimm her ze mer«, und der Kleine rannte johlend vor ihm davon, berauscht von dem eigenen, leichten Sieg. Die Sohlen des Schuhs für den kranken Fuß waren anfangs 1,3 Zentimeter höher als links, dann 2,1 Zentimeter, schließlich 3,8. Julius und Feli bekamen ein drittes gesundes Kind.

Um Emil fürchteten wir. Die Angst um ihn und das Glück mit ihm steckten erneut wie Zapfen in uns.

Ich fragte Ewald um Rat, der sein Holz fast nur mehr an Nazis verkaufte, nur mehr Nazis besaßen Fabriken, die Holz in den Mengen brauchten, in denen Ewald es vertrieb. Er durchschaute den Ehrgeiz der Braunen, ihre Witze, ihr Niveau.

Ewald vertraute ich, er hatte mich aus der Frontlinie geschleppt bei Dünaburg. Obwohl ich seit 14 Stunden fehlte und es unwahrscheinlich war, dass mich noch etwas retten konnte, hatte er sein Leben aufs Spiel gesetzt und war losgezogen, um mich zu suchen.

Ich lag zwischen spanischen Reitern hinter unserem Stolperdraht, roch Rosenwasser, Mutters Rosenwasser, fühlte eine Hand, hörte eine Stimme. Die Schmerzen, als Ewald mich halb zu unserer Stellung zurückschleifte, halb schleppte, zerrissen mich.

Seither trug Ewald Vaters goldene Taschenuhr. Er war ein Teil unserer Familie, ein Teil von mir.

Doktor Winsch, sagte Ewald, stamme aus Hannover. Vor ein paar Jahren sei er nach Breslau versetzt worden – wir erinnerten uns. Inzwischen habe seine Karriere sich prächtig entwickelt, jung, mit 20, so Ewald, sei Winsch als Student der NSDAP beigetreten, seine Frau erwarte das dritte Kind. Wir luden ihn ein, anlässlich einer seiner medizinischen Inspektionsfahrten, die über Oels nach Breslau zurückführen mochte, Kaffee und frischen Kuchen in der Bäckerei zu genießen.

Eustachius war fünf, Emil 14 Jahre alt, wer ihn sah, hielt ihn für bestenfalls zehn. Wir setzten beide im ersten Backhof auf das Podest, das die Ausfahrer vor Jahren um die Kastanie gezimmert hatten. Sie rauchten dort, oft kamen die Lehrlinge und der Backmeister hinzu. Emil platzierten wir hinten am Baumstamm, Eustachius weiter vorn. Er jubelte, weil ich ihm meine Riechle-Soldaten in die Hände drückte, den vollständigen Schlachten-Schatz einschließlich der samtausgeschlagenen schwarz lackierten Schatulle. Ihr Inneres leuchtete unverändert rot wie ein chinesischer Mund.

Ein heller, warmer Julitag. Inmitten der unverputzten Produktionsgebäude sah Mutters gelbes Kontorhaus herrschaftlich aus. Fünf blitzend weiße Stufen führten zur Tür. In den Giebeln rundum stand: ›Boden‹, ›Öfen‹, ›Stall‹, ›Wäscherei‹. Kessel wummerten, Weizen und Roggen wurden durch Siebe gerüttelt. Vorm Tor riefen Händler ihre Waren aus; Männer mit langen Locken gingen durch das Bild, hochbehutete Gestalten, deren Namen etwas bedeuteten. Unser Name war slawischen Ursprungs, niemand wusste, wofür das »grl« stand, erst seit einem Jahrhundert hing der deutsche »Mann« daran. Wir betonten uns auf dem »o«, unsere Nachweise reichten aus.

Unsere Söhne, gefüttert mit Rosinenbrötchen und Limonade, saßen still, es sollte wirken, als passe Emil auf den Jüngeren auf. Beide trugen Lederhosen, gut deutsch. Eustachius, dessen Freude an spontanen Ideen wir kannten, banden wir, ohne dass er es bemerkte, mit zwei aneinandergeknoteten langen Hundeleinen an den Baum, damit er Emil nicht weglief, damit es friedlich blieb und Emil wichtig war.

Doktor Winsch stellte seine Begleiterin vor, eine etwa 30jährige ungeschminkte Frau, deren Namen ich vergessen habe, Kinderärztin aus Plagwitz. Sie hatten sich verspätet, es ging auf Mittag, wir sorgten uns um die Kinder in der Hitze, noch war alles ruhig. Ich bewunderte den schwarzen Adler Trumpf, in dem sie vorfuhren, das fiel mir nicht schwer. 1,7 Liter, sagte Dr. Winsch, und ein Adler, nahezu der Reichsadler, fahre einem stets schneidig voran.

Plaudernd stiegen wir die Stufen zu Mutters Haus hinauf. Die Düfte der in den Backhäusern gehenden Teige, die glänzenden Rosinenbrötchen und Streuselkuchen auf dem Tisch, der frisch gebrühte Kaffee.

»Du hältst dich raus«, hatte Mutter mir noch einmal zugeraunt.

Alles sollte weich bleiben, geschmeidig.

Die Besucher nahmen Kaffee und Kuchen, kauten, und Dr. Winsch lobte, eine Aufartung sei bei diesen Produkten eindeutig nicht nötig. »Aufartung«, wiederholte er. Im September werde der Führer auf dem Reichsparteitag in Nürnberg von Rassenhygiene und Rassenstandards sprechen, vorrangigen Zielen, allemal, falls es zu einem Krieg komme, den selbstverständlich niemand wolle. Grundlagenforschung, Erforschung erb- und anlagebedingter Krankheiten, Minderung schweren Leidens: sein Gebiet, Vorsorge und Gegenmaßnahmen: die Kollegin.

Wir sollten ihm Emil für acht Wochen in seinem Krankenhaus überlassen. Wichtige Untersuchungen des Gehirns und der Hände.

»Und auch des Gehapparates«, sagte die Ärztin. Sie sah straff und gründlich gewaschen aus. Brauner Zopf. Dazu eine scharfe jüdische Nase, die ihr bestimmt wenig Freude bereitete.

Meine Mutter, erfahren mit Brot, Korn, Söhnen und Geld, grauschwarzer Haarknoten, Hornbrille, nickte einsichtig. Ihr Verhandlungsgeschick sah man ihr so wenig an wie ihren Menscheninstinkt, sie achtete darauf, dass das Gegenüber nur ihre Verbindlichkeit spürte, ihr vorbehaltloses Mitgefühl. Unter ihren Geschäftspartnern war er berüchtigt, der Grolmann-Charme, der, da er aus ihrer Familie kam, ein Brösecke-Charme war.

Davon wussten Dr. Winsch und seine Begleiterin nichts.

»Wie löblich, dass Sie sich dieser Fragen annehmen!«, sagte Klara im Brustton weiblich-warmherziger Überzeugtheit.

Die Sorge um die armen Kinder, die geplanten Zu- und Aufwendungen heiße sie als ausgesprochen verantwortungsvoll gut, sie unterstütze die Aufgabe, den Einsatz, die Rassensicherung vorbehaltlos. Und wolle selbst einen Beitrag leisten.

Doktor Winschs Begleiterin nickte, er selbst nahm ein zweites Stück Mohnkuchen und sah auf den Hof. Ich folgte seinem Blick. Wirklich schien Emil sich um den jüngeren Bruder zu kümmern, der eben Max-den-Dritten streichelte. Zwischen den Jungen die gesinnungsrichtige Soldatenkiste; die Leinen im Gras und unter Decken auf dem Podest versteckt. Wir waren uns sicher gewesen, dass die Rassemenschen sie nicht bemerken würden, dass sie sich Emil nicht würden nähern wollen.

Eustachius richtete sich auf, als spüre er unsere Aufmerksamkeit, lief los, wurde zurückgerissen, saß erstaunt auf dem Po. Ich sah, wie er das Gesicht verzog, er drehte sich auf die Knie und krabbelte zu Emil zurück. Die Leine hatte die gleiche Farbe wie seine Lederhose.

»Sie haben ihn angebunden«, sagte die Frau.

Doktor Winsch hob die Augenbrauen: »Wen?«

Ich beeilte mich, »den Kleinen« zu sagen. »Auf ihn setzen wir unsere Hoffnungen, wir erziehen ihn streng. Disziplin! Härte! Darauf richten wir ihn ab.«

Dr. Winsch sagte: »Sie sollten ihm einen größeren Hund kaufen, einen Führerhund.«

»Emil«, warf meine Mutter ein, »arbeitet bereits hier. Auch in seinem Fall ist es unser Ehrgeiz, dass er der Volksgemeinschaft nützt. Besonders in seinem Fall«, sagte sie mit sorgenvoll-gewinnendem Blick auf Doktor Winsch – ein Wunder, wie sie diesen Ausdruck hinbekam. »Er darf die Volksgemeinschaft nichts kosten. Im Gegenteil«, rief sie geradezu erregt, »in der Backstube leistet er seit fast einem Jahr seinen Beitrag für Führer und Reich.«

Ein wertvolles Element der Volksgemeinschaft in einem im Kriegsfalle, zu dem es nicht kommen werde, versorgungswichtigen Betrieb, Brot und Kuchen, das Stärkende und das Süße, er werde in Kürze die Lehre beginnen, seinen Einsatz steigern.

»Ein schweigsamer Bäcker ist ein braver Bäcker«, sagte Mutter enthusiastisch, »er spuckt nicht in den Teig!«

»Hmmm«, machte Dr. Winsch, seine Begleiterin verzog keine Miene.

Mutter fuhr fort: man brauche Emil für Extraleistungen. Emil werde gern backen für andere Kinder, Kränkere, das wäre eine volksmysterische Geste, sie denke an den Ur-Jäger, den Ur-Fischer, den Ur-Bauern, uralte Rhythmen, der Wandel von Boden, Wasser und Licht, ein geistig-züchterisches Handeln aus ungestillt titanischem Geist. Selbstverständlich ein Geschenk, ein Gemeinschaftsgut, urgermanisch auch dieses: Blut zu Blut, Bein zu Bein, Kuchen zu Kuchen.

Klara Grolmann, exakt gescheitelt, Haarknoten im Nacken, die Schläue der Augen hinter der Nickelbrille verborgen. Die Untersuchungen am Gehirn der Patienten, sagte sie sachlich, seien anstrengend für das Personal, gern stifte die Familie etwas, einmal pro Woche ein Brötchen für jeden Patienten, für das Personal zwei, sagte sie knapp und klar.

Er denke an zwei Adressen, antwortete Dr. Winsch, man habe die Anstrengungen verdoppelt, die Forschung blühe.

»Selbstverständlich«, antwortete Mutter, »zwei Kinder hier, zwei Häuser versorgt«, und die hakennasige Ärztin, die aufmerksam gefolgt war, ergänzte: »Ihr Mohnkuchen soll hervorragend sein«, drehte sich zu Lilly und fragte im selben Atemzug: »Möchten Sie ein drittes Kind?«

Die war noch nicht gewonnen, die musste selbst noch wichtig sein. Aufmunternd lächelte sie Lilly an.

Ich hätte nicht gewusst, was antworten. Lilly und ich waren so dankbar über Eustachius' Gesundheit, wir wollten es nie wieder probieren. Obschon Lilly nun vielleicht besser ja sagte, schließlich verlangte der Führer arischen Nachwuchs? Meine Frau errötete, lehnte sich nach vorn und flüsterte der Ärztin etwas ins Ohr.

Wir Männer bemühten uns wegzuhören. Ohne Erfolg. Dass sie 40 Jahre alt sei. Dass sie keine Regel mehr habe.

Ach, sagte die Ärztin, das füge sich günstig. Für Lilly. So könne man sich die Sterilisation sparen. »Ich möchte einen gynäkologischen Abgleich. Gehen Sie zu Ihrem Arzt und schicken Sie uns die entsprechende Bestätigung.«

Meine Mutter gab einen Wink in ihr Vorzimmer, fünf Minuten später brachte man Schreibpapier, einen Federhalter und zwei in Folie geschlagene, mittelgroße Mohnkuchen.

»Gestern gebacken, bitte lassen Sie sie noch 24 Stunden ziehen!«

Klara setzte den Vertrag auf: Mohnkuchen und Brötchen jeden

Samstag, Breslau und Plagwitz, Lieferung mit dem kleinen Wagen. Emil wurde eingetragen als Sitzschütter, tätig in Werkstatt M der Bäckerei. Der Wert der gelieferten Brötchen sollte dem Lohn des Backlehrlings Emil G. entsprechen.

Welche Logik. Eine gängige Liefervereinbarung, fast. Mit dem kleinen Schönheitsfehler, dass die Bäckerei beides bezahlte, Lohn und Brot.

»Eustachius wird heilfroh sein, wenn er zu den Pimpfen darf«, sagte Klara zum Abschied. Wir standen um den Tisch, für Sekunden hing das »heilfroh« zwischen uns und den polierten Profilen der Ärzte. Das Wort hatte seltsam geklungen, als Klara es aussprach. Aber wie zutraulich sie lächelte unter ihrem grauen, straff gekämmten Haar, wie fraulich-deutsch sie aussah, zwei Söhne, Witwe, zugewandt.

Dr. Winsch nickte stramm, ich geleitete ihn und seine Kollegin hinaus.

Als der Adler durch unser Tor auf den Ring verschwand, pfiff ich den Hund zu mir. Die Kinder ließ ich, wo sie waren, ich hatte keine Kraft für sie, das Geschehen der letzten halben Stunde wollte mir nun, in der Mittagssonne, wie ein Spuk scheinen. Unsere Besucher hatten gekaut, gesprochen und gleichwohl unecht gewirkt – sie glichen den neuesten Gemälden, reingewaschen und geschrubbt, die Gesichtsmuskeln angespannt, damit die Kieferknochen hervortraten. Sie konnten Emil nicht von uns verlangen, nicht einfordern. Dafür gab es keine Handhabe. Gleichwohl hatten wir ein Angebot gemacht, sozusagen im Voraus. War das besonders dumm oder besonders schlau? Ich trat auf den Ring, Max trottete hechelnd neben mir.

Das Gutachten des Gynäkologen besorgten wir. Der Arzt kannte uns lange. Er bestätigte, was Lilly gesagt hatte, auch wenn ich wusste, dass es nicht stimmte.

Bei meiner Rückkehr in den Hof lachte Emil zufrieden. Eustachius lag zusammengerollt auf der Hundedecke, Tränenspuren auf den Wangen. Es gelang mir nicht, ihn aufzuwecken; erst als Lilly ihm ein feuchtes Tuch auf die glühende Stirn legte und auf ihn einsprach, schlug er zögernd die Augen auf.

Sein Blick kam von so weit her, dass ich meinen Sohn kaum wiedererkannte. Auch er schien mich nicht zu erkennen, klammerte sich an den Rock seiner Mutter und weinte. Sie schickte mich weg, sie wolle ihn beizeiten beruhigen. Als ich fortging, hörte ich ihn sagen: »Ich hasse ihn, ich hasse ihn«, und wusste nicht, wen er meinte, Emil oder mich.

Es wurde fabelhaft. Schön wie nichts.

Der Führer war genial, er hatte in allem Recht. Es war der Höhepunkt meines Lebens, das und Eustachius' Geburt.

Sorry to say, es stimmt. Es ist, so to say, the truth. Von beiden Höhepunkten erzählte ich den Amerikanern nichts. Zu viel Wahrheit. Zu wenig durfte es auch nicht sein, sonst fragten sie nach, stießen ihr »we think we have to talk« hervor.

So ist es: Ich denke an Paris und höre ein amerikanisches »truth«. Ein »talk«.

So ist es geworden, ihr versteht. Ich gebe mein Bestes. Als ich es erlebte, gab ich ebenfalls mein Bestes, aber anders, als ich es erzähle. Heute sitzt das Ende allem auf, das Wissen-Danach. Mitunter gab es auch ein Wissen-Dazwischen, ein Sekundenwissen, ein Blitzwissen, »talk«, höre ich

»truth«.

Auch wenn das in Paris gewiss nicht zu hören war, so wenig wie das von dem Mann in dem Dorf Rykoszyn, das einen Tagesritt vor Kielce lag, gesungene Lied. Mit nacktem Oberkörper, mager, war er im Januar 1940 am Dorfbrunnen im Kreis gegangen: »Heute wollen wir marschieren, einen neuen Marsch probieren, in dem schönen Polenwald, ja, da pfeift der Wind so kalt.«

In ein Ochsengeschirr gespannt. »Polenwald«, fertig, vorbei, nicht zu hören, allemal nicht in Paris. Ich hatte mir befohlen, es vergessen zu haben.

»Nonsense«, höre ich: »Explain what you mean!«

»I was about to forget, I was …«, sagte ich, »bound about forgetting«, und sie: »What a weird construction of a sentence, how German it is«, »how German you are«

»the pure truth«, antwortete ich

»your poor truth« echoten sie, nichtsdestoweniger traf es zu, ich, der stattliche Hannes, stand auf der Rue de Rivoli in Paris, und in mir saß ein kleiner Hannes, krumm und leise über das polnische Vergessen gebeugt, das sagte ich

nicht, das sagte ich keinem, das verbarg ich noch

vor mir selbst.

Die Franzosen hatten uns auf erstaunlich selbstverständliche Weise empfangen, nicht begeistert, versteht sich, nicht geknickt. So war es immer gewesen: Wer siegte, marschierte ein. Das entsprach den hergebrachten Regeln, der alten Kunst, genannt Krieg.

Ich fühlte mich wohl. Die Heeresleitung hatte perfekt für uns gesorgt, sogar Bordelllisten verteilte man, eine für gemeine Soldaten, eine für Offiziere. Die Frauen, erfahren im Gewerbe, waren »umrekrutiert«, hübsch sahen sie aus, eine zeigte ihn mir tief, den Korallengaumen, aus dem sie lachte. Die Herren wuchteten; morgens schluckten sie zur Stärkung Austern, Croissants, Kaffee. Die Metropole war eine Reise wert, selbst eine mit Tornister, Gewehr, Essgeschirr.

Der Führer hatte richtig entschieden, eine Stadt wie Paris fackelte man nicht ab. Alles schien auf bezaubernde Weise unvertraut. Eine Frucht servierte man uns mit eiförmigem Kern, glatt wie Stein, das Fleisch, das ihn gallertartig umschloss, grünlich und zum Auslöffeln weich. Man kostete es mit Pfeffer und Salz, manche sagten, es schmecke nach Nuss; hinter den Zähnen zerlief es und kitzelte nach. Selbst die Luft war anders als zuhause, stieß einem abends zwischen aller säuselnder Juniwärme kühle Kanten in die Haut, Strömungen und Gerüche vom Fluss, der gespalten durch die Notre-Dame-Insel in vielzungigen kleinen Wellen Richtung Meer floss.

Die Gefühle und Empfindungen eines fremden Frühsommers drangen durch Nase und Ohren in uns ein, sie veränderten unsere Schritte und betonten, überraschend für uns selbst, unseren germanischen Schick. Wir gingen aufrecht, hochgewachsen, entdeckten wunderbar duftende Rasierwasser, feinste Socken aus Seide, karibische Zigarren. Die Hunde in Paris schienen auf Taschenformat gezüchtet, mittels bunt bestickter Halsbänder an schnurdünne Leinen gehängt, tippelten sie neben Stilettoabsätzen einher, Pekinesen, Whippets und Windhundartige, auch sie dufteten nach Parfum. In einem Museum bestaunten Ewald und ich einen mittelalterlichen Wandteppich, auf dem eine Jungfrau sich mit einem Spiegel ein Einhorn fing, kunstvoll-wirklich gestickt, während ein Kaninchen in seinem blutroten Wollnest auf den Hinterbeinen saß und sich auf rührende Weise mit der rechten Pfote über das weiße Schnäuzchen strich.

Am 26. August 1939 war ich einberufen worden, Hauptmann der Reserve, Heeresgruppe B. Polen überfiel uns – ziemlich offensichtlich, wie praktisch es war, dass die Reichsarmee fertig gerüstet, alle Reserven mobilisiert, just an diesem Tag an der polnischen Grenze herumstand. Auch Paris war wenig verteidigt worden. Leicht, wie ein frisch geschliffenes Messer hineinfährt in Butterschmalz, fuhren wir in Gottes Garten ein.

Das Verhalten unserer Gegner gab uns Recht.

Wir schwammen im Glück.

Wäre die Laus nicht gewesen. Stanislaus hieß jetzt Stefan Staffel, SS-Hauptsturmführer S. S. Seit dem Übertritt über die belgisch-französische Grenze marschierte seinesgleichen uns hinterher. Wir kämpften, sie übernahmen, »räumten auf«. Mit zehn Mann war er in einem der Dörfer auf dem Weg nach Paris zu unserem Regiment auf Besuch gekommen, hatte mich und die anderen Niederschlesier gesucht, wollte Fußball spielen.

Alles sei vorbereitet!

Die Laus führte uns zum Friedhof des Dorfes, schrie: »Die haben's sich in die Ärsche gemacht« und trat den ersten Schädel gegen einen Grabstein. Es hingen noch Haare daran. Seine Leute hatten die Leichen ausgegraben, beim Kicken machten einige meiner Soldaten mit.

In Paris vergaß ich es. Bent to forget.

■

Die Champs-Élysées waren für unsere Siegesparade gesperrt. Ewald und ich sollten zusammen mit vier Kameraden in einem polierten Mercedes-Benz 6-Rad fahren, Teil der grauen Kolonne des Führerbegleitbataillons, mit frischem Lorbeer-Siegeskranz auf dem Kühler. Es wurde die einzige Kriegsszene, die ich später freiwillig erzählte. Welch Freudentag, welch Kriegsgewinn.

Wir saßen im Unterhemd auf Holzhockern vor einem der wenigen Fenster unseres Quartiers, einer Kaserne am Stadtrand, nicht besser als die unseren, die Toiletten schlimmer, und wichsten unsere Stiefel. Alles roch nach Schuhcreme, die Hände waren bald schwärzer als das Leder, und die späte Nachmittagssonne brannte uns auf Nacken und Brust. Die Vögel zwitscherten, während wir rieben, schwitzten, fluchten, und Ewald, der Hänfling mit den so schmalen Schultern, den weißen, fast unbehaarten Armen, den erstaunlich gebräunten, kräftigen Händen sah komisch aus und sagte: »Ober-Ost.« Ich war ebenso zweifarbig wie er, der Uniformrand zeichnete sich auch am Hals ab, selbst halbnackt sahen wir aus, als trügen wir Wehrmachtsjacke und Hemd.

Ich lachte.

Was wir erlebten, war das exakte Gegenteil von Ober-Ost! Endlich unterschieden die Kriege sich deutlich und klar.

Damals hatten wir kolonisiert. Dörfer, Schnee, eisige Rillen die Wege, jedes Häuschen nur Holz, schief, an einen Stall gelehnt. Verdruckste Gestalten, Licht für wenige Stunden. Der Himmel bestenfalls blaugrau, an wolkenlosen Tagen die weißen Fähnchen der Flakgeschosse nahezu friedlich darangeklebt. Im Sommer 1915 hatten wir Schaulen genommen, seither wartete Düna auf uns.

Ober-Ost hieß Sonnenland. Doch der Krieg war gefroren, sein Eismaul starrte uns ins Gesicht.

Also brachten wir der Bevölkerung Grüßen bei, Entlausung, deutsche Kultur. Wir sahen nur Männer und uralte Frauen, die hatten keine Gesichter, so krumm buckelten sie über Stöcken vorbei. Sahen Letten, Litauer, Polen, Esten, Weißrussen, Juden. Sahen Hoffnung in Gesichtern für drei Tage, dann Kummer, Verzweiflung, Ergebenheit, drei bis sechs Wochen lang, schließlich Hass. Er blieb.

Jetzt flanierten wir über Avenuen, besichtigten Prunkbauten der französischen Kultur, atmeten Geist. Zarte und zärtliche Frauen zeigten Bein.

Im Januar 1916 hatte es geheißen, der Kaiser reise an die Front. Wochenlang hatten wir strammstehen geübt, geputzt. Er blieb aus.

Hitler war hier, sprach mit uns.

Das weiche französische Licht fiel uns auf die geschwärzten Hände, jede Linie trat einzeln hervor, Staub tanzte in der Luft. Ewald sagte, dass im Osten weiterhin eine Aufgabe liege. Dass man uns abermals hinschicken werde.

Wir spürten wohl, warum Paris so außergewöhnlich strahlte, selbst der Kasernenboden, tausendfach gescheuert, schimmerte in lichtem Hellgrau, wussten, warum uns die Seine so verlockend, so fischreich, so herrlich sauber vorkam. Nicht einmal ein »weißt du noch« brauchten wir. Keinen Wink, keinen Blick.

Jeder von uns erinnerte sich ohnehin an zu viel, schon für sich.

Das verstand sich unter Kameraden von selbst; einzig mit Ewald konnte ich es so rasch, so selbstverstehend, so wortlos teilen. Es war, als säßen wir gemeinsam am Rand eines tiefen Erdloches, das sich mit einer öligen, dunklen Flüssigkeit gefüllt hatte, und starrten auf die rauchigen Bilder, die aus ihm stiegen.

Wir klettern auf die Ladefläche eines Lasters, Schnee knirscht, es ist drei Uhr nachmittags, Ober-Ost versinkt in der Dämmerung. 14 Tage Kasernendienst nach 14 Tagen an der Front, unser Urlaub, unsere Überlebenszeit. Und müssen trotzdem raus, zum Schanzen. Wie still wir werden. Wie der Wagen sich in den Eisspuren dessen, was in Ober-Ost Straße heißt, gebärdet wie ein Boot; wie zwei Kameraden gegabelte Stangen in die Luft recken, um die tief durchhängenden Telefonkabel für die Durchfahrt über unsere Köpfe zu heben. Unsere Vorgänger haben die Kabel verlegt, »Räuber« reißen sie herunter. Hören wir »Deckung«, gehen wir auf die Knie, senken die Gesichter. »Betende Laster« heißen die Fahrten. Niemand hält sich fest. Knallt man gegen eine der Ladeklappen, bricht man sich vielleicht den Arm. Welch milder Heimat-»Schuss«.

Heckmeck, Affenzeck. Eine Munitionskolonne überholte uns, »Schnaps für die Front« (Benzin), »Leibspeise« (Munition für die Infanterie). Die Scheinwerfer der anderen flackerten vorbei. Die Luft vor uns wurde diesig. Geschützrauch, Nebel, die Front.

Seitlich am Wäldchen setzte uns der Laster auf Höhe unserer Artillerie ab. Russische Leuchtraketen schwebten einen halben Kilometer vor uns und erhellten die Gräben, MGs knatterten, Granaten und schwere Geschütze explodierten. Oben orgelten die Kohlekästen, schwere Brocken mit röhrend heiserem Ruf. Manche meinten, er ähnele Hirschen in der Brunft, falsch. Richtig: sie schlugen hinter uns ein. Die kleineren, der Mückenschwarm, das hohe Heulen, zielten auf den Streifen Land vor uns. Dort mussten wir durch, zwei Trupps, 18 Mann. Unsere Gesichter hatten sich während der Fahrt verändert, kleinste Muskeln, die man im normalen Leben nicht bemerkte, krampften sich zusammen. Ich sah an Ewald, wie die Front an uns zog.

In einem Pionierlager nahmen wir gebogene Eisenstöcke und Stacheldrahtrollen auf. Im Gänsemarsch führte man uns links an der Wäldchenwelle hinaus. Die Baumreihe buchtete sich hier auf etwa 600 Meter Länge natürlicherweise so ein, dass sich eine nützliche, nach Nordosten geöffnete Waldwanne ergab.

In ihren Seiten versteckten sich unsere Haubitzen und Kanonen, die Geschützstände waren gegen Fliegersicht mit Büschen verkleidet, als richte man sich für ein Laubhüttenfest ein. Das Arrangement erinnerte mich an das kupfergrüne Titelblatt von Mutters Kalender für die gebildete Frau. Auf Höhe der vordersten Bäume überspannte der erste deutsche Graben die Einbuchtung wie eine Sehne, weitere Lauf- und Kampfgräben unterschiedlicher Tiefe schoben sich von dort nach vorn ins Leben des Feindes.

Mein rechter Wehrmachtsstiefel stand fertig geputzt auf französischem Boden, ich hatte eine französische Blase am Fuß. Woran ich mich erinnerte, hatte ich gesehen, doch so? Bei diesem Schanzeinsatz? Überall hatte es Gräben, Bäume, Faschinen gegeben, überall hatten wir gegraben, uns in Deckung geworfen, vielleicht hatte ich es auch später gelesen oder erzählt bekommen von jemandem, der glaubte, wie ich jetzt glaubte, es erlebt zu haben. Das war kein Widerspruch. Ewald, der seinen zweiten Stiefel auf den hellgrauen Franzosenboden stellte, sagte: »eine Wanne gab es da nicht«, »auch kein Vorfeld«, allein, die Bilder sprangen in meinem Kopf auf, Gefechte, Einsätze, Befehle, immer das Gleiche, immer anders, immer lebensgefährlich, nicht Erinnerungen, wie man es gemeinhin versteht, sondern Gerinnungen aus vier Jahren und neuneinhalb Monaten Krieg, Verklumpungen des Gedächtnisses, Gerinnsel. Auf dem Weg kamen wir an einigen älteren Gräbern vorbei, auf jedem ein Holzkreuz und ein Helm. Fing sich ein Lichtstreif im Pickel, sah es aus, als hätten wir seit neuestem Soldaten in Kaninchenhöhe, als liefen die Kaninchensoldaten hinter uns her.

Rasch blickte ich fort. Pickel gab es nicht mehr, und als ich Ewald, der sein Koppel polierte und dabei leise pfiff, danach fragte, sagte er: »Wenn wir entronnen waren, damals, ragte das Glück aus uns heraus wie der Pickel aus dem Helm.«

Ich nickte und arbeitete ebenfalls weiter. Eine längst versunkene, heisere Stimme befahl: »Feuer aus!« Wir löschten die Stummel. Der Himmel hinter uns schwamm in wässrigem Rosa. Ich roch die Düna, roch sie nah. Wir sollten vor der Linie den Schanzschutz in ein Gebiet schieben, das niemandem gehörte, und als gehörte ich selbst zu niemandem, wollte ich melancholisch werden in dem langsam aufziehenden Pariser Abendrot. Meine Stiefel, schwarz wie schleimige Nacktschnecken, glänzten vor mir auf dem tausendfach gewischten grauen Estrich, und ich dachte, dass ich damals in Ober-Ost, ohne es zu wissen, Emil und Eustachius als Schatten, als fragile Gedanken der Zukunft, bereits in mir getragen hatte. All die Söhne und Töchter fielen mir ein, die nie gezeugt worden waren, weil ihre Väter im Großen Krieg starben, und bevor ich mir noch ausmalte, wie die Zukunft, unsere Gegenwart, geworden wäre, hätten sie gelebt, eine Gegenwart mit anderen Menschen, rief ich mich zur Ordnung, es war zu abstrakt und zu traurig und vielleicht auch gefährlich, so zu denken, und stellte mir lieber die Schanzlinie vor Dünaburg vor, und sah mich, wie ich erneut mitten unter den Zielen ging.

Das Brummen der Geschütze nahm zu, eine knapp überm Boden schwebende Nebelwand schluckte uns: Vor mir schritt ein Paar Stiefel, darüber waberte ein langes Stück weißes Nichts, aus dem ein Stück Hals hervorstand, ein Helm. Den rumpflosen Wanderer begleiteten Eisenstangen und Drahtrollen neben dem nickenden Kopf, rundum ragten Gewehrläufe aus der Milchsuppe. Einer nach dem anderen traten wir, auch das konnte ich in der Erinnerung sehen, in Röcken und Hosen als halbe Gespenster aus der Milchwand wieder hervor.

Das Vorfeld der Gräben war erreicht. Draht abrollen, Eisen aufstecken. Leuchtkugeln zerplatzten, rote und silberne Bälle, die in weißen, grünen und blutfarbenen Sternen niedergingen. Muskeln und Sehnen, von Adrenalin gespannt. Ich spürte jedes Erd- oder Eisbröckchen unter den Zehen. Etwas tief im Gehirn, ein uralter Dämon der Wachsamkeit und Brutalität, übernahm die Regie.

Ihn kannte ich gut. Seit fast einem Jahr war er erneut bei mir.

Stunden später, ein ordentlicher Verhau war präpariert, durften wir Richtung Wäldchen zurück. Auf Höhe der hinteren Gräben klafften Trichter von drei Metern Tiefe, der Boden ein Erd-, Eis- und Splitterfeld. Unter den ersten Birken und Eichen kauerten wir nieder. Scheinwerfer kreisten über den Himmel, die Dunkelheit war empfindlich kalt.

»Mich reißt's in den Knochen«, sagte Ewald, »das geht daneben.«

Hatten wir Pech, kam der Abhol-Lkw die gesamte Nacht nicht durch.

»Lass das«, antwortete ich. Ewald rieb seinen Talisman zwischen Daumen und Zeigefinger, einen an der Ostsee gefundenen Bernstein. »Wir führen einen modernen, einen technischen Krieg.«

»Hannes, du Schlaufresse«, sagte Ewald, »das ist es ja.«

Wir schliefen, wie lange, weiß ich nicht. Granaten zischten heran, Kesselventilen gleich. Druckwelle, Feuer, Lärm, ich krallte mich in die Erde, um in ihr zu verschwinden wie ein Tier in seinen Bau. Stattdessen kam die Erde mir entgegen, der Wald barst. Äste fegten herab, donnerten neben mich. Eisensplitter, Holzdornen, scharfe Erdklumpen, alles flog. Ich atmete Pulver, Blut, Staub.

Dann war der Angriff vorbei.

Allmählich nahm ich wieder einzelne Geräusche wahr. Das Klatschen der Granatsplitter dauerte, wie immer, nach den Explosionen noch an. Ohne nachzudenken sprang ich auf, nach rechts zu einem Baumstumpf. Ich glaubte, ein Röcheln zu hören. Das konnte man nicht hören. Die Russen hatten sich für Lagenfeuer entschieden, von links nach rechts strichen ihre Kanonen die deutschen Linien ab, in unserer Ecke zuletzt. Der Rest des Waldes flackerte auf, der Rest des Waldes hob sich in die Luft, erledigte sich selbst. Erd- und Menschenfontänen schossen aus dem Boden wie Öl. Ewald? Ich duckte den Kopf, zog die inneren Organe zusammen.

Der Wald zerstampft, die Wiesen ein sturmgepeitschtes Meer. Einzelne späte Flammen, geistergleich aus der Erde springend, beleuchteten eine Schulter, ein armes, nur halbtotes Bein, an ein paar Fasern hing es noch am Mann. Bei der östlichen Kolonne hatte es mächtig eingehauen. Der Erste, den die Bahrenhengste vorbeitrugen, schrie ohne Mund.

Wir hatten einen Schwerverletzten, vier Tote. Weiter zurück, zur Nebelwand, durch. Die Gleise der Feldbahn ragten wie übergroße Skispitzen in die Luft. Völlig erschöpft blieb ich mit Ewald neben dem grotesken Eisen liegen. Atmete der Mensch nicht von selbst, ich wäre erstickt.

Gegen drei Uhr stand der Laster da. Stockdunkel, die Scheinwerfer Schlitze. Die Toten kamen als Erste auf die Ladefläche, der Rest kletterte selbst. Der Rekrut, der nach der zweiten Feuerwelle gemeint hatte, er könne pinkeln gehen, weinte leise, sein rechter Arm war Matsch. Jemand schrie »Deckung«, wir zogen die Köpfe ein. Über uns schienen Sterne, es schneite leicht. Hätte ich Kraft gehabt, hätte ich die Zunge herausgestreckt und getrunken.

Reglos, kniend, fuhren wir unter den Flocken dahin.

Vor uns wackelten die Köpfe der Toten, im Schlaglochtakt rissen sie die Münder auf, tranken mit.

Kurze Pritsche, kühle Nacht.

Beim Abendessen hatte Ewald gesagt: »Heureux.«

Ich hatte »horreur« verstanden, Ewald hatte mich in die Seite geknufft, der Kamerad gegenüber mit seinem Französisch geprahlt: Glück heiße »bonne chance«, guter Zufall. Oder »bonheur«, gute Stunde.

Ewald hatte gesagt: »Das ist zu wenig, wir erwarten mehr!«

Kamerad Gymnasiast: »Das Glück der Franzosen kann man sogar in den Plural setzen.«

»Glücke des Krieges, Schlaufresschen?«, hatte ich mich eingemischt. »Die können wir auch!«

Ich hielt meine Uhr ins erste Licht: halb vier. Unser Siegestag dämmerte. Und ich Rindvieh hatte gefroren, es gab keine Decken, nur Laken, und von Särgen geträumt. »Särge retten«, hatte Ewald nach den »Glücken« Richtung Gymnasiast geflüstert und himmlisch die Augen verdreht, »glückliche Särge«.

Dem würde ich den Kopf waschen. Frisch gezimmerte, rohe Kiefernholzsärge leuchteten durch das Winterlicht Ober-Osts bis hierher. Hunderte davon in einem entgleisten Nachschubzug, im Februar 1916. Wir abgestellt, um die Ladung zu sichern. Von Särgen wollte ich zur Schlafenszeit nie mehr hören.

Überhaupt sollten die Kriege hier in Paris auseinandergehalten werden. Das hatten wir besprochen. Abgemacht. Und dann hatte Ewald nicht aufgehört mit seinem Sonnen-Särgeland. Nicht aufhören können. Mich angesteckt. Nachts war es ohnehin schlimmer. Nachts rutschten die Kriege aufeinander zu, schoben sich ineinander, verkeilten sich.

Die schwarze Lok hing schräg über der Strecke, aufgesägte Schienenstränge ragten steil vor ihr in die Luft. Räuber? Erneut? Gewehr im Anschlag lehnte ich an einer der zahlreichen dünnen Kiefern. Keinerlei Schutz. Ein paar Krähen, schwarzgrau wie zuhause, hüpften herum, Wieseltritte spurten den Schnee. Ständig rieselte etwas, knackte, überfrorene Äste sackten ein Stück ab, Schatten huschten zwischen den Bäumen.

Sargräuber?

Unterstände hatten wir in den Wald gebaut, perfekte Schützengräben: umbretterter Stolleneingang, erster Schützenauftritt, Schützen- und Beobachtungsposten in beide Richtungen, längliche Schießluken, stählerne Schutzschilde mit Sehschlitzen, Holzständer für die Zeltbahn gegen Wetter und Flieger, die Sandsack-Brustwehr, die Faschine kopfhoch. Was half es? Wir waren Techniker, hervorragend, fleißig. Und kamen keinen Millimeter weiter.

Ich spähte über die Gleise auf den Saum des Birkenwäldchens gegenüber. Oder standen all diese Birkengrüppchen erst später in der Kriegslandschaft? War ich das, der spähte, in Russland 1942?

Auf Mündungsfeuer konnte ich zielen, dann war es für einen von uns meist schon zu spät. Die Wolken rissen auf, jeden Augenblick wechselten die Bäume die Farbe. Seidenmatt leuchtete ihr schmales Weiß; näherte sich ein Wolkenschatten, changierte es silbrigblau, flirrte wie heiterer Kleiderstoff, um dann unter dem Wetter schmal zu werden und hart.

Ein Rudel fahler Stämme, zwischen denen Schatten glitten wie Gespenster.

Oder doch nur ein Wimpernschlag. Ein Zucken der Angst.

Als es dämmerte, zog man uns ab.

»Särge für uns«, hatte Ewald gezischt, als wir an diesem Abend am Nordostende der Baracke vor unserer Feuerstelle hockten, einem schweren, aus einem der Bauernhäuser angeschleppten Eisenkasten, den man wie einen Ofen bediente.

Der Erste Krieg. Särge. Sargnachschub vor Einsatzbefehl. In diesen Dingen klappte damals die Organisation hervorragend.

Inzwischen wurden für Leichen auch Säcke benutzt. Oder nichts. Nichts mehr da. Vom Mann.

Ich setzte mich auf, rieb mir die Augen. Die Pritschen waren weich und verdammt eng, halbnackt lag man da. Um mich herum wurde geschnarcht, mitten in das Gesäge hinein flüsterte Ewalds junge Stimme: »Das gibt Kattun.« Dabei wanderten Richard, Matt und ich nur zu unserem Luxuskabuff im Schnee, Marke Eigenbau. Das beheizbare Edelklo sah von außen wie eine Zarensänfte aus, zwei Mann konnten es tragen, wir stellten es ab, wo wir es brauchten, weit von den anderen entfernt. Eine Feuerstelle wärmte den Arsch, vor dem Brett, auf dem wir saßen, befand sich ein anderes, dünnes für Zeitungen, Briefe, Karten. Mit Licht!

Wir rauchten, tranken, überfurzten das Grollen der Front. Wie gemütlich es geworden war, im Felde. Wieder für 14 Tage dem Graben entronnen, zwei Wochen Leben geschenkt. Vielleicht auch nur eine. Oder ein Tag.

Hatte ich damals etwas wie Liebe für die anderen gespürt? Auf der französischen Pritsche, die ersten Sonnenstrahlen im Gesicht, dachte ich, dass es mehr war als Liebe. Essentieller.

Ausgesetzter. Abhängiger. Unbedingter.

Jede Sekunde stand man da, als ganzer Mann.

Im Sommer 1916 war Franz gefallen. Richard, sein Zwillingsbruder, überlebte den Krieg. Immer öfter klappte er zusammen, kam eines Schwächeanfalles wegen ins Krankenhaus. Er saß zuhause, in Oels. Ich wollte ihm eine Karte schreiben, hier aus Paris.

Nach der Parade hatten wir für 24 Stunden frei und den wagemutigsten Plan: Geschenke für zuhause kaufen, in einem Lingeriegeschäft. Welch Manöver. Überwältigt standen wir in dem dämmrigen Verkaufsraum, dessen Tiefe bis zur Decke reichende Regale füllten, auf deren kleinen, flachen Holzschüben Zeichen wie 65 A, B, C-E etc. bis zur 95 sowie einige unbeschriftete Kästchen von einer uns verschlossenen Ordnung kündeten.

Über dem hölzernen Tresen hingen zehn rosafarbene gläserne Lampenschirme an langen Kabeln von der Decke herab.

Selbst die Glühbirnen waren auffällig hübsch, ihre miteinander verschlungenen Kohlefäden leuchteten sanft.

Hände mit rosafarbenen Nägeln zogen die Lampen nach unten, tiefer auf die wertvollen Dessous herab.

Ewald, der etwas Französisch sprach, sagte der Verkäuferin, die Gemahlinnen seien eher dick, im Vergleich, und schaute mich verschwörerisch an. Ein Glück, dass niemand sonst uns hörte oder sah.

Spitzen, Seiden, Nähte. Der Geruch des Geschäftes, Lavendel, Rose, untermischt mit etwas Waldigem, Harzigem. Die Düfte der uns bedienenden Damen.

Ein kleines, langsames Glück rieselte durch mich hindurch.

Die Lampen beleuchteten, was wir genauer betrachten wollten, und die Hände der es darbietenden, glattstreichenden Frauen.

Als blätterten sie Seite für Seite im Goldenen Buch der Stadt, wendeten sie die seidigen Stücke, die Spitzen und Schalen. Wir sahen alles, vorne, hinten, Stickereien, Buchten, Einschnitte, Stege. Wir schwitzten.

Der Einfachheit halber nahmen wir zwei Mal das Gleiche. Schachteln wurden vor unseren Augen gefaltet und mit prächtigen Seidenbändern verschnürt, rot wie die Mittagssonne, die uns kurz darauf im Tuileriengarten auf die Köpfe brannte. Wespengläser schaukelten in den Ästen über uns; die Pariser gingen spazieren, als hätte der Vortag nicht stattgefunden. Dass sie erobert waren, schien ihnen nichts auszumachen. Die Stadt rauschte von ihrem dichten, überwältigenden Automobilverkehr. Ich zog die Uniformjacke aus und ließ mir die Sonne auf die Hemdbrust scheinen. Rechts neben dem Brustbein saß, eine kleine rötliche Vertiefung, das Einschussloch von Dünaburg. Die innere Verwundung war größer gewesen, als man hätte denken wollen. Ich schloss die Augen, trank einen Schluck Calvados, reichte Ewald die Flasche.

Der Branntwein glitt herrlich die Kehle hinab. Särge? Ich

Idiot. Wir waren zäh. Raffiniert! Beherrschten die Kunst, zu einem Schatten zu schrumpfen. Ich riss die Augen auf, schloss sie, rasch hintereinander ein paar Mal. Traf eine Kugel einen Schatten, geschah nichts. Noch 1914 gelernt. Auch ein Schatten zitterte, wenn er im Einsatz lief – egal. Auch im Inneren eines Schattens schwamm etwas Dunkles – egal. Der Schatten begrüßte es, beugte sich, verstand es, demütig zu sein. Vielleicht konnte ich mich deswegen so schlecht im Krieg sehen? Mich immer nur in Stücken erinnern? Egal.

Man hatte mich zum Lazarettzug gebracht. Triage – Verwundete wurden in drei Klassen geteilt: heilt von selbst (Reservelazarett im Feld), lässt sich flicken und ist in drei Wochen zurück (Lazarett hinter der Front), irreparabel (bleibt an der Front, verreckt). Triage: Wer lebensgefährlich getroffen war, wurde am miesesten versorgt.

Wir sahen zu, wie man Menschen wegwarf. Kameraden. Damals schon? Oder erst in Polen, jüngst?

Damals schon.

Von Polen war ich nach Venlo in Holland und weiter nach Frankreich gestellt worden.

Ich blinzelte. Ewald, inzwischen ebenfalls ohne Jacke, gab mir die Flasche zurück.

In Tilsit hatte man die Kugel aus meiner Brust geholt, platt auf einer Seite von ihrem Aufschlag in mir. Sie lag zuhause in Oels in einem Schmuckschächtelchen im obersten Fach meines Schreibtisches. Nach zehn Tagen wurde ich zur besseren Erholung in ein Krankenhaus in Kolberg verlegt.

Im Spiegel über dem Zimmerwaschbecken erschien eine weiße Fläche, ein Paar übergroßer Augen, mein Gesicht.

Von den Fenstern im dritten Stock aus konnte man bei klarem Himmel ein Stück Rügen sehen, kreideweiß.

Am Bett standen Krankenschwestern.

Gestärkt weiß, unglaublich schön.

Alles um mich leuchtete stark.

Mutter saß auf meiner Matratze. Mutter in Fleisch und Blut. Ich erzählte ihr von der Rückständigkeit der Menschen in der Kolonie Ober-Ost, ich übertrieb, um unsere Wichtigkeit zu betonen. Ich sagte ihr nicht, dass ich, solange ich an der Front gelegen war, nicht hatte dort sein wollen, und dass ich nun, fort von der Front, ihr nicht fernbleiben konnte. Es war, als befinde sich für alle Zukunft ein Teil meines Kopfes – ich dachte »meiner Seele« – an dem jeweils anderen Ort. Die Front war ein Käfig, der sich dehnte und bog, wie er wollte. Er umschloss auch das Lazarett.

Nur um Mutter machte er eine Ausbuchtung. Um Mutter und den jungen fröhlichen Hannes vom Sommer 1914, einen Hannes ohne Metall, der schon damals, im Frühjahr 1916, als Gespenst neben ihr saß.

»Weder Russ' noch Franzos' gibt uns je den Todesstoß!«

Ewald trug unsere Pakete, warm und kräftig schob er seinen Arm in meinen. Gemeinsam stoppelten wir uns auf dem Weg zurück in die Kaserne unsere Lage zusammen. Calvados: aus. Einkäufe: erledigt. Mehr Calvados: abends. Frieden: erreicht. Todesstoß: nein. Waffenstillstand: soeben unterschrieben.

Vielleicht dachten wir deswegen ständig an den Krieg, der ein Vierteljahrhundert zurücklag? Der Führer, murmelte Ewald, habe dieses Denken vorgemacht, wir folgten ihm nur, nur ihm

»ihm nur«

»nur ihm«

in einem eigens aus dem Museum geholten Eisenbahnwaggon, der beim Vertragsschluss von Versailles benutzt worden war, hatten die Franzosen sich Hitler unterworfen.

Deutschland hatte den Krieg gewonnen.

Vater, der noch vor der Weltwirtschaftskrise an einem Herzinfarkt gestorben war, hätte diese Wirklichkeit gut getan.

Ewald lallte: »Wenn du entronnen warst … vor Versailles 1918 … ragte das Glücksgefühl aus dir raus … dir raus wie der Pickel aus'm Helm.«

Und jetzt?

Ha! Wie die Schnapsfahne aus dem Mund.

Gegen sechs Uhr stieg ich, einigermaßen klar im Kopf, von der Pritsche. Auf dem Weg zur Toilette kam Helmut Griesner mir entgegen.

Ewald war tot.

Ein Panzer hatte ihn überrollt.

Beim Parken in Reihe. Hier auf dem Kasernengelände. Einer unserer Panzer. Alles stand, der Siegesfeier wegen, übervoll, Waffengattungen mischten sich. Warum Ewald in dem Gedränge herumgelaufen war, wusste Griesner nicht. Er hatte schlafen wollen. Wie ich.

Ich sank auf die nächste Pritsche. Griesner blieb neben mir. Wir saßen da.

Nach einer Weile sagte er: »Eine Schnapsidee. Wahrscheinlich wollte er nur pinkeln gehen und wusste nicht mehr, wo.«

Es war dieselbe Stunde wie vor zwei Tagen, beim Stiefelputzen. Vögel zwitscherten. Das Licht, milder als mittags, schmeichelte dem Holztisch vor uns, meinen Händen auf meinen Knien. Der Boden glänzte hellgrau und auch meine Stiefel glänzten, nur etwas eingestaubt.

Ewalds Stiefel stellte ich mir nicht vor. Besser nicht. Nicht vor. Nicht vor.

Griesner war geduldig. Klopfte mir irgendwann auf die Schulter: »Du nimmst seine Sachen mit?«

Tage fielen als Steine in mich, fielen nicht weit, Steinemann Hannes, Eisenmann Hannes, Hannes mit dem Graben-, Hannes mit dem Kleibergefühl in der zusammengezerrten, hilflos pochenden Brust.

Ich hatte Ewald nicht mehr gesehen. Ein Panzer tötete nicht nur, er erledigte die Beerdigung gleich mit. Was das Heereskommando seiner Witwe schreiben würde? Ehrenvoll gefallen fürs Vaterland – beim Pinkelgang?

Eine schwarze Reichslok zog uns durch die Ardennen. Blickte ich auf den Wald, war mir, als würde ich nicht richtig sehen. Eine diffuse Schuld quälte mich. Wie hätte ich Ewalds Unfall verhindern können? Ich hatte nichts gespürt, nichts geahnt, kein siebter Sinn hatte mich aufgeweckt und auf die Suche nach ihm geschickt.

Die Häuser duckten sich gegen Fels, Bäume stiegen die Hänge hinauf. In meinem Schultersack lagen zwei Schachteln, mit rotem Seidenband verschnürt. Der Korallengaumen der Hure, weit aufgerissen, von gleichem Rot, lachte mich aus.

Wie sollte ich Katharina, Ewalds Frau, das Päckchen übergeben? Was sagen? Unfälle kamen in der Wehrmacht nicht vor. Nachts wälzte ich mich und dachte darüber nach. Die Vielfalt möglicher Lügen lenkte mich von Gedanken an Ewald ab. Zugleich bedrückte sie mich noch mehr.

Während man versuchte, unsere liegen gebliebene Lok zu reparieren, gingen wir, Gewehr im Anschlag, durch den Ort, um uns die Beine zu vertreten. Vor einem der Häuser roch es nach Butter. Ein Kind, das mich an Eustachius als kleinen Jungen erinnerte, pausbäckig und hellblond, rannte vor mir davon.

Der Mensch war eine Fehlkonstruktion. Zu weich, zu sehr mit Blut gefüllt.

Mein Wehrpass sagt:

26. August 1939: Hauptmann der Reserve, Führer einer Nachschubeinheit, Einsatz an der Bzura. 221. Infanterie-Division

23. 12.–28. 12. 1939: Heimaturlaub

29. 12. 1939: Besatzungstruppe in Kielce, Polen

31. 5. 1940: Venlo, Holland

14. 6. 1940: Einmarsch in Paris, 28. Infanterie-Division

9. 8. 1940: Entlassung nach Hause, in Bereitschaft

13. 8. 1941: Einberufung nach Pleskau und Dno

22. 12.–27. 12. 1941: Heimaturlaub

22. 3. 1942: Freistellung

20. 11. 1942: Heeresgruppe Nord, Welikije Luki, Nordwestrussland

20. 9. 1944: Entlassung ins Reserveoffizierskorps

17. 1. 1945: Einberufung zum Volkssturm nach Groß-Wartenberg

23. 1. 1945: Abzug in die Festung Breslau

Der Pass: Adler auf Hakenkreuz, zerknittert, geklebt. Ein gebundener Packen Papier, schweißgetränkt. Man gab ihn bei der Einheit ab. Wenn man ihn wiedersah, konnte man sich glücklich schätzen: man lebte noch, man durfte gehen.

Die Bilanz: Nach fast einem Jahr Krieg gönnte man mir ein Jahr Pause. Es folgten neun Monate Krieg, sechs Monate Pause, Krieg für ein Jahr und fünf Monate, ein knappes Jahr Pause. Krieg.

Fast vier Jahre verbrachte ich an der Front.

Mein Wehpass.

Da stand ich, im August 1940, in unserer Wohnung in Oels. Erster Stock, Holzveranda vorm Herrenzimmer, Blick in die große Pappel. Bücherwände, Vertäfelung, der reich mit Schnitzwerk verzierte Eichenschreibtisch meines Großvaters, fast schwarz. Daneben mein Gewehrschrank auf vier hohen schlanken Beinen, seine gläsernen Wände gehalten von Kirschholzstreben in prächtigem Rot, eine gläserne, verschließbare Tür. Der Pass, fast noch neu, auf der schwarzen Lederschreibunterlage des Tisches.

»Weh« wollte ich nicht denken, wollte nicht weich, nicht feige sein. Deutschland strahlte, allem zum Trotz. Eustachius ging aufs Gymnasium, wuchs und wuchs. Und Emil, fast 20 Jahre alt, lebte einigermaßen geschützt bei uns.

Klara sagte: »Mit jedem neuen Kriegsgegner wird Emils Lage sicherer. Mit jedem neuen Kriegsgegner wird unser Brot wichtiger.«

Klara sagte: »Was bin ich froh, dass ihr mit Eustachius so lange gebraucht habt. Wäre er älter, zögen sie ihn bald ein.«

Klara sagte: »Um dich zittere ich.«

Wir wussten, wann und wo man den Mund halten musste, wie man dastand und schwärmte. Nur dass es nun einen zweiten Hannes gab. Der erste: Offizier, Jäger, Krieger, Eisen im Körper. Der zweite: Flüsterer, Erinnerer, ein Nachtschattengewächs. Hockte über Steinen, zählte sie. Seit Ewalds Tod.

Bei Förster Priebkes Pensionierung saß er appetitlos vor zwei dicken Scheiben Rehrücken und dachte an seinen ersten Schuss auf der Breslauer Kirmes zurück. Am Ende waren Vati und er in einen Flohzirkus geraten; stolz hatte der Besitzer erzählt, auf welch geniale Weise er die Tiere abrichte, indem er eine Glasplatte über den Kasten lege und die Flöhe eine Zeitlang gegen sie springen lasse. Dann entferne er das Glas, nie mehr im Leben hüpfe auch nur ein einziger Parasit über die Plattenhöhe hinaus. Die Tiere versuchten es erst gar nicht. Damals hatte er gelacht, heute machte es ihn traurig: Flohgehirne waren so klein, doch selbst in ihnen fand ein Gefängnis Platz.

Hannes, sagte das Gefängnis in Hannes, Hannes, halt den Mund. Eustachius hatte er Postkarten vom neuen Pariser Zoo mitgebracht, sie zeigten einen asiatischen Elefantenbullen, Giraffen- und Okapifamilien sowie ein seltenes, seiner Meinung nach belangloses Wesen, einen Ochsen mit bis zum Boden hängender Wamme namens Kouprey aus den Tiefen des südostasiatischen Regenwaldes. Für Emil hatte er ein Ersatzkoppel bekommen, der Kamerad in der Ausgabestelle wurde großzügig, als er ihm erzählte, wie sehr sein ältester Sohn von der Wehrmacht schwärmte. Es war nur eine kleine Lüge. Emil, nahezu volljährig, bewunderte alles, was Uniform trug. Vor allem die SS.

SS-Verbänden, die in Sichtweite marschierten, blickte er wie Traumbildern nach. Er sah sie selten, verließ die Wohnung so gut wie nie mehr. Erspähte er die Männer ausnahmsweise, wirkte er umso beeindruckter. Jedes Mal, musste man denken, wenn man ihn beobachtete, kamen sie ihm herrlicher vor.

Hannes spürte und verstand, was Emil anzog. Der Glanz, die männliche Kraft. Zugleich fürchtete er sich. Sein tiefstes Inneres wurde wach, wenn er neben seinem Erstgeborenen stand.

Nur so konnte er sich erklären, dass erneut Bilder aus dem Ersten Krieg ihn besuchten. Heimsuchten.

Arbeitsbilder. Ewald stets dabei. Hannes, der Flüsterer, begriff, dass es die Liebe war, die die beiden, Emil und Ewald, miteinander verband.

Ihre Liebe zu ihm.

Seither saß er öfter mit Emil auf der grünweiß gestreiften Chaiselongue. »Was macht ihr nur«, rief Lilly vom Nähtisch im angrenzenden Wohnzimmer, während Eustachius in der Küche mit Molchen oder anderen Amphibien in Gläsern hantierte. Sie, die beiden älteren Männer der Familie, saßen scheinbar tatenlos da; Emil wartete auf einen SS-Trupp, und er, Hannes, sah in sein Zimmer, sah das Holz der Regale und Tische, die violetten Ranken des Teppichs, den im goldgesprenkelten Nachmittagslicht tanzenden Staub, strich seinem Sohn über die Haare, weich wie bei einem Säugling, und das Weiche in ihm zuckte auf. Es war also noch da, hier wagte es sich hervor, und er spürte, wie er von seinem Zuhause lebte, von Lillys Stresla, den Beugungen und Streckungen des Waldes um den Oelsbach, der schlesischen Luft.

Hannes, der Schattige, der Ewald vermisste, den niemand mehr aus einer Frontlinie tragen würde, auch weil diese Linien sich in dem, was kam, so vervielfachten, dass Tragen nicht half, Hannes, der nicht mehr jagen ging, es schien ihm unangemessen vergnüglich in der herrschenden Zeit, ließ sich von einem befreundeten Juristen erklären, wie und warum Hitler rechtmäßig an der Macht war. Alle Eide galten. Auch er, Hannes Grolmann, hatte Führer und Volk die Treue geschworen; er spürte, wie es ihn band.

Danach saß er auf der Chaiselongue, streichelte Emil über den Kopf und dachte, so gut er konnte, an nichts.

Die Bank war dahin, erdrückt vom Krieg, zu wenige Kunden nahmen Kredite in nennenswerten Größen auf. Seine Mutter stellte ihn für die Buchhaltung der Bäckerei an. Brötchen und Mohnkuchen brauchte man immer, auch totale Menschen hatten Geburtstag, heirateten, tauften Kinder. Mutters Sippschaft bewirtschaftete Bauernhöfe rund um Oels, die Mehlverbindung hielt. Dann und wann stand er in Backhaus 3, einmal am Tag rutschten Mohnsamen zu Tausenden den wie eine Zunge geformten Auslass des Vorratskessels hinab. Schwarzblaue Schatten; wie Menschlein kamen sie ihm vor. Sie rochen betörend nach Gift.

Eustachius sah sehr arisch aus in dieser Zeit, blond, Mittelscheitel, Augen stahlblau. Was dieser Sohn dachte, wusste Hannes nicht. Ein Stück der alten Angst, diesem gesunden Kind zu nahe zu kommen, bestimmte ihn, den Vater, noch immer. Allein das Dergelchen, der Sohn, der ungefährlich war, weil all seine Mängel so deutlich zutage lagen, weil er Hannes schon erschreckt hatte bis auf die Knochen, humpelte herbei. Als rieche er die Trauer und den Trostbedarf seines Vaters, setzte Emil sich Abend um Abend zu ihm und schaute mit ihm auf die Straße hinaus, in die Wolken hinein.

Im September 1942 kam SS-Hauptsturmführer Staffel zu Besuch. Gegen Rabatt stellte er Großaufträge in Aussicht. Weder die Preise, die er vorschlug, noch die Stückzahlen, die er forderte, waren realistisch. Selbst wenn die SS mehr geboten hätte: Es war unmöglich. Es fehlte bereits am Grundmaterial für die verlangten Lieferungen.

Sechs Wochen später wurde Hannes erneut eingezogen. Ein läusischer Gedanke, eine läusische Tat. Dank seiner alten Wehrmachtsverbindungen gestand man ihm drei Wochen Schulungskaserne zu, drei Wochen Nichtfront. Er kam nach Breslau, wurde Teil der Welle, die die Blöcke durchflutete. Der Takt war verkürzt. Kinder und Greise drückten sich Stahlhelme auf die Schädel, hetzten durch Schlamm. Offizier und Mann aßen das Gleiche, jeder erhielt zwei Kommissbrote, Margarine und Kunsthonig auf Papierstreifen als Wochenration, dazu mittags einen tiefen Teller Kohlsuppe oder Pellkartoffeln, die man auf der Tischplatte schälte. Sieben Tage saß ihnen ein Oberst unrasiert gegenüber, es gab keine Klingen mehr.

Er machte sich nützlich. Er erfand ein neues Ordnungssystem nach Altersgruppen für die Eingezogenen. Er lebte im zweiten Krieg, mit Bildern aus dem ersten. Dass manche Männer zwei Chancen bekommen, je eine für jedes Elternteil, dass sie bei jedem ihrer Todespunkte bei Vater oder Mutter ankommen und gerettet werden, wusste er noch nicht.

Man dehnte seinen Aufenthalt aus. Er führte Buchhaltung mit Menschen. Drei Abmärsche der von ihm erfassten Soldaten nach jeweils drei Wochen Schulung beobachtete er, später las er darüber auch etwas in einem Buch, es entsprach exakt seiner Erinnerung, so exakt, dass es sich nicht von ihr unterschied. Die Aufbrüche fanden in völliger Dunkelheit statt. Eine Kapelle, die keiner sah, führte vornweg, Märsche, flotte Rhythmen, hinter ihr der lautlose Zug der frisch Rekrutierten, der für immer ins Vergessen marschierte.

Die Nacht erd- und himmellos.

Beim vierten Mal ging er mit ab.

Maikäfer flieg, der Vater ist im Krieg, Schlesierland wird abgebrannt, bringt auch dich um den Verstand.

Vor acht Tagen war er über die Hundsfelder- und Matthiasstraße von Norden in die Festung gerutscht, auf die Oderinseln zu, nach eisigen Nächten im Wald. Links hatten ihn die beiden roten Türme des Doms mit ihren schilfgrünen Helmdächern, die schlanke Nadel der Heiligkreuzkirche, der eckig-knubbelige Sandturm so heimatlich vertraut gegrüßt, dass ihm das Herz aufgegangen war.

Er versuchte, sich an dieses Bild zu erinnern. Das Gefühl: Brassel lebt! Das alte Breslau, seine Stadt.

Die Straßen bestanden aus Schorf. Auf dem Schorf Leichen, zwischen ihnen hetzende Menschen mit Bündeln und Wagen. Frauen trugen Kleinkinder in Tüchern auf dem Rücken. Manches Kind war vollends eingewickelt, auch über den Kopf. Beißende Kälte, Ascheschnee.

Über den Hollandwiesen hing ein russischer Bomber schwer und niedrig in der Luft.

Er drückte sich flach an die nächste Wand. Sorgfältig, nachgerade mit Muße, legte die Maschine ihre Eier ab. Gewiss konnte der sowjetische Pilot die deutschen Gesichter unter sich sehen, Pfannkuchengesichter, ausgeleuchtet von den riesigen Flammen der Häuser. Leere Gesichter: Sie konnten die Angst nicht mehr halten, hatten jeden Ausdruck verloren.

Rauchwolken wirbelten, sich türmend, einander überholend,

an ihm vorbei. Er schwitzte, presste sich den Ärmel vor Nase und Mund. Sein alter Wintermantel schützte ihn, die weiße Binde am linken Arm nahm ihm das Lebensrecht. Volkssturmmann.

Die Gebäude der Stolzestraße links standen als Fackeln da, am unteren Ende zur Ofener lag ein Straßenbahnwaggon quer, unwirklich weiß im Feuerschein. Am Nordende der Gabelsberger sah er, dass er in die falsche Richtung gegangen war. Auch der gesamte Stadtteil Ofener Straße schien in Flammen aufzugehen. »Siehst du im Osten das Morgenrot, ein Zeichen zur Freiheit zur Sonne.« Die Feuer zu Beginn der Tauentzienstraße schlugen tief aus den Dächern, sprangen in hellgelben Blitzen fort, gasig und stofflich zugleich. Sehr heiß also, alt. Ein Volkssturmkommando musste vor dem Bombardement Benzin ausgegossen und die Gebäude entzündet haben. Das war jetzt die Aufartung der Verteidigung!

Halt. Das sollte er nicht denken.

Er sollte gar nichts denken.

Geisterfinger tasteten den von Rauch nachtdunklen Himmel ab. Ein weiterer viermotoriger Bomber blitzte auf, andere Scheinwerferlichter eilten herbei, bildeten ein Strahlenbündel. Die Flak schoss sich ein, nach kurzer Zeit kam die Maschine tatsächlich brennend herunter.

Erstaunlich.

Und lächerlich.

Der nächste Petljakow-Bomber hing bereits da.

Als wüchsen sie aus dem Nichts.

Sie wuchsen aus Oels. Dort starteten sie.

Halt, denk nichts! Auf keinen Fall das. Oels war von der Karte gekippt.

Und er?

Stand hier im Krieg. Restkrieg. Mit zufälligen Menschen neben sich. Kameradschaft?

Vorbei. Man sah sich, verlor sich. Er war allein.

Es war auch kein Krieg.

Es war etwas anderes, Unbekanntes. Es schwankte.

Die Sonne zog nicht mehr stetig über den Himmel; sie wackelte, ruckte voran.

Die Ziegel und Balken eines von einer Bombe getroffenen Hauses stürzten in Zeitlupe auf ihn ein. Nicht wirklich, äußerlich, doch auch nicht im Traum. Es geschah, wenn er stand, lief, diente, grub, in den Himmel sah.

Es war nicht wie im Ersten Krieg, nicht wie an der Front. Etwas Neues, Schreckliches umhüllte ihn, ziellos, chaotisch, gefährlich. Der Boden schwankte, wenn Häuser brannten und brachen. Das meinte er nicht. Menschen schrien und fielen, wer Pech hatte, lebte danach noch und schrie. Das meinte er nicht. Die Bedeutung jedes Geschehens, jeder Tat schwankte; Ehre, Glaube, Treue, der Führereid. Er ging ein paar Schritte und hatte das Gefühl, dass er fiel. Er ging und sprang von Schorfrand zu Schorfrand, sprang. Zerrissen, blutig, hart lag der Boden vor ihm, nur erreichte er ihn nicht, kam nicht mehr auf, seine Beine blieben stecken, traten Luft. Die Stadt vor ihm stand fest und schwankte, er ruderte, gehörte nicht mehr hinein, fand sich selbst nicht mehr, nicht mehr zuhause, in Brassel, lebte, wenn auch nicht mehr vollauf.

Er hauste mit zwei anderen Volkssturmmännern in einer verlassenen Wohnung in der Paulinenstraße im dritten Stock. Vielleicht zu weit oben, um sich bei einem Treffer zu retten, aber hier hatte die Tür mehr oder minder von selbst nachgegeben. In der Küche ein Extraofen zum Einheizen. Das Leben der ursprünglichen Bewohner, das Leben der Menschen, die die Breslauer Wohnung in großer Eile (die auf den Betten ausgestreuten Kleider, das Spielzeug im Flur) verlassen hatten, nichts denken, schon gar nicht Oels!, das Leben der Familie Tauer, so der Name auf dem Klingelschild, versuchten sie, so wenig wie möglich zu berühren. Sie hüteten sich.

Das war gut. Mit solch einer Haltung glaubte man an den Sieg.

Nach drei Tagen kochte Trutznig Reis aus der Vorratskammer, und er, Hannes, aß mit. Am Abend öffneten sie die erste Flasche Haustokajer. In der Woche darauf warfen sie das Kinderspielzeug weg. Denk nicht, schau, dass du durchkommst, setz dich hin, ruh dich aus.

Auf der goldschwarz gestreiften Chaiselongue klebte ein großer Honigfleck. Egal. Niemand mehr glaubte, dass die Tauers eines Tages in der Tür stünden. Niemand, der sah, was sie sahen.

Laserke, der alte Oelser, hatte ihn gestern beruhigt. Hatte ihn eingewickelt. Wie schneidig und dem Vaterland ergeben die Nazis vorgingen. Wie erstklassig sie noch immer alles im Griff hielten. Erst in der Wohnung war er aufgewacht. Dass Militär und Staat, die Verwaltung Hankes und die Generäle der Wehrmacht zusammenarbeiten mussten, wollte er glauben. Nur mit welchem Ziel?

Der Boden vibrierte, er schreckte auf. Wo der Bomber gewesen war, hing eine komplette Staffel sauber am Himmel.

Er hatte vor sich hin geträumt, er war verrückt, jede Sekunde musste man sich die Wirklichkeit in den Kopf schlagen, knappe und saubere Sätze dazu bilden, die Füße auf den Boden zwingen. Vor ihm hetzte die Silhouette einer Frau über den Straßenschorf, er reckte den Hals, um sich nach Schutz umzusehen, die Explosionswelle drückte ihn in einen Hauseingang. Die Tür in seinem Rücken gab nach, da war er fast froh: Er stürzte arschvoran in etwas Dunkles, er flog.

Täuschend gemütlich, in der Rest- und Saugemütlichkeit des Krieges hatte der Einsatz am Mittag des 15. Januar begonnen. Sitzend, geschaukelt, warm in einem Automobil fand er sich mit Menck, Hauptmann Schäfer (Finanzamt Oels) und Zugführer Werner (Inspektor Würtemberg) zum Abschnittskommandeur nach Groß-Wartenberg unterwegs. Volkssturm, Aufgebot I. Hausdächer, rot und violett, zwischen dick beschneite Felder geschmiegt, von einem behaubten Kirchturm beschützt. Es wurden die letzten Heimatbilder; je weiter die Route sie nach Nordosten führte, umso dichterer Wald umfing den kleinen Trupp. Langsam fuhren sie unter schneeschweren Ästen dahin. Alle im Wagen rauchten Zigarillos, Schäfer, am Steuer, zog an einer Zigarette; die Straße selbst war zwar eisüberkrustet, wenngleich die tiefen Spurrillen den Rädern auch Halt gaben. Viel Verkehr hier zuletzt von Ost nach West. Bei Namslau stotterte ihr Motor, sie hatten Glück, es waren nur wenige Hundert Meter zu den nächsten Häusern, und saßen, solange der Wagen repariert wurde, freundlich bewirtet beim Kreisbauernführer, man hatte geschlachtet, man bereitete sich vor. Frische blutwarme Würste, Semmlock, Zigarren und Schnaps.

Am 18. Januar war das Bataillon zusammengestellt, 400 Mann, er kannte mindestens die Hälfte, ehemalige Kunden seiner Bank, viele älter als er. Die Sonne setzte bleiche Strahlen auf das Waldstückchen, das vor ihnen lag, der Wind sang im Helm. Fünf Meter breite, drei Meter tiefe keilförmige Gräben und etwas Stacheldraht. Ein veraltetes italienisches Carcano-Gewehr mit fünf Schuss Munition pro frierendem Grabenmann.

Oels lag 25 Kilometer westlich hinter ihnen, Breslau 55. Die Russen ließen sich mächtig hören. Als er mit seinem Trupp über Mühldorf fuhr, auch dort wurden alle Schweine geschlachtet, sahen sie von fern einen russischen Panzer auf einem Schneefeld stehen, lachten »kaputt, kaputt«. 32 Stunden später kam es in einer Stellung, die er Wochen zuvor im Bartolddienst selbst mitgeschanzt hatte, zur ersten Berührung mit dem Feind.

Auf der Straße von Kempen stürmte Wehrmacht, hervorragend ausgerüstet, an ihnen vorbei Richtung Westen. In seiner alten Funktion als Hauptmann hätte er 136 Mark Sold erhalten, dem Volkssturmmann gab man dafür, dass er die Stellung hielt, während die Soldaten flohen, eine Reichsmark pro Tag. Wütend und ohnmächtig sah er dem Treiben zu. Es sah sehr einfach aus. Einfach wie die Wahrheit. Der Wehrmacht folgten lange Bauerntrecks aus Wielun und von weiter östlich. Hie und da ein elendes Pferd vor einem Wagen. Frauen, Alte, Kinder. Sichtbar erschöpft, in unheimlicher Stille. 800 Meter hinter ihnen fuhren die ersten sowjetischen Panzer.

Auf Zurückweichen stand Erschießen. Am 22. Januar wich sein Bataillon zurück. Die Erschießungen wurden durchgeführt. Die Russen konnten dabei zusehen, wie die Deutschen einander selbst umbrachten, so nahe standen sie.

Tags darauf floh alles. Hals über Kopf. Schnee stob in dicken Schleiern von den Bäumen. 20 Grad Kälte. Er schlug sich in den Wald. In einer Raufe fand er Heu. Er versuchte, die Gerüche aufzusaugen. Für ein paar Stunden schlief er in einer verlassenen Wildschweinkuhle. Schwarze Fichten gaben ihm Schutz. Nachts um zwei brach er Richtung Breslau auf. Er war hellwach. Er glaubte, seinen Dackel Max neben sich gehen zu hören.

Sie hoben Gräben aus. Eine miserable Arbeit. Die obere Erde von der Hitze der Brände aufgeweicht, die tiefere hart gefroren. Ein Schneesturm kam auf, mühelos bewies das Wetter, dass es stärker war als jede Armee. 29. Januar. Was trotz des Dauerbeschusses noch niet- und nagelfest war, klapperte mit den Zähnen. Schneemassen stoben durch die Straßen. Er verkroch sich mit einem Teil seines Trupps in einem Gasthaus. Die drei Hindenburglichter aus der Vorratskammer der Wirtsleute flackerten. Vor jedem Mann stand eine Flasche Rotwein. Zu saufen und fressen gab es genug in der Stadt. Er erzählte Geschichten aus dem Wald oder aus der Bank, dass die anderen sich krümmten vor Lachen.

Die Krümmungen der Körper wollte er sehen.

Wie sie in sich hineinkrochen, kleiner wurden.

Es beruhigte ihn.

Sie schliefen auf den Bänken. In Stiefeln und Mänteln. Die Wohnungen über ihren Köpfen wurden zerbombt. Er zuckte nicht einmal, wurde schon während des Hinlegens flach. Dass er nicht wusste, wo Lilly und die Kinder waren, dass er fürchtete, sie müssten bei derartigem Wetter draußen unterwegs sein, drückte ihn zusammen. Er wünschte sich in die Holzbank hinein.

Denk nicht, Hannes, denk nichts.

Am Morgen brannten die Straßen. So sparte man sich das Schneeräumen! Haha. Man brauchte jeden Mann …, äh, Witz. Das war schon der nächste Witz. Die sowjetischen Bomberpiloten flogen gemütlich herbei, aus Oels, über schneeweiße, unberührte Felder, die sich zu einem Ring schlossen um Brassel, das nackt und rauchend unter den Bombenklappen lag, und die Gerippe seiner zerstörten Gebäude hinaufstreckte in den kalten Himmel, während zwischen seinen Ruinen die Luft von Hitze zitterte und ein paar bekleidete Affen äffisch idiotisch zwischen den glühenden, steinernen Riesenblättern des perversen Tropenhauses umherkletterten.

Er kletterte.

Über Hausrat, Mobiliar. Befehl eins: »Wohnungen leeren!«, Befehl zwei: »Straßenbelag aufreißen!« Einsatz westlich vom Hauptbahnhof, in einem der anmutigsten Viertel der Stadt. Ein gründerzeitliches Bürgerhaus am anderen, helle Fassaden, großzügige Erker, Balkone, Wintergärten, Türmchen, von Kupferdächern gekrönt.

»Spitzhacken raus!«

Befehle, kurz und fest, hielten Gedanken fest, schlugen Wirklichkeit in den Kopf. Die andere Hälfte des Kommandos, fünf HJ-Jungen, warf Stühle, Tische, Sessel, Teppiche aus den Fenstern. Zierliche Auerlichtlaternen hatten das Trottoir erhellt. Das Zerspringen der Gläser hörte man kaum.

Er atmete schwer. Der Möbelhaufen 60 Meter weiter die Straße hinab hatte einen Treffer bekommen. Dicker Qualm. Die HJ-Jungen sagten, der habe sich selbst entzündet, johlten »Victoriastraße« und schleuderten alles Brennbare mit verschärfter Begeisterung in die Tiefe.

Führerkinder.

Manche nur ein paar Monate älter als Eustachius.

Um die halben Portiönchen schlackerten schäbige Mäntel.

Als er Luntendraht abwickeln durfte, mehr Luft bekam, verstand er: Die Jungen spielten Krieg.

Spielten werfen, spielten explodieren. Spielten sterben noch, wenn sie schon starben.

Fremd kamen sie ihm vor. Aber nicht nur. Er saß hier fest wie sie in einem steinernen, staubigen, von allen Seiten beschossenen Topf. Und auch sie, die Alten, spielten diesen Krieg nur mehr. Mit dem Unterschied, dass sie darum wussten.

Topf zwei: drei Schlafzimmer, ein Wohnzimmer, ein Herrenzimmer. Die Toilette verstopft. Trutznig und er gruben ein Loch im Garten. Rannten in die Wohnung zurück.

Dort bewegten sie sich inzwischen absichtlich achtlos. Der dritte, ein Schmied aus Freyung im Bayrischen Wald, fehlte seit Tagen.

Sich krümmen vor Lachen. Sich krümmen ohne Kugel im Bauch. Manchmal blieb er stecken. Vielleicht war es nur die Erschöpfung. Manchmal krümmten sich nur die Mundwinkel. Er oder Trutznig korkte die nächste Flasche auf.

Das Radio stand auf Drahtfunk. Als auf der Welle Breslau ein fremdes Pausenzeichen ertönte und sich dann der Frontsender Breslau meldete, schaltete er geschwind ab.

Verloren saßen sie abends auf der gestreiften Chaiselongue.

Spielten Skat.

Tauers juristische Bibliothek, Hakenkreuzrücken, unbrauchbar. Goethe, Schiller, Eichendorff, ein Grammophon. Den Tisch schmückte ein Tintenfass aus Achat neben einer Papierrose. Hannes hätte sie gern weggeworfen, wagte indes nicht, sie zu berühren. Höhnisch grüßte ihn die Rose, die er als Junge auf der Kirmes gewonnen hatte, durch die Zeit. Sein Schützentalent. Sein Stolz, seine Freude, der Waldgeruch. Nicht das Schießen hatte ihn hierhergeführt, seine Kunst war belanglos. Name, Nummer, Alter, Geschlecht. Seit ein paar Tagen konnte er die Rose nicht mehr ansehen, ohne zu denken: Ob ich neben ihr sitze, wenn sie in die Luft fliegt? Mit ihr in Flammen aufgehe? Ob ich es schaffe, sie rauszuwerfen, bevor das hier zu Ende gebracht ist?

Laserke kam erneut in die Stellung und berichtete von den Erfolgen der letzten Tage. Wo genau der Iwan hereindrücke, wie man ihn aufhalte, wie die kommunistischen Schweine, ausnahmsweise einmal durchgedrungen, in die Fallen gingen: evakuierte Häuser, die man unzerstört stehen ließ, warme, wohlgefüllte Höhlen mit Badewannen, »kennen die gar nicht«, und überquellenden Vorratsschränken, um dann, kaum saßen die Affenärsche gemütlich beisammen, per Fernsteuerung die Kellerbombe zu zünden.

Laserke gab ihm über Mittag frei, er solle sich bei Kuchen und Tabak erholen, die innere Stadt sei herrlich unverletzt.

Beschwingt lief Hannes los. Exsultet, exsultet, erhebet die Herzen, den Blick. Frei atmete er die zum ersten Mal frühlingshafte Luft, lief über die Gräbschener, den Stadtgraben entlang vorbei am neuen Polizeipräsidium, einmal eins mit sich, erreichte die Schweidnitzer.

Die Sonne wärmte sein Gesicht, man schrieb Anfang März.

Als Kind hatte ihn die Pilaster- und Säulenfassade der Dresdner Bank beeindruckt, nun bog er entschieden vor dem neuen, imposanteren Kaufhaus Wertheim nach links. Lilly bewunderte die Rolltreppen, die runde Ecke, die gebänderte, glänzend graue Fassade mit den umlaufenden Fensterreihen. Wie gut, dass sie nicht neben ihm ging, um Geld auszugeben! Erst Minuten später fiel ihm auf, wie absurd dieser Gedanke war. Abgesehen davon hieß das Kaufhaus seit Jahren AWAG (arisch wenig, arisch geizig).

Er wechselte die Straßenseite zum Kaiser-Wilhelm-Denkmal, das die Marmorfiguren »Staatskunst« und »Kriegskunst« bewachten, ging an der Corpus-Christi-Kirche mit ihrem kunstvoll gemauerten gotischen Giebel vorbei und steuerte nach rechts zum

Zwingerplatz. Die Kleiderfabrik Widawer & Zerkowski strahlte in ihrem alten Rot. Laserke hatte sich nicht geirrt, die Stadt weckte seine Lebenskräfte: Da war sie, sah aus wie früher, ließ sich berühren. Erhalten, friedvoll, kultiviert. Er spürte die festen Muskeln seiner Oberschenkel, die Breite seiner sich leichter als seit Wochen hebenden und senkenden Brust. Hannes, der Stattliche, der Ehrenmann. Ja, er verteidigte hier.

Es mochte kein Ruhmesblatt sein. Doch ohne Anzeichen innerer Schwäche.

Er bemerkte sie wohl, die dünne Schicht ziegelroten Staubes auf jedem Vorsprung, die abgerissenen Mäntel und Schuhe der Menschen, die ihm entgegenkamen, die unruhigen Blicke.

Die Gesichter aus Lehm und Asche. Und die anderen, noch straffen, vollen, ebenso verschlossenen. Die Larven.

Bemerkte das Kriechen.

Erhob gleichwohl sein Herz und seinen Kopf. Sollte die Luft donnern, sollten die Wände wackeln. Er kämpfte, war noch immer jemand, der Schlesier Hannes Grolmann, Bankdirektor a. D., 52 Jahre alt, der sein Leben hier verbracht hatte und weiterhin hier verbringen wollte, handfest, gesund, auf Treue und Redlichkeit bedacht.

Kräftigen Schrittes passierte er das Realgymnasium. Da war er endlich, sein Tempel: die Kaffeerösterei Otto Stiebler, strahlend weiß, gebaut nach griechischem Maß. Über dem mittleren Pilasterpaar thronte ein Giebel mit Uhr und stilisierter antiker Vase, die ihm seit jeher wie eine Kaffeekanne erschienen war. Das imposante, gewiss vier Meter hohe Schaufenster lockte mit Pralinen, Schokoladen, Kakaotüten und Schokogirlanden. Wie durch ein Wunder alles heil, heil, heil …

Soldaten der Wehrmacht und Volkssturmmänner, bleich und abgerissen draußen, saßen fröhlich gerötet in dem tiefen, von Kaffeearoma und Tabakdüften durchzogenen, wundersam sirrenden Raum: Porzellan klirrte auf Porzellan, Stimmen flüsterten. Festungsbräute, begleitet von Nazis in sauberen Uniformen oder Männern in Zivil, die der Wirklichkeit im Dreireiher trotzten, senkten lachend ihre Gabeln in sahnige Tortenstücke. Ein in eine Spitzendecke gewickeltes Baby weinte, seine Mutter, eine porzellanhäutige, dezent geschminkte Frau um die 30, sog an ihrer Zigarette. Am Stummel zündete sie sich die nächste an, leider hatte er kein Feuer dabei. Zu gefährlich. Er rührte in seiner Tasse, benebelt, auch bezaubert von der Zivilisiertheit des Ortes, der ihn an sein altes Leben erinnerte, auch wenn man um ihn herum vom Abriss der Kaiserstraße sprach. Das tagelange Häusersprengen war trotz der Bombardements überall zu hören gewesen. Für eine Flugbahn, 1200 Meter lang, 500 breit, wurde eine der prachtvollsten Promenaden Breslaus dem Erdboden gleichgemacht.

Der Kaffee war bitter und heiß.

Hanke, Oberpräsident sowie Gauleiter von Niederschlesien, hatte »ausradieren!« gesagt. Selbstgewiss stieß der SS-Mann neben Hannes das Wort hervor. Die Zivilisten, die den Sprengschutt abräumen mussten, rannten vor den russischen Bombern her »wie gehetztes Wild«.

»Chancenlos«, sagte der SS-ler, »Kinder, Frauen und alte Männer.«

Abgeschossen wie Hasen.

Woran sich wieder zeige, was für ein Untermensch der Iwan sei.

»Kinder, Frauen.« »Hasen.« Wie sollte er da nicht an Lilly denken? An seine Söhne?

Abgeknallt. Gehetzt.

Er sah sie in Breslau rennen. Obwohl das nicht wahr sein konnte. Lilly hatte ihm noch telegrafiert, dass sie aufgebrochen waren.

Da hatte er Glück. Ein Brief kam durch. Sie waren in Sondershausen. Sie lebten. Zur Feier des Tages setzte er sich auf die Steinstufe, die in den Garten führte, und rasierte sich mit warmem Wasser aus einer Schüssel. Das Mietshaus hinter der Mauer leuchtete lindgrün, der Jasminbusch am Schuppen trug erste Blattknospen. Von fern hörte er eine Straßenbahn fahren. Kinderstimmen auf dem Weg zur Schule. Er fühlte sich unendlich beruhigt.

Statt in der Schreibstube Gekados (Geheimkommandos) zu ordnen, griff er zum Telefonhörer. Das Freizeichen erklang, sein Puls pochte im Hals. Er rief zuhause an, in Oels. Anrufe waren der übliche Test dafür, ob die eigene Wohnung noch stand. Er achtete darauf, es nicht zu lange läuten zu lassen. Bei Laserkes Spieß hatte ein Russe abgehoben. Dann hing man mit dem Feind am Telefon. Der Feind hatte gerade frei. Aß gerade Marmeladenbrot. Deine Marmelade, von deiner Frau eingekocht.

Den Abend verfeierte er auf Leopold Mencks Geburtstagsfest. Kloster der Barmherzigen Brüder, chirurgische Abteilung. Lange Kellergänge, matt von Hindenburglichtern ausgestrahlt. Sie saßen gedrängt auf Holzbänken unter Heizungsrohren. Leo sah erstaunlich rosig aus. Jedenfalls viel besser als die Verwundeten in den Vermummungen ihrer Verbände im anschließenden Gang. Frisch Eingetroffene wurden durch den Festraum zum OP-Saal getragen. Soeben Amputierte auf Bahren zurücktransportiert.

»Man lebt nicht kontinuierlich«, rief ein Hauptmann. Sie lachten sich schlapp über den Satz, lachten sich tot. Ein paar Arzthelferinnen und eine Friseuse schunkelten. Ein kräftiger baumlanger Mensch in einem kurzen Nachthemd hüpfte auf Krücken im Kreis.

Um halb zehn half er beim Zusammenräumen, umarmte Menck, machte sich auf den Weg. Statt beim Ausgang zur Straße landete er im Garten des Lazaretts. Die Mauern, die ihn umschlossen, durchlöchert wie Kommissbrot. Die Erde voller Unrat: durchgeblutete Verbände, Menschenabfall: Beine, Arme, Undefinierbares. Aus dem Gebäude links wehten schwärzliche Gardinenreste.

Eine Krankenschwester führte ihn hinaus.

Er überquerte die Oder. Geräuschlos zog ein langes, offenes Boot über ihr lebhaftes Wasser. Einer stieß es

stehend, mit einer Stange

voran. Alle anderen saßen reglos und stumm. Ein weißes Gesicht ihm am nächsten blickte ins Nirgendwo. Er

schüttelte sich, rieb sich die Stirn

das Bild blieb.

Am Morgen hatte er Fieber. Er sagte sich, es sei nichts. Mach weiter, mach. Wer einmal aus der Routine kippt, kommt vielleicht nie mehr hoch.

Einen Platz, sich zu verstecken, eine Möglichkeit zu verschwinden gab es nicht. Wie jeder hatte er daran gedacht. Lange nachgedacht hatte er nicht.

Es kam ihm noch immer darauf an, was man mit seinem Namen verband, welche Geschichten man sich über ihn erzählen würde.

Er ging unter Schneeflocken, es kühlte den Kopf. Als er nach rechts in die Gartenstraße bog, sah er zu seinem größten Schrecken und Entzücken Emil

um die Ecke humpeln. Die Gefühle zerrissen ihn. Emil, schwarz gekleidet. SS-schwarz auf dem frischen

Schnee.

Still lag die Straße, ausgestorben. Emil

humpelte auf ein zur Sprengung präpariertes Haus zu. Hannes wollte schreien: »Kind, zurück!«

Kurz bevor die Worte seinen Mund verließen, hielt er sie fest. Kniff die Lippen zusammen, beschämt und verwirrt.

Wo Emil gewesen war, pickte eine grauschwarze Krähe im Boden, sah ihn mit schräggelegtem Kopf an, schwang sich davon. Sie schien nicht zornig über die Störung, nur verwundert, hier noch auf einen Menschen zu treffen.

Er flüchtete in Orlichs Bierstube.

Schneegruben unter heimelig leuchtenden Bauden, der Scherenschnitt eines drachenartigen Rübezahl. Es war erst kurz nach acht Uhr, aber man servierte und hatte sogar ein Draesner aus Oels. Die schilffarbene Flasche mit dem erhabenen, aus Glas gepressten Namenszug umklammerte er, als könnte er sich so festhalten an Lilly, Emil, Eustachius. Man gab ihm das Bier aufs Haus. Es war die letzte Flasche gewesen, er steckte sie ein.

Draußen ging das Durcheinander weiter, das er selbst war.

Walzermusik hämmerte durch die Straßen. Feindzersetzung, Russenstrategie: »Kommt!« »Kommt!« Röhrend die Internationale. Auf der Barrikade vor der Liebichshöhe, auf der sich sein Gefechtsstand befand, schlugen ein paar Breslauer mit Topfdeckeln gegen die Feindmusik an. Sie waren auf Tische und Grabsteine gestiegen. Beinahe hätte er laut herausgelacht: Bombenstimmung hier!

Er bückte sich nach einem Flugblatt. Jeder werde in russischer Gefangenschaft menschlich behandelt. So Leutnant Hans Runge, Pz. Pi. Btl. 28, gefangengenommen am 22. Februar bei Schmiedefeld. Das glaubte er nicht. Grobes gräuliches Papier. »Soldaten der eingekesselten Besatzung! Breslauer! Die Tage Hankes wie auch die Tage der andern Nazihäuptlinge und des ganzen Hitlerregimes sind gezählt!« Militärpolizei der SS kontrollierte die Wege. Zweifellos hob er diese abscheulichen Schmählügen des Feindes nur auf, um sie schnellstmöglich zu vernichten.

Breslau, Venedig des Nordens. Bombenausdruck! Nicht kontinuierlich. Am Aufgang zur Brücke stand ein Papierkorb. Auf der anderen Seite des Aufganges hing derselbe Kerl wie am Vortag. Ein Schild auf der Brust, *Ich bin ein feiger Schweinehund*. Sabotage, Desertion, die Nase falsch?

Er knüllte das Flugblatt zusammen, blickte auf die Oder hinaus. Schmutzig braun, von Eisschollen bedeckt.

Im Übrigen leer. Immerhin.

Nahezu pünktlich meldete er sich in seiner Stellung. Der befehligende Hauptmann richtete sich im Keller ein, in seinem Bett lag eine nackte Schaufensterpuppe, sein einbeiniger Spieß schnarchte hinter einem Vorhang. Hannes wurde fast den gesamten Weg zurückgeschickt zu einem landwirtschaftlichen Institut an der Südostseite des Matthiasplatzes. Es hörte auf zu schneien. Alles tropfte. Amseln schrien und wetzten ihre Schnäbel. Blaffte die 8,8er Flak, verstummten sie. Am Sonnenplatz kam ihm eine von zwei Jungen getriebene Rinderherde entgegen, die auf den verwaisten Straßenbahnschienen immer wieder rutschte und brüllend auszubrechen suchte.

Stotternde Nähmaschinen grasten über der Stadt.

Der Himmel vergoss sein strahlend helles, bösartiges Licht.

Den Vormittag über schleppte er Gläser mit wissenschaftlichen Präparaten aus dem Institut in den Hof. Eine Gruppe ausgezehrter Kriegsgefangener wurde gebracht, am Jackenärmel ein lilafarbenes »P« auf gelbem Grund.

Zwei Stunden später brach er zusammen. Man diagnostizierte Erschöpfung, stellte ihn für drei Tage frei. Ein HJ-Junge begleitete ihn zurück in die Paulinenstraße. Er schlief 15 Stunden.

Im Ansitz, ohne Büchse, beobachtete er Hasen, die auf der Lichtung mümmelten, später streifte er ziellos durch den ihn beruhigenden, ihn mit seinen Düften und Geräuschen umsäuselnden Wald. Er fand ein Hirschgeweih und schleppte den frisch abgeworfenen mächtigen Prunk auf dem Rücken nach Hause, wobei die gebogenen Knochen spitz und kräftig um seine Schultern griffen und an seinen Hals. Dabei, seltsam genug, erholte er sich, Hannes, Späher und Sucher, Geher und Sammler, und als er im Traum von neuem den Kopf hob, stand er, als wäre er selbst das zu jagende Wild, auf der Lichtung vorm Ansitz, und das Wesen, auf das er, wie er in diesem Augenblick wusste, gewartet hatte, trat langsam und mächtig zwischen den Bäumen hervor. Es war der Hubertus- oder Eustachiushirsch, ein altes graues, fast weißliches Tier mit ausladendem Geweih. Kraftvoll wuchs es aus den Rosenstöcken, verzweigte und versprosste, als spreche der Hirsch auf diese Weise mit dem Wald, und zwischen den Gabeln, diesen beinernen Träumen eines Tiergehirns, schwebte eine Maria. Hannes glaubte nicht an ihre Kraft, aber was sollte man tun, wenn ein eigenes Traumgesicht es wollte, und es schien ihm so recht, dass er, als er wieder auf die Beine gekommen war, einen Gottesdienst in einer Kellerwohnung besuchte, wo man eng und sicher beisammensaß und derart tröstlich sang, dass ihm die Ohren widerklangen: exsultet, exsultet. Ostern stand vor der Tür, und Breslau wollte es feiern.

Auch die Russen feierten Ostern. Die Russen feierten Ostern auf Breslau.

Mit besonders großen Ostereiern.

Die Luft wurde so heiß, dass die Kleider in Brand gerieten. Im Schutzkeller eine wie irrsinnig schreiende Frau. Draußen ungeheures Fauchen. Wieso hörte er die Frau?

Der Keller geborsten.

Und er? Saß noch darin?

Er atmete nicht mehr.

Nähmaschinen im Tiefflug durch das trübe Brandlicht. Schießend, werfend. Qualmende Ruinen säumten die Straßen, die in den Himmel stechenden Rippen eines gigantischen, gequälten, umgestürzten Tiers.

Eine Glocke schlug.

Die bediente kein Mensch mehr.

Die bewegte der Feuersturm selbst.

Er schürfte sich

voran. Funkengarben schleuderten in Hitzewirbeln von den Straßen

zurück in die Luft, sanken

auf die Dächer, fachten neue Brandherde an. Um ihn flog Leuchtspurmunition

aus MGs. Er war gestolpert, hockte in einer Ecke. Der Gedanke an Lilly und die Kinder riss ihn hoch. Jedes seiner Augen

arbeitete nun für sich. Klaubte sich Bezugspunkte zusammen. Wo

er war, erkannte er sowieso

nicht wieder.

Die Oder wälzte Knochen, Blut, Trümmer. Rotbraun, rotbraun. Er musste sich gewaltig

anstrengen, nicht zu sterben. Das wusste er noch.

Als er atmend einfach nur dastand, es mochte Tage

später sein, Tage in Kellern, Hitze, Rauch und Staub, verbracht

und zerrieben, sagte

jemand »Elisabethkirche«. Ihr Turm trug im obersten Viertel ein Granatloch, das in Umriss und Größe exakt dem Sowjetreich glich.

Das war lustig. Sehr lustig

wirklich sehr lustig, sie

lachten sehr lange. Er

und der andere. Sie johlten, schlugen sich

auf die Schultern. Die Gesichter, verschmiert, verzerrt, staubig rot, blutig rot, ließen sie

aus, sie krümmten

sich, aus!, er krümmte sich

in die Paulinenstraße hinein, keuchte die Treppen hinauf, Staub, Metall, gelbliches geschnittenes Licht, er rief

ihre Namen, rief sogar »Tauer«, nichts

nur ein Rieseln, Flirren, Staub

überall, atmete sich schwer. Er brauchte Wasser, stolperte zurück zum Matthiasplatz, in der Schlange

vor ihm wartete ein vielleicht zehnjähriger

Junge mit blonder Stoppelfrisur und weit abstehenden Ohren, sie waren so dünn, dass er das Blut in ihnen pochen sah, da wollte er immer nur

dastehen und das sehen, nie

mehr etwas anderes, nie sich bewegen, nur die Ohren

berühren, und als er es tat, fuhr

der Junge herum, stichbereit ein Messer in der gestreckten Hand, einen polnischen Fluch auf den schmalen orangefarbenen Lippen, und er, Hannes

fluchte zurück. Danach war alles still, kriegsstill, schussstill, die Stadt brauste

das war ihre Stille, der Feuersturm, die Rauchwolken, Schmeißfliegen überall, Ratten am helllichten Tag auf und

aus den Schutthaufen, die die Verschütteten

umschlossen, Backsteine

auch das jetzt ein gruseliges Wort

KZler wühlten in den Trümmern, bergen, einkriechen, retten, bewacht und hergezerrt, das funktionierte

schon wieder, da sah man sie

nun

überall

und freute

sich noch über die Hilfe

auch

links alle Häuser

zusammengestürzt, Schwärme von Fliegen, er wunderte sich, dass er die Fäulnis und Verwesung nicht roch, seine Nase musste zerstört sein, ebenso die Nasen aller anderen, niemand hielt sich ein Tuch

vor den Mund, die gesamte Ostseite schwelte, kein einziges Haus mehr mit Dach, nur der Wind

trieb munter eine Kindermütze aus Kaninchenfell

über die Wüstung namens

Matthiasplatz, er legte sich, noch immer von Kopf bis Fuß

mit Kalk und Mörtelstaub überzogen, auf die Chaiselongue, zu müde, um

je wieder aufzustehen.

Die Zweige des Kirschbaums vorm Fenster standen über und über in Blüte.

Kalkblüten. Staubblüten. Blüten unter Ziegelstaub.

Unter zerlöstem Mensch.

Breslau war Brei. Hanke ließ die Oderbrücken sprengen. Verrecken sollte er, sollten alle Goldfasane, alle Bonzen. Unter Breslaus Staub ersticken, von Ratten gefressen, von Maden zersetzt. Wie die Tausenden, die auf den Straßen lagen.

Er durfte nicht daran denken, ob Lilly und die Kinder noch lebten. Er dachte daran. In Ermahnungen wie: »Das letzte Stück.« Und: »Was leb ich noch.«

Schlesien war verloren, die Russen nahmen sich bereits die Landstriche weiter westlich vor.

Stumm lag er da.

Unter unabsehbare Geschehen gestellt. Vielleicht nur mehr blitzartige.

Schussartige.

Zum Lebensweg eines Herrn gehörte das nicht. Er lachte laut heraus: Herr! Ehrenmann! Gründlich dahin. Die Sonne am Himmel erstarrt, einer Streubombe gleich.

Das war's.

Reicht das nicht? Die Kämpfe in Russland 1942–44 lässt er aus. Er kam davon, so viele andere nicht. Reicht das nicht?

Die Kuhhaut ist klein, es geht nicht darauf. Sie schrumpft von Minute zu Minute, sie ist kleiner als gedacht. Sie ist gar nicht da. Das nennt sich Erinnerung. Erinnerung

ist, was er zu vergessen versucht.

Seine Sätze gingen nun so. Verstockt.

Was zu vergessen er sucht.

Was zu vergessen er versucht.

Was vergessen zu haben er von sich glauben will.

In einem Beet hinter dem Haus waren in den heißen Nächten Tulpen und Hyazinthen aufgeblüht.

Er warf die Papierrose in den Nachbargarten. Die Mauer war noch da, das Haus fort. Er hatte keine Angst mehr vor der Rose. Verreck! Er hatte das Gefühl: er war durch.

Noch einmal täuschte er sich.

Anfänglich konnte er sein Los kaum fassen: er durfte unter die Straße, in die Sicherheit der Bunker im Erdreich der Stadt.

Unter dem Neumarkt war 1944 ein System von eng mit dem Regierungsgebäude und dem Hatzfeldtpalais verbundenen Schutzbunkern errichtet worden. Durch große Säle und Kränze kleinerer Räume flossen Wasser, Gas und Strom, Körper bewegten sich geschmeidig, wie befreit. Ventilationsschächte brummten, Vorratskammern zeigten sich zum Bersten gefüllt. Abends öffnete ein Edelpuff, sicher und rammelfest.

Dem Bunkerkranz schloss sich eine unterirdische Front an, gerade Straßen mit echten Straßenschildern, eine Welt unter der Welt, sauber und – unverändert. Dieses magere Abbild des alten Breslaus, ein Schattenriss nur, wirkte erlösend auf ihn. Das Donnern der Geschütze schrumpfte zu fernem Grummeln, die Luft blieb klar. Hannes erledigte Botengänge für den Stab, mühelos orientierte er sich allein mit Hilfe der Straßennamen. Auf manchen Strecken brannte elektrisches Licht, im Übrigen nutzte man Petroleumfackeln. Oben waren die Fahrwege zerfallen, oben lagen Kinder tot auf Gehwegen, oben griffen die eigenen Vernichtungstätigkeiten und die des Feindes so sehr ineinander, dass man den Verstand verlor.

Der Häuserkampf gegen die Russen hatte begonnen, Mann gegen Mann im Süden und Westen der Stadt. Die Russen, hieß es, seien klein, dünn und zäh. Straße um Straße rückten sie vor.

Am letzten Montag im April begegnete er an einem der Kontrollpunkte, an denen man Parole geben musste, Leutnant Kanitz.

Sie kannten sich aus dem Ersten Krieg. Wenn auch nicht gut.

»Ach nee, Grolmann! Kommen Se mal.«

Kanitz war unrasiert, seine Uniform von Putz bestäubt. Er führte ihn an einer Reihe von Kellern vorbei. Es roch nach ausgelaufenem Kompott, nach Urin, Moder, Erde, Papier. Sie passierten Holzverschläge, blockierte Aufgänge, mussten sich bücken, einmal fast kriechen. Aus einer Mauernische flog mit Zischen eine

Fledermaus. Kanitz trug eine Taschenlampe. Der steinerne Beigeschmack von Zement hing in der Luft. Hannes folgte dem Leutnant mit einem Schritt Abstand. Lichtstreifen fielen parallel auf eine unebene Wand, drei Stufen, eine Gittertür. Der Offizier kannte auch hier das Passwort, flüsterte. Erst durch eine zweite Sperre gelangten sie zurück ins Bunkersystem. Hannes verstand nicht, warum sie durch die Keller gegangen waren. Später dachte er, dass es geschah, um ihn zu verwirren oder mürbe zu machen. Oder beides.

Kanitz wies ihn in einen grau gestrichenen Raum mit zwei Stühlen, einem Holztisch, drei Pistolen. Zwei Mann, drei Waffen, eine zum Ersatz.

»Der Kerl, der es machen sollte, ist in Ohnmacht gefallen. Platzwunde am Kopf«, sagte Kanitz halb verächtlich, halb leutselig. »Und Sie, Grolmann, noch immer so ein unübertroffener Schütze? Na, zielen muss man ja nicht wirklich.«

Der Leutnant hielt ihm eine Zigarette hin. Er nahm sie an.

Sie rauchten, jeder wählte eine Pistole und kontrollierte sie. Sechs Schuss.

»Es ist einer von uns«, sagte Kanitz. »Fahnenflucht gestern Nachmittag. Beinschuss. Nur der Unterschenkel, wird trotzdem ordentlich wehtun. Gestanden hat er auch.« Kanitz klang zufrieden.

Man holte sie. Der Exekutionsraum glich dem Wartezimmer, nur ohne Tisch und Stühle. Der Mann lag mit angezogenen Beinen, die Rückseite zu ihnen gekehrt, auf einer Plane. Kugelbauch, blonder Backenbart. Die Hände auf dem Rücken gefesselt.

Hier unten also kamen die Standgerichte zusammen? Oder vollstreckten die Nazis hier nur die Urteile?

Kein Fenster, keine Richtung.

Sie stellten sich auf, parallel zueinander.

Ihnen und dem Verurteilten gegenüber hing ein Plakat: ein junger Soldat in Uniform, flankiert von einem eisengrauhaarigen, markigen Alten, der eine rot-schwarz-rote Volkssturmbinde am Arm trug, beide Männer Gewehr im Anschlag. Zielender Habichtsblick nach links, starkes Profil auf Gelb vor blutroter, leicht verwehter Schrift: »Um Freiheit und Leben.«

»Heil Hitler«, rief Kanitz und warf den Arm in die Luft.

Hannes kniff die Augen zusammen – »du weißt, in welcher Lage du dich befindest – schießt du nicht, schießt ein anderer – schießt du nicht, kniest du in drei Stunden selbst hier«,

er hörte Kanitz flüstern: »eins« –

dachte: »Gesetz, Exempel – das sieht hier bloß keiner! – Pech, dass Kanitz dich erkannt hat – Saupech – wie feige du bist – nein, klug – sei ein Mann«

hörte: »zwei« –

dachte: »elend – Feind beim Schießen nicht gesehen – und wenn, dann nicht so nah – und wenn so nah, dann nicht so feig von hinten – der würde sonst dich abknallen – das hier ist ein eigener – ein Stück du, Hannes, selbst –«

Hier traf man mit geschlossenen Augen. Kopf, wie befohlen. Den abschließenden Herzschuss übernahm Kanitz, und er, Hannes, dachte noch »anständig von ihm«. Dessen schämte er sich später so sehr, dass er das Wort nie mehr benutzte. Drei Kugeln, dachte er, als er die Treppen hinauftappte, drei Kugeln verschwendet. Der Tote war in die Plane gerollt worden, Kanitz hatte ihn, Hannes, hochgeschickt. An die schreckliche Luft. »Mensch, Grolmann, Sie sind ja grün im Gesicht.« Der Vorwurf war nicht zu überhören gewesen, die Verwunderung.

»Bin nur Volkssturm«, hatte er gesagt.

Alles war hasserfüllt und kam über einen Abgrund her.

Kam über einen Abgrund her. Laserke ließ ihm den Umschlag bringen. Braun, mittelgroß, Reichsstempel. Mit zitternden Fingern riss er ihn auf. Er wusste nicht, was er befürchtete, seines Wissens hatte er alle Befehle sorgfältig ausgeführt, sich nichts zuschulden kommen lassen. Er fürchtete sich dennoch. Als er den halb zerrissenen kleineren Umschlag in dem großen Kuvert fand, zitterte er stärker als zuvor. Sein Name, in Emils Schrift.

Ein Wunder, dass er diesen Brief überhaupt bekam. Festes weißgelbliches Papier, Bleistift, an manchen Stellen verschmiert. Rußspuren. Das aus einem Buch gerissene Vorsatzblatt, ein zweites. Aus einer Bombennacht. »Eine prächtige Morgendämmerung rollt Richtung Ame…«, »kein Garaus geworden, Vati«, »Eltern zaubern den Kindern ihre Wünsche vor«, »… l, der dich leise liebt.«

Als er sich bei Laserke für den Briefdienst bedanken wollte, war Laserke tot. Menck war tot. Es war besser, nicht mitzuzählen.

Sein fliehender Geist sah Emil um eine Straßenecke hinken. Diesmal war er sich sicher. Das Kind! In SS-Uniform, wie angekündigt in seinem Brief. Diesem niederdrückenden, elenden, beglückenden Papier. Emil suchte ihn. Bei ihm, seinem Vater, wollte er sein. Da wurde Hannes von der alten Liebe befallen, von seinem alten Leben: Wie Zecken bissen die beiden sich fest, saugten an seinem Blut. Es fühlte sich an, als vermehre das Blut sich. In Wirklichkeit, gewiss, saugte diese Liebe ihn aus. Sie war Gift, machte ihn unvorsichtig, vernichtete den Kampfinstinkt. Er nahm einen Schluck aus der Flasche, Cognac, französisch. War er betrunken, Emil, ein Traum? Der Cognac war exzellent.

Gefechtsbunker am Freiburger Bahnhof. Er lag unter einer Decke, zitterte, schlief. Emils Brief trug das Datum 9. April. Man schrieb den 6. Mai.

Emil, das Dergelchen. Das Sonnenkind.

Endlich holte er ihn ein. Emil sah aus wie ein Gespenst. Das konnte er sehen. Er, Hannes, sah ebenso aus. Das konnte er nun ebenfalls sehen. Über die Straße hinweg winkten sie sich zu. Jeder auf seinem Weg.

Wo er lag, roch es nach Männern. Man versammelte sie hier im Bunker, der hielt sie umschlossen wie von selbst, die Reste seines und zweier weiterer Bataillone, 130 Mann maximal. Sie lehnten an den Wänden, und er sah die Schatten der über tausend fehlenden Männer neben ihnen lehnen. Sie schliefen auf dem Boden, die Schatten schliefen zwischen ihnen, und hinter jedem, der Skat spielend in der Mitte des Bunkers saß, hockten zehn Verlorene und hielten ihr gespenstisches Blatt in die hitzezitternde, unhörbar jammernde Luft.

Vor der weit geöffneten Tür lag unheimlich still die Stadt: keine Geschütze, keine Bomben, keine Explosionen. Nur die Feuer knatterten noch, das war fast beruhigend, das war vertraut, es verband ihn mit der vergangenen Zeit, und er hatte, schlief er einmal ein, das Gefühl, das glühende Breslau singe ihm, Hannes, sein Wiegenlied.

Er hatte alles gesehen, in Scheitnig vor dem Hermann-Göring-Sportfeld gekämpft

im Süden beim Zoo vor brüllenden Tieren

am Oderdamm

in Bischofswalde und Zimpel

an der Güntherbrücke, vor den Glanzstoffwerken

den Reichsmonopolwerken für Branntwein in Friedewalde. Da floss viel Alkohol.

Zuletzt. Jede Nacht war der Befehl »Absetzen« gekommen. Es gab kein Halten mehr, der Topf brach

und brach

Süden und Westen, dem Erdboden gleich, zertrümmert der Rest. Der böse Schein verschwunden. Jeder böse Gedanke verschwunden. Übertrumpft. Wirklichkeit. Hanke geflohen, das Schwein. General Niehoff hatte die Übergabe unterzeichnet. Hitler war tot.

Er hatte sein Zeug gepackt. So viel gegessen, wie er konnte. Sich eine alte Ledertasche aus dem Schrank der Tauers genommen. Das Thermometer kletterte auf 25 Grad im Schatten. Durch seine letzte Breslauer Nacht schrillte das Schreien eines Verwundeten. Es hörte bis in den Tag hinein nicht auf. Am Morgen blühten die Fliederbüsche. Er stellte einen weißen Strauß auf den Couchtisch.

Anstelle der Rose. Dachte an seinen alten Tornister. Den Affen. Der Große Krieg war verdampft.

Fehlten nur noch sie selbst.

Laut hörten sie die deutschsprachigen Nachrichten der BBC. Der Kampf um Berlin. Die Schattenmänner im Bunker schüttelten die Knochenköpfe, grinsten mit großen Zähnen vor sich hin, begriffslos und stumm.

Er hielt Emils Brief in der Hand. Hielt sich daran fest. Fast wimmerte er bei dem Gedanken an den Sohn. Das erwachsene Kind. Die von ihm bewunderte SS, Emils »eiserne Asse«. Er riss das untere Ende des Blattes ab, steckte sich den Fitzel in den Mund. Kaute Emils krakeligen Namen, drückte mit der Zunge, schluckte.

Es schmeckte salzig.

Weinte er?

Er schlug sich mit der Hand an den Kopf. Konnte den Brief nicht essen. Also steckte er ihn in die Innentasche seiner Winterjacke. Die nahm er mit. Er fror jetzt oft. Saß da. Schlug sich wieder an den Kopf.

Da ging er im Treck. Kolonne nach Deutsch-Lissa. Endlos, endlos, 40 000 Mann. »Siehst du im Osten das Morgenrot.«

Die nach Breslau einrückenden Russen zogen auf der linken Straßenseite an ihnen vorbei. Sie waren so dreckig wie er, aber trugen Waffen und marschierten. Man schaute sich ins Gesicht.

Nah, sehr nah. Er blickte nach unten weg. Sah ihre erbärmlichen Stiefel. Blickte rasch wieder auf.

Ihn schwindelte.

In Pilsnitz wurde er zum ersten Mal aus der Kolonne geholt, ausgeplündert, verhört. Für zehn Tage lebte er mit 19 anderen in einem Schweinestall, dunkel vor Mist. Sie sollten essen, was die Schweine übrig ließen. Sie tranken Urin. Die Bewacher leuchteten ihnen mit blitzweißem Licht die Gesichter aus, suchten Schweinehunde, Nazis und, wie er nach ein paar Tagen begriff, dringender und lustvoller Schweinehunde für jetzt, Kollaborateure. Die ihnen die Dreckarbeit machten. Die fliehenden grellen Fragmente des elektrischen Lichts, Emils liebes Gesicht darin, die geblendeten Gesichter der anderen Gefangenen. Alt, alt und zerschunden wie er.

Zu Fuß ging es weiter nach Oppeln. Vor Hitze flimmerte der Asphalt.

Bärtige Männer, Mannreste, im Trott.

Deutscher Schluss.

Lublin, Kursk, Moskau. Verfaulte Kartoffeln, stinkiges Fleisch, zu sechzigst im Güterwaggon, tagelanges Stehen auf freier Strecke, Fischmehl, Gras. 2000 Mann, ein Viertel an Hungertyphus bereits unterwegs verreckt. Aufenthalt im Moorlager. An Kielce vorbei, an Leningrad, weiter nach Osten. In Schicharewo kam er für vier Wochen in Quarantäne. Es gab mehr zu essen. Sie suchten Moosbeeren im Wasser, stachen Torf. Dann wurde es kalt.

Die Wände Schicharewos bestanden aus Hunger und Frost. Das Maul blutete, die Zähne saßen locker. Der Mann aß Wasser, das Suppe hieß, dann aßen die Wanzen den Mann. Er hatte Pech, musste nach Leningrad zurück. Lager 16 wurde von einem degradierten deutschen Stabsfeldwebel kommandiert, Zigarrenhändler, Sadist, Schweinehund. Einsperren ohne Verpflegung, Prügel nach Strich und Faden, schwere tägliche und nächtliche Bauarbeit ohne Sonn-, ohne Ruhetag. 600 Gramm nasses grobes Brot, 17 Gramm Zucker, 1,5 Liter Suppe pro Tag bei vollem Arbeitseinsatz. Sonst weniger.

Oft weniger.

Immer weniger.

Teller, Gabel, Kamm, Zahnbürste, Taschentücher und Strümpfe existierten nur mehr in der Erinnerung. Das Nazisystem funktionierte weiter. Wer es zuvor nicht begriffen hatte, begriff es jetzt: Menschliche Befehlsausführmaschinen gab es nicht. Die Ausführer, die die Sowjets einsetzten, hatten Lust, andere zu quälen. Sich jeden Tag von neuem an den Schmerzen, am Betteln und Zusammenbrechen von Menschen zu weiden.

Unter den gefangenen Deutschen selbst fanden sich im Lager die besten Demütiger, Schläger, Folterer, Mörder. Das hatten die Sieger präzise erkannt. Damit er nicht verreckte, bevor er genug gearbeitet hatte, wurde er einmal im Monat von einer Ärztin untersucht.

Niemand draußen wusste, ob oder wo er lebte. Er ging in der Lagerwelt auf, existierte nur dort. Es gab keinen Außenraum mehr. Seine Zigaretten tauschte er gegen Brot. Das alte Festhalten an Zahlen, die Bäckerregeln im Blut. Im Sommer arbeiteten sie auf einer Kolchose; von ihrem Gehalt zahlten sie Steuern und Gebühren an das Lager, das Wenige, was übrig blieb, wurde auf ein Konto überwiesen. Einmal durfte er 150 Rubel abheben, sie waren im Handumdrehen verbraucht und, wie er hoffte, klug verteilt. Er hätte gewusst, wie man einen Hasen fing; es gab keine Hasen. Nicht einmal Kaninchen. Die Russen hungerten ebenfalls. Manchmal schob er sich, indem er sich rasch bückte, einen Halm in den müden Mund. Manchmal erbrach er davon.

Davon oder von der Leere im Kopf. Er wachte auf und wusste, wer tot war: er selbst.

Da lachte er laut.

Andere, die es auch wussten, schauten ihn an.

Er verlor zwei Zehen, lächerlich. Der Weg zu seinem Vater war weit gewesen. Gebückt wühlte der alte Mann zwischen Scherben in einem Boden, der aus Knochen bestand. Er schien glücklich, trug einen weißen Indianerzopf, sah den Sohn lange an und erzählte die Geschichte von Odysseus und der Kälte, die in der Odyssee vergessen worden war. Odysseus, der schlaue Hund, hatte entdeckt, dass, wer fror, nur ein Feuer in sich entzünden musste. Dann schmolz sein Fett, rasend schnell schmolz er mit ihm dahin, dabei wurde ihm warm.

Ihm wurde warm.

Bisweilen hörte er nachts Wölfe heulen. Sie waren wirklich Tiere, das tröstete ihn. Er konnte den Mond anschauen wie sie. Die Wölfe heulten, obwohl sie zuhause waren.

Wie zäh man ist, merkt man erst, wenn man es ausprobiert. Wie soll man ohne Versuche wissen, wo die Grenzen der eigenen Kräfte sich verbergen? So denkt man sich das. So tröstet man sich, anfangs. Der Anfang ist kurz.

Hannes lernte, dass es diese Grenzen nicht gibt. Statt einer Grenze stieß er auf etwas Flüssiges. Grenzen durchschritt man, das Flüssige nicht. Berührte man es, war es zu spät. Man war über die Grenze hinaus, man starb.

Er wünschte sich einen mineralischen Körper. Er träumte von Lots Frau. Im Religionsunterricht hatte man sie gescholten oder bemitleidet, jetzt verstand er, dass sie, die zu Salz erstarrte, das beste Los der Familie zog: ein mineralisches, empfindungsloses Ich, Augen, die den Schrecken nicht mehr folgen mussten, und der Rest etwas, das es aushielt, auf einem Fleck zu stehen oder geschlagen zu werden.

Ob die Zeit weiterging, wusste er nicht mehr. Von draußen wurde gemeldet: Heu reif, Weizen geschnitten. Mit nacktem Oberkörper, nur in seiner zerschlissenen Wehrmachtshose, er hatte im Lager gegen einen Kanten Brot eine Nähnadel für zehn Minuten gemietet, stand er vor den Schobern. Bevor die Ernte eingebracht wurde, mussten die Reste der alten weggekehrt sein. Ratten und Mäuse räucherte man aus, das kannte er von Zuhause. Auch die deutschen Bewacher kannten es von Zuhause. Die russischen Bewacher der Bewacher verstanden rasch, sie begannen ein Kartenspiel. Wer verlor, wurde als Aufpasser an den Schober beordert. Alle anderen Russen hatten frei, sie schauten dem Spaß nur zu.

Die Gefangenen mussten sich anziehen. Nun trug jeder sein russisches BП für »Kriegsgefangener« auf der Brust, »woina plenni«. Man ließ durchzählen. Jeder Vierte musste raus. Er war eine Drei.

Die Ausgezählten, locker an den Füßen gefesselt, die Hände frei, wurden in enger Reihe nebeneinander vor dem Scheunentor aufgestellt. Ein Riegel aus Fleisch und Blut, quer über die Straße der Nager.

Russische Wärter entzündeten Haufen aus feuchtem Gras und warfen sie in den Schober. Einer ging hinterher, mit Nachlegeholz und Wasser. Stechender Qualm.

Man wartete. Auch die Kolchosbauern sahen zu. Sonnenflecken spielten über Steine und Gras.

Dann kamen sie. Mäuse und Ratten, eine graubraunschwarze Meute.

Das panische Heer stürzte Hals über Kopf aus dem Inneren des Schobers durch das weit geöffnete Tor.

Als flache Welle traf es auf die Füße der Riegel stehenden Männer.

Staute sich daran auf.

Die Männer nannte man nun »die Tänzer«.

Die von Lärm und Hitze getriebenen Tiere sprangen sie an, kletterten senkrecht an ihren Hosen hinauf, außen und innen. Die wenigsten Mäuse und ein paar Ratten wuselten zwischen den Beinen hindurch und entkamen, der Rest verschwand unter Jacken, in Hemden, in Unterhosen, in bald blutfeuchten Schuhen. Sie bissen in Stoff und Haut, ohne einen Unterschied zu kennen, stießen durch.

Unendliches Quieken.

Ein Mann fiel, der nächste. Mäuse krochen in jedes Loch, Ratten hinterher, es war ein Fehler, ein wahnsinniger Fehler, den Mund zu öffnen. Das musste man von selbst kapieren, sofort, sonst war es geschehen und der letzte Gedanke gedacht.

Nach eineinhalb Minuten war alles eins, ein blutiger stinkender Haufen. So mühelos vermatschten Mensch und Tier.

Zu Männer-Mäuse-Blut. Männer-Mäuse-Brei.

Als nichts mehr sich regte, sortierte man auseinander, steckte den einen oder anderen kopfüber in einen Zuber. Er ertrank oder wachte auf. Der Platz war matschig von Schleim, Kot, Pisse, Erbrochenem, Blut. Hannes musste aufräumen wie alle, die nicht drangekommen waren. Einem Mann zog er eine Ratte aus dem Arsch. Sie lebte noch, der Mann war tot.

Er war alt, immer öfter wurde er krank. Acht Monate nach dem Ernteritual stellte man ihn zur Heimkehr ab. Er ließ seine Knie weich werden und den Kopf sich neigen in einer Art demütigem Lächeln, als er davon hörte.

Sein Entlassungsschein, der eigene Klarname darauf. Keine Nummer, kein Dienstgrad. Der Knochenname. Schein und Fahrkarte galten bis zur westlichen Grenze der Sowjetischen Besatzungszone. Dahinter sollte er sehen, wie er weiterkam. Er sah es noch in Frankfurt/Oder. Beim Übergang in die Britische Zone wurde ihm der Militärmantel weggenommen. Von Deutschen auf der Sowjetseite. Mit Rucksack, Hose und Hemd durfte er weiter.

Emil war tot, Eustachius erwachsen und fremd, Lilly ebenfalls: erwachsen und fremd. Er hatte an die Holztür des Flakheimes geklopft, ihre Schritte gehört. Mit einer weißen Kerze stand sie vor ihm, hager, gerade, erschrocken, obwohl er sich in einem Telegramm angekündigt hatte.

Jetzt sah sie ihn auch.

Eustachius erschien nur abends im Haus und das nicht immer,

er arbeitete auf Baustellen, Mörtel in den Haaren, am Hals, die Hände zerkratzt. In dieser Nacht kam er, sie aßen aus einer Schüssel. Sie gehörte Julius wie fast alles in ihrer Bleibe. Zwei Koffer hatten sie gerettet. Auch Max war tot.

Alles falsch: die Früchte, die Pilze, der Nahwald, das Wetter, der Sohn. Ein paar Abende nach der Ankunft, als sie zu zweit am Tisch saßen, also am Koffer, den Holztisch hatten Lilly und Eustachius im Winter verheizt, sagte Eustachius: »Ich habe dir Mutti wohlbehalten hier runtergebracht.«

Er wollte, dass er, Hannes, ihn lobte. Hannes spürte es genau.

»Und Emil?«, sagte er.

Der übrige Sohn, lang, dürr, ernst, verzog keine Miene. Er saß Hannes gegenüber, die Ellbogen auf die Knie gestützt. Sehnige Unterarme, kaum Härchen darauf. Seine Glieder wirkten viel jünger als sein Gesicht.

Eustachius besaß Geduld und Gedächtnis. Als Vierjähriger hatte er jedes Memoryspiel gewonnen, mit fünf große Legespiele allein gemacht, in der Schule Dinge gelernt, die jetzt verboten waren. Eustachius hatte sie aufgesaugt, wie er alles aufsaugte, was ihm begegnete.

Er war still, das hatte ihn, Hannes, immer beruhigt. Ein Kind, das wenig sprach, sagte wenig oder nichts über das andere Kind. Wer wenig sprach, ging gut durch den Wald. Pflanzen schienen Sohn Nummer zwei indes völlig gleichgültig, auch die Kleiber interessierten ihn nicht. Er verschleppte junge Teichmolche in die Küche, sperrte sie in ihrem Wasser in Lillys größtes Einmachglas, saß stundenlang davor und strahlte sie mit der Taschenlampe an. Bis heute sah Hannes das feine Knabengesicht, die dichten blonden Haare, mit dem Topf geschnitten und trotzdem ungleich lang, vor dem blaugrünen Wasserleuchten, das auf Eustachius' Zügen widerspielte, und zwischen Vater und Sohn schwebte ein stummer, an der Unterseite orangefarben leuchtender, Souveränität und Würde ausstrahlender Wassermann.

Er suchte das Gesicht von damals in dem Gesicht, das vor ihm saß, fand es nicht.

Es musste seine Müdigkeit sein. Sein Schwindel. Er senkte den Blick. In den Schulferien war Eustachius zuletzt ständig zum Rübenernten und Kartoffellesen auf irgendwelche Güter verschickt worden. Die Briefe, die er von diesen Einsätzen schrieb, wirkten diktiert. Als Hannes nachfragte, sagte man ihm, den Kindern falle nichts für Zuhause ein, sie verlangten, dass ihnen die Zeilen vorgesagt würden. Waren sie mit den Briefen fertig, sprangen sie, sagte der Bannführer, fröhlich zurück ins Feld.

Ins Feld.

»Entschuldige«, sagte Hannes. Er hörte, dass seine Stimme weicher geworden war. Das fiel ihm schwer. Er hörte sich »danke« sagen und mit der weicheren Stimme fragen: »Und Emil?«

»Hat mir eine Mandarine geschenkt«, sagte Eustachius. Als wären diese Worte eine Antwort.

Sagte es und fiel unmittelbar, ohne jeden Übergang, in einen Sekundenschlaf. Den Kopf in die Hände gestützt.

Wie ein Alter. Es dauerte ein paar Minuten. Hannes sah Muskeln an seinem Sohn, die er selbst nicht mehr hatte. Er hätte ihn gern berührt, wagte es nicht.

Eustachius wachte ebenso unvermittelt auf, wie er eingeschlafen war, und schlurfte, ohne ihn, den Vater, auch nur ein Mal anzublicken, zur Haustür. Dort drehte er sich um, herausfordernd, vorwurfsvoll.

»Ich geh jetzt stehlen, für euch«, sagte das Kind. Die Augen stahlblau. Die Tür knallte ins Schloss.

Er musste zum Fotografen. Sechs Passfotos für ein Leben, von dem er nicht entschieden hatte, dass er es führen wollte. Vor ihm wartete ein schwarzer GI. Hannes dachte an seinen ersten Toten zurück, den Franzosen im Ardennenwald 1914, die lilafarbene Haut. Bonbongeruch. Der GI hielt eine schmale verchromte Kamera in der Hand.

Die Amerikaner hatten die Lager gefilmt.

Sie hatten angefangen zu filmen, weil sie merkten, dass sie nicht glauben konnten, was sie sahen.

Obwohl sie es sahen.

Zunächst hatten sie wahllos Deutsche von der Straße gegriffen, sie in einen Saal gesetzt, durch den Film gezwungen. Das war lange vorbei. Ihm hatten sie die Bilder vorgeführt, weil er Offizier der Wehrmacht gewesen war, Offizier seit dem Ersten Weltkrieg, den gesamten Zweiten hindurch. Sie erinnerten ihn daran, als habe er es vergessen. Er sagte nichts.

Man könne erschließen, ausrechnen, sich vorstellen, sagten sie, was die Wehrmacht wusste. »We intuit«, sagten sie. War die SS nicht herübergerannt zur Armee, hatte sie nicht angegeben, sich großgetan, Alkohol, Lieder, Tabletten, hatten die SS-Männer sich nicht ihrer Gräueltaten gerühmt, wobei sie, die Soldaten, wussten, dass stimmte, womit Leute wie Stefan Staffel sich brüsteten. Seinesgleichen hatte die »Zeichen« doch gesehen, die »Behandlungen«, »Vorfälle«, schon in Polen im Herbst '39, ja, er erinnerte sich, »Heute wollen wir marschieren, einen neuen Marsch probieren, in dem schönen Polenwald, ja, da pfeift der Wind so kalt«, als sein Trupp in die Unterkunft einfuhr, ein evakuiertes Dorf, lief einer mit nacktem Oberkörper in die Brunnendeichsel gespannt im Kreis, »Oh, wie schön ist dieser Tag, oh, wie schön das Dritte Reich«.

Er musste nur versuchen aufzuwachen, er musste sich im Traum von einem Baum stürzen, dann wachte er auf, er musste es nur schaffen, von einem Baum zu träumen und sich im Traum von ihm zu werfen

ein sicheres Mittel gegen Albträume, ein bombensicheres Mittel

bei diesem Wort riss er den Mund weit auf

lachte hysterisch, er kannte dieses Geräusch aus seinem Mund vom Mäuseritual, alle Kinderbücher der Enkelinnen mit Mäusen versteckte er später, er versteckte sich, floh vor Kinderbüchern mit Mäusen

und wachte

auf, das ganze TERRITORIUM, Hannes, das ganze TORNISTERWESEN vernagelt, unbetretbar, zerschossen, vollkommen verstellt, er steckte darin fest, sein Herz

schrumpfte

winkelte

die Amis hatten ein Talent nachzubohren, ein unglaubliches, restlos unrussisches Talent

we intuit

war eine krasse Lüge

sie hatten recherchiert, some research

do you remember the song?

alle Deutschen contaminated, er verstand ohne Lexikon:

verseucht von den Dingen, die in ihrem Namen geschehen waren, in ihrer Nachbarschaft, weil sie weggesehen hatten, weggehört, weggerochen, weggefühlt, weggelebt

you got infected, inflamed

»entflammt?«, dachte er

mit diesem Nichtwissen, das ein Nichtwissenwollen gewesen sei, es habe ihnen die Seele verdorben, so stünden sie in den Augen der Amerikaner, der Engländer, der Franzosen da, der gesamten Welt: Menschen mit verdorbenen, bösen Seelen

»souls«, sagten sie, er konnte das Wort nicht richtig aussprechen, »Sauls«, Sauseelen, dachte er, Schweinehundeseelen, ob die das meinten

»this experience must have changed you«, musste einem Menschen etwas

ausmachen

so die Amerikaner, wenigstens daran wolle man in the civilised world glauben, als Mensch: dass es einen Unterschied machte, it made a difference

for example habe es ab 1939 im Süden Breslaus, am Rand des Stadtgebietes, ein Kinderlager gegeben, Kinder aus Polen, später Tschechien, Mähren, besetzten Protektoraten und Gauen, arisch aussehende Kinder, die man den Eltern weggenommen hatte, deren Eltern man ermordet hatte. In diesem Lager hatten sich zeitweise bis zu 250 Kinder befunden, um rassisch geprüft zu werden, wer ausreichend arisch wirkte, wurde zur Adoption überstellt, alle anderen tötete man, and you

went by and home, as if nothing was happening, to hatch your own

erinnerte er sich

nicht?, eine weiße hohe Mauer, die rote Ziegelsteine abschlossen wie ein Dach, eine heimelige Haus-Mauer, über die die Rufe spielender Kinder

torkelten

hörte er nicht, sah er es nicht?, welch Talent nachzubohren, ein unglaubliches, restloses

die Russen hatten nicht nach Absichten gefragt

das hätte sie verstrickt, sie lebten selbst in einem die Absichten wie Wimpel drehenden System, in dem man Absichten haben konnte, die man nicht kannte, Dolus eventualis

sagten die amerikanischen Offiziere, hatte das Vernichtungslager Groß-Rosen nicht nur 90 Kilometer von Oels entfernt gelegen, hatte es nicht vier Außenstellen allein in Breslau gegeben, 30 bis 37 Kilometer entfernt, hatten sie ihr Brot nicht auch dorthin geliefert

es war zu weit entfernt, andernfalls hätten sie

es getan

und erneut stellten die amerikanischen Offiziere ihre unbeantwortbaren Fragen: »Wenn jemand etwas unterstützt, also auch will, wenigstens teilweise, Mister Groleman, wie ist das?«

als wäre er, Hannes, ein Jurist

der er nicht war, sie sagten, sie hätten ihn nur nach Abgrenzungen in seiner Sprache gefragt, das war eine neue Folterkammer

in die sie ihn stießen: »Was bedeutet es auf Deutsch, etwas zu wollen«, fragten sie, »und etwas nicht zu wollen oder etwas in Kauf zu nehmen?«

sagten sie wieder und wieder in seinem Kopf, »did you know yourself?«, kaum

stellte er sich vor, Eustachius würde ihn einmal nach allem fragen, sagten die Amerikaner: »did you know – wussten Sie Bescheid«, oder »kannten Sie sich?«

wie nimmt man an etwas teil, »this you must know at least«, was heißt es, an einem Krieg

teilzunehmen, take part in a war

sagten sie kühl

und er dachte: das wisst ihr genau

but we don't take into buy, fuhren sie fort, we don't think that way, may be we take into account, es geht auf unsere Rechnung

ihn verwirrte ihr »to be doing something«, dieses »man sei dabei, etwas zu tun«, sie forderten ihn auf, einen Mann zu schildern, der natürlich für ihn selbst stand

das hatten die Russen ebenso gemacht in der Lagerschulung, einen Mann wie ihn selbst, der sich richtig verhielt

die Amerikaner indessen wollten, dass er einen Mann Ende vierzig beschrieb, der in ein frisch aufgeschlagenes Heerlager der Deutschen gefahren wurde zu seiner Kompanie, er sollte nachspielen, »explain«, wie der Mann an einem warmen Septembertag, in milchigem Abendlicht in dieses in einem Dorf aufgeschlagene Zwischenlager fährt und neben ihm, keine fünf Meter entfernt vom Haltepunkt des Wagens, trabt ein Mensch im Ochsenrad mit nacktem Oberkörper und singt ein demütigendes Lied. Das wollten sie noch einmal und noch einmal von ihm hören

und dann sagten sie, um ihm vor Augen zu führen, was er getan hatte: Er ließ sich in das Dorf fahren. Er ließ anhalten. Er hatte ein Ziel. Er stieg aus und ging zu seinem Nachtlager. Zum nächsten Unterstand, zur nächsten Gefangenenzählung

sagten sie: welche Absichten hatte er, was wusste er

hatte er Befehle

konkrete Befehle

oder nur Vorstellungen von der Ausführung von Befehlen

was kaufte er ein, sagten die Amerikaner und meinten: »was nahm er in Kauf«, und waren leise dabei, »he was approaching …«, »what was his treat?«

sah er die nächste Judenliste, die er

sagten sie: weiterleitete?

oder nahm er Gefangene im nächsten Dorf, gab er den Befehl, die Juden auszusortieren, stellte er dafür Soldaten ab

zur nächsten: »Singstrecke«

was sah er auf der Strecke, die er abfuhr

was hieß er gut, indem er nichts tat, he didn't say a word

not a word did he say

»utter« sagten sie

und, sagten sie: mit welcher Absicht, in welchem Zustand, »of your mind«

sagten sie, »fuhren Sie am nächsten Morgen weiter«, »you«, wenn er wusste, dass er an dem Nackten, der ein Judenlied singen musste, schon vorbeigekommen war

oder

wenn

der Platz am Morgen leer lag, selbstverständlich

leer, das Ende der Holzstange auf dem Boden ruhte, aufruhte, das blutige Ende, sagten sie

am Boden, am Grund.

Im ersten Winter sahen die Alpengipfel wie Glasscherben aus, auf eine Erdmauer geklebt, damit keiner hinüberkam. Zackiger, glitzernder Fels, eisblauer Himmel. Die südlichen Fallwinde verwandelten die Luft in eine Lupe, die Granittürme rückten zum Greifen heran, die Nähe drückte ihm auf den Kopf. Das Flakhäuschen, in dem Lilly und Eustachius und nun auch er untergeschlüpft waren, stand auf einer kleinen Anhöhe außerhalb des Dorfes, vor ihnen senkten sich die Felder und stiegen von neuem an, aufmerksam hütete das Kloster, gezielt auf den höchsten der Hügel gesetzt, jede Bewegung von Mensch und Tier. Über dem Wald kreisten mehr Raubvögel, als er in seinem gesamten schlesischen Leben gesehen hatte. Habichte schwebten auf unsichtbar starken Luftspiralen, rüttelten auf dem Fleck, schossen Strahlen aus ihren Augen bis auf den Grund, den sie in zentimetergroße Raster aufzulösen vermochten, stürzten herab.

»Wo ist Emils Taufkette?«, fragte er Lilly, nachdem er das Vogeltreiben lange beobachtet hatte. Sie antwortete ohne geringste Verzögerung: »Ich habe sie ihm ins Grab gelegt«, da glaubte er ihr für einen Tag, eine Woche oder zwei.

Dann kam der Zweifel zurück. »Die haben wir gegen ein halbes Pfund Brot und drei fingerdicke Scheiben Wurst, zwei Äpfel und zwei Mandarinen getauscht.«

Auch Eustachius' Taufkette war fort, eine Frau in Sondershausen hatte sich in das goldene Kaninchen verliebt, das sie für einen Hasen hielt.

Das Leben ging weiter. Der Krieg war zu Ende. Das war überall so: zu Ende, aber hörte nicht auf.

Eustachius lernte fürs Notabitur und übte mit wilder Entschlossenheit das Wort »Oachkatzlschwoaf«. Eustachius, der Dieb, gab nun den Ton an. Eustachius, gedemütigt, entschlossen, ehrgeizig, stur.

Hannes hatte sich in Oels von einem 14-jährigen Kind verabschiedet. Dieses Kind hatte den Dackel zum Metzger gebracht. War nur mehr als Dreiviertelkind vom Metzger zurückgekehrt. Sah auf dem Bahnhof von Görlitz, wie die SS auf Frauen und Kinder einprügelte. Halbes Kind. Warf vorsichtig sein HJ-Koppel weg. Seither war, nahm Hannes an, nur mehr eine sehr kleine Kindgestalt in Eustachius versteckt.

Für die Dackeltat lobte er seinen Sohn. Ehrbedacht dem Tier gegenüber, ehrerbietig vor der Mutter.

Bis Eustachius eines Abends fragte: »Willst du wissen, wie es war?«

Der Ton der Stimme hätte genügt. Eustachius erzählte es dennoch. Er machte klar, dass er einer derartigen Anweisung, dieser als Verantwortung getarnten Feigheit und Ideenlosigkeit heute nicht mehr gefolgt wäre. Dass er den Dackel versorgt, bestens versorgt, im Haus gelassen hätte. Er sagte, dass es keine Tötungsehre gebe.

Dass das, wonach Hannes meinte gelebt zu haben, nicht existierte.

Um sich zu retten, ging er in den Wald. Dort dachte er daran, wie er sich am Weihnachtsmorgen 1939 beim Züchter Max-den-Vierten unter den Mantel geschoben, ihn im Dunkeln an der Brust nach Hause getragen, auf einer Wolldecke in Lillys Backofen gesetzt und sich selbst hinter der Küchentür versteckt hatte. Seine Frau war, wie erwartet, noch vor dem Mädchen gekommen, um einzuheizen für den Weihnachtsbraten. Sie hatte sich gebückt, die Ofenklappe geöffnet und das kleine Wesen gefunden. Es war heller als die Röhre, nur die Augen glänzten, rosarot schleckte das Zünglein hervor.

Jetzt saß er selbst im Backofen, wollte herausgeholt werden aus diesem neuen Leben wie der Dackel, auf der flachen Hand getragen, doch niemand rettete ihn, niemand stand halb verborgen hinter einer Tür und passte auf.

Auch der Wald blieb falsch. Krummes Gehölz, Marderspuren, Geschrei. Selten ein Spechtklopfen, die Butterblumen sumpfig. Kohlmeisen kletterten durchs Gebüsch. Einmal ein Pirol. Der Boden schottrig, Moränenlandschaft, ein Gletscherschub. Das wurde die eisige Prägung nicht los. Auch den Menschen saß sie in den Augen.

Er fand keine Arbeit hier. Wurde missachtet, verlacht. Die Dorfkinder riefen »Saupreiß« hinter ihm her.

Später wusste er: Wer ohne Funktion lebt, lebt in Gefahr.

Später wusste er, was »später« heißt.

»Später« war nicht einfach ein Zeitwort, sondern ein Vergessenswort. »Später« meinte jenen Zustand, in dem man nicht mehr wusste, wie man etwas empfunden hatte, als es geschah, weil man das Ende des Geschehens kannte.

■

Anfang August hackte er bei einer Witwe im Dorf zwei Stunden Holz, im Gegenzug lieh sie ihm ihr Fahrrad für den Rest des Tages. So behände er konnte, fuhr er damit die Hügel um Wilfing auf und ab.

Seit fast einem Jahr lebte er hier. Er hatte sieben Kilo zugenommen. Er war neuerlich bei Kräften. Die äußere Armut hätte er ertragen. Die innere setzte ihm zu. Noch immer hingen sie von fremder Hilfe ab.

Von Julius und Feli.

Jeder Tag dieses Lebens demütigte ihn.

Auf der Rückfahrt ging er in den Biergarten am Kloster, Geld in der Tasche, »a Geld«. Er trank eine Maß.

Er hatte den Wilfinger Förster aufgesucht. Der Mann sprach kaum; das Wenige, was er sagte, verstand er, Hannes, nur halb.

Der Zungenschlag war rätselhaft. Gleichwohl nahm er wahr, dass die Leute, redeten sie mit ihm, noch eigens nuschelten, und etwas in ihm, müde und erniedrigt, sagte nur: flieh, flieh, er wusste sich keinen anderen Rat.

Es war eine Überraschung, als er im Biergarten endlich bedient wurde. Die anderen Gäste saßen brütend über ihren graustumpfen Krügen. Jeder wusste, dass er zu den Preußen gehörte. Das war die freundlichere Version. »Polacke« die andere. Untereinander redeten die Einheimischen laut und ebenfalls wenig; ihn sahen sie aus kleinen wimpernlosen Augen an.

Er verirrte sich auf einem schmalen Feldweg oder fuhr absichtlich falsch, lehnte das Rad an eine der wenigen Eichen, schloss es sorgfältig ab, ließ den Schlüssel in die Hosentasche gleiten, jene ohne Loch.

Schilfstängel trieben in dem weichen schwarzen Wasser, »Weiher« wurde es genannt, ein Gletscherloch. Kein Mensch außer ihm schien im Wald unterwegs, alles war mit Aufbau beschäftigt. Sonnenflecken schliefen auf dem mit Tannenzweigen und Zapfen überstreuten Boden, die Buchenstämme glänzten im Nachmittagslicht. Teile der Kronen schwebten als Leuchtraketen über ihm.

Der Vogelgesang war Mitte Juli verstummt. Erschöpft lagen die Felder und Wiesen Wilfings unter der Hitze, in den Stallfenstern des Dorfes kreisten dicke Schwärme von Fliegen, er meinte, sie noch hier zu hören. Nicht einmal Hunde gab es, wie er sie kannte, Pferde nur für den Pflug oder den Bierwagen. Zuhause hatten die Hügel zu den Wangen seiner Frau gepasst. Hier stand der Wald, von Gebirgsflüssen durchschossen, karg, windschief, leicht bläulich in die Luft. Im Dorf war Heimat schon wieder ein großes Wort, gefüllt mit Edelweiß, Gülle und Bier.

Der Strauch wiegte seine eiförmigen, spitz zulaufenden Blätter, die Beeren standen in einem zipfelig wirkenden Kelch. Daneben Wald-Trespe, Brennnesseln, ein roter Holunder. Die Kirschen fielen ihm in die Hand, ihre zahlreichen Samen klemmten sich zwischen die Zähne, er schluckte rasch.

Die gab es kostenlos. Er wollte es einfach halten. Ohne Lärm. So, hatte er gedacht, läge er wenigstens im Wald.

Der Wald setzte ihm seine Stoffe zu.

Die zweite Handvoll.

Dieu! que le son du Cor est triste au fond des bois!

Hatte Förster Priebke ihm damals das Gedicht gezeigt? Oder war es Lilly gewesen, in ihrer Verlobungszeit?

Lilly, die Französisch sprach.

Damit, dass er an den Förster von Wilfing denken würde, hatte er nicht gerechnet. Eine starke geschlossene Gestalt. Er beneidete den Mann. Die grüne Joppe, die Hornknöpfe, das Tragen des Gewehrs, die Sicherheit jedes Schrittes und Griffs, den Drilling an der Backe, den Sechserbock über Kimme und Korn.

Durch ihn indes pfiff der Wind. Die Tollbeeren glänzten schwarz auch in der Hand. Sterben und essen, in jedem seiner Träume ging es darum. Das Beereninnere war weich und dunkelrot, sogar süß, wenn auch Zunge und Gaumen sich zusammenzogen, nachdem er die ersten geschluckt hatte.

Au fond des bois.

Es war unwahrscheinlich, dass man ihn rechtzeitig fand.

Er saß im Gras. Suchte, spürte die Tiefe des Waldes.

Der Kuckuck rief.

Ich hatte das Gefühl, die Augen öffnen zu können. Ich ließ es. Der Kuckuck rief. Etwas krächzte.

An meiner Hand rieb weiche Wäsche. An meiner Hand rieb eine andere Hand?

Lilly? Meine darunter. Ich musste schlucken, etwas tat weh. Etwas krächzte.

Ich lag im Bett. Hoch, sehr weiß. Fremdes Bett.

Lilly an seinem Rand.

Augen halb auf. Lilly. Sie lächelte mich an, runzelte die Brauen. Ich hörte nicht, was sie sagte.

Kuckuck.

Kein Kuckuck mehr. Oben. Unten. Linker Arm. Rechter. Die Hand links unter Lillys Hand. Ich wollte etwas sagen, das Krächzen wiederholte sich.

Das war ich.

Der Mund trocken wie Sägespan.

Lilly strich mir über die Wange.

Meine Finger antworteten Lillys Hand.

Mir war übel.

Jemand gab mir etwas zu trinken.

Von der zweiten Seite des Bettes. Da war noch jemand.

Rechts. Links.

Anstrengend. Eine Schwester. Sehr weiß. Höllisches Schlucken. Ich schloss die Augen, würgte.

Lilly blieb, ich konnte sie spüren.

Was war ich froh. Ich lag hier. Ich hatte etwas anderes versucht, lag hier. Grotesk, Hannes, grotesk. Traurig und froh, zum Sterben müde, zum Sterben zu blöd, gleichwohl so froh. Durstig, traurig, hungrig, froh.

Ich krächzte: Idiot.

Hob langsam die Lider. Es ging. Fast von selbst.

Lilly sprach. Nach einer Weile verstand ich: Der Förster hatte mich besinnungslos im Gras entdeckt, sein Hund ihn auf die Lichtung geführt.

Man hatte mir den Magen ausgepumpt. Ich machte die Augen zu, auf, zu.

Lilly sagte, die Uhr sei weg, Großvaters Uhr, als Honorar. Ein Magenauspumpen, eine silberne Taschenuhr.

Ein Stück Heimat. Gegen ein Stück Ich.

Mein Leben schien immer Uhren wert.

Fast lachte ich. Der Mund tat weh. Die Schwester gab mir Wasser und sagte: »Wenn's drinbleibt, gehen Sie heim.«

Es blieb drin. »Heim« gingen wir nicht. Nicht einmal nach Hause.

Vor dem Krankenhaus krächzte ich: »Schade, dass man das Herz nicht auspumpen kann.«

Man hatte mir den Saugschlauch grob in den Hals gestoßen.

Lilly sagte, daran habe sie auch gedacht. Das Herz auspumpen. Bei mir.

Ich erholte mich langsam.

Der Förster besuchte uns, vielleicht fühlte er sich verantwortlich für mich. Nachdem er mich schon gerettet hatte. Vielleicht hatte der Pfarrer etwas zu ihm gesagt. Wir schenkten ihm zwei Silberringe; er bot mir an, ihn durch den Wald zu begleiten.

Ich schüttelte den Kopf.

Ich hatte geglaubt, gut durch den Krieg zu kommen, indem ich meine Pflicht erfüllte. Das war mir gelungen, im Buchstaben. Ich hatte die Rohheit um mich gesehen und nichts getan. Den Endplan der Nazis, ihre Gleichgültigkeit, die Tiefe ihres Menschenhasses hatte ich nicht begriffen oder verdrängt, bis ich im Januar in die Festung Breslau geriet. Zuvor hatte ich Flüstern und Fragen gehört. Hatte das Schweigen rundum verstanden und übernommen. Ich war damit nicht schlecht gefahren.

Der Förster sagte, es gäbe sogar die Möglichkeit, ein Pferd auszuleihen.

Noch während er sprach, schüttelte ich den Kopf. Nie mehr reiten, nie mehr ein Gewehr auch nur in die Hand nehmen, nie mehr auf eine Jagd gehen. Nur einmal im Frühjahr und einmal im Herbst wollte ich den Wald für einen Spaziergang betreten. Der

Verzicht sollte eine Art Ausgleich sein. Er war klein, doch wie ich hoffte, besser als nichts.

Erst in der Wohnung in der Arminiusstraße, Blick aus der Küche auf Kohlstrünke und Kaninchenbucht, wurde »gehen wir nach Hause« ein wiederbenutzbarer Satz. »Daheim« blieb unbenutzbar. Lilly arbeitete als Verpackerin, Eustachius studierte, ich stand hinter einem Bankschalter, angestellt, halbstattlich, ein kleines Licht. Den Wohnsitz hatte man uns zugewiesen. Es gab weißen Zucker, Instantkaffee, Supermärkte, »bedien dich selbst«. Man musste sich bücken. Lilly arbeitete hart.

Mitunter hielt die Sonne für Sekunden inne. Steine wurden heiß, Motorräder knatterten, Plakate zeigten Meeresstrände mit bräunenden Menschen – Neumenschen, Fröhlichmenschen. Das Stehenbleiben der Sonne bemerkten sie nicht. Eustachius fuhr Bergsteigen mit Freundin Ines, einem dunkelhaarigen Mädchen aus Wilfing. Wir ließen die Rollos im Wohnzimmer herab.

Zentralheizung, Gas. Unsere Zimmer wurden warm, obwohl unter uns die Keller lagen. Lene, die sich jetzt Maggy nannte, verheiratet in Chicago, das letzte Mädchen aus Oels, kam zu Besuch. Lilly übernahm es, ihr von Emil zu erzählen. Eustachius und ich schwiegen.

Wir waren dünn, kauften ein. Bevor ich ins Bett ging, löffelte ich heimlich Kondensmilch am Kühlschrank und drehte das Radio an. Ich wartete auf das Zeichen zur Mitternacht, die Ansage »Null Uhr«. Stunde Null. Wie da klagen? Wir waren nicht vertrieben, wir hatten nichts getan. Stunde Null erledigte beides auf einmal, begangene Taten, empfundenes Unglück. In diesen Augenblicken hasste ich den Erinnerer und löffelte die ganze Dose aus. Süße und Fettigkeit der Milch. Nur dann war ich satt genug, mich hinzulegen. Stark genug.

Eustachius büffelte Chemie. Er war bestens organisiert, hatte das Studium durchgeplant und sicherte seine Zukunft. Mich wunderte, wie es uns gelungen sein mochte, ein so lebenstüchtiges Wesen aus ihm zu machen, ich dachte lieber nicht darüber nach. Das Ergebnis gefiel mir, den kleinen Tick, den er hatte, ertrug ich gern. Jeden Morgen rückte er die Spiegel und Bilderrahmen in unserer Wohnung gerade: die Radierung der alten Kopfweide an einem Ufer des Oelsbaches, das auf eine Baumscheibe genagelte Rehbockgehörn, das Foto, das mich in Uniform auf Jupiter zeigte, 1915. Seit neuestem jagte unser Sohn sogar selbst: Er steckte Elektroden in Affengehirne, schoss Potentiale, suchte und fand Kronen aus Strom.

Ich wurde 63, ließ eine Mark in einen Bocca della Verità-Apparat fallen, schob die Hand in den weißen Mundschlitz, wollte etwas Zukunft, etwas Glück, suchte Kleeblätter im Park, hätte zu gern Kuckucksrufe gezählt. Nach dem Essen ruhte ich mich auf dem Diwan aus, mittags war das Gehirn am empfindlichsten, weder wach noch im Schlaf, weder bei mir noch außerhalb meiner. Ich hörte mich selbst tief atmen, schreckte davon auf, fühlte die Glieder zucken. Nicht ich hatte geschlafen, sondern er war erschöpft umgefallen, oder: Ich hatte geschlafen, und er war wach geworden, Hannes, der Schrapnellmann, der Erinnerer. Ständig lag er in mir auf der Lauer, hatte er Kraft, machte das Gehirn, das wir teilten, sich auf eigene Wege, schoss Erinnerungsgranaten ab. Wenn er über mich herfiel, war es bereits zu spät, ich bekam seine Angst, keine Wand mehr gab Schutz.

Eustachius galt als »gescheit«. »Bist net gscheit«, rief man, wenn man sich wunderte. Frau Niedermeier von gegenüber plärrte es mir nach, als ich, ohne zu schauen, über die Straße lief, und ich hörte »gescheitert«, obwohl man »gescheit« und »gescheitert« nicht verhören kann, und sagte »ja«. Sie kam mir nach, schenkte mir eine Handvoll Kartoffeln, als kenne sie mich nicht: »Sei net so traurig, oider Mo.«

Vor 50 Jahren hatte Priebke mir angeboten, Förster zu werden; ich nahm die Banklehre, sie war nützlicher für die Bäckerei. Ein Ältester konnte nicht einfach einen Traum leben, nicht so wie Eustachius. Er forschte, koste es, was es wollte, mir wäre lieber gewesen, er hätte mehr Geld verdient.

»Das geht verloren«, sagte er, »das habt ihr schließlich erreicht: dass alles untergegangen ist.«

Ich überlegte kurz, doch scharf, wie es mir jetzt nur noch zuweilen gelang. »Kein Erbe, keine Verpflichtung. Das ist dein Nazigewinn, deine Nazifreiheit.«

Überrascht sah er mich an. Dann lachte er: »Genau, Vati, mein scheißschöner Nazigewinn. So, wie du einen hattest. Den gesamten Krieg hindurch. Damit kennst du dich ja aus.«

So redeten Väter wie ich jetzt mit, wenn es um Lebensentscheidungen ging? Bei Eustachius' Verlobung mit Ines versuchte ich das Mitreden gar nicht mehr. Ich lebte, ich war da. Eustachius neben mir führte ein Leben-Vaterlos.

Als Sandra zur Welt kam, legte ich 100 Mark für sie in Pfandbriefen an, bei Simone ebenso. Eustachius führte die Tradition fort, den Kindern Vornamen zu geben, die mit dem gleichen Buchstaben begannen. Simone, schlesischblond, rollte das »r« wie ihre bayrische Mutter. Lilly roch statt nach Unbedarftheit nach Karton oder Parfum.

Einmal schenkte die Bäckersfrau dem Erinnerer einen Krapfen, ich sagte »danke«. Stresla bereitete nur Lilly richtig zu. Gelegentlich weigerte sie sich, wir waren beschädigt, ich meine, wir hatten gestritten, schwiegen uns für Tage oder auch Wochen an.

Die Anlässe waren nichtig, wir vergaßen sie im Nu. In Wirklichkeit stritten wir über Emil.

Das sagten wir niemandem, nicht einmal uns selbst.

Auch die Nachbarn im Treppenhaus schwieg ich an. Sie tuschelten: Er hat wieder Ärger mit seiner Frau, deswegen spricht er nichts. Es war besser, es so zu erklären. Wer wollte schließlich einen Schaden haben oder auch nur einen sehen. Wer den Schaden ansah, kriegte kriegte kriegte ihn am Ende selbst. Wer den Schaden selbst hatte, erkannte ihn sogleich. Oben, im ersten Stock, sagten die Danziger, Dr. Schmidt und Familie: »Der braucht Stille. Den hat's.«

Die Tomaten schmeckten nicht halb so aromatisch wie früher. Eustachius wollte an Affen etwas herausfinden über den freien Willen. Sie könne man nicht manipulieren, nicht wie uns. Nicht zum Töten von Artgenossen animieren.

Die Schmidt-Kinder waren älter als Sima und Sandra. Bei Schmidts hatten alle überlebt. Sollte man ihnen deswegen böse sein?

Ja.

Ich hockte im Hof über dem aufgesprungenen Teer, reparierte Fahrräder, murmelte vor mich hin. Bestand einer der Radbesitzer auf einwandfreiem Material, war ich zufrieden, fast glücklich. Dann roch es bei mir nach Fortschritt statt nach Kohl und Feuchtigkeit, nach dem schäbigen Mauerngeviert unserer Armut und Ankunft, nach Provisorium und abgewetzten Ohrensesselblümchenbezügen, nach der Autolosigkeit (während Julius einen weißen Wagen fuhr, all die Jahre hindurch einen Unschuldswagen). Ich nahm reichlich Öl und Putzmittel, beugte den Kopf, schnüffelte Trost.

Während ich schraubte, klebte, pfriemelte, fühlte auch der andere Hannes, der Erinnerer, sich wohl. Die Franzosen, Spitze bei Spitzen und Gummis. Hannes vorm Fahrradschuppen kicherte, diesen Witz machte er für sich höchstselbst. Feierabend machte niemand, aus allen Höfen dengelte es. Man rannte und schwieg, wurde dicker und war über die Maßen geschäftig. Arbeitete man fleißig, nahm man Ruinen nicht so stark wahr, musste nichts fühlen. Ich hatte mit Sätteln zu tun. Hatte ich Glück, roch es, für Sekunden, nach Pferd.

Nachts stand ich auf, strich durch die Wohnung. Freunde fuhren nach Breslau, das Wrocław hieß, niemand wusste, wie man diesen Namen aussprechen sollte, über die Lippen brachte man ihn sowieso nicht. Damit fing es schon an: Wie hineinfahren in so ein –waff oder –laff? Hannes wusste, was fehlen würde, was sie selbst abrasiert hatten, zerstört, er erinnerte sich zu genau in seinen Träumen und auch mittags, wenn er aber- und abermals, ohne es zu wollen, durch die Festung lief. Freunde und Bekannte erzählten, was ihn an der Oder erwartete: die Schatten deutscher Inschriften über polnischen Zischlauten, abgeschmirgelte Häuser ohne Zinnen und Giebel, Einschusslöcher, nackter Putz, Risse im Mauerwerk. Häuser, die ins Freie mündeten, Gehwege, die man nur ahnte. Er erinnerte sich an den geschmolzenen Asphalt, das Kleben der Füße beim Marsch in die Gefangenschaft. Ein blutiges Land hatten sie hinterlassen; einen Riesenfriedhof, aus dem die Knochen ragten, würde er sehen.

Es gäbe auch neue und reparierte Häuser, sagten die, die gefahren waren, die Wagemutigen oder Abgestumpften, die Wirklichkeitssucher und jene, die glaubten, Alpträume endeten, wenn man die Orte aufsuchte, an denen sie spielten. Die Polen bauten das Rathaus auf, den Ring. Man müsste ihnen dankbar sein!

Da wusste er, wie er sich fühlen würde: halb dankbar und verletzt. Die Luft wäre voller miserabler Geister und Stimmen, blenden würde ihn die Stadt, ihn das Licht kosten, das Augenlicht, die Balance. Zurückfallen würde er in den Winter '45.

Aus dem Klofenster blickte ich stundenlang auf die gegenüberliegende Wand. Vier Häuser weiter eröffneten ein Lederladen und ein Metzger. Mit den neuen Freunden, Vertriebenen aus Königsberg, Danzig, aus Schlesien, dem Sudetenland siezten wir uns. Zu oft hatte man mich mit »Du!« angebrüllt. Lilly wurde breit, ich auch. Ich schenkte ihr ein Paar Seidenstrümpfe und freute mich, dass sie sie annahm. Wenn wir uns auf die Waage stellten, und es war ein guter Tag, lachten wir beide.

An einem guten Tag ertrug mein Kopf den Föhn, tröstete mich die Litfaßsäule und die Geschichte ging so: Wir hatten ein Kind gerettet, unser Leben gerettet, bekamen Rente. Wir lebten in einer Landschaft, die wir von klein auf aus Urlauben kannten, nicht in irgendeinem Exil, dessen Klima uns zersetzte. Wir hatten uns Freunde gesucht, die Stadt um uns herum war gewachsen, ihr Klatsch traf uns nicht, vor allem Mutters weitverzweigte Tschelotka, die sich eifrig das Maul zerrissen hatte über uns, waren wir los. Wir sprachen die eigene Sprache, und es gab viele, mit denen wir unsere Geschichte teilten. Ich musste nie mehr in einen Krieg, das stand fest. In solchen Nächten schlief ich ohne Erinnerung. Fast gut.

War der Föhn hart, ging die Geschichte so: Wir hatten ein Kind verloren, das Erbe verloren, alle Gräber, ein Stück unserer selbst, die Verbindung zu unserer Vergangenheit, die Verankerung in Besitz und Beständigkeit, das Vertrauen, da sein zu dürfen. Die Landschaft, in der wir lebten, taugte für Urlaub, blieb Kulisse. Die Menschen um uns sprachen die falsche Sprache, hatten die falsche Religion. Wir waren allein, jeder für sich, die Geschichte ließ sich nicht teilen. Ich musste nicht mehr in den Krieg ziehen, aber der Krieg hörte nicht auf. Wir saßen in einem Backofen, schliefen unruhig. Vor der Haustür brannte ein Feuer, das keiner außer uns sah.

Um 22.00 Uhr kontrollierten wir die Schlösser an Straßen- und Wohnungstür, gingen ins Bett. Die Angst starb zuletzt; wenn sie starb, war man ebenfalls tot. Wir besaßen ein Telefon, einen Radioapparat, einen Plattenspieler, einen Fernseher aus zweiter Hand. Julius nahm uns in seinem weißen Käfer auf Ausflüge mit. Westweit galten die Russen als das Böse. Glassplitter ertrug ich nicht, ich kehrte sie weg, auch auf dem Gehweg, sah Eustachius' Kinderfüße in braunen Lederschuhen, die hineintreten wollten. Ich wusste nicht, warum er und ich am 9. November 1938 unterwegs gewesen sein sollten, es schien mir äußerst unwahrscheinlich, und doch: Da ging er an diesem dunklen Abend neben mir. Wir hörten Fenster splittern, Schläge, Rufe. Nach einer Weile die Martinshörner der Feuerwehr. Das Klirren und Stampfen nahm zu, Stiefeltritte überholten uns, ihnen folgte eine Stille, die die Ohren spitzte, die Nase, den Mund. Eustachius zappelte an meiner Hand. Löschzüge trafen ein, sie löschten nicht. SA-Männer bauten Brandsperren, die Feuerwehr spritzte angrenzende Gebäude ab, um sie zu schützen. Ich stand auf, ging zur Haustür, schloss noch einmal auf, schaute die Straße entlang. Das Feuer, etwa von der Größe eines Kartoffelfeuers, brannte mitten auf dem Gehweg, höchstens 20 Meter von unserer Wohnung entfernt. Menschen gingen hindurch, sie sahen es nicht, für Sekunden leuchteten sie auf und schmolzen auf ihre Silhouetten zurück, ein Feuerriss.

In Drechslers neuem Möbelhaus trafen Lilly und ich Heinrich Bau, so stellte er sich vor. Ich erkannte ihn augenblicklich. Er lächelte verbindlich. Läusisch. Trug einen Mantel aus teurem Tuch. Es gehe prächtig. Uns auch? Händedruck.

Auf der Rückfahrt schwieg ich, Lilly schaute wie Donner und Blitz. Es gab Leute, die waren nicht »kontaminiert«, die machten weiter, die trieben schon wieder oben wie Fett. In der Wohnung sagte Lilly: »Du hättest ihm wenigstens eine scheuern sollen. Dass du so feige bist.«

Oder ihn melden? Ich schwieg. Weil ich mich nicht so spät billig rächen wollte? Weil auch er ein Vertriebener war? Weil ich selbst nicht unbeteiligt geblieben war?

Ich war gesprungen, sprang noch, landete nicht, kam nicht auf, kam nicht an.

Der Briefträger begriff es. Es musste an der Post liegen, die ständig durch seine Hände ging, immer unruhig, immer auf dem Weg.

Wir, tagein, tagaus zuhause, nahmen die Sendungen aller Nachbarn an. Wussten auch wir mit einer Adresse nicht weiter, stempelte der Briefträger ein fettes 

auf das Kuvert und strich den Namen des Adressaten durch. Einmal hielt er einen irregeleiteten Gruß in der Hand, der die Breslauer Dominsel unzerstört zeigte. Fast hätte ich dem Mann die Karte weggeschnappt, um sie zu zerreißen.

Nachdem er fort war, stand ich eine Weile reglos in unserem dämmrigen Flur. Meine Augen weinten, aus der Brust drang kein Laut.

Es gehe um Fakten, hatten die Amerikaner gesagt, weiche Fakten, fizzy fringes in your mind, was ich nicht verstand, und auch jetzt, als ich daran dachte, schwindelte

die Denkerei, the thinkering

hatte ich gesagt, I cannot

more. Es hieß, Leid könne man nicht aufrechnen gegen Leid, das war versöhnend gedacht und weltfremd, auf der großen Skala, der Völkerskala wurde aufgerechnet, nichts erlosch, nichts verging. Er, Hannes, dachte ich, werde auf beiden Seiten in die Waagschalen fallen, nicht nur bei den Tätern, und wusste, noch während ich so dachte, dass ich mir damit einen Vertreibungssinn bastelte, wohlfeil vielleicht, Vertreibung als eine Art Sühne, Schuldabtragung für alle, exakt der Sündenbock, den die Einheimischen, die Unvertriebenen, die Glückhaber, in uns sehen wollten, was nur zeigte: Jeder Gedanke, jede Bewegung war hier falsch.

Später, viel später, sagte Sima zu ihrem Mann, »Leid wird nicht besser, wenn man es aus Scham verschweigt, es fault, bleibt an allen kleben, man muss ja kein Mitleid heischen«, sagte sie, »nur sagen …«, »was?«, antwortete ihr Mann, »nichts fordern«, sagte sie,

»nur deutlich machen, dass es ihnen den Rahmen verzogen hat, auch den Kindern noch, dass …«

»Aber«, hörte sie mich in ihrer Erinnerung sagen, »weißt du, dass wir wie Schwerverbrecher behandelt wurden, enteignet, die Ehre aberkannt, das gibt es bei euch gar nicht mehr und früher gab es das nur bei Kapitalverbrechen.«

»Als wären es keine gewesen«, rief eine hohe Stimme dazwischen, eine Kindeskindstimme

»als wären es keine gewesen!«

»Vertreibung«, erwiderte ich in Simas Kopf, ich ließ sie nicht in Ruhe, sie übernahm die Geschichte, es musste jemanden geben, der das tat, in jeder Familie gab es jemanden, das verlangte die psychische Ordnung, seit Eustachius ging es bei uns auf den Jüngsten, somit von ihm auf sie, »stell dir Vertreibung als ein Gefängnis vor, nur umgekehrt: Man rennt, statt eingesperrt zu sein. Beide Male wird auf dieselbe Weise gerechnet, du wirst an einen anderen Ort gezwungen, nur dass Vertreibung viel billiger ist«, sagte ich, »und sicherer, keine Ausbruchsmöglichkeit, keinerlei Gnadengesuche Jahre später, kein erleichterter Haftvollzug. Das dauert dann einfach lebenslang.«

Im August 1942, sechs Jahre nach dem Vertragsschluss in der Bäckerei, hatte sich Doktor Winsch von neuem bei uns gemeldet. Das Kind sei ja nun bald keines mehr. Das Erbgesundheitsgericht habe sich daher des Falles angenommen. Er habe damit nichts zu tun. Wir erinnerten uns gewiss an das Gesetz zur Verhütung erbkranken Nachwuchses vom 14. Juni 1933. Es treffe nun nicht mehr uns, sondern unsere Leibesfrucht. Die Wahrscheinlichkeit, dass das Kind, das bald keines mehr sei, im Fall, dass es selbst Vater würde, eine Behinderung weitergebe, liege nach Einschätzung des Gerichtes bei 100 %. Es bestehe erhebliche Fortpflanzungsgefahr. Er habe von dem Entscheid des Gerichts vorab Kenntnis erhalten und rufe mich daher an. Aus alter Verbundenheit, sagte er. Gewiss wäre es weiterhin nützlich für die Volksgemeinschaft, den nun jungen Mann gründlich untersuchen zu lassen. Es sei Aufgabe aller, ihr Scherflein zur wissenschaftlichen Erfassung erb- und anlagebedingter schwerer Leiden beizutragen.

Nun, sagte er auf meine Nachfrage: Über die Sterilisation hinaus. Die sein müsse. Sein werde. Die nicht gegen unseren Sinn gerichtet sein könne. Im Gegenteil, verstehe sich. Da gerade wir wüssten, was es heiße, ein derartiges Kind zu betreuen. An einen derartigen Krüppel gekettet zu sein.

Er machte eine Pause. Auf den weiteren Untersuchungen, die sich anböten, ja, empfehlen würden, wolle er nicht bestehen. Obwohl wir darüber nachdenken sollten: Es gehe um das Wohl des Kindes. Mögliche Verbesserungen seines Zustandes. Auch wenn es, wie er annehme, weiterhin in der Bäckerei arbeite.

Was ich mich zu bestätigen beeilte. Was ich mich beeilte zu bestätigen. Was zu bestätigen ich mich beeilte. Mein Gehirn war Kaugummi, meine Zunge Brei. Wie? Wo? Die Bäckerei buk. Selbstverständlich half Emil mit. Wir lieferten wöchentlich an die Universitätsnervenklinik Breslau und zu Weihnachten und Ostern an die Heil- und Pflegeanstalt Plagwitz, über 100 Kilometer entfernt.

Beste Grüße an die werte Gattin, sagte Winsch am Ende süßlich und legte auf. Lilly und ich berieten uns, fanden keinen Weg. Klara war tot, vielleicht wäre ihr etwas eingefallen.

Zu dem Eingriff in Breslau begleiteten wir Emil. Ich sehe uns auf einem strengen Flur sitzen, Milchglas, Linoleum, Sauberkeit. Wir mussten warten. Unser Sohn verstand nicht, was geschehen sollte, er wusste nur, an welcher Stelle des Körpers. Er fürchtete sich.

Wir waren dabei, um ihn umso sicherer wieder mit nach Hause zu nehmen. Eine Illusion. Was hätten wir getan, wenn sie uns gesagt hätten, er müsse bleiben?

Wenige Tage später begann die Luftschlacht gegen England. Der größte Schrecken indes kam von Eustachius. Wir hatten ihm nichts von Emils Operation gesagt, wir dachten, dass ihm ein derartiger Eingriff an seinem Bruder nur Angst machen müsste. Wir schämten uns auch. Emil, sicher daheim, leicht fiebrig im Bett, sprach seit der Narkose fast nichts. Außer an diesem Abend. Auch da erzählte er nicht viel, zeigte seinem Bruder allerdings die Stelle. Eustachius, groß, schlaksig, saß über seinem Schmalzbrot am Abendtisch und sagte: »Ich finde das richtig. Stellt euch die Bälger vor, die da rauskämen. Und ich müsste später für sie arbeiten.«

Er war elf Jahre alt und wusste Bescheid. Das Wort »Sterilisation« floss ihm ohne Stockung von den Lippen. Sie hätten das in Biologie gelernt. Alles.

Ich stand wie angefroren. Eustachius schien mir ein Spiegelbild meiner selbst, ein schreckliches Zerrbild. Waren Lilly und ich besser mit unserer Einwilligung in die Operation als er? Benannte er nur in aller Deutlichkeit, was wir taten?

Agieren Söhne aus, was in den Vätern steckt? Wachsen Väter Söhnen hinterher?

Ich starrte mein Kind an. Man hatte es mir oft gesagt, ich hatte es selbst versucht – jetzt begriff ich, wie sehr man sie zu biegen vermochte. Eustachius, die Augen blau, die Haut glatt, so klar und hart, saß unbeirrt und überzeugt an unserem Tisch. Er kannte keinen Zweifel. Ich erschrak, es war der Augenblick, als ich am tiefsten erschrak.

Sie waren im Kreis um mich gestanden, nun drehten einige den Kopf, nur ich hörte nichts, obwohl ich wusste, was zu hören sein musste, wenn meine Männer so zur Seite hechteten, drei Sekunden Zeit, vielleicht zwei, wegsinkende Kokarden, Augen, die stärker glänzten als Stiefel, fiebriger, jählings die Erde, braun, steinig, kippende Birken am Horizont.

Als ich wieder zu mir kam, glaubte ich, ich sei tot, und bewunderte, wie alle um mich herum sich aufrappelten und Erdbrocken abklopften, wie sie husteten und spuckten. Auch ich zog mich hoch, langsam, auf toten Beinen, die begannen zu prickeln. Im letzten Augenblick musste ich umgefallen sein, ich erinnerte mich nicht, die Granate war in die Mitte unseres Kreises geschlagen.

»Oder habe ich das gelesen?«, sagte ich zu Lilly im Bett

»schlimm ist, dass ich nicht weiß, ob ich es erlebt oder gelesen habe, dass ich nicht einmal das mehr weiß, ob dieses Eigenste meines ist oder nicht.«

»Oder ist das das Gute«, sagte sie, und das alte Wort kroch ihr unbeholfen aus dem Mund. Man brauchte es, aber konnte es nicht mehr gebrauchen.

Ich wurde älter als mein Bäckervater, der von Trümmern nur geträumt hatte, ich, Hannes, der einst Stattliche, die Wurzel allen Übels, der, der am verstocktesten schwieg, der Grund hatte, am wenigsten zu wissen, der sich voller SCHEU

und SCHULD

erinnerter EHRE und SCHAM

nachts an den Kopf griff, da saßen beide Kriege, Granatensplitter und Narben, man konnte sie fühlen und unter der Haut leicht verschieben, er, Hannes, hatte versucht, Buße zu leisten, nur wie viel wog das, er war alt, kam sowieso auf kein Pferd mehr hinauf, hatte auch kein Geld dafür

»you like contradictions«, hatten die Amerikaner gesagt, er hatte genickt und den Kopf geschüttelt, Mitläufer, aber als Offizier, seine Gesten gingen den

Amerikanern auf die Nerven, sie fragten, was er damit wolle, er sagte, es sei die Wahrheit

Kopf rauf, Kopf runter, Kopf links, Kopf rechts, Mitläufer ja, aber als einer, der in Gefechten führen konnte, weil er seine Männer schützte

als er im Winter '39/'40 die 8. Kolonne der 221. Infanteriedivision befehligte, Munitionsnachschub, Polen, zwang er niemanden, sich ständig zu waschen oder die Stiefel zu putzen, ein Stabsoffizier beschimpfte sie als »Saukolonne«, seither führten sie ein Schwein als Wappentier, die Männer machten sich den Spaß, für jeden eine kleine Taschensau zu schnitzen, und der Gefreite Pfankuchen

dichtete nach der Melodie »Wie hat's doch Gott so schön gemacht« ihr durch und durch eigenes

Saukolonnenlied, selbstverständlich

duldete er den Spaß, sah: das VENTIL

den Druck, er wusste nicht, wie viele Menschen er getötet hatte oder mitgetötet, er hatte Paul Bader vor der Höhle stehen lassen, in der sie die Nacht verbracht hatten, um sein unten vergessenes Notizbuch zu holen, als er zurückkam, fand er Bader in einem Astgestrüpp, ein sehr kleines Loch über der rechten Braue, es blutete kaum

nicht mehr als ein Blutfädchen, ein dünnster Lebensstrich

er wusste nicht, wie viele Menschen auf

sein Konto gingen, you have to

account for it

das Eiserne Kreuz

unverkäuflich

aus dem Ersten Krieg hatte Lilly in Oels in den Fluchtkoffer gepackt, Hannes, Offizier, Eisen an der Uniform, Eisen im Körper, Eisen an der Wand, Hannes, Soldat, Töter, Mittäter, mit halber Absicht, Dreiviertelabsicht, wie das ausrechnen, to count up

to count down

alle Zahlen zerstört, Kontraste ertrug er mit Mühe, Rechnungen ertrug er nicht, Zahlen ertrug er nicht, weder die großen noch die kleinen

»Volkskörper«, »Kollektiv«, »Rotte«, »Horde«, »Fähnlein«, »Sprung«, ein unheimliches Wort ersetzte

das nächste, Eustachius erzählte von zwei Affengruppen auf getrennten Inseln, die eine fand heraus, wie man Kokosnüsse mit einem Stein

öffnet, die andere stieß

bald danach ebenfalls darauf und lernte geschwinder, als gäbe es einen Zusammenhang zwischen den getrennten Horden, sagte der Sohn, eine Art Flugwissen

oder Wissensviren, durch die Luft gespuckt, betreten schwiegen sie da am Küchentisch

unversehens hatten sie von sich gesprochen, Flugwissen, Fluchwissen, Wissensviren, er wusste

nicht weiter, zitterte

verborgen unter einer festen Decke, sie kauften immer dickere Federbetten, vergebens, er verkroch sich und lag dennoch

bloß

die Augenblicke größter Ausgesetztheit und größter Geborgenheit hatte er an der Front erlebt

in kürzester Zeit

hintereinanderweg durchlitten, he felt

safe, it's paradoxical, sagte der endlich beigezogene Übersetzer dem amerikanischen Offizier, der ihn befragte, verhörte, das Wäschestück Hannes in die Mangel nahm, Hannes, das Hemdchen, die flache Figur, da sehnte er sich

zurück

nach dem Adrenalin, das durch ihre Adern geschossen war, nach dieser Mischung von Adrenalin und Gemeinschaft, von

Dauergefahr

und Erlösung, welche Lebensintensität, welches Verschmelzen mit den anderen, ihre Hände, Rippen, ihr Herzschlag, er hatte das nicht gesucht, nur gefunden und konnte es

vermissen, er vermisste sie alle, vermisste diese Lebensnähe für Stunden, Tage, Nächte waren sie ein Körper geworden mit 10 Armen, 10 Beinen, mit 33 Armen, 34 Beinen und 17 Köpfen, 17 Mann stark, ein Wille, eine einzige Bewegung

1 Leib 1 Rotte 1 Kohorte 1 Sprung

darüber konnte man mit niemandem

sprechen, am wenigsten mit Ehefrauen, er schrieb sich mit dem alten Richard und dachte an Ewald, sie unterzeichneten die Briefe mit dem Kameradennamen

und sprachen nie Klartext, sie wussten auch

so, dass es Tage gab, an denen sie um nichts im Leben an den Krieg denken wollten, und Tage, an denen einem unversehens nach dem Einkauf mit der Gattin, über ein Stück Herrentorte gebeugt, ein irrealer Geruch nach Männerschweiß die Nase kitzelte oder die eigenen Hände die Serviette akkurat auf Kante falteten, während man, unsichtbar für alle, über eine morgenfeuchte, nebelverhangene Frontwiese stapfte, fröhlich, so fröhlich, weil man lebte

und es unfasslich stark fühlen konnte

dieses brummende kreiselnde torklig junge glückliche Leben in einem selbst

überall. Sogar die Befehle vermisste er an manchen Tagen, die verlässliche Ordnung des Salutierens und Strammstehens, noch des Losstürmens, es war der Augenblick, in dem er regelmäßig seine Angst

verloren hatte, er vermisste Blut, Scheiße und Schweiß, ausgesetzt

und beschützt, den absoluten Zugriff jedes Vorgesetzten, die Tiefe des geforderten Vertrauens

des möglichen Verrates, die durch

die Haut gedrungen war, sich durch Muskeln gefressen hatte, unerbittlich hatte sich gezeigt, wer man wirklich war, die Kameraden hatten gesehen, wie ein Oberleutnant ihn drei Tage durch Dreck kriechen ließ, sie hatten ihm eine Ohrfeige gegeben, als er reglos neben Paul Bader gesessen und sich nie mehr hatte bewegen wollen, sie hatten später Witze darüber gerissen, aber dicht gehalten nach außen, sie kannten seinen Tunnel

aus Angst

und Blut, kannten ihn.

Mit ihrer Hilfe war er als junger Mann dem Klatsch und Tratsch seiner Heimatstadt entronnen, auch heute vermochte ihm das nichts mehr anzuhaben, er hatte darüber seine Wurzeln verloren, seine Jugend, fürs Leben gern hätte er noch einmal das Leuchten gesehen, das ihm aus den Augen der Kameraden entgegengekommen war, ihre Anerkennung

ihr Dank hatten sein Herz erhöht

gehorcht hatte er und Befehle gegeben, hatte Gehorsam eingefordert und Menschen erschossen, hatte geschwiegen, weggesehen, ausgeblendet, alles und nichts gewusst, die Nazis verabscheut, die Nazis bewundert, erneut weggesehen, andere reingeritten und gerettet, Schalter umgelegt ohne zu verstehen, umgelegt, umgelegt

seine Instinkte hatten sich gezeigt, die Männlichkeit, das Bordell in Paris, der Korallengaumen, den Kriegen verdankte er all

seine Reisen

jedes Fitzelchen fremder Welt, Eisen war ihm ans Fleisch gewachsen, kratzte am Schädelknochen, die Häuser

die man neu baute, zeigten schussdicke Betonwände, Balkone wie Schießscharten, die Decken tief, man wollte unablässig sicher wie in einem Keller leben

er jedoch fuhr in einem Boot zwischen Felsen

er hatte gewusst und zu vergessen gesucht, er hatte einen Sohn verloren und ein Erbe, er war gedemütigt worden, er versuchte, es anzunehmen, er hatte an Gott gedacht, er hatte Glück gehabt, er war einberufen und wieder aussortiert worden, er hatte getötet, man hatte abgezählt, auf ihn war die Drei statt der Vier gefallen, er fühlte seine Füße nicht mehr, er konnte sie sehen, nicht fühlen, Eustachius sagte, im Alter sei jede Zelle

10 000 Mal durch die eigene Kopie ersetzt, nichts anderes mehr als eine Erinnerung an sich selbst, er war

seine Erinnerung an sich selbst

war hineingeworfen worden, doch ebenso aus eigenem Antrieb gesprungen, das Kriegsleben war in ihn eingedrungen, selbst die Kopien der Kopien enthielten es, sein Gesicht

hatte sich aufgeteilt, hinter den Muskeln und Sehnen lag es noch einmal

dort zitterte es vor Schmerz um die Heimat

dort glühte es schamrot – Nazischam, Wegsehscham, Schussscham, Verlustscham, Jetztscham

und dort, im Verborgensten, in der tiefsten Schicht, aus der niemals ein Wort nach außen drang, die er aber, das wusste er aus den Briefen der Kameraden, nicht allein kannte, brannte sie, brannte sie weiter, brannte ihn: die Sehnsucht nach der irren Schönheit

des Lebens im Krieg.

Ich döste auf dem Diwan. Seit man das Haus gegenüber neu gestrichen hatte, spiegelte weinrotes Licht zu uns herüber.

Wie lebte man 15 Jahre weiter, 25, wenn man zum alten Eisen gehörte? Mein Blut wurde krank. Eustachius sagte, es sei erstaunlich, dass man mir nicht mehr von den Kriegen anmerke. Nach den Jahren in Amerika zog er mit seiner Familie nach Nymphenburg. Die buschigen Augenbrauen der Grolmanns hatte er nicht geerbt, dafür den weichen Mund und Lillys große Ohren. Sie wuchsen wirklich im Alter noch. »Freu dich schon«, sagte ich zum Abschied zu ihm. Eustachius, der als Junge Stach hieß, weil sein Haar igelstachelig nach oben stand, hatte fast keine Stacheln mehr.

Lilly und ich fuhren auf Kur, das kranke Blut machte es möglich. Neben lotrecht vertrocknenden Sonnenblumen saßen wir krumm auf einer Bank und starrten die Bergnähe an. Sie starrte zurück. Libellen, Käfer, gelbes Blütengewölk. Der Föhn formte Wolken zu Fischen, trieb sie an, alles stand auf Fahrt, die schartigen Herbstgeräusche wetzten am Ohr. Kurland, Kur. Die Mittagssonne schüttelte mich. Der Schnee, der in meinen Träumen lag, war nicht so hoch, wie er aussah. Ich watete darin, rutschte weg. Nur bis zum Knöchel. Plötzlich bis zum Knie. Noch immer fielen uns falsche Wörter aus dem Mund. War es Viertel nach zwölf, viertel eins, Viertel vor eins oder drei viertel was?

Wenn man wartet und wartet, sagte ich zu Eustachius, sitzt man irgendwann einfach nur da und nimmt wahr. Das Traumglucksen der Hühner, sagte ich, um ihm nicht vom Krieg zu erzählen, während ich an den Krieg dachte, das Fiepen der Küken, die nicht schlafen, das vereinzelte Gurren von Tauben. Hin und wieder spielt der Wind in ein paar Ästen. Ich erzählte von einer Nacht in Großmutters Stall auf dem Hof bei Netsche. Ich erzählte eine Geschichte vom Kommen, Liegen und Gehen.

Draußen quietscht ein Tor, sagte ich zu Eustachius. Man wartet auf den Fuchs, der bereits drei Hühner gerissen hat. Darf die Augen nicht offen halten, sagte ich, sonst sieht man jede Mücke, die man längst hört, und jeden Nachtfalter, den man ebenfalls hört. Man sieht den Schatten der Hühner über die Wand gleiten, wenn sie hudern, was man ebenfalls hört. Das Einzige, was man nicht hört, ist der Fuchs, wie er umherschleicht, sagte ich, um nicht an den Krieg zu denken, während ich von ihm sprach.

Du musst die Augen im rechten Moment öffnen, sagte ich, und er, beim ersten Erzählen noch ein Kind, fragte: »in seinem oder deinem?«, worauf ich keine Antwort wusste, erst später, im Krieg in Polen, begriff ich, dass der rechte Augenblick jener war, in dem dieser Unterschied verschwand.

Schau, sagte ich zu Eustachius, wie vorsichtig er die unsichtbaren Fallen umgeht und auf einem Brett balancierend beginnt, am eigens für ihn aufgestellten Gänseschmalz zu schmatzen. Das ist so laut, dass er selbst nichts mehr hört. In diesem Augenblick kannst du dich bewegen, das Gewehr entsichern und dich in Position bringen.

Ich lernte von diesem Fuchs, sagte ich zu Eustachius, dass man im Kampf keine zweite Chance hat. Ich saß bei Oma im Stall, sagte ich, am falschen Ort, er roch mich und strich die gesamte Nacht nur vorbei und vorbei. In der dritten Nacht kam er in die Wärme zu den Hühnern und mir, und als ich abdrückte, war das Gewehr nicht mehr scharf. Ich hatte es geladen, den Schuss kontrolliert und nicht nachgeladen. Er verschwand, ich wartete. Mittlerweile hatte ich die Verbindung zu ihm verloren, und als er zurückkehrte und ich schoss, erwischte ich ihn, ohne ihn zu töten.

Noch am Ende meiner letzten Jagd, als ich längst nicht mehr reiten konnte, humpeln nur am Stock, jeder Jagd abgeschworen hatte, glaubte ich, die Lunte dieses Fuchses zu sehen, rot der Pelz, die Blume weiß, wandelnd, erhoben, eine Blüte auf blutfarbenem Stängel – und wir beide, der Fuchs und ich, der Leisetreter und der Eisenmann, lebendig und jung.

Oder war es nur das: Ich erreichte mein Ziel und wurde 80 Jahre alt. Das Schwarz der Holunderbeeren erinnerte mich an alles und nichts, das Schwarz der sie pflückenden Amseln. Que le son du cor soit triste au fond des bois.

Im Flur hing eine Kuckucksuhr, die Erde war sommerlich weich. Vor Jahren hatte ich in der Zeitung ein Gedicht über das Begrabenwerden im Sommer gelesen. Der Dichter, ein Arzt, hatte einen weibisch östlichen Mund wie ich. Ich lag auf dem Diwan im Mittagslicht, sah Stanislaus mit Friedhofsschädeln Fußball spielen, sah den Kleiber auffliegen, sah, wie er fiel, sich fing, erneut stieg, die Augen öffnete, das kleine nickende Lid, erst links, dann rechts. Da wusste ich, dass ich es nicht wirklich sah, dass es ein Wunsch war, das letzte Bild, die letzte Unsicherheit. Mir wurde heiß, und ich glaubte, noch etwas zu sagen.

JENNIFER 7

Es piepte in der Mitte meines Kopfes, mühsam riss ich die Augen auf, es war gerade so hell, dass ich, ›unmöglich bei dem Funzellicht‹, die nächsten Winkel sehen konnte, weiße Winkel mit schwarzen ruckelnden Schatten, während das Wort »Funzel« von innen an meinen Stirnknochen prallte, bis ich begriff, dass, was prallte, von außen kam und die Sonne war. Langsam trennte sich das Piepen von den Strahlen, neben meinem Hals ruckte etwas über das wollweiße Leintuch des Bettes, *unbekannt*.

Unbekannt?

Ihr Morgensopran an meinem Ohr: »Es geht los!«

Schlimmer als jede Sirene: »Jehnny, aufstehen!« Ein Schulleben lang. Da lag ich, jung, eckig, muskulös, eine durchtrainierte Frau mit, meinetwegen, schlechtem Atem allein in einem zerwühlten Bett und fand mich in den schwächlichen Körper eines Schulkindes zurückgebeamt.

»Dr. Seltsam«, dröhnte es in meinen empfindlichen, nachtzerwühlten Schädel, »Grolmann«, schob Mutter nach, »gleich.«

Mutter: »Er! Seine Honorabilität Professor Doktor Grolmann, Koryphäe, Redner, Hochstapler, Affenflüsterer. Mit seinen Affen!« Im Sonntagmorgen-Fernsehprogramm.

Neues Klingeln. Verwirrend: Das Handy hielt ich mir doch an den Kopf. Hielt, tapste, ›zum Glück musst du keine Treppe runter‹, halb aufrecht, in Gedanken an Vater und Grolmann, weil jeder Vatergedanke seit Monaten ein Grolmanngedanke war und jeder Grolmanngedanke seit Monaten ein Vatergedanke, tapste, Mutter weiterhin in der Leitung, falsch, Mutter direkt vom Weltall auf mich einredend, »leg dich aufs Sofa, Kind«, »mach ich«, tapste, Vorderschädel innen dunkelorange, total zerpocht, Richtung Eingangstür.

Das war nicht Tag, das war Wahnsinn: Die Wohnung schwamm im Licht. Halbblind ertastete ich die Bedienknöpfe der Sprechanlage, automatisch altengerecht geliefert, also riesengroß. Im Kästchen murrte die zweite vertraute weibliche Stimme meines Lebens: »Mann, dauert das. Lass mich rein, es fängt an.«

Waren alle verrückt?

Trotz des Feierns gestern stand Natascha leibhaftig in der Tür und sagte als echte Freundin nicht: »Hat dich ein Lkw überfahren?« Erstens verkniff sie sich das, zweitens kannte sie mich in Zuständen wie diesem, drittens sah sie genauso aus, mindestens.

Schrecklich frische Juniluft wehte herein. Meine unabkömmlichste, unersetzbarste Freundin warf die Tür ins Schloss, Mutter flötete »byebye«, Natascha umarmte mich. Wir stützten uns gegenseitig, zielten auf das Sofa, trafen. Die grünen Polster leuchteten verdächtig orange, mein Kopf, ›Ballon‹, wurde von Nataschas Hand auf Nataschas Schoß fixiert. In der anderen Hand hielt sie die Fernbedienung und bewegte die Finger, als wolle sie Joel in *The Last of Us* steuern, was wir immer nur zusammen spielten, weil gleich anfangs Joels Tochter starb, jedes Mal. Er fand Ersatz, Ellie, eine 14-Jährige, die die Welt vor der Apokalypse nicht kannte, und der Horror wurde gesoftet durch Santaolallas Musik und Gesundheitspakete, die die Figuren sich aus Fundstücken bastelten.

Ich schloss die Augen. Sinnlos. Wünschte mir ein Medi-Kit herbei. Sinnlos. Ich fühlte mich wie the last of me! Einfache Übelkeit hätte mir nichts ausgemacht, einfache Übelkeit war nach dem Feiern normal, Grundzustand. Gestern allerdings hatte mich, ›warum muss dir das jetzt einfallen‹, wieder einer gefragt, was der

Tag meines Lebens war, der mich am meisten beeindruckt hatte, mit erwartungsvollem Augenaufschlag, ›färbten Männer sich jetzt auch die Wimpern?‹, woraufhin ich gesagt hatte, mit beeindruckendem Augenniederschlag: »Als wir vögelten.«

Haha, wir kannten uns gar nicht, der Witz stand auf unserer Website, was der Typ nicht begriff, er schaute panisch, er hatte die Antwort erwartet: »Als wir Deutscher Meister wurden.« Er wusste, wo ich hingehörte, schließlich stand die halbe Mannschaft herum, Nascha zwinkerte mir aus einem Meter Entfernung zu, und ich dachte, der beeindruckendste Tag meines Lebens war, ›Scheiße‹, der Tag, an dem mein Vater sich in Eustachius Grolmann verliebte.

■

Es piepte in der Mitte meines Kopfes: »Wir begrüßen …«, Konservenapplaus. Augen fest zu! Es gab viele Möglichkeiten, nun etwas falsch zu machen. Mein Gehirn neigte dazu, alles auf einmal wahrzunehmen, flächig, ungeordnet, manche nannten das ADS. Beim Sport half es mir, ich wusste exakt, wer wo stand, fühlte die Flugbahn des Balls, wenn er die Fingerspitzen der Gegnerin verließ, pritschte, schmetterte, hechtete, bevor die anderen auch nur ahnten, warum. Das Feld und sein Geruch inspirierten mich, unsere feste Aufstellung hielt mich auf Kurs, ›perfekt, dass dir das jetzt einfällt‹: Wir rotierten, aber mit System, alles wiederholte sich.

Beim Spiel sah ich meine Mannschaft und die Gegnerinnen als Kräfte, ich sah Geraden, Dreiecke oder Trapeze, verstand die Fluglinie als Suche des Balls nach einem Menschenkörper, der ihn weiterfliegen ließ, und flog ihm, Hände voran, in den Weg.

Überschaubare, vertraute Welt: Team, Netz, ich. Dazu Papa am Spielfeldrand. Eine Kindheit lang hatte er mich zum Training und zu den Wettkämpfen gebracht, mich angefeuert, ermutigt, mit mir gefiebert. Er verstand die rasche Geometrie in meinem Kopf, zumindest interessierte sie ihn, er fragte danach, hörte zu und ermunterte mich, sie auf großen Blättern Papier nachzuzeichnen. Ihm wäre eine umfangreiche Familie lieb gewesen, Antonia hingegen setzte nach mir ein »Schluss« durch, weil ich das erste Jahr über angeblich nur schrie. Sie war kein Kinder-Mensch, anders als Vater, der es genoss, wenn Freunde bei mir übernachteten und die Wohnung laut und lebendig wurde von Kissenschlachten, Drachenkämpfen und Piratenschatzsuchen.

Langsam tastete ich mich zurück in die Wirklichkeit – ich blinzelte. Mein Kopf auf Natascha, ›halb‹. Natascha auf meinem Sofa, ›ganz‹. Vor dem Sofa der Fernseher. Im Fernseher Leute, die einander gegenübersaßen.

Augen ein Stück weiter auf. Der Professor und seine Affen fehlten noch.

Ihretwegen, sagte Antonia, habe Boris uns im Stich gelassen und vernachlässige seine Pflichten. Diese Bonobos, deren Habitate wir zerstörten, Boris' frisch entdeckte Vertriebene, sagte sie, bei so etwas sage Vater nie nein, das kenne ich doch. Diese Mitleidsstory, dieser Opferappeal, diese Schlechtes-Gewissen-Beruhigungsfunktion, dieses Kindchenschema, »infam«! Dahinter, so Mutter, verstehe sich, das nur halb versteckte, bakterienverseuchte Raubtiergebiss.

Das sollte und wollte ich mir ansehen. Vater, der nur mehr Boris heißen wollte, Vater Boris, alternder Seelenberater mit internationalem, na ja, europäischem, vor allem osteuropäischem Ruf, hoffnungslos in Übertragung und Gegenübertragung verstrickt, ›klar, dieses Vokabular hast du drauf‹, hatte sich nicht nur, ›eine miese Nachricht reicht ja nicht‹, in den alten Grolmann verliebt, ›das wäre noch gegangen‹, ich meine, das kannten wir: Boris und seine Opas, Boris und seine Ersatzväter, Boris und sein Bedürfnis, alte Männer zu bewundern, zu ihnen aufzuschauen, nein, diesmal hatte er sich, sicher ist sicher, schon fast ADS-mäßig, jedenfalls verdammt simultan, in Grolmann und Grolmanns Affenarbeit verknallt.

Seit Monaten sagte Boris zu allem, was Mutter sagte, »ja«, grinste über beide Ohren und packte seine Koffer. Das erste Mal im September, und dann, endgültig, im März. Bereits im Herbst nahm er die Kanarienvögel mit. Mehr Ja war nie gewesen. Antonia lachte, dann weinte sie. Ich hatte ein paar Wochen zuvor eine Wohnung gefunden, die ich für ein Jahr hüten sollte, indem ich sie bewohnte; meine Eltern – Vater Heimatpsychologe, Mutter Gestalttherapeutin, zusammen ein Dreamteam der Heilung – hatte ich für ideal aneinander versorgt gehalten.

Wir zerfielen wie ein mieses Gebiss.

Natascha sagte: »Du nicht Wunder erwarten von deine Vater! Psychologen sind kein Bessermensch als Mensch«, schob meinen Kopf von ihrem Schoß und zog zwei Flaschen Lemonbier aus der Handtasche. Halbwarm, besser als nichts. Ich versuchte, meine Haltung zu zentrieren, ›eine imaginäre Schnur zieht deinen Scheitel himmelwärts‹, so unsere Trainerin beim Yoga, spürte indes nur, wie borstig mein kurzes Haar nach allen Seiten von meinem Kopf abstand, wirkungsvoller Kontrast zu meinem schmalen Gesicht, das agil und beweglich wurde, wenn ich mich wohlfühlte, nun aber aussah wie ein Brett, so Natascha: »Brett in Grün.«

Der Moderator, perfekt gesichtsfarben geschminkt, sagte, Herr Professor Dr. Dr. h. c. Grolmann werde nach seinen extrem erfolgreichen Fernsehauftritten der letzten Wochen, »Affen für Alte«, in seiner, des Moderators Sendung, heute, exklusiv und heiter, für eine Überraschung sorgen. Während das kühle Flaschenglas von meinen Lippen aus eine seltsame Spannung in meinem Gesicht erzeugte, vermutlich eine Art blödes, wenn nicht debiles Grinsen, ein vorwegnehmendes Freuden- und Katastrophengrinsen, dachte ich: Hoffentlich kenne ich diese Überraschung nicht! Hoffentlich dackelt nicht Vater mit in die Show.

Ich hatte ihn seit März nicht gesehen. Hatte seine Mails nicht beantwortet, seine Anrufe weggedrückt. Als Vater so alt war wie ich, hatte es für ihn nur die Polen- und die Deutschwelt gegeben, eine Feindeswelt, die ihn eben deswegen angezogen hatte, mit Fernsehprogrammen und bunten Farben, alles einfach in ihr, auch wenn es nicht einfach sein mochte, in sie zu gelangen. Er war einer Idee mit klarem Ziel gefolgt, so er. Wir hingegen sahen tausend Wege, wohin wir auch blickten, erwarben nichts mehr, wir kauften Zugriff, waren leicht. Ein Koffer, nein, Köfferchen, und hatten alles dabei, so er. Wir verschoben uns über den glatten Erdboden, er war so perfekt gebügelt, dass wir unmerklich über ihn glitten, bereits als Kinder hatten wir gelernt, in Flugzeugen gnadenlos zu schlafen und Jetlags einfach zu unterlaufen, und alles, was wir brauchten, was wir besaßen und was uns ausmachte, flog mit, selbst die Gesichter jener, die wir zurückließen, wir hörten und sahen sie von jedem Winkel der Welt, es bedeutete kaum mehr einen Unterschied, so ich, ob wir sonst wo waren oder zuhause, und oft hatte ich von meinem Zimmer aus, über die Hausaufgaben gebeugt, Mutter oder Vater nebenan in der Küche angesimst, ob ich weg dürfe oder das Essen schon fertig sei.

▪

Es muss Ende Oktober gewesen sein, als ich ihn in seiner Praxis besuchte, in der er seit seinem Auszug auch wohnte. Unrasiert saß er am Schreibtisch. Ein riesiger, leuchtend roter Tretmülleimer, zehn leere Weinflaschen. Neben dem Eimer. Die Herbstsonne schien ihm direkt ins Gesicht. Mir auch. Vaters Vorhangphobie!

Die Kanaris pfiffen, Vater lamentierte: Er müsse zu einem Kongress, Lotsenstreik, der Flug gestrichen. Das hänge ihm zum Hals heraus. Ebenso die Psychologie. Das ständige Erklären, Hintergründe ausleuchten, ewige Deuten, Deuteln und Deutscheln, Schluss damit.

»Gern«, rief ich. Meinetwegen auch Schluss mit Kleinfamilie, nur nicht mit mir, Schluss mit dem Familienideal, raus da, mit Freunden alt werden, mit 80 noch Partys schmeißen und leben! Unsere Spiele liefen meist samstags; sonntags frühstückte die Mannschaft mit Freunden in einem Café, ich lud Boris dazu ein. Als er, drei Wochen später, zum ersten Mal erschien, wirkte er jünger und schlanker als zuletzt (heute wusste ich: Er hatte in der Zwischenzeit seinen Affenmann zuhause besucht). Eine Weile kam er regelmäßig zu diesen Brunchs, frisch rasiert, in neuen Hemden. Ich glaube, ab Januar brachte er mir jedes Mal eine Tüte Gemüse mit, das schmeckte, wenn es auch komisch aussah, Blumenkohl mit Schneckenlöchern, spiralig gedrehte Karotten.

Alles schien auf dem besten Weg. Langsam wollte ich auch Mutter ins Spiel bringen. Gemüse für Mutter, Frühstück zu dritt. Vielleicht war ich ein wenig alt für einen derartig kindlichen Eltern-Versöhnungswunsch, doch ich hatte ihn.

»Was ist?«, fragte Natascha. »Du wirst noch grüner in dem Gesicht.«

Ich schüttelte den Kopf, tausend orangefarbene Kügelchen schossen von innen gegen meine Stirn. In der Show wurde gesungen, ›unterirdisch‹. »Katastrophal«, sagte meine Lieblingsfreundin, da kam der Gedanke zurück, der mir eben verloren gegangen war: Vaters Katastrophensehnsucht. Mein Vater war bald 50 und wurde von seiner Katastrophensehnsucht heimgesucht. Was sage ich: überwältigt.

Erlebt hatte ich es lange genug. Darüber nachgedacht auch. Mutter meinte, ich denke sowieso zu viel nach, ›die muss gerade reden‹, und ich wusste genau, was sie meinte, weil wir beide wussten, dass ich, dachte ich nach, meist an Halka dachte. Vor zwei Jahren war sie gestorben. Meine Oma, Boris' Mutter.

Auch er vermisste sie.

Seit ihrem Tod fehlte etwas bei uns. Wärme, da sein füreinander, Gemütlichkeit. Oma war die Einzige der Familie gewesen ohne Stundenplan.

Boris trauerte um sie; im Übrigen merkte ich ihm keine Veränderung an. Und dann, von einem Tag auf den anderen, zog er aus. Wollte wieder Boris sein, nicht Papa.

Notlagen, Missgeschicke, Stolperer insbesondere über das berühmte Selbst, ja, sein Beruf sprach Bände: Sie faszinierten ihn, man konnte sich vorstellen, dass er süchtig danach war, bei anderen und vielleicht auch bei sich, was mich erschreckte – ein Vater war nicht dafür da, Katastrophen zu erzeugen, er sollte sie fernhalten –, wenngleich nicht vollständig überraschte. Jeder sich nähernde Ball war eine potentielle Katastrophe, ihr warf ich mich als Frontfrau in den Weg. Um sie abzuwenden, wie alle dachten. Ich hingegen tat es, und deswegen wurde ich grün im Gesicht und nun auch ein bisschen rot, ich tat es, um die Katastrophe zu treffen, um hautnah dran zu sein, weil ich es liebte, wenn etwas auf dem Spiel stand und kippte und schiefging, gründlich schief. Ich war wie Halka, die sich vor Feuern gefürchtet und ihr letztes Lebensjahr damit verbracht hatte, in die Flammen eines offenen Kamins zu starren, ich wollte mich in der Betthöhle meiner Eltern verkriechen, für immer, als wäre ich klein, aber ein Teil von mir war groß, er wollte mitmischen, wollte es schlimmer machen, fürchtete und gruselte sich vor der Schönheit eben jenes fatalen Augenblickes eine Minute vor Spielende, in dem der Ball wegsprang und der entscheidende Punkt verloren ging, etwas in mir ersehnte diesen Moment, wollte sehen und fühlen, was danach kam, die Tränen, die sinnlos aufgeschürften Knie, den Verlust, den Kater, tagelang, die Niederlage, den Untergang.

Danach spielten Natascha und ich *The Last of Us*, das einzige Computergame, das wir noch mochten. In Gestalt der Avatare Elli und Joel flüchteten wir durch die Nichtswelt, das Unzuhause, umschlossen von Zerstörung und Wucherung, von Feinden und

Rettern, immer anders, immer wiedererkennbar. Feinde – das tröstete uns. Tageszeiten wechselten in Schlägen, ein Spiel dauerte 12 Stunden und mehr, ein Jahr verstrich, Sommer, Herbst, der Winter kurz. Man blieb allein, wir schossen, erledigten Infizierte, bauten Molotowcocktails aus Lumpen und Alkohol, lernten, Verstecke anzulegen und zu sichern. Wir bastelten uns voran, duckten uns, lasen Fundstücke vom Weg auf, Briefe, Flugblätter, Fragmente einer untergegangenen, verlorenen Welt, die der Welt glich, in der wir lebten, wenn wir nun auch zwischen Avataren agierten, die sich ungemein realistisch mit und vor uns bewegten, während wir jede Spannung fühlten, jede Gefahr, alle Verlorenheit. Die Musik unterstrich die Dramatik des Spieles, die Menge Adrenalin, die durch unsere Körper vor den Computern schoss, stieg. Ich mochte es, nichts als ein Stoffwechsel zu sein, im Nirgendwo über Tastenkombinationen und Klicks gekrümmt, die Augen auf Dschungel gerichtet, Skyscraperreste, abgewrackte Autos, und von kleinsten Rettungen zu träumen. Dass ich es durchschaute, änderte daran nichts. Die Guten hießen Fireflies, Feuerfliegen, von ihnen träumte ich ab und an, Feuerfliegen schwirrten wie Heuschrecken um mich. Irgendwann hatte ich das Wort nachgeschaut und entdeckt, dass es Glühwürmchen hieß, niedlich wie in einer Kinderwelt, ein Hoffnungsschimmer, nur mir machten die Käfer regelmäßig Angst, sie waren zu sehr wie wir selbst, wie sie aufleuchteten, verlöschten, sich verloren.

■

Am ersten Weihnachtsfeiertag hatte ich in unserem alten, nur mehr von Mutter bewohnten Zuhause aus Festtagslangeweile und Essträgheit Eustachius Grolmann gegoogelt. 45 Minuten später stand ich in Boris' absolut weihnachtsfreier Rückzugspraxis und warf ihm das Ergebnis hin: erschrocken dreinsehender, mittelalter Zeitungsgrolmann neben einer langhaarig blonden halbwüchsigen Tochter und zehn traurigen Affen. »Tierskandal« prangte in fetten Lettern über dem Bild. Die Affen saßen in viel zu kleinen Käfigen.

In dem angehängten Interview behauptete der Forscher, das Elend der Tiere bis zu dem Tag, an dem das Foto geschossen wurde, nicht bemerkt zu haben. Er sprach von Forschung und ihrem Nutzen. Tiere seien Sachen, so das deutsche Gesetz.

Die Affen-Sachen trugen schreckliche Kopfaufbauten, eckige hohe Kästchen, sie sahen gequält und zutiefst traurig aus.

Vater, nun Boris, nickte. Er roch frisch geduscht, die Wohnung war extrem sauber: alle Flaschen und alle unsere Kanaris verschwunden! Ich schrie ihn an: »Was sagst du dazu?«, und wartete die Antwort erst gar nicht ab. Schließlich war ich im Recht, auch wenn der Artikel von 1977 stammte. Heute diskutierte man, ob man Tiere überhaupt essen durfte, entwickelte *ethische* Vorstellungen, und da lief mein Vater, ›jetzt dämmert es dir endlich‹, diesem Quältypen nach.

Boris, den Ausdruck abgeklärter Geduld im Gesicht, den er sich während meiner Pubertät zugelegt hatte, schaute mich nur an. Müde und – vergnügt. Dann begann er zu reden, als wäre nichts, unversehens kam die ebenfalls abgebildete Grolmanntochter ins Spiel, er betrachtete das Foto eingehend, und seine Stimme wurde wärmer und wärmer, und je wärmer sie wurde, umso elender fühlte ich mich. Da war es, das ungeheuerlich starke und schmerzhafte Band. Seelenband! Haben das alle Kinder und Eltern zwischen sich? Mit 14 hatte ich es zum ersten Mal als etwas wahrgenommen, was eine grausame Macht, die sich nicht im Geringsten um mein Einverständnis scherte, mir als Kind eingepflanzt hatte, so dass das Band dick und stark an mein Herz gewachsen war. Ich hatte bis heute mit niemandem darüber gesprochen, nicht einmal mit Nascha. Mit 14einhalb glaubte ich, sowieso bald davon befreit zu sein, außerdem war es peinlich; mit 16 zeigte ich allen eine Harke und trainierte nur mehr Volleyball, mit 17 wuchs ich zehn Zentimeter und fraß, mit 18 wurde ich volljährig und nahm ab. Ich fühlte mich frei.

Und jetzt, nur ein paar Jahre später, mir nichts, dir nichts, war das Band wieder da, schwang und vibrierte in mir zwischen Hals und Bauch, als wäre es nie gelöst gewesen, und Vater zog daran. Er konnte das viel stärker als Mutter, was vielleicht kein Wunder war, denn Mutters Part hatte Oma Halka übernommen, solange sie lebte, Mutter hatte ich von meinen Familienmenschen am wenigsten gesehen. Fast wurde mir schwindelig, ich empfand das Vaterband als zu schmerzhaft und stark und zerrte dagegen, nicht, um es zu zerreißen, das konnte kein Mensch, das wusste ich inzwischen. Es gab nur eine Möglichkeit, dem Band zu entkommen: man musste ihm entgegeneilen und sich unter ihm durchducken. Im Training machten wir derartige Umkehrübungen, ›liebe den Boden, wenn du ihm entgegenfällst‹. Wie dies in der Wirklichkeit mit einem Vater gehen sollte, war mir rätselhaft, Boris hingegen schien es zu wissen, vorbehaltlos kam er mit seinen Worten auf mich zu, erzählte offen, breitete sein Herz aus, seine Träume von einem neuen Leben.

Wir saßen nebeneinander auf seiner Bettcouch, ich still bei ihm. Eine Weile beruhigten mich der vertraute Klang seiner Stimme, sein Geruch und seine Nähe, so dass ich nicht mehr auf den Sinn der Worte achtete, doch dann hörte ich zu und das schreckliche Gefühl beschlich mich, er sitze hier mit mir, um so zu tun, als habe sich nichts geändert und ändere sich auch in Zukunft nichts. Ich begriff, dass er nicht nur nie mehr zu Antonia zurückkehren, sondern auch nie mehr mein alter Vater sein würde, denn alles, was ich noch zu retten versucht hatte, hatte sich bereits geändert: er. Er war aufgebrochen und fortgegangen und ging mit jedem Wort einen Schritt weiter, und als ich das dachte und spürte, dass ich gleich würde weinen müssen, sprang ich auf und rannte davon.

Zu seinem endgültigen Auszugstermin fuhr ich in die Wohnung, um Antonia beizustehen und vor allem, um mir die Trennung anzusehen. Insgeheim hoffte ich noch immer, sie werde nicht stattfinden. Boris-Vater erschien pünktlich mit einem kleinen Umzugswagen und innerhalb einer Stunde zerfiel unser Heim im dritten Stock. Es war ein komischer, unbegreiflicher Vorgang, der sich angekündigt hatte, sich aber nun blitzartig und brutal vollzog: Alles blieb stehen und verschwand gleichwohl. Eine Stunde Unruhe, Zugluft, Kistengeruch – die Welt verändert. Mir wäre lieber gewesen, das Gebäude wäre zusammengestürzt. Dann hätte man meinen Verlust gesehen. Die Lippen aufeinandergepresst stand ich an der Hauseingangstür. Boris, rot im Gesicht, eilte an mir vorbei.

Boris: beflügelt. Glücklich. Zum Abschied umarmte er mich, ließ sich versprechen, dass ich ihn besuchen würde.

Ich ging in den Supermarkt um die Ecke. Bier, eine Stange Maoam. Noch auf der Stufe vor der Eingangstür fing ich zu trinken an.

Immer mal raunte mir ein Üfü-Mensch zu, dass mein Alter so herrlich sei, weil man alles neu erlebe. Sogar Gleichaltrige plapperten das nach, es war unglaublicher Quatsch. Jungsein fühlte sich schrecklich an: Alles passierte das erste Mal. Es war das erste Mal, dass mir ein Vater einfach entschwand, zugleich das letzte Mal, man hatte schließlich nur einen. Ich war jung und was ich erlebte, tat verwirrend weh.

◘

Endlich: Mein Teufel, das böse Forscherwesen, Erzeuger einer weltüberflüssigen Grolmännin, kam schlaksig, zwei tiefschwarze Affen an der Hand, die Showtreppe herunter. Er ging vorsichtig und sagte mit bescheidenem Lächeln, er setze sich gern. Der Babyaffe sprang ihm auf den Arm.

Vater war nicht dabei.

»Monty«, flötete der Moderator. Ich sah diese Show nie und glaubte dennoch, den Mann zu kennen: braunes Haar, kantige untere Gesichtshälfte, superglatte Haut. Monty beachtete ihn erst, als Grolmann forderte: »Sag Hallo.« Die Äffin, das Geschlecht sieht man bei denen ja gleich, wackelte auf zwei Beinen, wobei sie sich mit einer Hand aufstützte, zu dem Moderator und hielt ihm die Pfote hin oder wie man das nennt. Mit erwartungsvollem Blick von unten.

Und Schnute!

Das Publikum lachte. Der Moderator wühlte in seinen Sakkotaschen nach seinen Affenleckerbissen, der Professor sagte: »Die Marshmallows, die ich Ihnen vor der Show gab, haben Sie vor Aufregung selbst gegessen!«

Der andere Affe, größer als Monty, spielte versunken mit einer Rolle Klopapier. Der Name des Moderators lag mir auf der Zunge, er machte stets denselben dummen Witz damit: Er heiße nicht Flasche, sondern …, und Natascha sagte, ihr falle er auch nicht ein, dabei schaute sie versonnen auf Grolmann und Co. Entweder war sie noch hacke oder heimlicher Affenfan.

»Vlek liebt Klopapier«, sagte der Professor schulterzuckend, wieder lachte das Publikum. Der Großaffe sprang mit einer Art Begeisterungsschnaufer tief aus der Brust auf eine Stellwand, von dort weiter Richtung Decke, hängte sich mit einem Arm an eine Metallplatte, die mehrere Strahler hielt, und ließ sich baumeln. Sein Fell glänzte wie schwarzroter Granat.

Wenn er fiel, landete er auf Kannes Kopf.

»Kanne, genau!«, rief Natascha.

»Tu was«, rief Kanne seiner Assistentin zu. Sie lächelte Grolmann an, Grolmann lächelte die Assistentin an.

Einspieler: das Spießerhaus des Professors und der Affenkeller. »Super Partyraum«, nuschelte Natascha.

Man hatte bald eingesehen, dass man die Affen nicht von ihrem Gott trennen durfte. Das Ekel schnalzte irgendwie in der Kehle, der große Bonobo kletterte manierlich zu Boden, die Äffin kam angehopst. Beide wählten Bildkarten aus einer Kiste, die Kleine legte eine Sonne neben einen Ball, gab die Abbildung eines Glases hinzu und strich über dem Bild mit der rechten Hand nach rechts, wobei sie ihren Halter anschaute.

»Ihr ist heiß, sie möchte mehr spielen und etwas zu trinken«, sagte der Affenmann, »in etwa fünf Minuten.«

Kanne! Wenigstens diesmal blieb er gelassen. Um solche Sätze aus den Affen zu pressen, müsse man also forschen mit ihnen?! Mit allen Mitteln? Sie jahrelang einsperren etc. In Laboren quälen, mit unserem Steuergeld?

»Unfug«, sagte der Experte. Das Tier quäle man nicht, man ehre es. Was er nicht im Hinblick auf sein Verfahren der Bonobohaltung wegen behaupte. Er habe alles wissentlich getan. Im Dienst einer neuen Humanität! Einer transgenen Humanität.

Er lächelte in die Kamera: »Einer tragenden Humanität. Ohne Steuergeld.«

Monty kletterte ihm auf den Schoß. Augenblicklich sah der menschliche Gast der Show wie ein Zauberer aus: Wollmütze statt Zylinder, Affe statt Kaninchen. Die große Kiste der Zauberutensilien ein lilafarbener Rucksack, tauglich als Tropenrequisit.

Seine Bonobos seien nicht aus dem Kongo importiert, sondern aus Belgien. Ein zwei Zahlen habe er gefälscht. Ein zwei Namen. Eine Ordnungsstrafe werde man ihm aufbrummen. Die werde er nicht bezahlen. Die werde er absitzen. Er bitte um Spenden für Monty und Vlek.

»Keine Dummbacke«, murmelte die beste Russin meines Lebens. Sie hatte das Wort »Dummbacke« gern. Auch ich musste mir eingestehen, dass der Professor nicht so unsympathisch wirkte wie erwartet. Sein faltiges Habichtgesicht kam extrem original rüber, immer überzeugender spottete er über die Gehirngläubigkeit, ja, Gehirndummheit der Zeitgenossen, so dass am Ende seiner Tirade sogar ich zustimmend auflachte: Die Ärzte, die mich als gehirndumm behandelten, waren es selbst. Das würde ich mir merken.

Der Mensch sehe sich gern als etwas Besseres, führte der Professor aus. Er halte sich für einzigartig und suche nach Bestätigung dieser Einzigartigkeit. Im Zuge dessen habe Plato den Menschen als die Kreatur definiert, die zugleich nackt sei und auf zwei Beinen laufe.

»Wie finden Sie das, Herr Kanne?«, fragte Grolmann.

»Vernünftig.«

Grolmann grinste: »Zum nächsten Vortrag erschien Diogenes mit einem gerupften Hühnchen und ließ es mit den Worten frei: ›Hier bist du, Mensch, nun renn.‹«

Der Saal grölte.

Danach habe Platon seine Definition »nackt, auf zwei Beinen« um den Zusatz »mit breiten Nägeln« ergänzt, ergänzte Grolmann.

Kanne lächelte ebenfalls: »Heime für Menschen und Affen«, sagte er, während er den Forscher zu einem schwarzen Fernsehclubsessel wies und sich selbst in den anderen setzte. »Für alte Affen und alte einsame Menschen. Die man, wie Sie eben ausführten, schlecht voneinander unterscheiden kann. Das klingt bedenklich!« Kanne zog ein sorgenvolles Gesicht.

»Man rettet Tiere«, antwortete der selbstsichere Gast.

»Wen meinen Sie jetzt damit?«, sagte Kanne. Diesmal hatte er die Lacher auf seiner Seite. Man wollte immer lachen.

Grolmann hielt die kleine Äffin im Arm: »Ich liebe das Leben.«

Oh Gott. Nun kuschelte sich das Baby auch noch bei ihm ein. Sympathiepunkte ohne Ende.

So kamen die Fernsehleute dem Forscher nicht bei.

Kanne machte ein Zeichen für Ruhe. »Doreen«, rief er, »alles bereit?«, wartete eine halbe Sekunde, nickte: »Herr Professor, Sie haben eine Überraschung angekündigt. Bitte schön!«

Die Kamera zoomte auf Grolmanns Gesicht. Grolmann blickte zu den Bonobos, blickte in die Linse und zog sich die Mütze vom Kopf.

Aus der Mitte seines Schädels erhob sich eine schmale, sechs

Zentimeter lange, zweieinhalb Zentimeter hohe Metallkiste. Diese Daten wurden genannt. Wie einstudiert beugte der Forscher den Schädel nach vorn. Einstudiert. Man sah drei, in Metall eingelassene, nebeneinander liegende Buchsen von etwa einem Zentimeter Durchmesser. Doppellöcher, die tief in ihn führten.

Er hatte einen Anschluss. Er war gelocht.

Meine beste Freundin sagte: »Wow.«

Ich sagte: »Eklig.«

Nur Kanne sagte nichts. Kanne wackelte. Schwankte, als sitze er in einem Boot, seine Kinnlade klappte für den Bruchteil einer Sekunde nach unten, dann hatte er sich wieder im Griff. Als die Kamera zoomte, sah man, dass der größere der beiden Affen unter dem Moderatorensessel lag. Seine schwarzen krummen Fellbeine ragten hervor, nur mit den Armen zog er dem Doyen der Show den Boden unter den Füßen weg.

Der Professor mit dem silbernen beängstigenden Kästchen holte ein wie ein Knackfrosch aussehendes schwarzes Gerät aus dem Rucksack, rief »again«, drückte, wir hörten ein Klicken, der Moderator wackelte stärker.

»Was soll das«, rief Kanne, »das war nicht abgemacht!«

»Er ist in der Pubertät«, sagte Grolmann. »Er hat Gehirnumbau.«

Das Publikum johlte.

»Oh«, sagte Grolmann. »Ich meine: Auch Affen muss man das Äffischsein zugestehen.«

»Danke«, sagte Kanne trocken. Und wackelte stärker.

Sein Gast runzelte die Stirn. »Die Lösung ihres Problems, Herr Kanne, liegt nahe. Sehr nahe!«

»Mir wird übel«, sagte Kanne.

»Stehen Sie auf«, antwortete Grolmann. Was der Affenmann unter dem Sessel rascher verstand als der Fernsehmann auf dem Sessel: In Zeitlupe kippte Kanne hintenüber. Durchaus sanft. So dass niemand erschrak, sondern erneut alles lachte.

Man ging davon aus, dass die Szene abgesprochen war. Dass hinter dem Sessel eine Matte lag.

Das kleine Äffchen hüpfte laut schreiend auf und ab. Sein Besitzer reichte Kanne die Hand. Das Silberkästchen, das aus seinem Kopf wuchs, glänzte wie eine Krone.

■

Wurde die Mannschaft oder eine von uns angegriffen, stellte ich es auf unsere Website, Minuten später gab es im Fanclub einen Aufstand, roar and roll back. Ich hatte 2853 Kontakte bei Facebook, da sahen Psychologen alt aus mit ihren ewigen Familienstrukturen, und Boris-Vater-Boris lag nicht falsch mit seinem reanimierten Rudelinteresse. Man musste freilich nicht forschen, sondern verfreundet leben. Ich sah das als Bild: eine Spinnengrafik, kein Netz, sondern eckiger, ein Städteplan, nur eben alles »meins«, ich stellte Menschen hinein wie Sammelbildchen, nur dass sie lebten, sich bewegten und zurückredeten wie die Gemälde an den Wänden von Hogwarts, die Figuren, die rein- und rausgingen, bei Potter war das ein Zauber, bei mir erinnerte es mich an Werbung, nur früher war sie stillgestanden, jetzt liefen dauernd Menschen durch den Rahmen, dauernd liefen Menschen durch meine Tür!

Wir matschten unter sinkenden Airbussen durch deutschen Wald. Finn deutete auf ein Brombeergestrüpp, einen alten Bunker gab es auch. Ich wusste nicht, was mir weher tat, Arme, Beine, der Teil, in dem das Herz sitzt oder doch der Kopf, und dort vor allem die Augen, auf denen Nachbilder von Grolmann ihr Unwesen trieben.

Die Show, in der der Affenmann aufgetreten war, sollte nun, einen Tag später, im Vorabendprogramm fortgesetzt werden. Mit enthüllenden Ergebnissen. Man wollte in der Zwischenzeit die Gehirnströme des späten Selbsterforschers ausgewertet haben. Mein Gesicht zeigte, wie ich noch mittags vorm Spiegel geübt und kontrolliert hatte, den hageren, angespannten und löwenhaften Ausdruck, den man von einer Heldin erwartet, die für ihren Vater kämpft. Um Seelenheil, Familienheil, Liebe.

Natascha, aus Petersburg exiliert, emigriert, Sportlerin, Buchhalterin, Fremdenführerin, verheiratet mit Finn und jedenfalls eines: ihr Geld wert, führte uns. Sie hatte, wie sich auf diesem Spaziergang herausstellte, Angst vor kleinen Tieren. Nur grünen, schmalen. Im Erspähen von Rehen hingegen war sie unschlagbar. Eine Rehverfolgung war sie bereits mitgegangen. Als Treiberin. Die armen Tiere.

Grüne Tiere gab es zu dieser Jahreszeit kaum.

»Haha«, sagte Nascha, »das ist Witz wie totes Reh.«

Hochsitze gab es überall. Wir kauerten eng aneinander auf einem und schauten Grolmann. Wie langweilig mussten Ausflüge gewesen sein, als man im Wald nicht fernsehen konnte. Meine Gedanken sprangen: Ob alle Menschen dieselben innewohnenden Kräfte hatten, auch wenn es vielleicht nur wenige waren, Grundtriebe, essentiell formbar, chamäleonhaft? In jedem Kopf, in jedem Leben anders ausgedrückt? Und irgendwie ans Licht gekämpft? Bei dem Telefonat, das ich vor der Spiegelübung geführt hatte, war man sehr freundlich zu mir gewesen, hatte aufmerksam zugehört.

Natascha fand: Wie man hineinruft, so schallt es heraus.

Grolmann erklärte seinen Gehirnaufbau. Transparentes Ich-TV. Transhumane Humanität. Weil wir sie innerhalb des Menschengeschlechtes nicht hinbekämen, sagte il professore charmant, geradezu graziös. Die von ihm abgeleiteten Kurven sahen harmlos aus.

Finn machte »pscht«. Rehe! Äsend standen sie am Waldrand, ruckelten voran. Fast hätten wir ihretwegen das Ende der Sendung verpasst. Es kam rasch, viel rascher, als selbst ich mir vorgestellt hatte.

Kanne: »Glückwunsch, Herr Professor: Sie haben sich erfolgreich zum Affen gemacht.«

»Wohl kaum«, sagte Grolmann, »ich kann …«

Kanne lächelte: »Herr Professor, Sie spielen ein gefährliches Spiel.« Man müsse nur ein wenig in die Zukunft denken: Er, der Experte, warne davor, wie viele alte Menschen es geben werde im Deutschland des Jahres 2050, dabei forsche er zu Aggression, kenne sich in der deutschen Geschichte aus.

»Befürchten Sie nicht«, sagte Kanne kaltblütig, »dass die von Ihnen so betonte Nähe des alten Menschen zum Affen dazu führt, dass alte Menschen wie Affen behandelt werden? Alte Menschen, demente Menschen: eingesperrt wie Affen. Wie Affen für Versuche benutzt!«

Daran denke er nicht im Geringsten. Der Forscher zog eine Augenbraue in die Höhe. Es sah spöttisch und arrogant aus.

»Obwohl Sie am eigenen Leib erfahren haben«, sagte Kanne, »wie schnell das geht! Sie sind ein Kriegskind, ein Nazikind, Sie hatten einen älteren Bruder, wir haben ein wenig recherchiert, wie Sie sehen«, sagte Kanne so freundlich, dass man den Angriff erst Sekunden später bemerkte. »Es ist nicht lange her, da machte man hier in Deutschland die schlimmsten Menschenversuche. Ohne Grenzen. Ihr älterer Bruder war behindert. Überlebte er die Nazizeit?«

Die Kamera fuhr näher an Grolmann heran. Links schwarzes Fell, rechts schwarzes Fell, dazwischen ein flackernder Blick.

Alte wie Affen im Zoo? Im Handumdrehen hielt man es für möglich. Sie hatten die Lichtregie verändert oder den Professor dunkler als am Vortag geschminkt.

Er schien verwirrt. Kalt erwischt.

Das Publikum saß mäuschenstill.

»Ich möchte Tiere aufwerten, nicht Menschen herabsetzen«, sagte Vaters Lieblingspatient. Ungeschickt abstrakt. Punktverlust.

»Wie sollen wir das glauben, Herr Grolmann?«, sagte Kanne. »Sie behandeln sich ja sogar selbst als Versuchstier, das haben Sie uns gezeigt. Und auch noch mit Stolz. Ihr Bruder überlebte die Nazizeit also nicht?«

Kanne war gut, diesmal. Er unterstellte, sein Gast widersprach, redete etwas von Flucht, verhedderte sich. Die Suggestion, alte Menschen sollten wie Affen behandelt werden, blieb nicht nur stehen, sie breitete sich aus.

Kanne zog ein sorgenvolles Gesicht: »Mir macht das Angst, Herr Professor, größte Angst.«

Pause. Wirkung. Zoom auf Grolmanns Hände. Sie griffen umeinander, rieben sich. Sahen alt, spinnenhaft, unheimlich aus. Doktor Spooky!

Der Moderator räusperte sich, als müsse er sich nach den Schrecken der letzten Sekunden auf seine Rolle als Gastgeber besinnen: »Wir danken für Ihren Auftritt. Ein offener, bestürzender Einblick in Ihre Welt. Das Schicksal Ihres Bruders bedauere ich sehr.«

Von diesem Schicksal war nicht weiter die Rede gewesen. Jetzt wurde es festgeklopft.

»Ich hoffe, die Wunde in Ihrem Kopf heilt noch zu«, sagte Kanne. Das war fies. Doch er sagte es so ehrlich, die Freundlichkeit in Person, und streckte, wie es schien, aus Rührung dem alten Forscher die Hand hin.

Grolmann bewegte sich nicht. Er wirkte trotzig jetzt, im Unrecht. Dass er die angebotene Hand ausschlug, bestärkte diesen Eindruck. Fernsehen beschleunigte Aktionen jeder Art. Das mochte ich.

Hager und schief stand der alte Mann auf der Bühne. Der Applaus erstarb. Vermutlich hatte der Gast sich für das Ende der Sendung eine besondere Lebenswerkbewunderung ausgemalt, ein langanhaltendes, warmes Verehrungsklatschen. Jetzt zitterten seine Nasenflügel. Schwammen auch seine Augen?

»Im Alter normal«, sagte Nascha. Peinlich jedenfalls. Wir waren gebannt: Grolmanns Ehrgeiz und seine Exzentrik traten deutlich zutage. Hätte er nicht so pikiert geschaut, hätte er einem leidgetan. Etwas Drittes kam hinzu: Er hatte diesmal die Affen nicht mit auf die Bühne bringen dürfen. Es zeitigte exakt den Effekt, den ich mir erhofft hatte – ihm fehlte Wärme. Und das Kästchen? Keine Krone mehr, nur ein aus dem Kopf dringender Apparat, kalt, blendend, brutal.

Grolmann wirkte unmenschlich.

Etwas zutiefst Gefühlloses ging von ihm aus.

Über eine Wiese voller Baumstümpfe trampelten wir zum Auto zurück. Die einzige Russin, die ich mochte, sprang von Holzblock zu Holzblock, damit nichts Kleintierisches sie berührte. Beiläufig wandte sie mir das makellose Backenknochengesicht zu: »Woher hat die Kanne von dem Bruder gewusst? Gab es wirklich?«

Als Hinterfrau war sie auf Zuspiel spezialisiert. Zu dritt krochen wir unter einem Maschendrahtzaun hindurch.

Natascha mochte das, sie nannte es »Mann-Över«. Ihre Luftwaffeneltern hatten ihr als Kleinkind das amerikanische Spiel »Fulda GAP – The first battle of the next war« geschenkt, gebraucht zwar, extrem real. Bei Fulda, an der schmalsten Stelle Deutschlands, stießen die Russen in den Westen vor, im Fuldaloch begann der Dritte Weltkrieg. Ich hatte mit Quija, der Hexe, gekontert, ebenfalls aus den USA. Man spielte zu zweit, hielt das Brett mit Buchstaben und Zahlen auf dem Schoß, alle zwanzig Finger leicht auf ein Plastikherz gelegt, das anfing, sich zu bewegen, wenn Halka und ich uns konzentrierten und dem »Kwitschie« eine Zukunftsfrage stellten.

Lauthals hatte meine Freundin gelacht: »Das ist er, Unterschied zwischen uns und euch!«, und mich, als ich nicht begriff, kräftig am Arm gefasst: »Du träumende Polin!«

Jetzt blickte sie mich an. Mann-Över. Wie ich heute Mittag

die Produktionsfirma der Show angerufen und mit der Research ein wenig über Grolmanns Vergangenheit geplaudert hatte. Ein nettes, entspanntes Gespräch, ein kleiner, besänftigender, kräftigender »Traum«, nichts Hässliches, wenigstens nicht so hässlich wie das, was ich in Nataschas Augen entdeckte: kühle Ablehnung, gefolgt von einem Flackern voller Häme. Und, als wollten die knappen Enthüllungen dieser Tage kein Ende nehmen, eine tiefe, aus den Sprenkeln ihrer Iris flammende Befriedigung, ein »jetzt hast du dich verraten« oder »das hab ich mir lange gedacht«.

Auch auf die Fireflies war kein Verlass, sie operierten Ellies Gehirn, möglich, dass das Mädchen dabei starb, möglich, dass die Menschheit gerettet wurde, ein Impfstoff gegen die Infizierten entwickelt, und Joël lief durch das riesengroße, leer geräumte St.-Mary's-Hospital, eine Ruine wie alles in der nachkatastrophischen Welt, er suchte seine Zweittochter und wollte sie befreien, stellte Messer her, weitere Medi-Kits, und Natascha, fast einen Kopf kleiner als ich, sah, als sie sich zu mir umdrehte aus wie eine fiese rosafarbene, feist lächelnde Firefly.

■

Fulda. Die Ticketmaschine piepte, die Kinder im Vierersitz gegenüber stritten um vier Fruchtzwerge für drei Münder. Natascha saß in der Zweierreihe hinter den Kindern neben Noëmi, mit ihr wollte sie das Zimmer teilen. Dennoch sollten wir zusammen spielen, für uns, unsere Stadt, unser Land. Seit 2006 gab es Schland. Schland mochte ich. Trainiert, angefeuert, ermuntert, eingeschworen, gekleidet, gecoacht, gesteigert, beklatscht – Schland. Wie Schmand, fett, zugleich schlenzig. Hatte was Lockeres, Sommerliches. Schland war Deutschland mit polnischem Laissez-faire.

Das hatte selbst Halka gefallen. Meist hatte sie zwar gesagt: »Die

Deutschen sind keine Kartoffeln«, was hieß: »Einfach sind sie nicht«, sie allerdings auch verdammt eng mit der Liebe in Zusammenhang brachte. Sowohl von der Liebe als auch von den Deutschen verstand meine Babula einiges, wie wäre es sonst zu Boris' deutschem Vater gekommen. Von meiner Größe (mein Kopf endete 28 Zentimeter über ihrem) und meinem Sport verstand sie nichts, wenn auch sie es war, der auffiel, wie perfekt ich zu stürzen verstand: Ein Teller glitt ihr aus der Hand, ich fing ihn noch im Flug. »Torwart, Balljägerin, Bummbumm«, sagte Halka. Boris sagte: »Dein Deutsch ist bummbumm.« Sie sagte: »Es ist verzogen wie du.«

Ich verzog den Mund voller Teig, köstlich, zuckrig, verklebt. Alle Küchenworte lernte ich bei ihr, wałek do ciasta, das Nudelholz, łopatka, der Teigschaber, tarka do jabłek, die Apfelreibe, obierak, der Sparschäler. Babula Halka buk den köstlichsten Mohnkuchen der Welt und spazierte als polnische Schönheit, kerzengerade selbst im Alter, durch unser Quartier.

Über Boris, Söhnchen, sagte sie: Er träumt, er hilft, er ist ein Genie. Dann wieder: zu weich, der Kerl! Als ich vier wurde, kam sie aus Wrocław zu uns, wohnte in einer Zweizimmerwohnung nur fünf Häuser entfernt. 1945 hatte man sie von Ostpolen nach Westpolen vertrieben. Ihr Deutsch war erfinderisch. Als ich ihr das Zweitwort für Unterhose verriet, »Schlüpfer«, lachte sie sich halb tot, »schlüpfen wie aus Ei?«, dachte eine Weile nach und sagte: »Niemcy pozostaną zawsze niemieccy«, die Deutschen sind und bleiben deutsch. Sie nannte sie »die unsichtbaren Menschen in meinem Haus«.

Die Nachbarn sagten, Vater kümmere sich um seine arme polnische Mutter, wie nett. Er machte es besser: Er bezahlte Oma. Sie bekochte uns, schimpfte auf Deutschland und sprach Polnisch mit mir. Ich spürte, dass sie meinetwegen umgezogen war, und genoss es; sie konnte etwas, was meine heimischen Großpsychologen nur vage und in der Vorstellung beherrschten. Oma nannte es Liebe. Bei ihr war ich Dżenusia, sie drückte mich von oben bis unten und sagte »ljubow nie kartoschka«, auf Ostpolnisch-Russisch, »die Liebe ist keine Kartoffel«. Daraufhin drückte sie mich erneut, als wäre ich eine Kartoffel, und sagte deutsch: »Vor lauter Liebe«, das hatte ich ihr beigebracht, wir mochten dieses »lauter Liebe«, »machen ich nochmal Maus aus dir«, wobei sie wusste, dass es »Mus« hieß, nicht »Maus«, und sie sagte: »Janka, myszka, Mäuschen«, und alles war gut.

Der Zug fuhr, Noëmi kam zu mir, sprach mit mir, zack, ging weg, ein Fruchtzwerg landete auf meinem Schoß. Dunkelheit, die Schaffnerin weckte mich an der niederländischen Grenze, zack. Abendtraining, Videoanalyse des gegnerischen Spiels, Geraden zwischen die Positionen legen, Dreiecke, Rechtecke, Spannung halten, zack, Volley, Schmetterschlag, zack: hinlegen, schlafen. Zack: Bei deinen Psychoeltern durftest du nie einfach unglücklich sein, spontan, emotional, todunglücklich allein. Jetzt bist du es. Zack: todunglücklich, welch Kitsch! Zack: Handy an, Nachrichten kontrollieren. Nichts. Zack: fühlbare Dunkelheit. Zack: Ich stand auf, zog mich an, schloss leise die Tür, um Fiona nicht zu wecken, die sich das Hotelzimmer mit mir teilte, weil Natascha, diese russische Katastrophe, tatsächlich die Nacht, zack, mit Noëmi verbrachte. Zack.

Ich glaube, ich fing an zu weinen, aber spürte es kaum, zu viele Nöte bedrängten mich: Vater und die Grolmännin, meine Schlaflosigkeit und das uns bevorstehende Spiel, Natascha, die Verräterin, Halka, die einfach weggestorben war. Als ich aus der Hoteltür trat, einer alten gläsernen Drehvorrichtung mit Wischborsten knapp über dem Boden, zwitscherten mitten in der Nacht die Vögel in einem Gebüsch und klangen wie entflogene Kanaris. Ich flüchtete mich in ein Taxi, wo ich mir die Nase putzte und die

Augen trocknete und möglichst lautlos in ein Papiertaschentuch blies. Das Ziel überließ ich dem Fahrer, vor einer zu einem Kellereingang führenden Treppe setzte er mich ab.

An den Wänden schwammen, gehalten von dünnen Netzen, leuchtend gefärbte tropische Fische. Über der Tanzfläche drehte sich ein mit Spiegelscherben beklebter Witch Ball, Lichtspuren huschten über den Boden wie Rudel biolumineszenter Mäuse. Versteckte Strahler versuchten, die Besucher in kalte Lichtblizzards zu tauchen oder mit Rubinrot zu überspülen. Heiß, dampfig, retro. Wer tanzte, schlug sich auf der Oberfläche eines barock gerahmten Wandspiegels nieder, die so ungleichmäßig war, dass er sich nicht mehr erkannte. Metallspangen klemmten in Zehnerreihen über Zöpfen, Augen baumelten an Lederbändchen um den Hals. Ein Teil von mir registrierte das, ein anderer sah Grolmanns Gesicht vom Ende der Show, zerrüttet, alt, und gönnte es ihm, der dritte schob das am Eingang erhaltene Ticket in den Automaten, dann die Master Card und stockte Drinks auf, der vierte trank.

Zack.

Auf einem Gehsteig des großfenstrigen, aufgeräumten Städtchens ragte etwas vor mir in die Luft, was es nicht mehr gab: vierwändig, mit, wie es aussah, funktionierendem Telefon. Ich schlüpfte zwischen die Glasscheiben und wählte Boris' Nummer, jene, die ich auswendig konnte, es gefiel mir, ihn aus seinem Praxisbett zu klingeln und irgendetwas zu ihm zu sagen, keine Ahnung, was es wäre, Freude, Katastrophe, beides. Statt echter Fireflies, die es um diese Jahreszeit geben musste, blitzte auf den Glaswänden der Zelle Graffiti auf, Zeichen, die ich nicht verstand und die mich nichts angingen. Ich starrte sie an, bis sie im Takt des Läutens leicht zu zittern begannen, und beim 50. oder 51. oder 52. Klingelton wusste ich, dass ich Vater nicht anrief, um ihn zu sprechen, sondern um das Enttäuschungsgefühl zu bekommen: Wieder ist er nicht da für dich! Das hatte was, war dreckig, tat weh, ich holte mir eine Abfuhr, genau die inszenierte ich hier, obwohl ich seine Handynummer hätte wählen können, seine polnische Nummer, denn ich wusste, dass er in Polen war, hatte es vorhin selbst gegoogelt, ›er sitzt in einem Kreisauer Katastrophen-Erinnerungsseminar‹, und ich rief bei ihm in der Praxis an und klingelte ins Leere.

Ich ließ den Hörer los, er schlug an seiner Schnur gegen die Zellenwand, ›schlag‹, und es gefiel mir, eine Spur zu hinterlassen, einen Kratzer, den niemand lesen konnte außer mir. Da stand ich, eine junge Frau, eckig, kräftig, mit Freunden, die schliefen, und anderen, die bereit wären, mir auch jetzt zu folgen, ich musste mich nur einloggen, postwendend würden Reaktionen von Metallkästchen jenseits der irdischen Atmosphäre auf mich niederregnen, das hatte etwas Tröstliches und Unsicheres, ich ließ es sein.

Unser Spiel in ein paar Stunden würde ich verderben, übernächtigt, ›bedröhnt‹, man würde mich schelten, mich auffangen, ›the last and the first of me‹, Katastrophenschluss. Geraden konnte ich ziehen, Rechtecke und Quadrate, nur Kreise gelangen mir nicht, Kreise waren pervers, sie schlossen sich in sich selbst. Aus dem Hörer, der an seiner langen Schnur nur mehr baumelte, kam Vaters Stimme: »Wer ist da?« Jenseits der zerkratzten Glaswand funkelte die Stadt mit ihren kindlich kleinen Straßen und blinkenden Fahrrädern, ›fireflies‹. Ein Paar schlenderte händchenhaltend vorbei, während verspielte, bunt angestrahlte Wolken oder Suchstrahlen über unsere Köpfe trieben, langgezogen wie Pfeile, und uns davor schützten, einen Stern oder auch nur ein Fitzelchen Dunkelheit zu sehen, und ein verlorener Mann sprach leise und immer leiser aus dem Telefonhörer gegen das Zellenglas: »Kto tam? Kto tam?«

8 LILLY

Arminiusstraße 23, Hochparterre, der fensterlose Flur, links die Küche, das Bifej von der Dult, zerkratzt, ein weißer Teller mit blauem Rand. In seiner Mitte das Zündholz, auf seinem Kopf Brookesia.

Stach hatte sie mitgebracht. Nach ein paar Minuten war sie vollends unsichtbar. Sie war wie wir. Möglichst unauffällig saßen wir auf dem neudeutschen, westlichen Zündholzkopf. Äußerlich passten wir so ausgezeichnet, dass man uns akzeptierte: Steuerzahler, Arbeitnehmer, Stimmvieh. Brookesia minima, das kleinste Chamäleon des Planeten, verwandelte sich wie alle seiner Art selbst noch im Schlaf. Auch das Wort Mimikry brachte Stach mir bei, es bedeutete Vertreibung. Tiere vertrieben sich aus sich selbst, indem sie sich verpackten. Sie hatten nichts anderes als den eigenen Körper. Auf ihn lief es hinaus. Bei ihnen wie bei uns.

Dass ich die Stelle als Verpackerin bekommen hatte, verdankten wir dem schönen Gendarm. Für Hannes musste meine Arbeit ein Wunder sein, ein böses obendrein, wenn ich dank einer Zulage mehr verdiente als er.

Ein Vertreibungsgewinn, so unser Sohn. Er hatte viele neue Vokabeln: Gewaltenteilung, Wirtschaftswunder, Montanunion. Im hintersten Zimmer unserer Wohnung, hinaus auf den Hof, stand sein Bett. Rechts lagen das Wohn- und unser Schlafzimmer, ein wenig Morgenlicht. Fensterloses Bad, dafür am Ende des Flurs ein extra Klo mit Wasserkasten hoch oben an der Wand und langem baumelndem Spülzug. An die Küche schloss eine Speisekammer an, die wir Mädchenzimmer nannten, notfalls konnte jemand darin schlafen. Die Wohnung hatte man uns zugewiesen. Seit gut zwei Jahren lebten wir hier. Nach drei Wintern im Behelfsheim. An die festen Wände gewöhnten wir uns noch.

Hochparterre. Wenn es brannte, kämen wir rasch hinaus.

Ines, Stachs Verlobte, schlief samstags bei Stach. So taub, wie die Jungen glaubten, waren wir nicht, wir ertrugen es und dachten an das große Haus in Oels. Noch kehrte er jeden Abend zu uns zurück, mein hochgewachsener, eigensinniger Sohn. Er hatte viel Arbeit gemacht, von klein an, einmal zusammen mit dem Nachbarsjungen eine Mülltonne der Bäckerei in die Luft gesprengt – sein Forscherdrang. Und das Spektakel: der Mehl- und Teigklumpenregen, der auf den Hof niederging, Emil mitten darin, über und über bestreut. Meine Söhne: Max und Moritz nach dem Teigbad, Emil begann, die ihm anhängenden rohen Klumpen herunterzuschlingen, wir schwankten zwischen Lachen und Weinen, Empörung und Bewunderung, und Hannes verprügelte Eustachius. Jetzt saß das große Kind morgens mit verwuscheltem Haar am Tisch, das Gesicht knittrig vom Schlaf, kaute, schimpfte auf die Verhaltensforschung, die mit Speicheleffekten zufrieden war, und machte mir vor, wie die Graugänse hinter dem berühmtesten Professor seiner Zunft herliefen, wobei er, Stach, Graugänse zunehmend für dämlich hielt, bis ich ihn rausschob zur Küche – meinen Stolz, meinen leuchtenden Tag, und selbst zur Arbeit ging, wo ich mich in eine Graugans minima verwandelte, unter drei Hauben, in einem taschenlosen bodenlangen Kittel, und mein stummes Packwerk begann.

Ein kleiner GI, rote Haare, Strichmännchen mit Brille, hatte mich am Kasernentor abgeholt. In einem langen Flur wurde mir bedeutet, mich auf eine Bank zu setzen, auf der bereits zwei Frauen in meinem Alter warteten. Bevor man mich hineinrief, erschien noch eine Jüngere.

Es war ein Bewerbungsgespräch, ich wurde verhört. Major Finchley: Personalien, Lebensweg. Als ich betonte, dass ich Elisabeth heiße, englisch, und die Sprache verstehe, überraschte ich mich selbst mit meinem Mut. Der Dolmetscher wurde weggeschickt, der Major sprach ohne Pausen weiter. Man habe über die von mir gepackten Polizeikisten gestaunt. Ausgewickelt habe ihr Inhalt dreimal größer gewirkt als das Behältnis. Im Fenster hinter Finchleys Kopf stand Himmel. Nur Himmel, kein einziges Haus. Die Stadt war ein Durchblick, flach, staubig, verbrannt.

In Breslau, hörten wir, sah es noch schlimmer aus.

»Yes, really«, sagte ich, das könne ich einwandfrei.

Die Amerikaner wollten, dass man sich lobte, wenn es um Genauigkeit oder Pünktlichkeit ging. Dann war man gut deutsch. Die Südmenschen hingegen, bei denen wir lebten, gaben sich wortkarg. Sie besuchten einander auf dem Hof, stellten sich hin und sagten einen katholischen Satz wie »ich schuld dir was«. So hatte sich die Sache mit Pankraz Moser geregelt. Wie viele seiner Kollegen war er überprüft und zunächst im Dienst belassen worden; dann bildete die US-Armee eine eigene Polizeitruppe, die die Aufgaben übernahm. Mosers Wache wurde aufgelöst, ich schuldete ihm etwas und bot an, beim Packen zu helfen. Einige Unterlagen verbrannten wir im Hof, den offiziellen Rest (Brieftaschen, Kuverts und Handschellen mit Reichsadler, Telefonverzeichnisse, Verbandskasten mit Hakenkreuz, Anspitzer, Füllfederhalter, Stempel, Siegel, Tintenvorrat) stapelte ich in amerikanische Kisten ein.

Leftennänt Finchley sah mich an. Ich sagte, ich hätte zum Ende des Krieges eine Ausbildung als Krankenschwester begonnen. Im menschlichen Körper sei alles, insbesondere das Leben, extrem platzsparend und zugleich praktisch verstaut. Die geraden und steifen Knochen, die gebogenen Organe, der sich verschlingende Darm, die empfindlichen Venen, und erst das Herz.

Die vier Kilometer zurück zum Bahnhof ging ich zu Fuß. Jeder Einwohner der Stadt schien unterwegs. Mein Magen knurrte. Selbst die Schmächtigsten stürmten los, wenn ein Zigarettenstummel flog. Nur die Kinder waren rascher am Boden. Eine halbe Banane hatte in Finchleys Papierkorb gelegen, ich hatte mich beherrscht.

Es hatte mich Kraft gekostet.

Es war demütigend, sie nehmen zu wollen. Und ebenso demütigend, sie nicht nehmen zu können.

Ohnmachtsgefühle flogen um uns wie der Schuttstaub. »Engerling und Flüchtling sind Bayerns Schädling.« Wir waren Käferlarven, Schmarotzer. Menschen als unwertes Leben, das kannten wir zur Genüge. Uns aus dem Osten hatte das Ende des Krieges besonders hart getroffen, also mussten wir besonders schuldig sein. Auch die Pfarrer fanden richtig, dass wir büßten: Menschenvernichtung, Judenmord, alles bei uns. Engerling, Engerling, kriech dahin. Wir begriffen, schwiegen. Es war bequem für die anderen, uns als Sündenböcke zu benutzen, und bequem für uns, ihnen bequem zu sein. Es setzte sich unmittelbar in Nahrung um.

▣

Vier Tage nach dem »Interview« hing der taschenlose Arbeitskittel flach an mir herab. Wer keine Tasche hat, kommt gar nicht erst auf die Idee, etwas einzustecken. Danke schön! Die Amerikaner nahmen ältere Frauen, die konnten keine Schwangerschaft vorschützen. Und sie nahmen Vertriebene, die waren nicht so integriert ins Versorgungsnetz, hatten keine Großverwandtschaft. They don't suffer social pressure. Ich staunte über die Worte meiner neuen Arbeitgeber. Worte für Dinge, die ich nie gedacht hatte. Aber gefühlt.

Ich wurde Caser.

Case hieß Fall.

Aber auch: to pack something in a box. A caser war eine Person, who cases things in a box.

Ich fuhr mit der Straßenbahn zur Arbeit, das leistete ich mir nun. Männer ohne Hände lehnten in den Türen. Für amerikanische Dinge galt: Handle with care. Fünf Kittelfrauen unter weißen Hauben, mit fleischfarbenen Gummihandschuhen, packten Kisten mit technischem Kleingerät möglichst sicher und voll, den Präsentkorb für den Feldmarschall locker, dafür hübsch mit Schleifen auf knisterndem Zellophan.

Die Packanweisungen wechselten: Wie wird etwas Leichtes schwer? Wie versteckt man billiges Füllmaterial? Wie packt sich das Eingepackte später aus?

Hannes war, solange wir im Flakhäuschen hausten, ständig in den Wald gelaufen, ich ahnte, was er dort suchte – und nicht fand. Er wurde krank, starb fast, kam davon, fand doch noch eine Arbeit bei einer Bank; ein kleines Licht, sagte er nun von sich.

Wir lebten in einer Traumschmelze: Sie zerschmolz das Träumen selbst. An die Stelle der Träume trat die Vergangenheit. Für Sekunden blieb im Oberlicht der Kantine jeden Mittag die Sonne stehen, Häftlinge in löchrigen Reihen zogen die Straße neben Eustachius und mir entlang, einer der Gespenstermänner fiel um, der nächste trat auf ihn, stolperte, kam ebenfalls nicht mehr hoch. Ich dachte daran, obwohl ich es vergessen hatte, gründlich vergessen

und legte Gläser in eine Schachtel und Gläser zur Schachtel und Gläser auf Gläser und dachte, wie

wir um Emil gekämpft hatten, was mit anderen seinesgleichen passiert war, sah Doktor Winschs Gesicht vor mir, viel zu nah, wischte mir über die Augen, wie wir gekrochen waren, geschleimt hatten, bestochen und

legte Gläser in eine Schachtel, Gläser auf Gläser, packte

packen und Pack, was das alles

im Deutschen

hieß, sagten wir den Amerikanern

nicht. Zuweilen ging etwas zu Bruch, wir schleppten es heim, als die Soldaten uns »whole«

beibrachten – ganz, vollständig, heil –, lachten sie

dreckig, bis wir verstanden, dass es zwei Wörter waren, whole, ganz, und hole, Loch, ohne Unterschied für das Ohr. Als wäre etwas nur ganz, wenn es ein Loch hat, als zerstörte das Loch das Ganze nicht, sondern heile es oder mache es wirklich. Hannes wollte davon nichts hören; Eustachius konnte ich es beim Abendessen erzählen, während er Butternudeln hinunterschlang.

Beim Packen kam es darauf an, alles so ineinanderzustecken, dass die Dinge sich Luft ließen und sich gegenseitig festhielten.

Das versuchte ich auch mit uns.

Eustachius sagte, Brookesia drehe sich wie jedes Chamäleon bedächtig der Beute zu, schnelle seine klebrige Zunge hervor. Die äußere Anpassung, nehme er an, fühle das Tier nicht, es müsse sein wie ein überrasches Röten oder Erbleichen der Haut.

Rückgratlos, wechselblüterisch.

Der Briefträger drückte uns Briefe in die Hand für die anderen Vertriebenen im Haus. In Chamäleonschrift, weiß auf weiß, stand »verzogen« neben jeder Adresse, ich lächelte, er lächelte, aus Königsberg kam sein Lächeln angereist. Hannes und ich hätten ebenfalls reisen können, ich wünschte mir, nach den Gräbern meiner Eltern zu sehen. Doch gäbe es sie noch? Wollte ich das wirklich wissen? Das Geld hätte gereicht. Hannes nahm mir die Entscheidung ab, er wollte auf keinen Fall zurück.

Allein wagte ich die Fahrt nicht.

Eustachius hatte keine Zeit. Er schwärmte, er lebte in der Gegenwart, sie fand vor Affenkäfigen statt. Selbst davon, wie seine Forschungstiere in die Futternäpfe der Artgenossen pissten, bis man Futternäpfe abschaffte, wie man sie in möglichst äquivalente Gruppen aufteilen musste, damit sie sich nicht in rüden Kämpfen Ohren abbissen, Finger, Zehen, schien er begeistert. Saß in der Küche vor dem zerkratzten hellbraunen Bifej vom Trödel, und erzählte. Er sah Ines an, ich ihn.

Die Geschichten unserer Möbel und wir stimmten ebenfalls nicht mehr überein.

Hannes hörte im Wohnzimmer Weltnachrichten.

Wir lagen auf der Straße über den geretteten Koffern, neben uns schliefen die Dombrowskis, heimatlos nun wie wir. Feuer prasselten, Gasleitungen explodierten, vielleicht drei Meter von mir entfernt kauerte mein jüngerer Sohn auf dem Boden. Er hatte sich eine Decke über den Kopf gehängt und bewegte sich kaum, ich sah nicht, was er tat, ich roch es: Er aß eine Zitrusfrucht. Schmal, ausgehungert hockte er da, großer Junge und Kind, kaute heimlich, tat mir weh. Hatte er Angst, teilen zu müssen? Ich hätte ihm die Orange, oder was es war, doch gelassen. Rasch verschlang er sein Geheimnis, ich wollte ebenso rasch die Augen schließen, da fiel mir auf – wie? und erst jetzt? –, dass Emils Platz leer war. Eustachius musste das ebenfalls bemerkt haben und rechnete offensichtlich nicht damit, dass sein Bruder bald zurückkam, sonst hätte er seinen Schatz nicht so vergleichsweise unverhohlen verzehrt. Ich sagte nichts, blieb reglos, wie erstarrt, auch das machte bis heute die Nacht unwirklich. Eustachius' Decke rutschte nach hinten, er streifte sich die Handschuhe ab, griff in seinen Rucksack, wühlte, nahm etwas heraus. Das alles geschah im Dunkeln, die Feuerlichter prasselten hinter ihm, nur unscharf sah ich, was er in der Hand hielt, als er aufstand, sich den Mantel abklopfte und ging. Ich schlich ihm nicht nach, ich rief ihn nicht, ich tat vor mir selbst, als schliefe ich. War ich besonders außer oder besonders bei mir? Alles floss im großen Durcheinander dahin. Nach einer Viertelstunde, vielleicht auch früher, war Eustachius zurück, ohne Emil, er setzte sich zu unserem Gepäck.

Als ich die Augen öffnete, lag ich auf einem Feldbett in einer Aula. Die Sonne schien durch die Fenster. Fünf Tage Fieber, sagte Eustachius. Emil sei fort.

»Bring ihn zurück!«

Er blickte mich an, als spreche ich eine unverständliche Sprache. Er blickte mich an, und ich sah, dass er nicht mehr das Kind war, mit dem ich aus Oels aufgebrochen war. Dass er keine Anweisungen mehr entgegennahm.

Wir redeten nie darüber, nicht über Sondershausen und nicht über die Flucht, wir hatten sie erlebt, das reichte, uns reichte es, es war übergenug.

Von Zuhause, von Oels, sprachen wir an Tagen ohne Ines, hielten uns an schönen Erinnerungen fest: wie Max-der-Dritte zu Weihnachten heimlich hinter uns her durch tiefen Schnee zur Schlosskirche gelaufen kam, wie er, als wir längst saßen, den langen Kirchengang hereintrappelte, schnüffelnd, Schwanz und Schnauze erhoben. Wir hielten uns fest: Dies alles hatten wir gehabt, und ich vermisste alles, den Oelser Schnee, den Geruch der Kirche, die altvertrauten Gesichter, die schlesischen Lieder, das schlesische Himmelreich.

Von Schönem, Ermutigendem sprachen wir, unsere heimlichsten Sehnsüchte waren darin versteckt, nur einmal brach ich den wortlos geschlossenen Vertrag und fragte eines Morgens in der Arminiusstraße meinen, wie ich dachte, noch halb träumenden, wehrlosen Sohn: »Hast du die Pistole noch?«

Er sah mich an, kaute, biss erneut in das Toastbrot, das er in der Hand hielt, schüttelte stumm den Kopf.

Hannes und ich saßen in braunen Sesseln unter Hannes' Rehbockgehörn. Unsere Gegenwart spannte sich bis zum Himmel über uns, sie war voller Mittagslicht, voller Mahlgeräusch, wir krochen auf ihrem Boden dahin, wurden ausgebacken, fertig gemacht, die anderen sagten: »Es schweißte uns zusammen«, man hörte den Ausdruck nun oft, als wären wir durch die Flucht wirklich stärker miteinander verschmolzen, an unseren Händen und unsere Körperseiten entlang, und vielleicht stimmte etwas davon.

Das Geweih stammte nicht aus Oels, wir hatten es in München gekauft; all unsere Erinnerungsdinge glichen ihm darin, alle echt gefälscht. An der Haustür trippelten bayerische Teckel vorbei mit langem, braunseidigem Fell wie einst Jeder-Max. Es streifte am Boden, sie trugen es stolz; rannten sie, kreiselten ihre Ohren Propellern gleich um ihren Kopf. Sie hatten keine Aufgaben, begleiteten nur, damit man sich selbst besser hielt an dem Ort, in den es einen verschlagen hatte, aber Hannes sagte, dass er keinen Hund mehr wolle, nie mehr, dass er einen Hund nur in einer Wohnung nicht ertrug.

Sonntagmittag schlief einer von uns auf dem Diwan, der andere im Bett, danach tranken wir Kaffee mit Fräulein Ruboff, Ostpreußin, Sekretärin, 47 Jahre alt, behängt mit Klunkern, deren Anzahl der Zahl ihrer Chefs aufs Genaueste entsprach. Hannes sagte, die Brüste der Frauen würden immer mickriger, noch die seiner Großmutter seien riesig gewesen, durchgehende, beeindruckende, wahrlich weibliche Brüste, größer als der Laib Brot, den sie zum Aufschneiden dagegenhielt. Die Brüste seiner Mutter seien kleiner, aber beachtlich gewesen, nur meine teilten sich nun so deutlich in zwei. Was stimmte, meine Brüste ergaben keine Busenbank. Brot, das ich dagegendrückte, rutschte weg; ich kaufte das neue, vorgeschnittene Brot in kleinen Stücken, ich kaufte es als einzelnes Brötchen, das Semmel hieß, wie sollte man hier zuhause sein.

Eustachius erzählte von einem Experiment, das gezeigt hatte, dass auch amerikanische Menschen Menschen gegenüber grausam wurden, wenn man sie nur ein wenig dazu ermunterte, was uns in gewisser Weise erleichterte, obwohl wir gemeint waren, das begriffen wir sofort, mit all solchen Versuchen waren wir gemeint. Die Teilnehmer durften einen Regler bedienen, sie hörten den Probanden schreien, dem sie Stromstöße verpassten, sie sahen, wie er sich wand, und drehten ohne Befehl höher, es genügte, dass der Versuchsleiter meinte: »Es tut dem nicht wirklich weh«, jedenfalls den meisten von ihnen.

Milgram hieß der Versuch, er war in allen Zeitungen beschrieben worden, doch unser Sohn berichtete, wie das Experiment weiterging. Nach der Stromrunde hatte man die Versuchspersonen am Regler aufgeklärt, man sagte ihnen, dass es auf ihren Widerstand angekommen wäre, ihre Verweigerung. Leider endeten die Berichte an dieser Stelle, sagte Eustachius trocken, zu den Reaktionen der im Versuch so leichthin zu Tätern Mutierten finde sich nichts, dabei wäre eben das nun das Entscheidende, sagte er, wie diese Menschen sich fühlten, so unversehens zu Verbrechern geworden, und auch noch öffentlich.

Mittags während der Woche nahmen wir die Schutzhauben ab und kämmten uns, viele der Frauen trugen Spray auf, jemand erzählte, einer der amerikanischen Stabsfahrer sei mit 41 an Magenkrebs gestorben, sehr elend innerhalb eines Jahres, und ich sagte, ohne dass ich es hätte sagen wollen, Stach, mein Sohn Eustachius, ist Jahrgangsbester geworden, Promotionspreis 1956 der Universität, und wurde ein wenig rot, denn ich war stolz auf ihn, obwohl wir sonst nicht auffielen, nirgends, wir lebten in der Unsichtbarkeit, im Mittelmaß. Nur zuhause, hinter der Wohnungstür, kochte ich schlesisch, sang: »in das Himmelloch, in das Himmelloch, in das Himmelloch hinein«, nur in unseren Wohnzimmern sprachen wir Vertriebenen darüber, wie seltsam uns die Menschen hier anmuteten, katholisch und laut, derb und dann nett. Seit mehr als zehn Jahren waren wir da, und kamen noch immer an, kamen an, kamen an, trafen nie ein, langten nie hin, setzten uns nicht.

Ich ließ Stach los, wieder und wieder, um nicht unangenehm an ihm zu hängen. Sonntags rief er an und erzählte von seinen Tieren, und ich fragte ihn, wie Mütter fragen: ob sie ihm Angst machten. Ob er ihre Schmerzen empfinde, ihre Gefühle, und er lachte und sagte, das seien keine Fragen.

Ines und er hatten geheiratet, sie wohnten in der Einflugschneise des wiedereröffneten Flughafens. Einmal pro Woche übernachtete ich bei ihnen und versorgte das Kind; ich mochte das Haus, seine knarzende Treppe in den ersten Stock, den Kirschbaum im Garten. Stach hielt sich Fische in einem Teich, er wollte Frösche quaken hören, stattdessen hörte man Cargotransporter, nachts donnerten sie über das Dach, und ich tröstete Sandra, die sich fürchtete vor dem Geräusch. Im Dunkeln erinnerte mich das Baby stärker als tags an Emil und Stach, wie es so unvergleichlich milchig roch und Glucksläute von sich gab.

Eustachius sagte, er und ich seien Verpacker geworden. Er untersuche die Verpackung von Information im Gehirn, ich stelle amerikanische Umhüllungen her. Hannes wurde pensioniert und sah Nachrichten im Fernsehapparat, immer nur Nachrichten. Das Gerät zahlten wir in Raten ab. Ich aß allein in der Küche zu Abend, die Stille saß mit mir am Tisch.

Ich kochte Rotkohl und Kließla, knetete Streusel, ließ Hefeteig gehen, schaute auf die Schüssel, das Tuch. Dinge schienen so ewig im Vergleich zu uns, so unempfindlich in ihren Körpern nur aus Atomen, die niemals verschwanden, niemals untergingen. Auch über Hannes und mich donnerten Flugzeuge hinweg, ständig erweiterte man den Stadtflughafen, Kampfflieger brachen die Schallmauer, Sandra suchte nach den Bruchstücken der Mauer im Garten. Mit Düsenjägern verschickte man niemals Dinge, nur Menschen, über uns schossen die modernsten Maschinen dahin, Starfighter, mit Schleudersitz. Es war erneut Krieg, kalter Krieg.

Die Bäume trieben im April oder Mai, da schlugen sie aus, dann vertrieb man sich noch oder nochmals die Zeit. Hannes vertrieb Kater mit Underberg, im Möbelhaus der Drechslers, in Oels Holz en gros und en détail, trafen wir auf den SS-Mann Stefan Staffel, der uns, da half kein Underberg, als Heinrich Bau die Hand schüttelte, erst Hannes, dann mir, unverkennbar das Visagengesicht.

Hannes reagierte nicht, verzog keine Miene. Herr Drechsler stand dabei. »Geht's gut?«, »es geht«, »man kann nicht klagen«, »na, Drechsler, bist auch auf die Füße gefallen!«. Ich hatte das Gefühl, eine Straße zu überqueren und überfahren zu werden.

In der Straßenbahn saßen Hannes und ich getrennt, mir schwindelte. Waren alle so feige wie mein Mann? Gestempelt wie Vieh, weggestempelt, fortgebrannt das Fühlen, die Zartheit, jede Menschlichkeit? Gingen wir deswegen so vorsichtig mit den Kriegsversehrten um, mit Menschen, die auf einem Bein humpelten oder blind waren, mit jenen, die nur eine Hand hatten, oder keine, weil wir an ihnen sahen, was für uns alle galt?

Da schlenderte ein Stanislaus Sobczyk daher. Florierte. Gedieh. Und dir hing die eigene Schwäche zum Hals heraus und schwächte dich noch mehr.

Ich kam ins Spital. Obwohl ich Hunger hatte, brachte ich seit der Begegnung mit Sobczyk keinen Bissen hinunter. Wenn die Laus frei und unbeschadet herumlief, wer dann noch? Ich fürchtete mich.

Eine grüne Röntgentüte wurde durchs Haus getragen, mein Körper bestand aus Schatten. Da hing ich, sie hängten mich mir vor die Augen, auch das Herz blieb am Ende ein Fleck, ohne Befund. Die Mediziner nannten, was mich umgeworfen hatte, vegetative Dystonie, sie verging, wie sie erschienen war, ungeklärt, dafür wuchs mir ein Kropf. Er dehnte die Haut über der Kehle, so dass man die Ansätze der Haarbälge sah, »wie ein frisch gerupftes Hühnchen«, sagte ich zu Hannes, und er sagte, »ja, schau uns nur an!« Der Hausarzt verordnete Meersalz und stellte fest, dass der Körper sich nicht umgewöhnt, niemals.

Das glaubte ich nicht. Zu einer anderen Zeit meines Lebens hatte ich mich umgewöhnt und ich versuchte, nicht daran zu denken, aber die Begegnung mit Staffel und das Krankenhaus brachten es hervor, die Kittel und weißen

Schuhe, der medizinische

Geruch. Kaum lag ich im Spital, verzieh ich Hannes die Sobzcyk-Feigheit, ich ließ meinen Mann in

Ruhe, bohrte nicht nach, damit auch er es nicht tat

bei mir. Nach dem Besuch von Doktor Winsch und der Ärztin aus Plagwitz, deren Namen Hannes längst vergessen hatte, während ich mich

hütete, ihn je zu erwähnen, nach diesem Besuch hatte ich das verlangte

Attest

bei Frau Doktor Kletsch

eingereicht. Sie bestand darauf, mich persönlich zu sehen; ein paar Tage vor der Untersuchung, die ich für mich und unseren Hausarzt fürchtete, rief Doktor Winschs Oberschwester an und teilte mir mit, der Termin

sei verlegt, zu

absurd

dass ich eigens nach Plagwitz fahre, für diese STANDARDMASSNAHME könne ich zu Doktor Winsch nach Breslau kommen. Man werde nur Blut

abnehmen, nichts

Gynäkologisches, »keine Sorge«

sagte sie. Ich war dankbar für das Angebot, ließ die Kinder bei Klara, wollte danach einkaufen gehen, im Stiebler

eine Tasse Mokka trinken, und während das Blut noch lief, eine Schwester hatte die Nadel gesetzt, kam Doktor

Winsch selbst herein. Er schwärmte von Oels, der Bäckerei, zeigte sich äußerst charmant. In weißem Kittel, weißen Schuhen und weißer

Hose, strahlend sauber

lehnte er gegen ein metallisches Medizinschränkchen, auch es

makellos

und als die Schwester hinausgegangen war, um die Probe fortzubringen, bewegte er sich langsam und elegant und schloss

die Tür. Ich saß auf einem Hocker, den Kleiderärmel hochgeschoben, und hielt einen Tupfer auf die Einstichstelle, und er, der vor mir stand, sagte, wie zart meine Haut sei, wie durchsichtig, und dass er meinen Vater bewundere, ein Buch von ihm gelesen habe, dass er seine Mädchen aufs Lyzeum schicken wolle, seine Frau sei schwanger mit Nummer fünf, und dann senkte er die Stimme und sagte: »Gib mir dein Bein!«

Ich war so

erstaunt, dass ich nichts herausbrachte, keine Antwort, keine Regung, nicht einmal den Tupfer, den ich längst hätte loslassen können, ließ ich los. Das Zimmer war hell, früher Nachmittag, vor den Fenstern eine Buche, dahinter andere Bäume des Krankenhausgartens, augustgrün und fest. Neben mir eine Liege, weitere Schränke, an der Wand warb ein Plakat für Leichtathletik, Tabellen forderten zu gesunder Ernährung auf, und Winsch, weiß und glatt, hatte mir den Schuh abgestreift, sich meinen nackten Fuß auf den Oberschenkel gestellt und angefangen, meine Wade zu streicheln.

Nach einer Zeit setzte er sorgsam meinen Fuß

auf den Boden

zurück, und sagte, als bespreche er eine Diagnose mit mir, dass ich mich jeden zweiten Mittwoch einstellen solle, zu dieser Uhrzeit in dieses Zimmer, er wolle sich mit mir unterhalten, ich brauche nichts mitzubringen, nur

mich, ob ich

wisse, dass er keinen Kuchen esse, keinerlei Brot, beides

ungesund

auch die Pfleger könnten darauf verzichten, dabei beugte er sich über meine Hand, ich spürte seine Lippen und seine Zunge, Blitze zuckten durch meine Haut, und Winsch hob

lächelnd

den Kopf.

Jeden zweiten Mittwoch ging ich zu ihm, ich fühlte mich erpresst, wenngleich nicht nur, Winschs Interesse schmeichelte mir, auch wenn ich mir das nicht eingestehen wollte, er war gebildeter als die meisten meiner Verwandten oder Hannes' Freunde. Charmant, dabei entschieden und rasch unterhielt er sich mit mir über Beethoven oder die französische Literatur, er liebte Stendhal und mitunter wollte er, dass ich ihn umarmte, er drückte seinen Kopf gegen meinen Bauch, bat mich, seinen Rücken zu streicheln, nur das. An manchen Tagen wusste ich nicht mehr, was ich fühlte; nichts, was ich befürchtet hatte, wurde Wirklichkeit, er achtete mich, und ich war es, die anfing sich zu wünschen, er möge mein Bein noch einmal auf seinen Schoß nehmen und meinen Fuß massieren, und die ihn schließlich darum bat. Mehr geschah nicht, nur ich geriet von Mal zu Mal

tiefer in ein Labyrinth. Mein Kopf wollte platzen von dem, was ich tat und empfand, was ich dachte und nicht denken und auch von mir selbst nicht wissen wollte, meine Scham und mein mich überraschender Stolz: Ich rette Emil, ich werde gesehen, umworben. Mein Kopf füllte sich bis in den letzten Winkel mit Nebel, der Nebel drehte sich mir vor Augen, wenn ich die Lider

schloss. Meine Impulse, Gedanken

und Empfindungen kreisten nicht nur, sie

bekämpften sich, mit jeder Woche, in der ich Winsch sah, umschlossen die Wände des Labyrinthes mich enger und enger, ein Teil von mir war sogar darum noch froh, niemand durfte wissen, was in diesen Mittagsstunden geschah, und wirklich fand ich mich in dem Irrgarten vollkommen allein, mit keinem Menschen, mit keiner Seele

konnte ich darüber sprechen.

Zuhause tröstete der Blick auf Emil mich manchmal und manchmal verstärkte er meine Qualen, ich wollte fliehen, fort aus meinem Leben und aus mir selbst, und einmal, als Hannes und seine Mutter wieder so unerträglich stolz waren auf die elende Brötchenlieferei, auf ihr Emilretten, hätte ich fast alles gesagt, ich hätte es in ihre Welt

geflüstert mit meiner rauen Direktorinnenstimme, und das Lachen wäre ihnen für immer vergangen, aber vielleicht stand Eustachius dabei, so dass ich schwieg, oder Winschs Klage darüber, dass Kinder ihm wegstarben, bevor noch die wissenschaftlichen Untersuchungen zu Ende geführt waren, dröhnte mir in den Ohren, er hatte bedrückt ausgesehen, sich die Haare zurechtgestrichen und gesagt, ich solle mich nicht sorgen, Emil schwebe nicht in Gefahr, dafür sei ich ihm zu

lieb. Wie lange

es so weitergegangen wäre, weiß ich nicht, nach etwa einem halben Jahr mischte sich etwas Unerwartetes ein, ich weiß nicht, wie es nennen, mein Körper benahm sich, als wäre er ein Wesen, das Botschaften empfängt und selbständig Rückschlüsse daraus zieht, und oft, wenn ich später darüber nachdachte, glaubte ich, dass es sich so verhielt. Ich hatte meinen 42. Geburtstag gefeiert, und meine Blutung hörte auf. Als ich mir sicher war, fuhr ich zu Frau Doktor Kletsch; sie verdeutlichte mir, wie viel ihr an den Lieferungen lag, ich bestätigte alles und bekam ein paar Tage später den Bescheid, dass ich unfruchtbar sei. Beim nächsten

Stelldichein sagte ich Winsch, dass wir nun wirklich

eines hätten, besser noch: ein Rendezvous, etwas, wo man sich

umdreht, und ich lächelte ihn an, denn mir war eingefallen, dass ich ihn ein wenig erpressen konnte, so, wie er mich anfangs und auch jetzt noch immer ein wenig erpresste, sehr

höflich, versteht sich, wir lachten

darüber, nie hatte er mir gesagt, dass, wenn ich an die große Glocke hängte, wie wir uns trafen, man mir nicht glauben würde, und auch jetzt wollte er lachen, bis ich sagte, ich meine nicht unsere Nachmittage, ich meine Kuchen und Brot. Dafür gäbe es einen Vertrag, er erinnere sich wohl, den nur er, nicht Frau Doktor Kletsch, unterschrieben habe. Mein Herz pochte, vor fast einem Jahr noch war diesem weißen Mann die Vereinbarung so ungefährlich erschienen, dass er sie unterzeichnet hatte, doch in einem Jahr hatte sich bei uns viel geändert, niemand konnte sich seiner Position sicher sein, und ich, ich wollte zurück in mein einfaches Leben, mein Geradeaus-Leben, in dem Emil nicht bedroht war. Eine Durchschrift der Untersuchungsergebnisse aus Plagwitz lag auf der Liege zwischen uns, Winsch las, seine Gesichtszüge sah ich nicht, dann gab er mir die Hand, fast zärtlich, nein, zärtlich, und sagte etwas, das wie »danke« klang, aber das konnte nicht sein. Allein stand ich in dem vor Sauberkeit und den ersten Frühlingslichtern des Jahres 1937 glänzenden Zimmer, bis heute sehe ich die knospenübersäte Buche vor mir, das helle Sprossenfenster, rieche die medizinischen Fläschchen und Geräte, und spüre meine Verwirrung, denn das Gefühl, das nach mir griff, war das Gegenteil dessen, was ich erwartet und erhofft hatte, mit unerträglicher Deutlichkeit empfand ich, dass in den vergangenen Monaten etwas für immer zu einem Ende gekommen war, dass die Welt, in der ich gelebt und die ich geliebt hatte, statt wiederzukehren nur immer weiter unterging.

Hannes und ich standen an dem gefrorenen See im Englischen Garten, Eisläufer kaschelten in weiten Schleifen, zerkratzten das Eis wie ein Gesicht. Nun spielten die Menschen Kettenreißen also auch hier. Der Stärkste zog auf seinen Schlittschuhen los, andere hängten sich an und fuhren mit, in der Kette war es warm und sicher, man musste nicht nachdenken über den Weg. Hintereinanderher glitten die alten und neuen Menschen, führten einander an Jacken, Handschuhen und Ärmeln, bis der Vorderste einen Schuh aufkantete, stand. Die Kette rollte sich dank ihrer Beschleunigung von selbst um ihn, schloss ihn ein; das rasende äußere Ende hingegen wurde weit hinausgerissen, der letzte Läufer schleuderte auf den See, dorthin, wo der Eisboden brüchig war, er flog. Die Stärke der Kette bestimmte, wie weit, sie behandelte Gespenstermenschen und Unverletzte, Verzogene und Sesshafte gleich.

»Ich habe euch aus dem Bus gesehen«, sagte Eustachius bei seinem Abschied vor dem Flug nach Atlanta, er würde für sechs Jahre in den USA recherchieren, »gestern auf der Straße, wie vorsichtig ihr die Füße voranschobt«, sagte er, »sorgt euch nicht, ich kehre zurück.«

In der Nacht, in der sie reisten, lag ich wach. Flugzeuge kannte ich nur von außen. Maggy schrieb Briefe aus Virginia, die knisterten, damit sie leichter waren, eine Schulfreundin schickte Briefe aus Ostberlin, die knisterten und gelesen worden waren. Mit Hannes hörte ich den Abend über Nachrichten am Radio und morgens um fünf, als ich im Dunkeln aufstand wie einst in Oels, waren alle Flugzeuge sicher gelandet. In Atlanta zeigten die Uhren elf Uhr nachts, ich spürte Max an meinem rechten Bein, er stupste mich, schleckte mir kurz über die Hand, wenn es so weiterging, glaubte ich bald daran, dass die Toten bei uns weilten.

Ines erwartete ihr zweites Kind. Ein kleiner Spielzeugschimpanse saß auf dem Küchenbifej, Sandra hatte ihn mir geschenkt, »damit du an uns denkst«, er hob die linke Hand und winkte, ein lebensechter Schimpanse, er sah ein wenig wie Eustachius aus, wenn er eine Schnute zog, seit neuestem glich unser Sohn ab und an seinen Affen, und linkshändig war der Affe auch, wie Stach und ich und meine Liebe zu ihm.

HALKA 9

Der Junge riss Gras in Büscheln aus dem Boden, legte es sich zu dicken Polstern in die Hände, griff einen der Füße des Mannes und sah mich auffordernd an. Fünf Meter weit zerrten wir den sackenden Körper, bis er vor dem schiefen, in einer rostigen Angel schwingenden Gartentürchen lag, und mein Retter, mein Helfer, das Engelchen sagte: »Glück, dass der Fuß nicht abgerissen ist.«

Glück, dass ich mich nicht übergeben musste. Ich würgte nur.

Der Junge hatte behauptet, an die Verwesungsschwaden gewöhne man sich. Irgendwann nehme die Nase nichts mehr auf. Das stimmte, aber nicht für jeden Moment. Im Süden der Stadt war ich mit Hundert anderen aus dem Zug gefallen, Geschrei, Gezerre, Trampelpfad. Mitten in der grünen Wiese saß ein russischer Soldat und staunte mit weit aufgerissenem Stoppelmund eine Stehlampe an, nahm den Stecker in die Hand, drehte ihn um und biss hinein. Ich lachte laut auf, einer der anderen Rotarmisten hörte es, sah mich, kam auf mich zu.

In diesem Augenblick hatte sich von hinten eine schmale Hand in meine rechte geschoben, ein rauchiges Stimmchen gekrächzt: »Meine Schwester ist dumm«, nachgeschoben: »idiotisch«, und das Interesse der Soldaten erlosch. Die Kämpfer des sowjetischen Reiches waren gierig, jedoch auch müde, die Augen vom Siegen verquollen.

Der Junge hatte blondes Stoppelhaar, milchblaue Augen. Milchblau, wie wenn Mamuśka die Milch in dem hellblauen Tonkrug auf den Küchentisch stellte. Ich schätzte ihn auf elf, höchstens zwölf, wenn er auch behauptete, 14 zu sein. Zwischen Feldern, die in Trümmerhaufen übergingen, zwischen halben Gebäuden und Brandruinen führte er mich statt zum Auffanglager Brochów Richtung Stadt. Eine Kolonne Zivilisten, graugesichtig, gebückt, kam uns entgegen, stumm schoben die Menschenzüge sich aneinander vorbei, die einen hinaus, die anderen weiter hinein.

In den Feldern stand das Getreide kniehoch, rostende Panzer, leer und hohl wie Totenköpfe, starrten in alle Richtungen. Lerchen jubilierten. Vor einem Soldatentrupp sprangen wir in eine Tordurchfahrt, der Junge drückte sich an mich; ich hoffte, er würde mein ängstlich-aufgeregtes Zittern nicht spüren. Da lag es vor uns, das Venedig des Nordens, tausend Brücken und Kirchen, die milde herrliche Perle, Breslau genannt. Wie bewundernd hatte Vater den Namen stets ausgesprochen, seine Alma Mater, der goldene Hort des Geistes und des Barock.

Da lag es, unser Ziel. Und stank.

Seine Rauchsäulen reichten an den Himmel.

Nebelkrähen, schwarzgrau gefiedert wie ich sie von zuhause kannte, sprangen neben uns her, zwischen ihnen bewegten sich sehr viel kleinere Rabenvögel, über und über schwarz. Sie hüpften und pickten an den Toten auf der Straße und auf den Barrikaden, an Toten, gegen Trümmerhaufen gelehnt oder halb unter ihnen begraben, Toten, die aus Ruinenfenstern hingen, neben umgestürzten Wagen lagen, im Gras. Wie an Gummileinen befestigt flatterten die schwarzen, scharf gezeichneten Schatten der Vögel mit einem Sekundenbruchteil Verzögerung hinter den eifrig pickenden Körpern auf und ab, zweite, wohlgenährte, fast lebendige Wesen.

Ich suchte meine Eltern, der Weg hatte uns auseinandergerissen, der Weg, auf den Vater uns gezwungen hatte, Tatuś, der sich jahrelang als Mechaniker getarnt, der für die Russen, die Deutschen und nochmals die Russen gebuckelt hatte, um uns zu retten, der im vergangenen Herbst von den Sowjets schon in einen Lkw gesetzt worden war, um mit anderen Polen zu einer neu gegründeten polnischen Kampfeinheit transportiert zu werden, zum Sterben. Tatuś, den ein findiger Hauptmann zurückschickte, weil er den in den Graben gerutschten Wagen allein durch seine Fahrkünste flottgemacht hatte, Tatuś, der einen Tag nach seiner Abfahrt bleich vor uns stand und eine Woche lang fast nicht sprach. Ich hatte mich an ihn geklammert, ohne zu verstehen; erst jetzt, sein Breslau vor Augen, seinen Jugendtraum, seine Rettungsidee, begriff ich, wie er an unserem Küchentisch in Lwów, dann Lwiw, dann Lemberg und erneut Lwiw an jenem Abend Mitte Mai so verzweifelt hatte lachen können. Er, der Professor für Altphilologie, der aussah wie ein Skilehrer, hochgewachsen, mit breiter Anlehnbrust, der außer Griechisch und Latein Motoren bewunderte, vor allem kaputte – sie glichen für ihn einem archäologischen Objekt, das sich mit Geschick und endloser Geduld zusammensetzen ließ. Er, der zu uns sagte: »Die Deutschen sind grausam und höhnisch, man ölt sie, indem man tut, was sie wollen, geschmeidig werden sie nicht. Die Russen saufen und befreien dich so sehr, dass du dran krepierst, wobei du als Letztes ihr lautes Lachen hörst«, er, der dabei finster auf seine Hände starrte, in die das Motorenöl schwarze unabwaschbare Wege gezeichnet hatte, den Kopf schüttelte wie ein nasser Hund und sagte: »Sucht es euch aus!«

Der finster schaute und behauptete, dass man uns so oder so nach Westen schicken werde, als »Repatrianten«, nach Schlesien, wo wir nie zuhause waren, das in Polen liegen werde, einem deutschen Polen, von Russen bewacht. Der auflachte, als wäre er betrunken, aber er war nur krank, krank von den vergangenen Jahren, der kleinen Hoffnung und dem viel zu großen Abschied nun: Allein die Unverschämtheit des Wortes »Repatriant«! Die infame

Umkehrung der Wahrheit, dieses gnadenlose Lügen ins Gesicht der Weltöffentlichkeit, dass Stalin damit durchkam: eine Zwangsaussiedlung zu ihrem Gegenteil zu erklären!

Tatuś, der einen halben Liter Milch in sich hineinschüttete, sich mit dem Handrücken den Mund abwischte, Mutter und mich lange stumm musterte und quer über den Lemberger Küchentisch flüsterte: »Übermorgen brechen wir auf.«

Wie mir der Kiefer nach unten geklappt war.

Vater sagte, der ehemalige Dekan der Philosophischen Fakultät Lemberg wolle mit altbewährten Kollegen und ihm die Universität, die herrliche, runde, wissenschaftlichen Geist atmende Breslauer Universität wieder aufbauen, und ich könne endlich ein Studium beginnen in der goldenen Stadt mit ihrem berückenden Flair, ihrem Großbürgertum und dessen Bildung.

Mama, klein und eckig wie ich, begann wortlos, Brot zu backen und das Brot, das wir hatten, auf dem Ofengitter zu trocknen oder unter dem Fenster in die Sonne zu stellen. Vater war, halb über den Tisch gesunken, eingeschlafen; flüsternd zählte sie unsere Gläser mit Rübensaft, wenige, und jene mit Pflaumenmus, sieben, Mutter, die auf Ukrainisch maß und lebte, weil es die Zuhausesprache war, rechnete один два три чотири. Ich sah ihr zu. Grażyna fügte sich ihrem Mann und sagte, Mehl an den Händen wie am Mund: »Wenigstens werden wir in Polen sein.«

»Unsere Schutzleiche«, lachte der Junge in dem Garten, nahm einen Ziegel aus der Mauer rechts, zog eine Plane aus dem Loch und rollte sie aus. Von hinten verbarg ein Schutthaufen die grünschwarze staubige Höhle vor jedem Blick, selbst das nutzlose Türchen erreichte man nur, indem man über Trümmerstücke kletterte und einem überwucherten Pfad folgte. Eine Kastanie, halb verkohlt, Gebüsch, etwas Gras. Löwenzahn, Gänse- und Leberblümchen, Käfer. Das Polnisch des Jungen klang hart: »Du schiebst Wache, ich schlafe zuerst.«

Als er sich bückte, sah ich, wie weiß und mager sein Körper war.

Kurze braune Hosen, blau gestreiftes Hemd. Er lag auf seiner Unterlage und steckte sich eine Zigarette an.

Der Jasmin blühe bereits, weil es im April hier so heiß gewesen sei. Seit Ostern brenne die Stadt.

Feuerwehr? Es gäbe weder Schläuche noch Autos noch Benzin noch Spritzen noch Pumpen noch Wasserleitungen noch Alarmanlagen noch einen einzigen Feuerwehrmann. Woher ich denn käme?

Stolz sagte ich: »Lwów.«

Er zog ein frühgreises triumphierendes Gesicht: »Das gibt es auch nicht mehr.«

Stunden später, es war schon hell und heiß, griff ich noch im Halbschlaf an meine Reisetasche, dachte erstaunt: »aber mich gibt es noch« und suchte nach dem Kettchen mit Kreuz in meinem BH. Ob es auch wirkte, wenn ich es verbarg? Als meine Fingerkuppen es tasteten, schien es mir klein wie für ein Kind.

Sonnenstrahlen brachen durch die Ligusterhecke, Vögel warfen sich aus der Kastanie ins Gebüsch. Ein weißes Netz Tau lag auf den Grashalmen, in der diesigen Luft hingen Rauchwolken. Sie zogen Richtung Westen; Richtung Westen blase der Wind hier am liebsten, hatte der Junge gestern Abend gesagt.

Sein Wachplatz am Gartentürchen war leer.

Egal.

Die niedergebombte, staubige Stadt, das Ziel von drei Wochen Fahrt – eine Enttäuschung. Egal.

Trotzig und deutsch, Trümmerwelt. In Trümmerwelten schien die Sonne gnadenlos, ihr Licht vermehrte sich tausendfach an den Partikeln der Luft, schmolz den Kopf, und matschig und benommen schlug auch mein Herz. Süßliche Schwaden drangen aus den Hausruinen, roter Staub lag auf meinen Armen, meinem Mantel, bestimmt auch auf meinem Gesicht. Ich musste aufs Klo – egal. Nach 21 Tagen Güterwaggon war ich an Schmerzen in der Blase, im Magen, in den Därmen gewöhnt. Offensichtlich hatte ich drei Wochen in einem ratternden Albtraum verbracht, um in einem goldenen, stinkenden Garten zu enden, bewacht von einer Leiche. Der Boden bebte nicht ausreichend, um echt zu sein, der Wirklichkeit fehlte ohne das Holpern über endlose Schwellen ein Stück Überzeugungskraft. Nur ich lag da, zitternd auf einer fremden Plane zwischen Vögeln und Rauch, in einem neuen beklemmenden Traum.

Der Sonnenkäfer kroch von meinem Arm auf meine Brust. Ich schloss die Augen und tat vor mir selbst, als wäre alles in Ordnung, als warte ich in der Laube auf Mutters: »Halina, dein Kakao«, wie wartete ich darauf, sicher und behütet zuhause, und all die Zeit über, die ich starr lag, die ich mir im Geist friedlich rückte, still, ohne Explosionen, ohne Schüsse, ohne Feuerprasseln, übte ich so zu atmen, dass man es nicht sah, übte zu atmen, als wäre ich tot, lag als meine eigene Schutzleiche da.

Quer durch mein Gehirn – nie war ich allein gereist, nichts als Lemberg und Umgebung, Polen und seine ukrainischen Wälder kannte ich – wanden sich Erinnerungen aus anderen Leben.

Das war nun jeden Tag so, jeden Tag ein anderes Leben. Das vom Vortag, inzwischen unvorstellbar, hatte auf dem zerschossenen Perron eines Stadtbahnhofs östlich vor Wrocław begonnen: Wie hatte ich mich gefreut, nach all den Stunden des Wartens wenigstens meine Eltern in dem rostiggrünen Kasten verschwinden zu sehen, auch wenn ich selbst beim besten Willen nicht mehr hineinpasste in diesen neuen, die Güterwaggons aus Lemberg ersetzenden Zug. »Komm nach«, quoll Vaters Stimme aus dem Menschenpulk, und mir, der Behüteten, schwankte, obwohl ich seit Stunden auf dem festen Land des Bahnsteigs stand, vor Aufregung der Boden unter den Füßen. Halka, das Küken, würde das hinbekommen, allein. Das Küken, volle 21 Jahre alt, konnte fliegen! Ich würde es Leszek und Grażyna zeigen. Und mir.

Was sich zeigte: wie viel Zuversicht und Stärke mit einem Elternpaar abfahren kann.

Kaum waren sie fort, ließ ich mich dort, wo ich stand, auf dem Boden nieder und versuchte, unsichtbar zu werden. Neben mir glitten Rosenkränze durch Finger, die vertrauten Worte wurden gemurmelt, ich murmelte unhörbar »ich schaffe das«, »ich schaffe das«. Die Bauern besaßen noch immer genug zu essen, einige kochten sogar Kasza, offensichtlich hatten sie vorm Bahnhof frische Lebensmittel getauscht. Der Nachbar links schenkte mir ein Glas schwarzen Tee, so stark, dass alles Licht darin verschwand. Über uns knarrte das von Kugeln durchlöcherte Bahnhofsschild »Oels« an zwei rostigen Ketten im Mittagswind.

Seit der Ankunft in diesem Oels hatte Vater herrlichste Laune verbreitet: Alles war besser als mit drei anderen Familien, Unmengen von Gepäck, einer Kuh und einem Panjepferd einen offenen Güterwaggon zu teilen, bei Regen und Hitze in die Ecke unter der Plane gedrängt, zu trocken, zu nass, zu windig, zu wehrlos. Man hatte uns erlaubt, 30 Kilo pro Person einzupacken, jedes Kleinkind oder Baby zählte, bei manchen Familien kam fast der gesamte Hausstand mit, dazu Geflügel und Vieh. Immer wieder hatten auf der Strecke Rotarmisten den Zug umzingelt, angeblich, um uns vor Räubern und Mördern zu schützen. Wir bezahlten sie mit Bimber und Schmuck, hockten im Waggon, schrien, wurden geschüttelt, hatten Angst, tranken den Bimber selbst. 21 Tage starrten wir darauf, wie unser Land unter uns davonglitt, die Löcher im Boden des Waggons waren so groß, dass ein Fuß hindurchpasste, ein Kind. Regen, Sonne, Sterne und Mond zogen durch unsere Augen und Münder in uns hinein, neben uns taumelten die huzulischen Kelime der anderen, bald einkassiert von den russischen Wachen, ein Vogelkäfig, drei Samoware, bald einkassiert von den russischen Wachen, zusammengeknotete Decken, Strohmatten, Schnapsflaschen, bald einkassiert von den russischen Wachen, Bündel getrockneten Fischs. Darauf türmten wir uns, traurige, austrocknende Menschen auf einer gefährlichen, demütigenden, abstumpfenden Fahrt, ständig erpresst, dauerhaft rechtelos, obwohl wir von Zuhause nach Hause fuhren, nach Polen.

Mein erster Morgen in Wrocław – und ich schwebte, gefangen in einem Güterwaggon, erneut vor der Grenzschranke von Medyka und wurde an beängstigend schwachen Seilen senkrecht in die Höhe gezogen. Der Zug musste von den breiten Gleisen der UdSSR umgesetzt werden, man machte sich einen Spaß, hob uns mit an, ließ uns rutschen und fallen, »lüftete« uns.

Unter schrecklichem Knarzen und Dehnen hatte der Wagen sein Gleisbett verlassen. Hatte rüttelnd etwa zwei Meter über Grund in der milden Maibrise angehalten. Wir fielen aufeinander, atemlos, man ließ niemanden und nichts aussteigen, damit die Tiere sich die Beine brachen und die Russen einen Grund hatten, sie zu töten. Verzweifelt hielten wir das Waggonpferd an der Kandare, flüsterten auf es ein, die Kuh schlitterte glupschäugig gegen die Wand. Da zog man weiter, höher und höher kurbelte man uns hinauf, wir schaukelten vor Baumkronen, von unten schrie man »Himmelfahrt«, »wniebowzięcie«, »is doch 'ne polnische Spezialität«, so lustig waren Späße jetzt, »Himmelfahrt!«

Die heiße, helle Luft des Übergangs benahm uns den Atem.

Für Sekunden hingen wir still unter der strahlenden Sonne über den nicht zueinander passenden Spurweiten. Drehten uns an einem viel zu dünnen Strick, die Gesichter geschwollen, die Münder wie zum Schreien geöffnet, verzerrt, ohne Laut.

Das war die polnische Westverschiebung.

Die polnische Westverschiebung waren wir.

Ich würgte fast, drückte mir ein Stück Stoff vor Nase und Mund. Der Stamm der Wrocławer Kastanie ein Schattenstummel, es musste Mittag sein. Nach dem Transport hatte niemand mehr eine Uhr, auch die Turmstümpfe der Stadt zeigten nichts an. Den Breslauern hatte man die Zeit zerbombt, mir war sie im Zug abhandengekommen; während man uns verschaukelte, hatte sie angefangen aufzuquellen wie ein Hefeteig und war in all den Tagen, die Nächten glichen, und den Nächten, die Tagen glichen, hinausgewuchert aus uns. In dem Busch neben mir riss ein kleiner Vogel mit abgerundetem Schwanz, braunen Längsstreifen auf der Brust, den Schnabel auf, reckte den unglaublich rosafarbenen Gaumen nach oben und klang wie eine Bombe, die fällt.

»Schwirl«, sagte die rauchige Stimme. Die Lippen des Jungen waren orangefarben, sein Hemd dreckig. Er blutete aus einer Schramme am Arm.

»Du gehörst in ein Bad.«

Keine Antwort.

»In eine Erziehungsanstalt.«

Ein Zucken des Arms. Der Schwirl hämmerte die nächste Folge metallischer Töne auf uns herab.

»Ich bin froh, dass du wieder da bist.«

Das halbe Kind fasste sich unter den Hosenbund, wickelte ein Stück Speck aus einem Tuch.

»Erziehungsanstalten sind zerbombt«, sagte es kauend. »Was machst du, wenn ich nicht wiederkomme?«

»Du kommst wieder.«

»Sicher?«

»Du hast einen deutschen Akzent«, sagte ich.

»Nein«, sagte er.

Ich zuckte die Schultern: »Doch!«

»Nein.« Ein aufsässiges, verlassenes Kind. Wer weiß, in welchem beängstigenden Traum.

Wenn wir in eine Kontrolle gerieten, würde ich sagen, er sei mein taubstummer Bruder. Papiere verloren. Hatte ich mir ausgedacht, während ich auf ihn wartete. Wir übten die Szene. Er durfte nichts verstehen. Es war nicht einfach. Er durfte keine Angst haben. Er gab mir ein Stück Speck.

»Ich habe keine Angst.«

»Ich weiß.«

Sein milchblauer Blick taxierte mich. Vielleicht ließ er mich hier sitzen. Raubte mich aus.

Schroff hielt er mir eine Flasche Orangenlimonade hin.

Sie schmeckte nach Rauch und dann so köstlich nach Zuckerzitrone, dass ich die Augen schloss. Licht sammelte sich hinter meinen Lidern – mein junger Körper streckte sich und etwas in mir, das ich nie zuvor gespürt hatte, tat es ihm nach.

»Du bist ein Wolfskind«, sagte ich zu dem Jungen.

Er zeigte seine Schneidezähne, einer stand schief.

Wolfskinder lebten allein, verwildert, gestört. Unberechenbare Räuber. Seine abstehenden Ohren waren so dünn, dass ich das Blut in den Adern pochen sah. Ich mochte ihn.

»Adam«, sagte er. Meinen Namen fand er nur polnisch.

»Wie ich«, sagte ich, »nur polnisch. Merk dir das.«

An einer Kreuzung schaufelte eine Gruppe Frauen Schutt. Munition krachte, ulica Opolska, plac T. Kościuszki, ich versuchte, mir den Weg zu merken. Möbel, umgekippte Straßenbahnen, Pferdeleichen, Rauch, polnische Schilder. Als Männer in deutschen Uniformjacken, Abzeichen abgerissen, auf einem schäbigen Lkw vorbeigefahren wurden, verstand ich, was an mir für Adam nützlich war: Alle Männer, auch die polnischen Bewacher sahen auf mich statt ihn.

Es stank tatsächlich weniger als am Vortag. Wir kamen voran.

Die Wohnungstür im dritten Stock stand offen, ein handgeschriebenes Schild *Polnische Stadtverwaltung Kraków – Wrocław* grüßte mich. Dick eingemummte Gestalten überall. Hinten rechts in der Ecke, allmählich gewöhnten die Augen sich an den Halbdämmer, Mamuśka an der Wand.

Ihr Herz hüpfte in ihrem Gesicht, als sie mich erkannte. Tatuś rief: »Siehst du, es funktioniert!« Er war so stolz. Mama nahm mich still in den Arm.

Sie hatten dort übernachtet, ihre Nummer sollte bald an der Reihe sein, sie wollten uns registrieren lassen. Leszek und Grażyna aus Lwów, Lemberg, Lwiw, die auf Ukrainisch sangen und zählten (sie), polnisch lebten (beide), deutsch dachten (er): alles der Ordnung nach.

Drei Arbeitsplätze. Auf dem einen Tisch eine schwarze Schreibmaschine, *Triumph*. Die Stille der Wartenden hie und da unterbrochen von einem Husten, dem Anschlagen der Tasten, gefolgt von einem Seufzer, als könnten die Vorgänge des Ankommens niemals zu Ende geschrieben sein.

»Nummer 461«, sagte schließlich einer der Verwalter.

Auf dem Küchentisch, vor den wir traten, wellte sich ein vergilbter Plan. *Schlesien*. Die Grenze im Westen dick rot umrandet, dort begann das deutsche Sowjetreich, dort saß die sowjetische Armee. Zur Rechten schien auf der Karte alles frei, dort im Osten, sagte der Mann, werde Polen sich ausdehnen, sich erweitern, florieren. Tatuś sagte nichts, mir stand der Mund offen vor dieser Dreistigkeit. Unser Gegenüber wusste, woher wir kamen. Zentralpolnischer Akzent, blonder Backenbart, kein Blick. Der Verwalter trank Kaffee aus einem riesigen, henkellosen Glas, einer Blumenvase?, schob vor unseren müden Augen Patronenschachteln auf der Karte hin und her. Sein Kaffee roch so verlockend, dass ich fast ohnmächtig wurde. Die Schachteln, sagte er, stellten Züge dar, Züge wie jenen, aus dem wir gestiegen waren.

Polen, Freundschaft, Sowjetunion.

»Gefallen«, sagte Vater, »geschubst. Aus dem Zug.«

»So eilig gehabt?«, sagte der Zuständige und sprach von unserem neuen Staat; wir wussten bald, warum jede Registrierung übermäßig viel Zeit einnahm. Die Züge, sagte er, führen im Sechsstundentakt aus Ostpolen ab. Segensreich, revolutionär organisiert, sowjetbrüderlich. Adam wurde als viertes Familienmitglied eingetragen. Der Backenbart bemerkte, dass er nur drei Geburtsurkunden sah, er zählte zwei Mal nach. Und schien zufrieden. Ein Pole mehr war ein Pole mehr.

Die *Triumph* hackte. »Steinchen auf Stein fügt sich ein«, sagte der Verwalter. Die Wohnung könnten wir uns aussuchen, er rate uns, in der Umgebung zu bleiben, was wir brauchten seien Polen! Als wir gingen, schickte er uns ein leises »triumf« hinterher. Polnisch, versteht sich.

Russisch war es auch. Wie oft hatten wir es in den letzten Jahren gehört. Tatuś sagte: »Alles Banausen. Es ist Latein!«

Über eine breite Straße kämpften wir uns voran, ulica Marszałka Stalina. Breslaus Gestank lief uns voraus, roter Staub wehte uns hinterher.

Meine Brust kribbelte vor Freude und Ungeduld. Sollten wir nicht rennen?

Die Ratten rannten. Parallel zu uns, fette glänzende Ratten, parallel zu den Schutthaufen. Ratten, denen Horden quiekender Rattenkinder folgten.

Ich fand die Maden schlimmer, die auf den Trümmern krochen und wieder in sie hineinverschwanden. Adam ging, ein Stück Lemberger Brot kauend, gleichgültig neben uns. Brandschutt lag auf dem Zierrat der wenigen erhaltenen Fassaden auf der Ostseite des Matthiasplatzes, pulvriger Mörtelstaub bedeckte die Reste der Gehwege. Am Wasserhydranten stand eine Schlange. Der Hydrant war das einzig Grüne hier. Jemand hatte ihn abgeputzt. Ulica Jagiellończyka, ulica Kazimierza.

Hatte der Backenbart diese Namen genannt?

Paulińska. Das Eckhaus fehlte, den Rest der Straße säumten auf beiden Seiten ordentlich zu Gebäuden geschichtete Steine, nur die Bäume und die Dachstühle waren verbrannt. Wir wurden langsamer. Stumm waren wir bereits. Wie wählen? Worauf achten? Die Straßen ausgestorben. Keine Trümmer, keine Nager. Staub wirbelte auf, schwebte, zerstreute sich, als suche er etwas, sank ab. Zwei Amseln sangen, es war Frühling. Mir wurde seltsam zumute, und ich griff nach Mamas Hand, darauf bedacht, dass Adam es nicht sah.

Mama ließ bald los, sie war beschäftigt, redete auf Vater ein, erklärte die Vorzüge des Hauses an der Ecke zur Bolesława Chrobrego, aus dessen Wohnungen man zwei Straßenzüge zugleich würde überblicken können. Sie flüsterten, blickten sich um, zwei schmächtige überforderte Kinder in einem Spielzeugladen der Hölle. Der gelbe Hauseingang gab sich bescheiden; durch Fenster im langgezogenen Treppenhaus, in dessen Mitte ein Aufzug gefahren sein musste, drang zusätzliches Licht. Die durch senkrechte Eisenplatten verbundenen Trittflächen aus Holz schienen uns vertrauenswürdig, eine so gemischt gebaute Stiege brannte nicht so leicht. In das Metall der Setzstufen hatte man ein hübsches Muster von Blumen und Sternen geschnitten. Gelb und grün schwebten sie vor uns her, während wir nach oben kletterten. Erster Stock. Die Tür musste eingetreten worden sein, war indes von innen mit Brettern vernagelt.

Tatuś klingelte. Klopfte. Der Knauf ließ sich nicht bewegen. Adam lächelte. Er brauchte fünf Minuten. Den Draht zog er aus seiner Hosentasche.

Aus dem ersten Stock konnte man notfalls aus dem Fenster springen. Wurde andererseits nicht so rasch gefunden wie im Erdgeschoss.

Nicht wahr?

Nicht wahr.

Der Gasherd in der Küche war tot, neben dem Ofen im Wohnzimmer lagen, sauber gestapelt, Ausgaben des *Völkischen Beobachters* zum Einheizen.

Die Wohnung stank und sah unordentlich aus, die Toilette war verstopft, »Soldaten«, sagte Leszek, »Nazis«. An der Küchenwand hing ein Kalender mit gestickten Zahlen und einem Spruch in blauen Lettern. Die Teller im Schrank trugen einen Goldrand mit Schuppenmuster, von goldenen Blättern bestreut. Eine schimmlige Büchse Erbseneintopf in der Spüle, Rotweinflaschen, Reis. Auf dem Blümchensofa im Wohnzimmer ein großer Fleck.

Mein Zimmer ging auf den Garten. Links eine Platane, rechts die Reste eines Schuppens und eine grotesk steil aufragende Teppichstange. Viel Himmel, hellblau und dunkelgrau, davor die Rückseite eines mächtigen grünen Gebäudes in der übernächsten Häuserzeile. Sein flaches Steindach ragte waagrecht über die Hauswand und verlieh ihm den Anstrich eines griechischen Tempels. Ich hatte mir Deutschland durchgängig germanisch vorgestellt. Das Foto eines jungen Mannes in knielanger dunkler Badehose grüßte aus einem Silberrahmen von der Wand. Mit Bleistift stand in sorgsam geschwungener Schrift »Uli, Kap Arkona, August 25« auf dem weißen Bildrand. Der Mann hatte lange Haare, einen ungermanisch schmalen Körper. Unter der Steinbrüstung meines Balkons streckte eine Heckenrose die Knospen aus.

Die Fenster des Salons schauten tatsächlich in zwei Richtungen.

Als wir sie schlossen, dämmten sie das Feuerknattern und unregelmäßige Hallen von Schüssen kaum. Wir hatten die weißrote polnische Fahne so zwischen den Flügeln befestigt, dass man sie aus beiden Straßenrichtungen sah.

Jeder, der kam, sollte wissen, dass die Wohnung in den richtigen Händen war.

Ein paar Tage später hatten wir dazugelernt und holten die Fahne ein. Es war besser, nicht aufzufallen.

Die Abendsonne schien in den Hof auf der Straßenseite gegenüber. Windschiefer Baum, schwarzgraues wucherndes Gras. »Wie zerstört alles ist«, flüsterte Tatuś und lehnte die Stirn gegen die Scheibe. »Aber das«, seine rechte Hand zeigte in das Nichts auf dem geborstenen Asphalt, »Breslaus Mildigkeit«, sagte er, »ist noch da.«

»Mildigkeit«. Welch seltsames Wort. Ich lehnte meinen Kopf ebenfalls gegen das Glas. Es war angenehm kühl. Was Vater sah, sah ich nicht. Auf der Straße lag spätes Nachmittagslicht.

Feuerlicht.

Später sagten seine Kollegen, Professoren der Philosophie, Orientalistik und Archäologie, wir seien in Wrocław die ersten Menschen gewesen, seien nicht, wie Immigranten gemeinhin, in einen besiedelten Raum gekommen, nicht zu Gruppen gestoßen, an die wir uns hätten assimilieren können, hatten selbst keine Gruppe gebildet, sondern einen willkürlich gemischten Haufen. Wie Pioniere seien wir in ein Vakuum gefallen voller Leichen, Dreck, Schande, Müll und Gefahr, in Stadt- und Dorfreste, die Lebens- und Lügenreste unserer Vorwohner, eine Stadt, nicht völlig leer, sondern bestreut mit Asche und hässlichen Träumen. Da hätten wir uns in Menschen ohne Geschichte verwandelt, wir durften keine haben, und der Raum, den wir betraten, hatte ebenfalls keine Geschichte mehr oder nur eine zerschlagene und eine erfundene, die 1000 Jahre zurücklag, ein Propagandabild.

Zwei dunkelgrün lackierte Blecheimer mit der Aufschrift *Schlesische Gießereien Liegnitz* am Arm, suchte ich mir einen halbwegs trümmerfreien Pfad zu dem Platz, den die Deutschen Matthiasplatz genannt hatten. Die Fundamente eines kreisrunden Brunnenbeckens ragten aus dem Sandboden, ein Rotdorn krümmte sich gegen den halb umgestürzten Zaun, stachelig, verwachsen, ohne Blatt. Vor mir in der Schlange wartete eine beinlose junge Frau auf einem Rollbrettchen, die Flasche baumelte ihr an einer Schnur um den Hals. In keinem Haus floss Wasser aus dem Hahn.

Die Dämmerung kam langsam, als müsse die verwundete Stadt mit besonderer Vorsicht behandelt werden. Allmählich ließ die Tageshitze nach, man ahnte für Augenblicke, dass Mai war und die Luft hätte duften müssen. Vor dem feurigen Himmel schien die Nacht aus dem Boden zu dringen, sie kroch aus Katzenköpfen und Büschen, floss von unten die wenigen noch vorhandenen Fassaden hinauf. Die Straßenbeleuchtung funktionierte nicht, wer sich auskannte – ich nicht –, hatte eine Lampe dabei. In einem der Häuser gegenüber der Schlange ging die Tür auf und drei Mädchen traten hintereinander aus der erleuchteten Öffnung. Das jüngste trug einen blauen weit schwingenden Rock aus gutem Tuch und halboffene braune Schuhe; seine Waden waren dünn und sehr weiß. Die beiden anderen, auch sie jünger als ich, ähnelten sich auffällig.

Stumm standen sie da, sauber gewaschen, mit geflochtenen Zöpfen. Als eine Gruppe Rotarmisten die Straße herunterkam, schienen zwei der Mädchen in die Mauer des Hauses zurückkriechen zu wollen, das andere tat einen Schritt nach vorn.

Die Soldaten hatten bereits Begleitung, deutsche Begleitung. Man blieb vor den drei Neuen stehen, lachte, gestikulierte. Im Handumdrehen hielten zwei Sowjets die beiden Größeren im Arm. Die Kleinste wollten sie augenscheinlich nicht. Unentschlossen blickte sie hin und her zwischen der Haustür und der abziehenden Gruppe, drehte sich ohne Grund zu unserer Schlange, schaute mich an, als könnte ich ihr helfen, lächelte nach ein paar Sekunden schüchtern und hastete den anderen hinterher.

Das Wasser plätscherte in meinen ersten Eimer, allmählich bedeckte die Flüssigkeit den Boden. Der schmächtige Alte in der Schlange hinter mir leuchtete mit seiner Taschenlampe hinein, damit ich nichts vergoss, und der von der untergehenden Sonne angestrahlte Himmel spiegelte sich in dem künstlichen Licht. Da sah ich die drei Mädchen noch einmal. Mit wehenden Röcken, die nackten, fast zur Gänze entblößten Beine verkrampft angezogen, die Arme zur Seite geworfen, die Körper aufrecht schienen sie vor den prächtigen dunkelorangen Wolken in der Luft zu stehen.

Mitten in einem Sprung.

Die Gesichter ausdruckslos, weder freundlich noch angestrengt, als hätte der aufgehaltene und dadurch endlose Fall jedes Empfinden in ihnen gelöscht.

Nicht über einer Pfütze, nicht über Wasser in einem Schwimmbad oder am Meer, nicht über einer Matte waren sie abgesprungen. Sie schwebten in erdleerem Raum.

In luftiger erschreckender Höhe.

Benommen wankte ich quer durch die Staubwüste Richtung Paulinenstraße. Die Rußpartikel in der Luft ließen die letzten Reste des Abendlichtes, das über mir die verbrannten Dachstühle umspielte, als schnüffele es an ihnen, unnatürlich farbig erscheinen. Widerborstig umstand das zerbombte Breslau den Platz. Aus seinen Ruinen quoll eine schwere Lähmung.

Die Spiegelreste gelber, glühendgrauer, stachelig drohender Wolken mit überraschend zarten dunstigen Stellen, Gemäldewolken, schwappten gegen den schlesischen Eimerrand. Es war der Augenblick, in dem ich begriff, dass wir nie mehr nach Lwów zurückführen.

Mutter räumte die Kommode in dem fremden Schlafzimmer aus: Bettlaken, Kissenbezüge, Unterhosen. Wir hatten unser eigenes Leinen dabei, schmutzig von der Fahrt. Die Zeit reichte nicht, es zu waschen. Also zogen wir die Wäsche der Deutschen auf. Sie roch nach Vanille und Rauch.

Adam schlief, er hatte sich ohne zu zögern hingelegt, obwohl das Bett zerdrückt war von seinem letzten, uns unbekannten Gast. Ich glaubte, dass er, pflegten wir ihn nur ausreichend, wieder Kind werden könnte. Von den unsichtbaren inneren Menschen, die entstehen, wenn man geliebte Menschen verliert, ahnte ich nichts.

Adam war der erste Mensch, den ich heilen wollte.

Dass verletzte Menschen mich anzogen, weil ich selbst verletzt war, hätte ich damals nicht gedacht.

Kaum war es dunkel, setzte im Treppenhaus ein reges Kommen und Gehen ein. Ob die, die herabstürmten, jene waren, die vor fünf Minuten hinaufgestiegen waren? Wir versteckten die Pistole unter Tatuś Kopfkissen. Raum um Raum tasteten wir uns durch die Wohnung. Am Ende saßen wir im Dunkeln wie Vögelchen auf der Stange eng nebeneinander auf der Chaiselongue. Über den Fleck hatten wir ein Handtuch gebreitet. Ich hatte das Gefühl, mit dem Po nicht richtig auf das Polster hinabzukommen. Grażyna versuchte, darüber zu lachen, Leszek war mit den Gedanken anderswo. Wie seltsam, fast bedrohlich, nach den Wochen im Waggon so umschlossen zu sein: feste Wände, Bücherregale, Bilder. Unser altes Lemberger Leben, blass und schwach, saß vor uns auf dem Couchtisch und blickte uns verstört an.

Ein kleines gelbliches Gespenst mit großem Kopf.

Es schrumpfte, noch während ich auf es starrte. Irgendwann griff Mama nach meiner Hand; sie spürte, dass ich zitterte, verstand nicht und sagte, ich gehöre ins Bett.

Mein Zimmer schien mir zu still, dann zu hell, der Mond leuchtete hinein, zugleich leuchtete er auf Lwów, das war nicht zu begreifen, allein der Gedanke tat weh. Ich öffnete das Fenster, Eulenjunge riefen mit spitzen Stimmen aus der Nacht nach ihren Eltern, es wunderte mich: War ein Park in der Nähe gewesen, war er abgebrannt, dass sie nun in den Gartenbäumen saßen? Ich musste daran denken, wie ihre Eltern sie gleichwohl aufziehen würden, gut und selbstverständlich, mit all den Dingen, die Eulenjunge brauchen, als wären Versorgung und Zuwendung eine Naturgegebenheit, nur für mich stimmte es nicht mehr, meine Eltern hatten bereits auf der Flucht, unmerklich zunächst, aufgehört, mich aufzuziehen, sie würden es in der fremden Wohnung nicht wieder fortsetzen, ich spürte es mit aller Deutlichkeit. Nicht ich hatte angefangen, sie zu entlassen, da auf dem Oelser Perron, sie hatten angefangen, sich von mir zu lösen, schon Tage zuvor, schon während der Fahrt im Güterwaggon. Niemand sagte ein Wort darüber, vielleicht geschah es auch für sie unwillkürlich, und sie begriffen es so wenig wie ich. Wir hatten kein Dach über dem Kopf gehabt, der Wind hatte durch uns gepfiffen, drei Wochen lang. Wir hatten gefroren und waren geschrumpft, jeder für sich.

Ich stand auf und griff nach meinem BH, der über der Stuhllehne lag, öffnete die Öse des goldenen Kreuzkettchens, wickelte es ab und hielt es eine Weile in der Hand. Dann versteckte ich es, eine schmale weiße Schublade nahm es auf, neben einer fremden Nagelschere.

Etwas in mir fiel um. Die Veränderung vollzog sich leise und scheinbar leicht, als wäre ich ein Kartenhaus gewesen, eine Karte war herausgezogen, nun stürzte der Rest. Ich fühlte das mehr, als dass ich es dachte, meine Gedanken hinkten dem Fühlen hinterher, obwohl ich so viel mehr dachte als je zuvor, beängstigende und übergroße Vorstellungen jagten ununterbrochen durch meinen Kopf, Gedanken über Zusammenhänge, von denen Tatuś sprach, und über Dinge, die nicht mehr zusammenhingen. Davon sprach niemand; es war nur wirklich, geradezu überwirklich, so sehr, dass man nicht einmal mehr davon sprechen konnte, und erneut sah ich die drei deutschen Mädchen, in die Luft geschleudert, in ihr gefangen, erdlos erstarrt.

In der Küche machte ich mir Wasser heiß für ein Bad. Auf der Wanne lag ein Stück alter rosafarbener Seife, am Waschbecken eine Schachtel Zahnpulver *Vera*. Der Spiegel erschreckte mich: Die junge Frau darin sah aus wie »ein Schwälbchen im Frühling«, jaskólka na wiosnę, das blühende Leben selbst.

In der Wärme der Wanne schlief ich fast ein. Erst als mir eiskalt war, rappelte ich mich auf, stand schlotternd nackt auf dem Badteppich in der dampfenden Luft, müde zu guter Letzt, griff mit verschrumpelten Fingerspitzen nach dem Handtuch, hörte ein Geräusch von der Tür und drehte mich um.

Seine Rechte umklammerte eine Pistole, ihr Lauf zeigte auf meinen Hals. Ich erstarrte, wagte nicht einmal mehr, mir das Handtuch über den Busen zu ziehen. Sein Gesicht wirkte ganz und gar gleichgültig; seine Augen fixierten mich, er sagte kein Wort.

Die gesprungene Bodenkachel in der zweiten Reihe links an der Tür. Beige. Ebenso der Duschvorhang mit den aufgestickten schwarzen Kätzchen.

Eingebrannt, überscharf.

Oder auch so: Wie ich versuchte, nur durch Denken herauszufinden, ob die Pistole geladen wäre oder nicht, wie völlig sinnlos dieses Denken blieb, wie sinnlos ich dachte »was habe ich falsch gemacht«, wie der Junge mir, ohne ein Wort zu sprechen, bedeutete, ihm voran in Richtung seines Zimmers zu gehen, wie ich es tat, in jedem Augenblick mit dem Gefühl, im nächsten Moment eine Kugel in den Rücken, ins Bein, in den Kopf zu bekommen, wie ich mich meines Blickes in den Spiegel schämte (das blühende Leben), wie meine Gedanken hin und her rannten gleich einer Schar panischer Mäuse, wie ich nicht wagte zu schreien, aber unmerklich langsamer wurde, wie Adam mich zu meinem ungläubigen Staunen, weiterhin stumm, überholte, auf sein Bett zuging, den Arm mit der Pistole senkte, wie ich ihm die Waffe aus der weichen Hand nahm, als wäre sie ein belangloser Stock, wie ich ihm half, sich auf die Matratze zu betten, wie ich begriff, dass er schlief, wenn auch mit weit geöffneten, beinahe leblosen Augen, wie ich mich zum zweiten Mal erschreckte und mich neben ihn auf das Bett drückte, damit er die Augen schloss, wie ich auf Beruhigung hoffte, während ich mit pochendem Herzen spürte, dass sein magerer, kühler Knabenkörper sich neben mir entspannte, wie ich hörte, dass er gleichmäßig atmete und mich aus dem Bett davonstahl, nicht ohne mit einem Teil meines Körpers die Nähe auch genossen zu haben, wie unendlich friedlich Adam aussah, als ich hinausschlüpfte und Millimeter um Millimeter den Schlüssel zu seinem Zimmer von außen im Schloss drehte, wie ich in der Küche den Kopf weinend in die Hände schlug, wie seine Haare sich in der Stirn und im Nacken gekräuselt hatten, wie ich mir nun sicher war, dass er höchstens zehn Jahre zählte, vielleicht auch erst neun – das vergisst man nicht mehr.

Danach ging alles rasend schnell, veränderte sich von Stunde zu Stunde. Sagt die Erinnerung.

Es ging sehr langsam, zäh, sagt die Erinnerung.

Die Tage glichen sich, verschwammen ineinander, man saß, räumte ein wenig, sagt die Erinnerung zu mir.

Die neue Person, die auf der Bahnfahrt geschlüpft war, wuchs und wuchs. Sagt wer?

Still und beharrlich? Schubweise?

Ständig, sage ich der Erinnerung.

Leszek kam kaum mehr aus der Universität zurück; er schien sich wohlzufühlen, jedenfalls besser als die Jahre zuvor. Grażyna hingegen verließ die Wohnung immer seltener, kochte und buk immer mehr. Jeden dritten Tag tischte sie nun selbstgemachte Piroggen auf, Weißkäse konnte man um die Ecke in einem der ersten kleinen Läden kaufen, Pilze, die es kaum oder nur getrocknet gab, ersetzte sie durch Zwiebeln und Kraut. Je länger wir blieben, umso ostpolnischer wurde ihre Küche, am Morgen ging Hefeteig in der Schüssel, am Abend der nächste. Mutter formte daraus Kulebiaks unterschiedlicher Größe, brachte den Sobolewskis im dritten Stock welche vorbei, nur um dort oben eine Stunde an dem polnischen Ofen zu sitzen, den man in der Mitte des Wohnzimmers aufmauerte. Im heißesten aller Sommer. Die Hefepasteten füllte sie mit Resten: Fleisch, Fisch, Reis, Gemüse, hartgekochte Eier, Mamuś wurde erfinderisch und setzte Teiggitter obenauf, in denen man mit etwas Mühe den Turm der Lemberger Kathedrale oder die Umrisse des Opernhauses erkennen konnte, und dann stand sie in der Küche und aß das Kunstwerk allein, da Vater und ich in Kulebiak-Streik getreten waren, und Grażyna wurde runder und unbeweglicher davon.

Die Zutaten kamen vom plac Grunwaldzki, Leszeks »herrlicher Kaiserstraße«, einer tausend Meter langen Schuttstrecke, von den Hitlerowcy höchstselbst hergestellt. Der Wind verteilte roten, kalkigen, grauen und rußigen Staub, eine Frau, deren Brüste vor Hunger zu langen Fäden geworden waren, stillte jeden Tag, am Boden hockend, ein Baby. Hier, auf dem Szaber, brachten Adam und ich die Familie durch.

Mit Sachen aus der Paulinenstraße fingen wir an. Zunächst verhökerten wir einen orientalisch anmutenden Aschenbecher aus getriebenem Silber, drei Tassen, Teller und Unterteller des weißen KPM-Geschirrs, Testverkäufe für die teuren, blaugoldenen Stücke aus dem Vertiko im Wohnzimmer. Eine Kristallvase, überschüssiges Bettzeug. Ich suchte mir einen sicheren Platz, das Kind, das wieder Kind werden sollte, ging Wohnungen plündern. Regelmäßig trafen neue Transporte ein, Vertriebene aus den Kresy, Arbeitssuchende aus Zentralpolen.

Wir waren flink. Unsere Haut spannte über den Kehlen wie bei hungrigen Vögeln.

Meine Eltern wussten nichts, der Szaber war kein Ort für sie. Auch, warum Adam in der Küchenkammer schlief – ihr kleines Fenster, ein lufcik, ließ dem Mond kein Spiel –, beschäftigte sie nicht.

An manchen Tagen erhöhte ich alle paar Stunden die Preise, an manchen Tagen ging ich zum Plündern mit. Unser Geheimnis, unsere Wunderhöhle wartete auf uns. Aus ihrem wie ein Auge geformten Frontglas zackten Scherben gegen den Himmel. Die von geschnitzten Jugendstilblumen umrankten Schaukästen am Ein- und am Ausgang waren zerstört, zwischen zersplitterten Balken zwängten wir uns hindurch. Zerborstene Regale, Lebensmittel und Kleidungsstücke unter niedergegangenem Stuck. Rasch lernten wir, uns in den meterhohen, geborstenen Räumen zu bewegen, das wenige Licht zu nutzen, das hier durch einen Mauerriss fiel, dort durch ein Loch in der Decke. Staub schwamm in jedem Strahl. Toten wichen wir aus, sie waren längst leer.

Das Gebäude wirkte brüchig, jeder Durchschlupf gefährlich und schmal. So gehörte es uns, das Kaufhaus der Gebrüder Barrasch, hallend, unheimlich, weit, ruiniert. Wir erwarteten alles, Feinde, Verfolger, Räuber, sogar Leichen, die seufzend nach uns griffen. Das hätten wir uns nie eingestanden, wir hielten uns an der Hand. In den Rohren gluckerte und knackte es, Wind pfiff durch die Mauerrisse, als umtanzten Horden höllischer Unterteufel das einstige Luxusreich. Waren wir zwischen atemberaubenden Staubwolken, undefinierbaren Gerüchen und den aus übergroßen Tiefen hervorgurgelnden Lauten tiefer in die geplünderten, in ihrer Leere und Größe halluzinatorischen Hallen gedrungen, begannen unsere Augen, nach Diebesgut zu suchen; nur unsere Herz- und Beinmuskeln vergaßen die Angst nicht und zuckten, als lebten sie in Hasenkörpern, bei jedem Geräusch.

Höhepunkt unseres Tages, Mutprobe, süßes Geheimnis. Im Erdgeschoss fanden wir unter von Ziegeln und Mörtel verschütteten Tischen eine Kollektion feinster Lederhandschuhe für Damen. Zerkratzte gaben wir billiger ab; nicht mehr zu rettende schnitten wir auf, verschenkten die Lederflecken, lockten Kunden an. Die Farben waren sagenhaft, ein Traum inmitten der Trümmer. Und erst die schmeichelnde Festigkeit der tierischen Haut. Auch uns hatten Hände und Augen geschmerzt, als wir den Schatz entdeckten, diese Werkstücke der einst so leuchtenden, zivilisierten Welt. Ich behielt mir ein safranfarbenes Paar, dessen feine, umschließende Kraft mich die Schrammen und Risse meiner Beutehände vergessen ließ. Adam drückte seine Lippen auf meine bekleidete Rechte, und wir, selbst staubig und heiß, machten ein paar unbeholfene Tanzschritte durch das unter seinem Gewicht stöhnende Höhlensystem der Barraschs, ihren zerblätternden Wespendom aus Holz und Beton, das verlassene Wabenreich eines zu neuen Kriegen ausgezogenen Hornissenschwarms.

Vorsichtig krochen wir mit unserer Beute durch ein Ziegelloch auf der Rückseite hinaus. Dort räumten deutsche Frauen und Männer die Straße von Trümmern. Weiße Flecken bewegten sich vor unseren Augen, wir blinzelten, freuten uns: Das Gesetz, das Deutsche verpflichtete, sich mit einer weißen Binde am Oberarm zu kennzeichnen, wirkte Wunder. Es sah aus, als wollten die Hitlermenschen sich immer von neuem ergeben. Über ihnen zuckten die Feuerscheine am Himmel, łeb mi pęka, Tatuś sagte das gern, ihm glühte der Kopf von Fußnoten, mir von Menschen, Beute und Staub.

Bald kam das Gerücht auf, unter der zerstörten Stadt liege ein zweites Breslau aus Tunneln und Bunkern mit Gefechtsmunition, Essensvorräten und Telefonen. Adam und ich hörten auf dem Szaber davon, glaubten es sofort: Das war, was im Barrasch durch die Rohre pochte und rülpste. In Tunneln und Kanälen hausten Deutsche wie Ratten, kamen von unten hoch zu Tausenden, jeden Tag. Bald sah man nahezu nur mehr Menschen mit weißen Armbinden, ihre beängstigende schiere Masse erdrückte uns. Nach einer Woche schaffte die Verwaltung die Weiße-Binden-Verordnung ab, auch ich atmete auf.

Wir wussten nun deutlicher als zuvor, wo wir waren. Höhnisch zeigte die Stadt uns ihr Gesicht: Straßenschilder deutsch; Firmen- und Türplaketten deutsch; Reklametafeln deutsch; Werbesprüche, Geschäftsnamen, »Keller«, »Fluchtweg«, »Rauchen verboten« deutsch; Bahnwaggons, Busse, Kanaldeckel deutsch; die Plaketten der Schlesischen Feuerversicherung, der Gas- und Wasserwerke, Gedenktafeln, gemeißelte Inschriften auf Denkmälern und Grenzsteinen deutsch. Ebenso Kassen und Waagen, Schreibmaschinen, Aktenordner, Briefköpfe und Bücher: deutsch. Wir griffen zu, einzig die Telefonbücher in der Paulinen-Wohnung, zwei unversehrte Exemplare, kein halbes Jahr alt, Reichsadler, Hakenkreuz, ließen wir liegen: untergegangen deutsch.

Ich lernte Deutsch auf der Straße und im Haus. Tatuś sagte: Du gehst zu Herrn Daidanek, weil die Universitätsbibliothek voller deutscher Bücher steht. Mamuśka: weil die Deutschen zurückkommen werden. Ich ging, trug Kulebiaks und Tee die Treppen hinauf, um Herrn Daidanek zu bezahlen. Er lebte hinter einer geschickt getarnten Tür im Speicher und verstummte zuweilen mitten in einem eben erdachten deutschen Satz. Seine Augen schwammen, seine Nasenflügel zitterten; kam er wieder zu sich, war er streng. Ich ging zu ihm und ging gern und der Grund dafür war so geheim, dass er fast vor mir selbst verborgen blieb.

Er war groß und blond, dieser Grund, ein paar Jahre älter als ich, bewegte sich auf zwei festen Beinen und lernte Polnisch bei Daidanek. Als ich ihn das erste Mal auf der Treppe sah – ich kam hinunter, er stieg herauf, Sonne im Gesicht, in den dunkelbraunen Augen –, lächelte ich ihn an. Noch bevor ich einen Gedanken gefasst hatte, schwebten mein Mund und meine Augen ein wenig vor mir her. Schwebten auf Daidaneks blondlockigen Schüler zu.

Unsere Wohnung teilte sich auf. Mutter blieb hinter der Tür, ich bezog Position im Treppenhaus. Mein Vorwand: Ich wollte ein Huhn! Sogar zu den Sobolewskis aus Kolumniya, den glücklichen Besitzern einer Balkonziege, lief ich hinauf. Sie sagten, ein Huhn brauche einen Stall und eine Schere. Die Hausfrau, Mondgesicht, knopfgroße Augen, lachte, weil ich staunte. Sonst flog es weg!

Der Kachelofen war fast bis zur Decke gediehen. Ohne Ofen keine Mitte im Haus. Hier schlief man, hier wachte man auf.

Die Ziege wohnte auf dem Balkon. Nachts hörte ich sie meckern, nun streichelten wir sie. Frau Sobolewski flüsterte, ich solle versuchen, zwei Hühner aufzutreiben. Eines allein gehe ein. Es spuke hier.

»Im Haus?«

»Und draußen! Sogar bei Tage. Die blauen Geister.«

Die erste Elektrische fuhr. Die Geister fuhren an der Leitung mit.

Die Nachbarin wiegte den Kopf. Die Ziege helfe. Sie werde schreien, wenn die Hitlerowcy zurückkehrten!

Wir lachten. Vom Ziegenmeckern war ich überzeugt.

Schrie die Ziege auch, wenn Daidaneks Polnischstudent kam? Frau Sobolewski sagte »gewiss« und gab mir sechs Stück Sernik für Grażyna mit.

Am nächsten Tag hatte Adam zwei Hühner und alte, gerade gebogene Nägel besorgt. Er sagte, in dem trockenen Becken der Fontäne am Matthiasplatz werde ein russischer Panzer aufgestellt, mit Siegernelken dekoriert.

Ich saß, einen Apfel kauend, zwischen erstem und zweitem

Stock. Das Mittagslicht fiel durch Sterne und Blumen der Treppe, seine Strahlen kitzelten meine nackten Waden, spielten auf meinem blauen, mit grünen Pünktchen bedruckten Rock. Schönfließer-Rock. Ich hatte nicht gewusst, dass ich mir etwas so inbrünstig wünschen konnte, auf so dringende Weise, die die Brust warm machte und nichts außer sich selbst zuließ.

Die Ziege meckerte, als treibe eine Horde blauer Geister sich um ihr elektrisches, in der Sonne weiß schimmerndes Fell.

Sie war klüger als gedacht.

Er kam die Treppe herunter.

Er sagte auf Polnisch: »Ich würde gern mehr sagen, aber ich weiß nicht, wie viel was.«

Ich sagte auf Deutsch: »Ich verstehe nicht so.«

Er übersetzte es ins Polnische. Es gab etwas Weiches in seinem Gesicht und etwas Hartes. Die Lichter und das Treppenhaus standen schief.

»Ich heiße« lernte man als Erstes. Dann »ich komme aus …«

Er sagte: »Verstehst du mich?«

Unser Gespräch dauerte eine Weile. Sie schien mir kurz. Der Deutsche ging. Seine marineblaue Hose war schäbig, die Knie durchgescheuert. Er trug ein langärmeliges Hemd, das irgendwann weiß gewesen war, die Ärmel aufgekrempelt. Über seine Ellenbogen liefen auf beiden Seiten tiefe Narben.

Ich erzählte niemandem von ihm, nicht einmal Mamuśka, die, kaum 40 Jahre alt, noch immer schön, zunehmend einem traurigen Esel glich. In Lemberg hatte man uns oft für Schwestern gehalten, in Wrocław kam niemand mehr auf diese Idee. Die rasch ergrauenden Haare zu beiden Seiten glatt und lieblos nach unten gekämmt, saß sie in unserem postdeutschen Ohrensessel, sagte »Halinka« und streichelte mir über die Wange, hielt in der anderen Hand den Rosenkranz. Ich versuchte, sie für die neue Stadt zu begeistern; sie bat mich, bei ihr zu bleiben und erzählte mir, die Möbel der Schönfließers stünden zwar jede Nacht reglos auf den

Dielen und Parketthölzern, doch stöhnten sie. Sie höre es genau, sie bete und höre es, sie liege wach und fürchte sich, wir gälten hier als überzählig und fremd, es könne auch nicht Recht sein, der »Ersatz«, in dem wir lebten, sei nicht unschuldig, wir hätten Deutsche hier bei uns hocken, als hätten wir sie adoptiert, sie bete auch für sie, etwas, was sie nicht fassen könne, nicht erklären, was sie nicht wolle, tue ihr leid, der Priester verstehe ebenfalls nicht, was es sei.

»Karl, Mariella und Annegret.« Sie flüsterte, wurde lauter, rief: »Karl, Mariella, Annegret!«, und begann zu meinem Schrecken zu weinen.

Annegret Schönfließer, getauft im Mai 1942, wir hatten die Fotos gesehen, Annegret auf dem Schoß ihrer Mutter, Annegret, zweijährig, mit großer weißer Haarschleife. Der Vater in Uniform, der Vater in Zivil. Im Rahmen der Küchentür steckten Haken für eine Kinderschaukel. Den Namen »Schönfließer« sprach Mutter inzwischen fließend aus. Wie dünn die Eheleute sich auf dem Bild vom Sommer 1944 in der Hofecke aneinanderdrückten, dort, wo jetzt die Mülltonne stand. Wie jung und rund das Paar zehn Jahre zuvor gelächelt hatte, auf dem Hochzeitsfoto. Alles erkennbar, alles wie bei uns. Unsere Alben lagen bis auf eines in Lwów. Andere Menschen durchblätterten sie. Warfen sie weg? Lachten über uns? Uns steckte das Lachen im Hals.

Wir aßen vom blauen Schuppen- und Rankengeschirr der Schönfließers, lagen in Schönfließers weißen Leinen mit den blauen Monogrammen, umrankt von Schönfließers Träumen von einem glücklichen Schönfließer-Leben und der Form, die sie sich für dieses Leben ausgedacht hatten.

Die Kerzen der Schönfließers brannten für uns.

Die Taschentücher der Schönfließers lagen sauber gestapelt in unserer Kommode, die die Kommode der Schönfließers gewesen war. Mutter schnäuzte sich in eines davon.

»Karl, Mariella, Annegret.«

Die Schönfließers waren der Feind.

Der Feind sah seltsam aus. Wie ein Mensch.

Mutter sah fremd aus. Von einer großen ausländischen Traurigkeit bewohnt.

Auch ich spürte etwas davon. Die Stadt Lemberg war mit unserer Abfahrt versunken, für uns. Nun, nur ein paar Wochen später, begann ihr zweiter Untergang. Schon den äußeren hatten wir nicht gewollt, der innere vollzog sich gänzlich ohne Fremdeinwirkung unaufhaltbar und gegen unseren Willen in uns selbst.

Die Straßen und Häuser Lembergs verblassten. Es ging wie mit einem geliebten Gesicht: Man würde es unter Tausenden herauskennen, man vergaß es nie. Doch es beschreiben? Welche Eingangstür hatte unser Nachbarhaus, welche Farbe das dritte in der Straße links? Das an der Ecke war grün, Mutter sagte »gelb.«

Die Gesichter der Schönfließers hingegen blickten scharf und gestochen auf uns. Scharf und kalt schlossen die deutschen Wände uns ein und strahlten, Mutter hatte Recht, etwas Feindseliges aus.

Jeden Morgen nach dem Aufwachen schritt ich die Wohnung ab als müsste ich nach den Seelenzuständen ihrer neuen Bewohner sehen. Ich war wütend, wütend auf alle, die uns das angetan hatten und mir nun auch noch meine Mutter raubten, obwohl sie lebendig neben mir saß. Als Mamuś wieder einmal im Fotoalbum der Schönfließers blätterte, riss ich es ihr weg, zerriss die aufgeschlagene Seite, es traf die unschuldige Annegret, die nicht unschuldig war, hier war niemand unschuldig, »unschuldig« war eine zerbombte Kategorie, und schüttelte Grażyna, wütend nun auch auf sie, aber sie weinte nur wie ein Kleinkind, das man nicht schütteln soll.

Sie wurde eine weiche, zerflossene Frau.

Ich wusste von anderen, die ihr glichen. Wir saßen in einem Topf, genannt Bresław, wie Mäuse liefen wir darin umher, über den Rand spähten von allen Seiten die Russen herein. Ich begann mich dafür zu schämen, in welchen Zuständen ich Mutter antraf, und wenn ich mich ihrer nicht schämen wollte, ekelte ich mich vor ihr. Ich hatte Angst, selbst so zu werden, vielleicht saß ich deswegen so sehr auf der Treppe, stürzte mich weg.

Der Spiegel im Bad zeigte mir, dass mein Gesicht entschiedener aussah als vor Wochen. Was die fühlte, der es gehörte, wusste niemand. Sogar sie selbst musste es, wie die anderen, mit Hilfe dessen erraten, was sie tat.

Vater ließ sich einen Heinrich-Schliemann-Schnurrbart stehen. Er lebte in Troja, Mutter in Lemberg. Sie sprach vom Dritten Weltkrieg, wie man uns nach Hause schaffen werde, do domu, zum Ofen, bald. Leszeks Vorteil war, dass seine Stadt noch viel untergegangener war als Grażynas.

Wir schrieben Ende Juni. Ich wartete im Stiegenhaus auf jemanden, von dem ich nicht wusste, wer er war. Innerhalb weniger Wochen hatte ich beide Eltern verloren.

Eine Amsel hüpfte durchs Unterholz, äugte, pickte, riss den leuchtend gelben Schnabel auf, flog auf einen Steinhaufen weiter, graue Ziegel, der Mörtel gebrochen, äugte erneut, stieß einen Triller hervor.

Steinchen auf Stein. Zerbröckelt, lose gefügt.

Adam kannte alle Vögel, er sagte ihre Namen. Auf Deutsch: Heckenbraunelle. Gelbbrüstiger Zeisig. Gimpel. Kleiber. Distelfink.

Es gab eine andere Welt. Aber sie war in dieser.

Langsam setzte sich etwas wieder zusammen zu »mir« oder »setzte sich auf«, wie wir sagten, auf und zurecht, ich fand mich – »zurecht«, sagte Daidanek, »ich finde mich ein«, sprach er mir vor, »ich weiß nicht ein noch aus«, dachte ich, »ich orientiere mich«, »ich suche meinen Weg«. »Weder aus noch ein«, wiederholte mein Kopf, ich saß in meinem Zimmer unter der Ziege und dem ziegenfarbenen Mond und dachte an Daidaneks Studenten.

Wie er in Wirklichkeit hieß, wusste ich nicht.

Ich nannte ihn Heinrich-ohne-Land. Er hatte mir das Heinrich-

Märchen erzählt, das Froschkönig hieß. Mir gefiel, dass deutsche Frauen sich mit Geschichten davon unterhielten, wie sie hässliche Männer gegen Wände klatschten, damit diese Männer einigermaßen ansehnlich wurden. Heinrich lachte; hässlich war er wahrlich nicht. Er sagte, nur der Gefährte des Prinzen habe Heinrich geheißen, jener Mann, um dessen Brust sich aus Trauer über die unheimliche Verwandlung drei eiserne Bänder geschlossen hätten, die sich erst bei der Rückkehr des Freundes lösten. So laut und so stark seien sie aufgesprungen, so heftig hätten sie zuvor die Brust geschnürt, dass das Geräusch dem Zerbrechen eines Wagenrades geglichen habe. Wir sahen uns an, lächelten uns an, und wenn ich tief ein- und ausatmete, um zu spüren, wie frei meine Brust sich bewegen konnte, wurde ein Teil von mir traurig über Mamuś und der andere Teil wollte singen wie die Odernachtigallen. Klein und unscheinbar, graubraun getarnt gegen den Feuerschein, saßen sie im Schatten der dicht belaubten, duftenden Uferbäume und schmetterten, verwirrt von der nächtlichen Feuerhelle der Stadt, ihre Arien auch tags. Unvermittelt mischten sie das Lodern und Prasseln der großen Brände ein. Das konnten sie einwandfrei, ahmten es immer perfekter nach. Dachte ich »Heinrich ist Deutscher«, prasselte etwas in mir, fiel um, prallte auf mich ein.

Sein Polnisch besserte sich. Die Stadtfeuer waren fast abgebrannt.

»Weder aus noch ein«, sagte mein Kopf, die deutsche Sprache türmte und ballte sich, und ich überraschte mich mit dem Turm von Gefühlen in mir, die mir zuflüsterten, dass ich mit Heinrich etwas gewann, was stimmte, während zugleich eine Lektion begann, die mich das Verlieren noch einmal lehrte. Brutal brachte sie es mir bei: tief in der Brust.

Adam lachte. Ihm schien die Stadt, dieser zerbrochene, glutheiße Topf zu gefallen, und Tatuś eiferte ihm nach, Tatuś mit den Eisenbanden um die Brust. Das deutsche Märchen war falsch, bei ihm sprangen sie nicht auf, er musste sich, um zu überleben, einen weiteren Fluchtraum erfinden, als wir bereits geflohen waren, einen Fluchtraum, den er beherrschte und nach seinen Vorstellungen möblierte. Als sein Traum von Breslau, Perle der Wissenschaft, so jäh zerplatzte, baute er sich Troja in die Deutschen-Stadt, kletterte mit Adam und mir, um uns seine Universität zu zeigen, über Schutt – Nazischutt, Russenschutt, Deutschenschutt, Fluchtschutt –, tat, als siebte er soeben mit feinsten Instrumenten den sauberen mineralischen Sand seiner kleinasiatischen Heimat, und erklärte, dass, was an Orten wie diesem, an denen man kaum atmen könne und sich Taschentücher mit fremden Initialen vor Nasen und Münder halte, durch die Luft wirbele, nicht κονία sei, Staub, sondern τεφρώδης, Pulver, zusammengesetzt aus Tieren, kleinen wie großen, und Menschen, kleinen wie großen, aus Gebeinen, Muskeln, Sehnen und Wünschen, die atme man ein, sagte er, »die treiben nicht vorbei, die ergreifen uns«.

Adam lachte, als hätte er zu viel geatmet, er wuchs und sprach in Schüben, saß morgens bei mir in der Küche, legte Butter zu den Vorräten, Schokolade, Milch, streifte nachts durch die Stadt.

Am Matthiasplatz binde man Rosen über Kreuz und stelle Chaiselonguen in den Regen, Alte in langen gewalkten Mänteln säßen darauf, die Gesichter gegen Osten gerichtet, schütteten Wodka in die unsichtbaren Schlitze zwischen ihren zottigen Bärten, rauchten und schwiegen, während die Jüngeren dunkelgrüne Galoschen trügen, aus denen Wollsocken schauten, aufbruchsbereit! Als stumme Begleitmusik wehten Ziegenhaare, geschnitten bei Neumond, in mickrigen Büscheln vor den Fenstern, um die Deutschen abzuwehren. Die gewiss aus der Ferne herüberschielten, auf den verdreckten Platz!

Wie erwachsen er tat.

Wie klein er war: nicht merkte, dass man merkte, dass er Sprüche riss.

Wie abgerissen und dreckig er aussah. Wie bezaubernd er in seiner Abgerissenheit wirkte, wenn er überraschend die Augen hob: mit dem glatten glänzenden Kindergesicht voller Spannkraft und Neugier auf die Welt.

Ich hatte ihn im Garten dabei beobachtet, wie er das Kätzchen der Nachbarn, das sich zu einem festen Ring gerollt auf einem Stein sonnte, mit einem langen Stock mehrfach in den Bauch stieß, bis es aufsprang und fauchte. Ich hatte verstanden, dass nicht das Fauchen ihn interessierte, das gab es allenthalben, sondern dass er die sich selbst genügende Ruhe des jungen Katers nicht ertrug.

»Ihr stellt euch vor, dass die Deutschen sich nach Breslau zurücksehnen. In Wirklichkeit ist das eure Sehnsucht nach eurem Zuhause.«

Überrascht sah ich ihn an. Woher nahm er das? Es wäre besser mir eingefallen. Meine Eltern und ich waren von Osten nach Westen vertrieben worden, nicht er. Die Deutschen auch. Sie hatten alles hiergelassen, wollten zurückkehren. Hier gab es Platz, während dort, wo sie nun lebten, sagte Frau Weiß, alles voll war. Übervoll. »Beschimpft und verprügelt«, so Frau Weiß. Sie putzte bei uns, seit Mutter immer stärker in sich versank. Sagte Frau Weiß »kalte Heimat!«, horchte Grażyna auf. Das sei der Beweis. Die Schlesiendeutschen würden in ihren neuen Deutschländern auf keinen Fall bleiben wollen.

Ich sagte: »Wenn du einmal nicht zurückkommst, werde ich mich nicht nach dir sehnen.«

Das Gegenteil war wahr, und ich wusste, dass er das wusste.

Ich lächelte: »Wenn du nicht zurückkommst, werde ich dich suchen gehen.«

Das war meine stärkste Drohung. Er wusste besser als ich, wie gefährlich diese Suche für mich wäre.

Wenn Russen ihn aufgriffen, hätte er Glück. Sie hörten den Akzent in seinem Polnisch vermutlich nicht. Wenn Polen ihn erwischten, hatten wir alle ein Problem. Wir würden hartnäckig lügen müssen. Das Kind! Unser Kind. Vielleicht hülfe auch Geld.

Bevor er in der Dämmerung erneut aufbrach, kam er zu mir und überreichte mir einen Brief von Heinrich.

Einen gefalteten Zettel. Bestimmt hatte er ihn gelesen.

»Hast du etwas dafür verlangt, dass du ihn mir bringst?«

Er spitzte die orangefarbenen Lippen. Seine Augen blickten mich mitleidig an. Ein weiteres Mal hatte ich eine ausnehmend dumme Frage gestellt.

Dümmer wäre nur gewesen, nach Heinrich zu fragen.

Auf Daidaneks Abschiedsfest trafen wir uns wieder. Unser Lehrer hatte lange Glück gehabt – niemand fand seine Wohnung –, nun ereilte ihn das Pech oder eine andere Sorte von Glück: Sein Name stand auf der ersten Aussiedlungsliste. Nutzlose Germanen mussten gehen.

Daidanek, der Nutzlose, hatte so viele Schüler, dass die Wohnung nicht ausreichte. Heinrich und ich saßen eng nebeneinander auf der Treppe, es war leicht für uns, uns zu berühren, ohne dass es jemandem auffiel. Als ich fragte, wo er gewesen war, lächelte er mechanisch und abwesend in einer Art, wie ich sie von Adam kannte, das zog mich an ihm an und stieß mich zugleich ab. Dann wieder blickte er mich an, als gäbe es auf der Welt nur mich.

Wir schlichen davon, gingen spazieren. Der kleine Park in der Victoriastraße glich einem aufgewühlten Acker. Aus Erdkratern und Trichtern ragten einzelne Halme. Es war nur mehr milde warm, und die Luft ließ sich leicht atmen; etwas Weiches, Wachsendes lag über der Stadt.

Anfang Dezember '44 war Heinrich mit einer Beinverletzung von der Ostfront gekommen. Er sagte mir nicht, woher. Im Lazarett Breslau fürchtete er, trotz seines Humpelns zum Volkssturm eingezogen zu werden. Sein Vater, Invalide aus dem Ersten Krieg, versteckte ihn. Sie rückten das Küchenbuffet so vor die kleine Tür zur Speisekammer, dass ein Spalt blieb, durch den Heinrich schlüpfen konnte. Klopfte es, verschwand er in das dunkle Kabuff, der Vater schob das Buffet vor. Jede Nacht schlief Heinrich in der verschlossenen Kammer. Am 20. April, Führers Geburtstag, erschienen die Kettenhunde. Lange hörte er die beiden Männer durch die Wohnung gehen. Unflätig beschimpften sie den Vater: Heinrich sei gesehen worden. Es gäbe Aussagen. Der Vater sagte, es gäbe Lügen.

Daraufhin nahmen die Schergen ihn mit.

Heinrich hörte die Wohnungstür ins Schloss fallen. Sein Vater sperrte ab, auch das hörte er noch. Dann wartete er. Er konnte Tage und Nächte zählen, machte Striche. Der Vater kam und kam nicht zurück. Der Gestank in der Kammer wurde schlimm. Immerhin gab es ein Fenster, weit oben, sehr klein, wenig mehr als ein Mauerschlitz.

»Lufcik«, sagte ich.

Er hörte die Angriffe, vom Boden, aus der Luft. Er hoffte, dass das Haus nicht getroffen werde. Er hoffte, es werde getroffen: dann schösse man ihn hinaus. Er hörte die Durchsagen der Russen. Die Internationale am 6. Mai. Walzermusik, Schreie, weitere Schüsse, die Nacht hindurch.

Es dauerte noch einmal zehn Tage, bis er abgemagert genug war, um sich durch das Fenster zu quetschen. Er musste sich festhalten, sich drehen, riss sich die Arme fast ab, schürfte an der Wand entlang. Dann fiel er zwei Stockwerke tief auf die Straße. Blutend, mit gebrochenen Rippen kroch er davon. Er hatte Glück, niemand beachtete ihn. Der Wohnungsschlüssel steckte in seiner Tasche, er musste nur die Stufen hinauf.

Auf dem Rückweg sahen wir eine Gruppe Polen, die ausgelassen schnatternd Blumen von einem an einer Hauswand aufgeschütteten Grab rissen. Ich schämte mich, in Heinrichs Augen glomm eine Mischung aus Panik und Wut.

»Täubchen«, riefen sie, »wie heißt du?, Rosa, Rosinchen, Törtchen«, und zerrten mir das Tuch vom Kopf, »mach die Zöpfe auf!« Betrunken schubsten sie mich zwischen sich hin und her, vier Männer, Polen, mit geschwärzten Gesichtern in unserem Hauseingang.

Ich schimpfte zurück wie Frauen mit betrunkenen Männern schimpfen, das hatte ich oft genug gehört, ich machte es zum ersten Mal und es half oder vielleicht lenkte auch nur der fünfte sie ab. Zwei deutsche Frauen hinter sich herzerrend stapfte er aus dem Keller herauf.

Nun hatten die Männer zu tun, sie schrien »Hitlerowcy«, beschuldigten die Frauen, Polen zu verfolgen, Reichtümer zu verstecken. Zu zweit schubsten sie die Ältere, sie war vielleicht 50, in den Keller zurück.

Die anderen kümmerten sich um die Jüngere, mich vergaßen sie. Auf der ersten Holzstufe an die Wand gedrückt versuchte ich, unsichtbar zu werden und unmerklich, rückwärts, Stufe um Stufe in die Dunkelheit des Treppenhauses zu verschwinden. Die Eindringlinge trugen Gummiknüppel, die zwischen ihnen kniende Deutsche bat in miserablem Polnisch um Gnade, mir brach Schweiß unter den Achseln aus; ein Teil von mir, mit dem Puls eines Hasen, wollte davonstürzen, panisch, ein anderer Teil war erstarrt.

Ich stierte auf die Haustür, weil ich den Blick auf die Menschen in meiner Nähe nicht ertrug, jedoch öffnete sie sich nicht, kein Wunder geschah. Ich sah nur, erstaunlich genug, eine Jalousie, obwohl vor dem Milchglas, das die obere Hälfte der Tür füllte, keine Jalousie hing, weder vor noch nach diesem Abend, nur jetzt hing sie da und flatterte im Takt meines Schluckkrampfes. Ich war blind, ich war taub. Ein einziges Wort kam später, viel später, durch den Tunnel des überaus langgezogenen, schattigen Hauseinganges zu mir: »tanz!« Ich sah einen Unterschenkel, nackt, er drehte sich, ein Knie, nackt, ich hörte Geräusche, etwas Metallisches, ein Lachen, polnisches Flüstern, dann Fluchen, aber heiter, die Luft pfiff.

Geräusche aus Mündern.

Dann waren sie fort.

Auf zittrigen Beinen stand ich an die Wand gedrückt.

Zwei Röcke lagen im Hauseingang. Die Frau, die in den Keller gezerrt worden war, musste zurückgekommen sein. Zwei Unterhosen. In einer klebte ein Stück Kot.

Um mich war es still. Als schwebe, was geschehen war, in der Luft und suche einen Platz sich niederzulassen.

Ich duckte mich. Kletterte langsam die Treppe hinauf. Sie dehnte und dehnte sich, etwas Warmes rann meinen linken Schenkel hinunter, ich versuchte es aufzufangen, bevor es den Boden traf, bloß kein Geräusch. Peinlich war es mir nicht, niemand da, es zu bemerken, eher wunderte ich mich, dass es so spät kam, als begreife mein Körper die Gefahr erst jetzt, oder vielleicht war es umgekehrt, er hatte sie begriffen und jetzt ließ die Anspannung nach. So lernte ich mich kennen, ich war ein Mensch, dessen Körper sich besser beherrschen konnte als sein Geist, ein Mensch, der sich feige an die Wand drückte, der wegsah und sich sagte, es sind nur Deutsche, und das stimmte, es waren nur Deutsche, doch Frauen waren sie auch, wie ich.

In der Wohnung wühlte ich im Dunkeln nach neuer Kleidung, ich wagte nicht, Licht anzuschalten in diesem unheimlichen Haus in der noch unheimlicheren Stadt, die nicht einmal mehr die riesigen Brände erhellten.

Leszek und Grażyna waren nicht da. Ich starb fast vor Sorge, bis mir einfiel, dass sie zu einem Geburtstagsfest wollten, dem ersten Fest mit Freunden aus Lemberg, Vater, glatt rasiert, hatte gestrahlt: das neue Leben.

Das neue Leben. Ich, im Schönfließer-Zuhause, räumte eine halbe Nacht lang im Dunkeln auf, obwohl alles aufgeräumt war, leise, leise, ich war eine Maus.

Nach Stunden, noch immer allein, wagte ich einen Blick vor die Tür. Ging, ich weiß nicht, warum, zum Treppenschacht und blickte nach unten. Neben den Röcken der Frauen kauerte eine schmale Gestalt.

Ich rief seinen Namen. Ich wartete, versteckte mich. Schlich ängstlich hinab, immer von neuem scheu innehaltend. Auf den letzten Stufen blieb ich stehen.

Es war dunkel, ich sah dennoch deutlich. Keine Jalousie erschien, um mich zu retten.

Er hielt seine rechte Hand in der linken. Zwischen dem Ende des rechten Unterarms und der rechten Hand lagen 30 Zentimeter Luft. Der Arm hing schlaff zur Seite herab. Arm, Hand und Boden waren voller Blut.

Er lehnte in sich zusammengesunken an der Wand und trug einen Knebel. Er war zu schwach für die Treppe. Als ich mich über ihn beugte, öffnete er die Augen.

Sobolewskis halfen mir. Ich übergab mich auf ihrem Klo, während sie Adam im Flur notdürftig verbanden. Ich hatte Angst, in Ohnmacht zu fallen.

Seine »Freunde« hatten ihm die Hand abgeschnitten, ihn »zuhause« abgesetzt, ein Exempel statuiert.

Wir packten ihn in den Leiterwagen und hatten Glück, wahrlich, was für eine Glücksnacht, ein Pferdewagen nahm ihn und mich mit ins nächste Krankenhaus. Zerbombt, die Flure dreckig, Betten überall, auch auf dem Gang. Adam wurde an eine Blutinfusion gehängt. Der Arzt betrachtete, was das Geschirrtuch der Schönfließers zögerlich freigab: vier Finger, die Greiffläche, der Daumen. Ein schrecklicher Stummel, halb lebendig noch.

Doktor Nienaltowski schüttelte den Kopf: »Ich kann das nicht. Und auch sonst niemand hier.«

Adam lag neben uns. Die Lippen nicht mehr orangefarben, sondern weiß. Die Augen dunkler als früher.

Die Wunde wurde desinfiziert, ich hielt Adams Arm. Man bat mich, Blut zu spenden. Da ich schon da war, willigte ich ein, auch, um nicht so rasch wieder allein bleiben zu müssen.

Doktor Nienaltowski stach die Nadel ein. Ich sähe bleicher als der Junge aus. Ob er mein Bruder sei?

Statt zu antworten, konnte ich mir nur auf die Lippen beißen. Der Arzt hatte mitfühlend geklungen. Er wollte Adam für ein paar Tage behalten. Ich schüttelte den Kopf.

»Warum nicht?«

»Er redet nicht.«

»Außer mit Ihnen.«

»So ungefähr.«

Als ich fragte, ob ich noch etwas tun könne, antwortete er, sie seien nun bestens versorgt. Das kam mir seltsam vor, wir sollten nicht das Krankenhaus versorgen, sondern es uns, was ich nicht sagte, um den Arzt, der uns so freundlich gesonnen war, nicht zu kränken; ich antwortete nur: »Versorgen ist ein Wort für ein kleines Kind«, und er antwortete seufzend: »Aber Sie sind kein kleines Kind mehr«, und dann lächelte er schüchtern, und mir rutschte er aus dem Mund, der heimliche, tief verborgene Wunsch: »Ich möchte versorgt sein.«

Ich durfte mich zu Adam legen. Er schlief, und ich lag auf der Seite und schaute dem Arzt zu. Anfangs bewegte er sich eckig und befangen, Verletzte um Verletzte drängten herbei, Frauen wie Männer wie Kinder, jünger als Adam, und Doktor Nienaltowski schien meine Anwesenheit immer weniger zu stören. Halb schlief ich, halb hörte ich ihn besänftigend sprechen, manchmal streng, seine Stimme beruhigte mich, und Adams Brust, die schmale Brust eines zehnjährigen verstümmelten Knaben, hob und senkte sich neben mir.

Morgens gegen sechs sollten wir nach Hause gehen; Nienaltowski, dessen Schicht endete, nahm uns mit. Ich war ihm dankbar, er kannte den kürzesten Weg aus dem Labyrinth des Spitals, organisierte uns einen Wagen, ich hatte kein Geld für die Fahrt, er lieh es mir. Adam saß auf der Bank, bleich, mit geschlossenen Augen, ich schrieb Nienaltowskis Adresse auf, um ihm die ausgelegte Summe möglichst rasch zurückzugeben. Er wohnte nur ein paar Straßen von uns entfernt.

Die Amseln sangen.

Vor unserem Haus stand eine junge Bauersfrau, ein Kind an der Hand, das andere in einem Tuch vor der Brust. Die Krähen führten fröhlich ihre Schatten, ihre zweiten Körper, spazieren.

»Kann man hier leben?«, fragte die Bäuerin in vorsichtigem Ostpolnisch.

Adams verbundenen Arm schien sie nicht wahrzunehmen. Sie war bereits eingeübt in die Stadt.

Ich sagte »ja«. Man konnte hier leben, verlor nur jeden Tag etwas. Das sagte ich ihr nicht. Sie hätte es nicht gehört.

Die deutsche Stadt hatte mir beigebracht, solche Unterschiede zu ziehen; Adam brachte sie ein immerwährendes Lächeln bei, sie ätzte es ihm ins Gesicht. Ich schlief auf einer Liege in seinem lufcik, um ihm Gesellschaft zu leisten und mich zu beruhigen, doch es half nichts, jede Nacht träumte ich von seinem roten Armstumpf, den ich tags verband. Die Haut hatte angefangen, sich um den Knochen zu schließen wie ein Gesicht, das Gesicht eines zweiten Menschen, nur hatte man die Augen und die Nase vergessen, einzig ein Mund aus Falten bildete sich, schief, stumm, ein aus Adam wachsender Embryonenmensch.

Mutter buk Kekse, um den Jungen zu trösten, Frau Weiß machte schlesische Streusel, gierig steckte Adam sich die dicken Brocken aus Zucker und Butter mit der linken in den Mund. Vater glaubte, er sei stärker, als wir glaubten. Mutter sagte, er sei krank.

Er blieb nun, wie ich es mir gewünscht hatte, zuhause, beim Ofen, aber um welchen Preis. Ich hätte früher in den Flur hinabsehen sollen, hätte ihn nie gehen lassen dürfen – unsinnige Vorwürfe, die deswegen nicht minder schrecklich waren. Im Bett bei Adam wusste ich nicht, was mir weher tat, der Blick auf seinen Arm oder in seine erloschenen Augen, und ich lag bei ihm in der Hoffnung, noch einmal die Zärtlichkeit und Nähe der Nacht im Krankenhaus zu spüren, nur kehrten sie nie mehr zurück.

Im November fing ich eine Ausbildung an der Schwesternschule an, Adam und Nienaltowski hatten mich, jeder auf seine Weise, auf die Idee gebracht. Ein paar Nächte plagte ich mich mit dem Gedanken, dass ich für meine Eltern von einer großen Hoffnung zu einer großen Enttäuschung würde, weil ich nicht studierte. Jeden Morgen saßen sie wie immer am Frühstückstisch: Mutter in Lemberg, Vater in Troja, und wenn ich sie ansah, sagten sie: »Halka, Halina, du bist groß, du musst selbst wissen, was du tust«, so machten sie es sich einfacher mit mir und sich selbst, schwerer für mich. Ich konnte nicht zurück, etwas von diesem zerstörten, auf dem Boden liegenden, getretenen und sich aufrappelnden Wrocław, dieser hämischen, widerborstigen und doch auf uns angewiesenen Stadt hatte von mir Besitz ergriffen, und seelenruhig und ohne jede Begründung verlangte es von mir, dass ich mir ein vollends anderes Leben ausdachte als jenes, das ich in Lwów geführt hätte.

Den Weihnachtsmonat verbrachte ich in der Straßenbahn, ich fuhr auf und ab, kreuz und quer, ging ein Stück zu Fuß, sah nur Menschen an, die so groß waren wie Adam, so klein. Wurden Leute, die anderen die Hände abschnitten, nicht verfolgt, was machte die Polizei, die Geheimpolizei, die sich im Aufbau befand? Sollte mich jemand fragen, was ich suchte, wollte ich ein hochmütiges Gesicht ziehen, es war lächerlich, wie ahnungslos ich durch die Stadt streunte mit der leeren wehen Stelle neben dem Herzen, wo etwas, was fest sein sollte, weich geworden war, und ein Kind suchte, das mir nicht einmal gehörte, und auf der zweiten Menschenhöhe, dreißig Zentimeter darüber, einen deutschen Mann mit roten Narben über den Ellenbogen.

Großtuerisch wollte ich blicken und meine Niedergeschlagenheit hinter den Augen verstecken, wenn ich wie jeden Abend erfolglos zurückkehrte zu meinen Büchern und beschloss, mich in Zukunft um nichts zu kümmern als um mich selbst, mein eigenes Fortkommen und Wohlergehen, wie alle anderen auch, sonst wurde man ausgesaugt, die Stadt war eine Pumpe, sie nahm endlos Menschenenergie auf, verschluckte Menschen wie Adam, er war fort ohne Abschied, auf meinem Bett ein Zettel, »danke«. Den Fluchtkoffer, den Mutter für jeden von uns gepackt hatte, hatte er mitgenommen, und ich schaute großtuerisch umher und brach am nächsten Tag erneut auf.

Inzwischen glaubte ich zu verstehen, dass Kinder in einem Bewusstsein sowohl von Zeitlosigkeit als auch Einsamkeit lebten; Adam hatte mich wie ein spätes Echo aus meiner eigenen, kaum vergangenen Kindheit daran erinnert. Normalerweise löste dieses Bewusstsein sich auf, wenn man erwachsen wurde, sagte Nienaltowski, mit dem man über solche Dinge sprechen konnte, obwohl er sie nicht von sich selbst kannte. Ich sagte ihm nicht, dass die Vertreibung dieses Bewusstsein in mir wiedererweckt oder ihm eine Tür geöffnet hatte. Mitunter glaubte ich, ein Stück meiner Entwicklung wäre in mir umgekehrt worden und auf Grund gelaufen, und als sich später, etwa nach dem ersten Jahr in Wrocław, eine Art Alltags-Lebensgefühl einstellte und alles in Fluss zu sein schien, blieb ein Teil von mir sitzen und wurde überspült.

Die Straßenbahnen rochen nach Müdigkeit. Betört saßen jeden Tag neue ostpolnische Bauern auf den wackligen Holzsitzen; sie konnten von diesem Abenteuer nicht genug in sich aufnehmen, ich hingegen stand und blickte hinaus. Bald suchte ich nicht mehr wirklich, ich glaubte nicht, noch einen der beiden zu finden, nichtsdestotrotz zuckte ich zusammen, wenn ich eine Silhouette sah, die dem Kind oder Heinrich auch nur im Entferntesten glich, und schaute mir die Augen aus, sonst hätte ich sie mir ausgeweint.

Im Oktober hatte Heinrich gesagt: »Schöne Halka, ich muss gehen. Ich will mich nicht polonisieren lassen. Bevor man mich rausschmeißt, verschwinde ich!«

Seinen Vater hatte er noch immer nicht gefunden.

Er hatte beschlossen, ohne ihn aufzubrechen.

Mein Herz pochte, noch bevor ich den Gedanken dachte: Fragt er mich, ob ich mitwill?

Er wollte nichts wissen, den gesamten Abend lang nicht, den

wir in seiner Wohnung verbrachten, und auch ich sagte nichts. Zuhause im Bett war ich froh, dass er mich nicht gefragt hatte; ich spürte dunkel, dass ich nicht dazu in der Lage gewesen wäre, diese Frage zu beantworten, und noch dunkler fühlte ich mich enttäuscht, von mir und von ihm.

»Schöne Halka, Liebe«, flüsterte er zwei Wochen darauf zum Abschied, »im Deutschen gibt es einen Spruch: Man trifft sich immer zwei Mal im Leben. Wenn ich kann, komme ich zurück, irgendwann.«

»Irgendwann.« War er verrückt?

Es verwirrte mich, wie stark ich meinen Ärger fühlte, und wie unsinnig froh ich zugleich wurde. Die Spannung in mir war so groß, dass ich laut und hart auflachte. Wir standen vor der Haustür der Paulinenstraße, Heinrich schaute mich prüfend an. Er strich mir mit dem Handrücken über die Wange, sagte, dass er traurig sei, und nahm mich in den Arm.

In diesem Augenblick war er zur Gänze bei mir.

»Do widzenia«, flüsterte ich.

Ich wusste, dass ich nicht allein bleiben würde, und sagte gleichwohl zu ihm »komm zurück!«, wobei ich selbst hörte, dass es einladend und drohend in einem klang, und an seinem Körper spürte ich, dass ihm das gefiel. Meine Lippen waren gewiss nur mehr orangefarben, vor Liebe und Stolz, und ein paar Krähen schrien, weil sie stets schreien um diese Abendzeit, und segelten durch die kühle, niedrige Wrocławer Luft.

Schwarz standen die Turmstummel des Doms über der frühlingshaften Oder. Am Ufer gegenüber wusch eine Frau ihre Wäsche, eine andere schüttete Ofenasche auf den Flussdamm. Die Böschungen waren glitschig; man durfte nicht barfuß gehen.

Nur die Spitze der Bleicherinsel hatte man von Scherben, Knochen und Kot gesäubert. Schwäne und Enten trieben auf den kriegsschmutzigen Wellen, als hätte es nie etwas anderes als Wasserfrieden und Himmelsspiegelung gegeben. Ein leichter Wind wehte in unregelmäßigen Stößen, er roch nach Fluss, nicht nach Keller, Stein oder Schutt.

Wir stritten. Ich fand Stalin schlimmer als Hitler: Wie viele Lemberger hatte er deportieren lassen. Wie viele Leichen waren Jahre vor Kriegsausbruch den Bug hinuntergetrieben, man hatte in Lemberg davon erzählt, Leichen, denen Lendenstücke fehlten, das Oberschenkelfleisch, die Arme, Leichen aus dem Großen Hunger, den Stalin in der Ukraine systematisch förderte, den er sich ansah, mit dem er seine Grund- und Bodenpolitik betrieb. Davon sprach niemand mehr, das war nicht mehr wahr. Ich wusste nicht, ob Tomasz Nienaltowski mir glaubte. Er sagte, Hitler gewinne den Übel-Wettbewerb. Diese Stadt, Wrocław, beweise es!

Er erzählte mir auch von seiner Arbeit im Spital. Dabei gefiel er mir. Ich zog meine Schuhe aus und berührte mit den Füßen das Wasser. Es war eisig, das schien mir recht, meine Füße waren hübsch. Nienaltowski kam aus Krakau, er war freiwillig in Wrocław. Fühlte er sich hier nicht wohl, konnte er in seine Heimat zurückkehren. Ich spürte seinen Blick auf meiner Haut.

Ich beneidete ihn.

Zugleich zog er mich an. Der feste, fast kahle Schädel, der runde Mund, die grauen, ebenfalls runden Augen. An eine Schildkröte erinnerte er mich, so reglos konnte er dasitzen und zuhören. Er fragte nach meiner Ausbildung, nach meinen Eltern; was er dazu meinte, half mir weiter. 37 Jahre alt, intelligent. Als ich das mit der Schildkröte sagte, lächelte er.

Wenn er lächelte, verliebte ich mich in ihn, er tat es auf eine in sich ruhende Art, die ich bereits im Krankenhaus bewundert hatte, konzentriert, als gäbe es nichts anderes auf der Welt als diesen Augenblick.

So einer hielt durch. So einer ging nicht nach Krakau zurück. So einer entschied sich für jemanden und blieb bei ihm.

Noch lächelnd sagte er, Adam sei mein guter Deutscher gewesen. Ich hätte wie alle das Bedürfnis gehabt, mir einen guten postdeutschen Deutschen zu halten, poniemieckiego Niemca, einen Deutschen für mein schlechtes Gewissen.

»Was dich ehrt, Halka«, fügte er an, als er meinen Gesichtsausdruck sah.

Über unseren Köpfen flog ein Enten-V Richtung Norden. Geehrt fühlte ich mich nicht. Ich dachte an Heinrich, ich ärgerte mich. Was hätte dieser selbstsicher lächelnde Zentralpole erst zu diesem Deutschen gesagt?

Der Weg am Ufer war nass, Licht lag wie Perlmutt auf den holprigen Pflastersteinen. Ein handgeschriebenes Schild, in eine Schuttkarre gesteckt, verkündete *Bibliothek*. Buden schmiegten sich in Ruinen, an fahrbaren kleinen Ständen wurde Tee verkauft. Mutter saß in Decken gehüllt zuhause und schnüffelte an dem Glasflakon aus ihrer Lemberger Lieblingsdrogerie; ein erhabener Schwan zierte ihn, trieb Mutter durch das gläserne Meer der Erinnerung.

Bei unserem Treffen einen Sonntag später gingen wir eine Weile stumm nebeneinander her. Was Hitler und Stalin betraf, einigten wir uns: gleich schlimm. Stalin überließ uns Polen ein Land, das aus Leichen bestand, aus Lagerresten der Menschenvernichtung und Friedhöfen, aus Stadtruinen, aus denen die Sowjets alle wertvollen Maschinen abtransportierten. Wir wollten gerecht sein. Stalin lebte, die Rechnung war nicht abgeschlossen. Diesen schrecklichen Vorteil gestand Tomasz mir zu.

Alles andere stand unausgesprochen zwischen uns.

Im Teichäckerpark hinterm Bahnhof grasten ein paar Kühe. Schweine, grau und mager, wühlten im Dreck nach Brotrinden oder Kartoffelschalen, und weil ich das sah und vielleicht auch, um es auszuprobieren, sagte ich zu dem Mann neben mir: »Die Liebe ist keine Kartoffel.«

Ich dachte an Adam. »Mein guter Deutscher.« Und mich. Ich

war keine Kartoffel, die man quetschen durfte. Tomasz' Augen sahen mich fragend an, wir setzten uns auf eine Bank.

Kartoffelsprüche kannte er aus seinem vornehmen Krakau nicht.

Das hatte ich mir gedacht. Ich wartete.

Im Krankenhaus hatte ich einen Nienaltowski gesehen, den Notsituationen nicht aus der Fassung brachten. Im Gegenteil: Es war, als riefen Schwierigkeiten seine Kräfte erst auf den Plan.

Nun schien er nachdenklich. Nach einer Weile fand er den richtigen Weg und entschuldigte sich für die Bemerkung über Adam.

Die Stimmung zwischen uns veränderte sich. Gemeinsam blickten wir auf die Stadt, die nicht mehr brannte, die halben Türme. Ich fühlte mich, als wäre ich schon sehr lange hier, und begann, von Heinrich zu erzählen.

Tomasz blickte zu Boden; zwei Falten liefen links und rechts seines Mundes zum Kinn. Ich erzählte ihm, was an Heinrich mir gefallen hatte. Dass ich mir keine Dummheiten anhören würde, von niemandem.

Dass meine Gefühle mir gehörten. Aber auch: dass ich hier, in Wrocław, geblieben war.

Als ich schwieg, griff Tomasz nach meiner Hand.

Er zog mich an sich und streichelte mir über den Kopf. Die Haare. Die Wangen. Er sah mir ins Gesicht und die Wärme seiner Augen erschreckte mich.

Lange saßen wir so.

Auf dem Rückweg erzählte er mir, dass er keine Kinder bekommen könne, er erläuterte es mir auch medizinisch, da sprach der Arzt. Ich verstand ohne Medizin, was er mir sagte. Worum er mich bat.

Selbst zu unserer Hochzeit zog Mutter ihr Elsterngesicht: fortwährend auf der Suche nach glänzenden Lembergerinnerungen. Das gesamte Fest hindurch sprach sie von dem Herrn zwei Häuser weiter, der niemals auf die Straße hinaustrat. Bestenfalls ging er im Unterhemd in den Garten. Auf diese Weise ließ er das falsche Wrocław seine Verachtung fühlen.

Das war noch nicht einmal eine richtige Stadt.

Leute hielten Hasen im Badezimmer; Kühe, Schweine und Ziegen hausten in Garagen und Kellern. Wie einst in den galizischen Dörfern flatterte frisch gewaschene Wäsche, samt aller Unterhosen und Büstenhalter an über die Straßen gespannten Leinen. Auf den Gehsteigen in der Innenstadt, sogar am Rynek, rutschte man auf Kartoffelschalen und zerkleinertem Taubenbrot aus.

»Keine richtige Stadt«, flüsterten wir im Bett und lachten uns bunt, so hatte Daidanek immer gesagt. Unser Ort hatte viele Namen: Bresław, Wroclau, Lwóław, Nest. Ich liebte unsere erste Wohnung unter dem fehlenden Dach der Nummer 9 am Matthiasplatz, klein, etwas feucht. Wir befestigten Lampen, Blumenkästen, sogar eine rotbraune Gießkanne aus Lemberg, die groteskerweise die Reise mitgemacht hatte, stellten wir auf. Als Aussteuer hatte Mutter mir Wäsche der Schönfließers mitgegeben. Wir glaubten, dass wir jung genug waren, um aus unserer Wohnung rechtzeitig auf die Straße zu fliehen, falls die Deutschen in einem Dritten Weltkrieg in Breslau einmarschierten. Auch darüber lachten wir. Tomasz und ich arbeiteten zusammen in einer Poliklinik, behandelten Kranke allerdings auch zuhause, tauschten Wissen gegen Mörtel, gegen Speck.

Unter unserem Bett standen zwei gepackte Koffer. Immer am Jahrestag meiner Ankunft in Wrocław erneuerten wir ihren Inhalt. Konserven tauschten wir, alle zwei Jahre auch Kleidung, und es wurde ein festes Ritual, an diesem Abend Kohltäubchen zu essen und als Nachspeise Aprikosen mit Sahne und Pudding. Auf einem blauweiß gestreiften Schönfließer-Tischtuch. Das Porträt, die Schönfließersche Rötelzeichnung eines glatzköpfigen Mannes mit polnisch rundem Gesicht, abstehenden Ohren und wässrigen Augen, datiert auf 1872, hing über unserem Tisch.

Bresław, Wroclau, Lwóław. Jeder füllte sich jeden dieser Namen nach seiner Fasson und träumte ihn sich zurecht unter blauen Sommerhimmeln, über die sozialistisch rosafarbene Zukunftswölkchen, Spielzeugautos oder Lemberg-Fata-Morganen trieben, die ihre zuckrigen, vergangenen Schatten auf das zerklüftete Stadtpflaster warfen. Wir lebten im x-ten Jahr des x-ten Fünfjahresplans, im Fortschritt, Aufstieg, Teil der Revolution in einer strahlenden Stadt in einem noch strahlenderen Land, auf der richtigen Seite, Kämpfer gegen das Unrecht, nie unterdrückt oder gezügelt, befreit vom Joch des Kapitalismus und der Religion. Und andersherum: Wir lebten im x-ten Jahr des x-ten sinnlosen Planes, Teil immer wieder scheiternder Aufstände, auf der Suche nach Religion und Tradition, melancholisch, hungrig, Nachbarn der Deutschen, Händler, Tauscher und Täuscher, Schweinezüchter, Schwärmer in Plastikanoraks und illegal eroberten westlichen Jeans. Und: all dies zusammen, in- und durcheinander wie meine Erinnerungen an Heinrichs Gesicht in der Poliklinik an einem Junimorgen 1965. An unsere Treffen danach, verborgen und versteckt, an mein Alter und meine Wünsche. Bis Heinrich im September fuhr, und ich merkte, dass ich schwanger war.

Als ich Tomasz zu Weihnachten erzählte, dass ich ein Kind erwartete, nahm er Urlaub außer der Reihe, verschwand.

Ich wusste nicht, wohin, erreichte ihn nirgends. Er rief nicht an, schrieb nicht.

Nach zwei Monaten kam er zurück.

Wir redeten nicht darüber, ich war glücklich genug. Die Liebe schien eine gekochte Kartoffel; weich, man konnte sie zerdrücken mit einer Hand. Dachte ich das, lachte ich leise auf Halkaweise in mich hinein. Im Frühjahr 1966 kam Boris auf die Welt.

Wir nannten ihn Boris, weil Tomasz mit zweitem Namen so hieß. Weil er etwas brauchte, um sich mit dem Kind zu verbinden, weil mir das wichtig war.

Milchpulver packten wir in die Fluchtkoffer, Windeln, Kindersandalen. Als Ärzte behandelten wir die Symptome der neuen Zeit: Gesichtsblässe, Husten, Händezittern, Apathie, Brandwunden und Messerschnitte infolge diverser Reparaturen zuhause oder bei Freunden, Aphasien und Amnesien infolge von Lügen. Unsere Vertreibung gab es offiziell nicht. Wir waren heimgeholt worden. Wie also klagen!

Heim-ge-sucht, hatte Daidanek mir beigebracht.

Nun konnte ich sie sehen, Wrocławs Mildigkeit, von der Tatuś einst gesprochen hatte. Sie lag auf den Katzenköpfen nach einem Regen, umfloss die Büsche, die wieder blühten am Matthiasplatz, breitete sich über Hausdächer halb im Schatten, halb im Sonnenschein. Die Vögel sangen auch ohne Plan, sie profitierten vom Sozialismus: Löcher in Hauswänden, zahlreiche Brutnischen, Samenflug. Noch vor der Morgendämmerung zog ihr Gesang unsichtbare Risse in die Reste der Nacht, mein Herz schlug im Dreischritt, Tomasz-Boris-ich, Adam-Heinrich-ich, Heinrich-Boris-ich. Dreischritt, um nicht zum Zweitakter zu werden, um nicht zu pochen zwischen früher und jetzt, Fremde und Heimat, gut und schlecht, um nicht zu pochen: Flüchtling, Flüchtling, Idiot.

Gleichwohl hatten Tomasz, Boris und ich ein Zuhause, »kleines Vaterland«, małą ojczyznę, ein postdeutsches Schwimmbad und eine postdeutsche Oder. Über Mutter hing eine Gloriole goldener Lembergerinnerungen: Je älter sie wurde, umso überzeugender machte sie sich neuerlich zu einer einzigen Person. Sie löschte, dass man sie durchgeschnitten und ihr Leben geteilt hatte, indem sie kurzerhand den zweiten Teil, ihre Gegenwart, vergaß. Ab und an, wenn sie mit Boris spielte, blitzte ihr unvermutet die alte Munterkeit aus den Augen. An anderen Tagen saß sie da und streichelte stundenlang ihren Flakon.

Das unaufmerksame Herz meines Vaters, das seit 1939 gewachsen und gewachsen war, erlaubte ihm, dies alles zu bemerken und zu glauben, es sei in Ordnung. Er hatte sich in einen blinden forschenden Mann verwandelt, der in Zeiten zurückreiste, in denen es nur die Oder gegeben hatte, nur die Natur, keine Stadt.

Bresław, zerbeulter halbgoldener Topf. Unsere aus dem Osten herbeigeretteten Vorkriegsdinge, die postdeutschen Alltagsgegenstände, diverser Kriegsabfall und die schubweise ausgegebenen sowjetischen Waren lagen bunt durcheinander, ohne sich zu mischen. Ein rechter Verhau; die Polen, die seit längerem in der Gegend lebten, nannten ihn pjeroństwo, Heinrich hatte gelacht und Pieronstwo gesagt. Nur die Anlage der Stadt setzte uns zu: wie deutsch ihre Fassaden sich über mächtigen Karyatiden wölbten, wie Schnitzwerk, Türmchen und Friese von deutschem Bürgerstolz kündeten. Das blieb, das hielt an. Wiewohl wir das Deutsche sahen, sollten wir so leben, als sähen wir es nicht – das wurde uns sorgfältig beigebracht, ein Auge blickte nach innen, wusste Bescheid, und das andere nach außen, es zog sich zusammen und wusste folgsam von nichts, und wirklich entdeckte ich im Badspiegel, dass mein linkes Auge größer wirkte als das rechte, anders geformt, und stand in den Mittagspausen da und versuchte, auch es kleiner zu drücken, aber ohne Erfolg.

Zu Lemberger Zeiten waren wir regelmäßig übers Wochenende aufs Dorf gefahren. Das Häuschen, in dem wir übernachteten, lag zwischen hohen Gärten voller Malven, Rosen, Kirschbäumen und Birken, fast im polnischen Wald, der rundum dunkler wurde und still die Hügel hinanstieg. Man ging zwischen Kiefern an Wildschweinkuhlen, Moosbeeren und Orchideen vorbei, störte einen Kauz aus dem Schlaf. Alle Wege glänzten von groben, buckligsilbernen Steinen; düstere Erlen säumten sie. Stets war die eine oder andere gebrochen, die nächste indes wuchs prachtvoll in den Himmel, hell und dunkel leuchtend standen sie da, ein geheimes, glücksversprechendes Alphabet.

Ich freute mich an der Erinnerung und vermisste nichts. Der mir wichtigste Ort war bei mir, er lag in Wrocławs Mitte, herrisch und ambivalent, verfiel über die Jahre, wurde vollends unbetretbar, sein zerscherbtes Gigantenauge zuckte und erblindete, Tauben schossen in sein Inneres. Kam ich an seiner zugenagelten Front vorbei, knarrten sie erneut – die Wischblätter unter den Holztüren der Gebr • Barrasch kehren den Boden, durch einen engen Spalt schlüpfe ich in die Ruine ein. Adam geht mir voraus, eine Karbidlampe in der Hand. Vorsichtig bücken wir uns, berühren einen unidentifizierbaren Gegenstand, finden eine Dose mit Kaffee der Rösterei Machwitz, auf der drei schwarzhäutige Kinder mit Röckchen grinsen. Adam steckt sie in den Rucksack und steigt eine gewundene Treppe hinauf. Auch mich zieht das Licht an, das herunterstrahlt; staubig und geblendet treten wir auf die Reste einer Brüstung. Gegenüber liegen das Rathaus und der Kirchturm mit dem mächtigen Granatenloch. Das Haus unter uns steht schief, schräg neben uns ragt der Erdball der Gebrüder gegen den Himmel. Sphingen halten ihn.

Adam zeigt auf die Kugel aus Glas, in deren oberem Drittel ein Stück fehlt: »Die Russen haben Russland getroffen!«

Das Licht spielt auf den Facetten des Globus, er ist wunderschön, und Adam flüstert: »Halka, die ganze Welt hat sich einmal über uns gedreht!«

Von Osten her brechen Sonnenstrahlen durch die Straße, wie Pfeile werfen Wolken und Vögel ihre Schatten auf den löchrigen Asphalt. Die dicken Bäuche der Krähen schimmern silbern, pulsierend rucken ihre Kehlen. Rauchgraue Schwaden ziehen über die Stadt Richtung Westen, vom Rathaus klingen Trommelwirbel, jemand schneidet ein weißrotes Sperrband durch. Adams warme Kinderhand schiebt sich in meine, und ich sehe die losen Enden fliegen.

ESTHER 10

Wir saßen am Plattensee, teilten ein Zelt, die Mücken, den Durst. Sieben Uhr morgens, die Sonne hatte sich einen Daumen breit über die Baumwipfel geschoben. Ein Seidenreiher, sehr weiß, zwei vom Nacken abstehende Schmuckfedern, identisch mit seinem Bild in Wikipedia, Schreitvogel, schritt vor uns auf und ab.

Wir waren fertig. Fertig mit dem B. A., fertig mit der Anthropologenfahrt an den Plattensee, einst Pelso, nun Balaton, slawisch »blatna«, sumpfige Marsch. Mückenparadies. Wäre nur Kern mitgefahren, ihn hätten wir gebeten, uns zu kratzen, uns zu kraulen, das, also Kern, hätte uns erlöst.

Sieben Uhr morgens, Löskaffee. Meine beste Freundin hatte Anthropologie und Archäologie studiert, weil sie Menschen rätselhaft fand. Ich fand meine beste Freundin nach dem Studium rätselhafter als zuvor. Den Kaffee gossen wir mit Balatonwasser auf. Man erwartete Praktika von uns, die unsere Eltern finanzierten. Pawani wollte in die Mongolei, Kern nach Tanger, weil seine Familie einst aus Marokko eingewandert war. 1970 oder so. Kern war der Einzige, der Völkerwanderung begrüßte. Obwohl es sie nicht mehr gab. Sie hieß posthunnische Migration.

Der Löskaffee schmeckte nach Froschlaich.

»Hör mal«, sagte Pawani erstaunlich morgenmunter am Ufer des durchlaichten Balaton. »Ich habe da einen hervorragenden Fall.«

Sie war 22, wie ich. Johnny fand mich zu ernst, zu belesen, zu langsam. Dabei war ich nur still, anders als der Rest der Familie. »Schnecke« hatte Vater mich genannt, bis ich ihm verschiedene Arten der Schleimkriecher aufzählte, alle bisexuell, er murmelte »Grolmann«, »Tier-Hau« und spielte nie wieder auf mein Tempo an. Ich sah ihn selten, er hatte mit einer neuen Frau ein neues Kind, Chantal, auch nicht süßer als andere Kleinkinder, was alle begriffen bis auf ihn.

Pawani wohnte zuhause, mein Zuhause hatte sich aufgelöst. Einzig Opa war noch da, seinetwegen blieb auch ich: Praktikum im Zoo. Sima meinte, ob ich eingesehen hätte, was zu mir passe. Opa, der mich besser kannte, fragte: »Wo arbeitest du dort?«, und ich sagte: »Im Büro.«

Ich würde an einem Projekt zum internationalen Gendatentransfer teilnehmen, den es inzwischen für alle Großtiere Asiens, Afrikas und des Eises gab. Sie überlebten fast nur mehr in Zoos.

Pawani: »Stell dir vor, es ist der 10. Juni 1990, frühmorgens, kurz nach sieben auf dem Flughafen von Birmingham. Der Flug 5390 der British Airways startet mit 60 Minuten Verspätung, ich konnte nicht herausfinden, warum.«

1990. In der Steinzeit vor unserer Geburt.

Meine Freundin drehte ihr iPad: »Ziel: Málaga. Steigflug. Als die Maschine eine Höhe von 17 300 Fuß erreicht hat und eine Geschwindigkeit von 300 Knoten, fliegt das linke Cockpitfenster aus seiner Verankerung und verabschiedet sich Richtung Erdboden. Der Flugkapitän heißt Tim Lancaster, er ist unser Mann.«

Der Balaton glitzerte balatonisch. Der Reiher schritt über dem Glitzern dahin, 20 Meter nach links, 20 Meter nach rechts, als wäre er das aus Versehen sichtbar gewordene Ende eines geheimen himmlischen Reiheruhrpendels.

»Migration«, sagte Pawani, »Dauerbewegung! Dieses Fitnessmotiv hängt mir zum Hals raus.«

Der Rest unserer Gruppe schlief noch. Offensichtlich waren alle Mücken des Ufers in unser Zelt migriert. Wir rochen zu süß. Hatten die Zweitflasche Autan vergessen. »Ich nicht«, sagte Pawani, »du!«

Zumindest, was Fitness anging, waren wir einer Meinung: der Horror. Weder sie noch Migration wurden wir los, die gesamte Oberstufe hatte aus Migrationsprojekten bestanden, im Studium wurde das allgemeine Wandern mit makrotheoretischen Gravitationsmodellen erklärt, mit Push- und Pull-Analysen, Humankapitalkoeffizienten und Wanderungssaldi verziert.

Flucht, Vertreibung, Zwangsverschleppung, Asyl.

Für unsere B. A.-Arbeiten hatten wir einen Antimigrations-Blog gegründet: Erzählungen aus Paradiesen der Sesshaftigkeit, Berichte von Stubenhockern und Bewegungsmuffeln.

Diese Menschen musste es geben. Es hatte sie immer gegeben. Offensichtlich waren sie inzwischen so bewegungsfaul, dass sie nicht einmal mehr tippten. Pawani schlug vor, die Schraube dann eben stärker anzuziehen: Wir suchten Migrationsleugner. Menschen, die weit geflohen waren, Land und Leben gewechselt hatten, manchmal sogar mehrfach – und nun abstritten, dass es jemals geschehen war.

Pawani, lächelnd: »Tim Lancaster ist unser Mann. Er hatte sich soeben abgeschnallt. Der Sog zerrte ihn halb aus dem Fenster und er wäre der Scheibe hinterhergeflogen, denn es geschah so schnell, dass niemand eingreifen konnte, wäre es …«, sie atmete dramatisch ein: »… im Cockpit nicht so eng gewesen! Der Kapitän verfing sich mit den Füßen in der Steuersäule, das Flugzeug neigte sich um 6° nach unten und um 25° nach rechts. Nigel Ogden, der Flugbegleiter, hatte die Pilotenkanzel verlassen. Es steht nicht in den Berichten, warum. Ich finde«, sagte Pawani, »dass es zu früh nach dem Start ist für einen Besuch der Toilette. Er hörte einen Knall, sah Nebelwolken aus dem Cockpit, rannte zurück, hielt Lancaster an der Hüfte fest und sicherte ihn.«

Die Sonne stand zwei Daumen breit über den Ulmen und Buchen des gegenüberliegenden Ufers. Ich glaubte, im Bodensatz des Kaffees etwas Froschlaich glitzern zu sehen.

»Warte«, sagte Pawani. Sie kannte mich.

»Weißt du, dass in größerer Flughöhe selbst angeschnallte Passagiere zum Fenster hinausgesogen würden? Der Druck quetscht einen so zusammen, dass man durchpasst.«

»Das gehört hier nicht her«, sagte ich. »Du solltest bei einer Versicherung arbeiten, wenn dir Unfälle so gefallen. Bei einer Unfallversicherung.«

Ich kippte den Kaffee weg, sie biss auf ihrer Unterlippe herum. In Göttingen waren wir zusammen in den Kindergarten gegangen, dann zog ihre Familie in die USA, kam nach Jahren wieder nach Deutschland, in den Süden. Kurz darauf wurde Simone nach München berufen, ich jubelte. Pawani rettete mich in der neuen Stadt: Ich lernte Flip-Flops lieben, trinken, amokshoppen. Es nützte nichts, wenn ich gute Noten schrieb, Tiere oder Pflanzen beschützte, mich aber niemand zum Feiern mitnahm. Dank Pawani verstand ich, dass ich meine Lage nur über Jungs verbessern konnte. Ich machte eine Diät, mit Pawani, ging zur Fitness, ohne Pawani. Zuhause gab ich die Stille, draußen fingen Typen an, sich für mich zu interessieren, ich wurde eingeladen, und auch die Mädchen aus meiner Klasse sprachen mit mir. Es gibt immer welche, die sich an dich hängen, wenn dein Stern steigt. Auch damit hatte Pawani Recht gehabt.

»Die Cockpittür lag halb über der Steuerung«, fuhr meine Freundin unbeirrt fort, »alles Mögliche schwirrte herum, sogar eine Sauerstoffflasche samt Verankerung wurde aus dem Fenster gesaugt, an dem armen Lancaster vorbei. Der zu diesem Zeitpunkt bereits ohnmächtig war.

Es gab einen Copiloten, Alastair Atchinson, der Einzige, der vorschriftsmäßig angeschnallt herumgesessen war. Er versuchte, das Flugzeug zu retten. Obwohl Lancasters Beine und die Reste der zerrissenen Cockpittür die Steuersäule blockierten, gelang es ihm, die Maschine in einen geregelten Sinkflug zu überführen.«

»Und die Stewardessen«, fragte ich, »die Passagiere?«

»Nichts. War vor 2001«, sagte meine beste Freundin knapp und steckte sich einen Zopfgummi zwischen die Zähne. Sie fand, der Pferdeschwanz lasse sie erwachsener wirken. Ich fand, dass sie damit indischer aussah.

»Kabinenchef John Heward stürzte in die Kabine, sicherte sich am Gurt des Schleudersitzes und hielt Ogden fest, der Lancaster festhielt. Atchinson verlangsamte den Flug, soweit es ging. Jetzt konnte man wenigstens atmen.«

»Stürzte.« Woher wollte sie das wissen. Pawani, schwarzäugige Flunkerkönigin mit Pferdeschwanz, Pawani aus Göttingen-Bombay. Ihr Vater sagte »Mumbai«. Kern hatte gesagt: »Da liegen Leichen auf Türmen und werden von Geiern gefressen.« Ein erstaunliches Stück Wissen an Kern. Dem Treulosen! Er hatte gesagt, er rufe mich an. Und nur gesimst. Pawani hatte beim Stichwort »Geier« die Augen gerollt.

»Obwohl zwei Männer an Lancaster zerrten und ein dritter Flugbegleiter hinzukam, gelang es ihnen nicht, ihn durch das Fenster ins Cockpit zurückzuretten. Ich nehme an«, sagte Pawani, »dass Lancaster angeschwollen war. Er erlitt Erfrierungen, das steht fest.

Sie flogen jetzt auf 300 Metern Höhe mit 278 km/h. In der Pilotenkanzel herrschte ein unglaublicher Lärm, so dass Atchinson kaum mit dem Fluglotsen in London sprechen konnte, als er den Notruf absetzte. Er verstand, dass er Southampton ansteuern sollte, und es gelang ihm, die Maschine dort um 7.55 Uhr sicher zu Boden zu bringen.«

Ihre Haut leuchtete leicht golden vom Morgenlicht. Begeistert sah sie mich an: »Noch nach der Landung steckte Tim Lancaster eine Weile fest. Die Passagiere stiegen über eine rasch herangefahrene Treppe ins Freie, und er hing aus dem Fenster. Zu zwei Dritteln. Mindestens!«

Zu zwei Dritteln? Ich zog mein Handy und legte mich ins Gras. Die Sonne hatte angefangen zu blenden.

»Ein Wunder, dass er überlebte. Knochenbrüche, Erfrierungen, Prellungen. Nigel Ogden hatte sich eine Schulter ausgerenkt und Erfrierungen im Gesichtsbereich.«

Inzwischen war mir klar, worauf es hinauslaufen musste: »Lancaster behauptete später, er habe den Erdboden nie verlassen, sich im Leben nicht vom Fleck gerührt?«

»Exakt«, sagte Pawani schwärmerisch, »ein Mensch der Lüfte, ein Zugvogelwesen, das vorgibt, sich nicht bewegt zu haben. Ein wunderbarer Fall für uns.«

Das bezweifelte ich. Wir hatten uns lange um Kriterien bemüht. Mindestdauer der geleugneten Migration: sechs Monate. Unglückliches Ende. Alles, was mit Urlaub zu tun hatte, schied von vornherein aus. Gewinnsucht als Motiv war uns am liebsten, hier wurde am besten gelogen. Liebesmigration, Mischehen und internationale Patchworkfamilien interessierten uns ebenfalls, auch in diesen Fällen stritten die Beteiligten die Migrationsbewegung überdurchschnittlich häufig ab, verhielten sich, als sei jahrelanges Pendeln nichts.

»Hat der Unfall Lancasters Migrationsamnesie ausgelöst?«

Pawani tat, als habe sie mich nicht gehört: »Das Fenster wurde später in der Nähe von Cholsey in Oxfordshire gefunden.«

Ich musste lachen, weil ich mir vorstellte, wie ein spazierender Oxforder Professor mitten auf einem Feld über ein Flugzeugfenster stolperte. Ob er erkannte, was es war?

Im Anthropologiestudium hatte man uns ermahnt, niemals zu glauben, was wir sahen. Ein Fenster war kein Fenster. Es war ein rundes oder eckiges Ding, außen Holz, Ziegel, Plastik, Beton, Blätter, irgendetwas – gefüllt mit Plastik, Holz, Glas, Kuhdung, Blättern, Papier, nichts.

»Herrje«, rief Pawani. »Das Wichtigste hab ich vergessen!«

Vier unvorstellbare Jahre hindurch hätten kürzere Schrauben

als vorgeschrieben das Fenster gehalten. Ohne Probleme! Dann sei die Unglücksmaschine gewartet, und das Fenster erneut mit zu kurzen Schrauben befestigt worden.

Zehn Meter vor uns im seichten Wasser des Balaton spreizte ein Kormoran seinen rechten Flügel und putzte sich. Er sah nicht wanderlustig aus. Anders als ich. Schrauben! Der Reiher war verschwunden. Pawani konnte eine echte Pedantin sein.

Jetzt flüsterte sie mit ihrem Telefon.

Und wie!

Lachte seinen Namen hinein. War er verrückt? Rief sie an, nicht mich? Und um diese Uhrzeit!

Ich stieß sie an, sie zog die Brauen zusammen und hauchte völlig unerstaunt in Kerns fernes, hübsches Ohr: statt der richtigen 90 Senkkopf-Schrauben vom Typ A211–8D wurden D7 eingebaut, 2,5 mm kürzer.

Schrauben.

Ich ließ mich zurücksacken ins Gras. Man hatte uns in Ungarn zeigen wollen, was Grenzen sind. Danke schön. Im Übrigen sah man das hier nicht besser als anderswo. Grenze, westslawisch sumpfigen Ursprungs, graniza. Weil wir so jung waren, so nach 1989 geboren, weil wir, als wir eingeschult wurden, die Menschen an der Berliner Mauer in weiten Krinolinen gemalt hatten, in Pferdekutschen angereist.

Ich sah Pawanis Kinn und ein Stück Hals von unten, spürte das Wackeln ihrer Hüften. Im Sitzen. Um Viertel nach sieben morgens.

Schraube!

Kern!

Als ich wegging, bemerkte sie es nicht einmal.

Ich fand, dass ich genug von Grenzen wusste. Sie konnten schwer erträglich sein. Seit ein paar Minuten spürte ich, dass es mindestens ebenso unerträglich war, wenn sie fehlten.

Er öffnete nicht auf mein Klingeln, ich kramte nach seinem Hausschlüssel, den ich immer mit mir herumtrug, und machte mir keine allzu großen Sorgen. Opa hörte schlecht. Im Übrigen hatte er sich nicht sehr verändert in den letzten Jahren. Gut: tiefere Falten um den Mund, die Armmuskeln schlaffer. Wie ein Kohlkopf auf zwei Stecken sehe er aus, mit Bauch!, sagte er von sich selbst. Ich sagte: »Wenn du so weiterrauchst, stimmt es bald.« Er lehnte in seiner uralten Lederjacke an der Hauswand, grinste und zündete sich die nächste Zigarette an. Die Glaskuppeln des Paradieses glänzten im Sonnenlicht, »picobello«, so Opsi. Mercedes räumte das Haus auf, José machte den Garten. Regelmäßig zog Stach sich in seinen Keller zurück und bewunderte den Lichteinfall. Er sagte, das Affengeschrei fehle ihm dabei nicht, also so gut wie kaum, also ein wenig, nämlich doch, also sehr.

Andere in seinem Alter hatten, eingemauert in ihre Sattheit und ihre Statussymbole, zwanzig Jahre Golfen und Lifting hinter sich. Opa hingegen saß in einem sinnlosen Paradies. Wie mochte ich ihn dafür. Seit Monty und Vlek in Simas Affenheim bei Mechelen lebten, ziemlich schick auf flämischem Matsch, nahe der Außenstation des Antwerpener Zoos, feierte ich Partys in ihrem Garten Eden. Die Location erhöhte meinen Sozialwert immens; Opa hatte das vor mir begriffen und mich zur ersten Feier gedrängt. Lachend: feiern! Das taten Bonobos auf dem Weg zu einem Haufen Nahrung, allen voran die laut johlenden, regierenden Weibchen, die sich sexuell anfassten, um mit den Körperkontakten die Gemüter zu beruhigen und dem Aufteilen des Essens den Weg zu ebnen. Bei Bonobos sah es nach Orgie aus, und Opa sagte: »Zeit für ein paar Heiterkeiten im Leben, bei dir wie bei mir!«

Zwischen Mutter und ihm galt ein Waffenstillstand. Sie behauptete, er habe gesagt, für ihren Anruf bei der Polizei enterbe er sie. Großvater behauptete, er habe gesagt: »Warte auf meinen nächsten Coup.« Den landete er zu seinem 86. Geburtstag. Stach verkündete, seine Lebensversicherung sei ausbezahlt worden. Sima sagte, die Auszahlung habe vor 26 Jahren stattgefunden, fragte: »Wie verwirrt ist er?« Er sagte: »Lebensversicherung Nummer zwei.« Das Geld aus der ersten hatte er postwendend in der nächsten »Wette auf seinen Tod« angelegt.

»Und einfach weitergelebt!«, sagte er.

»Mit Louis-de-Funès-Lächeln«, erzählte ich Mutter am Telefon.

Mit Zitterlächeln saß er in der Badewanne, als ich ihn endlich fand. Er konnte nicht mehr auf einem Bein stehen und kam nicht heraus. Das Wasser war eiskalt, er krächzte, er habe ab und an neues nachgelassen, da habe das heiße Wasser versagt. Seine gesammelten Telefone – Mobilteil des Festnetzapparates, Smartphone, Altenhandy, das ihm vor einem halben Jahr Maggy Kowalsky vermacht hatte – lagen drei Meter entfernt völlig unerreichbar auf dem Fensterbrett.

Das zweite Festnetztelefon hatte er, während ich mich am Balaton vergnügte, ins Spülbecken fallen lassen. Während eines Telefonates mit Boris. Mit dem er regelmäßig telefoniere. Das Buch *Das geteilte Gedächtnis* sei erschienen. Boris bedanke sich darin bei ihm. Was ihn freue. Wenn die Ergebnisse auch hambüchen seien! Und er, Eustachius, überhaupt nicht mehr vorkomme. Weil er nun ja als Teil der Familie gelte. Der Borisfamilie.

»Hanebüchen«, sagte ich. »Hambüchen, Opa, ist der Turner.«

»Welcher Turner?«, sagte Opa.

Er sagte, daran, dass Boris und Sima ein Paar seien, habe er sich gewöhnt.

»Das war schlau«, sagte er.

Ich schüttelte den Kopf. Schlau schien mir hier nichts. Überdeutlich fühlte ich noch den Schrecken, als ich, etwa eine Woche vor meiner Reise nach Ungarn, Opa stundenlang nicht hatte erreichen können, dabei war er nur in einem Elektromarkt herumgelaufen, Opa: »Da klingelt's überall!«, und am Abend, grau vor Erschöpfung nach fünf Stunden Einkauf, grau, aber glücklich mit dem neuen Smartphone, das ich ihm einrichten musste, auf seinem Sofa gesessen.

Und was hatte er in der Badewanne zu suchen?

Obwohl wir ausgemacht hatten, dass er kein Bad mehr nahm?

Er hielt sich etwas darauf zugute, vom alten Schlag zu sein. Zäh und stolz. Den wundersamen Schädelaufbau hatte er sich nach der misslungenen Enthüllungs-Fernsehsendung entfernen lassen. »Gruselig«, sagte er heute selbst dazu. Anders als die Affen sei er dauernd mit dem Kopf angestoßen. Er habe gelitten beim Schlafen, sich gefühlt wie ein … ein Wurm. Und in der nächsten Minute wie ein König, sagte er, mit der Kästchenkrone. Oder doch wie ein alter, erstarrter Idiot!

Er schlotterte und tat, als wäre alles wunderbar.

Ich musste meine Hose ausziehen und zu ihm steigen, um ihn aus der Wanne zu hieven. Sie war unpraktisch hoch, ein altmodisches Modell, und Opa hatte selbstverständlich, »bin doch nicht behindert«, keine Rutschmatte ausgelegt.

Seine Haut glich einem faltigen Teppich, glatt nur am Bauch, schorfig an den Ellenbogen und zwischen den kleinen Hängebrüsten. Ich half ihm, sich abzurubbeln. Auf der rechten Schulter saß ein Rudel Altersflecken, ein anderes am linken Oberarm, die Karte eines unbekannten Landes. Seine Füße ragten lang und krumm unter dem Handtuch hervor.

»Schau du nur«, sagte er. Offensichtlich hatte er mich beobachtet. Darin war er noch immer Profi. »Mit dem Zurückweichen und Verstummen aller vordringlichen Geräusche tritt das Untergegangene hervor und gerät vor die inneren Sinnesorgane.«

»Wie bitte?«

»Nun«, sagte er, »klingt doch logisch. Während ich hier saß, habe ich nachgedacht.«

Ich packte ihn mit Wärmflasche ins Bett. Er hatte beschlossen, nach Vermont zu reisen, der Koffer lag zu seinen Füßen auf der Decke. Vortragseinladungen erhalte er in Massen, sagte er, auch darüber habe er nachgedacht. Er war 87dreiviertel. Im Flugzeug genieße er Extrabedeutung: Als Erster dürfe er einsteigen, er sitze vorn, werde mit Getränken versorgt sowie nach Thrombosestrümpfen gefragt, die er selbstverständlich trage.

»Ich bin Profi«, sage er, und die Stewardessen antworteten: »Wir auch«, und die Netten sagten: »Das sieht man.«

Allmählich dämmerte mir, dass »Extrabedeutung« Extrabetreuung hieß. Großvater war unter die Dichter gegangen. Ich hatte ein paar Bücher zum Thema gelesen, in der Familie Grolmann zählte es zur Tradition, ein paar Bücher zu lesen, bevor man sich der Wirklichkeit zuwandte. Selbst der Wirklichkeit in Gestalt eines betagten neu dichtenden Großvaters. »Bedeutung« meinte eine süße Mischung aus Meilen und Alter.

Er lag erhöht auf ein paar Kissen, mit Überblick, und diktierte mir, was ich einpacken durfte. Der Koffer sollte auf dem Bett bleiben, damit Opa sich später nicht bücken musste. Er habe bereits die beiden letzten Nächte mit dem Gepäck im Arm geschlafen. Es sei gemütlich, der alte Pappkoffer wiege nichts.

Ich gab ihm die Brille. Die zwei Hemden, zwei Paar Socken, drei Unterhosen lagen in einem grauen Samsonite. Auf der Wäschekommode, halb verdeckt von einem weiteren Unterhosenstapel, stand ein Porträt von Stach mit Monty und Vlek. Nicht wir. Das wiederum war normal, großvaternormal.

»Na ja«, sagte er. Schade, dass der Pappkoffer weg sei. Der Fluchtkoffer. Er hob den Kopf, sah mich scharf an: »Hast du dieses Vertreibungsdingsda noch, diesen Blog? Kommt da was raus?«

Ich schüttelte den Kopf. Die Leute erzählten nur Liebeswandergeschichten, mit Happy End. Pendeln als Lebenserfüllung! Da werde nichts geleugnet, da werde gereist, gejettet, realkörperlich dauergesurft.

Er zappelte aus dem Bett. In Unterhose und Unterhemd stand er vor mir, zuckte ein wenig hilflos die Schultern und streichelte meinen Arm: »Wenigstens du bist noch da.«

Opsi! Ich streichelte zurück und scheuchte ihn, ein unvernünftiges Riesenkind, ins Bett zurück. Seine Beine sahen aus wie bei einem 60-Jährigen, zumindest, wie ich mir Beine bei 60-Jährigen vorstellte, muskulös und fest; an den Unterarmen ähnelte sein Fleisch dem eines Suppenhuhns.

Später aßen wir zusammen und schauten fern, unser übliches Programm. Ich kochte ihm abwechselnd Pfannkuchen, Reisauflauf oder Nudeln, gab Sardellen und Oliven in die Tomatensauce, er rieb den Parmesan. Kochen mit Großvater klappte umstandslos, in seiner zwergenhaften Küche, aufgebaut für die 165-Zentimeter-Hausfrau, ließ er sich Anweisungen geben.

»Wirklich«, sagte er, »Migration heißt das jetzt? Kenn ich nur von Vögeln.«

»Wanderfaul«, sagte ich zwischen zwei großen Bissen. Die migrierten immer weniger. Letzten Winter seien 73% der Amseln hiergeblieben.

Wir saßen an dem zerschrammten Küchentisch. Ich war fast so groß wie Stach geworden, größer als Mama; unsere Beine schoben wir unter der Platte aneinander vorbei, jeder nach links. So hatten wir es seit jeher gemacht, Opa und ich. Saß ich hier, hatte ich das Gefühl, zuhause zu sein.

»Das hätte uns mal passieren sollen, ein so warmer Winter«, sagte Stach, der noch immer auf elegante Weise aß. Heute schien er nachdenklich. Mit »Winter« meinte er, wie nun oft, die Vergangenheit, und ich ließ sie ihn meinen. Sie war klein geworden, meist reichte ihm das erste Halbjahr 1945.

Der Sommerflieder vorm Fenster wiegte seine dunkelgrünen

Blätter und ein paar vertrocknete lilafarbene Blütenstände im Herbstwind.

Großvater sagte: »Mit dem Zurückweichen und Verstummen aller vordringlichen Geräusche tritt das Untergegangene hervor und gerät vor die inneren Sinnesorgane. Ich habe meinen Bruder getötet. Damals, im kältesten Winter. Auf der Flucht.«

Ich schaute in den Garten. Keine Amsel zu sehen. Umso deutlicher stellte ich mir vor, wie sie, migrationsfaul, in zwei Monaten durch Schnee hüpfen würden, ungefährdet ins nächste Futterhaus.

»Ich erschoss ihn«, sagte Opa.

■

Ich recherchierte.

In der Bundesrepublik hatte ein Gesetz vom Mai 1953 alle direkten Nachfahren von Primärvertriebenen ebenfalls zu Vertriebenen erklärt. 12–14 Millionen Deutsche waren vertrieben worden, 2,1 Millionen gingen auf der Flucht »verloren«, alles Schätzwerte, 240 000 Frauen starben in der Folge von Vergewaltigungen. Die Interessen der im Westen Angekommenen, die fast ein Viertel der Bevölkerung ausmachten, vertrat ab 1950 der Bund der Vertriebenen. In der DDR gab es nur Umsiedler oder Neubürger. Meine Mutter war, als Stachs Tochter, eine bayerngeborene Schlesienvertriebene. Ob das Gesetz noch immer galt, konnte ich nicht herausfinden.

Pawani stöhnte. Derartige Schachzüge machten unser Projekt nicht leichter. Als wir angefangen hatten, hatte es leicht ausgesehen: »Reisen und Leugnen«.

Oder »Reisen und Vergessen«.

Bereits bei der Frage, was als »movement« gelten konnte, musste man sich in Acht nehmen. Da fuhr einer 1000 Kilometer von A nach B: eine Reise? Mitnichten. Vielleicht reiner Unsinn. Die Simulation einer Reise. Eine Wette. Eine Krankheit. Neugier. Langeweile.

Leider blieb meine Familiengeschichte auffällig unsensationell im Vergleich zu Pawanis migration record. Alle vier Großeltern stammten aus Pakistan. Ihr Schicksal erfüllte die härtesten Vertreibungskriterien: gefährliche, unwägbare Flucht, Enteignung und die Unmöglichkeit, jemals zurückzukehren. Pawanis Eltern hatten sich in London kennengelernt; in Deutschland, Frankreich, den Niederlanden und den USA gelebt. Sie sprachen Englisch mit indischem Akzent, nur Pawani und ihr Bruder konnten Deutsch.

Mutter kam, das war klar, für unseren Blog nicht einmal als Leugnerin in Frage. Sie leugnete nicht, sie sagte die Wahrheit, wenn sie behauptete, keine Vertriebene zu sein, auch wenn es offiziell eine Lüge war.

»Was hältst du von Hausbrand?«, fragte meine beste, an Händen und Füßen pinkfarben lackierte Freundin.

War Hausbrand Vertreibung? Oder die Enteignung für den Bau einer Autobahn: Man musste gehen, konnte nicht zurückkehren, verlor, was man besaß.

Es fehlte das dramatische Fluchtmoment.

»Wieso?«, wollte Pawani wissen. »Denk an die Leute, die vor einem Tsunami davonlaufen.«

Da konnte man meist zurückkehren. Vorausgesetzt, man überlebte. Das setzten wir sowieso voraus.

»Stimmt«, sagte sie. »Wir wollen Geschichten von Überlebenden. Glückliche Geschichten!«

Ihre Augen leuchteten. Ich schwieg. Ich dachte an Großvater und sein seltsames Geständnis. Pawani hatte ich nichts davon erzählt. Sie half mir, nicht daran zu denken.

Großvater hatte überlebt.

Glückliche Geschichten stellte ich mir anders vor.

■

Sie brachte Affenessenz mit, ein Fläschchen gefüllt mit Duft aus ihrem Bonobohabitat, sowie einen Brief von Monty und Vlek in der Affensprache Yerkish. Die beiden hatten das Zeichen für Opas Namen benutzt, es ähnelte einem QR-Code, blaue Linien auf grünem Grund. Ob sie dabei wirklich an Stach gedacht hatten? Sima schaute skeptisch. Er sagte, es stehe fest, dass Menschenaffen Menschen auch nach Jahren der Trennung mühelos wiedererkannten. Einmal geliebt, immer geliebt; doch er musste zugestehen, dass sie sich nachtragend und abweisend verhalten konnten, wenn sie glaubten, verlassen worden zu sein, und Sima lachte über die Ausdrucksweise. »Nachtragend?« Schimpansen und Bonobos galten als Weltmeister des Schmollens, durch nichts zu erweichen – »anders als Menschen«, sagte sie mit raschem Blick auf Opa, der tat, als merke er das nicht.

Ich glaube, sie durchschaute ihn. Vor ihrer Ankunft war jedes Möbelstück von Mercedes abgewischt und von Opa neu gerade an die Wand gerückt worden. Die speckige Jacke hatte er in den Tiefen seines Kleiderschrankes versenkt. Mutter kam nicht oft. Er grollte ihr – »Waffenstillstand«, allerdings schmolz sein Unmut, und ein Blinder konnte sehen, dass ihm von Mal zu Mal wichtiger wurde, einen stabilen, nein, ausgezeichneten Eindruck auf sie zu machen.

Sima pendelte zwischen Deutschland und Belgien, dem Land, das als ehemalige Kolonialmacht besonders enge Beziehungen in den Kongo unterhielt. Ihr Apes' First and Finest European Home, kurz AFFEH, lief hervorragend, neue Studien zu Gefühlen und Spiegelung, europäisches und internationales Forschungsgeld, Versorgung alter Primaten, ein humaner Aspekt.

Bald käme Monty in die Pubertät. Ungünstig für Vlek; Bonobos waren strikt matriarchalisch organisiert. Mutter lachte: »Die Linie neben den Schimpansen. Der Mensch hat sich vorher aus dem Stammbaum abgespalten. Uns stehen beide Möglichkeiten offen!«

Opa hängte das neue Bild seiner Lieblinge im Wohnzimmer auf. Rückte und rückte es gerade. Neben der Kuckucksuhr.

Silbernes Pendel, zwei eiserne Tannenzapfen als Gewichte. Das Vögelchen schoss jede Stunde heraus, so lächerlich und frivol, so harmlose Jahrmarktsbelustigung, dass ich fast sehnsüchtig wurde nach einer Zeit, die ich nie erlebt hatte. Dank Harry Potter war mir klar, dass Opa Abwehrzauber betrieb. Rief Harry »expecto Patronum«, trat im günstigsten Fall sein Schutzgeist auf den Plan. Opas Patronus zeigte sich als Bilderrahmen oder in Form eines Holzkuckucks, der wie bescheuert unter lautem Türchenklappern zu jeder vollen Stunde aus seinem Häuschen fuhr, erstaunlich echt schrie und völlig unvogelhaft, Schwanz voran, ins Dunkle zurückfiel.

Wir hinterließen, ich bin mir sicher, einen sagenhaften Eindruck. Mutter grinste unverhohlen: Opa, Esther, Kuckucksuhr.

Von Pistolen konnte da nun wirklich keine Rede sein.

■

Pawani hatte weiterrecherchiert. Mit mir. Als Fall!

»Ihr erhieltet eine Entschädigung von den eigenen Leuten und nicht von den Vertreibern. Das ist komisch. Irgendwie auch sehr deutsch. Sehr übertrieben!«

»Es kam viel später«, wandte ich ein. »Und sicher war es nicht.«

Wir suchten im Netz. »Also«, sagte sie, »die Entschädigung hieß Lastenausgleich. Ihr hattet keinen Rechtstitel darauf.« Strich sich durch das unverschämt dichte, unverschämt nachtdunkle Haar und verkündete richterlich: »Insofern ist euer Fall tatsächlich anders als beim Autobahn- oder Flughafenbau.«

Danke, wie beruhigend. Ein Nachgeschmack blieb. Stach gar kein richtig Vertriebener. Im Vergleich! Nach weltweitem Standard. Alles nur halb. Alles nur halb so schlimm.

Pumperlgesund – sein Ausdruck – kehrte er aus Vermont zurück. Zwei Juniorprofessoren – sein Ausdruck –, beide über 50 – die Wahrheit –, hatten ihn begleitet, einstige Assistenten, einer bei Sima, der andere noch bei ihm promoviert.

Er hatte sich diese Kindermädchen mit alter Gründlichkeit selbst organisiert. Wenig Schlaf, zwei Liter Kaffee pro Tag, Holzhacken – Großvater: »eine Viertelstunde, der neue Rekord« – das und andere körperliche Gewaltakte fand er normal. Das Wort »Entspannung« kannte er nicht, Blutfettwerte regulierte er über Medikamente, die er verachtete, aber einwarf: Kopf nach hinten, Mund auf. Er rauchte wie ein Schlot und ließ den Automotor laufen, wenn er irgendwo wartete. Die Vergangenheit steckte in ihm wie eine Pfeilspitze, knapp unter der Haut.

Er war gerade erst aufgestanden, als ich ankam, knöpfte sich sein Hemd in der Tür zu und rief mir strahlend entgegen: »Ich habe recherchiert!«

Oh Gott.

»Bei Affen? Mitnichten! Im Flugzeug!«

Er hatte mit dem Piloten gesprochen.

Dazu zog er sein pfiffiges Gesicht.

»Ich habe auch recherchiert«, sagte ich.

Gefältelte Haut über dem Hemdkragen, Hakennase, hellblauer Blick. Schief stand er da, schaute mich fragend an, der Ausdruck eine Mischung aus Affe und melancholischem Hund. Ach, Opa.

Es gab zwei unangenehme Möglichkeiten, seine Behauptung, er habe seinen Bruder erschossen, zu erklären. Stach phantasierte – Gehirnumbau, Erinnerungsverzerrung, wurde alterswirr: Emil war auf der Flucht an einer Lungenentzündung gestorben, das hatten alle immer gewusst.

Die andere Möglichkeit war nicht besser: Sein Gedächtnis löste sich nicht auf. Er hatte die Wahrheit gesagt. Er, mein Opa, hatte seinen Bruder umgebracht.

Ich konnte es nicht glauben. Glaubte allerdings genug, um nachzusehen, wann Mord verjährte. Es war vorbei.

Das half nicht.

Normalerweise entspannte ich mich bei Stach, er musste nur in meiner Nähe sein, sogleich ging es mir besser, vermutlich lag es an etwas verborgen Physiologischem, seinem Geruch, seiner Stimme, als Baby bereits hatte ich darauf mit Lächeln und Schlaf reagiert. Diesmal nicht. Er hatte Nusshörnchen aufgetaut. Wir saßen auf seinem Sofa nebeneinander. Freundliches Oktoberlicht, fünf Uhr nachmittags.

»Warum hast du auf Emil geschossen?«

»Weil er mir eine Mandarine gegeben hatte.«

Was für eine Erklärung.

»Weil er zur SS wollte. Weil er wahnsinnig wurde und mich einfach mit Mutti alleinließ.«

Das klang vernünftiger. Leider.

»Und woher hattest du die Pistole?«

Er lachte. Aus dem Schreibtisch seines Vaters. Damals sei das üblich gewesen: Väter hätten Gewehre und Pistolen im Herrenzimmer aufbewahrt. Hannes habe mehrere Jagdgewehre sowie eine Mauser und eine Luger besessen. Bevor sie das Haus verließen, hätte er, Stach, sich rasch die Mauser in den Rucksack gesteckt.

»Und dann?«, sagte ich.

»Und dann?«, sagte er. »Dann drückte ich ab. Reicht das nicht?«

■

Wir hatten uns in den Arkaden verabredet und verfehlten uns fast, dabei standen wir nah beieinander, ohne uns zu sehen. Früher hätte man so etwas symbolisch genommen – zumindest, wenn man Sima war und es um das Verhältnis zu Johnny ging. Statt auf mein Handy, so Mutter, sollte ich geradeaus sehen, in die Wirklichkeit. Sie begriff nicht, wie falsch das war.

Zufrieden saßen Kern und ich in der Eisdiele im ersten Stock. Von unten und den Seiten her klangen Muzak und Stimmen. Schon Zehnjährige trafen sich hier, niemand fiel auf.

Ich war entschlossen, ihm auf den Zahn zu fühlen. Pawani oder ich? Geschickt wollte ich es anstellen. Also erzählte ich, dass mein Urgroßvater Hannes Jäger war und perfekt schießen konnte, nach 1945 aber alles aufgab.

»Versteh ich nicht«, sagte Kern. Er war wieder gesund. Sah gesund aus. Sagenhaft gut. Der junge DiCaprio mit langem, bis zu den Ohrläppchen reichendem Haar. Braun, nicht blond.

Mein Urgroßvater sei ein schöner Mann gewesen, sagte ich. Reiter und Schütze. Habe in jedem Schießstand die roten Rosen getroffen, sie den Frauen überreicht und meiner Oma Wäsche mitgebracht aus Paris, 1940, die sie nie anzog, aus Prüderie.

Ich lutschte ein wenig Eis von meinem Löffel. Dass ich da vollkommen anders sei.

Kern saugte mit einem Strohhalm an Pistazie. Kurz dachte ich an Schrauben.

»Kennst du dich mit Pistolen aus?«, fragte ich.

»Warum?«

»Nur so.«

»Bist ja interessant drauf heute«, sagte Kern.

»Na ja«, sagte ich, »Technik eben. Schrauben zum Beispiel.«

»Was redest du«, sagte Kern. »Ich fliege übermorgen nach Tanger, und du redest solches Zeug.« Er grinste: »Du musst ja total nervös sein.«

Ein goldenes Kreuz baumelte an seinem Hals. Ich sah auch seine Brusthaare. Sie sprachen gegen ihn. Fell-Typen mochte ich nicht, hatte es indessen noch mit keinem probiert. Bisweilen war ich froh, dass Mutter nicht wusste, wie langsam ich wirklich war.

Kerns Familie, marokkanische Christen, konnte man von den Leuten hier überhaupt nicht unterscheiden. Während Pawani einen Vaterzwerg hatte, sehnig wie eine Baumwurzel, ein Bilderbuchyogi, nur ohne Turban, hatte Kern einen Vater wie eine Tomate, rund, rot, glatzköpfig.

»Sie passt nicht zu dir«, flüsterte ich ihm ins Ohr.

Pawani gegenüber war das kein Problem. Wir waren nicht mehr so naiv, uns alle Details zu erzählen. Sonst hätte das Spiel, in denselben Jungen verliebt zu sein, nie funktioniert. Es hatte einen großen Vorteil: Wenn keine von uns ihn bekam, lästerten wir gemeinsam über die Auserwählte ab.

■

Stach hatte eine Zahnlücke.

Oben rechts, neben den großen Schneidezähnen.

»Einfach rausgefallen«, sagte er.

Er war gestürzt und hatte sich den Zahn am Rand der Waschbeckenkonsole ausgeschlagen. Der Zahnarzt hatte den gespaltenen Stummel gezogen.

Wir standen vor seinem Spiegel im Bad und begutachteten den Schaden. Opa sagte, nun sehe er aus, wie er als Junge ausgesehen habe. Kontrollieren ließ sich das nicht, es gab kein einziges Foto von seiner Zeit mit Zahnlücken, ebenso wenig wie aus seinem Leben zwischen 13 und 17.

»Lügst du öfter?«

Schuldbewusst schaute er mich an, sehr hellblau, und sagte: »Die Reise nach Vermont war meine letzte. Die nächste mache ich als Asche. Keine Lüge! Versprochen!«

Kicherte und zog mich die Treppe hinunter ins Wohnzimmer. Seine alte Pendeluhr und die Kuckucksuhr schlugen gegeneinander, der Boden vibrierte. Opa tat, als wäre seine Wohnung ein Körper mit einem Herzen.

»Mochtest du Emil?«

»Jaja. Er war so viel älter als ich. Eine andere Welt.«

»Und da hast du ihn also … umgelegt?«

»Glaubst du, dass es stimmt?« Neugierig blickte er mich an. Als mache er ein Experiment mit mir. Ich war mir unsicher, was ich denken sollte.

»Traust du es dir zu?«, fragte ich.

»Ja.«

»Ich dir auch.«

»Siehst du«, sagte er.

Geschossen. Auf den in eine schwarze Uniform gekleideten Bruder. Die dieser Bruder sich sonstwo organisiert hatte. Was diesem behinderten Menschen keineswegs zuzutrauen gewesen sei.

Geschossen, Emil getroffen und zurückgestürzt zu den geretteten Koffern, durch Schutt, in Flammenschein, kalt, staubig, verrußt, zurück zu Lilly, die dalag und schlief?

Um ihr am nächsten Morgen zu sagen: Emil ist verschwunden.

Oder hatte er nur behauptet, dass Emil tot war, um seine Mutter vor der SS-Wahrheit zu schützen? Schämte er sich, weil es ihm nicht gelungen war, den hinkenden Bruder aufzuhalten? Der bei der SS sowieso bald sterben würde. Hatte Stach das gedacht, als er davonging – nach dem Schuss? Oder ganz ohne Schuss?

Endlich, gestern Nacht in meinem WG-Zimmer, als ich bei Licht im Bett lag und Gustav aus Wien hörte, die sang, dass man Wale retten solle, war mir eingefallen, was ich fragen musste.

»Wo ist die Leiche geblieben? Wenn du ihn erschossen hast, was hast du dann mit ihm gemacht?«

Großvater steckte sich eine Zigarette an. In der damaligen Zeit, sagte er kühl, sei es ein Leichtes gewesen, einen Menschen ein zweites Mal untergehen zu lassen. Erst den Menschen, dann die Leiche, sagte er. In der Menge Verletzter und Toter. Daher gäbe es kein Emilgrab. Naturgemäß. Fluchtnaturgemäß.

»Du hast ihn einfach liegen lassen?«

»Ja.« Kleinlaut. Er glaube.

»Hast du überhaupt geschaut, ob er tot war?«

Opa antwortete nicht. Schweigend saßen wir da, ich drehte seine Zigarettenpackung in der Hand, die er auf dem Tisch abgelegt hatte, es knisterte. Hatte er seine Behauptung, Emil erschossen zu haben, nur als worst-case-Szenario ins Spiel gebracht: das schlimmste vorstellbare Ende einer schrecklichen Aprilnacht in Sondershausen? Stach wusste nicht mehr, ob er es sich einbildete oder es erlebt hatte, traute seiner Erinnerung nicht, egal, was sie sagte? Mit Hilfe meiner Reaktion versuchte er herauszufinden, wer er war, genauer: daran, als wen ich ihn sah und was ich ihm zutraute, wollte er ablesen, was er getan hatte?

Reichlich absurd. Pawani behauptete, Menschen seien so: kompliziert, unlogisch, und bewies es mir mit ihren Fällen.

Vielleicht hatte sie Recht.

»Gleich ist sie kaputt«, sagte Opa, ich zuckte zusammen und schob die Zigarette zurück in ihre Packung. Krumm.

Meinetwegen war Großvater seinem Bruder ein zweites Mal gefolgt. Hatte zuvor zwischen den Koffern eine Mandarine gegessen und überlegt. War dem Bruder dann nicht nur nachgegangen, sondern nachgerannt. Und Emil sollte einfach dort herumstehen, wo er ihn 15 Minuten zuvor verlassen hatte? Da steckte der Fehler. Selbst wenn dieser SS-Begeisterte humpelte, also nur langsam vorankam, er hatte ein Ziel gehabt. In der dunklen, schwankenden Nacht. So jemand blieb nicht wie ein Idiot auf dem Platz stehen. Als Zielscheibe für andere Idioten und Trümmer. Ich hatte Auszüge aus Zeitzeugenberichten in der Bibliothek gelesen, angefangen mir vorzustellen, wie es gewesen sein mochte. Auf einer Bombenstraße, in solch einem Brandfeld. Schutt blockierte die Wege. Auch für Opa. Als er schließlich am Emilplatz ankam, war Emil fort.

Er hätte ihn vielleicht gern erschossen.

Und dieser Wunsch, lang vergessen, dieser verdrängte Wunsch kam nun in Form einer falschen Erinnerung hervor.

Prüfend schaute ich Opa an. Er bog die Zigarette gerade und

steckte sie sich an. Den einen Unterarm aufs Knie gelegt, saß er auf der vorderen Kante seines Sofas, rauchte und sagte: »Aha.«

Rauchte, rührte in seiner halbvollen Tasse mit kaltem Espresso, grummelte ein: »Wenn das so ist«, blickte auf und lächelte mir ins Gesicht.

Zufrieden.

Ob ich auch finde, dass ein Grab, das unauffindbar werde, eine Unverschämtheit sei?

Rascheres Rühren: Ein einziges Mittel gäbe es, den Mängeln eines Grabes ein Schnippchen zu schlagen.

Pause.

Darüber habe er im Flugzeug von Vermont nachgedacht.

Opas Augenbrauen schnellten in die Höhe. Das einzige logische Mittel gegen ein Grab sei logischerweise ein Antigrab!

Sehr logisch, dachte ich. Gar nicht erst sterben!

Das meine er ernst. Den nächsten Schritt habe er gleich mitgedacht.

»Das perfekte Antigrab, Sternchen, ist das Nullgrab. Gar kein Grab!«

Ich war erleichtert. Nichts Neues über Emil. Die Erleichterung machte allerdings der nächsten Unruhe Platz: Opas Grab? Antigrab? Es war vermutlich vernünftig, jetzt über seine Bestattung nachzudenken. Zusammen mit ihm. Auch wenn ausgerechnet Stach momentan nicht sonderlich vernünftig klang. Und mir die Sache zu unvernünftig vernünftig war. Sprich: unerträglich. Er lebte, bitte, noch lange. Ich musste nur gut auf ihn aufpassen. Den Plan dafür hatte ich im Kopf!

»Schau mal«, sagte er und klopfte vor sich auf den Tisch, über den er verschiedene Ausdrucke aus dem Internet breitete. Die Espressotasse baute er mit ein.

»Alles dunkel. In der Maschine und rund um die Maschine. Die zielstrebig durch die tiefe Nacht fliegt. Schwebend, versteht sich. Nahezu wundersam schwebend.«

Er habe den Sichtschutz am Fenster hochgeschoben und hinausgesehen. Dem Sehen hinterher habe er hinausgedacht. In die Tiefe und Weite des Himmels. Da sei ihm die Idee gekommen. Man dürfe sich verbrennen lassen. In Deutschland sei es verboten, die Asche auszustreuen, wo man wolle. In Österreich sei das erlaubt. Glaube er.

»Österreich«, sagte ich, um etwas zu sagen.

»Ja«, rief er, »nur als Beispiel. Das möchte ich haben. Und du, Estherchen, Sternchen, Augenstern, kümmerst dich darum.«

Mit bittender Stimme. Mit Eustachius-Augenaufschlag. Mit Grolmann-Charme. Bald werde er 90!

Er nahm sich eine Banane vom Tisch, schälte sie in Affenweise von der Spitze. Er zog alle Register.

Ich griff ebenfalls zu. »Einverstanden«, sagte ich. »Einäscherung in Österreich. Ausstreuen. Allerdings gegen eine Leistung von dir. Ich habe hier eine Liste mit Altenheimen. Ich helfe dir, da finden wir eines, das dir passt, bestimmt.«

Er rannte aus dem Zimmer, verkroch sich in der Küche und sprach 15 Minuten lang kein Wort mit mir. Als ich nach ihm schaute, entdeckte ich, dass das Affenbild inzwischen über dem Küchentisch hing. Opa saß darunter und zog eine Schnute wie Vlek.

Ich ging; ein paar Minuten später kam er mir nach, stülpte lautlos den Mund zurück und stellte eine Flasche Schnaps auf das Safaribrett am Sofa.

Wie er in seinen Hausschuhen herbeigeschlappt, wie krumm er gegangen war. Angeblich hörte er dann besser.

Es dämmerte, ich schaltete die Stehlampe mit dem plissierten Schirm neben meinem Sessel an, wir schlossen einen Kompromiss. An jedem Tag, an dem ich ihn nicht besuchen konnte, sollte eine professionelle Altenhilfe nach ihm sehen. Er musste mir versprechen, dass es Badeversuche und Kochaktionen nur mehr mit dieser Hilfe geben würde oder mit mir.

Ich kam mir gemein vor. Wenn auch nicht sehr. Die Karte Altenheim hatte ich gezogen, um ihn zu erschrecken. Er hatte immer klar gemacht, dass er das nicht wollte: Nur die Füße voran bringt ihr mich aus meinem Haus.

Auch ich wollte ihn nicht unbedingt in solch einer Einrichtung wissen. Doch ich war verantwortlich für ihn. Gelegentlich, wenn ich müde zu ihm fuhr, hätte ich mir mehr Hilfe gewünscht. Mutter sagte am Telefon: »Ein Wort von dir, und wir ändern das Arrangement!« Und dann stand ich in meinem WG-Zimmer, das Telefon in der Hand, das Simas Nummer wählte, und drückte doch die rote Taste: weil ich es allein schaffen würde, weil ich ihn nicht teilen wollte, weil er mein Opsi war.

Eustachius wirkte geknickt, aber einsichtsvoll.

»Stell dir vor«, sagte er, »du stehst hier über dem Paradies und streust meine Asche aus. Mich. Das ist ein beruhigendes Bild!«

Er wartete, bis ich nickte. Lächelte mich geradezu schüchtern an. Fast stiegen mir Tränen in die Augenwinkel. Das Zimmer jenseits des kleinen Lichtkreises der Lampe war dämmrig, Opas Uhren schlugen, und er, auf seinem Sofa neben dem Safaribrett, schlief trotz des Krachs von einer Minute auf die andere ein. Vielleicht eine Art Protest: Nun hatte er genug gehört. Vielleicht strengte ihn seine Zukunft böser an, als ich bemerken oder er zugeben wollte.

Lange betrachtete ich seinen Kopf, die faltigen Wangen, die kühn gebogene, glatte Nase, den weichlichen östlichen Mund, und die Liebe, die ich für diesen sturköpfigen alten Mann empfand, erschreckte mich.

■

Das Arrangement brachte uns über die nächsten Wochen. Ende November fiel Stach die Stufen an seiner Haustür hinauf. Hinauf, nicht hinunter.

Stufen. Exakt zwei.

Hundertausendmal war er über sie gestiegen. Er hatte in den Briefkasten sehen wollen, brach sich den linken Unterschenkel, verstauchte sich die linke Hand und befand sich im Krankenhaus, als ich davon erfuhr. Mercedes hatte ihn gefunden. Er war nicht im Regen gelegen und hatte sich nicht erkältet, obwohl er stark unterkühlt war, als man ihn abtransportierte.

Erstaunlich rosig lag er, frisch operiert, im Krankenbett. Ein offener Bruch. Die Ärzte befürchteten Infektionen.

Großvater hing am Tropf.

Man hatte ihm ein Einzelzimmer gegeben. Er hatte gleich bei der Aufnahme erzählt, dass er fürchterlich schnarche. Und einen Mittagsschlaf hindurch geschnarcht.

Das war mir neu.

Er grinste.

Er war wie ein Kind. Sichtlich stolz auf seine Schläue. Stolz darauf, wie er die Pantoffeln unterm Bett versteckte, damit die Krankenschwester die Pfanne anschleppte, und er nicht aufstehen musste.

Mutter reiste unverzüglich an, ich war froh darüber. Sie brachte ihm fünf verschiedene Rezepte für schlesischen Streuselkuchen mit, aus dem Netz.

»Sind die auch echt?«, fragte er.

Jeden Tag buk sie ihm einen der Kuchen in seiner echten Küche zuhause. Nachmittags holte sie mich im Zoo ab; bei Opa aßen wir zusammen Probe.

Stach kontrollierte, ob die Stücke exakt rechteckig geschnitten waren. Treuherzig sah er uns an: Er schmecke den Unterschied. Hundertprozentig!

»Dabei ziehst du ein perfektes Montygesicht, hundertprozentig«, sagte Mama, und es entspann sich ein für uns ungewöhnliches Gespräch, natürlich und friedlich floss es dahin. Opa thronte in seinem Bett; er hatte sich nach Simas Ankunft unverzüglich zum Krankenhausfriseur fahren lassen, sich mit Hilfe eines Handspiegels selbst rasiert und trainierte, sagte er, jeden Tag. Er hatte eine halbe Stunde Physiotherapie. Darüber, dass er sich kein Äffchen halten könne, wolle er nicht klagen, in den Kongo umsiedeln werde er deswegen auf keinen Fall: »billige Pflege, verdammtes Wetter«. Und das Kind, Esther, hier, sagte er, das gehe nicht, er passe auf mich auf! Er, sagte er und rieb sich die Nase, komme perfekt allein zurecht: Weiterhin! Perfekt!

Auch wenn er sich zuweilen benehme wie eine Prinzessin auf der Erbse.

Doch, doch, rief er zufrieden in unsere erstaunten Gesichter, er liege auf Streuselkrümeln und beschwere sich nicht, er liege auf dem zerkrümelten Schlesien, dem schlesischen Himmelreich und lache darüber, das könnten wir ruhig genießen, mit ihm.

»Kriegt er Pillen?«, fragte Sima, als wir uns vor dem Haus trennten.

Ich war mir sicher, dass er nichts nahm. Da lag er und wurde versorgt, es bekam ihm vorzüglich, und sein Schalk, der sich früher nur den Affen und mir gegenüber hervorgewagt hatte, kroch nun auch in Gegenwart anderer Menschen aus ihm heraus. Das Glück hatte Opa eingeholt, wenn ich auch zweifelte, ob er es bemerkte, er sagte nur, wie er seit Jahren sagte: »Als alter Mann werde ich glücklich sein«, und grinste: »Een aaler Moan bin iech noch lange nich.«

■

Pawani war aus dem Häuschen: Ihr Vater wollte ihren Bruder nach Mumbai schicken. Auf eine Privatschule. Allein. Ihr Bruder war 12 und kannte Indien überhaupt nicht.

So weit war Stachs Heimatliebe nie gegangen. Sie war überhaupt nicht weit gegangen. Polen! War doch die Hölle. War doch jeder froh, wenn er weit genug geflohen war.

»Eben«, sagte Pawani. »Fluchtgewinnler! Eure Flucht war ein großer Vorteil!«

Ich nickte zerstreut. Nur mehr unter Minimaleinsatz machte ich mit.

»Du hast da was falsch verstanden«, sagte ich, »Breslau hätte deutsch bleiben sollen, in der alten Form. Es ging um Wünsche. Die gute alte Zeit!«

Lächerlich: »gute alte Zeit«. Aus meinem Mund! Lächerlich wie unterm Bett versteckte Pantoffeln.

Pawani sagte, Wünsche habe sie auch. Und Projektionen. Und einen neuen Plan. Unsere schmählich brachliegende Fallsammlung habe sie auf den Geschmack gebracht. Sie werde Jura studieren. Da erliege nichts, und schmählich schon gar nicht. Wie irrwitzig und grotesk Menschen gebaut seien, im Gehirn und überall, sagte sie, überall!, könne man in der Anthropologie bestenfalls theoretisch erfassen. Im Rechtswesen praktisch. Täglich! Was sage sie: stündlich. Ab Januar mache sie ein Praktikum in einer renommierten Kanzlei.

»Und!«, meinte sie: »Viele komische Grüße von Kern. Er ist zurück. Und findet dich lustig. Er sagt, du seist mit ihm in der Eisdiele gewesen und dann davongerannt.«

»Ewig her«, protestierte ich, und Pawani, die bäuchlings auf ihrem Bett lag, verdrehte die Augen: »Er denkt an dich.«

Ich fuhr ihren Computer hoch. »Ich habe eine Sehnsucht nach der nächsten Katastrophe« – Gustav klang auch bei meiner Freundin richtig. Pawani setzte sich auf: Ob ich wider Erwarten eine Vertreibungs-Leugnungs-Geschichte mit befriedigendem Ende gefunden habe?

Ich schüttelte den Kopf und fühlte ihn kommen, einen der legendären Pawani-Wutanfälle. Aber nein. Bambisanft flötete meine beste Freundin: Das habe sie sich gedacht. Ein dem Piloten Lancaster ebenbürtiger Fall sei nicht aufzutreiben. Nicht von mir. Sie meine: nicht wirklich! Das meine sie nicht persönlich.

Ich schaute sie an. Pawani, arrogant. Pawani auf der »Ich-bin-super«-Spur.

Ob sie mir noch etwas sagen könne? Etwas Persönliches? »Seit dein Großvater im Krankenhaus liegt, siehst du aus, als hätte man dich zur Hälfte aus einem Fenster gehängt, in eisige Luft.«

Das traf es ziemlich genau.

Pawani antwortete, zweifellos treffe es das. Auch das folgende werde mich treffen. Meine Familie sei vorgewarnt gewesen, bereits 1941 habe man in Niederschlesien hören können, dass die andere Seite, falls sie siegte, das gesamte Gebiet polonisieren würde.

»Niemand hörte es«, sagte ich, »das war zu gefährlich.«

»Bedauere«, setzte sie mit heiterster Miene hinzu, »deine Familie war sehr dumm.«

Dumm. Ich begann, meine Sachen zu packen. Nur weil sie meine älteste Freundin war, konnte sie sich nicht alles erlauben.

Dumm! Streuselkuchen kauend hatte Mutter exakt dieses Wort an Opas Bett verwendet, als sie erzählte, wie sie Mitte der 80er Jahre in einem englischen College einem General der British Army begegnet war. In einem Ethikseminar zu Abrüstungsfragen hatte der Mann vor den handverlesenen Studenten Karten des Dritten Weltkrieges ausgebreitet. Karten, die Deutschland zeigten, Ost wie West. Vor den staunenden und zumindest bei Mama schreckgeweiteten Augen des Publikums habe der hochdekorierte Soldat seine Truppen möglichst rasch aus dem Gebiet evakuiert: Gesamtdeutschland war, nach dem von der Sowjetunion befohlenen Einmarsch diverser DDR-Bataillone in die Bundesrepublik, flächendeckend von Atombomben verseucht, die die Westmächte abgeworfen hatten. Schwärmerisch habe der General ergänzt, dass die Pläne dafür fertig in den Schubladen lägen. Dass, dumm gelaufen für die Germanen, Deutschland seine Bestimmung erfülle, als Puffer gegen den Kommunismus genannten östlichen Weltuntergang zu dienen.

Der Computer schaltete sich aus, Gustav kippte weg. Da hörte ich, dass Pawani weinte. Sie entschuldigte sich bei mir, weinte und lächelte, holte eine indische Laddu-Schachtel unter ihrem Bett hervor, fast leer, weinte, weil sie so viele der süßen Kichererbsenkugeln gegessen hatte – und vor Glück.

Pawani hatte einen Biologen kennengelernt. Der Biologe war ein Biologe für Vogelschwärme, er siedelte Waldrappe aus. Ausgestorbene Waldrappe. Also wiederbelebte. Oder so. Sie sei »absolutely« durcheinander. In zehn Minuten wäre er hier!

Waldrappe. Pawani schien Feuer und Flamme. Ich war sauer, Tiere waren mein Gebiet. Und Pawani zu nichts zu gebrauchen, bis Raoul, der Biologe, erschien.

Er brachte einen Freund mit, David, dessen kleiner Bruder wiederum Kern kannte. Früher konnte man sich darauf verlassen, dass Männer nicht tratschten. Ich schaute die beiden böse an. Die Rappe hingegen, darin musste ich Pawani Recht geben, waren für uns interessant, sie flogen, obwohl sie fast ausgerottet waren, noch immer nach Süden, machten sich wahnsinnige Mühe.

Pawanis Gast ließ eine interaktive Grafik über sein Smartphone spielen. Rote und blaue Pfeile, Vogelströme gegen Menschenströme. Im Jahr 1800. 1900. 2000. Seit 2000 wanderten die Menschen stärker als die Vögel.

Meine Augen wanderten über den Biologen und seinen Freund. Wir teilten Männer in die Kategorien schön, heiß, attraktiv. Raoul, durchtrainierter Körper, war heiß statt schön – Besitzer eines Autos, 30, mit eigenem Gehalt. »Attraktiv« gehörte jenen, die auf Fotos schlimmer aussahen, als wenn man mit ihnen in einem Eiscafé saß. Sie retteten sich durch Gesten, Mimik, ihre Art und Weise zu sprechen und manchmal auch durch ihren Geruch.

Diese Kategorie blieb für David übrig.

Er sagte, er sei 23, wirkte aber älter, vielleicht, weil er mit Raoul gekommen war und schon arbeitete. Ich glaube, stärker noch lag es an ihm, er war dieser Typus, ernst, gründlich rasiert, ein paar Kilo zu schwer. Als Zitat der Sartre-Zitate der 70er Jahre trug er eine dicke schwarze Intelligenzlerbrille. Sartre war Franzose, in meinen Augen ein Vorteil, während David trotz des Eierschädels, der dem Sartres nicht unähnlich sah, ziemlich deutsch rüberkam.

■

Seinen 88. Geburtstag feierte Großvater im Krankenhaus. Kaiserin Katharina, die Schildkröte, gaben wir weg. Anfang Januar wurde er in ein Heim für betreutes Wohnen entlassen. Auf dem Papier. In Wirklichkeit war im Heim kein Platz frei, er kam in eine Übergangsstation in der Klinik. Sechs Mann pro Zimmer. Der alte Mensch, ein Verschiebeproblem.

Zu meinem Erstaunen wirkte Stach nicht unzufrieden. Man hatte ihm klargemacht, dass er sich auf Monate nicht selbst versorgen konnte. Großzügig erlaubte er, dass man ihn herumschob. Pflegeschwestern wuschen ihn, drehten ihn um. Er hatte nun alles, was er nie hatte haben wollen: ein Heer Bereitwilliger, das ihn unterhielt, eine Physiotherapeutin, die nicht aufgab, Ex-Kollegen, die ihn besuchten, eine Enkelin, der er Sorgen, Freude und Arbeit bereitete, eine Tochter, die er exakt so weit auf Abstand hielt, dass er sich, sozusagen an sich selbst vorbei, allmählich mit ihr versöhnen konnte.

Die Krankengymnastin ölte sich vor ihm die Hände ein. Er sei also der Affenprofessor!

Sie habe ihn damals in der Show gesehen.

Seine unausgesprochene Überlegenheit als Affendompteur! Wie er verstanden habe, mit den Menschtieren umzugehen. Wie verbunden er mit ihnen gewesen sei.

»Unausgesprochene Überlegenheit« gefiel Eustachius sichtlich. Er saß auf der Bettkante und behauptete, sich nicht bewegen zu können.

»Prima«, sagte sie. »Sie rücken jetzt mit dem Po nach vorn, rutschen mit den Füßen aus den Schuhen, stellen die nackten Füße eine Handbreit auseinander fest auf und fühlen den Boden!«

Opa blieb sitzen. »Es geht nicht. Ich bin alt.«

»Alt ist hier jeder!«

Sie redete ihm zu. Nach einer Weile stand er, bewegte sich indes keinen Millimeter nach vorn.

»Nun aber! Liegen und sitzen können Sie noch länger, als Ihnen lieb ist. Kniebeugen!«

Stach schwankte, wippte und fiel auf die Bettkante zurück. »Ich schaff das nicht.«

Es war das erste Mal in meinem Leben, dass ich diesen Satz aus seinem Mund hörte. Ich glaube, es war das erste Mal in seinem Leben, dass er ihn verwendete.

»Nichts da. Heben Sie den linken Arm. Jetzt den rechten. Na also. So geht das auch mit den Beinen.«

Das rechte war kein Problem. Das operierte linke rührte sich nur ein paar Millimeter. Opa tat mir leid. Sein Fuß wirkte wie mit Extraschwerkraft an den Boden geklebt.

»Gibt es Trockenübungen, mit denen man Auftreten trainieren kann ohne aufzutreten?«

Sie lachte. »Das sollten Sie als Mediziner wissen! Wir machen das hier konventionell. Also: Kopf hoch, Bein hoch.«

Es folgten Anweisungen, Versuche.

»Sie sollten mir das Gehirn massieren anstelle des Fußes«, sagte Opa.

»Das dürfen sie schön selbst tun. Popo hoch und schwenken!«

■

Das Heim, das ihn schließlich aufnahm, lag etwas außerhalb der Stadt an einem großen Park. Großvaters Wohnung im ersten Stock ging nach Südosten, er hatte einen Balkon mit Kastanie davor, doch nur zur Hälfte, also auch Licht. Zwei Räume, eine

Kochzeile, eine eigene Toilette und eine breite ebenerdige Duschwanne.

Nachdem die Zimmer frisch ausgeweißelt waren, zog Eustachius ein. Seinen Spruch, man müsse ihn, Füße voran, aus seinem Haus tragen, sonst verlasse er es nicht, hatte er wahr gemacht. Zufrieden erlaubte er mir, ihn in das neue Domizil zu rollen. Seine Knie ragten so weit aus dem Stuhl, dass er jede Tür rammte, bevor ich sie öffnen konnte. Immer wieder hielten wir an, ich stieß das nächste Hindernis auf, rannte. Er versuchte, im Rollstuhl sitzend mitzulaufen, was das Manöver nicht einfacher machte. Ich hatte Angst ihm wehzutun, er sagte, es sei Beintraining. Wie damals auf der Affenflucht.

Für einen Anthropologen, einen Forscher etwa aus Bali, wäre seine Wohnung ein gefundenes Fressen gewesen. Den Resopal-Küchentisch stellten wir in sein Schlafzimmer, den Samsonite legten wir auf den Schrank. Statt des Sofas, das im Haus blieb, orderte er einen roten, in Hunderte von Positionen verstellbaren Sessel mit Fernbedienung. Und einen kleinen Fernseher. Über den Sessel hängten wir das Oelser Rehbockgehörn aus der Wohnung seiner Eltern. Neben den Eingang eine Karte von Breslau und Umgebung von 1926. Auch Bücher zogen mit um: Affen und Schlesien. Sein Computer und sein iPad, sein extra langes Bett.

Die Fotos von Hannes aus dem Ersten Krieg, von Lilly als Verpackerin und von Ines und ihm auf Hochzeitsreise nagelte er selbst an die Wand. Ohne Brille traf er die Stahlköpfe. Ständig kontrollierte er, ob die Bilder gerade hingen.

Er war beschäftigt.

Trotz des auf eine ovale Holzscheibe genagelten Rehschädels an der Wand und der dunklen Karte wirkte die Wohnung freundlich und hell. Es war der Geruch, der mir zusetzte.

Müffelnder Mensch, süßlich und schwach. Die Düfte schienen aus den Wänden zu dringen. In meinem Kindergarten hatte es an manchen Tagen ähnlich gerochen; auch dort hatten zu Gesichtern geschnittene Kürbisse und Watteschneeflocken an der Wand geklebt, auch dort hatte jedes Wesen mit Schuhen, Hose und sich selbst gekämpft.

Großvater konnte gehen, unsicherer als zuvor, und an einem der ersten warmen Märztage, das Licht lag als glänzend frischer Spiegel zwischen Himmel und Erde, führte er mir ohne Musik, also sozusagen aus dem Nichts, lautlos und nur aus sich selbst, einen Tanz vor. Steif wie ein alter Teddybär, faltig – in den Gliedern eingefaltet –, die langen dünnen Arme und Beine, die schwächlichen Muskeln. Er bewegte die Füße, die Hüften, als finde er sich in seinen Körper zurück, tierhaft fast, nur von den Gesetzen der Schwerkraft bestimmt. Alles um ihn herum hing perfekt an der Wand, so gerade etwas eben sein mochte in der krummen Welt, die Kuckucksuhr tickte laut wie ein Herz, der Rehbock streckte sein längst sinnloses Geweih in die nach Vergänglichkeit riechende Luft, und Opa lächelte selbstvergessen und schwang das rechte Bein, und zog das linke ein wenig hinterher.

■

Jedes Wochenende fuhr ich nach meinem Besuch bei ihm in sein Haus. Pawani, Raoul und David halfen mir: Wir sortierten, was Opa nicht hatte mitnehmen wollen, bestellten den Abholdienst, warfen Geschirr, Töpfe, alte Schuhe weg. Pawani sagte: »Warum ziehst du nicht hierher? Es wäre auch näher am Heim.« David sagte: »Oder vermietest es an ein paar Studenten. Und mich.«

Er war Fotograf, er suchte etwas mit einem extra Zimmer, um zu entwickeln. Er meinte, er müsse seine Fotos analog machen, das gesamte Handwerk gehöre dazu.

Eines Samstags brachte er eine alte Spiegelreflexkamera mit und begann, uns aufzunehmen. Er hatte mich um Erlaubnis gefragt und mir erklärt, was er vorhatte, was mich erstaunte, weil die

Mittel einfach waren, das Haus auf den Bildern aber so eigenständig aussah, als führe es ein verborgenes Zweitleben.

Das tue es, sagte David. Auf einem der Tablets lief Musik, wir saßen zwischen weißen Pizzakartons auf vier Opa-Stühlen, kauten und sahen ebenfalls anders aus als sonst. Zügig voran kamen wir nicht, eigentlich immer langsamer, wir redeten eine Menge zwischen dem Räumen. Ich glaube, den anderen ging es wie mir, wir wollten nicht fertig werden, die Samstagabende zu viert gefielen uns, sie gehörten uns allein, keiner kam je auf die Idee, jemanden mitzubringen, und nach den ersten Malen posteten wir auch nicht mehr, wo wir waren.

Opas Haus brachte uns zusammen.

Meist erst nach Mitternacht trennten wir uns. David nahm die leer gegessenen Kartons mit, Raoul und Pawani stiegen in Raouls Auto, ich sperrte Opas Tür ab. Es wurde wirklich Frühling, selbst nachts war die Luft mild. Mutter hatte am Telefon erzählt, dass ihre Menschenaffen in ohrenbetäubendes Geschrei ausgebrochen seien, als sich nach Monaten die Türen zu den Außengehegen zum ersten Mal wieder öffneten. Wie Ronja Räubertochter, die schrie, um den Frühling zu begrüßen, hatte ich gedacht, und Mutter hatte gesagt, es sei ein Schrei, der aus einer einzigen Kehle zu stammen scheine, einer sehr alten. Die Menschenaffen waren ins Freie gerast, hatten gejohlt, sich gegenseitig in großer Festlaune auf den Rücken geschlagen und den ersten Tag eines neuen und besseren Lebens bejubelt.

Mit offener Jacke radelte ich zurück in meine WG. Die Videothek auf dem Weg hatte noch geöffnet, ich lieh mir einen Liebesfilm aus: Sie ist ein kleines Mädchen, er ein Greis, als sie sich kennenlernen. Doch er altert rückwärts – irgendwann, als sie beide 40 sind, liegen sie glücklich im Bett und beschließen, sich an diesen Augenblick zu erinnern.

Am Ende hält sie als runzelige Frau ihn als Baby auf dem Arm.

Ich heulte wie ein Schlosshund.

■

Das Geweih musste weg!

Er bekam Alpträume davon: Wie der Teufel starre es von der Wand direkt auf sein Bett. Ein Ungeheuer, ein Feind.

Im Übrigen lebte er sich überraschend mühelos ein. Erst nach Ostern begann er, mich nachts anzurufen. Ich müsse der Schwester am Ausgang sagen, dass sie ihn gehen lassen solle. Er habe sich ein Taxi bestellt, möchte an den Bahnhof gefahren werden und sehen, ob die Züge wirklich verkehrten. Damit er notfalls noch wegkomme.

Am Morgen wusste er davon nichts mehr oder wollte nichts davon wissen.

Er trank Milch, aß Müsli und Joghurt und bot mir einen Kaffee aus seiner teuren Edelmaschine an. Die selbstverständlich mit umgezogen war.

»Glanz in der Hütte«, sagte er stolz.

Ich war auf dem Weg in den Zoo, mein Praktikum neigte sich dem Ende zu. Stach fragte nie, wie es bei mir weitergehen würde. Das rechnete ich ihm hoch an, ich wusste, dass er sich Gedanken darüber machte. Stattdessen sprach er von seiner Maschine und wie er Heimnachbarn nun auf Kaffee- und Affenrunden zu sich ins Zimmer lade.

»Weißt du, Esther«, sagte er, der im Schlafanzug in seinem roten Sessel saß, die Beine übereinandergeschlagen, »dieser David, immer dieser David, wer ist das denn?«

Ich erschrak, ich hatte David überhaupt nicht erwähnt, nur erzählt, dass er aufgetaucht war, ihn im Übrigen ausgelassen, ihn nur gestreift, bestenfalls, wenn es unbedingt sein musste, wenn etwas vorkam, wo er eben eine Rolle spielte. Ich erschrak und wurde puterrot.

■

Wir brauchten eine Entscheidung für Opas Haus und mich, und nach diesem Besuch bei Stach sprach ich mit David. Er liebte klassische Musik, hatte vier Geschwister und Eltern, deren Ehe funktionierte, man hätte ihn ausstellen können als Fossil. Ich rechnete ihm vor, wie alt ich war und dass ich keinen blassen Schimmer davon hatte, was ich als Nächstes machen sollte. Geschweige denn, was ich werden wollte.

»Du möchtest, dass dir etwas oder jemand die Entscheidung abnimmt.« Er saß im Schneidersitz auf meinem Bodenkissen. »Leider passiert nichts. Wir haben hier keinen Krieg, keine ordentliche Dramatik, keine Katastrophe.«

»Nur meinen Großvater«, sagte ich. »Und er ist ein Regenwurm!«

David wollte wissen, warum, und statt es ihm zu erklären, fing ich an zu weinen. »Regenwurm.« Mein Mund hatte geredet, ehe ich nachdenken konnte. Opa als Wurm, Opa, der einen Teil von sich selbst verlor, der schrumpfte, abnahm. Stach hatte, seit er im Heim lebte, kleine Aussetzer, vielleicht sogar Ohnmachten, kam nicht mehr aus dem Sessel hoch, war zwei Mal im Schlaf aus dem Bett gefallen und hatte es nicht mehr zurück auf die Matratze geschafft.

Das alles gab es vielleicht schon länger. Nun wurde es bemerkt. Eine der Schwestern erzählte es mir. Dass er nachts oft unruhig wurde, aufstand, sich anzog, wusste ich ja.

Stach verhielt sich verwirrt, dann wieder klar. Stets eigensinnig. Er hatte ein Leben lang geniale und idiotische Ideen gehabt. War er ein guter Mensch? Ich sah einen einsamen 14-jährigen Jungen, der hinter einem anderen einsamen Kind herschlich, dem er seinen schwarzen Traum vom Glück nicht gönnte. Vielleicht sollte ich davon ausgehen, dass er geschossen hatte? Es schien mir schrecklich kompliziert. Regelmäßig war in Zeitungen gestanden, Eustachius sei ein furchtbarer Mann. Einige seiner frühen Affenexperimente waren gruselig. Aber doch nicht er!

Zu meiner eigenen Überraschung erzählte ich David auch von der Pistole und Emil. David hörte einfach zu. Als ich schließlich sagte, dass ich Eustachius regelmäßig besuchte und ihm half, sich zu waschen und zu erinnern, meinte er: »Nimm mich mal mit, ich kann dir helfen.«

»Womit?! Es ist ein Altenheim. Sie machen alles für ihn.«

»Mit den Gefühlen«, sagte David.

■

Batzen schmutzigen Schnees lagen auf den Wiesen, die sich vor dem Heim bis zum Beginn eines kleinen, einen Hügel hinaufwachsenden Waldes erstreckten; zwischen dem Schnee spross grüne Saat wie das Fell eines jungen Tiers aus der Erde. Ende April explodierte die Kastanie neben Opas Balkon, sein Wohnzimmer schwamm in grünem Licht. Wir hängten sonnengelbe Vorhänge auf – ich hatte sie ausgesucht und nähen lassen, der Hausmeister montierte die Stange –, die Fotos von Monty, Vlek und der Polizei kamen daneben bestens zur Geltung. Ein anderes Bild zeigte Stach in der Show, mit Kopfaufbau. Per Knopfdruck kippte Opa die Sitzfläche seines Sessels nach vorn und erklärte David die Mechanik. Dank ihrer brauchte er, zusätzlich von der Lehne gestützt, weniger Kraft fürs Hochkommen.

»Hochkommen«, grinste er, ein Echo, er wiederholte jetzt gern, was er oder ich gesagt hatten, pfiff und löffelte Suppe, alles auf einmal.

David schien Großvater zu gefallen. Mir gefiel, dass Raouls Freund auch bei Stach blieb, wie er immer war. Seine Anwesenheit half mir tatsächlich, ich musste für eine Weile nicht funktionieren, David holte Opas Socken für den nächsten Tag aus dem Schrank, David fragte Opa nach seinem Leben und hörte mit echter Neugier zu. Während die beiden sich unterhielten, konnte ich Stach beobachten. Ich hatte Zeit, still zu sein und nachzudenken, und merkte, wie sehr ich das brauchte; kam ich nicht dazu, wurde ich mit der Zeit falsch, auch vor mir selbst.

In diesen Situationen fühlte ich immer klarer, dass Opas Gegenwart und Zukunft mir wichtiger waren als Phantasien über seine Vergangenheit, egal, welcher Art.

Was mit dem Haus geschehen sollte, war noch immer nicht entschieden. Pawani schwebte in einer derart rosafarbenen Biologenwolke, dass ich mit ihr über nichts Ernsthaftes mehr sprechen konnte, Mutter wollte ich nicht fragen, sie würde nur vermuten, die Situation mit Opa überfordere mich. Blieb David, da kam ich mit meinen Gedanken erneut bei ihm an, nur wie ihn fragen, es ging ja auch um ihn. Am Ende rief ich Johnny an, die denkbar ungeeignetste Person für Grolmann-Familienthemen. Er sagte: »Esther, keine Ahnung, ich verstehe nicht, wie ihr Jungen tickt«, doch bot er an, sich um die elektrischen Leitungen in Stachs Haus zu kümmern und die Treppenstufen vor der Tür zu begradigen. Ich glaube, in diesem Moment wusste ich, wie die Lösung aussah. Vaters Hilfe nahm ich an, für Praktisches war ein Vater, der Straßen baute, ideal.

■

»Glanz in der Hütte«, murmelte Opa bei meinem nächsten Besuch, wir hatten über David gesprochen, und Stach schaute mich lange an. Erst war es mir peinlich, dann merkte ich, dass er die offensichtlich frisch geputzte Kaffeemaschine meinte.

Er hörte gar nicht mehr auf zu strahlen. Sagte mit einem zufriedenen Zungenschnalzer »ultramodern« und trank einen Schluck.

Allmählich war ich mir nicht mehr sicher, wofür er die Maschine hielt. Er fand sie ausnehmend klein. Das stimmte, wenn man glaubte, dass sie ein Gehirnscanner sei. Einer der neuesten, versteht sich.

»Nicht selbst anschließen, Opsi!«

Boris hatte mir in einer Mail geraten, auf ihn und seine Vorstellungen einzugehen. Und es wirkte. Stach sagte perfekt verständliche Sätze, die in die Welt der Unalten passten.

Ich streichelte seinen Handrücken, das machte ihn ruhiger. Die Unalten nannte er die »Nochnichts«. Mich nannte er die »Nochlangenicht«.

»Bestens«, sagte er, »das passt zu dir«, als ich ihm erzählte, ich würde in sein Haus einziehen, mit David, Raoul und Pawani und, »halt dich fest!«, Medizin studieren.

Mama erstickte fast an dem Kommentar, den sie sich zu diesem Studienfach verkniff. Großvater verkniff sich nichts. Das war nicht seine Art.

Ihn schien meine Entscheidung weniger zu erstaunen als mich. Ich sagte ihm, dass er wenigstens so tun solle, als sei er überrascht. Was er lachend von sich wies.

Ich hatte einen Studienplatz für das nächste Wintersemester bekommen. Ab Juni wollte ich die vorgeschriebenen drei Monate Pflegedienst absolvieren. Ich freute mich auf die Arbeit im Krankenhaus, zuhause könnte ich an Opa üben, und er stöhnte und sagte: »Hast du das nicht zur Genüge getan?«

An diesem Abend sprang ich munter aus dem Heim: Opa, wie er leibte und lebte. Um die Miete hatte er auch gefeilscht. Um uns dann einen Rabatt zu geben, unter der Bedingung, dass wir ihm den Küchentisch abnahmen. An ihm sollten wir sitzen. Das stelle er sich vor. Ich hätte ihn noch da auf dem Weg umarmen wollen. Ich umarmte ein Stück Luft.

■

Das Haus war fertig, das rote Sofa, Opas Regale und seinen Schreibtisch hatten wir behalten. Tausend Dinge waren durch unsere Hände gegangen, waren umgedreht, geschüttelt, entsorgt worden, nur einen Brief von Emil, der, so Opa, für Klarheit in der Schussgeschichte sorgen würde und keineswegs nur in seinem Kopf existiere, hatten wir nicht gefunden.

Opa sagte: »Man muss bloß die Augen schließen, tritt schon der Seibeiuns hervor.«

War er abergläubisch? Seit wann das?

»Durchaus«, rief er. »Weißt du das nicht? Das ist das Polnische an mir.«

Ich müsse Lilly fragen. Stach sei eine Abkürzung von Stanislaw. Garantiert! Und Eustachius brauche nur ein »z« ans Ende und sei übersetzt.

Ich war im Stress. Krankenhaus, Nachtschichten, Menschen waschen, drehen, ermuntern, schelten, begleiten. Dazu der Umzug sowie eine Erstsemester-Pawani, die holpriges Paragraphendeutsch von sich gab. Konterte ich mit Krankheiten, die auch Vögel befielen, wurde wenigstens Raoul bleich, während David geduldig am Telefon hing: Großvater rief am liebsten mitten in der Nacht an. Inzwischen wusste er die Handynummern all meiner Mitbewohner auswendig. Hatten sie ihn zur Geisterstunde in der Leitung, zwinkerten sie mir zu. Unser Professor!

Ohne sie hätte ich es nicht geschafft. Wir saßen zusammen, tranken, unterhielten uns; dank der Anwesenheit der anderen erschrak ich nicht zu sehr, wenn das Telefon nach Mitternacht läutete.

Ich hatte das Gefühl eines Aufschubs, einer geschenkten Zeit.

Raoul kochte, fuhr Auto und konnte mit Geld umgehen. Als wir vergessen hatten, uns bei der GEZ anzumelden, und nach ein paar Wochen aufflogen, war er der Einzige, der ruhig blieb. Zudem lachte er so sehr über Pawanis und meine Idee, drei superbillige Polstersessel in den Garten zu stellen – wenn sie nass werden, trocknen sie auch wieder –, dass wir sie nach seiner Abfahrt rasch wegräumten. Es war immer noch besser, von Raoul statt von einem Elternteil bei solchen Ideen ertappt zu werden.

Fuhr Pawani fürs Wochenende nach Österreich zu Raouls Waldrappstation, in der die nächste Generation der Ibisvögel in Kürze das Licht der für sie nicht mehr ausgestorbenen Welt erblicken würde, blieb ich mit David allein im Haus. Bald nach unserem Einzug, ich saß wohl etwas verloren im Wohnzimmer, lud er mich ein, für ein Gartenfest mit ihm zu seiner Familie zu kommen. Jede Menge Kinder wuselte herum, David zeigte mir Fotobände, ein Mädchen namens Lenka setzte sich zu uns auf die Decke, neben meinen Mitbewohner, und schaute eine Weile zu. Sie fotografierte ebenfalls; offensichtlich hatten sie zusammen studiert, und am Wochenende darauf zog Raoul, der eben für zehn Tage aus Österreich hochgefahren war, David mit dieser Lenka auf, die er, Raoul, endlich kennenlernen wolle. Weil Pawani sich wunderte, worum es ging, zeigte Raoul uns Lenkas Profil bei Facebook, während unsere Nummer vier keinen Mucks von sich gab. Lenka sah noch hübscher aus als ich sie in Erinnerung hatte, und mir verging der Appetit für diesen Abend, obwohl Raouls Pastasauce angeblich besonders köstliche Tomaten enthielt, Paradeiser eben. Die anderen schienen das Essen zu genießen und brachten am Ende einen Toast auf Opa aus, als unseren Paradeiser. Das passte und war zugleich so dämlich, dass auch ich lachen musste, ich lachte in die Luft vor mir, ohne Davids Blick zu suchen, und ich glaube, auch er schaute mich an diesem Abend nicht an, oder nicht so, dass ich es so stark spürte wie sonst.

■

An einem regnerischen Tag Anfang Juli erwartete er mich in voller Montur im Eingangsfoyer des Heims: zu weiter Mantel, geliehene Gummistiefel, Mütze und ein Regenschirm mit Heimlogo, für zwei. Die Schwester am Empfang meinte, seit einer Stunde sitze er da.

Er sah in dieser Verkleidung geschrumpft aus und sehr lang zugleich. Dabei grinste er, als habe er einen hervorragenden Großvaterwitz in petto, der ihn oder mich oder uns beide und am besten die Welt betraf: Ich könne ihm den Spaziergang nicht abschlagen, ich sei ja von dem Weg zu ihm ausreichend nass.

Da er mich noch immer überragte, bestand er darauf, den Schirm zu halten. Ich sollte mich unterhaken. Ich weiß nicht, ob er von ein bisschen Romantik träumte oder wo er mit mir umherspazierte.

Von einer Minute zur nächsten wurde er zänkisch: »Deine Mutter wollte kommen.«

»Passt dir das nicht?«

Wir gingen durch Pfützen auf das Wäldchen zu. Es war Teil eines Parks, groß genug, den Namen Wäldchen zu verdienen.

»Doch.«

»Warum ärgerst du dich dann darüber?«

»Weil sie, wenn sie kommt, wieder fährt.«

Das klang logisch, war kinderlogisch. Ich schaute zu Boden; neben mir ging ein leichter, ein wenig schwankender Turm.

Sie würde kommen, Boris mitbringen, arbeiten und wieder fahren. Ich freute mich und war aufgeregt. Sie würde David kennenlernen.

Der Weg führte an einem wie eine Acht doppelt gebuchteten See vorbei zu einer kreisrunden Aussichtsplattform, von der aus man in nichts als Baumwipfel starrte. Ich klemmte meinen Arm fest in Opas. Sein vertrautes Profil, die scharfe Nase. Ein paar dunkel- und silbergraue Haare spitzten unter der Mütze hervor. Haarfarbe wird im Knochenmark produziert. Meine Haare waren stets gleich gelockt und gleich braun. Opa hatte erzählt, seine seien blond gewesen und auf der Flucht dunkel geworden. Da hätten sich selbst die Knochen gewehrt.

Kaum waren wir oben, hörte ich ihn kichern. Es klang spöttisch und bezog sich, wie er sagte, auf uns alle drei, wenn auch insbesondere auf Sima, die die Kosten tragen solle: Im Kongo wolle er ausgestreut werden.

Kongo, der neueste und endgültige Stand!

»Deine Mutter hat dort jede Menge Beziehungen. Immer kommt sie nur zu Besuch, dafür arrangiert sie das. Ihr steigt in eine dieser kleinen Propellermaschinen und verstreut meine Asche über dem Regenwald.«

Er schaute mich an, heitersten Frieden im Gesicht.

»Aber du hast dich mit Sima darüber gestritten?«

»Ja«, sagte er, »ertappt.«

Wir standen auf der Plattform, er holte mit dem freien Arm aus: »Für den Flug packt ihr mich in eine Plastikschale. Tupperware, luftdicht. Dann könnt ihr mich im Handgepäck mitnehmen.«

Ich versuchte, sachlich zu reagieren: Es war unsinnig, an einen fast 90-Jährigen Ansprüche zu stellen. Froh sein sollte ich, dass er wach war im Kopf und sich mit Dingen beschäftigte.

Ich griff nach Großvaters Hand am Regenschirm. Sie war fleckig, als habe das Alter daraufgeregnet, als mache es bereits jetzt eine Landschaft aus ihm mit Höhlen und Kerben.

Gemeinsam den Schirm haltend wanderten wir das Hügelchen hinab. Regen fiel mir auf die Haare, tropfte in den Kragen. Die Stämme der Bäume glänzten grau und dick, ein Eichhörnchen sprang einen hinauf, blieb auf dem untersten Ast sitzen und schaute uns an. Stachs Arm verkrampfte sich. Ich sah, wie hinter seinen Augen die Gedanken kreisten.

Er sagte, von seinen frühen Jahren erinnere er nur wenig: die Hundeleine und ihr Ledergeruch. Omas Stresla, die blauen riesigen Eisquader in der Stadtmauer, sein erstes Fahrrad mit dem dunkelbraunen verstellbaren Ledersattel, extrem schmal, geformt wie eine Hundezunge. Die Teichmolche, der Kampfergeruch aus den Schulheften, die nächtlichen Gänge zum Topf. Lillys weiches Haar, der Duft nach Veilchen an ihr und in ihrem Kleiderschrank.

Stolz sah er mich an: »Schön, nicht wahr! Ein schönes Durcheinander!«

Opa zog einen Umschlag aus der Manteltasche und hielt ihn mir unter die Nase.

Von Emil. Der Brief habe in seinem 30erJahre Briefmarkenalbum gelegen. Das er überraschend gefunden habe. In Hannes' Jagdlexikon. Das er habe aussortieren wollen.

Ich griff nicht zu. Steckte die Hände sogar in die Jackentaschen.

»Opsi, damit ist jetzt Schluss. Von einem Schuss, den du vor mehr als siebzig Jahren vielleicht abgegeben hast, lasse ich mir nicht verderben, wer du bist.«

Für einen Augenblick schien er überrascht. Sein nacktes Gesicht.

Das sich langsam veränderte. Weniger Falten. Die trotz ihrer Größe schmale Nase und die hellen Wimpern traten deutlicher hervor.

Opa sagte: »Super.«

Räusperte sich und lachte mich an. Steckte den Brief weg. Es stehe sowieso nur darin, dass Emil zu Hannes zurückwolle. Von einem Schuss stehe logischerweise nichts darin! Nachhause, nach Oels. Dass Emil nun kein auffälliges Hinkebein mehr sei. Weil alle hinkten! Dass alle so gut wie tot seien. Dass gleichwohl eine prächtige Dämmerung über das Dach des zerschossenen Hauses neben Emil ziehe. Auf dem Weg nach Amerika.

Wir waren in Sichtweite des Heims, als der Regen unvermittelt endete, nur aus den Bäumen tropfte es nach.

»Stell dir das mal vor«, sagte Großvater. So was von Emil. Der jahrelang so gut wie stumm gewesen sei. Und dann solche Sätze! Und Blicke! Desgleichen habe er dem Bruder nicht zugetraut. Keinesfalls. So habe er sich nicht erinnert an den!

»An den.«

Der, fuhr Stach hörbar erstaunt fort, geschrieben habe: Dass die schlesischen Provinzen unter dieser Dämmerung in einen feurigen Frühlingstag rollten. Dass man den 9. April 1945 schreibe. Dass dieser 9. April kommen und vergehen werde. Dass viele Tage ihm folgen würden. Gleichgültig, wie der Landstrich heiße, Silisca, Schleswiga, Polska, Śląsk. Dass das Licht sich nicht verändere. »Dass wir es seien«, sagte Stach mit vor Erinnerungsanstrengung gekräuselter Stirn, »die sich kurz in diesem Licht drehten, die umkippten und fielen. Dass, wenn wir Glück hätten, von den Bäumen, unter denen wir einmal ruhten, der Tau funkele, während Unkraut die Wurzeln überschäume.«

Ich räusperte mich.

Opa sagte: »Das hat der irgendwo abgeschrieben. Dauernd hat er was zu Wurzeln und Käfern gelesen. Und das dann abgeschrieben. Und seinem Vater geschickt.«

Ich sagte: »Schön ist es aber.«

Wir standen in der Auffahrt des Heims.

»Heute haben wir einen Außentermin«, sagte Stach, stieß verächtlich »Unkraut«, »Käfer« hervor, das werde ihm nicht passieren, und küsste mich zum Abschied auf beide Wangen: »Sternchen, der Pilot der Maschine, du weißt schon, muss dir gefallen. Ein zufriedener Pilot, mit Adlerblick und glücklichem Luftraum!«

Seine Haut fühlte sich kühl an, sehr weich. Kurz vor der Abbiegung zum Parkplatz winkte ich noch einmal. Das Heim, ein langgestreckter, in einzelne Häuser gegliederter, halbrunder Bau, Balkon an jedem Zimmer, hob sich dramatisch weiß vor dem dunklen Himmel ab, durch dessen Wolken vereinzelte Sonnenstrahlen brachen. Großvater, mit einer Hand auf den Riesenschirm gestützt, riss sich mit der anderen die Mütze vom Kopf, verbeugte sich theatralisch und grüßte zurück.

■

Mitten in der Nacht rief er an: Er müsse seine Kamurke verlassen, werde aus der Stube getrieben, aus dem Haus!

Er weinte fast.

Ich setzte mich auf mein Fahrrad, 20 Minuten später stand ich mit der Nachtschwester vor seinem Bett. Er stand ebenfalls, die Schwester ließ Luft aus der Matratze. Als er lag, machte jede seiner Bewegungen seltsame Geräusche.

»Opa, zappel nicht. Die anderen schlafen, du weckst alle auf. Du solltest auch schlafen.«

»Ich muss hier raus. Ins Paradies. Ich muss ins Paradies, Esther! Sie hungern und dürsten da.«

»Sie schlafen, ich habe sie schnarchen gehört. Und gehe jetzt auch gleich wieder ins Bett.«

»Du willst gehen? Und ich soll hierbleiben?«

»Du wohnst hier.«

»Das ist nicht wahr, das hier ist nicht meine Wohnung. Das ist nicht einmal ein Stall.«

Die Nachtschwester – etwas älter als ich, brauner Pferdeschwanz, Bierkrugarme, Gemütsruhe: »Wo wollen Sie denn hin?«

»Ins schlesische Himmelreich.«

»Dann sind Sie hier richtig.«

»Ich kann mich mit dieser Interpretation nicht anfreunden«, erwiderte Opa. »Ich meine, ich gehöre ins Direktorenzimmer.«

»Sie sind im Direktorenbett«, sagte meine Retterin und drückte ihn ins Kissen. Er gab nach, nicht unfroh, wie mir schien. Seine Züge entspannten sich.

»Dann möchte ich auch eine Direktorenbettsekretärin.«

»Kommt morgen früh, dann können Sie diktieren.«

»Nicht diktieren, Potentiale lesen.«

Fragend blickte die Schwester zu mir. Ich zuckte die Schultern, konnte nichts mehr denken, nicht glauben, was ich hörte, wie automatisch und selbstverständlich Stach hin und her glitt zwischen den Welten, wie alles eins zu sein schien für ihn, wie weit weg er war nach der Nähe des Spaziergangs, ein paar Tage erst her. Der abrupte Wechsel machte mich innerlich taub.

»Dann nehmen wir erst mal Ihren Sekretär.«

Sie schob einen Beistelltisch heran. Zufällig ähnelte er den Rollwagen, die in Affenexperimenten benutzt wurden. Opa schaute verdutzt. Er protestierte nicht.

»Hallo«, sagte er leise Richtung Wagen. Als erwarte er, gleich einen Bonobo zu sehen.

Es war der Augenblick, in dem ich leise die Türe schloss. Ich floh aus dem Heim.

■

David nahm mit einer selbst gebauten Holzkasten-Kamera Fotos von mir in der Küche auf. Belichtungszeit 20 Minuten. Die Bilder waren verschwommen, man sah auf ihnen mehr von der Person als auf üblichen Abzügen, man sah, wie jemand sich bewegte, bekam eine Vorstellung von seiner Körperruhe und seiner Lebensgeschwindigkeit. Während einer der Aufnahmen setzte er sich zu mir, wir sprachen über Medizin und Muskeln, Sehnen und Fascien, und er sagte, ich hätte ein außerordentlich schönes Knochengerüst. Fein geschwungen wie die Linien eines Notenschlüssels sitze jeder meiner Knöchel an seinem Platz. Wenn ich im Grab läge, würde ich den Archäologen den Kopf verdrehen.

Es war das seltsamste Kompliment, das ich je gehört hatte. Sehr davidmäßig. Auch, weil es, glaube ich, stimmte. Meine braunen Haare waren vor allem widerspenstig, die Augen durchschnittlich.

Ich sah ihn an. »Hast du mich in Gedanken ausgezogen?«

»Natürlich«, sagte er, »als Fotograf. Aber nicht nur. Lange schon. Das weißt du doch.«

Ich stand auf und streckte mich, meine Glieder, wohlgeformt oder nicht, wurden unendlich lang, der Tisch und David sahen zu, wie ich wuchs, bis meine Finger das Affenporträt berührten, das wir zu Stachs Ehren an der Küchenwand hatten hängen lassen, weit oben, weil Affen in Bäumen sitzen. So schauten Monty und Vlek auf uns herab, Monty noch als Kleinkind und Vlek mit Schnutenfleck und frechem Grinsen, und David erhob sich und umarmte mich, was gut war, sonst hätte ich weiterwachsen müssen, fort von ihm, jetzt indes konnte ich mich fallen lassen, und so kam es, dass wir bei unserer ersten Umarmung fast umkippten und uns taumelnd küssten.

»Wir müssen üben«, sagte ich, »lass uns üben«, antwortete er. »Was ist mit …«, flüsterte ich in sein Ohr, nachdem wir geübt hatten, und er sagte »nichts, wir haben uns getrennt, vor Wochen, noch an dem Tag, an dem du mit zu meinen Eltern gefahren warst«, und ich war ihm dankbar, dass er keinen Filmsatz von sich gab, kein »ich wollte nur dich«, denn so, wie er es gesagt hatte, während wir uns zitternd anschauten, stimmte es für ihn und auch für mich.

■

Die Gärtner schoben schwache Patienten oder solche wie Großvater, die laufen, aber nicht mehr lange stehen konnten, an ein paar höher gelegte Beete zum Unkrautzupfen. Kleinste Haufen sammelten die Alten ein.

Stach wirkte beglückt. Wenn auch verschwitzt. Sein Beet hatte er so gejätet, dass man die Einfriedung sah. Den rechteckigen Rahmen.

Er hatte es geschafft!

Ein großer Eimer mit Unkraut stand neben ihm. Pflanzenschösslinge waren auch dabei. Säuberlich samt Wurzeln gezogen, voller Erde. Wie seine Finger.

Er winkte mich zu sich wie damals im Garten in Göttingen. Ich ging noch nicht in die Schule, die Stockrosen und Malven standen als Flammen aus Farben und Düften am Zaun, aus der Küche drang beruhigendes Geklapper und das Radio lief, leise Stimmen hielten die Welt. Da kam für mich völlig überraschend Opa um die Ecke, hob eine erdige Hand und blinzelte mir zu. Ich blinzelte zurück, zum ersten Mal konnte ich das: nur ein Auge bewegen. Wie stark hatte ich damals unser wortloses Einverständnis gespürt, unsere Zusammengehörigkeit, und ein unbekanntes, heiter-süßes Gefühl war in mir aufgestiegen und hatte mich eingehüllt.

Er sagte: »Was denkst du denn?« Mit »geschafft« meine er nicht das blöde Kraut! Er habe am Morgen einen Bestattungsunternehmer empfangen. Einen sehr sauberen, beeindruckenden Mann. Im Anzug, »richtig fesch«. Der hatte bei ihm einfach so an die Tür geklopft.

»Wie gerufen!«

Ich konnte nicht glauben, was ich hörte. Die Heimleitung erlaubte professionellen Bestattern, von Zimmer zu Zimmer zu ziehen? Die grasten ihre zukünftigen Kunden ab?

»Macht nun mal Sinn«, sagte die Krankenschwester, die ich zur Rede stellte.

Eustachius hatte eine Weltraumbestattung gebucht. 11 000 Euro. In der Mikro-Urne. Er schaute beleidigt: So viel sollte er uns wert sein.

»Allemal«, grollte er. »Flugzeug hatten sie nicht.«

Ich rief Mutter an. Sie hob nicht ab, vermutlich arbeitete sie im Affenhabitat. Während ich auf das Läuten hörte, dachte ich fieberhaft nach. Immerhin stellte sich heraus, als ich den Vertrag ein zweites Mal durchlas, dass man 14 Tage Zeit hatte, um ohne Angabe von Gründen zu widerrufen.

Dafür brauchte ich nur Opas Unterschrift.

Ich schlug ihm eine Verbrennung mit Beisetzung der Urne am Wurzelwerk eines großen Waldbaumes vor. Emils Brief, dessen Schlusssatz mit Bäumen, Käfern und Unkraut Opa seit unserem Spaziergang gern zitierte, hatte mich auf die Idee gebracht, doch erst, während ich den Vorgang erklärte, wurde mir deutlich, was an der Baumbestattung mir besonders gefiel: Ich könnte manchmal zu ihm gehen. Ich könnte später selbst unter diesem Baum liegen, an der Nachbarwurzel. Ich hörte mich all dies zu Großvater sagen und wunderte mich, was für Ideen ich hatte. Wie ruhig ich sie vortrug, ja, wie sie mich besänftigten.

Er unterschrieb den Widerruf. Er sagte: »Weil du es bist, Kind.«

Da musste ich weinen.

Ich hasste, dass ich so leicht weinte, und hoffte, es würde besser werden, wenn ich endlich erwachsen wäre, überall, nicht nur an den Gliedern, auch an der Tränenstelle. Dort war ich offensichtlich höchstens zehn Jahre alt, zumindest, solange ich bei Opa saß. Statt ihn aufzumuntern, ließ ich mich von ihm trösten, was mich wütend machte und liebesweich zugleich.

Er sagte, ich brauche mich nicht zu sorgen, strich mir über die Haare und fing an, wie früher, als ich klein war, von den Affen zu erzählen. Wie oft er nachts aufgestanden sei, um den Flüstergesprächen der Bonobos zu lauschen. Den zarten und den freimütigen Schnutenlauten. Dass sie so erstaunlich viel von unserer Sprache verstünden, selbst aber nicht sprächen in unserem Sinn, weil die Produktion der Lautstrukturen stark genetisch fixiert sei. Während die Lautverarbeitung ein offenes System bilde, in dem wir und auch Affen fast alles lernen könnten. Dass wir in Wirklichkeit keine Ahnung hätten, wie der Übergang vom Grunzen zum Sprechen zu erklären sei. Dass, falls er einmal nur mehr grunze, ich ihm helfen solle.

Ich fühlte mich traurig und beschützt und wieder traurig. Schließlich tranken wir einen Cappuccino, und Stach rezitierte, erst flüsternd, dann sicherer:

J'aime le son du Cor, le soir, au fond des bois,
Soit qu'il chante les pleurs de la biche aux abois,
Ou l'adieu du chasseur que l'écho faible accueille,
Et que le vent du nord porte de feuille en feuille.

Da sein Französisch ungefähr so bescheiden war wie meines, er kannte nur diese Zeilen auswendig, den Anfang des Lieblingsgedichtes seines Vaters, schauten wir bei Google nach, was sie heißen mochten: Ich liebe den Klang des Horns, den Abend in den Tiefen des Waldes, ob es das Schreien der Hirschin singt in ihrer Bedrängnis oder den Abschiedsgruß des Jägers, den das Echo schwach empfängt und den der Nordwind türt von Blatt zu Blatt.

Wir lachten über die Fehler und türten uns gestärkten Mutes.

■

In seiner Wohnung ging es zu wie auf dem Felsen eines Alpha-Schimpansen: Sima war auf Besuch, Boris schaute vorbei, die Heimnachbarn saßen, sich mit Worten groomend, in ihren Sesseln und schlürften Milchschaum. Eine Woche lang – Ferien, später Sommer – gab man sich die Klinke in die Hand. Der Kowalsky-Enkel überreichte Gemüse, ehemalige Schüler, inzwischen selbst kurz vor der Emeritierung, jammerten über die kontinuierliche Verschlechterung der Forschungsbedingungen, und sogar die vor Jahren verlorene Tochter Sandra erschien für einen Kurzbesuch, rund, schwarzhaarig, klein. Glücklicherweise sahen Mutter und ich ihr nicht ähnlich. Ihr Deutsch hatte einen amerikanischen Akzent: »Oh, Justitsch und Ess-Törrr, my dear!«

Justitsch sprach, my dear, von Teichmolchen. Jedes Mal! Das Wunder des Lebens hätten sie ihn gelehrt. Als er noch wagte, es so zu nennen. Und so zu sehen.

Das Wunder: Die Besucher hörten zu.

Am Rand eines schlesischen Tümpels habe er gelegen, um sich auszuruhen, als aus dem trüben Wasser ein Stern auf ihn zutrieb. Dem Schweif eines Kometen gleich seien fünf frühlingsgefärbte Molchmännchen aufgestiegen. Zu vollendet, um beobachtet zu werden! Wie Gott habe er sich gefühlt, sagte Opa, vor der stillen Teichwelt. Nein, ergänzte er leiser, vollkommen anders als Gott, auf angenehme, erlösende Weise klein.

Um ein Uhr wurde Mittagspause gemacht. Großvater rückte

die Rahmen gerade, sagte, der Besuchsstress halte ihn jung, stellte sich zum Zähneputzen ans Waschbecken, die Füße 30 Zentimeter auseinander, nach vorn gebeugt, und blinzelte mir zu. Sein Kopf wippte im Putzrhythmus auf und ab, im Rhythmus drehte Stach das Wasser an und aus, passte das Wippen der Fließgeschwindigkeit an.

Er blühte, machte nach dem vom Heim empfohlenen Nickerchen weiter, trank mindestens einen Liter Kaffee pro Tag, vertrug die Unterhaltung bestens, und stürzte ab. Zwei Wochen nach dem Besuchsmarathon ging es Großvater miserabel. Er war allein! In einem Loch!

Mein Studium begann, ich rannte zwischen Hörsälen, Altenheim und Haus hin und her. Meine Kommilitonen, vier oder fünf Jahre jünger, lebten im Feierwahn, Pawani und ich rollten die Augen. Stach, der bei uns zu Mittag aß – wir hatten ihn aus seiner Wohnung gelotst und Verantwortung übernommen –, sagte zu Pawani, sie sehe aus, als habe sie Käfer auf dem Kopf. Sie hatte sich die Haare abgeschnitten und aufgedreht, die Locken bewegten sich wirklich wie vielbeinige Insekten, sie wippten mit jedem Schritt, Pawani war zehn Zentimeter größer als zuvor, und Opa sagte so ernsthaft begeistert: »Das ist toll« und schaute sie so voller Bewunderung an, dass sie nicht beleidigt war.

Die Ärzte hatten ihn analysiert und eingestellt. Depression sei eine typische Langzweitwirkung auf der Charakterebene, sagte man mir, und als ich naiv fragte: »wovon?«, hieß es nahezu beiläufig »Traumatisierung«, im aktiven Leben hinter rigiden Leistungsanforderungen verborgen, Stärke, Fühllosigkeit, »Haltung bewahren« etc. Ich wunderte mich, erkannte etwas von Opa wieder, anderes nicht und fragte mich, während wir aßen und er das Zusammensein sichtlich genoss, welche Schrecken und Begierden, Erinnerungen, Enttäuschungen und Freuden mich erwarten mochten, falls ich jemals so alt würde wie er, ob ich Pillen schlucken würde und daran dächte, dass mein Großvater mich in der Zeit vor seinem Tod zuweilen wie aus gespaltenen Augen angeblickt hatte, als sehe er in die Zukunft und die Vergangenheit zugleich.

■

Ende Oktober hatte er Blut im Mundwinkel. Man sah zu dieser Jahreszeit von seinem Zimmer aus die Silhouette der Berge überdeutlich, das Wäldchen und die Wiese vor ihm warfen milchiges Licht zur Sonne zurück. Opa war durstig, sprach wenig, ich holte ihm zu trinken. Obwohl alle Fenster offen standen, roch die Luft in seiner Nähe nach etwas Schwerem. Er lag da, die Lider geschlossen.

Am Abend bekam er Fieber, am nächsten Tag, einem Sonntag, saßen Sanitäter bei ihm, als ich mit frischen Frühstücksbrötchen eintraf. Sie maßen seinen Blutdruck, die Sauerstoffsättigung, knieten plötzlich um Stach, der Notarzt suchte eine Vene, stach zu, traf nicht im Gebirge der pergamentenen Hand. Papierfahnen aus einem tragbaren EKG-Gerät falteten sich über den Zimmerboden. Irgendwann atmete der Notarzt tief durch, und Großvater schlug die Augen auf.

Herzschwäche. Wasser in der Lunge. Hochdruck, leichte Demenz, Immobilität.

Er wurde in ein Zweibettzimmer in das Krankenhaus verlegt, das wir bereits kannten. Beim Abendessen war er müde und schickte mich bald fort. Als ich neben den Drehtüren des Ausganges ein Beet sah, musste ich schlucken.

Von Zuhause rief ich Mutter an, die sich auf einem Primatologenkongress in Tokio befand. Sie versuchte, ihren Rückflug umzubuchen. Wir skypten; sie wirkte so gestresst wie ich. Für eine Maschine in acht Stunden stand sie auf dem ersten Platz der Warteliste.

■

Ich hatte angenommen, Mutter würde die Nase rümpfen über das Haus – der Keller ein Fotostudio, ein Partyraum sowie ein Lager für Waldrappfutterschüsseln und eine Brutanlage. Sie fand es lebendig, mochte David auch als meinen Freund und unterhielt sich mit Raoul über Vogelintelligenz.

Ihr alter Volvo stand bepackt vor der Tür.

»Soll ich dableiben?«

»Möchtest du?«, fragte ich zurück. Vielleicht hätte ich besser gefragt: für Opa oder mich?

»Ein paar Tage könnte ich rausschlagen.«

Ich dachte nach, nicht lange: »Ich rufe dich an.«

»Bist du dir sicher?«

War ich. Ich schützte Opa und mich.

Sie nickte nur und erzählte mir erst, als sie im Auto saß, Eustachius habe ihr gesagt, es gehe ihm nun oft so: Ich weiß nicht mehr, wo ich bin. Ich kann mich orientieren, ich weiß genau, was ich sage, wenn ich etwas sage. Ich höre nicht alles. Aber *was* sind all diese Menschen? Ich sehe sie alt, selbst wenn sie 20 sind, kann mir vorstellen, wie sie verfallen, sehe sie ihre Zähne einsetzen und etwas essen, sehe ihre Gier. In Träumen bin ich in der Affenwelt. Ich trete in ein Haus, lauter Affen und ich. Ich bin dort als Mensch, kleiner als sie, alles zwischen uns ist umgekehrt. Es gibt ein Menschenkochbuch, die meisten Affen sind dagegen, Menschen zu kochen, ich lehne es stark ab. In einem Zimmer steht ein Menschenkäfig, in den ich muss, wenn man mich zum Affendoktor schleppt, der meine Reflexe für zu langsam befindet. Sie haben mein Haus zerstört, meine Heimat geflutet, den Himmel verändert, ich weiß nicht, wie. Ein See ist nun dort, wo ich herkam, ich kann nicht zurück. Ich lebe in der Affenwelt, sie ziehen mir ein Fell an, das über meiner Brust zusammenwächst, es dauert lange, bis ich etwas anders machen kann, als ich es gewohnt bin.

Mir hatte er nichts dergleichen geschildert. Noch ein Grund,

Mutter abfahren zu lassen. »Wollte er dich vor etwas warnen?«, fragte ich.

Diesmal ließ sie sich Zeit mit der Antwort.

»Ich glaube nicht. Ich glaube, er erzählte es aus« – fragend und ein wenig verschmitzt blickte sie mich an: »Aus alter Verbundenheit.«

Und leiser, fast unhörbar: »Aus Vaterliebe.«

Die Tage verbrachte ich an der Uni, abends musste ich lernen. Danach saß ich mit David und Pawani am Wohnzimmertisch, einen Absacker trinken, meist Tee. David saß neben mir. Wenn unsere Hände sich fanden, veränderte die Welt sich nicht, sie tat nur einen Sprung, einen sehr kleinen, minimalen, nur für ihn und mich, ich bewegte mich danach leichter in ihr. Auch Pawani heiterte mich auf, Jurastudenten wurden mit Geschichten gefüttert, während wir Formeln und Namen auswendig lernten oder ein wenig die Feinmotorik trainierten. David lieh sich meinen Anatomieatlas aus und wollte in den Präpkurs mitkommen; Pawani spottete, dass er gewiss in Ohnmacht fiele, was er heftig abstritt, doch als er sich ein paar Tage später beim Gemüseputzen in den Finger schnitt, wurde er tatsächlich auffällig bleich.

Opa war zurück in seiner Wohnung im Heim. Er fühlte sich müde. Nachts fürchtete er sich: der russische Vormarsch. Große Tiere vorm Fenster versperrten ihm den Weg.

Er schlafe auf einem Strohsack. Täglich würden sieben bis acht Stunden Lichtsperre verhängt, er lebe in absoluter Dunkelheit. Die Fenster seien vernagelt, ständig gäbe es Alarm, alle sähen alt und grau aus und ernährten sich von trockenem Brot.

Er selbst brauchte Stunden und viele geduldige Worte, um ein Käsebrot zu kauen. Er trank Kirschsaft. Tabletten lehnte er ab, ich zerkrümelte sie und versteckte sie in den Brotstückchen, die ich ihm in den Mund schob. Ich öffnete das Fenster. Die kahle, aber lebendige Kastanie davor. Die kalte Luft rief eine rosafarbene Tönung auf Großvaters Wangen hervor.

Kleine Gehirninfarkte?

Die Ärzte zuckten die Schultern. Krankheit, Alterseinsamkeit, ein langes deutsches Leben.

Opa wurde erneut ins Krankenhaus gebracht, man wollte ihn auf schonendere Medikamente einstellen. Eine Frau, die sich um Palliativpatienten kümmerte, kam mit einem schokobraunen Labrador auf Station. Diese Rasse fand Stach von jeher dämlich: verfressen, gutmütig. Das Tier sprang auf einen Stuhl neben dem Bett und stupste seinen Arm an. Er freute sich, als er es fühlte. Er freute sich, wie die Frau sich das gar nicht vorstellen konnte. Der Labrador schob seinen Kopf auf Opas Hand. Großer Hundeblick. Ich sah meinen Großvater lächeln, die Augen schließen. Ob er erneut von Affen träumte? Von Paradiesgärten? Und in welcher sehnsüchtigen, wehmütigen Kombination?

Nach fünf Minuten schreckte er hoch: »Können wir den Kleiber retten, ja? Wir müssen eine Reise machen, wir zwei.«

Danach lag er den ganzen Tag, ohne sich zu bewegen. Er trug ein grasgrünes T-Shirt, die kurzen, sehr weißen Haare wirkten, als würden sie immer kürzer. Deutlich sah man die Stelle, an der der Kopfaufsatz befestigt gewesen war.

Er schien zu schlafen. Ich war nicht sicher, ob es an den neuen Medikamenten lag.

■

Lilly saß an seinem Bett, Sima, Ines, Esther, Maggy, immer eine der Frauen, seine Mutti hatte ihm eine Flasche gegeben, »Springginkerle«. Die Großmutter rief ihn »Schnakala«, das Haus war gelb und still, niemand rief. Er saß allein mit Emil auf dem Podest, war gefallen, noch einmal gefallen. Licht spielte im Hof. Ein

Rosinenbrötchen lag neben ihm auf dem Teller, die Omsen krabbelten darauf, Hannes kam quer über die Pflastersteine auf ihn zu, stolz, stattlich, Hannes, der Schöne, hinter ihm Lilly mit rosigen Flecken auf den Wangen. Sie tätschelte ihm, Stach, über den Kopf, und er stotterte nur, vor Aufregung und Scham: »Die Leine, Mutti, die Leine!«

Er sah, dass seine Mutter geweint hatte, nun wischte sie auch ihm über die Augen. Hatte sie ihn angebunden, im Schlaf? Er konnte sie das nicht fragen, und als er sie auf dem Weg in Oma Klaras Haus doch fragte, wer es getan hatte und warum, bewegte sie den Kopf zugleich nach links und rechts, nach oben und unten, so dass er sie nicht verstand.

Er sagte »warte«, rannte zu seinem Platz zurück, an dem noch immer Emil saß, obwohl auch er losgebunden worden war. Dass der Bruder ebenfalls festgehangen hatte, war ihm erst aufgefallen, als die Mutter die Schnur löste und »guter Jingla« sagte – zu Emil, dem Stein. Stach trat ihm zwischen die Beine, traf zu weit unten, berührte den dicken Schuh, den Emil am kranken Fuß trug, und holte die Mutter wieder ein.

»Die wollen mich holen«, hatte Emil gesagt, »lieb sei«, mit heiserer Papageienstimme gezischt, »lieb sei!«, und Stach schob seine Hand in die kühle trockene Hand seiner Mutter und dachte, hätten sie ihn bloß geholt.

Er folgte ihr über den Hof, dessen Mauern tief aus der Erde kamen, weit in den Himmel ragten. Er war stolz auf sein klares, natürliches Auge, Winkel und Falllinien sah er sofort, Linien und Perspektiven: die Fluchten von Räumen. Seltsam, dachte er, dieses Wort hatte eine andere Bedeutung, sie fiel ihm nicht ein, nur ein Äffchen hielt seine Finger umklammert, er spürte es genau, und das Tier schaute ihn so aufmerksam und wissend an, mit so klugen Augen, so verständig, dass er dachte: »glücklicher Raum«, denn auch Sima saß an seinem Bett, und sie hatte ein Äffchen dabei, er konnte es riechen, genau riechen und auch fühlen, es musste ein junges Tier sein, es hatte einen Namen, den Sima ihm vorsprach, oder war es Lillys schnarrende Stimme, ein »S«, ein »L« und ein »E«, was er nicht verstand, bis er die anderen »E« entdeckte und selbst anfing, die Buchstaben zu ordnen, da war es Mittag, und sein Schatten wurde kurz und scharf, die Sonne stark.

■

Mutter hatte angerufen. Kurz nach sieben Uhr morgens. Sie war gestern Abend noch eingetroffen, mit Boris, war bei Opa gewesen, hatte mit ihm gesprochen, war geblieben. Er habe geschlafen, sagte sie. Gegen vier Uhr habe sie die Nachtschwester verständigt.

Mamas Stimme klang müde und flach. Geringe Ausschläge nach unten. Sie hatte dann auch noch gedöst, zusammen mit Boris im Auto, kurz.

In eine Decke gewickelt setzte ich mich an den Küchentisch, und David, der als Einziger mit der italienischen Maschine Kaffee zu kochen verstand, ohne den Herd zu überfluten, machte mir einen Espresso. Zettel und Stifte, ein Joghurtbecher, Pawanis zerfleddertes BGB. Dazwischen Großvaters halbvolle Zigarettenpackung. Er hatte gesagt, ich solle sie mitnehmen, und ich hatte es getan, auch wenn ich nicht rauchte. David duschte im Bad, ich hörte das Wasser laufen. Eines ums andere löschte ich die Lichter der Küche; das Haus stand still auf seinem Paradies.

Nichts mehr war eilig, meine Hände hatten es nicht eilig, meine Füße hatten es nicht eilig, mein Herz klopfte langsamer, es wollte, dass ich sitzen blieb.

Draußen fing es zu dämmern an, hinter den blattlosen Zweigen des Sommerflieders erschien ein Flecken grauen Asphalts. Ich wunderte mich, wie normal und unberührt alles aussah; stärker wunderte mich nur, wie ich mich so unberührt fühlte. Eine Stimme in meinem Kopf, nein, tiefer in mir sagte: »Es ist vorbei«, sagte: »vorbei, gut«, »vorbei, gut«, wie eine alte, in einer Rille gefangene Langspielplatte, und etwas in mir war erleichtert. Mutter hatte bei ihm gesessen und nun – nun waren wir frei, aber auch allein, für immer ohne ihn, und die Stimme in meinem Kopf, schwer und trocken, sagte »fort«, ohne Tränen, ohne Tränengefühl, nicht traurig, nur betäubt, nicht überrascht, nur einer Tatsache ausgesetzt.

Mich fröstelte, die Nichtempfindsamkeit der Dinge um mich bedrückte mich, der Tisch, an dem ich so oft mit Großvater gesessen war, seine Schränke, das unverwüstliche, von Brandflecken gesprenkelte Metall des Espressokochers. Zwischen den Baumstämmen am Tor klebte, klein und hellorangefarben, die Sonne so dicht am Horizont, als hänge sie fest, der Himmel darüber wirkte zart wie Zellophan. Das Licht fiel nun exakt auf die Fotografie von Monty und Vlek an der Wand, das Fell um ihre Köpfe begann rotschwarz zu glühen, eine zarte Corona, die Gesichter in lichte Schatten getaucht. Ich stand auf, streckte mich und hörte Opa lachen, wie er gelacht hatte, als er bei seinem letzten Besuch durchs Haus gegangen war, laut aus vollem Hals und vollem Herzen, und ich griff an den Rahmen und rückte ihn gerade, und dann wieder schief, ein wenig nach links.

EMIL 11

Sie steigt über die
ausgebrannten Dachstühle Sondershausens, Sondershausen, Vati
hat kein Haus mehr, du zogst
deine Uniform an, du sagtest Heimat, ich sah in deinen Augen die Spiegelung der Wolken, du sagtest Heimat, ich sah in deinen Heimataugen den Himmel, das Rehbockgehörn über deinem Kopf an der getäfelten Wand
ich vermisste dich, Vati
sie zogen
dich ein und ein, da
wünschte ich mir die schwarzen, stark
glänzenden Männer von der Straße herbei, während Mutter darauf achtete, dass der Vorhang
mich verbarg, die zusammengekauerte
Gestalt auf dem eigens zusammengezimmerten
Stehstuhl, Vati
Eltern zaubern den Kindern ihre Wünsche
vor, wie schön warst du in der
Uniform, schnittig, stattlich, deine Stiefel wie geleckt, ich knüllte meine Zunge
im Mund hin und her, um es dir zu
sagen, Vati
doch es kam nicht heraus, ich

wollte kein Schlechtmensch, Unwertmensch, Untertier, kein Ende der zusammengehörigen Gemenschtheit mehr sein

lang und dünn wuchs mein

rechter Fuß die Wade hinauf, eine stumme Larve mit den Stummelfühlern der Zehen, ihr verstecktet

es, mich, ihr

sagtet

ich sei wie ein Stein, dumpf im Kopf, ihr

wusstet

nicht, dass ich

stundenlang am Küchentisch saß, schweigend, oder am Fenster, um die nächste Auswahl

eiserner Asse

scharf ins Auge

zu fassen, sie

waren glänzend

rasiert und rasierten ebenso zurück, auf deinem Teppich hörte ich Nagen im Gebälk, Hausgebälk, Zuhause, du sagtest

es sei der

Holzbock, die Larven dick und weiß, geringelt

wie mein Fuß, der

Holzbock, sagtest

du, ist im Kopf nur

locker gefügt, seine Nerven wachsen nach dem Zufallsprinzip zusammen

wie ich, dachte ich, Vati

empfing die Geräusche und speicherte sie ab, Staub, Geratter, Getöse

ich flog mit den

Mücken oder ließ Murmeln neben

dir auf den

Teppich fallen, Staub, Geratter, Getöse, während du am Telefon sagtest:

»das glaube ich nicht«

»das wagen sie nicht!«

ich hörte den Namen Labude, hörte deinen Ärger und deine Angst und begann, Labude zu bewundern

Labude galoppierte um ein Siegesgemüt

der SS-Mann, Aufräumkommando Bebrastraße, Sondershausen, sagte, ich erhalte Stiefel und eine Schaufel, jeder der helfe, werde gebraucht

ich sei gut, ich, der Stein, der

schuften und graben kann, der nach Hause

geht, nach Oels, Vati

vorm Fenster jubelten die Nachtigallen aus dem Schlosspark, du flüstertest mit Mutter, ihr ward unglücklich

über mich, das Kind aus der

Enge, der Gebärmutterquetschung, ich beobachtete eure zueinander geneigten Körper

stand als

Schatten

in der Tür vor

eurem Bett, Vati

wenn man ein Auge schließt, gehen Schießen und Treffen wie von selbst, sagtest

du, es muss nur ein

einzelnes brusthohes Auge sein, in allerkürzester Zeit, Vati

werden wir uns wiedersehen, die Wolken zischen bereits, die Dämmerung rollt über die Mauern Sondershausens, über die Mauern zuhause, der Familie, der Backstuben, über die Anemonen auf dem Podest, wo ich mit Steinchen und Eustachius spielte

um mich her

humpelt man oder kriecht, ich gehe rückwärts, falle nicht auf, bin aufrecht im Vergleich, gehe

auf dich zu

schnittig

in meinem einsamen Eifer

stumm, dein Sohn

schreibt den Morgen des 9. April 1945, er ist ein Effekt der rotierenden zerbombten Mengen, die nun Ereignisse enthalten

wie mich: war kein

Garaus geworden

nur fast, als ihr mich aus dem

Krankenhaus holtet, Dr. Winsch hatte mir Papier und einen Stift gegeben, ich wusste alles, aber konnte es nicht immer sagen, du, Vati

hörst mich

singen, wenn der Wind über die Gänseblümchen pfeift, ich mochte, wie er an den Zehen kitzelte, das konnte ich fühlen, das kann ich rasant erinnern

»Emil sei lieb«, auf den

Straßen

passierte ein Unglück, es irrte lange umher, auf den Straßen passierte ein Massenungeheuer, sagen wir: in Panik schieben sich viele gerade schwarze Füße hervor, eine Auswahl

eiserner Asse

hängt

ein Jaulen

hängt in der Luft, das keine Mäuler mehr halten

wunderbar werden Leberblümchen sprießen und Holzböcke sich vermehren, deren Gehirne nicht richtig verbunden sind, unwertes Leben, locker gefügt, gepfuscht von Mutter Natur, Waggons, Panzer, Helme schmelzen zurück in den Sand, nur manche Wanderleiche durchkreuzt die Natur

und den Plan, ihr riebt

meinen Fuß mit Kampfer ein, legtet Schienen an, hofftet, es werde sich bessern, was sollte daraus werden

wie sollte ich mich

fühlen

der Aff'
hatte man uns auf der
Straße hinterhergerufen, ihr
fürchtetet euch
frühere Leben treiben auf silbernen Sohlen vorbei, wir schreiben den 9. April 1945, die Luft
ist voll hauchdünner Menschen
eine prächtige Morgendämmerung rollt Richtung Amerika, ich gehe den entgegengesetzten Weg, Vati
heulend steigen
eiserne Asse
aus Erdgängen und Tunneln, in ihrem Beruf hängt ihnen das Leben oft beim Halse heraus
ich höre dich am
Telefon sagen: »das wagen sie nicht«
du lachst, das Volk muss sich
seiner Helden übergeben, Schlesien, Śląsk
Schleswiga, inmitten der tosenden, aufspritzenden, in sich versinkenden HEIMAT
kam Dr. Winsch an mein Bett, ich sollte
mit ihm in
eine andere Klinik fahren, für immer, ihr wolltet das, sagte er, wagtet nur nicht
es mir zu
gestehen
ich hielt schon den Stift, um zu
unterschreiben, da stülpte sich, Vati
dein Teppich über mich, dein Geruch nach Zigarren, Schießpulver, ihr hattet eine reichliche Wohnung, allein, wer war ich darin, erneut
nahm ich den Stift
setzte
an, da kamt ihr zur Tür

herein, Lilly hatte darauf bestanden, früher zu erscheinen, Vati

die Kissen

sind schön zu Haus, ich

gehe schnittig, stelle mir das alles

selbst in der

Erinnerung

her, während ich in Gedanken noch einmal passiere, noch einmal: eine außerhalb der Wohnung unsichtbare

unwerte Person, die mit Lebensmittelmarken für euch ansteht, wenn es dämmert, so dass niemand das Humpeln sieht, das Stottern hört, das Reden hinter der Stirn vermutet

front

sagt Eustachius und tippt sich daran

wir schreiben den 9. April, er wird kommen und vergehen, viele werden ihm folgen, er ist ein Effekt der in der Luft rotierenden Mengen und Mägen, ich weine sogenannt wichtige Personen: Mutti, Eustachius, dich

Emil-lieb, euer Mühlchen und Mühchen, das auf dem Rollwägelchen ruderte, mit den Armen um sich schlug

das sich schlug, um sich zu

spüren, die Fluchtkoffer an den kranken Fuß gelehnt

wie gut, dass er so klein war, so

reichlich zart

eiserner Emil, der zu Eustachius sagte: es wird für dich nicht leicht sein, nach Hause zu finden

du musst den Weg

verknappen, bis er dich findet, musst ohne Eisblumen, ohne Erinnerung leben, leise

liebt euch

reichlich eiserner Emil, eine prächtige Dämmerung zieht über das Dach des zerschossenen Hauses, die schlesischen Provinzen rollen in einen feurig angekündigten Frühlingstag, dem Licht ist egal, wer wir sind, Vati

Schläsing

Schlesien

Eustachius hatte den Rollwagen zusammengenagelt, die Räder für mich gestohlen, noch durch seine Jacke konnte ich seine Muskeln arbeiten sehen, groß wird er werden, langgezogen von den Dingen, die wir erlebten, Vati

Šleska

Śląsk

ich wünsche euch Glück

haben wir es, funkelt einst von den Bäumen, unter denen wir ruhen, der Tau, und ein allein von Natur werter Holzbock

kriecht über uns

hinweg, Vati

während Unkraut die Wurzeln überschäumt.

WWW.DER-SIEBTE-SPRUNG.DE

Rück*seite*. Making of.
Fadenverlauf. Verworfenes, *Entstehungsdaten*, »Fakten« wie gesehen, *begriffen*, verzogen, *gefühlt*. Der letzte Sprung.
Sprechraum, Stimmenort.

Ich danke Artur Becker, Zbigniew Berling, Christiane Brandau, Angelika Klammer, Horst Konietzny, Karolina Kozak, Dorota Nowak-Oprzałska, Jana Schneider, Wolf Singer, Zygmunt Sobolewski, Joanna Tofilo, Stefania Wróbel, den Marathonhörern der e^{3}, insbesondere Lothar Seruset, und meinem Vater Hubertus Draesner.

Gesetzt aus der Minion Pro

Die eingesetzten Schmuckzeichen folgen der Affensprache Yerkish. Entwickelt wurde diese ursprünglich auf 256 abstrakten Zeichen aufbauende Sprache für nichtmenschliche Primaten von dem Psychologen und Affenforscher Ernst von Glasersfeld Anfang der 70er Jahre am Yerkes National Primate Research Center in den USA. Sie beruht auf dem Englischen und seiner Grammatik. Eine Tastatur mit den Yerkish-Symbolen wird an einen Computer angeschlossen und kann durch den Affen bedient werden.

Simone *mouth*
Boris *look*
Eustachius *hand*
Lilly *nest*
Hannes *chase*
Jennifer *shot*
Esther *hug*

Die Autorin dankt der Robert-Bosch-Stiftung
für die Zuerkennung eines Grenzgängerstipendiums
zur Finanzierung der Rechercheireisen.

MIX
Papier aus verantwortungsvollen Quellen
FSC® C014496

Verlagsgruppe Random House FSC® N001967
Das für dieses Buch verwendete FSC®-zertifizierte
Papier *Lux Cream* liefert Stora Enso, Finnland.

1. Auflage
Genehmigte Taschenbuchausgabe Februar 2016
btb in der Verlagsgruppe Random House GmbH, München

Umschlaggestaltung: semper smile, München
nach einem Umschlagentwurf von buxdesign, München unter
Verwendung eines Motivs von © plainpicture/Bildhuset
Druck und Einband: GGP Media GmbH, Pößneck
SK · Herstellung: sc
Printed in Germany
ISBN 978-3-442-71320-2

www.btb-verlag.de
www.facebook.com/btbverlag
Besuchen Sie auch unseren LiteraturBlog www.transatlantik.de